MICHAEL KÖHLMEIER

Die Märchen

Mit Bildern von
Nikolaus Heidelbach

Carl Hanser Verlag

2. Auflage 2019

ISBN 978-3-446-26374-1

Umschlag: Peter-Andreas Hassiepen, München
Motiv: Nikolaus Heidelbach
Satz: Greiner & Reichel, Köln
Litho: Fotosatz Amann, Memmingen
Druck und Bindung: Friedrich Pustet, Regensburg
Printed in Germany

FSC
www.fsc.org
MIX
Papier aus verantwortungsvollen Quellen
FSC® C014889

Die Märchen

I

Bruder und Schwester

Es war einmal eine Mutter, die keinen Mann mehr hatte, weil der über alle Berge davon ist, aber ihre Kinder hatte sie noch, einen Buben und ein Mädchen, der Sohn war gerade um ein Jahr älter als die Tochter. Die hatten es nicht gut, die beiden; weil nämlich die Mutter nicht gut zu ihnen war. Aber sie haben es doch gut gehabt, nämlich weil sie einander so liebhatten. Nie hat der Bruder Brombeeren gefunden im Wald, ohne der Schwester die Hälfte davon mitzubringen. Und nie ist der Bruder in der Nacht eingeschlafen, ohne dass ihn die Schwester zugedeckt und geküsst hätte.

Das hat sich in der Gegend um Regensburg zugetragen. Oder war es in der Gegend um Augsburg? Oder in der Gegend um Coburg? So viele Burgen, wer kennt sich da aus! Auf jeden Fall ist es lang, lang her.

Die Mutter war, wie gesagt, nicht gut zu ihren Kindern. Nur geschimpft hat sie mit ihnen. Kleingemacht hat sie die Tochter, mit der Rute gefitzt hat sie den Sohn. Gleich, was die beiden taten, wie sehr sie sich auch bemühten, sie konnten es der Mutter nicht recht machen. Den ganzen Tag freuten sich Bruder und Schwester auf die Nacht, wenn sie endlich beieinanderliegen und einander festhalten und trösten konnten. Sie wärmten sich im Winter gegenseitig, denn die Mutter nahm ihnen die Decke weg und brauchte sie für sich selbst. In den Sommernächten aber erzählten sie einander Geschichten, und in diesen Geschichten kamen sie selbst vor und waren glücklich.

Und dann waren Bruder und Schwester in dem Alter, wo es nicht lange mehr dauert, dass aus Kindern Erwachsene werden.

Die Mutter packte die Tochter am Arm und drohte: »Wenn ich dich erwische! Wehe, wenn ich dich mit einem Kerl erwische! Dann schlage ich dich tot! In deinem Leben hat ein Mann nichts verloren!«

»Lass sie!«, rief der Sohn, aber da hatte er auch schon eine gefangen.

»Lass den Bruder«, rief die Tochter. Dafür musste sie den Haufen Wäsche ganz allein waschen.

So ging das. Und es wurde immer schlimmer.

In der Nacht umarmten sich Bruder und Schwester. Und auf einmal war eine Leidenschaft in ihm. Er konnte sich nicht dagegen wehren. Er hatte Angst davor. Und schämte sich. Aber die Leidenschaft war da. Was sollte er nur tun?

Im Nachbardorf wurden Kartoffeln billig angeboten. Die Mutter schickte Bruder und Schwester mit dem Handwagen los. Aber es war weit, und Bruder und Schwester mussten unterwegs übernachten. Sie legten sich unter einen Baum und umarmten sich, wie sie es immer getan hatten.

Da sagte der Bruder: »Schwester, ich liebe dich.«

Und sie sagte: »Ich liebe dich auch, das weißt du.«

Und er sagte: »Ich liebe dich aber anders als bisher.«

Und sie liebte ihn auch anders als bisher.

»Es ist verboten«, sagte der Bruder. »Was machen wir nur?«

»Unter Menschen ist es verboten«, sagte die Schwester, »aber nicht unter Tieren. Tun wir so, als wären wir Wölfe. Heulen wir und knurren wir, dann kann der Himmel nichts dagegen haben.«

Sie taten wie Wölfe, sie heulten und knurrten und liebten sich wie Wölfe.

Und bald sah die Mutter, dass sich ihre Tochter nicht an ihr Verbot gehalten, dass sie sich mit einem Mann eingelassen hatte, und sie wollte sie erschlagen. Der Bruder riss die Schwester an sich, beschützte sie, niemand durfte ihr ein Leid zufügen, und wäre es die eigene Mutter, er hätte sie entzweigehauen.

»Hier können wir nicht bleiben«, sagte er.

»Aber wohin sollen wir gehen?«, fragte die Schwester.

Da schnitzte der Bruder einen Bogen, spannte eine Sehne auf, fertigte aus einem Schilfrohr einen Pfeil und schoss den Pfeil in den Himmel, und wie ein Stern mit einem Schweif blieb der Pfeil am Himmel hängen. »Wir folgen ihm nach«, sagte der Bruder. »Er führt uns.«

Und so zogen Bruder und Schwester los.

Die Schwester kam nieder und brachte ein Wölfchen zur Welt. Das sah so lieb aus! Ein weißes Fell hatte es und an der Brust einen schwarzen Streifen, die Schwanzspitze war braun, ebenso das Fell an den Pfoten. Sie machten Rast

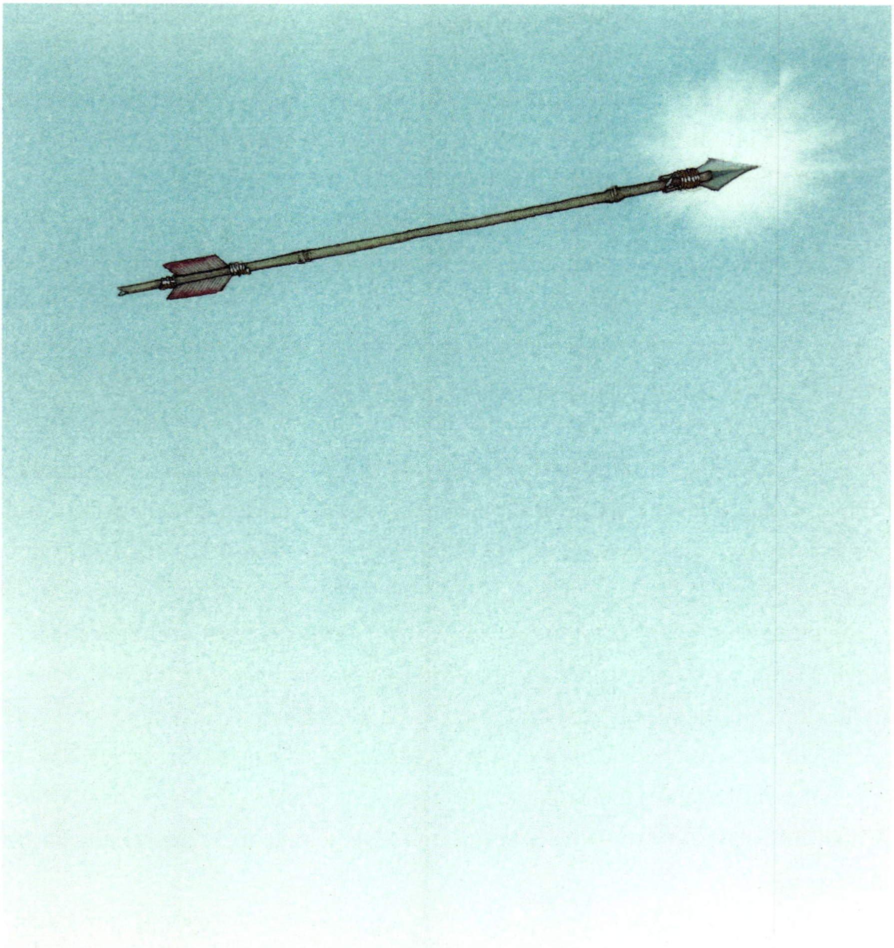

und blieben an dem Ort und waren eine Familie, bis das Wölfchen ein Wolf geworden war.

»Wir gehen jetzt«, sagten Bruder und Schwester zu dem Wolf. »Du kannst dein Leben allein führen. Das ist besser. Wenn dir jemand etwas Böses tun will, beiß ihn. Wenn jemand Hilfe braucht, hilf ihm.«

Der Pfeil war immer noch oben am Himmel und sah immer noch aus wie ein Stern mit einem Schweif, und Bruder und Schwester folgten ihm und zogen weiter in die Welt hinein.

Und dann lagen sie wieder unter einem Baum, und es war Nacht, und die Leidenschaft war wieder in ihnen, und der Bruder sagte: »Was sollen wir nur tun? Es ist verboten.«

»Unter Menschen ist es verboten«, sagte die Schwester, »aber nicht unter Pflanzen. Tun wir so, als wären wir zwei Brombeerstauden. Wachsen wir und blühen wir und tragen wir Früchte, dann kann der Himmel nichts dagegen haben.«

Sie taten wie Brombeerstauden, sie wuchsen und blühten und liebten sich. Neun Monate später kam die Schwester nieder und brachte eine Brombeerstaude zur Welt. Die war zart und von einem so lieblichen Grün, dass ihre Eltern nicht aufhören mochten, sie zu streicheln und zu küssen. Sie pflanzten sie an einer windgeschützten Stelle ein und gossen sie und schnitten ihre Triebe, jäteten das Unkraut um ihren Stamm, und als sie die ersten Beeren ernteten, sagten sie:

»Wir gehen jetzt. Du kannst dein Leben allein führen. Das ist besser. Wenn dir jemand etwas Böses tun will, stich ihn. Wenn jemand Hilfe braucht, hilf ihm.«

Der Pfeil war immer noch oben am Himmel und sah immer noch aus wie ein Stern mit einem Schweif, und Bruder und Schwester hoben den Kopf und sahen hinauf und folgten dem Pfeil und zogen in die Welt hinein.

Sie kamen ins Gebirge, stiegen höher und höher, bis keine Pflanzen und keine Tiere mehr waren, es war heiß am Tag und kalt in der Nacht. Sie krochen in eine Höhle und schmiegten sich aneinander, und da kam wieder die Leidenschaft.

»Ich weiß, was du sagen wirst«, sagte die Schwester zum Bruder. »Du wirst sagen, wir dürfen das nicht.«

»Ja«, sagte der Bruder, »wir dürfen das nicht. Und hier gibt es keine Tiere mehr und keine Pflanzen. Was sollen wir nur tun?« Und er weinte, denn die Leidenschaft war groß in ihm.

»Tun wir so, als wären wir Steine«, sagte die Schwester. »Dann kann der Himmel nichts dagegen haben.«

Sie taten wie Steine, lagen schwer beieinander, kalt seine Haut, kalt die ihre, und nach der Zeit brachte die Schwester einen Stein zur Welt. Der war wie ein Edelstein, er funkelte in der Sonne, und wenn man daran leckte, glänzte er nicht weniger als Gold.

Aber bald schon sagten sie zu dem Stein: »Wir gehen jetzt. Du kannst dein Leben allein führen. Das ist besser. Wenn dir jemand etwas Böses tun will, erschlag ihn. Wenn jemand Hilfe braucht, hilf ihm.«

Der Pfeil hing immer noch am Himmel über ihnen, und immer noch sah er aus wie ein Stern mit einem Schweif, nicht anders als der Stern von Bethlehem, und Bruder und Schwester zwinkerten ihm zu und folgten ihm, wohin er sie führte, und zogen in die Welt hinein.

Und dann fiel der Pfeil vom Himmel herunter und landete auf dem schönsten Stück Land, das sie je gesehen hatten. Da war ein Bach, der führte gutes Wasser, da waren Bäume, die spendeten guten Schatten, der Boden war fruchtbar und roch gut, da waren Steine, aus denen Bruder und Schwester ein Haus bauten.

»Jetzt sind wir Mann und Frau«, sagte der Bruder. »Wenn jemand kommt und mich fragt, dann sage ich: Dies ist meine liebe Frau.«

Und die Schwester sagte: »Und ich sage, dies ist mein Mann, der liebe.«

Sie kamen überein, dass sie endlich so tun können wie Menschen. Sie legten sich zueinander und umarmten sich und küssten sich und sagten einander die schönsten Dinge ins Ohr und liebten sich, wie sich Menschen lieben.

Und nach neun Monaten brachte die Frau ein Menschlein zur Welt. Ein Mädchen war es. Ist es nötig zu beschreiben, wie lieb das Mädchen war, wie süß der Atem war, wie zart die Fingerchen, wie gut die Haut roch, wie entzückt Vater und Mutter waren, wenn ihr Kindchen lachte, wie besorgt sie waren, wenn es weinte?

Sie kehrten das Haus, pflegten den Garten, waren eine Familie, lernten Freunde kennen, luden Freunde ein. Der Mann sagte: »Das ist meine liebe

Frau, das unsere liebe Tochter.« Die Frau sagte: »Das ist mein Mann, der liebe, das ist unsere Tochter.«

Und dann war das Mädchen in dem Alter, wo es nicht lange mehr dauert, dass aus einem Kind ein Erwachsener wird.

Da schoss der Vater den Pfeil in den Himmel, und die Mutter sagte: »Jetzt musst du gehen. Es ist besser so. Folge dem Pfeil. Wenn du einen Stein triffst, der wie Gold glänzt, der ist dein Bruder, nimm ihn mit. Wenn du eine Brombeerstaude triffst, deren Früchte süßer sind als alles, sie ist deine Schwester, nimm sie mit. Wenn du einen weißen Wolf triffst, dessen Brust schwarz ist und dessen Pfoten braun sind, er ist dein Bruder, nimm ihn mit. Und wenn du jemanden triffst, der dich liebt, bau aus dem Stein ein Haus, grab die Brombeere ein, der Wolf wird euch beschützen.«

Genau so hat es sich in der Gegend um Regensburg zugetragen. Oder war es in der Gegend um Augsburg? Oder in der Gegend um Coburg? So viele Burgen, wer kennt sich da aus! Auf jeden Fall ist es lang, lang her.

2

Trotzkopf und Dickbauch

Es lebte einst ein Geschwisterpaar am Ufer der Donau, keine Fahrradstunde von der Mündung des Inn entfernt. Der Bub war ein fürchterlich Hässlicher, der obendrein einen Lacher hatte, bei dem es einen schüttelte, nicht zum Hinhören. Das Mädchen hingegen, was soll ich sagen, war schön, als wär sie aus der Sonne herausgebrochen worden, umweht von einem Duft, der höchstpersönlich von der Natur zusammengemixt und jeden Morgen auf die Haut gehaucht wurde. Und wenn sie lachte, konnte man ein leises Rucken in den Baumwipfeln sehen. Warum? Weil die Blätter sich anschauen wollten, woher diese kristallklare Musik kommt. Kurz: ein Schmaus, dieses Kind.

War der Bruder neidisch? Keine Spur. Und trotzdem sagten alle, nämlich die Leute: »Der ist neidisch.« Und alle, nämlich die Leute, sagten: »Kein Wunder, dass er neidisch ist. Wer wär an seiner Stelle nicht neidisch.« Und zu ihm sagten sie: »He, sei doch nicht so neidisch, du! Nur weil du hässlich bist wie der Inbegriff und einen Lacher hast, dass einem fast das Kotzen kommt, musst du ja nicht gleich so furchtbar neidisch auf dein hübsches Schwesterchen sein.«

Und er, der Bub, antwortete: »Ich bin doch gar nicht neidisch. Nicht die Spur!«

Und die Leute: »Jetzt tu nicht so! Gib es zu!«

Und er: »Nein, ich bin nicht neidisch!«

»Gib es zu!«

»Nein!«

»Gib es zu!!«

»Nein!!«

Da nannten sie ihn den Trotzkopf. Zu allem dazu.

Und die Schwester? Was sagten die Leute über die Schwester? Das sagten sie: »Überheblich ist sie.« Aber sie war nicht überheblich. Nicht die Spur. Die Leute sagten: »Kein Wunder, dass sie überheblich ist. Wer an ihrer Stelle wäre nicht überheblich. Und zu ihr sagten sie: »He, sei doch nicht so überheblich! Nur weil du eine Schönheit bist und gut riechst und lachen kannst, dass sogar einer Leberwurst das Herz aufgeht, brauchst du noch lange nicht überheblich zu sein und auf deinen Bruder herabzublicken.«

Sie sagte: »Das tu ich doch gar nicht.«

Und die Leute: »Doch tust du es! Gib es zu!«

Und sie: »Nein!«

»Gib es zu!«

»Nein!«

»Gib es zu!!«

»Nein!!«

Da sagten die Leute: »Wart nur ab, du, bis du alt wirst. Die Schönsten werden die Hässlichsten. Jetzt bist du schlank, aber wart nur, du wirst dick werden wie eine angesoffene Krott.« Und vorausschauend nannten sie die Schwester Dickbauch.

Da waren also Trotzkopf und Dickbauch, und sie liebten einander und waren immer Freunde, und das, obwohl sie Geschwister waren. Mit den Leuten aber hatten sie abgeschlossen. Auf die hielten sie nichts mehr. Die Leute hassten alles, was nicht mittelmäßig war, ob nicht mittelmäßig hässlich oder nicht mittelmäßig schön. Als Mutter und Vater unter die Erde gebracht waren, lebten Trotzkopf und Dickbauch allein in dem Haus, und das Haus stand nahe am Wasser, so nahe, dass sie am Morgen nur den Krug aus dem Fenster strecken mussten, um Wasser für den Kaffee zu schöpfen. Und merkwürdig war auch, dass neben ihrem Haus das sauberste Wasser war, und nur dort.

Und dann noch: Oftmals blieb sonst noch etwas an der Hand hängen. Zum Beispiel ein Sack mit Gemüse, der von einem Donauschiff gefallen war, der schwamm so dahin und blieb zufällig an der Hand vom Trotzkopf hängen, als der grad Wasser schöpfen wollte, gutes Gemüse, viel Gemüse. Ein andermal blieb eine Kiste mit feinsten Backwaren an der Hand vom Dickbauch hängen. Oder ein Käserad, wer weiß, woher, tauchte just neben dem Haus aus den Wogen, guter Käse, viel Käse. Von den Schinken und Speckseiten gar nicht zu reden! Ein anderes Mal war es eine Schatulle mit Schmuck, und der Schmuck

stand Dickbauch sehr gut, und sie war noch schöner. Oder feine Kleider. Oder interessante Lektüre. Die Donau brachte es. Die Donau sorgte. Wenn man das so erzählt, ich weiß schon, will das einem keiner glauben, aber es war so, genau so. Die beiden brauchten ihr Häuschen gar nicht zu verlassen, um sich Nahrung zu beschaffen und alles andere, das tat ganz von allein die Donau. Die Donau brachte es. Die Donau sorgte. Es war so, genau so, da könnt ihr die Stirn runzeln, bis euch die Falten das Hirn quetschen: Die liebe Donau hatte einen Narren an den beiden gefressen. Es ist nämlich eine Wahrheit: Naturerscheinungen wie Flüsse oder Baumwipfel lieben alles, was nicht mittelmäßig ist, auch das Wetter liebt das nicht Mittelmäßige. Ganz im Gegensatz zu den Leuten.

Die Natur sorgte sich also um Trotzkopf und Dickbauch. Alles bekamen die beiden von der Natur. Und von der Donau, die genau genommen ja auch Natur ist, und vom Wetter, von den Sternen und den Tieren. Zu essen bekamen sie, zu trinken, Bündel von Banknoten schwammen ihnen ins Haus. Auch Dinge, die eigentlich den Nachbarn, den Leuten, gehörten, schwammen auf einmal daher, und niemand hatte eine Ahnung, wie die ins Wasser gekommen waren.

Den Leuten war das nicht wurscht, das könnt ihr mir glauben. Sie legten sich auf die Lauer. Ob sich da nicht irgendetwas zeigt, was man anzeigen könnte.

Eines Tages bekamen Trotzkopf und Dickbauch ein Kind, und das, obwohl sie Bruder und Schwester waren. Der Donau und der übrigen Natur war das völlig wurscht. Und dann bekamen sie ein zweites Kind. Das eine Kind, ein Bub, war schön wie die Mama, das andere, ein Mädchen, war hässlich wie der Papa, unmittelmäßig schön, unmittelmäßig hässlich. Da stand dann die Gendarmerie vor der Tür.

»Abgesehen von der Sünde gegen Gott«, sagte die Gendarmerie, »ist es auch ein Vergehen gegen uns.«

Man hat ihnen die Kinder weggenommen, und Trotzkopf wurde in die eine Zelle gesperrt und Dickbauch in die andere. Das Gericht kam überein, sie seien zum Tode zu verurteilen, zum Tode durch Verbrennen, damit der Rest, der übrig bleibt, sauber und rein sei, weil so etwas Grausiges und Sündiges habe es in dieser Gegend noch nie gegeben.

Also hat man die beiden verbrannt. Was aber sollte man mit der Asche tun? Auf die Felder streuen? Nein, ja nicht! Könnte ja sein, dass noch etwas dranhängt von dem nicht Mittelmäßigen, das dann die Ernte versaut. Also hat man die Asche in die Donau gefegt. Und die Donau hat die Asche aufgenommen. Liebevoll, sage ich euch, liebevoll.

»Macht nichts«, sagte die Donau, »jetzt seid ihr bei mir, jetzt denken wir uns etwas aus gegen die.«

Ein Sturm kam auf, so dass sich die Baumwipfel niederbeugten und das Wasser der Donau berührten, der Regen prasselte nieder und schwemmte das Ackerland fort, der Blitz schlug ein in alles, was höher war als ein ausgestreckter Zeigefinger an der ausgestreckten Hand am ausgestreckten Arm. Kurz, alle Natur kam zusammen, und das ist wie die Hölle für alle, die nur das Mittelmäßige gelten lassen. Zum Beispiel Hochwasser. Wer bei der Donau wohnt, der weiß, wovon ich spreche. Das Hochwasser riss die Häuser weg, ließ nichts von den gepflegten Gärten übrig, Parkplätze wurden abgeräumt, als würden sie mit einer riesigen Spachtel blank geschabt. Sogar in die Kirche hinein fand das Wasser, bis zum Altar schoben sich die Wellen.

Nur ein Haus blieb heil und trocken. Ausgerechnet jenes Haus, das am nächsten am Wasser stand. Nämlich das Haus von Trotzkopf und Dickbauch. Das war ein Wunder. Aber bei Gott, ein schwarzes Wunder war das! Aber ein Wunder war es. Und vor einem Wunder geht den Leuten die Muffe, egal, ob das Wunder schwarz oder weiß ist. Das bedeutete: An das Haus traute sich niemand heran. Das blieb.

Das blieb, bis eines Tages die Kinder von Trotzkopf und Dickbauch kamen, der schöne Bub und das hässliche Mädchen, und in das Haus einzogen. Da wurden die Leute dann doch neugierig, und die Neugier hat ja etwas Mutiges an sich, und so trauten sie sich heran an das Haus. Über das Mädchen sagten sie: »Es ist neidisch, weil es so hässlich ist. Wer wär da nicht neidisch bei einem so schönen Bruder.«

Und einer sagte es dem Mädchen dann ins Gesicht hinein: »Sei doch nicht so neidisch auf deinen schönen Bruder!«

Und das Mädchen sagte: »Ich bin ja gar nicht neidisch!«

»Gib es zu!«

»Nein!«

»Gib es zu!!«

»Nein!!«

Da sagten die Leute: »Die ist ein Trotzkopf!«

Über den Bub, den schönen, sagten sie: »Der ist hoffärtig, weil er wie vom Engel gemalt aussieht.« Und zu ihm sagten sie: »Sei doch nicht so hoffärtig! Hoffart wird büßen, weißt du das nicht?«

»Bin ich aber nicht«, sagte der Bub.

»Gib es zu!!«

»Nein!!«

Da sagten die Leute: »Aus dir wird ein besonders Hässlicher werden.« Und sie nannten ihn Stinkmann. Und das, obwohl er duftete, als hätten sich Rose, Jasmin und Flieder zusammengetan.

So lebten also Trotzkopf und Stinkmann zusammen in dem kleinen Haus direkt an der Donau, und die Leute …

3

Die Traurige

Es war einmal eine junge Frau, die wanderte über die Felder, und eines Tages klopfte sie an die Tür eines Bauern und fragte, ob er Arbeit für sie habe. Es war im Sommer, und im Sommer gibt es am Land immer viel zu tun, auf dem Feld wie im Haus. Auf dem Feld wird geschuftet, was Hunger macht, im Haus wird gekocht, damit am Abend der Hunger gestillt werden kann.

»Du kannst in der Küche helfen«, sagte der Bauer.

Er fragte nicht, woher sie kommt, die junge Frau. Warum fragte er nicht? Er hat doch sonst immer gefragt. Man nimmt nicht jeden. Man will doch wissen, wo hat der oder die vorher gearbeitet, gibt es Zeugnisse, was hat der oder die gelernt. Der Bauer hat sich nicht einmal getraut zu fragen, wie sie heißt. Er hat nur gesagt, sie könne in der Küche arbeiten.

Der Grund war, weil sie so geschaut hat. Wie hat sie denn geschaut? So schräg nach unten. Und die Augenbrauen haben sich ein bisschen gehoben, wenn sie geredet hat. Viel gesagt hat sie ja nicht. Und leise hat sie gesprochen. Der Bauer fühlte in sich etwas, er wusste nicht, wie er es benennen könnte. Dieses Gefühl riet ihm, die junge Frau in die Küche zu begleiten – was nicht nötig gewesen wäre, er hätte ihr ja nur den Weg zu zeigen brauchen, so groß war das Haus nicht, dass sie sich darin hätte verlaufen können, und in der Küche waren seine Frau und seine Tochter und zwei Mägde, die genau wussten, wie eine Neue einzulernen war.

»Das ist die Neue«, sagte er zu seiner Frau und zu seiner Tochter und zu den beiden Mägden, und seine Frau zog er beiseite und trug ihr auf: »Bitte, behalte sie im Auge, ich glaube, es geht ihr nicht gut.«

»Bin ich jetzt auch noch ein Doktor dazu?«, gab die Frau zurück. »Genügt es nicht, dass ich den Braten herrichte und die Kartoffeln und den Most vom Keller heraufhole?«

»Schau sie doch an!«, sagte der Bauer und öffnete die Tür ein wenig mehr. »Schau sie doch an! Ich will ein guter Mensch sein und kein schlechter.«

Die Bäuerin sah die junge Frau, wie sie mitten in der Küche stand, den Blick leicht schräg nach unten, und sie war gerührt. »Ja, gut«, sagte sie, »ich will mich um sie kümmern, auch ich will ein guter Mensch sein und kein schlechter.« Und bekam von ihrem Mann einen Kuss auf die Wange dafür.

Die Traurige machte ihre Arbeit, und sie machte ihre Arbeit gut, alle waren zufrieden mit ihr, und allen tat sie leid, eben weil sie so traurig war. Die Frauen in der Küche meinten, mit Zuwendung wäre vielleicht einiges zu richten, jede meinte das, die beiden Mägde, die Tochter und die Bauersfrau, jede wollte ihre Freundin sein, jede suchte die Nähe zu der Traurigen, und eine war eifersüchtig auf die andere.

Die eine Magd sagte, als sie einmal allein mit ihr war: »Sag doch, was kann ich tun, damit du nicht mehr so traurig bist!«

»Ach, das trau ich mich nicht zu sagen«, bekam sie zur Antwort.

»Aber warum denn nicht?«

»So halt nicht.«

»Bitte, bitte«, drängte die Magd und streichelte der Traurigen über die Haare.

»Ich müsste«, rückte die Traurige schließlich heraus, »ich müsste, ich müsste, ich müsste dringend einmal lachen.«

»Ja, das glaube ich auch. Was kann ich tun, damit du lachst?«

»Das trau ich mich eben nicht zu sagen.«

»Mir kannst du alles sagen. Alles. Ich verrat es niemandem.«

»Schwörst du es?«

Da lief es der Magd heiß durch die Adern. »Ich schwöre«, flüsterte sie.

»Gib Seifenpulver in das Kartoffelpüree«, sagte die Traurige.

Die Magd tat es, und am Abend mussten alle kotzen und noch einiges mehr. Die Traurige aber stieg in den Keller hinab, und dort hat sie gelacht, und einen Tag lang war sie nicht mehr traurig, hat nicht mehr schräg nach unten geblickt, nur einen einzigen Tag allerdings, dann war sie wieder traurig. Die Magd aber ist fristlos entlassen worden.

Dann kam die andere Magd und fragte: »Sag doch, was kann ich tun, damit du nicht mehr so traurig bist!«

»Das trau ich mich nicht zu sagen«, war wieder die Antwort der Traurigen, und nach langem Hin und Her rückte sie heraus, dass sie dringend einmal lachen sollte und dass sie nur lachen kann, wenn die Magd Rizinusöl in den Most gießt. Das hat die zweite Magd getan, und am Abend war das entsprechende Theater, und die Traurige stieg wieder in den Keller hinunter und lachte dort, und einen Tag lang war sie nicht mehr traurig und hat nicht mehr schräg nach unten geblickt, aber nur einen einzigen Tag lang. Auch diese Magd wurde entlassen.

Da kam die Tochter des Bauern, ein rundes, fröhliches Wesen, das von der Schlechtigkeit der Welt noch keinen Schimmer hatte, und fragte: »Was kann ich tun, damit du nicht mehr so traurig bist!«

Keine andere Antwort bekam sie als: »Das trau ich mich nicht zu sagen.«

»Aber ich bin deine Freundin.«

»Bist du das?«

»Ja, das bin ich ewig und immer.«

Diesmal begnügte sich die Traurige nicht mit Seifenpulver und Rizinusöl, diesmal musste es ein Feuer sein.

»Was für ein Feuer denn?«, fragte die Bauerstochter, die von Kopf bis Fuß in die Traurige verliebt war und alles für die Traurige tun wollte ewig und immer.

»Wirklich alles willst du für mich tun?«

Ganz heiß floss es durch die Adern der Bauerstochter. »Alles.«

»Dann zünd die Scheune an!«, befahl die Traurige. »Wenn die Scheune brennt, das gibt ein Feuer, bei dem ich lachen kann. Dann bin ich nicht mehr traurig.«

Da hat die Tochter Streichhölzer genommen und hat eine ganze Handvoll davon angerissen und hat sie in das trockene Heu in der Scheune gesteckt, und die Scheune hat gebrannt, wie sich keiner erinnern konnte, dass jemals eine Scheune gebrannt hatte. Und die Traurige hat diesmal ihr Kopfkissen mit hinunter in den Keller genommen und hat es sich vor den Mund gepresst, so laut musste sie lachen. Man hätte es sonst bis auf den Hof hinauf gehört, wo sich die Feuerwehrmänner abmühten, damit die Flammen nicht auf den Stall und das Bauernhaus übergriffen.

Nur einen einzigen Tag hat sich die Fröhlichkeit im Herzen der Traurigen halten können, dann war sie wieder traurig wie eh und je und hat nach schräg

unten geschaut. Die Tochter aber ist weggeschickt worden, in die Stadt, wo eine Verwandte lebte, eine strenge Tante, die ein strenges Auge auf sie haben sollte.

Schließlich kam die Bauersfrau persönlich auf die Stube der Traurigen und sagte: »Sag doch, mein liebes, liebes, liebes Mädchen, sag mir doch, was kann ich tun, damit du nicht mehr so traurig bist!«

»Ich möchte auf dem Rappen reiten«, sagte die Traurige.

»Wenn es weiter nichts ist«, sagte die Bauersfrau.

»Aber ich möchte so lange auf dem Rappen reiten«, forderte die Traurige weiter, »bis er unter mir tot zusammenbricht.«

Der Rappen war das schönste Tier auf dem Hof, das schon so manchen Preis gewonnen hatte, und erst vor wenigen Tagen war dem Bauer die Idee gekommen, seine Wirtschaft auszubauen und eine Pferdezucht zu eröffnen, weil so viele Leute ihn schon gefragt hatten, ob es denn keine Nachkommen von dem Rappen gebe.

»Aber warum, liebes, liebes, liebes Mädchen«, fragte die Bauersfrau, »warum willst du so etwas Böses?«

»Weil ich böse bin«, war die Antwort.

»Ich dachte, du bist traurig.«

»Das denken alle«, sagte die Traurige, die wir von nun an die Böse nennen wollen.

»Das glaube ich nicht«, sagte die Bäuerin. »Ich weiß es besser. Ich weiß, dass du nicht böse bist. Ich weiß, dass du traurig bist. Und ich will alles tun, um dir zu helfen.«

Die Bäuerin glaubte nämlich, ihr allein kann es gelingen, die Böse zu erlösen. Dann, so dachte sie bei sich, dann werde dieses liebe Mädchen endlich erkennen, wer sie wirklich liebt, und dann wird alles gut werden. Also erlaubte sie der Bösen, den Rappen so lange zu reiten, bis er unter ihr tot zusammenbrach.

Diesmal stieg die Böse nicht in den Keller hinunter, diesmal lachte sie offen im Haus. So laut lachte sie, dass die Bauersfrau sich die Daumen in die Ohren drückte. Und als das nichts half, lief die Bauersfrau davon. Und als sie das Lachen auch auf dem Feld noch hörte, lief sie in den Wald. Der Wald aber war nicht dicht genug, und so lief sie weiter, lief an der Straße entlang, lief bis zur Stadt, mischte sich unter das Getümmel, fragte die Leute, ob sie auch das Gelächter hörten.

Was fehlt noch? Richtig: das Herz des Bauern.

»Deine Mägde hast du vom Hof geschickt«, sagte die Böse, »deine Tochter hast du verbannt, deine Frau ist dir davongelaufen. Nur ich bin noch da. Heirate mich!«

»Das will ich nicht tun«, sagte der Bauer.

»Dann werde ich weinen und nicht aufhören zu weinen«, sagte die Böse.

»Das halte ich aus«, sagte der Bauer.

Von nun an schaute die Böse noch steiler nach unten, und sie sprach noch leiser als zuvor, und ihre Augenbrauen zitterten noch erbärmlicher, und immer waren ihre Wangen feucht, weil Tränen aus ihren Augen rannen. Sie weinte am Tag, und sie weinte in der Nacht. Sie legte sich in der Nacht auf die Schwelle zum Schlafzimmer des Bauern, und am Tag, wann immer er sich umdrehte, stand sie da und blickte schräg nach unten, und ihre Schultern zitterten, und sie schluchzte.

Schließlich hielt es der Bauer nicht mehr aus. Er wollte ein guter Mensch sein und kein schlechter Mensch. Wer einen anderen Menschen zum Weinen bringt, ist aber ein schlechter Mensch.

»Ich bin kein schlechter Mensch«, rief der Bauer, »nein, das bin ich nicht, ein schlechter Mensch bin ich nicht!«

Er heiratete die Böse. Und er war unglücklich bis an sein Lebensende.

4

Die wilden Reiter

Die wilden Reiter sind Gespenster. Und obendrein sind sie Ausnahmegespenster. Damit soll gesagt sein: Normalerweise ist ein Gespenst nicht gern ein Gespenst … – Nein, genauer: Also, wenn einer stirbt und in der Welt ist einiges offen geblieben, das nur er schließen kann, zum Beispiel, dass er einen Fluch ausgestoßen hat, der viel Leid bringt und den nur er selbst zurückzunehmen in der Lage wäre, dann kommt es unter Umständen vor, dass er als Gespenst zwischen Leben und Tod dahinflattert, was ein grauseliger Zustand ist. Aber das Grauselige an dem Zustand kommt dem Gespenst erst nach einer Weile zu Bewusstsein. Zunächst freut es sich, ein Gespenst zu sein und nicht tot zu sein. In diesem ersten Stadium machen die Gespenster den meisten Blödsinn. Später werden sie stiller, schließlich werden sie demütig und am Ende jämmerlich. Wobei das Ende sich Jahrhunderte hinziehen kann. Da bitteln und betteln sie die Menschen an, sie mögen doch dies und das tun, diese und jene Gebete beten, solche und weitere Opfergaben darbringen. Und so weiter. Das Gespensterdasein dauert bekanntlich so lange, bis ein Mann oder eine Frau kommt und die arme Seele erlöst.

So, und nun zurück zu den wilden Reitern. Ich sagte, bei denen handelt es sich um Ausnahmegespenster. Sie waren nämlich gern Gespenster, und je länger sie welche waren, umso lieber waren sie solche. Das Wildsein machte ihnen einen Spaß, das kann man gar nicht sagen! Irgendwann sind sie nämlich draufgekommen, dass dieses Zwischendasein – halb Mensch noch, halb Toter schon – ein Zustand ist, in dem man so richtig die Sau rauslassen kann. Irgendwann werden sie zur Rechenschaft gezogen für ihre bösen Taten, das ist schon klar. Aber erst, wenn sie erlöst werden. Logischerweise tun sie alles, um eben nicht erlöst zu werden. Und das heißt: Sie lassen die Sau raus. Und was das genau heißt, davon werde ich jetzt erzählen:

Über ein bestimmtes Dorf – ich sag den Namen nicht und hab meine Gründe dafür – fuhren die wilden Reiter drüber, und nicht nur einmal, sondern gleich dreimal. Beim ersten Mal war's eine Sommernacht, sternenklar, mild, süß duftend, friedlich, ein Geschenk, kurz gesagt. Die Liebespaare, Männlein und Weiblein, die sich am Tage nicht zusammen sehen lassen durften, drückten sich vor dem Dorf zwischen Feld und Wald herum, küssten einander die Haut ab und flüsterten einander ins Ohr, was sie sich im Hellen nie getraut haben würden. Glühwürmchen glühten, Käuzchen huhuhten, Fledermäuse führten ihre Flugkünste auf.

»Schau«, sagte der Heiner zu Lisa, »schau, wär's nicht eine Lust, so durch die Luft sausen zu können wie die da?«

Und die Lisa dicht neben ihm sagte: »Wie die da? Das ist doch gar nichts.« Und ihre Stimme war nicht ihre Stimme, sondern ein tiefer, schrundiger Bass.

Es war nicht ihre Stimme, und sie war's auch nicht, die nah beim Heiner saß. Es war Zottelgeflecht aus uralten Hautfetzen und langen stinkenden Filzhaaren, ein Maul aus holztrockenen Lippen, in dem schwarze Zahnstummeln steckten und stanken.

Der Heiner nahm einen Satz, zwei Meter hat ihn der Schrecken durch die Luft katapultiert, auf dem Moosboden ist er gelandet und hat geschaut. Rund um ihn herum hatten die wilden Reiter Aufstellung genommen, ein Gelächter war, das hat geklungen, als hätte der Spengler seine gesamten Blechvorräte auf einmal vom Kirchturm hinunter auf den Marktplatz geworfen. Und dann noch: Ein Zittern und Wackeln war in dem Heer, so dass der Heiner die einzelnen Rabauken gar nicht genau bestimmen konnte. Nur eines war ihm klar: So viel Grausiges, Stinkendes, Böses hatte er noch nie gesehen. Und was taten die Wilden noch außer lachen? Sie warfen sich gegenseitig, als wär sie ein Ball, die Jungfrau zu, die Lisa.

»Hilf mir, Heiner«, rief die Lisa, »bitte, Heiner! Bitte! Lass mich nicht allein!«

Und das klang einmal ganz nah an dem Heiner seinem Ohr, einmal fern, als wäre seine Geliebte schon über dem Horizont.

»Lasst sie los«, schrie der Heiner, »ich hau euch entzwei!« und griff nach einen Stück Ast, das auf dem Boden lag, und schlug auf den Erstbesten von den Wilden ein – und durch ihn hindurch, wie es bei Gespenstern eben so ist, da gibt es nichts zum Anfassen und nichts zum Draufhauen.

So ging's hin und her mit Getöse, bis die wilden Reiter sich auf ihre Pferde setzten und davongaloppierten, so dass die Erde zitterte.

Die Lisa lag im Moos und war ohnmächtig. Und als sie wieder zu sich kam, war sie nicht mehr bei Verstand.

So war es beim ersten Mal gewesen, als die wilden Reiter über das Dorf X drüberfuhren.

Beim zweiten Mal begnügten sie sich nicht mit dem Schrecken von zweien. Das ist sicher lustig, wenn zwei den Verstand verlieren – ja, der Heiner hat seinen bald darauf ebenfalls verloren –, wenn aber die Möglichkeit besteht, ein ganzes Dorf in den Wahnsinn zu treiben, dann wächst mit der Möglichkeit auch die Ambition. Das ist bei Gespenstern nicht anders als bei Menschen.

Die wilden Reiter sammelten sich vor Nürnberg, der Hauptmann ließ einen Pfiff ab, da saugten sich aus den Kaminen gewisser Häuser die Nürnberger Gespenster und schlossen sich dem Heer an.

»Wohin geht's?«

»Nach X.«

»Was dort?«

»Verzweiflung.«

»Was noch?«

»Tod.«

Und so haben es die wilden Reiter in den Städten Donauwörth, Roth, Dinkelsbühl, Rothenburg, Ingolstadt und Regensburg gehalten. Ein Schattenheer ist es geworden, so groß wie das französische Heer zu Napoleons besten Zeiten. Und die Reiter sind los übers Himmelszelt, hin zum Dorf X.

»Warum grad dieses?«, fragt ein Regensburger.

»Warum nicht jenes?«, ein Dinkelsbühler.

»Oder gleich ein ganz anderes?«, ein Ingolstädter.

Und was hat der Hauptmann geantwortet? – Das verrat ich an dieser Stelle noch nicht …

Das Heer hat das Dorf umstellt, hat einen Lärm gemacht, wie seit dem Dreißigjährigen Krieg keiner mehr auf Erden war, hat die Luft verwirbelt, so dass von außen keiner mehr hereinschauen konnte, und dann sind alle miteinander durch den Kamin eines jeden Hauses gefahren. Das war wie ein höllisch teuflischer Flaschenputzer. Wer nicht zufällig am Boden lag und nicht höher war als sein eigenes Knie, den hat der Wahnsinn gepackt, und der Wahnsinn war ein Fluch, der durch keine Therapie geheilt werden konnte, jedenfalls durch keine herkömmliche Therapie. Dass keiner der Bewohner, der zufällig am Boden lag und nicht höher war als sein eigenes Knie, am Boden liegen geblieben ist und tapfer dort ausgeharrt hat, dafür haben die Reiter mit ihrem Lärm, ihrem Gestank und ihrem schrecklichen Aussehen gesorgt. Irgendwann hält es der Mensch in Ruhe nicht aus, wenn das Grausame geschieht. Er rennt davon, er flieht. So ist er von der Natur gemacht worden. Davonrennen kann man, aber dann ist man höher als sein eigenes Knie. Und schon wird man erwischt. Das war die Strategie des Hauptmanns der wilden Reiter.

Aber da gab es den kleinen Leopold. Der war ein dünner, schüchterner Bub von zehn Jahren. Er lag zufällig in seiner Kammer am Boden, als die Wilden durch den Kamin rasselten. Und er ist liegen geblieben. Und hat sich alles ganz genau angeschaut. Hat sich ganz genau das Gesicht des Hauptmanns gemerkt. Ja, der Leopold war ein Gescheiter. Hier ein Beweis für seine Gescheitheit: Wie hat er sich denn bitte das Gesicht des Hauptmanns merken können, wenn dieser, wie ich erzählt habe, die ganze Zeit gewackelt hat? Der Leopold hat eben auch gewackelt, und zwar synchron zum Wackeln vom Gesicht des Hauptmanns. Wenn das nicht gescheit ist!

Und dann, als die wilde Nacht vorbei war und die gesamte Bevölkerung des Dorfes X den Verstand verloren hat – alle, außer dem Leopold –, da hat sich der Leopold über die Archive und alten Alben des Dorfes gemacht und hat schließlich herausbekommen, warum der Hauptmann so einen Hass auf gerade dieses Dorf hatte.

Vor vielen, vielen Jahren war dieser Hauptmann, als er noch am Leben war, ein fescher Kerl gewesen, aus reichem Haus, selbstbewusst und mit einer flinken Zunge ausgestattet. Und er hatte sich verliebt in die Tochter des ärmsten Knechtes. Und siehe da, die hat ihn nicht gewollt. Und jetzt werden sicher alle denken, der Vater hat auf sie eingeredet, weil das ja eine gute Partie gewesen wäre. Nein. Hat er nicht. Oder dass wenigstens die Nachbarn ihr geraten haben, sie soll doch. Nein. Haben sie nicht. Das ganze Dorf fand es gut, dass der reiche Eingebildete abgeblitzt ist bei der armen Bescheidenen. Und da hat er

einen Fluch ausgestoßen. Nämlich, dass dieses Dorf statistisch gesehen an erster Stelle stehen soll in ganz Europa, was Wahnsinn betrifft. Und das war so. Nirgends gab es so viele Verrückte wie hier.

Und nun der Leopold: Was hat er weiter getan? Ich erzähl's gern! Er hat sich ein Bild beschafft von der tapferen armen Bescheidenen von anno dazumal, hat das Bildchen in einen schönen Rahmen geklemmt und hat es mitten auf den Marktplatz gestellt. Aber vorher hat er ein tiefes Loch in den Marktplatz gegraben. Damit man das Loch nicht sieht, hat er Papier darübergelegt. Und auf das Papier hat er das Bild gegeben. Dann in der Nacht hat er sich auf den Marktplatz gestellt und hat in den Himmel hinauf gerufen:

»Mich hast du vergessen! Hier bin ich. Und ich bin nicht verrückt!«

Und schon hat es zu brummeln begonnen. Und dann in einem Sturmgebraus ist das Heer niedergefahren auf das Dorf. Nun zum dritten Mal. Aber knapp bevor der Hauptmann den Leopold gepackt hat, sieht er das Bild. Vor lauter, dass er so zittert, meint er, es sei kein Bild, sondern es sei seine Geliebte persönlich, die damals nicht seine Geliebte werden wollte. Und da hat er Befehl gegeben, und er und sein gesamtes Heer haben sich auf das Bild gestürzt und sind hinunter in das Loch, das der Leopold gegraben hat. Und als der Letzte von den wilden Reitern verschwunden war, hat der Leopold einen Pfropfen auf das Loch geschlagen.

Diesen Pfropfen kann man heute noch sehen auf dem Marktplatz im Dorf X. Ich sag aber nicht, wie das Dorf heißt. Sonst kommt zuletzt noch einer und zieht den Pfropfen heraus.

5

Der Mund

Es war einmal ein Mund, der machte viel Freude, wenn er heimlich im Spiegel betrachtet wurde. Es war der Mund einer Frau, sie konnte sich nicht sattsehen an ihm. Die Augen waren auch schön, aber sie waren nichts Besonderes, und nur weil sie über dem Mund lagen, meinten manche, sie wirkten rätselhaft. Aber sie waren nicht rätselhaft, und vielsagend blicken konnten sie auch nicht. Das ließ sich leicht testen. Manchmal sprach die Frau mit ihrem lieben Mann, dann verdeckte sie den Mund hinter der vorgehaltenen Hand, und sie sprach Dinge, die voll Zauber und Anmut waren, und sie warf Blicke, die aus der tiefsten Seele geholt waren. Aber der Mann, der liebe, der antwortete der Frau, als wenn sie ihm vom Zwiebelanbraten gesprochen hätte. Dann nahm sie die Hand vom Mund und sagte: »Soll ich dir ein Butterbrot streichen?« Und der Mann war angerührt von den Worten, als wären sie von den Zettelchen der Wahrsagerin abgelesen oder gar aus der Bibel abgeschrieben worden, und er legte seine Hand auf ihre Wange. – Der Mund machte das, nur der Mund.

Der Mund machte, dass sich ein anderer, ein mächtiger Herr, in die Frau verliebte, der mächtigste nämlich. Ihm gehörte der größte Wagen, der größte Fernseher, der größte Kühlschrank, er warf Geldscheine aus dem Seitenfenster seines Wagens, das machte er, ohne dass es ihm wehtat. Dieser wurde der Einmalige genannt, und er lauerte der Frau mit dem schönen Mund an der Hausecke auf und sagte zu ihr: »Was kann dein Mann für dich schon groß tun, ha?«

»Er liebt mich«, sagte sie, »das hat mir bisher immer genügt.«

»Von nun an wird es dir nicht mehr genügen«, sagte der mächtige Mann und gab Gas und fuhr davon.

Ich weiß schon, was der vorhat, dachte sie, und ihr schöner Mund lächelte.

Er denkt sich, dachte sie, wenn er mich einfach stehen lässt mit diesem Satz, den er da zum Autofenster hinausgehaspelt hat, dann senkt sich dieser Satz in mein Herz wie ein Zitronenkern in einen Blumentopf, und ein Wunsch fängt in meinem Herzen an zu wachsen. Und die Frau wettete im Stillen mit sich selbst, dass sie der Einmalige morgen wieder abpassen wird und wieder so einen Satz sagen wird, vielleicht sogar den gleichen.

»Ich habe euren Einmaligen durchschaut«, sagte sie zu Hause zu ihrem lieben Mann. »Er ist einer, der vor euch hintritt und sagt: Wenn ihr nicht mehr wollt, dass ich euer Bürgermeister bin, dann sagt es nur, dann will ich auch nicht mehr euer Bürgermeister sein. So tut er, weil er weiß, dass sich keiner von euch traut, ihm etwas ins Gesicht zu sagen. Und dann sagt er: So, jetzt bin ich aber euer Bürgermeister, und von nun an will ich kein Wort mehr hören. Und dann geht ihr und brummt und beklagt euch, was er doch für ein schlechter Bürgermeister ist. So einer ist er, euer Einmaliger.«

»Du redest dummes Zeug!«, sagte ihr Mann und zog den Gürtel aus der Hose und schlug sie damit.

Die Frau hieß Gunda. Der Name ihres Mannes ist nicht bekannt.

Am nächsten Tag wartete Gunda an derselben Hausecke auf den Einmaligen, dass er mit seinem großen Wagen daherkomme und zum Fenster hinausschaue und seinen großen Ring am Finger blitzen lasse. Aber der Einmalige kam nicht.

Am dritten Tag setzte sich Gunda zu Hause an den kleinen Esstisch, lehnte den Scherben Spiegel, den sie vor ihrem lieben Mann versteckt hielt, an die Kaffeekanne und schminkte sich ihren Mund, den hohen, noch höher auf, so dass er wie eine Wunde aussah, die aus Eifersucht geschlagen worden war. Und Gunda, das lasst euch gesagt sein, die verstand etwas von Farben. Sie besaß ein Kleid, das war rot, und das schonte sie, das hatte sie jahrelang geschont, denn seit Jahren hatte es keine Gelegenheit gegeben, das Kleid nicht zu schonen. Aber jetzt war Gelegenheit dazu. Und dieses Kleid hatte die gleiche Farbe wie der Lippenstift. Natürlich war die Anschaffung von Lippenstift und Kleid in der umgekehrten Reihenfolge geschehen. Man kauft nicht ein Kleid nach dem Lippenstift, wohl aber den Lippenstift nach dem Kleid.

Und wie sah das aus? Es sah aus, als ob das Blut aus der Eifersuchtswunde ihres Mundes über ihren Körper geflossen wäre, so sah es aus, und so sollte es aussehen. Schuhe besaß sie leider keine passenden, und darum ging sie barfuß. Aber glaubt mir, hätte sie passende Schuhe besessen, man hätte ihr raten müssen, sie zu Hause zu lassen. So reizend war Gunda, die barfüßige.

Aber der Einmalige fuhr wieder nicht an dieser Hausecke vorbei. Nur sein Hund kam dahergetrottet. Und zu dem Hund sagte Gunda: »Hör zu, Zipflo, sag deinem Herrn, dem eingebildeten, ich warte hier noch genau eine Stunde, dann kehre ich zu meinem lieben Mann zurück, und die Chance ist vertan.«

Aber Hunde können nicht reden. Und der Einmalige kam nicht, und Gunda kehrte nach Hause zurück. Da wartete ihr Mann, und weil sie keine Erklärung für den hohen Mund und keine Erklärung für das rote Kleid und keine Erklärung für die baren Füße abgeben wollte, zog er wieder den Ledergürtel mit der Silberschnalle aus der Hose und verprügelte sie.

Und dann eines Tages, vielleicht einen Monat oder ein Jahr später, geschah es, dass Gunda ihren lieben Mann zusammen mit dem Einmaligen im Wirtshaus trinken und wetten sah. Was wetteten sie? Sie wetteten, wer von ihnen beiden die größere Männlichkeit besitze. Und gerade als sie einschlugen und die Geldscheine auf den Tisch legten, sahen sie durch das Fenster, dass draußen Gunda vorbeiging auf der Suche nach ihrem lieben Mann.

Da sagte der Einmalige: »Und wer soll den Schiedsrichter machen?«

Der liebe Mann sagte: »Brauchen wir denn einen Schiedsrichter?«

»Nein«, sagte der Einmalige, »allemal lieber wäre mir eine Schiedsrichterin. Was ist mit deiner Gunda? Und wenn ich noch einen Tausender drauflege?«

Damit war der liebe Mann einverstanden, und er holte Gunda in die Gaststube und sagte ihr, sie solle ein Stück fettes Fleisch beim Wirt bestellen und es aufessen, sich aber den Mund, den schönen, nicht abwischen, denn er und der Einmalige wollen, dass ihr Mund glänze. Und Gunda tat, was ihr lieber Mann verlangte.

Und dann gingen der Einmalige und der liebe Mann und Gunda in ihrer Mitte hinaus zu den Lagerhäusern, wo um diese Zeit kein Mensch war.

Der liebe Mann sagte: »Gunda, du wirst tun, was wir von dir verlangen!«

Aber Gunda wollte das nicht. Da schlugen ihr lieber Mann und der Einmalige sie halbtot.

Aber nur halbtot. Nicht ganz tot. Ganz tot schlugen sie Gunda nicht. Als sie wieder zu sich kam und merkte, dass sie noch kriechen konnte, kroch sie in die Kirche. Sie kroch vor den Altar und betete: »Lieber Heiland im Himmel, der du das Elend kennst wie keiner, mach aus meinem Mund eine hässliche, stinkende, schwarze Höhle, in die alle fallen, die mir Böses tun wollen!«

Und der Heiland, der das Elend kennt wie keiner, hatte ein Ohr für Gunda, und kaum hatte sie ihr Gebet zu Ende gesprochen, fielen ihre schönen Lippen zusammen, so dass sie, als sie am Ende ihrer Bitte angekommen war, nur noch nuschelte, und ein Gestank stieg zu ihrer Nase empor. Aber dieser Gestank kam ihr wie Parfüm vor, und das gab ihr Kraft, so viel Kraft, dass sie sich aufrichten konnte und die Kirche nicht kriechend verließ.

Zu Hause schnitt sie ihr schönes rotes Kleid zusammen und machte sich einen Schleier daraus. Aber der Schleier verdeckte nur ihren Mund, nicht ihre Augen. Und das war gut, sie wusste ja, dass man aus ihren Augen nichts lesen konnte, dass man nur von ihrem Mund hatte lesen können – in ihrem früheren Leben.

Nun besuchte sie den Einmaligen und sagte: »Ich bin reuig.« Und auch ihren Mann, den lieben, besuchte sie und sagte: »Ich bin reuig.«

Und als die beiden ihre Männlichkeit von ihr messen lassen wollten, löste der Heiland von seinem Kreuz herunter sein Versprechen ein, und als der Einmalige und der liebe Mann plötzlich nicht mehr da waren, ging bald das Gerücht, Gunda habe die beiden verschlungen.

Eine Zeitlang sah man sie noch mit dem Schleier gehen. Dann legte sie den Schleier ab, und alle konnten endlich wieder ihren Mund sehen, der so rot war wie eine Wunde, die ein großer Schmerz geschlagen hatte.

6

Der Reiter am Morgen

Die Stimmung in der Gruppe war verhalten und bedroht von unterdrückter Wut, schon seit Tagen; keiner sah dem anderen in die Augen. Martin war an der Reihe, Frühstück zu machen. Als er die Glocke schlug, wehte ein erster warmer Wind von Osten her, aber die Sonne war noch nicht über dem Horizont. In den vergangenen Tagen hatte sich das Frühstück bis weit in den Vormittag hingezogen. Manche Paare verließen erst spät ihr Zelt; nicht, weil sie länger schlafen wollten, sie wollten die frühe Stunde nutzen, um sich

schöne Worte zu sagen und sich vielleicht zu umarmen; tagsüber genierten wir uns. Linda und Gloria waren immer die Letzten. Sie würden später im Bus frühstücken, sie saßen ganz hinten, vor ihnen blieb eine Reihe frei.

Ich hörte sie tuscheln.

»Ich hatte solche Vorstellungen nicht, ehrlich gesagt« – Linda.

»Mir waren Dinge versprochen worden, aber dezidiert nicht solche« – Gloria.

»Ich kann den Geruch nicht mehr ertragen« – Linda.

»Das Eau de Cologne wird mit dem heutigen Tag zu Ende sein« – Gloria.

An diesem Morgen aber war es anders; noch klang die Frühstücksglocke nach, da standen schon alle vor den Zelten. Und alle schauten nach Osten. Paula und ich hielten uns an der Hand. Der Reiter hatte das Morgenlicht im Rücken, es sah aus, als wäre er ein Schatten; der Kopf des Pferdes war nicht zu erkennen, weil sich der Reiter im Sattel aufgerichtet hatte; wie ein Kentaur ragte die schwarze Silhouette über den Salzsee. In den Händen hielt er je eine Stange oder einen Speer, die Arme hatte er von sich gestreckt. Wir hörten seinen Schrei, langgezogen, gellend, zum Ende hin in eine Melodie übergehend; dann sprengte er los und verschwand hinter den Salzstümpfen. Wir konnten nichts mehr sehen, weil uns nun der Sonnenball traf, der zudem das Salz in einen gleißenden Spiegel verwandelte.

7

Wenn ich euer Gott wäre

Wenn ich euer Gott wäre, ich würde euch noch kleiner machen, als ihr seid. Ich würde euch zwingen, Namen zu erfinden für all die Farben, die ihr vernachlässigt habt. Ich würde euch in die Hölle hinabführen, schön einer hinter dem anderen, so nahe beisammen würdet ihr gehen, dass einer den Nächsten an der Hand berühren könnte, falls er unsicher würde im Tritt oder Angst bekäme. Und dann würdet ihr die Hölle sehen. Und ihr würdet euch wundern. Ich würde zu euch sagen: Was habt ihr denn erwartet? Und ihr würdet einen Sprecher wählen, der mir antworten soll. Er würde sagen: Wir dachten, die Hölle sei rot, aber sie ist weiß; wir dachten, die Hölle ist heiß, aber sie ist kühl. Erleichtert wäret ihr. Ihr würdet Gedanken austauschen, und alle eure Gedanken würden um die Farbe Weiß kreisen. Euer Sprecher würde sich an mich wenden und sagen: Wenn wir je wieder hier herauskommen und hinauf auf die Erde kommen, dann wissen wir, was wir als Erstes tun. Und ich würde fragen: Was werdet ihr tun? Wir werden, würde der Sprecher antworten, ein neues Wort für die Farbe Weiß erfinden, nämlich für dieses Weiß, das ein ungeheuerliches Weiß ist. Wir sind nämlich übereingekommen, dass ein solches Weiß auf der Erde nicht existiert und dass man das Weiß der Hölle nicht mit demselben Wort belegen kann wie das Weiß oben auf der Erde. Ich würde zu eurem Sprecher sagen: Ja, das ist ein guter Ansatz. Merkt euch diesen Gedanken! Merkt ihn euch gut! Wie leicht vergisst man, was einem ehemals als unvergesslich erschien!

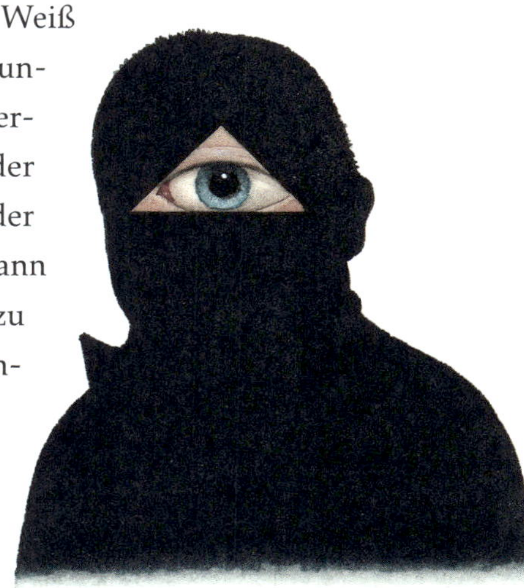

Wenn ich euer Gott wäre, würde ich

euch wieder aus der Hölle herausführen, schön einer hinter dem anderen. Ihr wäret mutiger geworden, nur selten würde einer nach der Hand eines anderen greifen. Ihr würdet denken, wir haben eine Aufgabe vor uns, wir müssen der Welt von der Ungeheuerlichkeit der Farbe Weiß erzählen, wie sie uns in der Hölle gezeigt wurde. Die Klugen und Wendigen unter euch würden bereits auf dem Heimweg Überlegungen anstellen, was für einen Namen man diesem ungeheuerlichen Weiß geben könnte. Einer würde sagen: Nennen wir es *heiweiß*, da schwingt das Wort »heiß« mit. Man würde ihm aber sagen, das wäre nun wirklich der falscheste Name, der sich denken lässt, denn erstens würde bei *heiweiß* jeder zuerst und sofort an *Eiweiß* denken, und zweitens könnten ja alle bezeugen, dass es in der Hölle eben gerade nicht heiß, sondern sogar kühl sei. Ein Nächster würde vorschlagen, das ungeheuerliche Weiß der Hölle *Www* zu nennen, weil es einerseits, so würde er argumentieren, beinahe unaussprechlich, andererseits aber genau der Äußerung entspräche, die von so gut wie allen Besuchern beim Anblick des ungeheuren Weiß der Hölle getan worden sei. Und alle wären einverstanden. Eine gute Stimmung würde sich unter euch ausbreiten.

Wenn ich euer Gott wäre, ich würde sagen: Ihr habt es gut getroffen.

8

Der Jäger und der Skorpion

Der Jäger hob den Skorpion aus dem Feuerkreis, setzte sich ihn an den Hals und blieb ruhig, als das Tier über den Adamsapfel kroch, den Hals umrundete und im Ausschnitt des Hemdes verschwand.

Die Männer hatten bezahlt, sie hatten sehen wollen, wie sich der Skorpion in seiner Ausweglosigkeit selbst den tödlichen Stich versetzte. Aber was sie nun sahen, war besser. Keiner verlangte sein Geld zurück. Sie prosteten einander zu und prosteten dem Jäger zu. Der Wirt sagte, ihm sei so etwas noch nie geboten worden und ihm sei bei Gott viel geboten worden.

Als der Jäger wieder auf seinem Weg war, kroch der Skorpion aus dem Kragen hinauf zum Ohr und flüsterte, er wisse, wo es etwas zu essen gebe. Der Fuchs sei sein Freund, und wenn er ihm berichte, wer sein Leben gerettet habe, werde er für ein gutes Nachtmahl sorgen und für gute Stimmung. Da war der Jäger einverstanden.

Der Skorpion gab Anweisungen, wie am besten zu gehen sei. Inzwischen war nämlich Nacht, und die Sterne gaben nicht genug Licht, damit einer die Schrunden und Klüfte sähe, die sich in der Ebene auftaten und die wie Fallen waren, wo sich ein Wanderer leicht ein Bein verletzen konnte.

»Kann ich bei dir bleiben?«, fragte der Skorpion. »Ich meine, der Fuchs wird mich sicher einladen, er hat seine Höhle erweitert, wie es seine Art ist, er wird sagen, für mich ist immer Platz darin, und ich will ihn nicht kränken, ein Fuchs und ein Skorpion aber passen nicht zusammen. Wenn ich zu ihm sage, ich habe dir bereits mein Wort gegeben, dass ich dir ein Führer sein werde durch dieses Land, dann wird er es einsehen. Er ist anständig und weiß, dass ich mein Wort nicht brechen darf.«

»Du kannst bei mir bleiben«, sagte der Jäger. »Aber wo willst du dein Nest bauen? Unter meinem Arm ist es warm, dort wirst du dich wohlfühlen. Ich schlage vor, bau dein Nest unter meinem Arm.«

»Das ist wahr«, sagte der Skorpion, »das wäre ein guter Platz. Aber du könntest irgendwann eine Bewegung machen, ohne dass du es willst, zum Beispiel weil ein Vogel auf dich niederstürzt und du dich gegen ihn wehren willst, und da könnte es geschehen, dass du mich zerdrückst.«

»Das ist wahr«, sagte der Jäger, »dann sag du mir, wo du dich an mir niederlassen willst.«

»Auf deinem Bauch«, sagte der Skorpion, »oberhalb deines Gürtels. Dort scheint es mir günstig. Meinen Stachel kann ich in deinen Nabel legen, dann besteht keine Gefahr für dich.«

»Das ist gut«, sagte der Jäger.

Der Fuchs rieb die Schnauze an der Hand des Jägers, zum Dank, weil er seinen Freund vor dem Feuertod oder dem Gifttod gerettet hatte. Er lud Jäger und Skorpion ein, in seiner Höhle zu wohnen, Platz sei genug, an den Tagen sei es kühl und feucht, in den Nächten warm und sicher. Der Jäger müsse weiter, bedauerte der Skorpion, und er habe ihm versprochen, sein Führer zu sein durch dieses Land. Der Jäger nickte bloß.

Zum Essen waren auch noch ein Schakal geladen und eine Eidechse. Bis spät in die Nacht hinein wurde getanzt und gesungen. Wenig Schlaf hatten die

Tiere und der Mensch, denn bevor die Sonne aufging, machten sich Jäger und Skorpion auf den Weg. Der Fuchs aber stand vor seiner Höhle und schaute ihnen nach, bis sie hinter den Salzstümpfen verschwanden.

9

Der Mummelsee

Im Schwarzwald liegt der Mummelsee. Nicht, wie man meinen könnte, unten irgendwo, in einem Tal, nein, auf einem Berg liegt dieser See. Das allein ist doch schon merkwürdig. Aber das ist beileibe nicht alles, was da nicht mit rechten Dingen zugeht. Also Obacht!

Zum Beispiel: Du gehst jetzt her, und das kann jeder ausprobieren, und nimmst sechs Erbsen oder acht oder zwölf, eine gerade Zahl muss es sein, und die gibst du in ein Tuch, knüpfst das Tuch gut zu und hängst das Tuch mit den Erbsen in den See. Braucht nicht lange zu sein. Bis das Tuch durch und durch nass ist, und die Erbsen sollen auch nass sein. Dann ziehst du das Tuch heraus, und anstatt einer geraden Zahl von Erbsen ist nun eine ungerade Zahl darin. Das Gleiche gilt für umgekehrt. Tust eine ungerade Zahl hinein, kommt eine gerade heraus. Das Experiment kannst du hundertmal hintereinander durchführen. Immer wirst du das gleiche Ergebnis haben. Merkwürdig, oder?

Und dann noch: Eines lass lieber, wirf keine Steine in den See. Wirfst du auch nur einen hinein, fängt es augenblicklich an zu donnern, mitten in den blauesten Himmel hinein haut der Himmel ein Wetter herunter, das sich gewaschen hat, Blitze, Starkregen, Hagel. Dauert nicht lang, hat es aber in sich. Also angenommen, du kommst beim Mummelsee an, Sommer ist, heiß ist es, du denkst, wär gut, wenn es jetzt regnen würde – also: Wirf einen Stein in den See! Und schon! Allerdings besteht die Gefahr, dass dich der Blitz erschlägt. Also Obacht!

Ein Hirte vor ein paar hundert Jahren hat geschworen, vor dem Pfarrer hat er geschworen, dass er ein Männlein hat beobachtet, das aus dem Mummelsee gestiegen ist und ihn gefragt hat, ob er vielleicht seinen Stier gesehen hat. Ihm, dem Hirt, sei der Mund offen geblieben. Denn zum einen sei das Männlein von Kopf bis Fuß trocken gewesen, die Juppe trocken, die Hose, der Hut, obwohl es doch vor einem Moment erst aus dem See gestiegen sei. Dann sei das Männlein, was ja auch unheimlich ist, nicht viel größer als ein Daumen gewesen. Zum Dritten habe das Männlein eine laute, kräftige Stimme gehabt und habe über die feinsten Manieren verfügt. Und zuletzt sei bald darauf aus dem See ein Stier gestiegen. Da habe das Männlein mit dem Hut gegrüßt und gesagt:

»Habt Dank für das freundliche Gespräch, zu dem Ihr leider nichts beigetragen habt. Dennoch war es mir eine Freude, Euch kennengelernt zu haben.«

Und dann sei das Männlein hinter dem Stier her wieder ins Wasser vom Mummelsee spaziert und habe dabei ein Liedchen gepfiffen.

Andere Geschichte: Ein Jäger erzählte, er sei mitten im Winter über den zugefrorenen Mummelsee gegangen, als plötzlich sein Hund angeschlagen habe. Vor ihm auf dem Eis sei ein Männlein gesessen, das habe ein Lagerfeuer vor sich brennen gehabt, man stelle sich vor: auf dem Eis! Auch dieses Männlein habe vor sich hin gepfiffen. Und als der Jäger näher herangegangen sei, habe er gesehen, dass vor dem Männlein ein Haufen Goldstücke gelegen habe. Und immer, wenn das Männlein eines berührte, wuchsen aus dem Eis zwei neue nach, so dass der Goldhaufen immer größer und größer wurde. Interessant und merkwürdig sei gewesen, erzählte der Jäger, dass das Männlein ihn offenbar nicht gesehen habe. Aber er stand höchstens vier Schritte von ihm entfernt, und er muss für das Männlein wie ein Berg gewesen sein. Der Hund habe den Schwanz eingezogen und sei winselnd davongerannt. Da sei ihm die Muffe gegangen, erzählte der Jäger. Er habe gedacht, alles, was nicht ist wie wir, ist gefährlich und muss weg. Er hat das Gewehr vom Rücken genommen und hat auf das Männlein angelegt. Und grad als er den Finger krumm machte, hat ihn das Männlein angeschaut und hat gesagt, und zwar in einem überaus freundlichen Ton:

»Guten Abend, Herr Jäger. Ihr braucht nicht zu schießen, ich geh von allein. Gleich hat mein Feuer ein Loch in das Eis gebrannt, durch das ich abtauchen kann in meine Heimat. Es tut mir leid, dass ich Eure Ruhe gestört habe, und sei es auch nur Eure innere Ruhe. Und besonders leid tut es mir, dass Ihr mich nicht gefragt habt, ob ich Euch etwas von meinem Gold abgebe. Das hätte ich nämlich gern getan. Ich hätte Euch sogar mein ganzes Gold gegeben, und Ihr wäret sehr reich gewesen. Ihr wäret der reichste Mann im ganzen Schwarzwald gewesen. Weil Ihr mich aber habt erschießen wollen, kann ich Euch nichts geben, das seht Ihr doch ein. Im Gegenteil muss ich einen Fluch über Euch sprechen, dass Ihr und Eure Kinder und Kindeskinder immer arm bleiben werdet. Tut mir wirklich sehr leid.«

Und damit sei das Männlein mitsamt seinem Gold im See untergetaucht. Der Jäger aber sei tatsächlich verlumpt. Und seine Nachfahren bis heute herauf haben allesamt nichts auf die Reihe gebracht.

Besser erging es einem Bauer, der in der Nähe des Mummelsees seinen Hof hatte. Der Mann war Witwer und war melancholisch und trauerte noch nach zwölf Jahren seiner lieben Frau nach. Aber die Trauer hatte ihn nicht, wie es oft vorkommt, bitter gemacht. Er war sanft geworden.

Zu sanft, sagten die Nachbarn. Sie sagten: »Der hat ja Mitleid mit den Kartoffeln, wenn er sie isst.«

Da war was dran.

Der Bauer redete den ganzen Tag mit seiner toten Frau, auch wenn er draußen im Garten arbeitete. Er sagte zum Beispiel: »Gestern habe ich die Äpfel vom Baum genommen, leider waren ein paar dabei, die waren noch grün. Meinst du, die soll ich wegschmeißen?«

Dann lauschte er in die Luft hinein.

»Du meinst also, ich soll Apfelmus daraus machen. Ja, das ist eine gute Idee. Du hast immer die besten Ideen. Und soll ich Zucker dazugeben?«

Er lauschte wieder.

»Ja«, sagte er, »dann gebe ich Zucker dazu.«

»Und Zimt«, ertönte plötzlich eine Stimme, eine laute, kräftige Stimme.

»Wer spricht da?«, fragte der Bauer.

Es war ein Männlein aus dem Mummelsee. Es setzte sich neben den Bauer und erzählte ihm, dass vor vielen Jahren auch seine Frau gestorben sei und dass er sie so sehr vermisse. Da hatten die beiden Männer, der große und der kleine, ein Thema. Sie erzählten einander von ihren Frauen, einmal rannen dem großen die Tränen über die Wangen, einmal dem kleinen. Der große ging hinein ins Haus und holte einen Krug Bier und brachte einen Humpen und den Fingerhut seiner verstorbenen Frau mit. Aus dem Humpen trank er, aus dem Fingerhut trank der kleine Mann. So saßen sie und erzählten einander und schwiegen miteinander, bis die Sonne unterging.

»Willst du nicht heute Nacht mein Gast sein?«, fragte der Bauer. Sie hatten einander schon längst das Du-Wort angeboten.

»Wenn ich dich nicht störe«, sagte der kleine Mann.

»Du kannst dir aussuchen, wo du in meinem Haus schlafen willst«, sagte der große Mann. »Ich habe Platz auf der Ofenbank oder auf dem Kanapee oder in der Hängematte im Garten.«

»Wenn du mir in einer Schale etwas frisches Wasser geben könntest«, sagte der kleine Mann, »dann würde ich gern im Wasser schlafen.«

Der große Mann fragte nicht. Er goss Wasser in eine Schale, und der kleine Mann legte sich hinein, deckte sich mit dem Wasser zu, tat nicht anders, als wäre das Wasser ein Bettzeug.

Auch den nächsten Tag verbrachten die beiden zusammen. Der kleine Mann lud den großen zu sich nach Hause in den Mummelsee ein. Da tauchte der große und sah sich unter Wasser den Hof des kleinen Mannes an. Kleine

Kühe grasten, kleine Hühner pickten, kleine Ochsen zogen den Pflug. Immer wieder musste der große Mann auftauchen, um Luft zu holen, aber immer wieder tauchte er hinab und ließ sich weitere interessante Dinge zeigen. Am Abend saßen sie wieder vor dem Haus des großen Mannes und tranken Bier, der große Mann aus dem Humpen, der kleine aus dem Fingerhut.

So wurden die beiden Männer alt und älter. Sie waren die besten Freunde und waren glücklich und versprachen einander, sollte es einen Himmel geben, dass sie dort ihre Freundschaft weiterpflegen wollten. Sie waren sich ganz sicher, dass ihre Frauen im Himmel auf sie warteten, und sie waren sich ganz sicher, dass sich ihre Frauen nicht weniger gut miteinander verstehen werden als sie beide.

Wie der kleine Mann gestorben ist, das weiß ich nicht. Den großen hat man eines Tages aus dem Mummelsee gezogen. Er sei ertrunken, hieß es.

Nicht weit vom Mummelsee ragt ein Fels aus dem Tannenwald empor. Die Spitze des Felsens teilt sich in eine große und eine kleine. Wenn man genau hinschaut, ist sonnenklar, dass beide Spitzen wie Männerköpfe aussehen, der eine wie ein kleiner Männerkopf, der andere wie ein großer. Und ich sage euch, ihr könnt es glauben oder nicht, das ist mir ganz gleich, aber ich sag's euch: Einmal, es war im Sommer, bin ich durch den Tannenwald in der Nähe vom Mummelsee gewandert, und da habe ich Stimmen gehört, Männerstimmen, kräftige Stimmen.

Die eine Stimme sagte: »Ich habe Zimt vorher gar nicht gekannt. Niemand bei uns hat damals Zimt gekannt. Woher hast du Zimt gehabt?«

Und die andere Stimme sagte: »Ah, das ist eine lange Geschichte.«

»Erzähl sie mir«, sagte die eine Stimme. »Wir haben ja viel Zeit.«

»Ja«, sagte die andere Stimme, »wir haben viel Zeit.«

Ich schlich mich vorsichtig heran und setzte mich am Fuß des Felsens unter eine Tanne und lauschte. Und hörte die Geschichte vom Zimt und hörte noch andere Geschichten und hörte, wie am Abend die Frau des kleinen Mannes und die Frau des großen Mannes von ihren Einkäufen zurückkamen, und war glücklich und neidisch zugleich wegen dieses großen Glücks.

10

Der Heilige Ägidius

Grieche war er, aus Athen stammte er und aus vornehmem Haus, verzärtelt worden war er in seiner Kindheit, hatte schon geweint, wenn ihn ein Gräslein streifte, hatte schon gehustet, wenn ihn ein Häuchlein traf, wachte auf, wenn eine Eule am Horizont vorüberflog, ganz zu schweigen, wenn sie rief. Die Mutter saß Nacht für Nacht an seinem Bett, und nicht nur einmal hielt sie einen Spiegel über sein Mündchen, um nachzuprüfen, ob er noch atmete.

So wuchs er heran. Jedes Leid wurde von ihm ferngehalten, nicht laut sprechen durfte man in seiner Gegenwart, und sein Badewasser musste eine bestimmte Temperatur haben, nicht zu heiß, nicht zu kalt. Die Speisen, die ihm vorgesetzt wurden, waren mild und weich, und die Geschichten, die ihm seine Amme erzählte, durften nicht lang und nicht grausam sein.

Dann wuchs ihm ein zarter Bart, und eines Nachts hatte er einen Traum. Er träumte, er schreite an der Hand des Heiligen Petrus in die Hölle hinab, und Petrus erklärte ihm die Strafen. Rechts und links des Weges wurde gemartert und gequält, wurde gesühnt und vergolten. Da wurden Mägen mit flüssigem Blei aufgefüllt, da wurden Rücken mit glühenden Nadeln gespickt, höllische Fledermäuse saugten Augen aus, die immer wieder nachwuchsen, Stinkkäfer gruben sich in Arme und Beine und marschierten unter der Haut in alle Richtungen; Köpfe waren auf den Rücken gedreht, Helden brannten in Flammenhörnern und so weiter und so weiter; die im Leben unbarmherzig waren, steckten bis zu den Nasenlöchern im Eis; die im Leben lieblos waren, wurden von klebrigen Schlangen umwickelt; die im Sterben sich nicht versöhnen wollten, denen wuchsen Pilze aus den Ohren und der Nase und dem Mund; und so weiter und so weiter und so weiter.

Und wie sie so gingen, der Heilige Petrus und der noch nicht Heilige Ägidius – wie sie im Traum des Ägidius gingen –, schaute dieser zu Boden, ihm kam der Weg so weich, so schwammig vor, und er fragte: »Worauf gehen wir? Woraus besteht der Weg? Womit ist er gepflastert?«

Und bekam von Petrus die Antwort: »Wir gehen auf den Leibern der Weichlinge. Aus den Leibern der Weichlinge besteht unser Weg. Mit den Leibern der Weichlinge ist er gepflastert.«

Da wachte Ägidius auf, und von nun an wollte er kein Weichling mehr sein. Er zog von zu Hause fort, kleidete sich nur mit einem Sack, in den er drei Löcher gerissen hatte – nicht geschnitten, schneiden wäre zu leicht gewesen. Die Hand der Mutter, die ihn zum Abschied wenigstens noch einmal streicheln wollte, wies er zurück; und als sie sich vor ihn auf den Boden warf und weinte und die Brust entblößte, stieg er über sie drüber und ging und blickte nicht mehr zurück. Und weil ihm selbst die Tränen aufstiegen, Tränen des Mitleids und der Liebe, schlug er sich auf die Wange. Er ging nach Norden, mied den Schatten, wenn es heiß war, mied das schützende Laub der Bäume, wenn es regnete. Seine zarten Füße, die bisher in Schuhen gesteckt hatten, die innen mit weichem Hasenfell ausgelegt waren, bluteten schon nach einem halben Tag. Aber anstatt sie zu schonen und im weichen, kühlen Gras zu gehen, suchte er Scherben und Schotter.

In der Nacht untersagte er sich zu schlafen. Fielen ihm die Augen zu, schlug er den Kopf gegen den felsigen Boden. Er betete zu Gott, er möge ihm Unheil senden, wie er dem Hiob Unheil gesendet hatte, er möge ihn nicht schonen, wie er Hiob nicht geschont hatte. Er stellte sich auf einen Hügel, mitten hinein in die Vogelschwärme, die scharfen Schnäbel ritzten sein Gesicht, bis es blutete, als ob er gegeißelt worden wäre. Mit barem Haupt lief er voran durch Dornengestrüpp, bis die Haut an Stirn und Schläfen durchbohrt war wie von einer Dornenkrone.

Wenn er Menschen traf, bat er sie um schlechtes Brot. Wenn sie ihm gutes gaben, verfluchte er sie und wischte sich damit den Hintern. Und wenn er dafür Schläge bekam, lachte er, wie ein anderer gelacht hätte, wäre er geliebt und gelobt worden.

Nach langer Wanderschaft ließ er sich in Frankreich nieder. Er kroch in einen hohlen Baum und lebte als Einsiedler. Er ernährte sich von der Erde, die ihm die Würmer übrig ließen, und trank das Wasser, das in Baumstümpfen

faulte. Er wurde der Freund der wilden Tiere, aber auch der Freund der Wanzen und Flöhe, der Läuse und der Maden im Darm. Zum Schnee sagte er: »Komm, ich wärme dich!«, und legte den Mantel ab. Den Fischen im Bach gab er Schatten, wenn im Sommer die Sonne niederbrannte.

Eine Hirschkuh, deren Kalb von einem Wolf gerissen worden war, schloss sich Ägidius an. Er sah die Trauer in ihren Augen, aber Tränen sah er nicht.

»Du bist wie ich«, sagte er. »Du bist traurig, aber Tränen zeigst du nicht.«

Er meinte zu hören, wie ihm die Hirschkuh antwortete:

»Wir sind alle Tiere«, sagte sie, und weil ihre Euter prall von Milch waren und schmerzten, bat sie ihn, davon zu trinken. »Du hast bei deiner Mutter getrunken, also trinke bei mir«, sagte sie. »Wir sind alle Tiere.«

Tatsächlich hatte der strenge Mann seit vielen Jahren keine Milch mehr getrunken, als verzärteltes Kind hatte er Milch geliebt, sie war ihm als mild und warm und weich in Erinnerung, und die Versuchung war groß, und er meinte, er müsse widerstehen, denn die Versuchung kommt vom Teufel, das hatte er bei seinem Höllenspaziergang an der Hand des Heiligen Petrus gelernt. Zugleich aber spürte er, dass es bald mit ihm zu Ende gehen würde, wenn er nicht endlich etwas anderes äße als Erde und etwas andere tränke als faules Wasser.

»Gott«, rief er, »Gott, ich werde von der Milch dieser Hirschkuh trinken. Vergib mir! Ich tue es nur, damit ich länger lebe und du mich länger quälen kannst auf Erden.«

Er trank, und die Milch schmeckte ihm gut, und er wurde gesund und kräftig, und die Hirschkuh behielt die Milch in ihren Eutern, sie wurde seine Amme, und er wurde ihr Beschützer, und so lebten die beiden zusammen, und es war nicht sicher, wer von ihnen mehr einem Tier glich, das Tier oder der Mensch.

Eines Tages jagte Wamba, der König der Westgoten, in dem Wald, in dem Ägidius hauste. Der König sah die Hirschkuh, und er staunte, was für ein stattliches Tier sie war, und er hetzte sie und wollte sie mit seinem Pfeil erlegen. Mit letzter Kraft flüchtete sie sich zum Baum des Ägidius und rief nach ihm, und Ägidius sprang aus dem hohlen Stamm und stellte sich dem König entgegen, breitete seine Arme schützend vor das Tier und rief:

»Wir alle sind Tiere! Wenn du ein Tier erlegen willst, dann erlege mich!«

König Wamba war ein frommer König, und nie hätte er auf einen frommen Einsiedler angelegt. Er war, hatte ihm sein Priester gesagt, der erste König seit König David, der gesalbt worden war, und er wollte ein gutes und gerechtes Leben führen. Aber er meinte, dieses Tier, das aus dem Baum gesprungen war, könne nichts anderes sein als ein Tier, auch wenn es die menschliche Sprache beherrschte. Ein ähnliches Tier hatte er zwar nie gesehen, aber etwas anderes als ein Tier konnte es nicht sein, und schließlich hatte es ja selbst gesagt, es sei ein Tier. Also legte er an und schoss. Und traf Ägidius in die Brust unterhalb des Schlüsselbeins.

Die Hirschkuh floh und kehrte nie wieder zurück.

Da lag er nun, und der König betrachtete ihn und befahl einem aus seiner Begleitung, er solle dem Tier da das Fell vom Gesicht schneiden. Und als das geschehen war, als das Gesicht des Ägidius geschoren war, sah Wamba, dass er auf einen Menschen geschossen hatte, und zwar auf einen frommen Menschen, denn nur ein frommer Mensch lebt als Einsiedler in einem hohlen Baum. Auch das hatte ihn sein Priester gelehrt.

Der König kniete sich vor den Einsiedler und bat ihn um Verzeihung und versprach ihm, er werde ihn in seinem Palast gesund pflegen, die schönsten Gemächer wolle er ihm geben, die besten Speisen zubereiten lassen, im weichsten Bett werde er schlafen.

Aber Ägidius schob die Hand des Arztes weg. »Ich werde dir verzeihen«, sagte er zu dem König, »aber nur, wenn du mich hier liegen lässt wie einen räudigen Köter, nur, wenn du Salz in meine Wunde streust, nur, wenn du nichts unternimmst, um meinen Schmerz zu lindern.«

König Wamba gehorchte und ritt zurück und verkündete überall, er sei im Wald einem Heiligen begegnet, der von Gott auserkoren sei, die Schmerzen des Landes auf sich zu nehmen, nicht die Schmerzen der ganzen Welt, das habe ja Gottes Sohn bereits getan, aber die Schmerzen Frankreichs. Daraufhin marschierte er mit seinem Heer gegen die Basken und schlug sie vernichtend und zwang sie, hundert Söhne der vornehmsten Familien als Geiseln zu stellen, und wies alle Verherrlichung seiner Person zurück, er habe den Sieg errungen, sagte er, aber nur mit Hilfe des Heiligen aus dem Wald. Des Weiteren führte er Krieg gegen den rebellischen Adel von Septimanien, und nach dem Sieg ließ er zehn Heilige Messen feiern, und in die Fürbitten nahm er den Heiligen aus dem Wald auf.

Jeden Tag, am Morgen, zu Mittag und am Abend, betete Ägidius von nun an zu Gott, er möge die Wunde in seiner Brust unterhalb des Schlüsselbeins nicht heilen lassen, er möge sie schwären lassen, er möge jeden Tag die Schmerzen verdoppeln und er möge ihm ein langes Leben geben, damit die Schmerzen lange dauern. Und Gott erhörte seine Bitten.

Und schließlich erhörte auch Ägidius die Bitten von König Wamba und stimmte zu, dass neben seinem hohlen Baum ein Kloster errichtet wurde, das er schließlich als der erste Abt leitete. Und endlich nahm Gott diesen merkwürdigen Mann zu sich und flüsterte dem Papst zu, er möge ihn heiligsprechen, sonst habe das Ganze ja keinen Wert gehabt.

11

Auf nach Jerusalem!

In Venedig lebte einst ein Edelmann, der ließ nichts aus. In den Nächten war er immer der Letzte; wenn es um das richtige Wort bei Frauen ging, war er der Erste. Geld rieselte ihm in die Hände und von dort in die Taschen; er wusste nicht, was er dagegen hätte tun können. Von Tag zu Tag stärkte sich sein Charakter. Seine Güte wuchs. Er gab den Armen. Das konnte er so vorzüglich, dass die Armen nichts daran auszusetzen hatten. In der Kirche bekam er den ersten Strahl des Weihwassers ab. Jeder in Venedig hätte sich ihn als einen König denken können. Man nannte ihn nur den schönen Gherardino. Denn unter all seinen Gaben beeindruckte nämlich seine Schönheit am stärksten.

Kaum kam ihm der Gedanke, angenehm wäre es zu heiraten, eine liebe, schöne, kluge, reiche Frau, da traf er eine solche, sie ging gerade an seiner Haustür vorbei. Alles passte. Man heiratete. Man bekam ein Kind, Knabe, dann noch eines, Mädchen, beide schön, beide gesund, beide und so weiter. Venedig sang: Der schöne Gherardino hat bekommen, was zu erwarten war, nämlich vom Besten das Beste!

Der schöne Gherardino hatte einen Diener, der hieß Grillo; der steckte jeden Abend eine Hand in die Erde, was in Venedig nicht leicht ist, denn die Stadt ist, wie jeder weiß, über Wasser gebaut. Da hat sich Grillo einen Blumentopf mit Erde aus dem Umland in seine Kammer stellen lassen. Warum tat er so? Damit er nicht vom Boden abhebt. Denn das kann passieren, wenn man der Diener von so einem Herrn ist.

Eines Abends kam Grillo die Idee, dass der Teufel manchmal als Mann des Friedens komme, manchmal als Mann des Grauens und genauso manchmal als Mann des Glücks. Grillo sprach bei seinem Herrn, dem schönen Gherardino, vor und fragte: »Habt Ihr zur Zeit irgendeine Beschwerde? Magen, Kopfweh, Hohlkreuz, eingewachsener Zehennagel, ein verlorener Band aus einer Gesamtausgabe oder so?«

»Nein, nichts dergleichen«, sagte der schöne Gherardino.

»Und hat es in Eurem Leben auch nie etwas Ähnliches gegeben bisher?«

»Nicht, dass ich wüsste.«

»Ich glaube«, sagte Grillo, »ich glaube, dann seid Ihr vom Teufel besessen.«

Er sagte das ohne Betonung irgendwelcher Art, und der schöne Gherardino kannte seinen Diener genug, und er wusste, es war blanke Sorge.

Er sagte: »Also will ich ihn mit einer Reise nach Jerusalem austreiben.«

Da jammerte die Frau. Da jammerten die Kinder. Da jammerte ganz Venedig. »Weg will er! Unser Glanz will uns verlassen! Ach!«

Und weil der schöne Gherardino beides wollte, nämlich nach Jerusalem pilgern und zugleich nicht aus Venedig fortgehen, dachte er Folgendes und hatte folgende Idee: Bei einer Pilgerreise kommt es ja nicht auf das Ziel an, sondern auf den Weg. Und er verkündete: »Ich werde jeden Tag in meinem Palast fünf Stunden im Kreis gehen, bis ich so viel gegangen bin, wie der Weg nach Jerusalem lang ist. Und dann gehe ich auf dieselbe Weise wieder zurück.«

Grillo, sein Diener, musste ihn nach Jerusalem begleiten. Er trug die Koffer. So marschierten die beiden durch den Palast, von einem Zimmer in das nächste und dann ins übernächste und so weiter, bis sie fünf Stunden gegangen waren. Der schöne Gherardino führte genau Buch. Auf einer Landkarte verzeichnete er, wo sie an den jeweiligen Abenden angekommen wären, wenn sie wirklich über Land gehen würden.

In Florenz blieben sie zwei Tage, in Rom drei Tage. Das hieß, an diesen Tagen gingen sie nicht durch den Palast, sondern taten florentinisch und römisch.

Am Anfang war alles wie immer, nur dass der schöne Gherardino, anstatt auf den Sofas herumzuliegen, an den Sofas vorbeimarschierte. Aber mit der Zeit begann sich sein Charakter zu verändern. Er wurde ernst. Erst wurde er nur ernst. Dann wurde er streng. Grillo durfte nicht mehr neben ihm gehen, er musste hinter ihm durch die Zimmer gehen. Schließlich wurde er mürrisch.

Als sie in Sizilien angekommen waren und Grillo den Vorschlag machte, man solle sich auf ein Handelsschiff begeben und mit ihm über das Mittelmeer fahren – was einen guten Monat Ruhe bedeutet hätte –, da wurde der schöne Gherardino offen zornig und befahl seinem Diener, er solle ein Boot besorgen, man werde rudern.

Von nun an war alles nur noch Mühe und Qual. Anstatt durch den Palast zu wandern, setzten sich Herr und Diener jeden Morgen in ein Boot, und Grillo ruderte hin und her über den kleinen Kanal vor dem Palast. Und vergaß an den Abenden seine Hand in die Erde zu stecken.

Gherardinos schöne, kluge Frau packte ihre Kinder und verließ ihren Mann. Die Bürger der Stadt schüttelten den Kopf, und als Herr und Diener endlich nach Jahren in Jerusalem angekommen waren, war aus dem schönen Gherardino ein alter, bissiger, hässlicher, ganz und gar uninspirierter Mann geworden.

»Drei Tage Aufenthalt, dann geht's zurück!«, befahl er.

Am zweiten Tag in Jerusalem sagte Grillo zu seinem Herrn: »Hört zu, ich will Euch eine gute Nachricht bringen! Mir ist die Idee gekommen, es muss doch herrlich sein, in Jerusalem zu sterben.«

»Na und?«, sagte der hässliche Gherardino.

»Ich will hierbleiben«, sagte Grillo. »Hier in Jerusalem will ich meinen Lebensabend verbringen!«

»Was redest du da!«, fuhr ihn Gherardino an. »Wir sind in Venedig! Wir haben nur so getan, als ob wir nach Jerusalem fahren!«

Aber Grillo blieb dabei: Er wollte in Jerusalem sterben. Bei sich aber dachte er: Der Name des Teufels ist Als-ob. Er verließ den Palast seines Herrn, sagte:

»Ich gehe hinaus in die Wüste.«

Er zog in ein winziges Zimmerchen und steckte jeden Abend seine Hand in die Erde.

Der schöne, hässliche Gherardino aber trug selbst die Koffer von Jerusalem zurück nach Venedig.

Ja, manchmal kommt der Teufel als Mann des Friedens, manchmal als Mann des Grauens, manchmal als Mann des Glücks und manchmal als Mann der guten Ideen. Immer aber kommt er als der Mann mit den vielen Namen.

12

Der Eferdinger Lügenbold

Seinen ersten Streich kennt inzwischen jedes Kind auf der Welt von Lissabon bis Hongkong, von Syrakus bis Flensburg, von Feuerland bis hinauf nach Alaska: als er im oberösterreichischen Eferding mit dem Besitzer des Gasthauses, das später *Zum Springerwirt* genannt wurde – eben wegen dieser Geschichte nämlich –, eine Wettschaft abgeschlossen hat, er könne höher springen als sein Haus. Der Wirt, ein gewisser Fridolin Tatzmannsdorfer, hat sein Hab und Gut dagegen gewettet, der Lügenbold seinen Titel, sein Schloss, seine Wälder und Felder und sein Gestüt – wobei ich nicht hinter dem Berg halten möchte und gleich bekanntgebe (für jene wenigen, die es vielleicht noch nicht wissen), dass der Lügenbold sich Fürst Gabriel von Gabrielsberg nannte, was natürlich stinkverlogen und an den Haaren herbeigezogen war, worüber sich allerdings niemand wundern sollte, zeichnet sich ein Lügenbold doch genau dadurch aus, dass er lügt. Die Männer, die in der Wirtsstube saßen, alle besoffen wie Schwämme in einer Badeanstalt, warnten den Wirt noch, sie hätten, sagten sie, ein komisches Gefühl, der von Gabrielsberg habe so kleine Augen, das bedeute nichts Gutes. Der Wirt aber hörte nicht auf sie, er hätte sich halt so gern Fridolin Fürst von Tatzmannsdorf genannt und hätte so gern ein Schloss besessen und Pferde in Hülle und Fülle und einen Wald voll von Christbäumen und Rüben auf dem Acker, so weit das Auge reicht. Und was war? Der Lügenbold hüpft grad einmal zwanzig Zentimeter hoch, und der Wirt lacht und denkt sich schon den Hermelin um seine Schultern zurecht und die zarten Lackschuhe an seine Plattfüße … – »Und jetzt wollen wir schauen, ob dein Haus höher springen kann als ich!«, sagt da der Lügenbold. Ja, und das konnte das Haus nicht. Aber der Lügenbold war nicht so. Er hat dem Wirt sein Haus gelassen. Nur eines hat er sich ausbedungen: dass er immer kommen darf und gratis einen heben darf und sich den Bauch anfüllen mit dem guten

Schweinsbraten mit Biersauce, Sauerkraut und Knödel. Da war der Fridolin froh und hat den Lügenbold umarmt und ihn seinen Freund genannt.

Der Lügenbold hat sich unsichtbar gemacht in der Gegend. Hat freiwillig auf Bier und Braten verzichtet und ist stattdessen weiter nach St. Agatha gezogen und hat sich dort durchfüttern lassen, indem er behauptete, er sei beim Frankenburger Würfelspiel beteiligt gewesen. Es hat nämlich vor Zeiten einen Aufstand gegeben gegen die bayerische Herrschaft, und der bayerische Statthalter hat fünftausend Männer auf einem Feld zusammengetrieben und angedroht, er werde sie alle, einen nach dem andren, erschießen lassen, wenn nicht verraten würde, wer die Rädelsführer seien. Und da ist es verraten worden. Sechsunddreißig waren es an der Zahl. Daraufhin hat der Statthalter eine lange Tafel in der Wiese aufstellen lassen und je zwei der Betreffenden einander gegenübergesetzt und ihnen Würfel gegeben, und wer gewonnen hat, kam frei, wer verloren hat, der wurde aufgehängt.

»Und ich war einer von denen, die gewonnen haben!«, verkündete der Lügenbold in St. Agatha im *Stefan Fadinger Hof* und spintisierte gleich weiter, bevor es Fragen gab, er sei anschließend mit dem Schiff nach Amerika gefahren. »Und an Bord habe ich einen sehr vornehmen Herrn kennengelernt, einen Adeligen mit einem sehr vornehmen Namen, nämlich Marie-Joseph-Paul-Yves-Roch-Gilbert du Motier Marquis de Lafayette. Ich wusste ja nicht, dass dieser freundliche zurückhaltende Mann ebenfalls ein Revolutionär war wie ich. Aber er weihte mich ein. Sein Plan war, in Amerika eine Revolution anzuzetteln, und er fragte mich, ob ich ihm dabei helfe, und ich sagte, ich schließe mich ihm an. So sind wir hinüber und haben es getan und sind dann wieder herüber und nach Paris und haben auch dort eine Revolution gemacht, und zwar jene, die man später die Französische nannte, großgeschrieben, weil sie die größte Revolution der Welt ist bis heute …«

Und da wurde der Lügenbold schließlich doch unterbrochen. Vom Apotheker nämlich. Das könne doch alles gar nicht sein, rief er, der zu Hause ein historisches Periodikum abonniert hatte, er bringe die Zeiten und Ereignisse auf die abenteuerlichste Weise durcheinander. Wenn man ihn so ansehe, schätze man ihn nicht älter als dreißig, das Frankenburger Würfelspiel aber sei schon dreihundert Jahre her und die amerikanische Revolution weit über zweihundert Jahre und die Französische Revolution auch. Was er denn für einen Unsinn verzapfe, ob er wirklich glaube, die Männer und Frauen am Land seien Idioten, die jeden Schmarren glauben. Und schon fingen die St. Agathaner, die dem Lügenbold Bier und Schweinsbraten bezahlt hatten, zu murren an und gaben dem Kellner Zeichen, mit dem weiteren Humpen noch zu warten.

»Sehr klug! Sehr klug, Herr Apotheker!«, rief der Lügenbold zurück und begann zu schwitzen, aber nur innerlich, äußerlich war nichts zu sehen. »Sehr klug! Aber! Ist Ihnen aufgefallen, wie glatt meine Haut ist? Na gut, bei diesem Licht können Sie das nicht sehen. Morgen bei Sonnenschein bitte ich Sie, meine Haut genau zu inspizieren. Und Sie werden feststellen: Es ist nämlich nicht meine Haut, es ist gar nicht Menschenhaut, es ist Haifischhaut, und wie ja allgemein bekannt ist und wie auch Sie nicht bestreiten werden, bleibt Haifischhaut an der Luft unversehrt, wenn man sie glatt schmirgelt, sie altert nicht und sieht immer so aus wie die Haut eines munteren Dreißigjährigen. Ganz von der Nähe natürlich nicht, aber auf eine Entfernung von auch nur einem halben Meter schon. Was denken Sie, wie alt bin ich tatsächlich?«

Diese Frage hatte er an die Runde gerichtet. Er erhob sich, drehte sich, führte sich vor.

»Dreißig!«

»Achtundzwanzig!«

»Achtunddreißig!«

»Vierzig?«

»Niemals!«

Da gab der Lügenbold ein Zeichen, dass Stille eintrete, und Stille trat ein und blieb lange, so lange, bis er sie höchstpersönlich unterbrach.

»In Wahrheit bin ich – haltet euch fest – fünfhundert Jahre alt.«

»Puhhhh!«, hörte man da.

»Als ich geboren wurde«, fuhr der Lügenbold über den erneuten Protest des Apothekers, »war der berühmte Arzt und Magier Theophrastus Bombastus von Hohenheim, der Paracelsus genannt wurde, gerade vierundzwanzig Jahre alt. Ihr werdet euch wundern – und mich wundert nicht, wenn ihr euch wundert –, wenn ich euch sagte, dass Paracelsus mein Vater ist. Wenngleich nicht mein Vater im gewöhnlichen Sinn, denn eine Mutter habe ich nicht. Wie das?, werdet ihr fragen. Vierzig Tage lang hat er seinen Samen in wärmendem Pferdemist verfaulen lassen, daraus wurde ein kleines, durchsichtiges Menschlein,

ein Homunkulus, den hat er vierzig Wochen mit menschlichem Blut genährt. So bin ich gemacht worden. Wer es nicht glaubt, der kann es in den Schriften des Paracelsus nachlesen. Weil ich durchsichtig war, hat er meinen Körper mit geschmirgelter Haifischhaut überzogen, und in mein Blut hat er Königswasser gemischt, so kann ich, wenn mir vorher niemand den Kopf einschlägt, mit bis zu tausend Lebensjahren rechnen. Und das erklärt auch, wie es mir gelungen ist, das Frankenburger Würfelspiel, die amerikanische und die Französische Revolution und noch so vieles mehr mitzuerleben – worüber ich euch gern erzählen möchte, falls Interesse besteht …«

Nun brach am Stammtisch vom *Stefan Fadinger Hof* in St. Agatha ein Tumult los. Der Apotheker schrie: »Lüge! Lüge! Alles Lüge! Königswasser im Blut – lächerlich!«

Die anderen schrien: »Erzähl uns! Erzähl uns! Halt's Maul, Apotheker, lass den Mann erzählen!«

Die anderen waren in der Mehrzahl, und so erzählte der Lügenbold und erzählte, und die Biere und die Schnäpse wurden gebracht, und am Ende der Nacht waren alle eingeschlafen, und als sie aufwachten, war der Lügenbold verschwunden, und nie wieder hat ihn einer in St. Agatha gesehen.

Angeblich soll der Lügenbold anschließend in Stadl-Paura zum Dank dafür, dass ihn die Knechte auf dem Feld mit ihren Dreschflegeln nicht erschlagen hatten, eine Kirche errichtet haben. Er hatte nämlich behauptet, ursprünglich habe es eine Vierfaltigkeit gegeben und nicht nur eine Dreifaltigkeit, und er sei der Vierte gewesen, sei aber dann wegen einer Entzweiung, über die sie sich nicht einigen konnten, aus dem Verband ausgetreten. Die Kirche, das darf sich jeder gern anschauen, ist in Form eines Dreiecks gebaut und in Sentimentalität der Heiligen Dreifaltigkeit gewidmet, sie hat drei Türme, in jedem hängen drei Glocken, sie hat drei Eingänge, und drinnen stehen drei Altäre, die Stufen sind aus dreifärbigem Marmor, und das Ganze hat 333 333 Gulden gekostet, und davon ist einiges übrig geblieben, das hat der Lügenbold an 333 Arme aus der Gegend verteilt.

So erzählte er. Und wie zu erwarten, hat es wieder Einsprüche von irgendwelchen pingeligen Kritikastern gegeben, die behaupteten, die Kirche sei ja bereits im Jahr 1715 oder so gebaut worden, nämlich zum Dank, weil Stadl-Paura von der Pest verschont geblieben sei. Ob er denn behaupten wolle, er sei quasi von heute dreihundert Jahre zurückgereist.

»Ja, was denn sonst!«, rief der Lügenbold aus. »Natürlich behaupte ich das!« Und er rechnete auf einer Papierserviette vor, dass der Mensch mittels der Relativitätstheorie, und wenn er die Augen fest verschließe, damit er keine Zeitkrümel hineinkriegt, die bei solchen Operationen in der Luft herumzufliegen pflegen, dass also der Mensch tatsächlich in der Zeit zurückfliegen könne, und zwar weitestens bis zum 24. August des Jahres 79 nach Christus. Er selbst, erzählte er weiter, habe sich über dieses Thema ausführlich mit Professor Albert Einstein unterhalten, der ihm dann auch den Trick gezeigt habe, wie das geht.

»Und warum nicht weiter als bis zum 24. August 79?«, fragte einer.

Und bekam die Antwort: »Weil an diesem Tag der große Vulkanausbruch am Vesuv war, dem die Stadt Pompeji zum Opfer fiel. Durch diese Staubwolke kommt man nicht hindurch. Dort ist Schluss.«

Das haben alle eingesehen.

13

Paracelsus und Luzifer

Philippus Theophrastus Aureolus Bombastus von Hohenheim – was für ein Name! So hieß er, der berühmte Paracelsus.

Paracelsus ist in Salzburg gestorben und hat viele Jahre in Salzburg gewirkt, als Wissenschaftler und als Arzt. Geboren wurde er im Jahre 1493 in der Schweiz, und zwar in Einsiedeln. Er war ein überaus begabtes Kind, was jeder feststellen konnte, der mit ihm nur fünfzehn Worte wechselte. Es heißt, mit vier Jahren konnte er bereits fließend lesen und schreiben. Mit sieben soll er sich durch alle Wissenschaften geackert und die größten Geister seiner Umgebung in den Senkel gestellt haben. Und mit vierzehn Jahren war er allen Denkern Europas überlegen. Er studierte in Ferrara, erwarb sich mit siebzehn den Doktor der Medizin. Und dann begab er sich auf die Wanderschaft und lebte bescheiden als Arzt für die Armen, nahm Brot und Wein als Honorar. Das konnte keiner verstehen. Herumlaufen in der Welt und in stinkende Hütten kriechen, anstatt sich vornehm niederlassen und Geld scheffeln! Wenn einer mit so vielen Gaben ausgestattet ist, dann besteht Gefahr, dass er hochnäsig wird. Dass er auf die anderen Menschen herabblickt. Und das hat man dem Paracelsus andichten wollen. Aber ganz im Gegenteil, Paracelsus hatte ein großes Herz, ein gutes Herz, er war ein Anwalt der Kleinen, ein Streiter für die Benachteiligten. Das zog ihm die Gehässigkeit vieler seiner Kollegen zu. Und auch eine üble Nachrede bei den Herrschenden. Wenn er nicht mehr gelitten war, zog er weiter.

Und so kam er auch nach Salzburg. Da war er schon alt. Aber gescheiter denn je. Besonders eine Frage hat ihn interessiert: Was ist das Leben? Denn wer diese Frage beantworten kann, dem gelingt es vielleicht, selbst Leben zu schaffen? Und dem Paracelsus ist es gelungen. Er hat einen Menschen gemacht. Der ist eher klein geraten. Aber macht nichts! Ein Menschlein eben, ein Homunkulus. In seiner berühmten Schrift *De natura rerum* – über die Natur der Dinge – hat er die Rezeptur genau dargelegt: Was man tun muss, um einen Homunkulus zu erschaffen.

Also, da ist zunächst das Problem der Trägersubstanz, um den Seelenstoff zu binden? Denn der Seelenstoff, das ist das Wesentliche am Menschen, und der verflüchtigt sich leicht. Paracelsus hat herausgefunden, es braucht dazu Urin, Sperma und Blut, und zwar in einer ganz bestimmten Abmischung. Dann muss man drauf hauchen, mit Gefühl, mit Gefühl. Und dann muss das Ganze ruhen und wirken, in warmem Pferdemist, vierzig Tage lang, so lang, wie die Sintflut die Welt unter sich begraben hielt, und dann – ja, dann regt sich etwas. Manche behaupteten, Paracelsus hätte auch einen normal großen Menschen erschaffen können oder sogar einen noch größeren. Aber aus Respekt vor Gott habe er das seinlassen.

Paracelsus – das ist für unsere Geschichte wichtig – konnte nur gehend denken. Viele Stunden täglich ist er gegangen. Um den Mönchsberg herum. Da ging er, und in seiner Begleitung waren drei Tiere: eine Schlange, die bewahrte er in seiner Manteltasche, ein Rabe, der saß ihm auf der Schulter, und neben ihm her ging ein Luchs. So konnte man den Paracelsus sehen, wie er geht und denkt.

Und Luzifer, er ist voll Neid auf Gott oben und auf den Menschen dazwischen, und er redet sich jede Minute seiner Ewigkeit ins Gewissen: Ich muss! Ich will! Es wird mir eines Tages gelingen, einen Menschen zu erschaffen, der schöner, größer, bedeutender ist als der von Gott geschaffene. Ich muss! Ich will! Ich muss! Ich will! Er hat unten in der Hölle die Schriften des Paracelsus studiert und mit allen großen verdammten Gelehrten diskutiert. Aber alle miteinander haben sie das Geheimnis des Paracelsus nicht herausbekommen.

Und da hat der Luzifer beschlossen, er begibt sich hinauf und wird mit dem Paracelsus sprechen. Zuerst hat er sich ja gedacht, er wird den großen Mann einfach kassieren, kidnappen, ab in die Hölle und ihn dort an einen glühenden Kessel nieten und ihm jeden einzelnen Gedanken höchstpersönlich mit der Pinzette aus dem Hirn pflücken. Aber dann, er ist ja nicht dumm, der Luzifer, und er kennt die Menschen wie keiner sonst, hat er sich gesagt: Solche Gedanken, solche wunderbaren Ideen wie die des Paracelsus, solche im Grunde köstlich gotteslästerliche Ketzereien, entstehen nur aus einem freien Geist unter einem freien Willen. Also was nützt es mir, wenn ich ihn kneble und abführe und verbrühe und ihn, Füße voraus, in die Knochenmühle schiebe? Nein! Ich werde ihn zu einem Gespräch einladen. Schließlich habe ich Stil! Und ich werde ihm nichts vormachen.

Neben dem Spazierweg des Paracelsus wächst eine Eiche, und unter dieser Eiche wartet Luzifer. Und als Paracelsus daherkommt, stellt er sich erst vor, manierlich, Hut ab, sagt: »Sei gegrüßt, du großer Mann! Ich bin Luzifer, jener Engel, den Gott in die Hölle gestoßen hat, weil er zu viel wusste und noch mehr wissen wollte.«

Hat sich Paracelsus gewundert? Nein, hat er nicht. Einer, der Menschen machen kann, wundert sich über so etwas nicht. Im Gegenteil, der rechnet sogar damit, dass sich der Antagonist eines Tages meldet.

»Und was willst du von mir?«, fragt er.

»Ich möchte mich mit dir unterhalten, mehr nicht«, sagt Luzifer. »Außerdem denke ich, du kannst von mir ebenso profitieren wie ich von dir. Denn stell dir vor: All die großen Geister der Weltgeschichte, zumindest eine Zeitlang waren sie alle bei mir unten. Nicht einer, der gleich in den Himmel aufgefahren wäre. Außer der, dessen Namen auszusprechen mir verdammt schwerfällt. Und alle haben mir ihre Gedanken mitgeteilt, auch jene Gedanken, die sie in ihrem Leben nicht zu Papier gebracht hatten. Wenn du über diese Gedanken etwas erfahren möchtest …«

Das hat den Paracelsus sehr gereizt, wie auch nicht, und er sagte zu Luzifer: »Was für eine Gewissheit habe ich, dass du mich nicht von deinen Unterteufeln in die Hölle zerren lässt?«

»Mein Versprechen«, sagte Luzifer.

»Du bist der König aller Sünden«, lachte Paracelsus. »Warum sollte ich dir glauben? Ich werde dir die Augen aus dem Kopf operieren und sie in das Geäst dieser Eiche hängen. Mein Rabe wird auf sie achtgeben. Wenn wir den Mönchsberg umrundet haben, werde ich dir die Augen wieder einpflanzen. Sollte es aber sein, dass unser Spaziergang ein Stück länger dauert als gewöhnlich, dann wird der Rabe deine Augen auffressen, und du wirst blind sein in Ewigkeit.«

Luzifer war einverstanden. Und so gingen sie und unterhielten sich, und Paracelsus breitete seine Ideen vor dem Teufel aus, und er musste sich eingestehen, noch nie hat er mit einem Gescheiteren diskutiert, noch nie hat ihm einer gescheitere Fragen gestellt, noch nie hat ihm einer gescheitere Antworten gegeben. Und Luzifer, der war aufgeregt, schon glaubte er, dem Paracelsus das entscheidende Geheimnis entlocken zu können – da hatten sie den Mönchsberg umrundet.

»Ende des Gesprächs«, sagt Paracelsus.

»Nein, nein!«, ruft Luzifer aus. »Lass uns doch noch einmal um den Berg herumgehen! So vieles gibt es noch zu besprechen.«

»Ja«, antwortet Paracelsus, »ich habe tatsächlich noch viel zu sagen. Mehr, als deine Augen wert sind, denke ich. Ich werde dir die Hoden amputieren, die lege ich neben den Stamm der Eiche. Die Schlange wird auf sie achtgeben. Aber wenn unser Spaziergang länger dauert als gewohnt, dann wird sie deine Hoden auffressen.«

Luzifer war einverstanden. Und so sind sie weitermarschiert auf demselben Weg. Und Paracelsus hat sich ausgebreitet, und Luzifer hat zugehört und war aufgeregt wie noch niemals zuvor in seiner Ewigkeit. Und dann hatten sie den Mönchsberg abermals umrundet.

»Ende des Gesprächs«, sagt Paracelsus.

»Nein, nein, nein!«, ruft Luzifer aus. »Jetzt noch nicht, jetzt noch nicht! So viel Interessantes fehlt noch!«

»Na gut«, sagt Paracelsus, »dann gibst du mir dein Herz. Das lege ich auf die andere Seite des Baumstammes. Und der Luchs wird darauf achtgeben. Und wenn wir später als gewohnt zurückkommen, wird er dein Herz fressen.«

Da entstand eine lange Pause. Dann sagte Luzifer: »Ich habe kein Herz.« Und er schrie gegen den Himmel: »Du hast mich betrogen! Du wusstest es von Anfang an! Du hast mich zum Narren gehalten! Du wolltest mir dein Geheimnis nicht verraten.«

»Ja«, gab ihm Paracelsus recht. »Es hat mir tatsächlich eine große Freude bereitet, den Widersacher unseres Herrn zu demütigen.«

»Oh!«, rief Luzifer. »Ich will dich nie wieder sehen!«

»Das ist ein gutes Versprechen«, antwortete Paracelsus.

Heißt das nun, der Paracelsus hat sich damit einen Freibrief für den Himmel erworben? – Keine Ahnung! Woher soll ich das wissen?

14

Die Wilde Jagd

Da hat einmal eine junge Frau – das war gewesen im Salzburger Land oder drum herum, das weiß ich nicht so genau –, die hat geschlafen, und ich sag euch, die konnte schlafen, die hätte jeden Wettbewerb auf diesem Gebiet gewonnen; wenn die ihre Backen auf das Kissen gelegt und die Augen zugemacht hat, dann ist sie abgesunken in des Schlafes Tiefe, als wär sie ein Stein, der in den Ozean geworfen wird. Ihr Liebster hat sich einmal einen Spaß gemacht und hat sie sich auf die Schulter gehievt, sie schlafend, und hat sie überall herumgetragen eine Nacht lang, ins Wirtshaus, wo ein Höllenlärm war, zum Wasserfall, wo sie nass geworden ist, als hätte man sie tatsächlich aus dem Ozean gezogen, in die Werkstatt vom Schmied, wo in dieser Nacht wie verrückt gearbeitet wurde, weil lukrative Aufträge fertig werden mussten – und sie, die Ursula? Am Morgen hat sie gegähnt und sich gestreckt und gesagt: »Das war aber eine ruhige Nacht! So gut geschlafen habe ich noch nie.« Da haben ihr Liebster und seine Freunde gelacht und ihr alles erzählt, und sie hat mitgelacht. »So eine bin ich halt«, hat sie gesagt. »Sogar wenn die Wilde Jagd durch mein Schlafzimmer reiten würde, ich würd's nicht merken.«

Sie nicht. Sie würde nichts merken. Aber die Wilde Jagd hat's gemerkt. Besser: Die drei Anführer der Wilden Jagd haben es gemerkt – der weißgekleidete Berchtold, der Langmantelte, und die Frau Holle. Die merken sofort, wenn von ihnen geredet wird. Darum rede ich ja auch nicht von ihnen, sondern schreibe über sie. Lesen und Schreiben können sie nämlich nicht. Und ich rate allen, die meine Geschichte aus welchen Gründen auch immer laut vorlesen, jetzt sofort damit aufzuhören, sonst könnte es sein, dass sie ihr blaues Wunder erleben.

Die Wilde Jagd war schon überall auf der Welt. Man hat sie gesehen in Italien und in Norwegen genauso wie in Bayern, in Salzburg oder in Kanada oder Russland. Das ist eine Gesellschaft zu Pferd, die schreit und johlt und ächzt und jammert und rast über den Himmel und manchmal auf die Erde nieder und reißt alles mit sich, was höher ist als ein Knie. Da sind Kinder dabei und alte Weiber, Halbwüchsige mit Flaum um das Kinn und gestandene Männer, die noch ihren Anzug tragen, in dem sie ins Amt unterwegs waren, als der Tod ihnen den Boden unter den Füßen weggerissen hat.

Ja, so ist es nämlich: Die Wilde Jagd, das sind Geister von Menschen, die zur Unzeit gestorben sind. Jeder von uns hat, so sei es im himmlischen Buch vermerkt, sagen die, die etwas davon verstehen, jeder von uns hat seine Zeit. Einer soll sterben mit acht Jahren, eine andere soll achtzig Jahre leben. Wenn aber der, der mit acht Jahren hätte sterben sollen, aus Gründen, die uns schleierhaft sind, achtzig Jahre alt wird, dann ist er zur Unzeit gestorben, dann holt ihn die Wilde Jagd, und er muss zweiundsiebzig Jahre abdienen in dem Geisterheer, nämlich achtzig minus acht. Und wenn die Frau, die erst mit achtzig über den Jordan hätte gehen sollen, bereits mit acht die Patschen streckt, dann trifft es sie genauso, nur umgekehrt.

Und wie aus der Geschichte, die ich hier erzähle, hervorgeht, hören die Anführer der Wilden Jagd, der weißgekleidete Berchtold, der Langmantelte und die Frau Holle, wenn über sie gesprochen wird. Und da spitzen sie die Ohren. Und kommen zu Besuch. Nämlich in der Nacht. Denn die Wilde Jagd ist nur nachts unterwegs.

Und so haben die wilden Reiter, die auch als die schwarzen Reiter bekannt sind, die Ursula in der Nacht besucht. Das Heer hat draußen vor dem Haus gewartet. Die Pferde sind nicht auf dem Boden gestanden, sie sind in der Luft geschwebt, ein Knie hoch über dem Boden. Sie sind dabei beobachtet worden. Von wem? Eben von dem Liebsten der Ursula. Der wollte nämlich wieder einen Streich machen mit ihr und war grad auf dem Weg, als das unheimliche Heer, das auch das Teufelsheer genannt wird, obwohl es mit dem höllischen Saubeitel nichts zu tun hat, vor dem Haus der Ursula landete. Da hat sich der Anton, so hieß er, auf den Boden geworfen, so dass er nicht höher war als ein Knie, und ist unter die Hufe der schwebenden Pferde gerobbt, um zuzusehen, was geschieht, und eventuell, wenn nötig und möglich, etwas dagegen zu tun.

Hinein in die Schlafstube marschiert aber sind nur der weißgekleidete Berchtold, der Langmantelte und die Frau Holle. Die Frau Holle hat sich über die schlafende Ursula gebeugt und hat ihr die Seele aus dem Leib gesaugt. Und der Langmantelte hat gesagt mit hohler Stimme: »Jetzt kannst ein Stück tanzen mit uns, du Vorlaute!« Und der weißgekleidete Berchtold hat gesagt: »So wahr mir der Rotz aus der Nase rinnt!«

Und diesen letzten Satz hat der Anton gerade noch gehört, und er hat gesehen, dass dem weißgekleideten Berchtold tatsächlich ein Rotzfaden von der Nase bis zum Ende des V-Ausschnitts seines Pullovers baumelte.

Da ist der Anton schnell zurückgerobbt unter die Hufe der Rösser, die im Garten von Ursulas Haus standen, und er hat sich zwischen den Hinterbeinen von dem Schimmel versteckt, der dem weißgekleideten Berchtold gehörte, und als dieser Anführer der Geister aufgestiegen ist, hat sich der Anton hinter ihm auf den Rücken des Pferdes geschwungen, und ab ging die Jagd.

Die Seele der Ursula saß auf dem Pferd der Frau Holle, und der Anton konnte sehen, dass auch die Seele einen so guten Schlaf hatte wie der Körper seiner Geliebten, sie schaukelte auf dem Pferd, als wäre sie der Schatten der Frau Holle.

Da hörte er, wie der weißgekleidete Berchtold rief:

Holle, Holle, schau mich an,
mir ist, als säß' im G'nick ein Mann.
Ich g'spür sein Hauch.
Siehst ihn auch?

Die Frau Holle aber konnte nicht gut sehen, sie war geblendet von dem vielen Schnee, den sie immer wieder abschütteln muss, wie man weiß, und sie rief zurück:

Berchtold, Berchtold, Berchtold mein,
es wird des Mondes Schatten sein.
Er reitet wie du
und gibt keine Ruh.

Da fragte der weißgekleidete Berchtold den Langmantelten, der vor ihm ritt:

Du im langen Mantel, sprich!
Hockt da ein Ding und kitzelt mich,
ein klitzekleins,
nicht deins, nicht meins?

Der Langmantelte aber ist der Tod, und der Tod schaut nicht zurück, das kann er nicht, dann würde er nämlich traurig werden, und das darf er nicht, dann würde er nämlich seine Arbeit lassen. Darum antwortete er:

Berchtold, Berchtold, Berchtold mein,
lass, was war, vergangen sein.
Der Teufel schickt,
was hinten pickt.

Da hatte der weißgekleidete Berchtold nicht mehr die Schneid, sich umzudrehen und nachzusehen mitten in der wilden Jagd, ob ihm einer aufsitzt.

Also hatte der Anton Glück. Bestraft hätte ihn der weißgekleidete Berchtold nicht, der hatte am Gerichthalten kein Interesse. Aber abgeworfen hätte er ihn. Und das überlebt der Mensch höchstwahrscheinlich nicht. Und weil der Anton dann vor seiner Zeit gestorben wäre, hätte er gleich wieder aufsitzen können, denn dann wäre er, wie bereits erklärt, ein Mitglied der Bande geworden, und bald hätte er auch ein eigenes Geisterpferd bekommen.

So saß er hinten auf und hetzte mit der Wilden Jagd über den Himmel – davon, davon. Davon! Der weißgekleidete Berchtold ritt neben der Frau Holle, und vor ihnen ritt der im langen Mantel, der Tod. So eng ritten der weißgekleidete Berchtold und die Frau Holle nebeneinander, dass der Anton hinübergreifen konnte zur Seele seiner geliebten Ursula. Aber er wusste nicht, was er tun sollte. Er wollte die Seele knuffen, nur ging das nicht. Woraus bestehen Seelen? Das weiß jeder. Sie bestehen aus Luft. Knuff einmal in Luft hinein! Siehst du? Da knuffst du mitten hindurch. Obendrein handelte es sich um die Seele einer Tiefschläferin. Die könnte man, angenommen, man könnte, so lange knuffen, wie man Kraft hat, es würde nichts nützen, sie würde nicht aufwachen.

Schon war die Wilde Jagd vom Salzburger Land bis nach Norwegen hinauf galoppiert, nun ging's über das Eismeer hinüber nach Kanada und von dort nach Sibirien und über das ganze Russland um die Erde herum bis zum Mittelmeer und von dort wieder hinauf – da hatte der Anton eine Idee. Eine gefährliche Idee, aber eine Idee.

Als es so dahinging mit Lärm und Gewieher und Gejohle, beugte er sich weit hinüber zu dem Ross von der Frau Holle. Er umarmte die Seele seiner geliebten Ursula, das heißt, er tat so, als ob er sie umarme, und dann atmete er sie ein.

Das geht. Das geht eindeutig. Ich habe ja schon erklärt, dass die Seele aus Luft besteht. Und Luft kann man einatmen. Also hat der Anton die Seele der Ursula eingeatmet.

Aber jetzt! – Er musste die Luft anhalten. Ist doch klar. Wenn er normal weiteratmet, schnauft er ja die Seele seiner Geliebten Stück für Stück aus, so dass am Schluss nichts mehr übrig ist.

Das hat sich der Anton alles ganz genau überlegt. Als die Wilde Jagd, vom Mittelmeer kommend, über das Salzburger Land jagte und über das Haus der Ursula, seilte sich der Anton am Rotzfaden des weißgekleideten Berchtold vom Pferd ab und ließ sich fallen. Hat wehgetan! Sehr weh! Aber er hat die Zähne zusammengebissen, was noch einen weiteren positiven Effekt hatte, nämlich, dass dadurch das Ausatmen erschwert wurde. Und mit letzter Kraft und letztem Atem schleppte er sich ins Haus der Ursula und in ihr Schlafzimmer und presste seinen Mund auf ihren und blies ihr die Seele in den Leib zurück.

Davon erwachte sie.

»Wie schön, Anton«, sagte sie, »wie schön, mit einem Kuss geweckt zu werden!« Sie sah ihn an und sah seine Wunden und sah, dass er ganz außer Atem war. »Wo kommst du denn her?«, fragte sie.

»Ach«, sagte der Anton, »ich hab mich herumgetrieben.«

»Das muss auch einmal sein«, sagte die Ursula und zog ihn zu sich unter die Decke.

15

Herr Pompo

Ich will euch den Weg durch die folgende Geschichte so sehr verkürzen, dass ihr glauben werdet, ihr säßet zu Pferde. Denn eines wisset: Die Geschichte hört eigentlich an ihrem Ende nicht auf, und sie hat eigentlich auch keinen Sinn, und man kann so gut wie gar nichts aus ihr lernen, ich könnte sie genauso gut heute Abend abschneiden und morgen Abend einen neuen Teil ankleben, außerdem gerät der Erzähler beim Erzählen dieser Geschichte leicht vom Hundertsten ins Tausendste. Also setzt euch auf euren Hintern und hört zu und unterbrecht mich nicht!

Es war einmal Herr Pompo, der war ein Diener. Ein prächtiger Diener war er. Wenn er von der Küche in den Keller eilte, um Erdäpfel zu fassen, staubte unterwegs seine rechte Hand schnell noch die Kästen ab, seine linke beförderte die Jacke, die zu Boden gefallen war, auf die Garderobe, flugs schloss er die Tür, die vergessen worden war zu verschließen, und obendrein wischte er mit einem Fuß das Regenwasser auf, das vom Schirm tropfte. Hoffnungsloses im Haus wurde Herrn Pompo übergeben, Zersplittertes klebte er zusammen, so dass die Klebestellen unsichtbar waren, verstopfte Rohre blies er eigenmündig frei. Über die Natur und ihre Gesetze wusste er Bescheid, als hätte er den lieben Gott bei der Schöpfung beraten. Den Männern war er ein Vorbild, den Frauen ein Traumbild.

Für seine Kollegen aber, die anderen Diener, war er ein Feindbild. Immer wieder versuchten sie, ihn beim Herzog anzuschwärzen. Sie klauten und sagten aus, er sei es gewesen, sie verdreckten und klagten an, er habe den Hund hereingelassen. Aber der Herzog glaubte ihnen nicht und lobte Herrn Pompo, weil er zu vornehm sei, um sich gegen solche Beschuldigungen zu verteidigen.

»Seht, wie edel unser Herr Pompo ist!«, rief der Herzog aus.

Und die Frau des Herzogs? Sie sagte und sagte es eigentlich nicht, sondern dachte es nur: »Wenn der Pompo, angenommen, auch ein Herzog wäre und nicht ein Diener, und weiter angenommen, wenn ich nicht schon verheiratet wäre, dann … ja dann …«

Die Diener heimlichten sich in einem Winkel zusammen und berieten, wie man den Herrn Pompo loswerden könnte, ein für alle Mal.

Da gab es einen Feind, einen Urfeind sogar. Der Urfeind des Herzogs war der wilde Mann auf dem Berg, das war im ganzen Land bekannt. Der Wettstreit ging nämlich, wer von den beiden der Reichere sei. Der Herzog zeigte seine Reichtümer gern her, er lud andere Herzöge und sogar Könige in sein Schloss ein und führte sie durch die Zimmer, das heißt, Herr Pompo führte, denn er wusste zu jedem Gegenstand eine hübsche Geschichte. Der wilde Mann auf dem Berg aber war geizig, er lud niemanden zu sich ein, einem Gast hätte er wenigstens ein Glas Wein und ein Schinkenbrot anbieten müssen, dazu war er aber zu geizig. Also hatte noch niemand seinen Reichtum gesehen. Also wucherten die Gerüchte. Und eines dieser Gerüchte berichtete, der wilde Mann auf dem Berg besitze ein Pferd, das lasse sogar die Hengste von König Salomon aussehen wie geschundene Maultiere. Das Pferd des wilden Mannes galoppiere schneller, als eine Schwalbe fliegen könne, springe höher und weiter als eine Antilope und – jetzt aufgepasst! – sei der menschlichen Sprache mächtig.

Nun also stachelte die Dienerschaft den Herzog auf, er solle doch alles daransetzen, in den Besitz dieses Pferdes zu gelangen, denn solange der wilde Mann auf dem Berg sagen dürfe, es sei sein Pferd, solange sei der Wettstreit zu seinen Gunsten entschieden. Zugleich lobte die Dienerschaft den Herrn Pompo vor seinem Herrn über die Hutschnur und gab sich einig darin, dass es nur einen gebe, der den Mumm und den Witz besitze, dieses Wunderpferd zu stehlen – nämlich eben der Herr Pompo, wer sonst, ja wirklich, wer denn sonst! Derweil die Dienerschaft fest damit rechnete, dass Herr Pompo bei dieser Operation sein Leben lassen würde.

Jetzt muss ich noch etwas Wichtiges nachreichen, was ich vergessen habe zu erzählen: Als der Herr Pompo geboren wurde, war nämlich eine Fee gekommen, die stanzte in sein linkes Ohrläppchen ein Ringlein hinein, und an

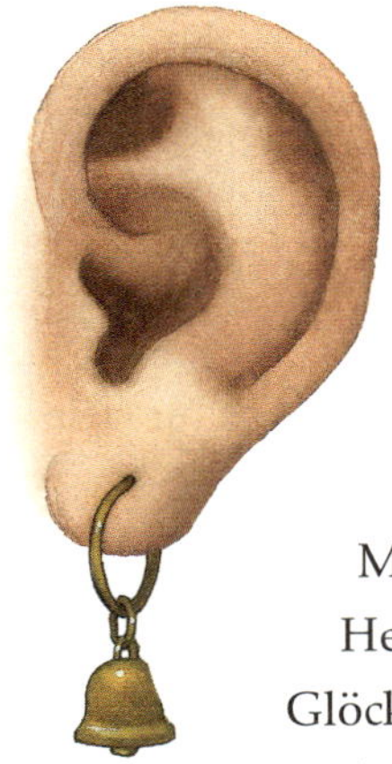

das Ringlein hängte sie ein Glöckchen, und die Fee hatte einen Zauberspruch gesprochen, dass immer das Glöckchen bimmelt, wenn ein Glück bevorsteht, und es werde so leise bimmeln, dass nur Herr Pompo es hören könne, weil es so nah an seinem Ohr hängt.

Der Herzog rief Herrn Pompo zu sich und fragte ihn: »Glaubst du, du kannst mir das Pferd von dem wilden Mann auf dem Berg bringen?«

Herr Pompo neigte leicht den Kopf und lauschte, hörte das Glöckchen bimmeln, und »Ja«, sagte er, »ich kann«.

Am gleichen Tag noch ging Herr Pompo los, und am Abend erreichte er das Schloss des wilden Mannes auf dem Berg. – Und nun muss ich noch etwas nachreichen. Der wilde Mann war wild, keine Frage, böse war er und wild und geizig. Aber er war auch traurig. Wildheit, Bosheit und Geiz halten wir für schlechte Eigenschaften, Traurigkeit merkwürdigerweise durchwegs für eine gute Sache, obwohl schon vielfach Beispiel gegeben worden war, dass traurige Menschen durchaus bereit sein können, fröhlichen Menschen den Kopf abzuschlagen. Diese Beispiele hier auszubreiten, würde aber zu weit weg führen von unserer Geschichte …

Traurig war der wilde Mann, weil er keine Frau hatte. Keine Frau hatte er, weil er so wild war.

Das erste Wort, das Herr Pompo an den wilden Mann richtete, war: »Ich habe Eure Traurigkeit bis hinunter ins Tal gespürt.«

Da sagte der wilde Mann nur: »Ach so?«, und bat Herrn Pompo herein.

»Was würdet Ihr geben für eine schöne Frau?«, fragte Herr Pompo, als sie beieinandersaßen und ein Glas Wein tranken und Schinkenbrote aßen.

»Alles«, sagte der wilde Mann.

»Auch Euer Pferd?«

»Auch mein Pferd.«

»Ihr braucht es mir nicht zu geben«, sagte Herr Pompo. »Es genügt, wenn Ihr es mir leiht.« Wenn nämlich eine schöne Frau ein so schönes Pferd sehe, dann könne sie nicht anders als denken, wie schön wird erst der Mann sein. »Wenn es Euch recht ist«, sagte Herr Pompo, »dann will ich Euer Brautwerber sein.«

Und wie das dem wilden Mann recht war!

Nun ritt Herr Pompo also ins Tal hinunter. Unterwegs unterhielt er sich mit dem Pferd über Schöngeistiges. Das Pferd lobte Herrn Pompos Verstand, weil er so kluge Fragen stelle. Herr Pompo dagegen lobte des Pferdes breites Wissen auf den Gebieten der Philosophie, der Physik und der Geographie. Und man kann sagen, als sie beim Schloss des Herzogs anlangten, waren die beiden die besten Freunde und auch längst schon per Du, und sie fanden es beide schade, dass der Weg so kurz war, es gäbe ja so viel noch, worüber man reden könnte.

»Kommst du mich ab und zu im Stall besuchen?«, fragte das Pferd.

»Keinen Tag werde ich auslassen«, gab ihm Herr Pompo zur Antwort.

Der Herzog war begeistert und glücklich und fragte, wie Herr Pompo das gemacht habe und ob er eine Bedingung habe erfüllen müssen.

»Eine ja«, sagte Herr Pompo und holte weit aus, zog Parallelen zur Antike und errichtete vor dem Herzog eine Pyramide aus Fürs und Widers, aus Immerhins und Dennochs, so dass ihn der Herzog schließlich unterbrach und ausrief:

»Komm endlich zur Sache!«

Die Sache war folgende: »Der wilde Mann möchte das Pferd gegen Eure Frau tauschen.«

Da wurde der Herzog blass. »Das ist böse«, sagte er. »Nun habe ich keinen Gefallen mehr an dem Pferd. Nimm es und bring es zurück! Und du lass dich hier nicht mehr blicken! Wie kannst du es wagen, mir so ein Geschäft vorzuschlagen!«

Die Dienerschaft lauschte an der Tür. Man war der Meinung, die Sache laufe gut. Man war der Meinung, Herr Pompo habe sich ordentlich in die Bredouille geritten. Sie hörten den Herzog schreien und zeigten sich gegenseitig den erhobenen Daumen.

Ist es wahr? Hat sich Herr Pompo tatsächlich in die Bredouille geritten? Leider ja. Er hat zwar immer wieder den Kopf schief gehalten und auf das Glöckchen gelauscht, und das Glöckchen an seinem Ohr hat ja auch immer gebimmelt, so dass er der Meinung sein musste, das Glück stehe ihm bevor. Aber – ehrlich! – wenn du ein Glöckchen an einem Ringlein an deinem Ohr hängen hast und wenn du den Kopf schief hältst, bimmelt dann das Glöckchen nicht in jedem Fall, nämlich auch wenn du kein Glückskind bist, wenn kein Glück bevorsteht?

Was für ein Beschiss ist das Ganze! Habt ihr denn wirklich geglaubt, eine Fee sei bei der Geburt des Herrn Pompo herabgestiegen und habe ein Glöckchen an seinem Ohr montiert? Von wo denn herabgestiegen? So ein Quatsch! Das hat die Mama dem Söhnchen weisgemacht, mehr war da nicht! Und all das Glück, das Herr Pompo in seinem Leben vorweisen konnte – ja, was ist mit diesem Glück? Zufall. Ja, zum Beispiel Zufall! Was sagt ihr jetzt? Eher glaube ich allerdings, dass der saubere Herr Pompo sich nur an das Glück in seinem Leben erinnerte. Das kennen wir doch – die einen erinnern sich nur an das Glück, die anderen nur an das Unglück.

Uh! Da habe ich am Anfang versprochen, ich werde die Geschichte so sehr verkürzen, dass ihr glauben werdet, ihr säßet zu Pferde, und dann schwadroniere ich um den Brei herum, als wäre das Pferd im Sumpf stecken geblieben. – Also, wie ging's weiter?

So: All diese Gedanken, die ich gerade vor euch ausgebreitet habe, die habe ich nicht etwa vom blauen Himmel herunter erfunden, nein, das waren des Herrn Pompos eigene Gedanken. Ich bin gar kein Glückskind, dachte er. Das war alles nur eine saublöde Illusion. Es gab gar keine Fee bei meiner Geburt. Ich stecke in der Bredouille, und zwar bis zum Hals. Der Herzog wird mich hauen, die Frau des Herzogs wird mich hauen, die Dienerschaft wird mich hauen, der wilde Mann wird mich hauen. Wer wird mich eigentlich nicht hauen? Herr Pompo dachte: Hätte ich doch nur einen Freund! Einen Freund, mit dem ich reden kann. Einen Freund, der mich versteht, der mich schätzt. Einen Freund, mit dem ich aus dieser Bredouille fliehen kann …

Gratulation! Ihr habt es erraten. War aber auch nicht besonders schwer. Der ersehnte Freund war das Wunderpferd, das schöne, mit dem man sich über Philosophie, Juristerei und Medizin und leider auch Theologie durchaus unterhalten konnte …

War's das, werdet ihr fragen. Ja, das war's. Fahrende haben mir diese Geschichte erzählt, und jetzt – grad jetzt! – sind sie weitergefahren.

16

Jako Buttermilch und der Hexer Gorgonsolo

Jako Buttermilch, sag ich, der hatte seinen Stand am Ende der schlechten Straße. Mit einem halben Fuß stand er auf der guten Straße, das war einem wie ihm verboten, aber er hat es trotzdem getan. Und dort verkaufte er seine Ware, das war Buttermilch – nur Buttermilch verkaufte er. Die war aber besonders fein, denn er drückte sie durch ein feines Sieb, und weiß war sie, mein Gott, so ein Weiß!

Weil er sich traute, einen halben Fuß auf die gute Straße zu stellen, sagten die Leute: »Das darf er zwar nicht, das ist einem wie ihm verboten, aber wenn er es doch tut, dann kann das nur heißen, dass er ein mächtiges Wort zu reden hat, und wenn er so ein mächtiges Wort zu reden hat, dann muss das einen Grund haben, und was für einen anderen Grund kann es haben als seine Buttermilch, also muss seine Buttermilch besonders gut sein, besonders fein ist sie auf jeden Fall, denn er drückt sie ja durch ein feines Sieb, und weiß ist sie, mein Gott, so ein Weiß!«

Daraufhin kauften ihm die Leute noch lieber seine Buttermilch ab. Das Geschäft des Jako Buttermilch ging ausgezeichnet.

Eines Tages kam der Hexer Gorgonsolo vorbei, der hatte Augenbrauen wie Schneewechten so prächtig, und die waren so weiß wie Buttermilch, und eine Oberlippe hatte er, die stand vor wie ein Balkon, und die Nase darüber wäre dann das Dach, wenn die Oberlippe der Balkon wäre. Gorgonsolo konnte aus wildem Gras Zwiebeln und Salatköpfe zwirbeln und kräuseln, und aus Steinen konnte er Zwieback zurechtpressen, er war ja ein Hexer, und das ist nichts anderes als ein Zauberer. Als er Jako Buttermilch sah, dachte er und sagte es laut, denn Denken und Sagen waren für ihn eines: »Mein Gemüse wird mir noch besser schmecken, wenn ich dazu meinen Zwieback in Buttermilch tunke.«

Aber Gorgonsolo war geizig, er wollte für die Buttermilch nichts bezahlen.

»Ich tausche gegen Steine«, sagte er.

»Kein Bedarf«, sagte Jako Buttermilch. »Wenn ich Steine will, dann bück ich mich.«

»Und gegen wildes Gras?«

»Kein Bedarf«, sagte Jako Buttermilch. »Wenn ich Gras haben will, dann rupf ich es ab.«

»Dann eben anders«, donnerte Gorgonsolo und riss Jako am Kragen hoch und steckte ihn hinein in seinen Sack mit dem Kopf nach oben, damit er noch Luft kriegt, denn er wollte ihn lebendig essen.

»Ich bin ein Hexer«, rief er über seine Schulter nach hinten zu dem Sack, der über seinem Rücken hing. »Ich kann dich zum Beispiel in einen Haufen Kartoffeln verwandeln, so wie ich wildes Gras in Zwiebeln und in Salatköpfe verwandeln kann.«

»Ha!«, rief Jako.

»Und Steine kann ich in Zwieback verwandeln«, sagte Gorgonsolo.

»Ha!«, rief Jako aus dem Sack heraus.

So marschierte der Hexer durch die schlechte Straße, und er war jetzt mürrisch und schlecht gelaunt, weil der Mensch da in dem Sack auf seinem Rücken keine Angst vor ihm zu haben schien. Und wie er so marschierte, da fiel ihm ein, dass er in der Stadt etwas vergessen hatte, aber mit dem schweren Sack auf der Schulter wollte er nicht zurückgehen, auch weil er fürchtete, der Mensch da in dem Sack könnte noch einmal »Ha!« rufen, und das vor den Leuten, die dann sehen oder besser: die dann hören, dass es einen gibt, der keine Angst vor dem Hexer zu haben scheint.

Da waren gerade drei Matrosen am Weg, die rasteten aus von dem weiten Meer, auf dem sie gefahren waren, und zu denen sagte Gorgonsolo: »Wenn ihr auf meinen Sack aufpasst, gebe ich euch jedem einen Salatkopf.«

Und die Matrosen sagten: »Gut.«

Aber als Gorgonsolo weg war, streckte Jako ein Fingerchen aus dem Sack und rief: »Ein Mensch ist hier drin! Ein Mensch ist hier drin! Ganz gleich, was geschieht, das sollte man bedenken! Ein Mensch ist hier drin!«

»Wenn der Mensch uns etwas Besseres gibt als einen Salatkopf, dann lassen wir ihn gern raus«, sagten die Matrosen.

»Buttermilch gebe ich euch«, sagte Jako, »feine, weiße Buttermilch, die ich durch ein Sieb gepresst habe, und weiß ist sie, mein Gott, so ein Weiß.«

Das war besser als ein Salatkopf.

Als Jako draußen war aus dem Sack, wollte er seine Buttermilch nur hergeben, wenn die Matrosen Brombeerdornen in den Sack steckten, bis oben hin voll, solche mit langen, starken Dornen. Gut, das taten sie.

Dann kam der Hexer Gorgonsolo zurück, teilte an die Männer seine Salatköpfe aus und schulterte den Sack. Und als er so ging, stachen ihn die Dornen in den Rücken. Er lachte aber und sagte: »Na, Jako, bist du schön knusprig geworden in der Zwischenzeit, das ist gut. Denn ich werde dich aufessen, ich werde dich auf meinen Zwieback legen und Zwiebeln dazugeben und ein Salatblatt und werde dich aufessen bei lebendigem Leib, denn ich mag es, wenn einer zwischen meinen Zähnen noch ein bisschen zappelt, das mag ich, ist so eine Eigenart von mir.«

Und Gorgonsolo, der Hexer, hörte genau hin, aber er hörte nicht, dass einer aus dem Sack »Ha!« gerufen hätte. Da war er besser gelaunt und nicht mehr so betrübt, denn er mochte es gern, wenn die Menschen Angst vor ihm hatten, das machte ihm Appetit, und wenn sie zwischen seinen Zähnen zappelten und auch noch vor Angst zitterten, das mochte er besonders.

Aber dann zu Hause sah er, dass es nur Dornen waren und kein Jako Buttermilch. Nun denkt aber ja nicht, dass der Hexer Gorgonsolo deswegen fluchte! Das tat er nämlich nicht. Er verwandelte die Brombeerdornen in geflügelte Pferde. An diesem gesegneten Tag gelang ihm das ganz leicht aus dem Handgelenk heraus. Die Pferde stellte er in den Stall und ihre Flügel band er an ihrem Rücken fest zusammen, damit sie nicht davonfliegen, die Pferde.

Dann machte er sich auf, zurück in die Stadt an die Grenze zwischen der guten und der schlechten Straße.

Und freilich stand dort wieder Jako Buttermilch, ein Fuß hier, ein Fuß dort, und bot seine Ware an. »Buttermilch!«, rief er. »Feine Buttermilch, die ich durch ein Sieb gedrückt habe!«

»Willst du jetzt Buttermilch tauschen gegen einen Stein?«, fragte Gorgonsolo.

»Nein«, sagte Jako.

»Oder gegen ein Büschel wildes Gras?«

»Nein.«

Zum zweiten Mal steckte ihn der Hexer in den Sack und marschierte davon, und wieder hatte er etwas in der Stadt vergessen. Da traf er auf drei Musikanten, die am Wegrand saßen und sich von der Geige, der Trommel und der Pfeife ausruhten. Sie bat Gorgonsolo, auf den Sack aufzupassen, er werde ihnen Zwieback dafür geben. Und wieder rief Jako Buttermilch aus dem Sack, hier sei ein Mensch, das müsse man bedenken, er gebe feinste Buttermilch, wenn man ihn herauslässt. Das taten die Musikanten, und Jako gab ihnen Buttermilch, und sie füllten Steine in den Sack, und Gorgonsolo kam und zahlte mit Zwieback und warf sich den Sack über.

»Ist dein Fleisch schon so mürbe«, rief er über seine Schulter nach hinten, »dass dir die Knochen im Sack klappern?«

Und wieder hörte er genau hin, und wieder hörte er nicht, dass einer aus dem Sack »Ha!« gerufen hätte. Da war er nun noch besser gelaunt und überhaupt gar nicht mehr betrübt, denn er mochte es gern, wenn die Menschen Angst vor ihm hatten, das machte ihm Appetit.

Zu Hause, als er sah, was ihm die Musikanten in den Sack gefüllt hatten, bekam er wieder keinen Zorn, sondern verwandelte die Steine in ein großes, feines Sieb, nur einen Stein, den schwersten, ließ er übrig. Und dann ist er zum dritten Mal in die Stadt gegangen, nämlich dorthin, wo die gute und die schlechte Straße zusammenstoßen.

»Jako Buttermilch«, sagte er, »wenn du freiwillig mit mir kommst, dann will ich dich zum Segen der Erde machen.«

Das war ein mächtiges Angebot, und Jako Buttermilch konnte nicht widerstehen, und er ging freiwillig neben dem Hexer Gorgonsolo her.

»Alle deine Buttermilch will ich dafür«, sagte der Hexer, und dafür, dass er ein Segen der Erde werden wird, gab ihm Jako Buttermilch alles, was er hatte.

»Bitte«, sagte Gorgonsolo, als sie zu Hause waren, ganz freundlich sagte er, »bitte, lieber, lieber Jako Buttermilch, zeig mir doch, wie du deine gute Buttermilch machst.«

Der Hexer aber meinte es nicht ehrlich. Er tat nur lieblich. Er wollte, dass ihm Jako sein Geheimnis zeigt, und dann wollte er ihn fressen und sich die Buttermilch selber machen. Aber Jako Buttermilch, der war ja nicht auf den Kopf gefallen, der war ja ein Schlauberger. Er sagte:

»Ich will es dir zeigen. Hast du ein Sieb?« Er sah nämlich das Sieb, das sich der Hexer aus den Steinen gezaubert hatte.

»Dieses hier«, sagte Gorgonsolo.

»Und hast du zufällig geflügelte Pferde?«, fragte Jako. Er sah nämlich die Pferde mit den zusammengebundenen Flügeln im Stall stehen.

»Diese hier«, sagte Gorgonsolo.

»Also«, sagte Jako. »Ich will dir zeigen, wie ich es mache.«

»Was muss ich tun?«, fragte Gorgonsolo.

»Nachdem wir keine Buttermilch haben«, sagte Jako, »müssen wir so tun, als wärst du die Buttermilch. Willst du das?«

»Ja«, sagte Gorgonsolo. »Was muss ich tun?«

»Setz dich in das Sieb hinein!«

Das tat Gorgonsolo.

Da legte Jako den großen Stein auf ihn drauf und spannte die geflügelten Pferde vor das Sieb und löste ihre Flügel, und die Pferde flogen hinauf, und der große Stein, weil er so schwer war, drückte nach unten und presste alles Blut aus Gorgonsolo heraus, und es war ganz so, wie wenn Jako seine Buttermilch durch das Sieb presste, und das Blut tropfte herunter und tränkte die Erde, und das war gut. Die Salatköpfe wuchsen, und das wilde Gras wuchs, und die Zwiebeln wuchsen genauso, es war Frühling. Und so war der Hexer Gorgonsolo zum Segen der Erde geworden.

17

Das Herz des Riesen

Es waren einmal vier Brüder, die wurden von ihrem Vater geliebt, Mutter hatten sie keine mehr. Irgendwann waren die drei ältesten in den Jahren, wo man eine Frau haben will, und sie sagten zu ihrem Vater: »Wir machen uns auf den Weg und suchen Frauen, für jeden von uns dreien eine. Ist das recht?«

»Es ist nicht recht«, sagte der Vater. »Aber was soll ich machen! Nur der Jüngste, der soll bei mir bleiben, den will ich haben zum Hätscheln und zum Reden am Abend vor dem Haus, wenn die Sonne untergeht und die Amseln singen und die Schwalben nach den Mücken jagen und das Pflanzenzeug riecht, dass es einem die Haare im Nacken aufstellt und man Sehnsucht bekommt nach der Zeit, als die eigene Frau noch da war und manchmal mit dem Kleid ein Ringareih gedreht hat, so dass man ein Stück von den Waden sehen konnte und man sich auf die Nacht gefreut hat im warmen Bett unter der warmen Decke und dann und dann und dann …«

»Es ist gut, Vater!«, sagten die drei. »Wir gehen!«

»Bringt mir auch eine Frau mit!«, konnte der Jüngste gerade noch rufen, der hieß Christian.

»Ja«, sagte der Vater, »bringt dem Jüngsten auch eine Frau mit. Ohne eine Frau für den Jüngsten lasst euch nicht blicken, sonst werde ich in den Garten gehen und von einem Baum den stärksten Ast absägen, und dann werde ich ihn schälen, bis er eine handliche Keule ist, und dann …«

»Es ist gut, Vater«, riefen die drei, »es ist ja gut!«, und waren auch schon davon. So schnell konnte der Vater gar nicht schauen.

Drei Jahre lang redete der Vater auf den Jüngsten ein, und es war nicht so, dass er bei einer Sache blieb, es war so, dass er bei einer Sache anfing, dann zur nächsten kam, aber auch diese nicht abschloss, sondern eine übernächste Sache fand, so dass er am Morgen über das Frühstück reden wollte und am

Abend noch nicht damit fertig war, und der Jüngste, der Christian, der hatte ruhig neben ihm zu sitzen und durfte nicht eine Frage stellen, sogar lautes Schnaufen wurde bereits getadelt, und irgendwann hielt es Christian nicht mehr aus und sagte:

»Ich halte dein Gerede einfach nicht mehr aus, Vater! Die Brüder haben es nicht ausgehalten, die Mutter hat es nicht ausgehalten, niemand hält es aus! Du kommst von einer Sache zur anderen und dann zur nächsten und dann zur übernächsten, es ist zum Verrücktwerden! Und immer wieder sagst du, und dann und dann und dann. Ich gehe und suche die Brüder und suche mir eine Frau.«

»Und dann?«, fragte der Vater.

»Dann?«, fragte der Jüngste zurück.

»Ja, was ist dann?«

»Dann kannst du allein mit dir selber reden!« – Weg war er.

Der Jüngste zog hinaus in die Welt, einen ganzen Tag brauchte er, um die vielen Wörter, die der Vater in ihn hineingestopft hatte, wieder loszuwerden. Auf seinem Pferd saß er, das war ein alter Gaul, der trottete dahin, hob den Blick nicht vom Boden und war müde, tagesmüde und lebensmüde. An diesem ersten Tag redete der Jüngste ohne Unterbrechung, wie sein Vater ohne Unterbrechung geredet hatte, laut mit sich selbst redete er – »... und dann und dann und dann ...« –, darum ritt er auf einem Weg, auf dem niemand sonst ritt und niemand ging, es war nämlich ein verwunschener Weg, der an einem Bach entlangführte.

Und auf diesem verwunschenen Weg traf er einen lahmen Raben, plattflügelig lag der da, mitten auf dem Weg. Der Jüngste stieg vom Pferd, um ihn sich anzusehen.

»Durscht hab ich«, krähte der Rabe. »Durscht! Einen so einen großen Durscht! Gib mir deine Flasche, Bursch! Wenn du das tust, dann helf ich dir auch irgendwann.«

»Du mir helfen! Meine Güte!«, sagte der Jüngste. »Alle reden vom Helfen, tun tut es aber keiner. Wann willst du mir denn helfen!«

»Wenn du bei dem Riesen angelangt bist.«

»Bei was für einem Riesen denn? Ich kenne keinen Riesen. Riesen gibt es nicht. Aber bitte. Da, sauf!«

Er gab dem halbverreckten Vogel die Flasche. Und weg war der Rabe. Mitsamt der Flasche weg. So schnell konnte der Jüngste gar nicht schauen!

Der Jüngste aber stieg wieder auf sein Pferd und ritt weiter auf dem verwunschenen Weg. Hab ich halt keine Flasche, dachte er bei sich, oder sagte es laut vor sich her, er wusste schon nicht mehr, wo der Unterschied war, und sein Pferd wusste es auch nicht mehr, es war ja so müde, tagesmüde und lebensmüde. Und so ging's weiter am Bach entlang. Und dann und dann und dann …

Dann lag auf einmal ein Karpfen neben dem Wasser, und wieder stieg der Jüngste vom Pferd, um sich das anzusehen.

»Hau mich zruck, hau mich zruck!«, rief der Karpfen. »Wenn du das tust, dann helf ich dir auch irgendwann. Und gib mir deine Mütz, hast eine schöne Mütz. Kalt ist's im Wasser, kalt, und ich hab keine Mütz.«

»Du mir helfen! Meine Güte!«, sagte der Jüngste. »Alle reden vom Helfen, tun tut es aber keiner. Wann willst du mir denn helfen!«

»Wenn du bei dem Riesen angelangt bist.«

»Bei was für einem Riesen denn zum zweiten Mal! Ich kenne keinen Riesen. Riesen gibt es nicht. Aber gut, werf ich dich halt ins Wasser. Und meine Mütze, ja, die kannst du auch haben. Es ist ja Sommer und warm. Obwohl ich nicht weiß, was ein Karpfen mit einer Mütze anfangen kann. Da, schwimm!«

Er warf den halbverdorrten Fisch ins Wasser, und die Mütze warf er hinterher. Und weg war der Fisch. So schnell konnte der Jüngste gar nicht schauen. Der Jüngste stieg auf sein Pferd, und weiter ging's. Und dann und dann und dann …

Dann klebte ein Stück Fell auf der Straße, das war aber kein Stück Fell, das war ein Wolf, ein ausgezuzelter, halb hin war er.

»Will dein Pferd fressen«, keuchte er. »Hab Hunger, Hunger, Hunger.«

»Mein Pferd fressen willst du? Ja, das kann ich mir denken! Aber das lass ich nicht zu. Mein Pferd hat mir immer treu gedient, und jetzt, wo es alt ist, soll ich es hergeben? Nein!«

»Ich will dir auch helfen«, jammerte der Wolf.

»Du mir helfen! Meine Güte!«, sagte der Jüngste. »Alle reden vom Helfen, tun tut es aber keiner. Wann willst du mir denn helfen!«

»Wenn du bei dem Riesen angelangt bist.«

»Bei was für einem Riesen denn nun schon zum dritten Mal! Ich kenne keinen Riesen.«

»Gib mich ruhig her«, wieherte das Pferd. »Ich bin müde, tagesmüde und lebensmüde. Soll mich der Wolf doch fressen, weil er sonst ja verhungert.«

Da gab der Jüngste sein Pferd her.

Der Wolf fraß das Pferd, und er wurde groß und gewaltig und ließ den Jüngsten, den Christian, auf seinem Buckel reiten, und er brachte ihn zum Schloss des Riesen. Der Riese aber hatte die Brüder des Jüngsten zusammen mit ihren Frauen in Steinklötze verzaubert, und diese Steinklötze säumten den Weg, der zum Schloss hinaufführte.

»O weh!«, jammerte der Jüngste. »Nun bleibt mir nichts anderes übrig, als meine Brüder und ihre Frauen zu befreien! O weh! Ich weiß aber nicht, wie ich das machen soll! O weh!«

»Hol dir das Herz von dem Riesen!«, sagte ihm der Wolf ein. »Drück es und knete es und quetsche es, bis dir die Finger wehtun, dann pumpst du das Leben in deine Brüder und deine Schwägerinnen zurück.«

Da stieg der Jüngste vom Wolf und marschierte in die Burg hinein und rief: »Riese, wo bist du, dass ich dir das Herz aus der Brust reißen kann!«

Der Riese aber war nicht zu Hause, und die Stimme des Jüngsten hallte durch die Burg, und es war, als ob sie von Zimmer zu Zimmer immer lauter würde. Und im obersten Zimmerchen, ganz oben im Turm, dort lebte die Nichte des Riesen, die sein Liebling war, die er nicht hinausließ in die Welt, weil sie so schön war und er sie zum Hätscheln und zum Reden am Abend haben wollte, und die so gern einmal die Welt angeschaut hätte draußen, und die hörte den Jüngsten rufen, und sie rief zurück:

»Hier bin ich!«, rief sie. »Wenn du mich befreist, dann werde ich dir helfen!«

Da suchte und fand sie der Jüngste. »Alle reden vom Helfen«, sagte er, »tun tut es aber keiner. Wobei willst du mir denn helfen!«

»Immer und bei allem will ich dir helfen«, sagte die Nichte des Riesen, die Christiane hieß.

»Mein Onkel«, sagte sie, als ihr Christian erzählte, was ihm der Wolf erzählt hatte, »mein Onkel, der Riese, hat kein Herz im Leib.«

»Wo denn, wenn nicht im Leib, hat er sein Herz?«, fragte Christian.

»Das weiß ich nicht«, sagte Christiane.

»Frag ihn!«, sagte Christian.

Am Abend kam der Riese nach Hause in seine Burg, und als Erstes stieg er hinauf in die Kammer im Turm und fragte seine Nichte, was er sie immer fragte: »Was wünschst du dir von mir?«

»Onkelchen«, sagte Christiane, »wo nur könnte dein Herz sein?«

»Unter der Türschwelle liegt es begraben«, antwortete der Riese und lachte laut, dass es durch die Burg hallte.

Am nächsten Tag, als der Riese wieder auf dem Feld war, gruben Christian und Christiane unter der Schwelle. Aber das Herz des Riesen fanden sie nicht.

»Es ist nicht dort«, sagte Christiane am Abend zum Riesen.

»Dann muss es im Kasten liegen, unter meinen Hemden«, sagte der Riese, und wieder lachte er, dass es durch die Burg hallte.

Am nächsten Tag suchten Christian und Christiane im Kasten unter den Hemden des Riesen. Aber sein Herz fanden sie nicht.

Am Abend antwortete der Riese: »Es gibt eine Kirche, um die herum ist eine hohe Mauer, im Hof ist ein Brunnen, in dem Brunnen schwimmt eine Ente, in der Ente ist ein Ei, in dem Ei ist mein Herz.«

Zur Kirche trug sie der Wolf, über die Mauer hob sie der Rabe, und der Barsch jagte die Ente, so dass Christian sie fangen konnte, und Christiane schnitt der Ente den Bauch auf und holte das Ei heraus, und in dem Ei war das Herz des Riesen.

Christian drückte und knetete und quetschte das Herz, bis ihm die Finger wehtaten. Der Riese schrie, und man hörte es im ganzen Land, und die Steinbrocken am Weg zur Burg hinauf zersprangen, und heraus kamen die drei älteren Brüder und ihre Frauen, und sie waren fröhlich und dankten dem Jüngsten. Und jeder ging mit seiner Frau davon, und Christian und Christiane gingen auch davon – und wenn sie nicht gestorben sind, dann und dann und dann …

18

Die Stunde ist da

Wenn du ein Holzknecht bist, angenommen, da kann es dir passieren, dass du an einem hundsnormalen Tag vom Frühstück mit deiner Frau aufstehst, noch schnell dem Kindchen, das in der Wiege liegt, deinen Marmeladenmund auf die Stirn drückst, das Haus verlässt und nie mehr wiederkommst. »Nie mehr« ist nichts anderes als der Name des Todes – ein böser Name, bei Gott! Ein Holzknecht muss damit rechnen. So gesehen sind wir alle Holzknechte und haben immer, immer, ich sage, immer, und sage noch einmal, immer, und sage es ein drittes Mal, immer Sehnsucht nach dem Leben.

Holzknechte nämlich wie der Heiner, der Reiner und der Kurt. Drei Freunde. Als der Heiner ein Bub war, fragte ihn sein Vater: »Sag, Heiner, was willst du einmal werden?« Antwortete der Heiner: »Ein Holzknecht.« – »Und wem dient der Holzknecht?«, fragte der Vater weiter. – »Sich selber nur«, sagte der Heiner und stampfte auf. Und ganz gleich, bis ins Wörtliche hinein, fragten dem Reiner sein Vater und dem Kurt sein Vater, und ebenso gleich antworteten der Reiner und der Kurt.

Nun könnte man den dreien entgegnen: He, Freunde, so geht's nicht! Wenn einer sich selber dient, dann kann er alles Mögliche sein, aber niemals doch ein Knecht. Denn ein Knecht ist ja gerade einer, der einem anderen dient. Darauf würden die drei, da bin ich mir gewiss, antworten: Hallo, Schlaumeier, aufgepasst! Was ist der Mensch? Er ist Leben und Tod. Er gehorcht dem Leben, und er gehorcht dem Tod. Eine Weile lang dient er dem Leben, eine Weile lang dient er dem Tod.

Jedenfalls waren die drei, der Heiner, der Reiner und der Kurt, unterwegs in den Wald hinauf, um Bäume zu fällen, da saß eines Tages ein Wanderer am Wegrand, der war gekleidet, wie ein Wanderer eigentlich nicht gekleidet ist. Er trug einen langen Mantel, der reichte ihm bis zu den Knöcheln, der hatte lange Ärmel, die hätte er gleich dreimal um den Leib wickeln können, der Leib war ja auch gar so mager, und oben war eine Kapuze, die war wie das Dach eines Kirchturms, so dass die drei Freunde nicht sehen konnten, was für ein Gesicht der Wanderer hatte.

»He, du!«, rief ihn der Heiner an. »Ruhst du dich aus? Das ist recht.«

Aber der Wanderer sagte nichts darauf.

»Könntest einen Schluck Wasser vertragen«, sagte der Reiner und löste den Schlauch vom Gürtel.

Aber der Wanderer nahm ihm den Schlauch nicht aus der Hand.

»Vielleicht gefällt es dir ja, wenn wir uns eine Minute zu dir setzen«, sagte der Kurt.

Aber der Wanderer antwortete nicht.

»He, du«, meldete sich wieder der Heiner, »ist es freundlich, nicht zu antworten?«

Ob es das sei oder nicht, erfuhr er aber nicht.

»Vielleicht benötigt der Herr ja Hilfe«, versuchte sich der Reiner mit Ironie, er meinte es nicht, wie er es sagte, schon war in seiner Stimme ein bisschen Wut zu hören.

»Mir kommt vor, der will uns ärgern«, urteilte der Kurt. »Wir lassen uns aber nicht ärgern!« Und er machte einen Schritt auf den Fremden zu und wollte ihm die Kapuze vom Kopf ziehen.

Da hob der Fremde die Hand, und als hätte ihn die Hand berührt, blieb der Kurt augenblicklich stehen.

»Die Stunde ist da, aber der Mensch ist nicht da.«

Das sagte der Fremde. Das sagte er mit einer Stimme, die ließ einen das Blut in den Adern gefrieren, wie es heißt, womit wahrscheinlich gemeint ist, es wird einem kalt vor Entsetzen, ich kann mir jedenfalls nicht denken, dass etwas anderes damit gemeint ist.

»Die Stunde ist da, aber der Mensch ist nicht da.«

Sagte die Stimme noch einmal. Und dann gleich noch ein drittes Mal: »Die Stunde ist da, aber der Mensch ist nicht da.«

Da waren der Heiner, der Reiner und der Kurt still. Denn sie dachten jeder bei sich: Dass er denselben Satz dreimal gesagt hat, kann doch nur bedeuten, dass er ihn zu jedem von uns gesagt hat.

Der Erste, der wieder einigermaßen genug Spucke im Mund gesammelt hatte, um zu sprechen, war der Heiner, und er fragte geradeheraus: »Wer bist du?«

Der Fremde richtete sein Gesicht auf ihn, aber die Kapuze war so mächtig, dass der Heiner das Gesicht nicht sehen konnte. »Wer denkst du, dass ich bin?«, fragte der Fremde.

Und der Heiner – ja, der Heiner, der war ein Frecher, das heißt, er hat sich vor niemandem und keinem gefürchtet – der Heiner sagte: »Was krieg ich, wenn ich es herauskrieg?«

»Gewissheit«, sagte der Fremde.

»Für Gewissheit kann ich mir nichts kaufen«, sagte der Heiner.

»Vielleicht brauchst du dir ja gar nichts mehr zu kaufen«, sagte der Fremde.

Da war der Heiner still und trat schnell hinter die anderen, den Reiner und den Kurt.

»Ich weiß, wer du bist«, sagte der Reiner. »Du bist der Tod. Habe ich recht? Oder der Teufel? Oder gar Gott?«

Darauf antwortete der Fremde nicht.

»Und«, drängte sich der Kurt vor, »was geschieht, wenn wir einfach weitergehen und dich hier sitzen lassen und kein weiteres Wort über dich verlieren und keinem von dir erzählen und uns nicht umdrehen?«

»Dann werdet ihr keine Gewissheit haben«, sagte der Tod oder der Teufel oder gar Gott.

»Gewissheit worüber?«, fragte der Kurt.

»Die Stunde ist da, und drei Menschen sind da«, war die Antwort.

»Was bedeutet das?«, fragte der Heiner, der sich inzwischen wieder Mut geholt hatte aus seinem Herzen herauf.

»Dass ihr nicht wisst, für wen von euch dreien die Stunde geschlagen hat.«

Eine Weile war es still. Jeder der drei Freunde blickte in sich hinein, dann aber blickten sie sich an und nickten und drehten sich von dem Fremden ab, der da am Wegrand saß in seinem mächtigen Mantel, und gingen weiter. Gingen bergauf, als wäre nichts geschehen und würde nichts geschehen.

Nach einer Weile, als es sehr steil nach oben ging und sie gehörig ins Schnaufen kamen, sahen sie den Fremden wieder dasitzen in seinem Mantel.

»Hast du Flügel?«, fragte der Heiner.

»So ähnlich«, sagte der Fremde.

»Was willst du?«, fragte der Reiner.

»Ihr gefallt mir«, sagte der Fremde.

»Das mag schon sein«, sagte der Kurt. »Aber du gefällst uns nicht.«

»Ihr gefallt mir, weil ihr keine Angst vor mir habt«, sagte der Tod, der vielleicht der Teufel war oder gar der liebe Gott, wer weiß das schon genau. »Ich will euch einen Hinweis geben.«

»Und wenn wir keinen Hinweis wollen?«, sagte der Heiner.

Aber der Reiner unterbrach ihn: »Was für einen Hinweis denn?«

»Zum Beispiel, wie es vor sich gehen wird«, sagte der Fremde, den näher zu bezeichnen ich mich hüten werde.

»Wie was vor sich gehen wird?«, fragte der Kurt.

»Hören wir nicht auf ihn!«, rief der Heiner.

Aber der Reiner und der Kurt wollten es wissen.

»Es geschieht noch heute«, sagte der Fremde. »Und es geschieht durch die anderen beiden.«

Damit erhob sich der Fremde, und tatsächlich, er hatte so etwas Ähnliches wie Flügel, und schon war er davon.

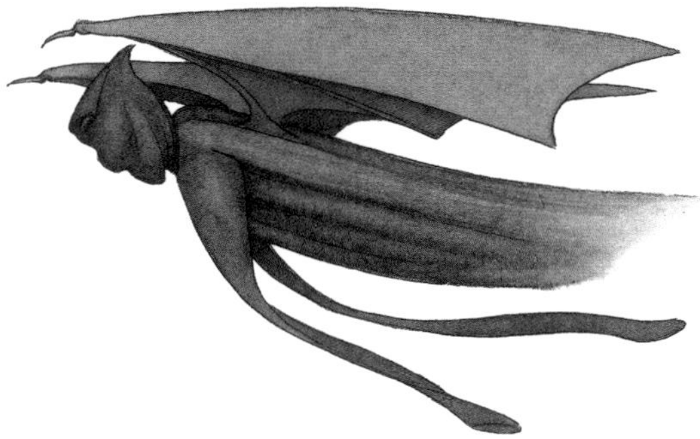

»Was geschieht durch die anderen beiden?« So fragten sie sich. Aber sie wussten genau, was gemeint war. Und einer schaute den anderen an, und es waren Blicke, wie noch nie welche zwischen ihnen gewesen waren.

Sie gingen weiter durch das steile Gelänge hinauf, an Felswänden vorbei, von denen jederzeit ein Brocken fallen hätte können. Aber es fiel kein Brocken. Schließlich ließen sie sich im Moos nieder, um sich auszuruhen.

»Angenommen«, begann der Heiner, »angenommen, ich bin derjenige …«

»Derjenige – was?«, fuhr ihm schon der Reiner dazwischen.

»Lass mich ausreden!«

»Nein«, gab der Kurt dem Reiner recht, »erst sag uns, welcher derjenige du bist, angenommen.«

Und der Reiner ergänzte: »Derjenige, dem die Stunde geschlagen hat, oder derjenige, der die Stunde schlägt?«

»Ich«, sagte der Heiner, »ich tu keinem von euch etwas. Ich schwöre, dass ich keinen von euch anrühren werde. Wenn ihr das Gleiche schwört, dann kann uns nichts geschehen.«

Da war die Stimmung zwischen den Freunden wieder gut. Sie überlegten und dachten durch und kamen zur Auffassung, genauso ist es, genauso soll es sein.

»Aber«, sagte der Kurt, »damit wir auch ganz sicher sind, schlage ich vor, wir trennen uns. Jeder geht in eine andere Richtung, und erst morgen treffen wir uns wieder, denn morgen ist alles anders und alles so, wie es immer war.«

Und der Heiner und der Reiner waren einverstanden. Sie gingen jeder in eine andere Richtung, riefen einander noch lustige Sachen zu und gingen und waren der Meinung, sie haben den Tod überlistet oder den Teufel oder wer weiß wen.

Der Heiner dachte sich, ich will den Steig unterhalb der Felswand gehen, dort bin ich noch nie gegangen, dort wird mich nicht einmal der Tod oder der Teufel oder wer auch immer finden. Und er ging und kletterte und verirrte sich und kam nicht mehr weiter und rutschte aus und stürzte und stürzte zu Tode.

Der Reiner aber dachte, ich werde dort gehen, wo der Wasserfall über die Felswand springt, dort werde ich den Bach überqueren und dann über die Alpe nach Hause gehen. Er fand den Wasserfall, hüpfte von einem Stein auf den anderen über den Bach, glitt aus, schlug mit dem Kopf auf, fiel ins Wasser und ertrank.

Der Kurt schließlich wollte über die Felswand klettern und dann hinten über den Berg bequem ins Tal spazieren. Aber er vergriff sich in der Wand und konnte sich nicht mehr halten und fiel und fiel in den Tod.

Nach Tagen wurden die drei Freunde gefunden. Und die Leute sagten: »Was wohl geschehen ist? Warum sie sich wohl getrennt haben? Wenn sie beieinandergeblieben wären, dann hätte der eine dem anderen helfen können, ob auf dem Steg unterhalb des Felsens oder im Bach beim Wasserfall oder in der Wand. Sie waren doch Freunde. So ist einer gestorben, weil die anderen nicht da waren.«

Dann schauten sie mich an, die Leute, als ob ich eine Antwort wüsste. Als ob ich den Unterschied wüsste zwischen dem Tod und dem Teufel und dem lieben Gott.

19

Die Wilde

Im österreichischen Waldviertel, oben, wo es heute nach Tschechien geht, dort war vor hundert Jahren – oder zweihundert Jahren, vielleicht auch vor dreihundert – etwas Schreckliches. Man hat ihm keinen Namen gegeben, weil man keinen Namen dafür gefunden hat. Es war nicht Tier, es war nicht Gespenst. Ob es Mensch war? Wenn sich die Leute selber angeschaut haben, war die Antwort: Nein. Wenn sie aber nachgedacht haben, und zwar ohne ein Gericht im Kopf nachgedacht haben, was nur die wenigsten können, dann war die Antwort: Ja, es ist ein Mensch, es ist eindeutig ein Mensch.

Und es war eindeutig ein Mensch.

Es war eine Frau.

Wie soll man zu ihr sagen? Einen Namen hat alles. Man hat sie »die Wilde« genannt. Und man hat herausgekriegt, was es mit der Wilden auf sich hatte. Ein Mensch hat schließlich ein Leben, und ein Mensch, da nützte alles nichts, war sie.

Die Wilde war die Tochter von Spielleuten. Ihre Mama hat die Flöte gespielt, ihr Papa die Trommel geschlagen. Das ist nicht viel. Das war nie viel. Immer hat es welche gegeben, die zur Flöte noch die Laute und zur Trommel noch die Trompete spielen konnten, und die haben mit Leichtigkeit die Marktplätze erobert und die anderen verdrängt, zumal, wenn die anderen nicht einmal singen konnten. Und die Mama und der Papa von der Wilden konnten nicht singen. Der Papa konnte auf der Trommel nicht einmal den Rhythmus gescheit halten, was ja eigentlich Voraussetzung für einen Trommler wäre, und die Mama hat auf der Flöte nicht einen einzigen Ton herausgebracht, der nicht verquetscht, verkreischt und verpfiffen war. Lieber hat man keine Musik gehört als so eine. Und Münzen sind nur in den Hut gefallen, damit das Geklopfe und Getüte endlich aufhöre. Hunger haben sie gehabt, die beiden, die

Mama von der Wilden und der Papa, und zur Körperpflege hat es gleich gar nicht mehr gereicht. Darum hat man die beiden schon von weitem stinken gemerkt und ist davon.

Und da kriegt die Frau ihr Baby. Eben das Kind, das später die Wilde genannt wurde. Grad als Mann und Frau im Wald sind und an den Bäumen die Rinde abnagen, weil sonst nichts da ist, kriegt die Frau das Kind. Was heißt, sie kriegt es: Es ist einfach aus ihr herausgefallen. Plumps und fertig. Die Mama und der Papa haben nicht etwas davon gemerkt. Erst später, am Abend, als sie sich in ihre Höhle verkrochen, sagte der Mann zur Frau: »Wo ist dein Bauch?« Mehr sagte er nicht. Und die Frau war zu müde, zu erschöpft, zu hungrig und zu krank, um darauf zu antworten. In derselben Nacht ging für sie die Welt unter. Und in der Nacht darauf ging dann auch für ihn die Welt unter.

Und da lag nun das Baby. Ich sage absichtlich »Baby«, obwohl dieses Wort ja nicht in die Zeit und nicht zu den Umständen gehört. Ich sag's, um das Kindchen ein bisschen zu uns herüberzuziehen, in unsere Sprache hinein, wenn es schon in unsere Welt nicht passt. In gar keine Welt hat es je gepasst. Noch einmal sage ich es: »Baby.« Und hauche am Ende Luft aus, um das Kindchen zu wärmen. Denn nie ist es je gewärmt worden.

Da lag es nun. Und hatte Durst. Da fiel vom Baum ein Tautropfen, und noch einer und ein dritter und ein vierter. Und sie fielen geradewegs in das Mündchen hinein. Nicht mehr und nicht weniger, als bis das Baby keinen Durst mehr hatte. Und da lag es nun. Und hatte Hunger. Da tropfte aus dem Baumstamm ein bisschen Honig, denn in einem morschen Loch hatten Bienen ihre Waben gebaut. Und der Honig tropfte genau in das Mündchen, nicht mehr und nicht weniger, als bis das Baby satt war. Und da lag es nun. Und es wurde Winter. Und da fiel Reisig vom Baum, und der Wind blies Blätter vor sich her, und der Reisig und die Blätter legten sich auf das Baby und packten es ein, und so kam es über den Winter. Wär aber wahrscheinlich doch nicht über den Winter gekommen, wenn nicht ein Fuchs und eine Fähe sich unter den Reisig und die Blätter verkrochen hätten. Und das Fuchspaar holte sich über den Winter immer wieder etwas herein, eine Henne vom Bauer unten im Tal oder eine flügellahme Taube oder eine Maus oder eine Krott oder einen Salamander. Und die Fähe stopfte dem Kindchen mit der Pfote von allem ein bisschen in der Mund. So hat die Wilde ihren ersten Winter auf unserer Welt gut hinter sich gebracht.

Fuchsbrot ist nahrhaft und macht, dass – erstens – die Muskeln schnell wachsen, dass – zweitens – die Knochen nicht minder schnell wachsen und dass schließlich – drittens – die Haare noch schneller wachsen und dicht werden wie ein Fell. So kam es, dass die Wilde schon bald laufen konnte. Das Haar hing ihr bis zum Boden hinunter, und damit sie nicht im Geäst daran hängen blieb, band sie sich die Flechten um Arme und Beine, so dass es aussah, als wäre sie über und über mit einem Fell bewachsen. Und sie lief auf allen vieren.

Als die Wilde erwachsen war, starben Fuchs und Fähe. Die waren für sie gewesen wie Mama und Papa. Und die Wilde dachte, wenn sie überhaupt denken konnte: Ich will Mama und Papa bei mir haben. Und sie dachte, wenn sie überhaupt denken konnte, das geht nur, wenn sie die beiden aufisst. Und das hat sie getan. Geschmeckt hat ihr dann nur die Mama. Aus dem Kopf vom Fuchspapa hat sie alles herausgenommen, das Fleisch und die Knochen, und hat sich das Fuchsgesicht wie eine Haube und eine Maske über den Kopf gestülpt. So hatte sie Fuchsmama und Fuchspapa bei sich. Und sie hat mit ihnen geredet. Was sich natürlich ganz anders angehört hat als unser Reden, darauf muss ich wohl gar nicht erst aufmerksam machen.

Und sie hat mit dem Wald geredet. Und der Wald hat mit ihr geredet. Ein Wort des Waldes war zum Beispiel das Herunterfallen eines Blattes. Das konnte alles Mögliche heißen, etwa wie in unserer Sprache das A in allen möglichen Zusammenhängen vorkommen kann. Ein anderes Wort des Waldes war das Klopfen des Spechtes. Man denkt, das Klopfen gehört dem Specht, ist also ein Wort aus der Sprache des Spechtes. Ja, das denkt man in unseren Kreisen. Das trifft aber nicht zu. Das Klopfen des Spechtes gehört zur Sprache des Waldes. Es kann vieles bedeuten. Es kann bedeuten: »Du solltest schnell einen Unterschlupf suchen, denn gleich gibt es einen Wolkenbruch.« Oder: »Hast du gut geschlafen? Entschuldige, wenn ich geschnarcht habe.« Oder: »Talabwärts gibt es einen Baum, auf dem ist ein Wachtelnest. Kannst dir die Eier holen.« Man muss ein sehr feines Ohr haben, um das Ächzen und Säuseln, das Rieseln und Pochen des Waldes zu verstehen und richtig zu deuten. Die Wilde konnte es. Und weil der Wald so gut zu ihr war, wollte sie den Wald immer bei sich haben. So hat sie sich mit Walderde eingerieben und hat Walderde gegessen zu jeder Mahlzeit dazu.

Ein Problem war die Nacht. Für alle Tagwesen, die nicht über die Wissenschaft verfügen, ist die Nacht ein Problem. Was ist in der Nacht? Nicht einmal der große Philosoph Aristoteles hat das richtig zu beantworten gewusst. Er meinte, die Nacht sei nichts anderes als eine Verdichtung der Luft. Die Wilde wusste gar nicht, was die Nacht ist. Jeden Abend hat sie gestaunt, dass die Nacht schon wiederkommt. Wo war sie denn tagsüber gewesen? Eben. Dann hat sie bemerkt, dass es etwas gibt, das in der Nacht ein bisschen Licht macht. Wir sagen dazu »Glühwürmchen«. Eines wusste die Wilde: Sehen tut man mit den Augen. Da dachte sie – wenn sie überhaupt gedacht hat: Wenn ich die Glühwürmchen bitte, sich um meine Augen herum anzusiedeln, dann ist die Nacht vielleicht nicht so dunkel. Und sie bat die Glühwürmchen, und die sagten: Warum nicht? Von nun an waren um die Augen der Wilden Glühwürmchensiedlungen, was von außen so aussah, als wären ihre Augen entzündet, oder noch schlimmer: als hätte sie anstatt Augen glühende Kohlen in den Höhlen.

Genauso wurde sie beschrieben von dem Jäger, der sie entdeckte: »Da ist ein Ding im Wald«, sagte er, »das ist um und um mit Fell bedeckt und mit Erde beschmiert, es hat einen Fuchskopf und Augen wie glühende Kohlen, und aus seinem Mund quillt Dreck.«

»Was sollen wir mit diesem Ding machen?«, fragten sich die Leute.

»Erschießen, erschlagen, erstechen, erwürgen, aufhängen, ersäufen, zertreten«, war die Antwort.

So sind die Männer mit den Gewehren, die Frauen mit den Messern, die Greise mit ihren Grießbreilöffeln und die Kinder mit großen Steinen in den Händen ausgerückt und haben den Wald durchkämmt, haben an den Bäumen geschüttelt, sind in Tümpel getaucht und in Höhlen gekrochen. Und schließlich haben sie die Wilde gefunden und haben sie erschossen und erschlagen und erstochen, erwürgt, aufgehängt, ersäuft und zertreten.

Aber das hat sich der Wald nicht gefallen lassen. Die Wilde war nämlich des Waldes Liebstes. Nicht Pilz, nicht Wurm, nicht Tanne, nicht Moos liebte der Wald so sehr wie die Wilde. Und Pilz, Wurm, Tanne und Moos liebten die Wilde nicht weniger. Und so hat der Wald ein Heer zusammengestellt. Vorneweg marschierten die Hirsche, hinter ihnen, im Schutz der Geweihe, schnürten die Luchse und die Füchse, dann kamen in breiter Phalanx die Ratten und die Mäuse und die anderen Nager, und alle hatten sich vorher die Zähne am Fels scharf geschliffen. Dann in Formation flogen die Vögel, vom Spatz angefangen, geendet beim Adler. Unter ihnen summten die Wespen und Bienen und die Legionen von Stechmücken, denen die Wilde ihr Blut gegeben hatte. Schließlich rissen die Bäume sich von ihren Wurzeln los und stampften zu Tal, und die Felsbrocken, auf denen sich die Wilde so gern zur Mittagszeit ausgeruht hatte, polterten auf das Dorf zu.

Von dem Dorf blieb nichts. Ich sage: Nichts.

20

Hans und Lore

In Salzburg in der Gasse, die vordem die »Weiße Gasse« genannt wurde, lebten ein Mann und eine Frau, die waren beide vierzig Jahr alt – das ist wichtig für die Geschichte. Ihre Liebe war sprichwörtlich in der Stadt. Wenn ein Mann zum Ausdruck bringen wollte, er sei über alle Maßen treu, dann sagte er schlicht: »Treu wie der Hans aus der Weißen Gasse.« Und wenn eine Frau andeuten wollte, sie sei zärtlich, hingebungsvoll und leidenschaftlich und dies alles in einem, dann sagte sie: »So wie die Lore aus der Weißen Gasse.« Damit war in Salzburg alles gesagt.

Dann starb die Lore. Mit vierzig Jahren! Das kam wie aus heiterem Himmel, und tatsächlich war ja ein warmer, klarer Sommertag, der alles versprach, nur das Unglück nicht. Wie der Tod eben kommt, so kommt er. Oft kommt er unverhofft, manchmal verhofft; wenn er erst vor dir steht, erschrickst du, als wäre nie die Rede von ihm gewesen. Lore saß bei Tisch in der Weißen Gasse, Frühstück gab es, da fiel ihr der Kopf nach vorn, die Stirn sauste in die Haferflocken. Aus.

Der Hans war wie vom Donner gerührt, und zwei Tage lang ignorierte er den Tod einfach. Die Ohren waren ihm taub – von innen heraus, nicht von außen hinein, denn der Donner war innen gewesen, außen hatte ihn keiner gehört. Er verließ die Küche und kam und ging wieder und sprach zu seiner Lore und tat, als bekäme er Antwort.

»Ah, das meinst du!«, sagte er zum Beispiel. »Jetzt verstehe ich dich …«

Dann sah er es endlich ein. Es hatte lange gedauert, Juni, Juli, August. Die tote Lore war am Küchentisch gesessen, den Kopf in den Haferflocken, Juni, Juli, August. So trocken und heiß war der Sommer, dass sie ausdörrte und auch nicht roch, wie Tote riechen, die zum Beispiel im regnerischen November sterben oder im April.

Hans sah nun ein, dass seine geliebte Lore tot war, er hatte sich an die Anwesenheit der Toten gewöhnt und wollte sie nicht hergeben, schon gar nicht wollte er sie begraben. Er salbte den Leichnam, dass er nicht zerfiele, wenn dann die feuchte Jahreszeit beginnt. Er setzte die Leiche neben sich an den Tisch und legte sie in der Nacht neben sich ins Bett.

Das sprach sich herum. Da rückten die Leute ab vom Hans aus der Weißen Gasse, auch die Freunde, sogar die Verwandten. Geschnitten wurde er regelrecht. Beim Kaufmann bekam er nichts mehr, im Bus ließ man ihn nicht hinsetzen. Salzburg wollte von seinem sprichwörtlichen Hans aus der Weißen Gasse nichts mehr wissen.

Da zog er aufs Land mit seiner Frau, der toten. Dort war es besser. Ein Haus kaufte er, das lag abseits am Waldrand, kein Weg führte vorbei, der Weg endete dort.

Aber immer musste er weinen, der Hans, der jetzt »der Hans vom Waldrand« genannt wurde. Jede Nacht vor dem Einschlafen weinte er und flehte zu Gott. Nicht ein einziges Mal fluchte er zu Gott. Er tat wie Hiob: Er litt und nahm hin und betete und hoffte. Das ist bei Leuten in seiner Situation sehr selten, die meisten schimpfen. Das wusste Gott. Worauf hoffte der Hans? Dass Gott eine Idee habe, darauf hoffte er. Und dann schickte Gott einen Engel.

Der Engel sagte zum Hans: »Die Jahre deiner Frau waren gezählt, daran lässt sich nicht rütteln, es waren ihre Jahre. So lautete der Vertrag. Sie sollte vierzig Jahre alt werden, das ist ihr sozusagen in die Geburt gelegt worden, und vierzig Jahre ist sie geworden. Aber …«

»Aber?«, fragte der Hans.

»Aber«, sagte der Engel, »es gibt doch eine Möglichkeit.«

»Welche, bitte?«, rief der Hans.

»Wenn du ihr zwanzig Jahre von deinem Leben gibst, dann lebt sie noch zwanzig Jahre, eben die zwanzig Jahre, die du ihr gegeben hast.«

»Alles will ich geben!«, rief Hans der Lichtgestalt zu, die er gar nicht anschauen konnte, so sehr blendete sie ihn.

»Aber«, sagte der Engel.

»Aber?«

»Ich mache dich auf Folgendes aufmerksam: Das bedeutet, du bist mit einem Schlag sechzig, und sie ist zwanzig. Das heißt, bei dir wird dazu-, bei ihr weggezählt. Das könnte zu Problemen führen!«

»Alles soll sein, wenn sie nur lebt!«, jubilierte Hans.

»Denk nach!«

»Ich muss nicht nachdenken. Ich will. Ich will!«

Da erwachte Lore. Wie ein Erwachen war es, was in Wirklichkeit ein Wunder war. Ein Rückverwandeln war es. Zuerst verwandelte sie sich zurück in die, die sie vor der Einbalsamierung gewesen war, dann in die, die sie mit zwanzig gewesen war. Der Hans sah, wie jung seine Lore war, wie frisch, so jung, wie er meinte, sie nie gekannt zu haben. Aber das stimmte nicht. Er hatte sie so gekannt: Als sie sich zum ersten Mal begegnet waren. Da waren sie beide zwanzig gewesen. Aber das war lange her … sehr lange … sehr, sehr lange her …

Hans schaute in den Spiegel. Ein alter Mann schaute zurück, ein Greis, weißhaarig, stinkgaumig, mümmelnd ein bisschen. Jesusmaria! Und der Hans sah, wie die Lore, die junge, schöne, die Zwanzigjährige hinter ihn trat, er sah sie im Spiegel, sah ihr hübsches, frisches Gesicht neben seinem. Und er sah, dass Lore lebte, aber dass sie nicht glücklich war.

Die Lore hatte keine Freude am Waldrand, wo sie lebten, keine Freude an dem Haus weit draußen von allem. Sie wollte zurück in die Stadt, nach Salzburg. Also zogen sie zurück in die Stadt, nach Salzburg, zogen in die Weiße Gasse.

Aber Lore wurde nicht glücklicher. Der Hans, den sie früher, als sie noch gleich alt gewesen waren, so sehr geliebt hatte, der Hans, der gefiel ihr nicht mehr. Sie fand ihn – pfui! Ja! Es ist nicht möglich, es anders zu formulieren, irgendwie netter, nein, das ist nicht möglich. Eine Zwanzigjährige und ein Sechzigjähriger! Lore war unglücklich wie eine Tote, nur mit dem Unterschied, dass eine Tote nicht weiß, dass sie unglücklich ist.

Und dann war Tanz in der Stadt. Und Lore wollte tanzen. Hans sagte: »Muss das sein, muss das sein, das Kreuz tut mir weh, das Kreuz tut mir weh.«

Sie sagte: »Musst du denn alles doppelt sagen!«

Sie ging allein zum Tanz. Und sie tanzte. Und wie sie tanzte. Und tanzte mit einem Jungen davon. Auf und davon. Kam nicht heim in der Nacht.

Der Hans stand am Fenster und wartete. Und weinte wieder. Aber wenn ein Sechzigjähriger um eine Zwanzigjährige weint, die weder seine Tochter noch seine Enkelin ist, dann erbarmt das niemanden, auch nicht Gott und seine Engel.

Und am nächsten Tag kam ein Briefchen von Lore. »Bin fort, komme nicht mehr!«

Da schrie und jammerte der Hans und zerriss sich die Kleider und zerkratzte sich das Gesicht: »Zwanzig Jahre habe ich ihr gegeben!«, schrie er. »Ich hätte eine andere kennenlernen können, eine treue, zärtliche, hingebungsvolle, leidenschaftliche, und wir hätten zwanzig Jahre gehabt, nun ist mein Leben vorbei! Wo ist einer, der sich meiner erbarmt? Gibt es keinen?«

Nein, es gab keinen.

Nicht auf Erden und nicht im Himmel. Aber …

Einer erbarmt sich nämlich doch des alten, lächerlichen, weißhaarigen, stinkgaumigen, mümmelnden Liebeskranken: der da unten. Und so wie der da oben einen Engel schickte, schickte nun der da unten einen Teufel.

»Was kann ich tun?«, fragte der Schwarze, einen kräftigen Gurt hatte er um den Leib gebunden.

»Alles rückgängig machen«, sagte der Hans. »Frühstück in der Weißen Gasse, Haferflocken, alles, wie gehabt. Alles, wie es war, bevor meine Frau gestorben ist. Das will ich. Geht das?«

»Das geht nicht«, sagte der Schwarze. »Der Teufel kann nicht rückgängig machen, was Gott geschaffen hat. So steht's im Vertrag.«

»Was heißt das?«, fragte der Hans.

»Ich kann dich und deine Frau zurücksetzen an den Tag, an dem sie gestorben wäre. Aber sie wird nicht sterben, und sie wird vierzig Jahre jünger sein als du. Und ich kann dir nicht versprechen, dass sie dich schön findet, und nicht, dass sie nicht tanzen geht.«

»Tu's trotzdem!«, sagte der Hans.

»Dann könnte es aber für nichts sein«, sagte der Schwarze. »Darauf möchte ich dich aufmerksam machen. Ich will nicht, dass es heißt, die Hölle macht unfaire Geschäfte.«

»Tu's trotzdem!«, sagte der Hans.

»Das heißt, du verkaufst deine Seele an uns für nichts«, sagte der Schwarze. »Ich will dich nur darauf aufmerksam machen, nicht dass es hinterher heißt, die Hölle nützt euer Unwissen aus.«

»Tu's trotzdem!«, sagte der Hans zum dritten Mal.

Da tat es einen Schlag, und der Hans und die Lore saßen beim Frühstück in der Weißen Gasse. Der sprichwörtliche Hans und die sprichwörtliche Lore. Sie zwanzig Jahre jung. Er sechzig Jahre alt.

»Hast wenigstens du gut geschlafen?«, fragte Lore.

»Ja, mein Liebling«, sagte Hans, »sehr gut. Und du?«

»Ich nicht«, sagte Lore.

»Hab ich geschnarcht?«, fragte Hans.

»Ja«, sagte Lore.

»Und hat es dich gestört, mein Liebling?«

»Wen würde das nicht stören.«

»Alte Männer schnarchen eben«, erklärte ihr der Hans.

»Eben«, sagte Lore.

»Und alte Männer riechen auch nicht gut in der Nacht«, erklärte er ihr weiter.

»Eben«, sagte Lore.

»Und alte Männer müssen oft in der Nacht aufstehen, weil sie Durst haben und auch das Gegenteil.«

»Eben«, sagte Lore.

»Warum sagst du alles dreimal?«, fragte Hans, aber er wartete nicht auf eine Antwort. »Darf ich dir ein Butterbrot mit Käse und einer Tomatenscheibe darauf machen, mein Liebling?«, fragte er.

»Wenn es sein muss«, sagte Lore.

»Ja, ich glaube, es muss sein, mein Liebling«, sagte er.

Er stand vom Küchentisch auf, nahm das Messer, aber nicht das Brotmesser nahm er, sondern das Fleischmesser … – Hans hat seine Lore mit einem Fleischmesser ums Leben gebracht. Ihr Kopf fiel nach vorne, die Stirn sauste in die Haferflocken.

So war's nämlich wirklich gewesen.

Keiner hielt es für möglich, denn wenn ein Mann zum Ausdruck bringen wollte, er sei über alle Maßen liebevoll, dann hatte er bisher schlicht gesagt: »Liebevoll wie der Hans aus der Weißen Gasse.« Damit war in Salzburg alles gesagt.

Nach dieser Sache zog der Hans von Salzburg fort, er zog aufs Land in das Haus am Waldrand, wo der Weg endete. Nach zwanzig Jahren starb er. Es war im Juni. Man fand ihn im August. Ausgedörrt, seine Seele war längst verdampft. Wir wissen, wo der Dampf aufgefangen worden war. Oben jedenfalls nicht. Wir wissen es, stimmt's?

21

Der unheimliche Gast

Irgendwo in einem Dörflein an der Mur lebte – ich kann es genau sagen: vor dreihundert Jahren war es – ein junger Bauer, der hieß Andreas. Und dann lernte er ein Mädchen kennen, und er verliebte sich in sie und sie sich in ihn, und die beiden verlobten sich. Sie wollten heiraten, und schließlich wurde der Termin für die Hochzeit festgesetzt.

Da machte sich ein paar Tage vor dem großen Fest Andreas auf den Weg, um alle seine Freunde, seine Verwandten und seine Nachbarn zu besuchen und sie zu seiner Hochzeit einzuladen. Und beim Ersten bekam er ein Glas Rotwein zu trinken, beim Zweiten einen Krug Bier, und beim Dritten bekam er einen Schnaps und beim Vierten wieder einen Rotwein und dann ein Bier und dann einen Schnaps, und so ging das weiter. Und als der Andreas am Ende alle zu seiner Hochzeit eingeladen hatte, da hatte er einen ordentlichen Rausch in der Krone, mein lieber Schwan! Aber das störte ihn nicht, das störte niemanden, das darf man doch haben vor seiner Hochzeit.

Und so wankte er in der Nacht nach Hause, ging an der Mur entlang, singend, laut mit sich selber redend. Und da kam er auch bei der Stadt Bruck vorbei, hinein in die Stadt ging er nicht, die war schon längst abgesperrt um diese Zeit.

Vor der Stadt war ein Galgen aufgestellt, und an diesem Galgen hing einer. Die Bürger der Stadt hatten einen aufgehängt. Wer weiß, warum. Der Andreas in seinem Rausch schaute den an, der da hing, der da im kühlen Nachtwind schaukelte, und dachte sich und sagte es laut:

»Oh, das würd ich aber nicht wollen, aufgehängt werden! Das würd niemand wollen. Das sollt' man nicht tun!« Und er schaute sich den Aufgehängten im Mondlicht an. »Oh, das muss aber ein feiner Mann gewesen sein! Feine Kleider! Als ob er sich für eine Hochzeit angezogen hätt'.«

Und weil er so gut gelaunt war und sein Herz voll Freude war, sagte er zu dem Erhängten: »Hör zu, mein Freund, ich habe zufällig bald Hochzeit. Ich bin der Andreas. Und dich, dich lade ich auch ein, du sollst mein spezieller Gast sein.«

Und da hörte er eine Stimme vom Galgen herunter, eine hohle Stimme, die sagte: »Ich dank dir, Andreas. Ich werde kommen.«

Da erschrak der Andreas gar nicht, was natürlich an seinem Rausch lag, normalerweise wär er schon erschrocken. Er ging nach Hause und legte sich gleich ins Bett und schlief seinen Rausch aus.

Am nächsten Morgen dachte er sich: Habe ich das nur geträumt? Nein. Und er dachte sich: Wenn da wirklich ein Toter zu meiner Hochzeit kommt, meine Güte! Ein Toter ist etwas Besonderes. Dann soll er auch als ganz besonderer Gast empfangen werden.

Und er ging zum Wirt und sagte: »Es wird dann noch ein dreizehnter Gast kommen. Zwölfe hab ich eingeladen, aber es wird dann noch ein Dreizehnter kommen, den niemand kennt. Und ich bitte dich«, sagte er zu dem Wirt, »diesen dreizehnten Gast ganz besonders höflich zu bedienen. Ihm das Beste auftragen. Ihm als Erstem aufzutragen. Den besten Wein, die besten Speisen.« Der Wirt versprach es.

Und dann war der Hochzeitstag. Alle Gäste waren da, alle zwölf. Da ging die Tür auf, und der dreizehnte Gast kam herein. Fein gekleidet wie einer aus der großen Stadt war er, bleiches Gesicht und einen etwas kühlen Wind um sich herum. Er setzte sich nieder. Und er bekam vom Wirt als Erster aufgetischt, die besten Speisen, den besten Wein, die höflichsten Worte. Aber den ganzen Abend hindurch sprach dieser Gast nicht ein Wort, aber auch nicht ein Wörtchen.

Als alle gegangen waren und nur noch der Andreas da war, auch seine Braut war schon zu Bett gegangen, da erhob sich der Gast und sagte zum ersten Mal etwas, und er sagte: »Ich danke dir, Andreas. Du hast dein Wort gehalten. Auch ich werde dich zu meiner Hochzeit einladen. Und auch ich werde mein Wort halten.« Und dann verschwand er.

Es vergingen viele Jahre. Der Andreas, der lebte glücklich mit seiner Frau, hat das alles schon vergessen, irgendwie. Mit seiner Frau hat er einmal darüber gesprochen, die hat gesagt: »Ach, Andreas, das war halt irgendeiner, der wollte gut essen und gut trinken, ein armer Mann wahrscheinlich, der nichts weiter besaß als einen schönen Anzug. Haben wir ihn halt eingeladen, ist ja gut.« Und der Andreas hat sich gedacht und hat es auch gesagt: »So ist es.«

Und dann war er eines Tages wieder auf dem Weg an der Mur entlang, wieder in der Nähe der Stadt Bruck. Da kam ihm einer entgegen. Es war schon Abend, der eine sagte: »Bist du der Andreas?«

Andreas sagte: »Ja, der bin ich.«

Sagte der eine: »Ich bin der Diener meines Herrn, ich soll dich zu seiner Hochzeit abholen.«

»Aha«, sagte der Andreas und war gespannt und folgte dem Boten nach, und sie gingen und gingen und gingen und gingen ins Gebirge, aber es war wie in einer Minute getan. Vor einer Felswand blieb der Bote stehen. Er legte die Hand an den Stein, und eine Tür tat sich auf. Andreas folgte dem Boten in den Fels hinein. Und als die Tür wieder ins Schloss fiel, war plötzlich innen drin alles erleuchtet wie in einem wunderbaren Palast. Da waren unendlich viele Menschen. Unendlich viele Lichter, unendlich viele Schatten.

Der unheimliche Gast von damals kam auf ihn zu. Dieser bleiche, fein gekleidete Mann, um den herum ein wenig kühle Nachtluft wehte. Und er sagte: »Ich hab's dir versprochen, Andreas, dass ich dich zu meiner Hochzeit einlade. Ich hab's gehalten, Andreas.«

Üppig gedeckt waren unendlich lange Tische, die besten Speisen, so gute Sachen hat er noch nie gesehen, der Andreas. Der beste Wein, die schönsten Frauen, unendlich viele Männer, unendlich viele Frauen, schöne Musik und Tanz. Der Andreas aß, und er trank. Und er aß fünfmal so viel, wie er normalerweise aß. Und er aß normalerweise sehr viel, das dürft ihr mir glauben. Und er trank zehnmal so viel, wie er normalerweise trank, und er trank normalerweise sehr viel, das dürft ihr mir glauben. Aber er bekam keinen Rausch, und sein Magen fühlte sich nicht voll an. Er tanzte so wild zur Musik, und es war so leicht zu tanzen, als ob er mit der Luft tanzen würde. Und er war normalerweise gar kein guter Tänzer, das dürft ihr mir glauben.

Und dann irgendwann kam der Gastgeber, dieser bleiche, vornehme Mann, um den herum ein wenig kühler Nachtwind wehte, und sagte: »Andreas, ich glaube, es ist Zeit, dass du nach Hause gehst.«

»Ach, noch ein Weilchen will ich essen und trinken und tanzen!«, rief der Andreas. »Bitte, nur noch ein Weilchen!«

Und er tanzte weiter, und er aß noch mehr, als er bisher gegessen hatte, und er trank noch mehr, als er bisher getrunken hatte.

Und dann kam zum zweiten Mal sein Gastgeber und sagte: »Andreas, ich glaube, es wird Zeit, dass du nach Hause gehst.«

»Noch ein kleines Weilchen«, rief Andreas wieder, »es ist so schön bei dir.«

Und er tanzte und aß und trank.

Und zum dritten Mal kam der Gastgeber und sagte: »Andreas, nun ist es Zeit, du musst gehen! Du musst!«

»Gut«, sagte Andreas, »ich danke dir.«

Und er ging. Der Gastgeber führte ihn an die Tür, und Andreas überschritt die Schwelle, und da stand er wieder vor dem Fels, und er machte sich auf den Weg nach Hause, aber es war ein langer Weg vom Gebirge herunter, viel länger als der Weg ins Gebirge hinauf gewesen war.

Solange er im Gebirge war, war alles so, wie es immer gewesen war. Nichts fiel dem Andreas auf. Dann kam er ins Tal, und da war es anders. Und da dachte er sich und sagte es laut: »War hier nicht ein Kartoffelacker, wo nun ein Haus steht?« Und immer mehr wunderte er sich, denn alles hatte sich verändert. Und er sah Dinge, wie er noch nie welche gesehen hat, nicht einmal beschreiben hätte er sie können, so anders waren diese Dinge. Das machte ihm Angst, und er ging schneller. Er wollte endlich zu Hause sein bei seiner Frau und ihr von dem Fest erzählen, oder doch lieber nicht, denn wenn er an das Fest dachte, wurde ihm unheimlich.

Er kam an der Stadt Bruck vorbei. Da waren Straßen, die vorher nicht gewesen waren. Aber besonders wunderte er sich, als er in sein Dorf kam. Ganz andere Häuser standen da, viel größer war das Dorf. Die Leute, die er traf, die kannte er nicht, die schauten ihn komisch an, und er schaute sie komisch an, sie trugen Kleider, die ihm nicht gefielen, und er trug Kleider, die ihnen nicht gefielen.

Wo sein Haus gestanden war, war jetzt gar nichts. Einfach gar nichts. Er klopfte beim Pfarrer und sagte, er kenne sich nicht mehr aus, was hier denn los sei. Er sei der Andreas. Da blätterte der Pfarrer in den Büchern und stellte fest:

Ja, vor dreihundert Jahren hat hier einer gewohnt, der Andreas geheißen hat. Der sei eines Tages verschwunden und nicht mehr zurückgekommen.

»Was soll ich denn jetzt tun?«, fragte der Andreas.

Da wusste der Pfarrer keine Antwort.

Der Andreas wanderte weiter und wanderte, kam in andere Länder, lernte andere Sprachen, und eines Tages traf er einen jungen Mann, der hatte einen ziemlichen Rausch, der war gut gelaunt und sang. Den fragte der Andreas, warum er denn so gut gelaunt sei. Sagte der junge Mann: »Weil ich morgen heirate.«

»Und gibst du auch ein Fest?«, fragte der Andreas.

»Das kannst du aber laut sagen, was für ein Fest ich gebe!«

»Das wird sicher ein wunderbares Fest«, sagte der Andreas.

»Weil du mir sympathisch bist«, sagte der junge Mann, »will ich dich zu meinem Hochzeitsfest einladen.«

Zum Wirt sagte der junge Mann: »Es wird noch ein dreizehnter Gast kommen, gib ihm von allem das Beste.«

Und der Wirt versprach es.

22

Ripp vom Winkel

Gegen Ende des letzten Krieges lebte in einem Dorf in Vorarlberg ein Bursch, der hieß Riepold. Er war ein Neugieriger. Den Wecker seiner Großmutter hatte er schon als Fünfjähriger auseinandergenommen, weil er sehen wollte, was drin ist. Und als er neun war, hat er ihn wieder zusammengebaut. Wenn einer nur einen halben Satz sagte, was in dieser Zeit oft vorkam, dann konnte Riepold nicht anders, als sich die Fortsetzung auszudenken.

Ripps Eltern besaßen ein Gasthaus, das lag in einem Winkel des Dorfes und hieß deshalb *Gasthaus zum Winkel*. Und zu Riepold sagte man: »Das ist der Ripp vom Winkel.«

Eines Tages, mitten im Winter, war Ripp allein zu Hause. Das Gasthaus hatte Ruhetag, und seine Mutter war unterwegs, um Besorgungen zu machen, und der Vater war in Russland, aber genau wusste das niemand.

Ripp war langweilig, darum spielte er am Radioapparat herum. Er drehte am Senderrad und lauschte, was da alles zu hören war. Millimeter um Millimeter drehte er. Es rauschte und knisterte, piepste und knatterte, schmetterte, stotterte und fauchte, säuselte, hörte sich wie eine Sirene an und gab Morsezeichen von sich. Stimmen tauchten auf und verschwanden wieder – war das Französisch oder Italienisch gewesen? Musik ertönte und flog davon wie das Echo in den Bergen. Eine Welt, in der es nichts anderes gab als Töne.

Aber dann hörte er plötzlich eine Männerstimme, die sprach deutsch und sehr deutlich. Sie erzählte von Russland. Das interessierte Ripp, und er drehte lauter. Schließlich war sein Vater in Russland, jedenfalls war es das Letzte, was sie von ihm gehört hatten. Ripp hatte seinen Vater sehr lieb, und jeden Abend betete er mit seiner Mutter, dass der Papa bald wieder gesund nach Hause komme.

Die Stimme im Radio erzählte nichts Gutes. Wie schrecklich der Krieg in

Russland sei, erzählte die Stimme. Dass die deutschen Soldaten zu Tausenden erfrieren. Wenn Ripp zusammen mit seiner Mutter vor dem Radio saß und sie den Sender hörten, den alle hörten, dann wurde ihnen etwas ganz anderes erzählt, nämlich, dass die deutschen Soldaten in Russland wunderbare Siege errangen, dass bald ganz Russland erobert sein würde und die Soldaten nach Hause zurückkehrten, spätestens bis Weihnachten. – Diese Stimme erzählte etwas anderes.

Sie erzählte, dass die Deutschen Verbrecher seien. Dass sich fast die ganze Welt gegen das Deutsche Reich verbündet hätte. Dass es nur noch Wochen, höchstens Monate dauern würde, bis Deutschland endlich besiegt sei. Deutschland solle sich ergeben, rief die Stimme, sonst würden seine Städte alle in Grund und Boden gebombt, so dass am Ende nur Trümmerfelder und Asche übrig blieben.

Ripp lauschte aufmerksam, sein Herz schlug bis in den Hals hinauf, und darum hörte er nicht, dass an die Tür gepumpert wurde.

Und dann wurde die Tür eingetreten. Die Gendarmerie hat die Tür eingetreten. Und die Gendarmen nahmen Ripp mit und sperrten ihn ein. – Was war geschehen?

Am Abend zuvor war draußen im Schankgarten Glühwein ausgeschenkt worden. Man war beieinandergestanden, hatte getrunken und Birnenbrot gegessen und geredet. Und damit nicht jeder versteht, was der neben ihm sagt, hat Ripps Mutter den Lautsprecher im Schankgarten eingeschaltet und Radiomusik nach draußen übertragen. Und dann hat sie vergessen, den Lautsprecher auszuschalten. Und als Ripp am nächsten Tag den fremden feindlichen Sender im Radio gehört hat, wurde die ganze Ansprache in den Schankgarten übertragen. Und alle konnten es hören. Und hätte Ripp nur einmal durchs Fenster nach draußen geschaut, hätte er gesehen, wie sich die Leute auf der Straße vor dem *Gasthaus zum Winkel* drängten und wie ernst ihre Gesichter waren. – Und einer von denen war zur Gendarmerie gelaufen.

»Im *Gasthaus zum Winkel* sitzt ein Verräter, ein Feind des Vaterlandes, ein Feind des Führers!«

Ripp wurde nach Innsbruck gebracht und vor ein Schnellgericht gestellt.

Um Gottes willen, was jetzt wohl mit mir passiert, hat er sich gedacht und konnte nicht aufhören, im Kreis zu gehen und die Hände zu ringen. Und was aus der Mutter wird? Vom Vater noch immer keine Nachricht. Und was wird aus unserem Gasthaus? Vielleicht nimmt man uns das Gasthaus weg. Was wird aus meinem Leben?

Er betete und weinte und saß in seiner Zelle zusammen mit anderen, die beteten und weinten, und keiner von ihnen wusste, was aus seinem Leben wird.

Dann wurde Ripp dem Richter vorgeführt. Und da war Ripp sehr erleichtert! Denn den Richter kannte er. Der war einer aus seinem Dorf. So ein Zufall! Ein Nachbar. Ein ganz junger Richter, keine zehn Jahre älter als Ripp. Er hatte Ripp das Gitarrespielen beigebracht. Er war oft im *Gasthaus zum Winkel* gesessen und hatte Bier getrunken und Witze erzählt und gelacht.

Oh, wie froh bin ich, dachte Ripp, dass ich ausgerechnet ihm vorgeführt werde. Es wird leicht sein, ihm alles zu erklären. Dass ich kein Feind des Reiches bin. Dass ich kein Feind des Führers bin. Dass ich nur neugierig gewesen war.

»Also, das war so«, fing er an.

Aber der Richter ließ ihn nicht ausreden.

»Angeklagter, sprechen Sie erst, wenn Sie gefragt werden!«, fuhr er Ripp an.

»Aber Georg«, sagte Ripp, »ich bin's, Ripp, der Ripp vom Winkel, der Riepold, du kennst mich doch ...«

»Wenn der Angeklagte noch einmal ungefragt ein Wort von sich gibt«, verkündete der Richter, »dann wird er des Saales verwiesen, und die Verhandlung findet ohne ihn statt!«

Der Richter schaute durch Ripp hindurch, als wäre Ripp aus Fensterglas.

»Georg!«, wurde Ripp jetzt zornig. »Mensch, Georg, warum spielst du dich hier so auf, das würde ich gern wissen. Wenn du bei uns im Gasthaus sitzt und das vierte Bier getrunken hast, dann erzählst du die dreckigsten Witze von allen, und jetzt tust du, als wärst du weiß Gott für ein Großer. Das kann ich dir sagen, wenn ich nach Hause komme, dann werde ich allen erzählen ...«

Da ließ der Richter Ripp abführen, zurück in die Zelle. Und er sprach das Urteil ohne ihn: Tod wegen Hörens eines feindlichen Senders und noch einmal Tod wegen Verbreitung feindlicher Propaganda.

Und Ripp wartete auf die Vollstreckung.

Aber dazu kam es nicht. Denn der Krieg ging zu Ende, und der Ripp vom Winkel wurde freigelassen.

Oh, da war ein großes Gefühl in ihm – eine unbändige Freude über die Freiheit. Ihm war, als ob er neu geboren worden wäre, ein Jubel war in ihm, dass er das Leben, das liebe, wiederhatte. Denn im Gefängnis war er draufgekommen, wie sehr er das Leben liebte. Er hatte sich vorgeworfen, dass er so sorglos gelebt hatte, dass er die Maikäfer nicht richtig beobachtet hatte und sich viel zu wenig über einen Sommerregen gefreut hatte und den Geruch von frischem Weißbrot zu wenig geschätzt hatte. Er hatte solche Angst vor dem Tod gehabt!

Und dann war da noch ein zweites Gefühl, nicht weniger wunderbar: Einen ungeheuren Zorn hatte er in sich, einen Zorn auf diesen sauberen Richter, der doch ein Nachbar von ihm war. Zu Fuß ging er von Innsbruck über die Berge nach Hause, es war Sommer und das schönste Wetter.

Und unterwegs dachte er bei sich: Was mache ich zuerst? Soll ich mich zuerst in eine Wiese legen und die Wolken betrachten, wonach ich mich im Gefängnis so sehr gesehnt habe? Oder soll ich erst den sauberen Herrn Richter besuchen und ihm ein paar in die Goschen hauen, dass ihm die Zähne über die Kellerstiege fliegen wie die Groschen aus dem Sack eines Bettlers, wenn er sich auf den Kopf stellt? Schwere Frage, schwere Frage.

Ripp entschied sich für die Sommerwiese. Die Watschen können warten. Oben auf dem Berg legte er sich in den Schatten unter einen Baum und schlief ein. Und er schlief gut, schlief fest, tief, traumlos. So lange hatte er nicht mehr richtig geschlafen.

Und dann wachte der Ripp vom Winkel auf und machte sich auf den Heimweg. Und er dachte: So, jetzt gehe ich zu dem Richter. Jetzt bin ich ein bisschen abgekühlt, ich werde ihm ganz sachlich meine Meinung sagen. Hab gar keine so große Lust mehr auf Watschen.

Zwei Wanderer begegneten ihm, die waren merkwürdig gekleidet, fand Ripp, so grell, so bunte Farben, und sie schauten ihn an, als ob er es wäre, der komisch angeschaut werden müsste, derweil sie es ja waren. Dann kam er zu den ersten Häusern unten im Tal. Die waren ganz anders, als er sie in Erinnerung hatte, nicht geschindelt, wie man Häuser in dieser Gegend seit zweihundert Jahren verkleidete. Er kannte sich gar nicht mehr aus. Wo noch vor einem halben Jahr, wie er meinte, ein enger Weg gewesen war, zog sich nun eine breite, geteerte Straße durch die Felder. Und Autos fuhren hier, also solche hatte er noch nie gesehen. Ihm wurde unheimlich, und er suchte den Weg zu dem Gasthaus seiner Eltern. Aber das *Gasthaus zum Winkel* gab es nicht mehr. Stattdessen stand ein vierstöckiger Wohnblock dort. Ein einziger Kastanienbaum war übrig, wo eigentlich fünf stehen müssten.

Und allmählich dämmerte ihm, dass er sehr lange geschlafen hatte, sehr lange.

Fünfzig Jahre lang hatte er geschlafen. Auch das Haus des Richters war nicht mehr da. Er erkundigte sich nach dem Richter. Ja, hieß es, der sei ein großer Mann geworden, ein ganz großer sogar. Inzwischen sei er längst in Pension, aber er war Minister gewesen. Ripp fuhr in die Hauptstadt, denn er wollte auf alle Fälle mit dem Richter sprechen, der ihm das Leben abgesprochen hatte. Auch wenn nun alles, wie sich herausgestellt hatte, fünfzig Jahre zurücklag.

Und er traf den Richter. Der meinte zuerst, der junge Mann, der vor ihm stand, sei der Sohn des Ripp vom Winkel, nein, der Enkel. Aber Ripp erklärte ihm, dass er fünfzig Jahre geschlafen hatte. Dass er sich, nachdem er aus dem Gefängnis entlassen worden war, zwischen Watschen und Ausruhen für Ausruhen entschieden hatte, und das sei dabei herausgekommen.

Der Richter sagte: »Hör doch, Ripp, das ist alles längst vergangen.«

Aber Ripp wollte es genau wissen: »Warum hast du mich zum Tod verurteilt?«

»Das war eine schlimme Zeit«, sagte der Richter. »Zu was für Unmenschlichkeiten doch der Mensch in der Lage ist! Das haben wir aus dieser Zeit gelernt.«

»Ich habe nichts Unmenschliches getan«, sagte Ripp. »Ich habe nur Radio gehört.«

Der Richter legte Ripp die Hand auf die Schulter. »Frag die Leute«, sagte er. »Sie werden über mich sagen: Er ist und war und wird immer sein ein Mann, der gegen die Ungerechtigkeit zu Felde zog, der sich für die Erniedrigten eingesetzt hat. Sie werden dich für verrückt erklären und einsperren. Willst du das? Willst du wieder im Gefängnis sitzen? Blick nicht zurück. Blick hinauf in den Himmel, schau dir die Wolken an. Ich werde bald sterben. Du hast noch viele Jahre vor dir. Überleg es dir gut, Ripp.«

Da dachte Ripp lange nach. Dann sagte er: »Aber gerecht ist es nicht. Gib wenigstens zu, dass es nicht gerecht ist.«

»Wenn es dir hilft, Ripp«, sagte der Richter. »Gerecht ist es nicht.«

Da drehte sich Ripp um und ging. Und weil er gerade Laune hatte, ging er wieder über die Berge. Und er legte sich auf die Wiese nieder, auf der er schon einmal gelegen hatte, und schlief ein.

23
Burg Rannariedl

Vor vielen Jahren lebte ein junger Ritter, der wollte eine Burg bauen und hat sich gewünscht, dass einst sein Name genannt wird mit Respekt und Verehrung als der Name des Gründers eines großen Geschlechts.

Und er ritt auf seinem Pferd über das Land und dachte sich: Ich suche mir einen Platz, wo ich meine Burg bauen will, dann suche ich mir eine Frau, wir werden Kinder haben, so beginnt ein Geschlecht. Und der Ritter dachte: Ich will nichts überstürzen. Ich werde mir einige Plätze ansehen und dann eine Entscheidung treffen. So bei der Burg, so bei der Frau.

Eines Mittags kam er an einen Waldrand, und er stieg vom Pferd, wollte sich etwas ausruhen. Da hörte er hinter sich ein Gewimmer. Er sah einen winzig kleinen Mann, nicht höher als bis zum Knie, nicht breiter als zwei Hände nebeneinander. Und dieser Mann hatte Haare bis zum Gürtel. Und er hatte einen Bart bis zu den Knöcheln. Und Haare und Bart waren weiß. Und er hatte sich im Brombeergestrüpp verheddert. Die Brombeerdornen waren für ihn wie Dolche. Seine Haare hatten sich verwickelt, und je mehr er daran zog und riss, desto böser ritzten die Dornen seine Haut, sie zerfetzten sein Gewand, und er war ganz zerschunden von oben bis unten. Und je mehr er sich bewegte, umso mehr saß er fest.

Da hat der Ritter nicht lange überlegt und hat ihn losgeschnitten, hat sein Messer gezogen, hat die Dornen abgeschnitten und hat den Zwerg befreit, hat die Dornen alle aus seinem Bart gezupft und aus seiner Haut gezogen, jede Dorne einzeln und vorsichtig.

Und er hat zu dem Zwerg gesagt: »Steig auf mein Pferd. Du musst dich ausruhen. Ich werde deine Wunden versorgen.«

Er ging neben dem Pferd her, und im Sattel saß der Zwerg und ruhte sich aus. Der Ritter führte sein Pferd in den nächsten Ort, dort betrat er eine Gastwirtschaft und sagte: »Das beste Zimmer möcht ich haben für diesen Mann. Und das beste Bier für ihn. Und wenn ihr einen Schweinsbraten habt, dann soll er das beste Stück bekommen. Und vergesst nicht, das Bett frisch zu überziehen, damit er sich fühlt wie im Himmel. Und holt mir den besten Arzt. Beeilt euch!«

Alles wurde gut.

»Wie kann ich dir danken?«, sagte der Zwerg.

Der Ritter antwortete: »Ich habe dir das Leben nicht gerettet, damit ich etwas von dir bekomme.«

»Du sprichst wie ein Ritter aus einem edlen Geschlecht«, sagte der Zwerg. »Aber etwas kann ich dir doch anbieten. Ich bin sehr, sehr alt und habe viel gesehen. Wenn du einen Rat brauchst, will ich ihn dir gern geben.«

»Ich will eine Burg bauen«, sagte der Ritter, »sie muss hohe Mauern haben, das scheint mir das Wichtigste.«

»Wenn du hohe Mauern baust«, sagte der Zwerg, »dann hältst du die Feinde ab, das ist richtig. Aber zugleich sperrst du dich selber ein. Bedenke das! Denke an deine zukünftige Frau und an deine Kinder! Willst du ein Geschlecht gründen, das in einem Gefängnis haust?«

»Das habe ich nicht bedacht«, sagte der Ritter.

»Ich führe dich zu einer Stelle, wo ich denke, dass es gut ist, wenn dort eine Burg steht. Dort wird deine Burg keine hohen Mauern nötig haben.«

Und der Zwerg führte ihn dorthin, wo später der Ort Engelhartszell gegründet wurde. Da war dieser Fels, dieser schroffe, steile Fels.

»Dort oben«, sagte der Zwerg, »sollst du eine Burg bauen. Deine Feinde werden die Burg nicht bestürmen können. Und du wirst dich nicht fühlen wie in einem Gefängnis, und deine Frau wird sagen, was habe ich für einen klugen Mann, und deine Kinder werden stolz auf dich sein.«

»So wird es sein«, sagte der Ritter. »Das ist wahr. So wird es sein.« Dann betrachtete er den Fels genauer, lenkte das Pferd in diese Richtung, dann in jene. »Andererseits«, sagte er, »wenn die Freunde, die Gäste, die Händler kommen, wie werden sie zur Burg gelangen? Das wird ziemlich beschwerlich werden.«

»Das ist richtig«, sagte der Zwerg. »Aber die wahren Freunde und jene, die mit dir Handel treiben wollen, die werden nicht davor zurückschrecken, einen schwierigen Weg zu nehmen.«

»Das ist wieder wahr«, sagte der Ritter. »Ich danke dir für den Ratschlag.«

Der Ritter baute dort oben seine Burg, eine sonnige Burg, heiter in hellen Farben. Und er nannte sie die Rannaburg, weil unten der Fluss Ranna in die Donau floss. Und es war genauso, wie der Zwerg gesagt hatte: Der Ritter verliebte sich in eine Frau und heiratete sie, und die beiden waren glücklich, und sie wurden noch glücklicher, als die Frau schwanger wurde und einen Knaben zur Welt brachte.

Aber kaum war der Knabe einen Monat alt, da ging ein Rauschen durch das Tal. Ein entsetzliches Rauschen. Waffengeklirr. Der Feind kam. Der Feind hatte bereits alle Burgen niedergebrannt. Der Ritter dachte: An meiner Burg wird er sich die Zähne ausbeißen. Der Fels, auf dem die Burg stand, war zu steil. Die Feinde hatten große Opfer zu beklagen, aber sie waren sehr viele, und dem Mann, der sie anführte, war ganz egal, wie viele von den Seinen fielen. Die Feinde rannten gegen die Burg, sie beschossen die Burg, sie hungerten die Burg aus, und sie hatten einen langen Atem.

Und da sah eines Tages der Ritter ein, dass seine Sache verloren war. Wenigstens seine Frau und sein Sohn sollten überleben. Und er sagte zu seiner Frau: »Geh du mit dem Kind, ich werde dich in der Nacht an einem Seil hinablassen.«

»Nein, das will ich nicht«, sagte sie. »Ich will an deiner Seite sterben!«

»Und was wird aus unserem Kind werden?«, klagte der Ritter.

Da rief die Frau nach der Magd. »Sie ist stark«, sagte sie. »Lass sie an dem Seil über den Fels hinunter.«

Und so wurde es gemacht. Man hat den Knaben, der erst ein Monat alt war, in ein Bündel geschnürt, der Magd an die Brust gebunden und hat sie über den Fels abgeseilt. Unten wartete ein Kahn. Das Bündel mit dem Knaben legte sie unter die Ruderbank. Und dann ruderte sie davon. Aber die Feinde bemerkten es. Und einer schoss und traf die Magd mitten in die Brust. Sie kippte vom Kahn und fiel ins Wasser.

Aber das Bündel mit dem Kind hatten die Feinde nicht entdeckt. Und der Kahn, der trieb so dahin. Der trieb so dahin, über die Donau trieb er dahin. Und irgendwo landete er. Und da war ein Fischer, der sah das Boot, und er hörte das Kind weinen. Und er war ein guter Mann. Und er nahm das Bündel heraus und dachte sich: Was mache ich damit? Ich bin zwar gut, aber ich bin arm. Ich kann es nicht großziehen. Ich bringe es zu meinem Herrn, nach Schloss Haichenbach.

»Das habe ich gefunden«, sagte der Fischer zu seinem Herrn, »dieses Kind. Ich weiß nicht, was tun damit.«

Der Graf wusste, dass der Feind im Land war. »Da wollte jemand sein Kind retten«, sagte er. »Meine Frau und ich werden für das Kind sorgen, als wäre es unser eigener Sohn.«

Und dann sagte er zu dem Fischer und sagte zu seiner Frau: »Alle sollen glauben, das ist unser Kind. Auch das Kind soll glauben, es ist unser Sohn!«

Sie waren gut zu dem Kind. Sie haben diesen Sohn geliebt, als wär er ihr eigenes Kind, und dann haben sie selbst noch eine Tochter bekommen. Und Tochter und Sohn sind herangewachsen und haben sich geliebt und haben sich geliebt vielleicht ein bisschen mehr als Bruder und Schwester.

Und dann kam eines Tages ein Gerücht auf. Dieses Gerücht sagte, da gibt es diese Burg da, diese Burg, diese Rannaburg, die zerstört worden ist, als der Feind im Land war, restlos niedergebrannt, restlos zerstört ist sie worden, diese Burg, aber in den Kellergewölben sollen Schätze lagern, unendliche Schätze. Und es hieß, es seien schon welche oben gewesen, Abenteurer, die hätten nach diesen Schätzen gegraben, aber sie seien schon nach der ersten Nacht zurückgekommen, zitternd. Manche mit weißem Haar. Ein Gespenst sei dort oben nämlich, hieß es.

Aber immer wieder haben es junge Burschen probiert. Ja, und der Gerold, der Sprössling von dem Graf Haichenbach, der hat sich gedacht: Ich geh auch dorthin!

Er hat sich auf den Weg gemacht, hat sein Pferd unten stehen lassen vor dem Fels, ist über den mühsamen Weg hinaufgestiegen, war immer gefasst darauf, dass ein Gespenst erscheint, bis er endlich die Ruine betreten hat. Alles war überwuchert, alles war zerstört.

Plötzlich hört er hinter sich ein Rascheln, er dreht sich um, da steht ein ganz kleiner Mann. Ein Zwerg, der hat Haare, die reichen ihm bis zum Gürtel. Der hat einen Bart, der reicht ihm bis zu den Knöcheln. Und Haare und Bart sind weiß.

Und der sagt: »Du bist Gerold. Hab keine Angst.«

»Woher kennst du mich?«, fragt der junge Mann.

»Ich habe auf dich gewartet. Ich habe den Schatz deines Vaters bewacht, nachdem er gestorben ist.«

»Aber mein Vater ist doch nicht gestorben?«, sagt Gerold. »Der Graf von Haichenbach, der lebt doch noch.«

»Der Graf von Haichenbach ist nicht dein Vater!«, erklärt ihm der Zwerg. »Dein Vater ist gestorben, weil ich ihm einen Ratschlag gegeben habe, der vielleicht doch nicht so gut war.«

Der Zwerg erzählte dem Gerold die ganze Geschichte. Wie die Burg zerstört worden ist, wie er gerettet worden ist. Und dann führte er ihn in den Keller. Da lagen die Schätze der Rannaburg. Gold, Silber, Edelsteine.

Der Zwerg sagte: »Ich denke, es wäre der Wunsch deines Vaters gewesen, die Burg wieder aufzubauen. Ich werde dir dabei helfen. Nicht ganz oben wollen wir sie bauen, ein Stückchen weiter unten. Wir wollen sie schlicht bauen und die Mauern doch ein bisschen stärker und ein bisschen höher.«

Der junge Gerold hat ein Geschlecht gegründet. Und dann hat er in seinem Herzen die Liebe, die er für seine Schwester empfand, genau untersucht und hat festgestellt, dass es keine geschwisterliche Liebe war, sondern die Liebe zwischen Mann und Frau. Der Graf von Haichenbach und seine Gemahlin haben alles verstanden und waren mit allem einverstanden … Man könnte weitererzählen, aber wer weiß, ob es dann gut ausgeht.

24

Das Gasthaus zum Roten Mandl

Vor vielen, vielen, vielen Jahren hatte das *Gasthaus zum Roten Mandl* bei der Freyung in Wien einen anderen Namen. Der Wein war der gleiche, nämlich der beste Wein der ganzen Stadt. Und die Gesellschaft war eine ähnliche, nämlich die lustigste Gesellschaft der ganzen Stadt. Da hockten Studenten, Künstler, Zirkusleute, Taugenichtse, glückliche Verlierer und glückliche Gewinner – halt lauter solche, die gern singen, gern trinken und einen Kinnhaken vertragen.

Und eines Tages kam der Dr. Johann Faust nach Wien, der berühmte Magier, bei dessen Namen man schon Gänsehaut bekommt, auch wenn er geflüstert wird. Und er erkundigte sich: »Wo gibt es in der Stadt den besten Wein? Wo gibt es in der Stadt die lustigste Gesellschaft?« Und man zeigte ihm, wo. So ging der Dr. Faust zur Freyung und betrat das Gasthaus. Und es wurde still. Denn alle, die dort saßen, haben ihn erkannt. Ja, woran haben sie ihn denn erkannt? Haben sie ihn etwa schon einmal gesehen? Nein, sie haben ihn noch nie gesehen. Aber es gab Geschichten über den Dr. Faust. Und in diesen Geschichten wurde der Dr. Faust sehr genau beschrieben. Dort hieß es: Augenbrauen hat der, schwarz wie Kohle, dicke Augenbrauen, die aussehen wie Keile, die ihm von schräg oben über die Stirn ins Gesicht getrieben worden sind. Einen Schnauzbart hat er, einen dicken, schwarzen Schnauzbart, akkurat geteilt in zwei Teile, und diese Teile sehen aus wie zwei Keile, die ihm von schräg unten ins Gesicht getrieben worden sind. – Und so sah dieser Fremde aus.

Und einer fragte ihn: »Bist du der Dr. Johann Faust, der berühmte Magier, bei dessen Namen man schon eine Gänsehaut kriegt, auch wenn er nur geflüstert wird?«

Und Faust fragte zurück: »Kriegst du eine Gänsehaut?«

»Noch nicht.«

»Aber ich bin der Dr. Faust. Und wenn du keine Gänsehaut kriegst, dann bin ich hier richtig. Scheißhasen kann ich nämlich nicht ausstehen.«

Sie machten ihm Platz. Den Ehrenplatz bekam er. Von wo nicht weit zum Klo und nicht weit zum Weinfass war. Und dann sagte einer zu ihm: »Wenn du schon hier bist. Es heißt, du kannst zaubern?«

»Ach, vielleicht später«, sagte Faust, »erst möcht ich von eurem Wein probieren, der so bekannt ist.«

In diesem Gasthaus gab es einen Kellner und eine Kellnerin. Der Kellner hieß Kaspar, die Kellnerin hieß Ursula. Die waren ein Paar. Der Kaspar kam, um dem Faust den Wein einzuschenken. Und er war etwas nervös. Und er schenkte ein und hat es gut gemeint mit dem Faust. Er schenkte das Glas voll, so dass oben etwas überlief, ein paar Tropfen nur.

Der Faust aber schnauzte: »Soll ich dir dein Handwerk erklären?«

Die anderen Gäste lachten. Der Kaspar war nicht einer, der sich gerne auslachen lässt. Er wurde zornig. Und als der Dr. Faust ein zweites Glas Wein haben wollte, schenkte er wieder so viel ein, dass es darüberlief, aber diesmal absichtlich und nicht nur ein paar Tropfen.

Der Dr. Faust sagte: »Wenn du das noch einmal machst, dann fresse ich dich auf mitsamt deinem karierten Servierhemd.«

»Das willst du?«, sagte der Kaspar. »Das willst du? Das willst du wirklich? Ich seh, du hast schwarze Augenbrauen, wie Keile ins Gesicht getrieben. Und du hast einen Schnauzbart, wie Keile ins Gesicht getrieben. Aber dein Mund, der ist nicht größer als der Mund von allen anderen, die hier blöd schauen. Und durch diese Öffnung passe ich nicht.«

Und das war ja ganz klar. Jeder musste den ja nur anschauen, den Kaspar, ein großer, ein kräftiger Mann mit einem Ansatz zu einem stattlichen Bauch und Muskeln an Armen und Beinen vom Weinfassstemmen und Jausebrotservieren. Der sollte durch diesen kleinen Mund?

»Dann probier's doch«, sagte der Dr. Faust, trank das Glas aus und stellte es wieder hin. »Schenk nach!«

»Ja«, sagte der Kaspar. Und er goss nach und schüttete nach und schüttete nach, bis auf dem Tisch eine Lache war.

»Na ja«, sagte der Dr. Faust und riss sein Maul auf. Und der Kaspar verschwand darin, wie es vom Herrn Dr. Johann Faust angekündigt worden war. Und da war es wieder ganz still im Gasthaus. Das war also der Zauber! Aber vielleicht ist es nur ein Trick gewesen, dachten sich die Studenten, die Künstler, Zirkusleute, Taugenichtse, die glücklichen Verlierer und glücklichen Gewinner, und irgendwo draußen vor der Tür steht der Kaspar und grinst sich einen, weil er mit dem unter einer Decke steckt. Aber wie funktioniert der Trick? Aber vielleicht ist es doch kein Trick gewesen, sondern doch ein echter Zauber, dachten sie. Und sie hatten sicherheitshalber Angst vor dem Dr. Faust.

Weniger Angst hatte die Ursula. Die Ursula, das war ein rabiates Weib, und sie hatte ihren Kaspar sehr lieb.

»Doktor!«, rief sie. »Doktor! Willst du noch ein Glas?«

»Gern«, sagte der Dr. Faust.

Ursula holte das kleinste Glas, das es im Gasthaus gab, ein Schnapsgläschen, zu klein für einen Schnaps sogar, und stellte es vor den Dr. Faust hin. Und dann holte sie den zweitgrößten Krug, einen Krug, in den fünf Liter hineinpassten. Und sie füllte diesen Krug mit Wein bis oben. Und dann goss sie den ganzen Krug in das Schnapsglas. Der Wein lief über den Tisch und lief über die Hosen der Männer, die an dem Tisch saßen, lief auf den Boden, bis alle Füße in dem Wein standen.

»Was willst du jetzt tun?«, sagte Ursula.

»Was werde ich wohl tun?«, sagte der Dr. Faust. Er verschlang auch die Ursula mitsamt ihrer karierten Servierschürze.

Und nun war die Ursula im Bauch vom Dr. Faust. Wie sieht es in diesem Bauch aus? Eine große Halle ist der Bauch innen, so groß wie das Kirchenschiff vom Stephansdom. Und dort steht sie jetzt, wenig Licht, ein bisschen nur vom Mund herunter, es riecht muffig, die Wände sind voll mit Büchern.

Und sie ruft: »Kaspar, bist du hier?«

Und der Kaspar antwortet ihr: »Ja, hier bin ich!«

»Wo sind wir hier?«, fragt die Ursula, und Kaspar sagt: »Das ist die Bibliothek des Teufels.« Und die Ursula sagt: »Die Bibliothek des Teufels, die ist im Bauch des Dr. Faust?«

»Ja, das scheint so«, sagt der Kaspar.

»Und wie kommen wir wieder heraus?«, fragt die Ursula.

»Ich weiß es nicht«, sagt der Kaspar. »Aber vielleicht steht irgendwo in diesen vielen Büchern geschrieben, wie man wieder herauskommt aus der Bibliothek des Teufels.«

Sie blättern die Bücher durch, die Inhaltsverzeichnisse schauen sie an. Da sind furchtbare Bücher in der Bibliothek des Teufels! Bücher über Schadenszauber, wie man jemanden vernichten kann, wie man jemanden am besten quälen kann, wie man jemandem alles wegnimmt. Die stellen sie gleich beiseite, diese Bücher.

Dann gibt es noch andere Bücher: Wie man es macht, wenn man will, dass einem der Teufel erscheint, zum Beispiel. Das interessiert die Ursula.

Der Kaspar sagt: »Leg doch dieses Buch weg, Ursula, wir suchen ein Buch, wie wir rauskommen aus der Bibliothek des Teufels.«

»Ja, das interessiert mich jetzt«, sagt die Ursula, »wie man den Teufel holen kann, das interessiert mich jetzt. Schau du weiter!«

Und tatsächlich, der Kaspar findet das Buch, in dem steht, wie man aus der Bibliothek des Teufels wieder herauskommt. Da steht geschrieben: Mach mitten in der Bibliothek ein Feuer. Und wenn die Flammen emporschlagen, dann schrei: »Hilfe! Hilfe! Feuer, es brennt!«

Sie werfen Bücher in die Mitte des Saales und zünden sie an. Die Flammen schlagen hoch, und beide schreien: »Hilfe! Hilfe! Feuer, es brennt!«

Und der Dr. Faust, der sitzt immer noch in dem Gasthaus. Und plötzlich sehen die Gäste, dass aus seinen Augen und Ohren, aus seiner Nase und seinem Mund Rauch quillt. Und der Dr. Faust ruft: »Schnell, bringt mir Wasser, so viel ihr könnt. Füllt den größten Krug mit Wasser!« Sie holen den Krug, den noch größeren als den zweitgrößten, in den zehn Liter hineingehen, und der Dr. Faust schüttet unter einmal Schlucken alle zehn Liter hinunter.

»Noch einmal, noch einmal Wasser!«, ruft er.

Und wieder füllen sie den Krug, und er schüttet das Wasser wieder hinunter. Und läuft hinaus aus dem Gasthaus.

Als er zurückkommt, ist er erleichtert, und es raucht auch nicht mehr aus seiner Nase, seinen Ohren und seinen Augen und seinem Mund. Aber draußen vor der Tür sitzen Ursula und Kaspar, nass von oben bis unten. Sind dort rausgekommen, wo das Wasser rausgekommen ist.

»Dem werd ich's zeigen!«, schimpft die Ursula. »Der soll das büßen!«

Stellt sich vor den Dr. Faust. »So, du bist also der große Magier.«

»Ja«, sagt Faust, »das bin ich! Das hab ich doch eben bewiesen.«

»Und du behauptest, du seiest mit dem Teufel im Bund?«

»Ja, so wird gesagt, dass ich das bin. Wie soll sonst gehen, was ich gemacht habe, bitte?«

»Das heißt, du hast den Teufel schon einmal gesehen?«

»Natürlich hab ich ihn schon gesehen. Mehr als einmal.«

»Das glaub ich dir aber nicht«, sagt die Ursula.

»Na ja«, sagt der Dr. Faust, »wie kann ich's dir beweisen?«

»Mal ihn an die Wand!«

Und sie bringt Farben. Und der Dr. Faust beginnt, den Teufel an die Wand zu malen. Rot wie Feuer, feuerrot, ein entsetzlich schreckliches feuerrotes Gesicht hat der Teufel.

Und als der Dr. Faust fertig ist mit Malen, sitzen alle davor und haben Angst. Und plötzlich bewegt sich das Bild an der Wand, und der Teufel steigt herunter von der Wand. Alle schreien, aber der Teufel interessiert sich nur für einen, nämlich für den Dr. Faust. Und er holt ihn, nimmt ihn mit hinein in das Bild. Und als sie beide im Bild sind, erlischt das Bild.

»Ja«, sagt die Ursula, »so habe ich es gelesen. In einem Buch in der Bibliothek des Teufels. Dass man niemals den Teufel an die Wand malen soll.«

Und nun war ein neuer Name für das Gasthaus fällig. Aber man wollte es nicht nennen *Gasthaus zum Roten Teufel*. Wer wär dann gekommen? Wer setzt sich in ein Gasthaus, das heißt *Zum Roten Teufel*? Wer will dort trinken und singen und Kinnhaken austeilen?

Und deshalb hat man es genannt: *Gasthaus zum Roten Mandl*.

25

Das Pechmandl

»Kommt's Pechmandl mit da Schnur, druckt's dem Kindl d' Augen zua.« So heißt es.

Das Pechmandl ist ein kleiner, schwarzer Mann. Ein Lieber. Immer hat man gedacht, er sei ein Lieber. Nie hat einer etwas anderes berichtet. Das Pechmandl kommt am Abend. Kommt leise und duftet wie der Atem eines Kindes. Wenn die Kinder im Bett liegen, wenn sie müde sind, nachdem das Licht gelöscht wurde, dann kommt das Pechmandl.

Das Pechmandl hat zwei Dinge bei sich: ein kleines Töpfchen und eine Schnur. In dem Töpfchen ist fein duftendes Pech. Da tunkt es den Finger hinein, und wenn die Kinder im Bett liegen, tupft es mit dem Finger Pech auf ihre Augen, und dann schlafen die Kinder ein, so sanft, als wenn sie mit dem Rücken über eine weiße Wolke rutschten.

Aber wozu braucht das Pechmandl die Schnur, die an seinem Gürtel hängt? Ja, da hat man sich den Kopf zerbrochen: Wozu ist diese Schnur gut? Ist sie gut, oder ist sie gar nicht gut? Vor Schnüren hat der Mensch Respekt. Über Schnüre muss man sich Rechenschaft ablegen.

Und da gab es in Innsbruck einen Apotheker, der hieß Ludwig Zandl, und dieser Ludwig Zandl, der hat rausgekriegt, wozu das Pechmandl seine Schnur braucht.

Ludwig Zandl war Apotheker, und er war lange Zeit in seinem Leben ein sehr glücklicher Mann gewesen. Er war verheiratet mit einer lieben Frau. Und er hatte mit dieser Frau ein liebes Mädchen. Durchs Haus hat man sie tanzen sehen. Ludwig Zandl war ein großer, starker Mann, und manchmal in seinem Glück hat er beide vom Boden hochgehoben, seine Frau und sein

Töchterlein, und sie haben gesungen zu dritt, und man hat sie durchs Haus tanzen sehen.

Aber dann starb die Frau, und Ludwig Zandl war allein mit seiner Tochter. Und seine ganze Liebe und seine ganze Fürsorge galt nun dem Kind.

Jeden Abend setzte sich Ludwig Zandl an das Bett seines Kindes und erzählte eine Geschichte, und meistens war es eine Geschichte vom Pechmandl, und es waren nur schöne Geschichten, nie hatte er über das Pechmandl etwas Böses reden hören, wie hätte er etwas Böses erzählen können? Er blieb so lange am Bett sitzen, der gute Vater, bis sein Kindchen eingeschlafen war, und dann begab er sich in sein Labor hinter der Apotheke, wo er heilende Salben und heilende Pulver herstellte.

Er war ein gebildeter, ein beliebter Mann, der Ludwig Zandl, er hatte Mittel erfunden, die bei Ausschlägen sehr gut nützten, Tinkturen, die man bei Erkältungskrankheiten einnehmen sollte, Tropfen, die das Bauchweh vertrieben. Er hatte blutende Wunden zum Stillen gebracht, und wenn jemand nur noch schwarzsehen konnte, wusste er ein Kraut, das die Sonne aufgehen ließ.

Die Leute schätzten ihn sehr, und viele sagten, und nicht nur einmal sagten sie das: »Ohne den Ludwig Zandl würde es uns nicht so gutgehen.«

Aber dann wurde seine Tochter, sein Herzblatt, sein Augenstern, sein Lebenssinn, krank, bekam Fieber und lag. Und er gab ihr von der Tinktur, aber diese nützte nichts, das Fieber stieg und stieg, er machte ihr Umschläge, auch die halfen nicht, er gab ihr Pillen zu schlucken, aber ohne Erfolg.

Da bekam er große Angst. Er blieb die ganze Nacht am Bett des Kindes sitzen und den ganzen Tag und wieder eine Nacht und wieder einen Tag. Er ließ das fiebernde Kind nicht aus den Augen, wischte ihm die Stirn, sprach mit beruhigender Stimme, sagte, es werde alles gut, er wisse, dass alles gut werde.

Und in der dritten Nacht saß er wieder am Bettchen und hatte so lange nicht mehr geschlafen. Und dann schlief er auf dem Stuhl ein.

Erwachte aber gleich wieder. Nämlich: Noch jemand war in dem Zimmer. Ein kleiner, schwarzer Mann. Das Pechmandl war da. Und das Pechmandl beugte sich über das Bett, in dem das kranke Kind schlief. Da wollte Ludwig Zandl aufspringen und schreien, niemand außer ihm dürfe das Kind anfassen. Aber er konnte sich nicht rühren. Er saß fest auf dem Stuhl. Das Pechmandl hatte ihn festgebunden. Mit seiner Schnur hatte das Pechmandl den Vater an den Stuhl gefesselt. Das Pechmandl hatte die Schnur von seinem Gürtel genommen und damit den Vater gebunden.

Ludwig Zandl flehte: »Was willst du? Lass mein Kind in Ruh. Was willst du? Hat denn niemand Erbarmen?«

Aber das Pechmandl antwortete nicht, und es drehte sich nicht nach dem Vater um. Es beugte sich über das Bettchen und hob das Kind heraus. Und ging mit dem Kind im Arm zur Tür hinaus, aus dem Haus hinaus und die Straße hinauf.

Der Vater rief ihm nach: »Lass mein Kind hier! Bitte! Alles gebe ich dir! Nimm mich, ich habe lange genug gelebt! Hat denn niemand Erbarmen?«

Da hörte er die Stimme seines Kindes, ganz nah an seinem Ohr hörte er die Stimme seines Kindes:

»Lieber Vater, lieber Vater, ich bin die Seele deines Kindes, wenn du willst, dass dein Kind am Leben bleibt, dann lauf, schnell, lauf! Hol meinen Körper zurück. Aber du musst dich beeilen. Wenn das Pechmandl das Tor zur Unterwelt erreicht hat, dann ist es zu spät.«

Der Vater riss an den Fesseln, aber er konnte die Fesseln nicht lösen, und die Seele des Kindes weinte: »Beeil dich, lieber Vater, beeil dich! Sonst ist es zu spät.«

Und da beugte der Vater seinen Kopf nach vorne, ganz weit nach vorne, dass ihm der Rücken schmerzte, als würde er gleich abbrechen, und er konnte die Fesseln mit den Zähnen fassen. Und er biss die Schnur vom Pechmandl durch. Und er war frei und lief hinaus, lief aus dem Zimmer hinunter auf die Gasse, und er sah – am Ende der Gasse sah er das Pechmandl. Und er sah, dass es sein geliebtes Kind in den Armen hielt. Und er lief dem Pechmandl hinterher und entriss ihm seine Tochter, seinen Augenstern, sein Herzblatt, seinen Lebenssinn.

Und er kam nach Hause, trug seine Tochter im Arm, küsste sie, damit sie aufwache. Aber er hatte in der Eile vergessen, die Türe zuzumachen. Und es genügt ein winziger, winziger, feiner Hauch, um eine Seele, die auf ihren Körper wartet, aus dem Haus zu blasen. Und so konnte er seine Tochter doch nicht mehr ins liebe Leben im Sonnenlicht zurückholen, der arme, arme Ludwig Zandl.

26

Das Käuzchen von Rauhenstein

Auf der Burg Rauhenstein lebte der Ritter Wolf. Der war ein unbarmherziger Mann. Er trat vor die Leute hin und sagte:
»Seht mich an! Wer bin ich? Ich bin der Rauhensteiner. Zieht den Kopf ein, hebt den Hut! Sagt: Heil, dem Rauhensteiner, unserem Herrn!«

Die Leute zogen den Kopf ein, nahmen den Hut ab und grüßten, wie ihnen befohlen wurde. Aber untereinander nannten sie den Herrn nicht den Rauhensteiner, sondern den rauen Stein. Es heißt, er habe ein Knochenherz.

Der Ritter Wolf besaß einen großen Wald, in dem er Hirsche hielt und Rehe, die er jagte und zusammen mit den anderen rauen Steinen verzehrte. Niemand außer den Seinen durfte den Wald betreten.

Und da waren zwei Brüder, der eine erst vierzehn, der andere ein Jahr älter, sie waren die Söhne des Glockengießers von Baden. Und die gingen leidenschaftlich gern auf die Jagd. Sie liefen hinter den Rehen her, und sie vergaßen alles um sich her, und auch wenn sie bis zum Abend nichts gefangen oder erlegt hatten, erzählten sie stolz von ihrem Tag, als hätten sie die großen Dinge der Welt ein Stück zum Besseren hin gerückt. Sie vergaßen die Zeit bei der Jagd, und sie achteten nicht auf die Wege, und sie wussten oft nicht, wo sie waren.

Und eines Tages, als sie wieder auf der Jagd waren und hinter einem kapitalen Hirsch herliefen, überschritten sie die Grenze und betraten den Wald des rauen Steines. Und sie wussten es nicht. Sie liefen zwischen den Bäumen herum, sie erlegten kein Wild, sie nahmen nichts mit, was ihnen nicht gehörte, sie traten nichts Frischgesätes nieder, sie aßen nicht von fremden Früchten, sie liefen nur zwischen den Bäumen herum.

Plötzlich standen zwei Männer vor ihnen, jeder eine Armbrust in den Armen, und die Bolzen zielten auf die Köpfe der Buben. Es waren die Verwalter vom Ritter Wolf. Und die freuten sich. Sie waren angestellt worden, um

Eindringlinge zu fassen. Aber weil jeder in der Gegend wusste, wie grausam der raue Stein war, hat nie einer den Wald betreten, und die Verwalter hatten nie etwas zu tun und hatten Sorge, ihr Herr könnte meinen, er brauche sie nicht. Aber jetzt war bewiesen, dass er sie brauchte.

Die beiden Buben wurden vor den Ritter geschleppt.

»Gut, dass es uns gibt«, sagten die Verwalter. »Ohne uns wär bald kein Wild mehr im Wald.«

Der Ritter sah sich die Buben an. Nein, das glaubte er nicht, dass diese halben Kinder seinen Wald leerschießen mit ihren Bögen und Pfeilen. Aber der Wolf, der hatte einen Zorn in sich. Stellt euch vor, das Herz des Menschen sei eine Truhe, die von der Natur mit Eigenschaften aufgefüllt worden ist, dann wären drei Viertel der Truhe vom Ritter Wolf voll mit Zorn, und der würde nur darauf warten, endlich loszulegen.

»Ihr habt meinen Wald betreten«, donnerte er, »ihr habt mein Wild getötet, ihr habt mein Frischgesätes zertrampelt, ihr habt meine Früchte gestohlen. Ich lass euch aufhängen.«

Der Turm der Burg – noch heute kann man ihn sehen –, der wurde nur dafür gebaut, damit endlich ein Mensch darin gequält werden kann. Und nun waren es zwei.

Im Turm war es finster und kalt, nur ein Fensterchen war weit oben, durch das wurden schimmliges Brot und faule Früchte geworfen und ein Wasserschlauch. Da lagen die Buben, hatten nichts, um sich zuzudecken, hatten nichts, um den Kopf daraufzulegen.

Die Menschen waren empört. Was haben sie denn angerichtet, die Buben? Aber was tun? Faust machen? Genügt das? Es genügt nicht.

Der Vater der Buben, der Glockengießer von Baden, ging den langen Weg zur Burg, um für das Leben seiner Söhne zu bitten.

»Ich werde dir Geld bringen, Ritter, so viel du willst«, sagte er. »Ich werde arbeiten und nicht mehr schlafen, nur gib mir meine Söhne zurück.«

»Geld wirst du mir bringen?«, höhnte der raue Stein. »Was soll ich mit deinem Geld? Warum denkt ihr kleinen Leute immer nur ans Geld? Da sind deine Söhne in Gefahr, und du denkst nur ans Geld?«

»Du kannst dir mit meinem Geld Vergnügungen leisten«, sagte der Vater. »Bitte, nimm es und gib mir meine Söhne!«

»Vergnügungen?«, stellte sich der Ritter interessiert. »Das klingt gut. An was für Vergnügen denkst du dabei?«

»Du kannst dir schöne Kleider kaufen«, redete der Vater um das Leben seiner Söhne, »ein neues schönes Gespann, eine prachtvolle Kutsche, wertvolle Waffen …«

»Ach, ihr dummen kleinen Leute!«, rief der Wolf aus. »Ihr denkt nur an die Dinge des Lebens! Habt ihr eigentlich Gefühle? Ich meine Gefühle, die nicht aus dem Materiellen erwachsen, sondern aus dem Ideellen. Kennt ihr solche Empfindungen überhaupt?«

»Ich weiß nicht, was Ihr meint?«

»Ich will es dir erklären«, sagte der Ritter. »Ich freue mich über ein gut durchgebratenes Wild, aber mehr freue ich mich über ein schönes Lied. Kann man das Lied angreifen? Kann man es essen? Nein. Und jetzt, Glockengießer, verrate ich dir, was mir das größte Vergnügen im Leben ist. Nämlich deine beiden Buben am Galgen hängen zu sehen. Kann man dieses Vergnügen anfassen? Nein, das kann man nicht. Das meine ich mit einem ideellen Vergnügen.«

»Du bist der Teufel!«, schrie der Vater. »Du bist noch viel schlimmer, als die Leute sagen.« Und er fluchte auf ihn.

Da ließ der Ritter den Vater zu seinen beiden Söhnen ins Gefängnis werfen.

Große Empörung herrschte im ganzen Land, vor allem in der Stadt Baden. Die Bürger der Stadt Baden taten sich zusammen, und sie schickten eine Abordnung zum Ritter Wolf. Die sollte mit ihm um das Leben des Glockengießers und seiner Söhne verhandeln. Die Bürger drohten, sie würden keine Steuern mehr bezahlen.

Und siehe da, der Ritter sagte: »Gut, holt mir den Glockengießer.«

Der Vater wurde vor ihn gebracht, und der raue Stein sagte: »Ich will gnädig sein. Du sollst mir eine Glocke gießen, ein Käuzchen aus Silber, und an dem Tag, an dem sie das erste Mal läutet, werde ich die Begnadigung aussprechen. Deine Söhne behalte ich derweil als Geiseln.«

Da fiel der Vater vor dem bösen Ritter auf die Knie, umfasste die Füße des Grausamen, der in Wahrheit nur so tat, als wäre er nicht der Grausame, und dankte ihm.

Und der Glockengießer machte sich sofort ans Werk. Es war auch keine

Zeit zu verlieren, denn der Wolf hatte ihm eine enge Frist gesetzt. Woher das viele Silber nehmen? Die Bürger der Stadt Baden halfen ihm. Jeder brachte, was an Silbernem im Haushalt war: Broschen, Schmucknadeln, Löffel, Verzierungen. Am Ende kam eine wunderbare kleine Silberglocke heraus, die den hellsten, lieblichsten Klang von sich gab, nie hatten die Bürger von Baden etwas Schöneres gehört.

Der Glockengießer brachte sein Werk zum Ritter Wolf, und der hängte die Glocke in den Turm. Und sagte: »Nun also die Begnadigung.«

Er ließ die beiden Söhne des Glockengießers holen, den vierzehnjährigen, den fünfzehnjährigen.

»Schau sie dir an«, sagte er zum Vater. »Schau sie dir ganz genau an, denk über jeden von ihnen nach. Und dann such dir einen aus.«

»Was meinst du damit?«, fragte der Vater.

»Ach!«, rief der Ritter aus. »Was seid ihr für begriffsstutzige Leute! Glaubst du denn, mit einer Glocke sei alles gut? Vieles ist gut, ja, und weil die Glocke gar so schön geworden ist, ist sehr vieles gut. Aber doch nicht alles! Wäre die Glocke nur schön gewesen, dann hätte ich dir das Leben geschenkt. Nur dir. Nun ist die Glocke aber besonders schön gelungen, und darum will ich in meiner Güte dir und einem deiner Söhne das Leben schenken. Den anderen aber werde ich aufhängen. Such aus, welchen deiner Söhne ich aufhängen soll!«

Wie sehr der Vater auch flehte und weinte, der Ritter war nicht umzustimmen. »Nimm mich allein«, bat er. »Denk dir alle Qualen aus, ich werde sie ertragen. Aber lass mich nicht zwischen meinen Söhnen wählen!«

Der raue Stein ließ sich nicht erweichen. Und der Vater in seiner Not wählte den Jüngsten, und dann schlug die Glocke, und sein ältester Sohn wurde gehängt. Da brach das Herz des Vaters, er sank nieder. Bevor er starb, stieß er einen Fluch aus, zum Himmel hinauf rief er:

»Meine Glocke, die soll läuten, ohne Unterbrechung soll sie läuten, bis der letzte Rauhensteiner von der Erde verschwunden ist. Und wehe, jemand hemmt den Klang meiner Glocke, dann wird ein Rauhensteiner sterben!«

Der böse Ritter grinste nur. Und er sah zu, wie der Alte starb.

Am nächsten Tag wachte der Böse auf und hörte die Glocke läuten und sagte: »Wer hat die Glocke angeschlagen?«

Niemand, hieß es.

Er selbst ging hinauf zum Turm. Die Glocke hing ruhig. Aber der Klöppel in der Glocke schlug.

»Haltet ihn fest!«, befahl der Böse.

Niemandem gelang es, den Klöppel zu halten.

»Stopft die Glocke aus!«, befahl der Böse.

Man holte weiches Zeug und Wachs und stopfte es in die Glocke, bis ihr Klang nicht mehr zu hören war.

Der raue Stein hatte einen Sohn. Und wenn in seinem Herzen ein Winkel für die Liebe reserviert war, dann galt diese Liebe dem Buben. Als die Glocke nicht mehr zu hören war, wurde der Sohn krank und siechte dahin. Und bald lag er auf dem Totenbett, und da fiel dem Vater der Fluch ein, und er rief:

»Geht, schnell, schnell, macht, dass die Glocke wieder schlägt! Damit mein Sohn lebt!«

Aber es war zu spät. Der Sohn starb.

Und von nun an läutete die Glocke ohne Unterbrechung, Tag und Nacht. Die Bauern verließen die Gegend. Der böse Rauhensteiner saß auf seiner Burg und hielt sich die Ohren zu. Aber immer hörte er die Glocke läuten. Tag und Nacht, Tag und Nacht, bis er alt war und starb. Dann war die Glocke still. Und die Bauern kehrten ins Land zurück. Und sie betraten die leere Burg, stiegen zum Turm hinauf, und da hing die Glocke. Eine kleine Silberglocke.

Die Bauern der Gegend nennen diese Glocke »Das Käuzchen von Rauhenstein«. Und manchmal, an Feiertagen, schlägt jemand den Klöppel an, und nichts Verwunschenes ist mehr an dieser Glocke.

27

Das Stäble

Nachdem die Ulmer ihr Münster gebaut hatten und dazu den höchsten und zugleich zierlichsten Kirchturm der Welt, standen sie gut da, das kann man wohl sagen. Vorher hat man über sie gespottet, hat man sich über sie geärgert, vorher galten sie als Angeber. Zum Sprichwort waren sie geworden: Du gibst ja an wie ein Ulmer, hatte es geheißen, wenn einer ein besonders dreister Aufschneider war. »Einen Turm wollen sie bauen, größer als alle Türme. Berühmt wollen sie werden, berühmter als alle. Aber sie haben nicht einmal Steine und Zement genug, um einen normalen Turm zu bauen!« Aber dann war das Münster fertig. Und der Turm war gebaut worden mit so wenig Steinen und so wenig Zement wie nur möglich, hauptsächlich war er aus Luft, wie ein Stickmuster so fein. Aus allen Gegenden kamen die Schlauberger mit ihren Messseilen und stiegen auf den Turm und ließen die Seile mit den Knoten, an jedem Meter einen, hinunter und stellten einhellig fest, dass dieser Turm der höchste und zierlichste der Welt sei. Da wurde das Sprichwort schnell vergessen, und ein anderes trat an seine Stelle. Wenn einer etwas vorhatte, was allen unmöglich schien, hieß es: Da müsstest du schon ein Ulmer sein, wenn du das schaffen könntest. Von da an wurde es bei den fahrenden Handwerksburschen Mode, dass sie, wenn sie irgendwo um Arbeit fragten, sagten, sie kämen aus Ulm, was oft mit Gelächter oder gar Prügeln endete, nämlich dann, wenn so ein Bursch anstatt Schwäbisch zum Beispiel Sächsisch redete.

Es lebte einer in Ulm, ein junger Mann, der war zwei Meter groß. Das war zu einer Zeit, als niemand so groß war, außer die Riesen, aber die gab es ja nur im Märchen. Wenn zu dieser Zeit einer eins siebzig war, hieß es bereits: Der ist ein ellenlanger Kerl. Der Bursche, von dem ich erzählen möchte – seinen Namen habe ich vergessen, alle nannten ihn »das Stäble«, also will ich ihn auch so nennen –, das Stäble also lebte allein bei seiner Mutter. Der Vater war gestorben. Noch auf dem Totenbett hatte er zu seiner Frau gesagt: »Pass mir gut auf das Stäble auf, er wird überall anstoßen.« Und das hatte er im wirklichen und im übertragenen Sinn gemeint.

Damals galt es als gesichert, dass große Menschen ein bisschen blöd sind, nämlich weil das Blut einen so langen Weg vom Herzen ins Hirn zurücklegen muss und dabei einiges von den guten Dingen verliert, die es ins Hirn transportieren soll. Schon Leute mit einem Meter achtzig galten als blöd, wie blöd musste erst ein Zweimetriger sein! Saublöd eben.

Vom Stäble dachten alle, der ist saublöd, aus dem kann nie etwas werden.

Die Zimmerdecken waren ihm zu niedrig. Nie hat er sich zu Hause anders bewegt als in gebückter Haltung. Das hatte Auswirkungen. Auf den Rücken, aber auch auf die Seele. Um das zu verstehen, braucht es keine Erläuterung. So war das Stäble der stillste, der bescheidenste, aber auch der zufriedenste Bursch von Ulm. Wie auch sollte einer unzufrieden sein, der nichts erwartet. Sagte die Mutter einmal, dies oder das habe er gar nicht so schlecht gemacht, dann bedeutete das für ihn, was für einen anderen der Doktorgrad bedeutet. Selten gibt es jemanden mit mehr als einem Doktorgrad, deshalb sagte die Mutter auch nur einmal zum Stäble: »Das hast du gar nicht so schlecht gemacht.«

Aber dann kam das Alter, wo dem Mann die Frauen in die Augen fallen. Das heißt, beim Stäble kam das Alter ein wenig später, was leicht damit zu erklären ist, dass er die Frauen lange Zeit übersah, denn sie bewegten sich weit unter seiner Sichtlinie. Aber dann sah er sie doch. Und die erste Frau, die er mit den neuen Augen sah, war die Ulrike Schleier, die Tochter des zweiten Glöckners vom Münster. Keine Schönheit, das nicht, aber dafür das gescheiteste Mädchen weit und breit, sehr weit und breit. Dem neuen Sprichwort entsprechend sagten die Leute: »Um so gescheit zu sein wie die Ulrike Schleier, muss ein Mädchen schon eine Ulmerin sein.« Und das war sie ja auch.

Und nun werden wir Zeuge, wie wieder einmal eine alte Wahrheit ihre Bestätigung erfährt, die Wahrheit, dass auch der klügste Mensch nicht von Vorurteilen frei ist. So klug die Ulrike Schleier auch war, sie glaubte doch auch wie alle anderen, dass große Menschen blöd und sehr große saublöd sind, und glaubte auch, dass ein großer Mann noch lange nichts Besonderes ist, nur weil er alle überragt. Weil für sie aber nur ein Mann in Frage kam, der wenigstens halb so gescheit war wie sie, und wenn das nicht, wenigstens etwas Besonderes, stand das Stäble weit außerhalb ihres Interesses. Was beim Stäble bewirkte, dass er zum ersten Mal in seinem Leben unglücklich und unzufrieden war. Der Schmerz nahm in ihm Platz.

Dagegen hilft Schnaps. Wenigstens vorübergehend.

Das Stäble brauchte viel davon, um die Wirklichkeit anders zu sehen, als sie war. Da stand er also spät in der Nacht vor dem Münster und bog seinen hageren langen Körper nach hinten und schaute hinauf zum Turm.

»Wir beide«, sagte er, »wir sind die Größten. Aber dich bewundert jeder, und mich lacht jeder aus, du bist groß und etwas Besonderes, ich bin nur groß. Kann ich denn nicht kleiner werden?«

»Nein, das kannst du nicht«, antwortete der Turm. »Kleiner nicht, aber dünner.«

»Was dünner!«, rief das Stäble. »Noch dünner? Ich bin doch schon dünn. Noch dünner geht nicht.«

»Schau mich an«, sagte der Turm. »Erst war ich nur ein Turm, dann war ich ein großer Turm, dann der größte, aber das alles hat noch nicht ausgereicht, um auch ein besonderer Turm zu werden.«

Und das war dann auch das Letzte, was er sagte. Von da an schwieg er. Er redete nicht mehr mit dem Stäble, und mit sonst jemandem redete er auch nicht. Bis heute nicht, soviel ich weiß.

»Ich schau dich ja an«, sagte das Stäble von nun an jeden Tag, in jeder Nacht. »Aber ich sehe nicht das Besondere an dir. Ich sehe, dass du groß bist, aber das Besondere sehe ich nicht.«

Das Besondere – heute wissen wir es – war die Gotik. Also der Mangel. Der Mangel an Steinen und Zement. Wir wollen hier nicht in die alte Angebersucht der Ulmer verfallen und behaupten, sie hätten die Gotik erfunden. Feststellen allerdings lässt sich, dass der Turm ihres Münsters das zierlichste Ding ist, das man mit Zement und Stein bauen kann. Eigentlich besteht der Turm zum größten Teil aus Luft.

Und dann war Sommer und ein schöner Abend, ein Sonnenuntergang, sagenhaft! Und zufällig war eine Expertengruppe nach Ulm gereist, um das

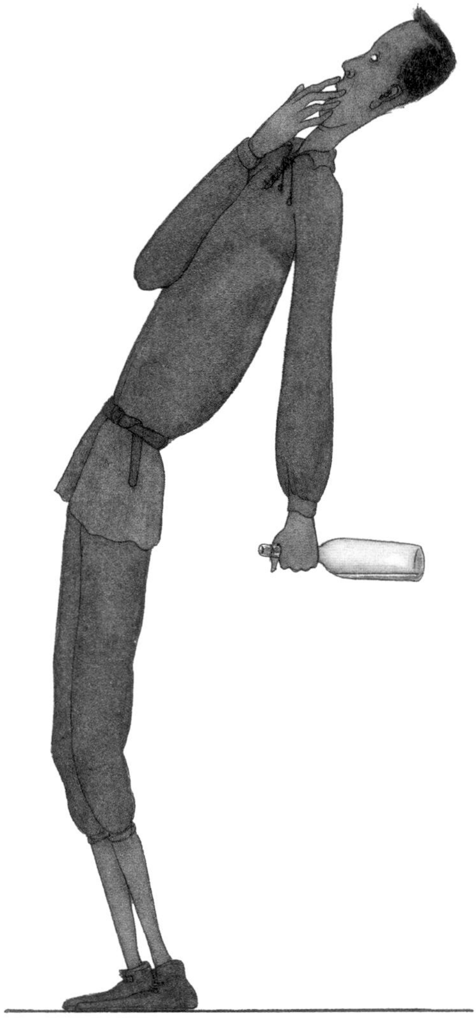

Münster zu bestaunen, und diese gescheiten Herren standen auf dem Platz und schauten zum Turm hinauf, und mitten unter ihnen war die Ulrike Schleier. Es gab nämlich niemanden, der sich mit dem Münster so gut auskannte wie die Tochter des zweiten Glöckners. Sie stand unter den Experten und referierte, und die Experten hörten ihr zu und schauten hinauf zum Turm, durch den wie durch ein feines Stickmuster die letzten Strahlen der Sonne fielen. Und da sagte einer: »Das Besondere an diesem Turm ist nicht, dass er so hoch ist, sondern dass er so dünn ist, kein Fleisch, keine Haut, nur die Knochen.«

Das hat das Stäble gehört. Denn er war immer und überall in Ulrikes Nähe. Und er dachte bei sich: Ah! Jetzt weiß ich es! Jetzt verstehe ich, was der Turm gemeint hat, als er in jener Nacht mit mir sprach.

Von diesem Tag an aß das Stäble nichts mehr. Er wurde dünn und dünner, die Muskeln schwanden, die Sehnen wurden durchsichtig und fein wie Silch, die Haut wurde wie Glas. Die Mutter verzweifelte und schimpfte, sie wollte nicht verantwortlich sein, darum jagte sie ihren Sohn aus dem Haus. »Wenn du verhungern willst«, sagte sie, »dann bitte, aber nicht in meinem Haus. Niemand soll sagen, bei mir gibt es nicht genug zu essen!«

Tatsächlich wurde Ulrike auf ihn aufmerksam. Alle Ulmer wurden auf das Stäble aufmerksam, sie lachten ihn aus, warfen Steine nach ihm, wollten sehen, ob ein Stein durch ihn hindurchgeht. Aber Ulrike wurde auf andere Art auf ihn aufmerksam. Er dauerte sie. Sie hatte Mitleid mit dem Stäble, das jetzt wirklich wie ein Stäble aussah.

»Du siehst ja aus wie unser Turm«, sagte sie.

Zu aller Klugheit war das Mitleid dazugekommen. Das machte die Ulrike schön. Sie richtete für das Stäble das Turmzimmer her. Und jeden Tag stieg sie zu ihm hinauf und erzählte ihm von den Gedanken, die sie so hatte. Und das Stäble hörte zu. Seine Augen waren groß, riesengroß, und Ulrike erzählte in diese Augen hinein, und weil sie glaubte, dass nur ein sehr kluger Mann ihren klugen Gedanken so aufmerksam lauschen kann, meinte sie eines Tages, das Stäble zu lieben, und sie sagte es ihm auch. An diesem Tag nahm das Stäble nach langer Zeit wieder etwas Suppe zu sich.

28

Der Spielmann von Haslach

In Haslach lebte ein junger Spielmann, der hieß Hans. Der war ein glücklicher, zufriedener junger Mann. Er besaß fast nichts: die Kleider, die er am Leib trug. Er wohnte in einer Hütte, die er von seinen Eltern geerbt hatte. Sein schönster Besitz war eine Geige. Auf ihr spielte er, wann immer sich ihm das Herz öffnete. Und das Herz öffnete sich ihm am Morgen, wenn die Sonne aufging, öffnete sich ihm aber auch, wenn es regnete und wenn es schneite. Das Herz öffnete sich ihm, wenn am Abend die Sonne unterging. Und auch mitten in der Nacht verschloss es sich nicht. Mit allem war er zufrieden. Ein glücklicher Mann, der Spielmann Hans. Er saß unter dem Apfelbaum, hörte den Vögeln zu und versuchte, auf seiner Geige den Gesang der Vögel nachzuahmen. Alle mochten den Spielmann Hans.

Der Spielmann Hans geigte manchmal auf Hochzeiten, geigte auf Geburtstagsfeiern, geigte aber auch auf Beerdigungen, einmal in Dur, einmal in Moll. Und meistens spielte er nicht allein, sondern mit einem anderen zusammen, der auf der Flöte blies. Der hieß Franz. Hans und Franz. Die beiden waren Freunde. Man lud sie gerne ein, und man bezahlte sie auch, wenn sie auf Hochzeiten spielten oder auf Geburtstagen oder auf Beerdigungen.

Und dann konnte man den Hans eines Tages sehen, wie er am Wegrand saß und den Kopf in die Hände gestützt hatte. Und man fragte ihn: »Was ist los mit dir, Hans, was ist los?«

Der Hans war traurig. Das war los. Weil er sich verliebt hatte. In die Marianne nämlich. Aber das ist doch kein Grund, traurig zu sein? Es ist schon ein Grund, traurig zu sein. Denn in St. Oswald hatte er sie kennengelernt, und dort hatte er gespielt zusammen mit dem Franz, und auch der Franz hatte sich in die Marianne verliebt. Und die Marianne? Sie hatte sich in beide verliebt, in den Hans und in den Franz. Und sie wusste nicht, für wen sie sich entscheiden sollte, für den Hans oder für den Franz. Und deshalb war der Hans traurig.

Der Hans wusste, was die Marianne an ihm liebte. Dass er so ein weiches Herz hatte. Dass er ihr nichts abschlagen konnte. Dass er nicht nein sagen konnte. Und der Hans wusste auch, was die Marianne an ihm nicht liebte. Dass er ein allzu weiches Herz hatte, dass er ihr partout nichts abschlagen konnte, dass er nie nein sagen konnte. Und der Hans wusste auch, was die Marianne an dem Franz so liebte, nämlich, dass er ein festes, hartes Herz hatte. Dass er ihr doch manches sehr deutlich abschlagen konnte und dass es ihm durchaus leichtfiel, nein zu sagen. Aber genau das liebte sie auch nicht an ihm. Dass sein Herz zu hart war, dass er ihr partout nie etwas nachlassen konnte und dass es ihm allzu leichtfiel, nein zu sagen.

Und eines Tages war der Spielmann Hans wieder auf dem Weg. Es ging wieder nach St. Oswald, dort war eine Geburtstagsfeier. Dort sollte er spielen zusammen mit dem Franz. Und auch die Marianne würde da sein, und sie hatte versprochen, an diesem Abend würde sie sich entscheiden. Der Hans hatte Angst. Was wird sein, was wird sein? So ging er dahin, durch das Tal an der großen Mühl entlang.

Da hörte er hinter sich ein zartes Hufgeklapper, man kann's nicht anders nennen. Er drehte sich um, und da stand ein winziges Pferd mit einem winzigen Reiter.

Der Reiter sagte: »Du bist doch der Geiger Hans, bist du?«

»Willst du etwas von mir?«

»Ja«, sagte der Reiter, »du bist der Hans. Ich bin der Herr von Unterwasser. Und ich halte heute Hochzeit, und meine Braut, die hat einen Wunsch. Nämlich, dass du, der beste Geiger weit und breit, auf unserer Hochzeit spielst.«

Da sagte der Hans: »Das kann ich nicht. Auf keinen Fall! Ich muss irgendwo anders spielen.«

»Ach, tu doch meiner Frau den Gefallen, heute, an unserem Ehrentag«, bat ihn der winzige Reiter.

Und der Hans, der kann nicht nein sagen, er hat sich überreden lassen. Und er ist dem kleinen Reiter gefolgt.

Und der kleine Reiter führt den Hans ans Ufer der Mühl, und dann tut sich das Wasser auf, als hätte ein Riese hineingeblasen, und sie steigen in den

Fluss hinein und hinunter. Und da ist unten eine Tür. Der Herr von Unterwasser öffnet die Tür und bittet den Hans herein. Der Hans muss sich bücken, weil die Tür so klein ist. Da ist ein Saal, geschmückt für das Fest.

Und schon fliegen die Türen auf, und die Paare tanzen aufs Parkett, winzig kleine Paare. Nicht größer als ein Buchrücken hoch. Der Hans setzt sich auf den Boden und spielt die Geige.

Und dann kommt die Braut. Wie anmutig sie ist. Nun spielt der Hans für den Herrn von Unterwasser und dessen Frau. Und er spielt, und er spielt und spielt, und es wird ein schöner Hochzeitsabend daraus.

Am Ende sagt der Herr von Unterwasser zum Hans: »Warte hier, Hans. Ich werde die Gäste noch zur Tür begleiten, und dann will ich dir deinen Lohn geben. Du wirst mit diesem Lohn zufrieden sein.«

Und nun ist der Hans allein mit der kleinen Braut, der anmutigen.

Sie sagt: »Hans, ich geb dir einen guten Rat. Mein Mann wird dich fragen, was du wünschst. Wenn du sagst, gib mir, was du mir geben willst, dann wird er dir Gold geben. Aber ich rate dir, nimm das Gold nicht. Sag, du möchtest haben, was mit dem Besen zusammengekehrt worden ist hinter die Tür.«

Da kommt auch schon der Herr von Unterwasser. »Was für einen Lohn wünschst du, Spielmann Hans?«, sagt er.

Kurz überlegt der Hans doch, und dann sagt er: »Äh, ich möchte einfach das, was zusammengekehrt worden ist hinter die Tür.«

»Was?«, sagt der Herr von Unterwasser. »Den Dreck willst du haben?«

»Ja, den wünsch ich mir, genau den.«

Hinter der Tür liegt der Dreck, der zusammengekehrt worden ist. Sonst nichts. Der Hans füllt ihn in seine Taschen. Ob das schlau war?

Dreck, nur Dreck – und: zwei Münzen. Eine dunkle und eine helle, polierte Münze.

»Ach, da sind ja die beiden Münzen, die ich überall gesucht habe«, ruft der Herr von Unterwasser aus. »Möchtest du mir die Münzen nicht geben? Ich tausche gegen Gold.«

»Nein«, sagt der Hans, »ich möchte das hier haben, kein Gold, bitte.«

»Na gut, ich hab's dir versprochen«, sagt der Herr von Unterwasser. »Höre: Wenn du die helle polierte Münze in die Luft wirfst, dann darfst du dir etwas wünschen. Aber nur, solange sie in der Luft ist. Wenn du deinen Wunsch nicht ausgesprochen hast, ehe sie zu Boden fällt, ist der Zauber erloschen. Überleg dir also genau, was du dir wünschst.«

»Und was ist mit der anderen Münze, der schwarzen?«, fragt der Hans.

»Die andere Münze, die schwarze, soll dich vor Unglück schützen. Wenn du im Unglück bist, wirf die schwarze Münze in die Luft.«

Der Hans steigt aus dem Fluss, und da fällt ihm ein, was er an diesem Abend eigentlich wollte. Ach, denkt er, jetzt wird sich die Marianne für den Franz entschieden haben. Er wirft die polierte Münze in die Luft und sagt schnell: »Ich wünsche mir, dass die Marianne mich liebt, und zwar nur mich, und dass sie meine Frau wird.«

Kling – da liegt die Münze am Boden.

Und er kommt nach St. Oswald, und er trifft die Marianne und den Franz. Und der Franz sieht sehr niedergeschlagen aus. Und die Marianne sagt: »Jetzt kommst du erst, Hans? Ich hab die ganze Zeit auf dich gewartet, denn ich will dir sagen, ich hab mich für dich entschieden. Ich liebe dich und nur dich, und ich möchte deine Frau werden!«

So. Das hat sich erfüllt.

Der Hans heiratet die Marianne, und sie sind glücklich miteinander. Dem Hans schwillt das Herz, und es öffnet sich, und er spielt der Marianne auf seiner Geige vor. Und die Marianne sagt: »Hans, es ist doch schön bei uns hier. Ist es nicht schön, oder? Aber die Welt draußen ist doch noch viel schöner. Wollen wir nicht eine Reise machen? Eine wirklich große Reise? Eine Weltreise?«

Der Hans und die Marianne legen alles Geld zusammen, das sie gespart haben. Und sie machen eine Weltreise, und die führt sie auch übers Meer. Und plötzlich kommt ein Sturm auf. Die Menschen schreien und laufen durcheinander, Menschen fallen über Bord und erfrieren und ertrinken. Der Hans hat furchtbare Angst und die Marianne auch, und da fällt dem Hans die schwarze Münze ein. Er holt sie aus seiner Tasche und wirft sie hoch in die Luft und sagt laut:

»Ich wünsche, dass alles nur Einbildung ist.«

Und dann ist ihm, als ob er in Ohnmacht fällt. Und als er wieder zu sich kommt, ist alles ganz ruhig. Das Meer ist ruhig, und die Marianne steht bei ihm und sagt: »Hans, was ist los mit dir?«

Er öffnet die Augen, sieht die Marianne. »Was ist los mit dir?«, fragt sie wieder. »Was ist geschehen?«

Er kann es ihr nicht sagen. Er ist erleichtert, denkt sich: Die schwarze Münze hat mich und meine Frau vor dem großen Unglück bewahrt.

Aber dann wird es Abend. Und er begibt sich zu Bett. Und er schließt die Augen, und da ist der Sturm wieder. Und er öffnet die Augen, und es ist alles ruhig. Und er schließt die Augen, und der Sturm ist wieder da und mit ihm die Angst. Da weiß er, er hat seinen Spruch nicht gut überlegt. Er hat gesagt: Alles soll nur Einbildung sein, ein Bild in seinem Kopf. Und dieses Bild sieht er, wenn er die Augen schließt. Und der arme Hans, er kann nicht mehr schlafen, weil er sich nicht traut, die Augen zu schließen.

Und so endet die Geschichte. Er kann nicht mehr die Geige spielen, er war gewohnt, die Augen zu schließen, wenn er die Musik hörte. Er sitzt da, die Augen offen. Nur noch das.

29
Sebastian Inwendig

Es war einmal ein trauriger Bub, der hieß Sebastian. Er hatte einen bösen Vater. Der jede Nacht betrunken nach Hause kam, der den gedeckten Tisch abgefegt hat, der das Geschirr zerschlagen hat, und das Schlimmste: der Sebastians Mutter geschlagen hat.

Und dann war Sebastian dreizehn Jahre alt. Der Vater kam in der Nacht und zog den Gürtel aus seiner Hose und schwang den Gürtel über seinem Kopf, gleich würde er den Rücken seiner Frau treffen. Sebastian sprang aus dem Bett und hob die Arme zum Himmel und rief: »Wer auch immer mich hört, wer auch immer mich hört! Ich möchte, dass es nicht ist.«

Da war alles stumm und starr. Die Mutter war starr, die Hände über dem Gesicht, wie um sich zu schützen, den Mund offen, wie um zu schreien. Der Arm des Vaters war ausgestreckt, und in der Hand hielt er den Gürtel – alles starr und still und wie aus dem Stein gehauen.

Sebastian hörte eine Stimme, die sagte: »Was gibst du mir dafür, wenn es nicht ist?«

Und Sebastian sagte: »Wenn der Vater nie wieder meine Mutter schlägt, dann geb ich dafür mein Leben.«

Der Gürtel hat mit Sebastian gesprochen, und der Gürtel sagte: »Was soll ich mit dem Leben eines Dreizehnjährigen? Aber wenn dein Vater deine Mutter schlägt, dann schreit sie und weint. Weil sie mich spürt. Aber ich weiß nicht, was das bedeutet. Wenn du mir die Fähigkeit gibst zu spüren, dann mache ich, dass es nicht ist.«

Und da gab ihm Sebastian seine Fähigkeit zu spüren.

Die Zeit kehrte zurück und mit ihr die Bewegung. Der Vater erschrak über sich selbst und zog den Gürtel zurück und verließ das Haus für immer.

Aber Sebastian spürte nichts mehr. Manchmal hat er sich die Finger verbrannt, wenn er auf die heiße Herdplatte gelangt hat. Oft hat er sich blaue Flecken geholt. Aber seine Mutter ist nie wieder geschlagen worden, und die Nächte waren nicht mehr voll Angst und Jammer.

Und dann ist Sebastian dreiundzwanzig Jahre alt. Und er liebt Maria. Und Maria liebt ihn. Sie wollen heiraten. Wenn sie sich umarmen, spürt es Sebastian nicht. Und wenn sie ihn küsst, spürt er es nicht. Aber ihr Mund riecht nach Himbeeren, und ihre Worte sind wie Umarmungen und Küsse.

Aber da gab es noch einen, der wollte Maria auch haben. Der trat die Tür ein und stand da. »Maria«, sagte er, »wenn ich dich nicht haben kann, dann soll dich keiner haben.«

Und er holte ein Messer aus dem Sack und hielt es Maria an die Kehle.

Da schrie Sebastian: »Wer immer mich hören kann! Wer immer mich hören kann! Ich möchte, dass es nicht ist!«

Und da war wieder alles starr und still, und die Zeit blieb stehen, und das Messer sprach zu Sebastian: »Was gibst du mir, wenn es nicht ist?«

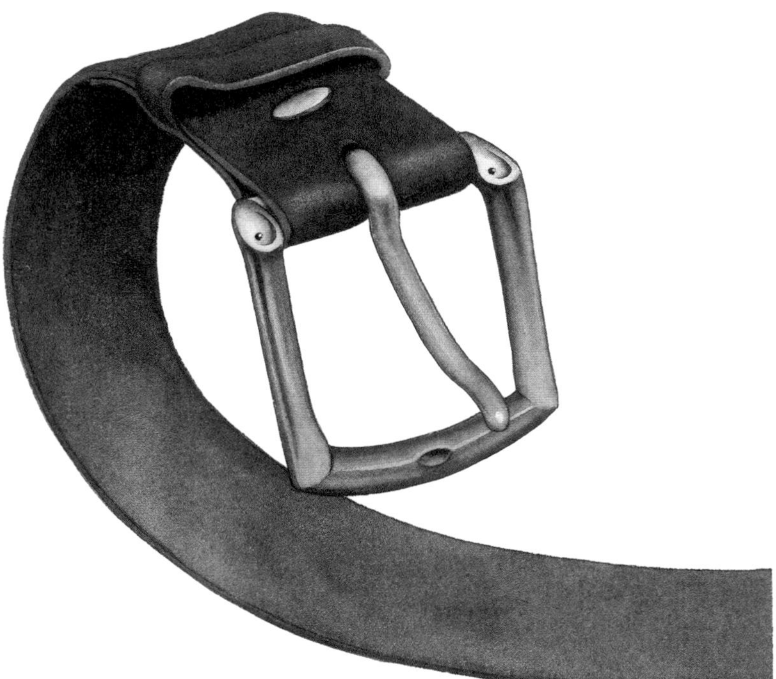

»Wenn du machst, dass es nicht ist, dann gebe ich dir mein Leben.«

»Ah«, grinste das Messer, »was soll ich mit dem Leben eines dreiundzwanzigjährigen Mannes? Manchmal schneidet mein Herr mit mir einen Braten. Und er isst, und ich sehe zu, wie es ihm schmeckt. Und dann schneidet er das duftende Brot und isst es, und es schmeckt ihm. Oder er zerteilt einen Apfel. Aber ich weiß nicht, wie sich das anfühlt, wenn etwas schmeckt. Wenn du mir deine Fähigkeit zu schmecken gibst, dann mach ich, dass es nicht ist.«

Da sagte Sebastian: »Ich gebe dir meine Fähigkeit zu schmecken, wenn es nicht ist.«

Die Zeit kehrte zurück und mit ihr die Bewegung, und alles war gut. Der Mann klappte sein Messer zusammen und verließ das Haus und kam nie mehr wieder, und niemand brauchte sich mehr vor ihm zu fürchten.

Sebastian heiratete Maria, und sie waren glücklich. Er konnte ihre Hände nicht spüren, wenn sie ihn umarmte, und er spürte ihre Lippen nicht, wenn sie ihn küsste. Und wenn sie für ihn kochte, konnte er das Essen nicht schmecken. Und wenn sie ein Glas Wein am Abend tranken, konnte er den Wein nicht schmecken. Aber er roch ihren Himbeermund und hörte ihre lieben Worte und sah in ihr liebes Gesicht. Sie bekamen zwei Kinder, einen Bub und ein Mädchen, und sie waren glücklich.

Und dann war Sebastian dreiunddreißig Jahre alt. Und er verdiente recht gut. Und eines Abends saß die Familie um den Tisch herum, da sagte er: »Wir wollen Urlaub machen. Wir fliegen auf die Malediven.«

Und so sind sie ins Flugzeug eingestiegen, ein schöner, klarer, ruhiger Tag war. Das Flugzeug fliegt durch den Himmel, unten liegt das weite Land. Aber über dem Meer kam der Sturm. Das Flugzeug wurde durcheinandergerüttelt, die Menschen schrien, die Koffer fielen herunter, und es bestand Gefahr, dass sie abstürzten.

Da rief Sebastian: »Wer auch immer mich hört! Wer auch immer mich hört! Ich will, dass es nicht ist!«

Und da war wieder alles starr und still und stumm, und die Zeit blieb stehen. Die Menschen um Sebastian saßen mit aufgerissenen Mündern da, wie wenn sie schrien und beteten. Und Sebastian blickte durch das Fenster und sah draußen den Sturm.

Und der Sturm sagte: »Was gibst du mir dafür, wenn es nicht ist?«

Da sagte Sebastian: »Wenn meiner Familie nichts passiert, dann geb ich dir mein Leben.«

»Was soll ich mit dem Leben eines dreiunddreißigjährigen Mannes?«, seufzte der Sturm. »Aber wenn du auf der Brücke stehst und riechst das Wasser, und das riecht so, wie du es liebst, was denkst du, wer bringt den Geruch an deine Nase? Und wenn du auf dem Feld stehst und das Feld ist frisch gemäht und es riecht wie das Paradies, was glaubst du, wer bringt diesen Geruch an deine Nase? Oder wenn du bei deiner Frau liegst und ihr Mund duftet nach Himbeeren, wer glaubst du, bringt diesen Duft zu dir? Das bin ich. Aber ich weiß nicht, was das ist, ein Geruch. Wenn du mir deine Fähigkeit zu riechen gibst, dann mache ich, dass es nicht ist.«

Da sagte Sebastian: »Die gebe ich dir.«

Die Zeit kehrte zurück und mit ihr die Bewegung, und alles war gut, und über den Lautsprecher erklang die Stimme des Piloten: »Meine Damen und Herren, wir hatten eine heftige Turbulenz. Aber nun ist alles wieder ruhig, und wir werden unseren Flug bis zum Ende in Ruhe fortsetzen.«

Aber wie die Malediven riechen, das würde Sebastian nie wissen.

Und dann war Sebastian dreiundvierzig Jahre alt. Und er wurde krank. Er hatte Angst. Und er wusste nicht, wovor er Angst hatte. Er war krank an der Angst. Wenn er die Augen schloss, brüllte die Angst in ihm, so dass er die Augen gleich wieder öffnete. Er konnte nicht mehr schlafen. Und niemand konnte ihm helfen, seine Frau nicht, seine Kinder nicht, und die Ärzte konnten ihm auch nicht helfen.

Und in seiner Verzweiflung und Not rief er: »Wer immer mich auch hört! Wer immer mich auch hört! Ich will, dass es nicht ist!«

Das sprach die Angst zu ihm: »Was gibst du mir, wenn es nicht ist?«

Und Sebastian antwortete: »Wenn du nicht mehr bist, dann geb ich dir mein Leben. Lieber tot, als diese Angst zu spüren, die meine Seele auflöst wie das Wasser das Salz.«

»Ach, dein Leben«, kicherte die Angst, »was denkst du, wie viele Leben ich schon bekommen habe? Freiwillig und unfreiwillig. Was soll ich mit dem Leben eines dreiundvierzigjährigen Mannes anfangen? Kann man Leben in einem Regal stapeln? Und wenn das Regal voll ist? Soll ich dann ein neues bauen? Was für Zumutungen sind das! Aber hör: Ich bin taub von meinem eigenen Lärm. Und ich möchte so gern wieder hören. Und sei es auch nur, weil ich euer Weinen vermisse. Wenn du mir deine Fähigkeit zu hören gibst, dann verspreche ich dir, dass es nicht mehr ist.«

Da sagte Sebastian zur Angst: »Ich geb dir meine Fähigkeit zu hören.«

Als er aus dem Alptraum aufwachte, war er taub.

Und wenn jemand taub ist und wenn jemand nichts mehr riechen kann, wenn jemand nichts mehr schmecken kann und wenn er nicht tasten kann, dann braucht er gute Augen. Die Augen werden scharf. Sie sehen alles. Sie sehen nicht nur, was vor ihnen liegt, sie sehen nicht nur, was ist, sie sehen auch, was sein wird bis in Ewigkeit, und sie sehen, was war, sie sehen alles, was jemals geschehen ist auf dieser Erde. Und das ist, als ob einer in die Hölle hinabblickte. Und das kann man nicht. Niemand kann in die Hölle schauen.

Und Sebastian rief: »Wer immer mich hört, ich möchte, dass es nicht mehr ist!«

Und da sprachen die Vergangenheit und die Zukunft zu Sebastian, und sie sagten: »Hör zu, du Ärmster der Armen. Wir beide sind Geschwister. Was gibst du uns, wenn es nicht mehr ist?«

Und Sebastian sagte: »Dann geb ich euch mein Leben.«

Und sie lachten, dass es nur so schallte: »Dein Leben, du Ärmster der Ärmsten, das wollen wir nicht. Wir sind Geschwister, die auf ewig getrennt sind. Nie im Leben kommen Vergangenheit und Zukunft zusammen. Aber wir wollen uns einmal wenigstens sehen. Wenn du uns die Fähigkeit gibst, zu sehen, was kein Mensch erträgt, dann machen wir, dass es nicht ist.«

Da sagte Sebastian: »Dann geb ich euch die Fähigkeit, alles zu sehen, was es gibt.«

Und von da an war er blind.

Sebastian saß und rührte sich nicht, als wär die Zeit für ihn stehengeblieben. Und sagte kein Wort mehr. Er spürte nichts mit seinen Händen, er schmeckte nichts mit seiner Zunge, er roch nichts mit seiner Nase, er hörte nichts mit seinen Ohren, er sah nichts mit seinen Augen.

Die Leute blieben vor ihm stehen. Sie tuschelten: »Was geht wohl in ihm vor?«

Die einen sagten: »Nichts, nichts geht in ihm vor.«

Die anderen sagten: »Alles. Alles geht in ihm vor. Aber inwendig.«

Und von da an nannten ihn die Leute Sebastian Inwendig. »Der da hockt und sich nicht rührt, der nichts hört und der nichts spürt, der nichts sieht und der nichts riecht, der nichts schmeckt und kaum noch schnauft, das ist der Sebastian Inwendig!«

30

Der Floh und der Teufel

Es war einmal ein König, der lauerte einem Floh auf, und schließlich fing er ihn. Er sperrte ihn in eine Flasche und fütterte ihn mit Krumen und Tropfen. Der Floh wuchs, er wurde groß wie ein Frosch, und der König steckte ihn in ein Fass. Nun fütterte er ihn mit rohem Fleisch, das er von der Tafel abzweigte, und mit Bier. So vergingen die Jahre. Der Floh wuchs, und der König ließ einen Käfig bauen, dort hielt er ihn, um ihn zu betrachten, und niemand im Reich wusste davon, nicht die Königin und nicht die Königstochter und keiner der Minister, und es war dem König eine Freude, diesen Floh ganz allein zu besitzen. Schließlich aber schlachtete der König den Floh und zog ihm das Fell ab und stopfte es mit Reisig aus und hängte es ans Tor.

Dann verkündete er: »Wer mir sagen kann, was dieses Fell für eines ist, der kriegt die Prinzessin zur Frau und das halbe Reich dazu! Ich bin nämlich müde.«

Kam einer und drehte das Fell und prüfte es und sagte: »Wenn es anders röche, würde ich glatt sagen, es ist das Fell eines Büffels, aber ein Büffelfell riecht anders, also kann es nicht das Fell eines Büffelkalbes sein.«

»Ich will von meinen Untertanen nicht wissen, was für ein Fell es nicht sein kann. Ich will wissen, was für ein Fell es ist!«, sagte der König, und er ließ demjenigen den Kopf abschlagen.

Und doch kam ein Zweiter, und auch er drehte das Fell und wendete es, und auch er roch daran und schnüffelte, und er wog es in seinen Händen, und er sagte: »Wenn es nur ein bisschen größer und ein bisschen schwerer wäre, dann würde ich wohl sagen, ja, es ist ein Kalbsfell. Und wenn es nur ein bisschen kleiner und ein bisschen leichter wäre, würde ich wohl sagen, ja, es ist ein Hundsfell.«

»Ich will von meinen Untertanen nicht wissen, was einer sagen würde, son-

dern was er sagt«, sagte der König und ließ auch diesem den Kopf abschlagen.

Dann kam gar ein Dritter, der drehte das Fell und schaute es genau an und roch daran und rieb es zwischen seinen Fingern und wog es in seinen Händen und wendete es und kratzte daran und wischte darüber, und schließlich sagte er: »Ich sag nichts, ich schau nur, ich sag nichts, ich riech nur, ich sag nichts, ich greif nur, ich will nur wissen, wie es sich anfühlt, aber sagen tu ich nichts.«

Ihm erst recht ließ der König den Kopf abschlagen, denn er wollte, dass seine Untertanen sagen, was es für ein Fell ist, und nicht, dass sie sagen, dass sie nichts sagen.

Zuletzt stieg ein Teufel aus dem Meer heraus, der verkleidete sich als einen Menschen, und er drehte das Fell nicht und roch nicht daran und prüfte es nicht zwischen Zeigefinger und Daumen, er schüttelte es nicht und kratzte nicht daran und wischte nicht drüber. Er stellte sich lediglich hin und holte groß aus und zeigte auf das Fell und sagte:

»Es ist das eines Flohs.«

Nun war es aber so, dass die Menschenhaut, die sich der Teufel übergezogen hatte, an manchen Stellen spannte und an anderen Stellen nicht gut deckte, so dass darunter Stücke vom Teufel und seinem Fleisch zu sehen waren. Und als er groß ausgeholt hatte, um auf das Fell des Flohs zu zeigen, war die Menschenhaut auf der Seite aufgerissen, und darunter war nun alles Elend zu sehen, das ein Mensch unter der Haut mit sich herumträgt, da befahl der König seiner Tochter: »Wasch dir die Hände, dann kann er dir nichts anhaben!«, und sie tat es, und dem Teufel sagte er:

»Die Prinzessin bekommst du nicht, nein, die bekommst du nicht, die bekommst du nicht!«

Da schwoll die Teufelsfratze unter der Menschenhaut, und das Menschengesicht platzte auf, und der Teufel, wie er war, rot und lodernd, rief:

»Ich fluche euch! Ihr werdet hinfort eurer eigenen Haut nicht trauen!«

Er schüttelte den Menschen von sich ab und zertrat das Stöhnen und das Jammern mit seinem Huf. Er zog sich die Flohhaut über, denn der Teufel hat keine eigene Haut, und wenn er aus der Hölle ist, muss er sich eine andere nehmen, und er lief schreiend vor Schmerz davon und tauchte ins Meer unter, woher er gekommen war.

31

Der neidische Arzt

Ein Arzt lebte einmal, der hatte die besten Erfolge und war angesehen und wurde mehr als gerecht bezahlt, aber geliebt hat ihn keiner. So lebte er allein, und der Grund war: der Neid. Er hat am Kollegen kein gutes Haar gelassen, und wenn einer an einem Tag hundert Patienten geheilt hätte, er würde kein gutes Haar an ihm gelassen haben; aber wenn es einen gäbe, der hundert Patienten an einem Tag hätte heilen können, dann wäre es ohnehin er selbst gewesen. Und trotzdem bangte er, ein Zweiter könnte ihm eines Tages ebenbürtig werden.

So viel hatte der Arzt zu tun, dass er dringend einen Assistenten brauchte. Aber weil er neidisch war, schien ihm die Gefahr zu groß, einen anzustellen, der tatsächlich so gut war, wie er einen gebraucht hätte, denn der hätte so gut sein müssen wie er selbst. Da begegnete er eines Tages einem jungen Mann, der im Ruf stand, der Klügste zu sein weit und breit, und der war stumm. Er habe, hieß es, eines Tages die Sprache und die Stimme verloren, warum und weswegen, das wisse keiner, und er könne es keinem sagen.

Der schien dem Neidischen recht. Was kann einer mit seiner Klugheit anfangen, wenn er nicht reden kann, dachte er. Er stellte ihn ein und brachte ihm alles bei, was er konnte und wusste, und der Arzt wurde noch berühmter und noch reicher, und niemand sprach von seinem Assistenten, denn von einem, der selber nicht sprechen kann, von dem spricht man nicht.

Der junge Mann aber war gar nicht stumm. Er tat nur so. Er diente seinem Herrn am Tag und lernte, und in der Nacht las er in den Büchern seines Herrn und lernte, und bald wusste er mehr als der Arzt, ohne dass der Arzt es merkte.

Und eines Tages kam ein Bote des Königs. Die Prinzessin leide unter unerträglichen Kopfschmerzen, und nur er, so habe der König befohlen, könne helfen. Da bekam es der Arzt mit der Angst, denn er glaubte nicht, dass er den

Königspalast lebend verlassen wird, wenn er die Prinzessin nicht heilte. Aber es war kein Entkommen.

Wenn ich schon, dachte der Arzt, diesmal nicht nur das Leben der Patientin aufs Spiel setze, sondern auch mein Leben, dann will ich den möglichst größten Ruhm erreichen, und das ist nur möglich, wenn ich die Prinzessin ganz allein heile und ohne meinen Assistenten. Er schloss den Assistenten in seinem Haus ein und folgte dem Boten in den Palast. Der König stand schon bereit, er wollte dabei sein, wenn sein Liebstes geheilt wurde. Also betraten sie das Gemach der Prinzessin, der Arzt und der König, sie lag in ihrem Bett und stöhnte, so sehr quälte sie der Schmerz im Kopf.

Der junge Mann aber brach aus dem Haus des Arztes aus und lief zum Palast, überlistete die Wachen und stieg aufs Dach und schlüpfte durch den Kamin und landete in dem Speicher, der über dem Gemach der Prinzessin war. Dort bohrte er ein Loch in den Boden, und durch das Loch beobachtete er, was sein Herr tat.

Nämlich der Arzt sägt den Kopf der Prinzessin auf, und da sieht er einen Käfer, der sich mit seinen Füßchen an das Gehirn klammert und mit seinen Kiefern hineinzwickt. Der Arzt holt eine Zange aus seiner Tasche, mit der will er den Käfer fassen und losreißen. Der durch das Loch alles beobachtet, der junge Mann, ruft:

»Nein! Tut das nicht! Die Prinzessin wird sterben! Tut das nicht!«

Der König glaubte, die Stimme eines guten Geistes zu hören, und er fragte: »Was soll stattdessen geschehen?«

»Eine Nadel soll er nehmen und sie glühend machen und damit den Käfer piksen!«

Und so geschah es, und der Käfer ließ los, und die Prinzessin war frei von ihrem Schmerz, aber alles kam auf: dass nicht ein guter Geist gesprochen hatte, sondern der Assistent, und dass der nicht stumm war, sondern reden konnte.

Der König tadelte den Assistenten und lobte den Arzt und gab dem Arzt Gold in Hülle und Fülle. Aber ganz ohne Lohn wollte er den Assistenten doch nicht ziehen lassen, und so fragte er ihn: »Was soll ich dir für deinen Dienst geben, es darf aber nur so klein sein, dass es in deiner Faust Platz hat, ohne dass es einer sieht.«

Da sagte der junge Mann: »Gib mir den Käfer. Er hat lange im Kopf deiner Tochter gewohnt, er kennt alle ihre Geheimnisse.«

Der König lachte den jungen Mann aus, und den Lohn sollte er haben.

Der Arzt aber war neidisch, und hätte sein Assistent als Lohn ein Knäuel von dem Staub bekommen, der hinter der Tür war, er wäre neidisch gewesen, und er überlegte, wie er in den Besitz des Käfers käme. In der Nacht brach er in die Kammer des Assistenten ein und drückte dem Schlafenden das Messer an die Kehle und weckte ihn und sagte: »Gib mir den Käfer, ich will die Geheimnisse der Prinzessin wissen, denn ich denke, wer ihre Geheimnisse kennt, kennt auch die des Königs, und die möchte ich auch kennen. Wo hast du den Käfer versteckt?«

Der junge Mann sagte: »Ich habe ihn mir in die Nase geschoben, damit er hinauf zu meinem Gehirn kriecht und mir dort die Geheimnisse der Prinzessin verrät. Schon bald ist er oben. Ungefähr hier ist er bereits«, und er deutete sich auf die Stirn.

»Schnäuz ihn heraus!«, rief der Arzt und hielt ihm ein Taschentuch unter die Nase. »Mach Druck, mach Druck!«

Der junge Mann schnäuzte sich und drehte sich dabei etwas zur Seite, wie es Menschen tun, die sich schnäuzen und einen Anstand haben, dabei aber griff er unter sein Bett und holte den Käfer heraus. »Hier ist er«, sagte er.

Der Arzt schob ihn sich in die Nase, und der Käfer machte sich auf den Weg hinauf zu seinem Gehirn.

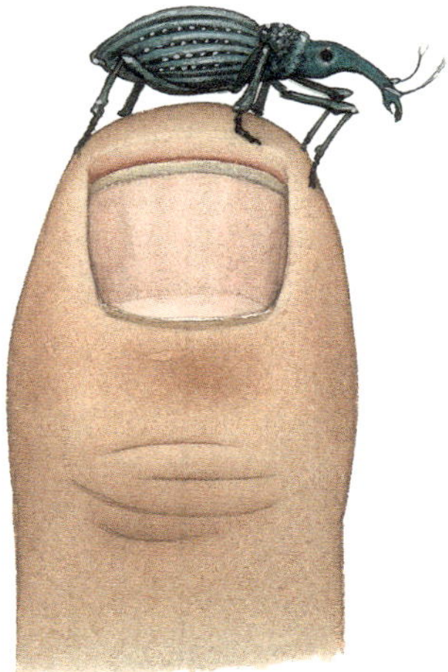

32

Der gute Lappen

Es waren einmal zwei Schwestern, eine kluge und eine dumme. Die Kluge war so klug, dass sie ein ganzes Leben überschauen konnte und deshalb wusste, dass manches, was im Augenblick einen gut dünkt, im Weiteren sich als schlecht erweist. Die Dumme aber war nur dumm, und ihr Blick reichte nicht weiter als bis zum ausgestreckten Arm. Die beiden waren Näherinnen, und da stellte sich heraus, dass die Kluge nicht so gut nähen konnte wie die Dumme, aber das wusste die Dumme nicht, eben weil sie dumm war, und die Kluge sagte es ihr nicht, eben weil sie ein ganzes Leben überschauen konnte, so auch das Leben ihrer Schwester und auch ihr eigenes.

Nur eines hatten die Schwestern von ihrer Mutter geerbt, nämlich einen alten Putzlumpen. Auf dem Totenbett noch hatte die Mutter die Kluge zu sich gewinkt und in ihr Ohr geflüstert: »Halte den Lumpen wie eine Monstranz, schaff mit ihm, schon ihn nicht, aber gib ihn niemals her. Versprichst du mir das?« – »Das will ich gern versprechen«, sagte die Kluge, aber fragte dann doch, warum. Das werde sie sehen eines Tages, sagte die Mutter.

Und tatsächlich eines Tages blieb beim Essen ein Stück Käse übrig, den wickelte die Kluge in den alten Putzlumpen, und als sie ihn am nächsten Tag herausnehmen wollte, war er in pures Gold verwandelt. Ich will das Geld verwahren für die schlechte Zeit, die kommen wird, dachte die Kluge, und will meiner Schwester nicht verraten, was mit dem alten Putzlumpen ist, denn wenn sie es weiß, wickelt sie alles in ihn ein, was sie in die Hand kriegt.

Und wieder eines Tages ging ein Jude durch das Dorf, der zog einen Karren und schlug die Glocke und rief: »Schönes Neues zu verkaufen oder zu tauschen gegen hässliches Altes!«

Gerade an diesem Tag war die Kluge nicht zu Hause, und die Dumme war ganz allein. Weil sie aber nichts lieber tat, als einzukaufen und Handel zu treiben, nahm sie den alten hässlichen Putzlumpen mit hinaus auf die Gasse und winkte damit den Juden heran und fragte ihn: »Ist der dir alt genug? Ist der dir hässlich genug? Damit ich ihn tauschen kann gegen einen schönen neuen?«

Der Jude sagte: »Ja, der ist gut. Gib ihn mir, dafür kriegst du einen neuen.« Und dann sagte er: »Mädchen, willst du mir nicht noch etwas abkaufen, damit ich es loswerde. Mir tun die Füße so weh und der Rücken so weh, und die Augen sind alt, und die Zunge hat sich abgewetzt vom vielen Reden. Ich habe Perücken zum Beispiel, unter denen siehst du aus wie eine Prinzessin.« Und er zeigte der Dummen drei Perücken, und alle drei waren so schön, dass die Dumme vor Entzücken jauchzte.

»Aber wir haben kein Geld«, fiel ihr ein, und da jauchzte sie nicht mehr, sondern jammerte.

»Geld ist immer irgendwo«, sagte der Jude. »Man muss nur genau nachsehen. Und wir können uns über den Preis einigen. Ich bin alt und müde, und die Knie tun mir weh. Ich handle nicht hinauf.«

Da lief die Dumme ins Haus und suchte und fand das Gold, das ehedem ein Käse gewesen war, und der Jude nahm das Gold und gab der Dummen dafür zwei Perücken.

Als die kluge Schwester nach Hause kam, fragte sie als Erstes: »Wo ist unser alter Putzlumpen?«

»Den hab ich getauscht gegen einen neuen«, sagte stolz die Dumme.

»Und wo ist das Gold, das ehedem ein Käse war?«

»Dafür habe ich zwei Perücken gekauft beim Juden, eine für dich und eine für mich. Unter denen sehen wir aus wie Prinzessinnen.«

Die Kluge zog ihre Perücke über und machte sich auf den Weg durch den Wald, wo über dem Steinbach das Haus des Zauberers stand.

»Mach aus meiner Schwester ein Huhn«, bat sie den Zauberer.

»Was gibst du mir dafür?«, fragte der Zauberer.

»Nichts«, sagte die Kluge, »denn ich habe nichts, alles, was ich hatte, hat meine Schwester dem Juden gegeben.«

»Dann gib mir deine Schwester, wenn sie ein Huhn ist«, sagte der Zauberer, »ich will es braten und essen.« Die Kluge dachte: Wenn meine Schwester erst ein Huhn ist, wozu ist sie dann noch nütze? Doch nur dazu, gebraten und gegessen zu werden. Und sie sagte: »Wenn meine Schwester ein Huhn ist, kannst du sie haben.«

Sie kehrte nach Hause zurück und sagte zu ihrer dummen Schwester: »Zieh dir deine Perücke über, ich habe etwas gefunden für dich.«

Die Dumme freute sich und zog sich die Perücke über und folgte der Klugen durch den Wald, wo am Ende des Waldes über dem Steinbach das Haus des Zauberers stand.

Der Zauberer verwandelte die dumme Schwester in ein Huhn, und die kluge Schwester sagte: »Nimm es und brat es dir, ich aber bin jetzt ganz allein, niemand bewacht mein Haus, wenn ich unterwegs bin. Mach aus dem nächsten Menschen, den ich dir bringe, einen Hund, damit er auf mein Haus aufpassen kann.«

Der Zauberer fragte wieder: »Was gibst du mir dafür?«

»Ich gebe dir dafür einen toten Juden«, sagte die Kluge. Und damit war der Zauberer zufrieden.

Auf der Landstraße traf die Kluge den Juden, der den Karren zog und die Glocke schlug, dem die Füße wehtaten und der Rücken, dem die Augen alt waren und die Zunge sich abgewetzt hatte vom vielen Reden, und der rief: »Schönes Neues zu verkaufen und zu tauschen gegen Altes!« Zu dem sagte die Kluge: »Komm mit, Jude, ich weiß einen, der hat viel Altes, das er loswerden möchte, in das man Sachen einwickeln kann, komm mit!« Und sie führte den Juden vor den Zauberer, und der verwandelte ihn in einen Hund.

Den Hund aber prügelte die Kluge hinter der nächsten Wegbiegung zu Tode, und den Kadaver warf sie dem Zauberer vor die Tür.

33

Schneeblume

Eine junge Königstochter hieß Schneeblume, weil sie weiß wie der Schnee war und im Winter geboren. Eines Tags war ihre Mutter krank geworden, und sie ging in den Wald und wollte heilsame Kräuter brechen; wie sie nun an einem großen Baum vorüberging, flog ein Schwarm Bienen heraus und bedeckte ihren ganzen Leib von Kopf bis zu den Füßen. Aber sie stachen sie nicht und taten ihr nicht weh, sondern trugen Honig auf ihre Lippen, und ihr ganzer Leib strahlte ordentlich von Schönheit.

Wer sollte da nicht denken, sie sei ganz und gar aus purem Gold? Als sie in die Stadt kam, wollten sie die Torwächter zum König führen, denn der König war zuständig für das Gold. Aber wie sie so durch die Korridore und Hallen des Palastes gingen, ein Torwächter links, einer rechts, zwischen ihnen Schneeblume, da sagte der linke zum rechten: »Hör, Freund, wer hat sie gefunden? Wir doch.«

»Da hast du recht«, sagte der rechte Torwächter.

»Da steht uns doch etwas zu.«

»Wenigstens ein Fußzeh steht uns wohl zu.«

»Der steht uns zu. Niemals wird uns der König freiwillig einen goldenen Fußzeh geben.«

So schnitten der linke und der rechte Torwächter Schneeblume einen linken und einen rechten goldenen Zeh ab und ließen sie stehen, wo sie gerade stand.

Schneeblume aber stand und wagte nicht, sich zu rühren, sie hielt die heilsamen Kräuter in der Hand, die sie im Wald gebrockt hatte, und wartete, was geschehen würde.

Da kam der Kammerdiener des Königs vorbei, und er war geblendet von der goldenen Schönheit, und er dachte nicht anders und wollte nichts anderes als die Türwächter, nämlich Schneeblume zum König führen, denn für das

Gold war der König zuständig und niemand sonst. Aber als er neben Schneeblume durch die Hallen und Korridore ging, fiel ihm ein, dass er längst schon ein besseres Leben führen wollte und nur deshalb nicht konnte, weil für dieses bessere Leben selbst der Kammerdiener des Königs zu arm war. Er dachte: Niemals wird mir der König freiwillig von diesem Gold geben. Ich will ihr die linke Seite wegschneiden von der Hüfte bis zum Hals, da bleibt dem König immer noch genug. Und so tat er und ließ Schneeblume stehen, wo sie war.

Schneeblume wagte nicht, sich zu rühren, sie hielt die heilsamen Kräuter in der Hand, die ihr geblieben war, und wartete, was weiter geschehen würde.

Da kam der Königssohn, der war ein stolzer, der immer der Erste sein wollte, und wenn er es einmal nicht war, mit dem Fuß aufstampfte und zeterte und drohte, mit dem Kopf gegen die Wand zu rennen. Der sah Schneeblume stehen, und er dachte: Von der ist bereits genommen worden, fast wäre ich zu spät gekommen, zum Glück ist das Beste noch an ihr, der Kopf. Den will ich abschneiden und als Kugel nehmen beim Kegeln, dann werden mich alle beneiden. Denn niemals wird mir mein Vater freiwillig den Kopf geben.

Und so tat er und ließ Schneeblume stehen.

Zuletzt flog eine Biene daher, die setzte sich auf Schneeblumes Brust. »Hier ist es nicht gut für dich«, sagte sie. »Sie werden dich schlachten Stück für Stück. Komm mit mir zurück in den Wald! Die Raben werden dir jeder eine Feder geben, die werden dich bedecken und dich von golden in schwarz verwandeln, und wo ein Federchen fehlt, um dein Gold zu verbergen, wird es sein wie die Sterne in der Nacht. Dann wird dich keiner mehr haben.«

So war Schneeblume erst weiß gewesen, dann golden und nun schwarz. Das Jahr ging dahin, und die Torwächter verspielten beim Würfeln das Gold, das sie gestohlen hatten, und die es gewonnen hatten, wurden von Räubern überfallen, und die Räuber wurden von den Wölfen getötet, und die Wölfe brachten das Gold den Bienen zurück, und die Bienen klebten die Zehen wieder an Schneeblumes Füße. Und nicht anders erging es dem Kammerdiener mit seinem Gold, der verlor es an der Börse, und dem Königssohn mit seinem Gold, der verspielte es beim Kegeln, und die es gewannen, denen wurde es genommen, und am Ende war Schneeblume heil, und als die Nacht zu Ende war, fielen die Rabenfedern ab, und als der Frühling kam, schmolz der Honig und tropfte auf die Erde. Und Schneeblume war wieder weiß, wie sie von Anfang gewesen war.

34

Die drei Farben

Ein König ritt in den Wald hinein, weil draußen Sommer war und die Sonne so warm schien und ihm zu heiß war in seinem samtenen Jagdanzug. Je weiter er aber ritt, umso kälter wurde es, so dass er, als es Abend wurde, im Winter angekommen war. Schnee lag um ihn herum, mitten auf einer Lichtung hielt er an und stieg vom Pferd. Der Mond leuchtete am Himmel, und der Schnee ließ die Lichtung und den Wald darum herum erstrahlen, fast als wäre Tag. Da sah der König einen großen Stein mitten auf der Lichtung, und auf dem Stein lag ein toter Rabe. Die Brust war ihm von einem Messer durchbohrt, Blut floss auf den Schnee. »Das sind die drei Farben, die ich mir wünsche«, rief da der König aus. »So soll meine Königin sein – rot, schwarz und weiß!«

Seine Stimme widerhallte an den Stämmen der Bäume und wurde vom Wind weitergetragen in den Wald hinein. Dort kreiste sie und nahm auf und kehrte zurück und fragte: »Was darf der Mangel sein?«

»Jeder Mangel«, rief der König aus, »wenn sie nur schwarz, rot und weiß ist.«

Die Stimme widerhallte an den Baumstämmen und verschwand im Wald und kam nicht mehr. Der König aber setzte sich auf seinen Rappen und ritt den gleichen Weg zurück, den er gekommen war, und als er aus dem Wald trat, war wieder heller Tag und warmer Sommer.

Aber es waren draußen viele Jahre vergangen, und der Bruder des Königs hatte sich auf den Thron gesetzt. Er war ein strenger König gewesen, aber ein guter König, und nun war er alt. Die Königin dagegen war jung, sie hatte schwarzes Haar, schwarz wie der Flügel eines Raben, und einen roten Mund, rot wie das Blut eines Raben, und eine weiße Haut, weiß wie der Schnee, der die Blutstropfen auffing. Sie sah, wie ein Mann in die Burg geritten kam, aber

sie wusste nicht, wer es war. Er sah aus, wie ihr Mann vor vielen Jahren ausgesehen hatte, als er noch jung gewesen war, aber sie wusste nicht, wer es war, und sie kam herunter und begrüßte ihn.

Als er ihr alles erzählt hatte, sagte sie: »Dein Bruder, mein geliebter Mann, ist gestorben. Bis in seine letzte Stunde hat er auf dich gewartet, um dir das Zepter zurückzugeben. Jetzt bist du da. Warte hier, ich will dir einen Willkommenstrunk bringen!«

Sie schlich in das Zimmer des alten Mannes, der immer noch ihr Mann war, und hieb ihm das Messer in den Rücken und schob den Toten unter das Bett. Dann brachte sie dem neuen König einen Becher mit Wein.

In der Nacht aber, in der sie sich vermählten, blutete der Alte unter dem Bett aus, und das Blut zog eine Spur über den Boden, die war wie die Schrift auf einer Tafel. Die Schrift hieß: »Frag sie!«

Der neue junge König war glücklich, dass er gefunden hatte, was er sich wünschte, nämlich eine Königin aus den drei Farben Schwarz, Rot und Weiß, und er hatte nur Augen für sie, aber als er sie genug betrachtet hatte, sah er die Schrift am Boden. Er wusste aber nicht, was er sie fragen sollte.

In der zweiten Nacht quoll der Tote unter dem Bett auf, so dass sein Körper gegen die Matratze drückte, und als sich der neue junge König im Schlaf umdrehte, presste er dem Toten die letzte Luft aus den Lungen, und der stöhnte, und das klang wie: »Frag sie!«

Da wachte er auf und wusste wieder nicht, was er sie fragen sollte.

In der dritten Nacht kamen die Käfer, um den Toten zu fressen, und es waren tausende und abertausende Käfer, sie krochen unter das Bett und bissen mit ihren Kiefern die Haut auf und fraßen sich in das Fleisch hinein und schmatzten, das war, als ob eine Schulklasse schwätzte, und das klang wie: »Frag sie!«

Der neue junge König erwachte und hörte es, und als er am Morgen seiner Königin gegenübersaß, sagte er: »Ich soll dich etwas fragen, aber ich weiß nicht was? Was soll ich dich fragen?«

»Vielleicht, warum mein Haar so schwarz ist«, sagte die Königin. »Und warum meine Haut so weiß ist. Und warum mein Mund so rot ist.«

»Das weiß ich selbst«, sagte der König. »Das brauche ich dich nicht zu fragen. Ich frage dich: Wo ist das Grab meines Bruders?«

»Ich habe ihn im Wald begraben, weit von hier«, sagte die Königin. »Ich war bei ihm, als seine Seele ihn verließ und an den Baumstämmen widerhallte und in den Wald davonflog und dort kreiste und aufnahm.«

»Dann führe mich in den Wald«, sagte der König, »und zeig mir das Grab. Damit ich Blumen niederlegen kann.«

So machten sie sich auf und ritten in den Wald, in dem der König den toten Raben gefunden hatte, dessen Flügel so schwarz, dessen Blut so rot, der im

Schnee lag, der so weiß war. Aber im Wald war tiefer Winter und tiefe Nacht, und der Mond schien nicht, und als sie zu der Stelle kamen, wo mitten auf der Lichtung der Stein war, lag Schnee über dem toten Raben, so dass seine Flügel und sein Blut nicht mehr zu sehen waren.

35

Kasgsichtl

In einem Dorf, aber am Rand draußen, wo selten einer hinkommt, lebten ein Mann und eine Frau, die hatten kein Kind. »Kannst du verstehen, warum wir kein Kind haben?«, fragte die Frau an jedem Anfang und an jedem Ende eines Tages. »Ich kann's nämlich nicht verstehen.« – »Ich doch auch nicht«, jammerte der Mann, »ich doch um Himmels willen auch nicht!« Das war ihr Kummer, und es gab nicht eine Stunde am Tag, in der sie nicht an ihren Kummer gedacht hätten.

Dann war ein bitterer Winter. In der Nacht wachte die Frau auf und weckte den Mann, der neben ihr lag, und sagte: »Ich habe geträumt, als ich ein Kind war, da hatte ich mich einmal verlaufen auf dem Feld hinter unserem Haus, und es war auch so ein bitterer Winter gewesen. Alles sah gleich aus, kein Hügel, kein Berg, nur das weite verschneite Feld. Der Himmel war voll Wolken, und ich konnte nicht sehen, wo Osten, wo Süden oder Norden war. Ich ging durch das Weiße, und da sah ich einen Baum vor mir. Ich legte mich neben ihn und schlief ein, und ich träumte, der Baum beuge sich über mich und wickle mich in seine Äste und Zweige und wärme mich und halte mich fest und wiege mich. Als ich aufwachte, schien der Mond, und er warf einen silbernen Streifen auf den Schnee bis zum Horizont. Ich folgte dem Streifen und fand zurück nach Hause.«

»Warum erzählst du mir das?«, fragte der Mann.

»Ich denke, wenn du den Baum suchst und ihn findest«, sagte die Frau, »dann schneide einen Ast von ihm ab und bring ihn nach Hause. Daraus kannst du ein Püppchen schnitzen, das könnte uns sein wie ein eigenes Kind.«

Der Mann glaubte nicht daran, aber er sah, dass der Kummer seiner Frau noch größer war als sein Kummer, und deshalb machte er sich mit seinem

Schnitzmesser auf den Weg, um den Baum zu suchen, von dem seine Frau geträumt und der sie im Traum gewärmt und in seine Zweige eingewickelt und gewiegt hatte. Er fand den Baum mitten auf dem verschneiten Feld, und er schnitt einen großen Ast von ihm ab und schleifte ihn durch den Schnee hinter sich her. Zu Hause hockte er sich auf die Schwelle und schnitzte ein Püppchen, das war nicht größer, als ein Knie hoch ist. Es hatte ein feines Gesicht, das polierte der Mann mit einem Tuch, damit es noch feiner wurde, das Holz war frisch und weiß wie ein frischer Käse. Die Frau nähte aus einem Katzenfell einen Mantel und eine Haube und Stiefel, es sollte ja nicht allein zu Hause bleiben, wenn der Mann und die Frau in den Laden einkaufen gingen.

»Es ist ein Bub«, sagte die Frau, »habe ich recht? Wollen wir es denn nicht Kasgsichtl nennen, weil es ein Gesicht hat wie ein frischer weißer Käse?«

Von nun an gingen die beiden mit Kasgsichtl spazieren, sie zeigten sich im Dorf und betraten mit ihm den Laden, und die Leute gewöhnten sich an das kleine Kerlchen und sagten: »Guten Morgen, Kasgsichtl, hübsch siehst du heute aus.«

In der Nacht wollten der Mann und die Frau erst, dass Kasgsichtl bei ihnen im Bett schlafe, nämlich zwischen ihnen, wie es Kinder gern tun, aber dann fühlten sie sich nicht wohl, sie wussten nicht zu sagen, warum sie sich nicht wohlfühlten, und der Mann nicht und die Frau nicht machten auch nur ein Auge zu in der Nacht, vielleicht eben, weil Kasgsichtl die Augen zu hatte, wo der Mann die Augen doch als offene geschnitzt hatte. Darum brachten sie es am Morgen wieder hinaus, wo sein Platz war gleich neben der Schwelle. Dort stand es und blickte geradeaus, und weil es aus Holz war, wurde sein Gesicht über die Wochen grau und bekam Risse wie ein Käse, der zu lange an der Luft gelegen hatte, und bald sah es aus wie ein alter Mann.

»Schnitz doch noch einen Teller für Kasgsichtl«, sagte eines Tages die Frau, »und gleich auch noch einen Löffel dazu, damit es uns nicht verhungert und vertrocknet.«

Das tat der Mann. In der Nacht, bevor sie sich ins Bett legten, füllten sie in den Teller Brei und legten den Löffel daneben.

Der Mann aber dachte bei sich: In der Nacht, wenn sie glaubt, ich schlafe, wird die Frau aufstehen und den Löffel in den Brei tunken und den Teller ausleeren, und am Morgen wird sie sagen, schau, Kasgsichtl hat alles aufgegessen. Weil sie sich eben so sehr ein Kind wünscht! Darum hielt er sich wach und lauerte. Aber die Frau stand gar nicht auf, und sie tauchte den Löffel gar nicht ein und leerte auch den Brei nicht aus, damit es so aussähe, als hätte Kasgsichtl alles aufgegessen. Aber am nächsten Morgen war kein Brei mehr da, und der Löffel klebte, und das Gesicht von Kasgsichtl war wieder weiß und glatt wie ein frischer Käse. Da erschraken sie beide, und der Mann sah, dass auch die Frau nicht daran geglaubt hatte, und von nun an fürchteten sie sich vor Kasgsichtl und nahmen es auch nicht mehr mit nach draußen. Wenn sie am Abend zu wenig Brei in den Teller taten, rumpelte es in der Nacht und fauchte, und wenn der Mann oder die Frau aufstanden, um nachzugießen, sahen sie, wie sich die Augen von Kasgsichtl drehten.

Als der Frühling kam, wuchsen aus den Armen und Beinen von Kasgsichtl Knospen, die wurden im Mai zu grünen Zweigen, und bald trug es Blüten über und über, die verströmten einen Duft im Haus, der das Haus beinahe vom Boden aufhob. Da berieten sich der Mann und die Frau. Der Mann sagte: »Wir müssen Kasgsichtl aus dem Haus schaffen, denn wer weiß, was geschieht, wenn es Früchte trägt.« Und die Frau gab ihm recht. In der Nacht schlichen sie sich hin zur Schwelle und wollten Kasgsichtl packen und zur Tür hinauswerfen, dass es auf dem Misthaufen lande, wohin es ihrer Meinung nach auch gehöre. Aber Kasgsichtl hatte im Fußboden Wurzeln geschlagen. Als sich der Mann breitbeinig über das Bäumchen stellte und den Stamm fasste, um es auszureißen, da schlang sich ein Zweig um seinen einen Arm und ein zweiter Zweig um den anderen, und die Zweige zurrten den Mann so fest, dass er nicht mehr auskam. Von nun an musste die Frau beide füttern, den Mann und Kasgsichtl, den Mann fütterte sie mit Brot und gekochtem Kraut, Kasgsichtl mit Brei. Aber Kasgsichtl trieb immer mehr Zweige und Äste, und die umwickelten den Mann immer mehr, bis er zum Schluss darin unterging.

Da sah die Frau, dass ihr Mann verloren war, sie pflückte alle Blüten von dem Bäumchen und lief aus dem Haus und lief über das Feld, und sie blickte nicht zurück, und sie lief und lief, bis der Mond über ihr stand, da sank sie erschöpft nieder und schlief ein. Ein Wind kam auf, der trieb die Blüten von Kasgsichtls Bäumchen in die Welt hinaus.

36

Astor und Pulja

Es waren einmal ein Bub und ein Mädchen, die hießen Astor und Pulja. Ihr Vater war ein wilder Mann, der den ganzen Tag und oft auch die Nacht hindurch im Wald war und die Tiere jagte, und manchmal kam er viele Tage und Nächte nicht nach Hause, und wenn er dann kam, hatte er Hunger wie ein Wolf, und die Kinder hörten ihn schon von weitem brüllen: »Frau, heiz den Herd ein und setz Zwiebeln auf, damit du mir anbraten kannst, was ich mitgebracht habe!« Da hatten die Kinder Angst, und die Mutter hatte auch Angst, und die Mutter hatte noch mehr Angst als die Kinder, denn die Kinder bemerkte der Mann gar nicht; wenn eines vor seine Füße kam, gab er ihm einen Tritt, als wär's der Hund; die Frau aber, die prügelte er, wenn sie auch nur ein falsches Wort sagte.

Und eines Tages kam der Mann wieder einmal nach Hause, und er rief schon von weitem: »Frau, heiz den Herd ein und setz Zwiebeln auf und schneide Äpfel, damit du mir braten kannst, was ich mitgebracht habe!« Mitgebracht aber hatte er einen Fasan, und nichts schmeckte dem Mann besser als Fasanenfleisch mit einer dunklen Soße und geschnittenen Äpfeln.

Die Frau hängte den Fasan kopfunter an den Fensterstock und heizte den Herd an und stellte einen Topf Wasser auf, und das Wasser goss sie in einen Bottich, damit sich der Mann wasche, denn er stank von den Tagen und Nächten im Wald. Aber während die Frau draußen den Bottich mit dem heißen Wasser auffüllte, kamen die Katzen in die Küche, und es waren zwei. Sie sahen den Fasan kopfüber am Fensterstock hängen, und nichts schmeckte ihnen so gut wie Fasanenfleisch. Darum sprangen sie in die Höhe und rissen den Fasan herunter und fraßen ihn auf, so dass nichts mehr von ihm übrig blieb, nur die Federn.

Als nun die Frau sah, was geschehen war, da kehrte sie rasch die Federn vom Boden zusammen und steckte sie in den Ofen. Dann schnitt sie sich eine Brust ab und warf sie in die Pfanne zu den Zwiebeln und briet sie und setzte sie mit den Äpfeln und einer dunklen Soße dem hungrigen Mann vor.

»Umah-umah!«, rief der Mann bei jedem Bissen aus, »Umah!«, denn das Fleisch schmeckte ihm so gut, wie ihm noch nie ein Fleisch geschmeckt hatte. »Und das soll Fasan sein? Ich kann's nicht glauben! Umah-umah!«

Da deckte die Frau alles auf, weil sie dachte, nun wird er mich loben. »Das ist Menschenfleisch«, sagte sie. »Ich hab's mir selber herausgeschnitten.«

»Umah!«, rief der Mann. »Jetzt bist du doch ein altes, schiaches Weib, und trotzdem schmeckt dein Fleisch so gut, wie ich noch keines gegessen habe. Wie gut wird erst das Fleisch von einem frischen Kindlein schmecken!«

Und er befahl ihr, hinauszugehen und eines der Kinder zu fangen, damit er es schlachten und sie es in der Pfanne braten könnte zu einer hellen Soße dazu.

Weil die Katzen aber, die eine und die andere, den Kindern gehörten, die schwarze Katze dem Astor, die weiße der Pulja, sprangen sie hinaus, um die Kinder zu warnen. Sie sangen:

Ihr müsst fliehen, fliehen,
dürft nicht bleiben stehn,
bis euch niemand, niemand,
niemand hat gesehn!

Und sie gaben den Kindern einen Hut und einen Löffel und ein Stück Zwirn, das sollten sie gut verwahren und nicht verlieren.

Werft den Hut, wenn's donnert,
werft ihn in die Höh!
Mit dem Löffel schaufelt,
schaufelt alle Flöh!
Zwirn, der wird zum Fisch,
haut ihn auf den Tisch!

Da stand auch schon die Mutter in der Tür, und in der Hand hielt sie das Schlachtmesser, und sie schrie:

Braten will der Mann,
den er fressen kann,
Kinderfleisch mit Soß.
Not ist groß, ist groß!

Die Kinder rannten, und die Mutter rannte hinter ihnen her.

Über die Felder ging's, über Hag und Bach, unter Büschen hindurch, und Astor und Pulja hielten sich bei der Hand und ließen einander nicht los. Aber die Mutter kam näher, und sie brüllte, dass es klang, als donnerte der Himmel hoch oben, schon konnte sie Astor am Kragen packen, da rief Pulja: »Wirf den Hut in die Höh, Bruder!«

Das tat Astor, da prasselte der Regen nieder und schwemmte die Mutter samt dem Schlachtmesser den Abhang hinunter. Die Kinder wollten sich hinsetzen und ausruhen, aber ihnen fiel ein, was die Katzen gesagt hatten, dass sie nicht stehen bleiben dürfen, solang sie noch ein Mensch auf der Welt sehen kann. Sie blickten sich um und sahen die Mutter, wie sie unten wieder auf die Beine kam und das Schlachtmesser aufhob und den Abhang heraufkletterte.

Und so müde die Kinder auch waren, rannten sie doch weiter und rannten um ihr Leben.

Die Mutter aber kratzte sich am Kopf, dass die Flöhe alle zu Boden fielen, und sie befahl den Flöhen, ihr vorauszuspringen und die Kinder anzufallen und einzufangen, denn ein Floh hat lange Beine.

Als Pulja die Flöhe sah, rief sie: »Nimm den Löffel, Bruder, und schaufle die Flöh in den Schnee, damit sie erfrieren, die übrig bleiben, werfen wir ins Feuer!«

Am Ende aber konnten die Kinder nicht mehr weiter, zu müde waren sie, und die Mutter erwischte sie und sagte: »Es ist nicht wegen euch, es ist wegen eurem Vater. Er muss essen. Wenn er nicht isst, schlägt er mich tot.«

Da holte Pulja den Zwirn aus ihrer Schürzentasche und schlug ihn auf den Tisch, und der Zwirn verwandelte sich in einen großen Fisch. »Den Fisch da schlachte«, sagte sie zur Mutter, »und gib ihn dem Vater, uns aber lass laufen!«

Das tat die Mutter, und die Kinder liefen davon, bis sie niemand, niemand, niemand hat gesehn.

37

Jossele und der Dibbuk

Es war einmal gewesen ein Bub, ein kleiner, kleiner als die anderen, ein armer, ärmer als die anderen, ein guter, besser als die anderen. Der wohnte zusammen mit seiner Mutter in einem schiefen Häuschen, schiefer als die anderen, oben fast am Wald, eigentlich in einer Hütte, nur eben schäbiger als die anderen. Der Bub hieß Jossele, und er hätte so gern am Feiertag ein Weißbrot gehabt, einmal ein Weißbrot am Feiertag, einmal nur ein großes Stück Weißbrot, von dem man satt werden kann für einen ganzen Tag. Aber die Mutter, die eine Bettlerin war, hoffnungsloser als die anderen, bekam nur Schwarzbrot rübergeschoben, hartes und trockenes. Das gab sie dem Jossele, und der weinte darüber, und die Tränen tropften auf das Brot und machten es ein bisschen salzig, da schmeckte es ein bisschen besser. Sie haben nichts gehabt, oder wie man sagt: Weniger als nichts, und das ist schon am wenigsten.

Ganz am Rand vom Dorf, wo Jossele mit seiner Mama gewohnt hat, also noch dichter am Wald, da stand noch ein Häuschen, noch schiefer und schäbiger, und das war leer. Die Leute aber sagten: »Das ist gar nicht leer, dort haust ein Dibbuk.« Und die Mutter sagte zu Jossele: »Mein Jossele, geh nicht zu dem Haus und tritt ja nicht über die Schwelle! Ein Dibbuk wohnt dort, und wenn der dich anfasst, dann fährt er dir in die Brust hinein, und du wirst verkehrt und verdreht, weißt den eigenen Namen nicht mehr und buchstabierst die Welt von hinten nach vorne und erwürgst deinen Nächsten und meinst, du hast etwas Gutes getan, und gibst deiner Mama einen Kuss und meinst, du hast etwas Böses getan.«

Und trotzdem ist Jossele zu dem Häuschen gegangen, zu dem noch schieferen, noch schäbigeren. Und als wenn es ein guter Weg wäre dorthin, traf er unterwegs den Bäcker, der seinen Korb auf dem Rücken trug. »Jossele«, rief er, »komm her zu mir! Heute hatte ich einen guten Tag. Alles Brot habe ich verkauft, nur dieses eine, das große, das weiße, das ist übrig geblieben, das war den Leuten zu groß und zu weiß. Willst du es haben? Ich möchte es dir gern geben. Willst du?«

Das wollte Jossele! Und wie er das wollte! Das Brot nämlich war noch größer und noch weißer, als er es sich geträumt hatte. Darum dachte Jossele: So ein glücklicher Tag! Und er ging weiter zu dem noch schieferen, noch schäbigeren Häuschen, das noch dichter am Wald war. Dort will ich mich hinsetzen und das weiße Brot essen, dachte er.

Und das tat er. Aber gerade als er den Mund aufgesperrt hatte und in das weiße Brot beißen wollte, hörte er eine Stimme aus dem Häuschen:

»Kleiner Jud, komm näher! Ich riech doch, dass du etwas Gutes bei dir hast. Gib mir die Hälfte von deinem Brot!«

Jossele antwortete: »Ich soll die Hälfte von meinem weißen Brot hergeben? Ich weiß nicht wem, und ich weiß nicht, für was.«

»Dafür, dass du einen armen Geist nicht verhungern lässt«, hieß es aus dem Häuschen heraus.

Da dachte sich Jossele: So. Wenn ich ihm erst die Hälfte von meinem weißen Brot gebe, dann will er die andere Hälfte auch noch. Weil so ist es im Leben: Gibst du einem den kleinen Finger, reißt er dir gleich den ganzen Arm aus. Aber wer will sich schon einen ganzen Arm ausreißen lassen!

Also antwortete Jossele dem Dibbuk: »Nimm dir das ganze Brot, ich habe keinen Hunger mehr. Ich leg es dir auf die Schwelle.«

»Oh, das geht nicht!«, rief der Geist. »Ich kann nichts aufheben, man muss es mir geben. Streck doch deine Hand mit dem Brot zur Tür herein!«

Das tat Jossele, und der Dibbuk riss ihm das Brot aus der Hand und schmatzte es in einem hinunter. Dann sagte er: »Das hat die Welt noch nicht gesehen, dass einer um eine Hälfte von einem Brot gebeten worden ist und dann das ganze gegeben hat. Soll das unbedankt bleiben?«

»Ich hab's gern getan«, sagte Jossele.

»Ich will dir einen Lohn dafür geben«, sagte der Dibbuk.

»Du mir einen Lohn!«, rief Jossele aus und lachte. »Hast nichts zu essen, hast aber einen Lohn!«

»Ja, kehr mit deinen Händen den Staub zusammen vor meiner Tür«, sagte der Dibbuk, »und den steck in deine Tasche! Es wird dich nicht reuen.«

»Ich kann den Staub nicht in meine Tasche stecken«, sagte Jossele, »weil ich Löcher in der Tasche habe.«

»Dann such die kleinen Kiesel heraus, die werden in deiner Tasche halten«, sagte der Dibbuk.

Und das tat Jossele, und die Kieselsteinchen hielten in seiner Tasche.

»Jetzt lass mich noch Lebwohl sagen«, rief der Geist aus dem Häuschen. »Gib mir deine Hand!«

Und auch das tat Jossele. Aber er reichte die Linke hinein, weil er in der Rechten die Kiesel hielt. Da fiel ihm grad noch im letzten Augenblick ein, was die Mutter gesagt hatte, nämlich, dass der Geist den ganzen Arm ausreißt, und schnell zog er die Hand zurück. Die Haut an seinem linken Finger hat der Dibbuk berührt, aber der Arm ist dran geblieben.

Zu Hause fragte die Mutter: »Warum sind deine Taschen so ausgebeult, Jossele? Du hast nur eine Hose, pass besser auf sie auf!« Sie leerte die Hosentaschen aus, und da waren die Kieselsteine zu Gold geworden, und nun waren sie reich, Jossele und seine Mutter.

Als Erstes sagte die Mutter: »Jossele, du sollst in die Schule gehen und etwas lernen, jetzt, wo wir reich sind.«

Und auch das tat Jossele. Aber als er, weil er so schön schreiben konnte wie keiner, irgendwann den zwölften Psalm in Schönschrift übertragen sollte, wo es heißt: »›Weil die Elenden Gewalt leiden und die Armen seufzen, will ich aufstehen‹, spricht der HERR, ›ich will Hilfe schaffen dem, der sich danach sehnt‹« – da fuhr ihm auf einmal die linke Hand aus und schüttete das Tintenfass über das Geschriebene, und der linke Zeigefinger tunkte sich ein und schrieb mit einer Sauklaue quer darüber: »Gott ist schuld!«

Da wusste Jossele, dass der Dibbuk in ihm hockte. Und so war es. Aber weil ihm Jossele die Linke gegeben hatte und die nur hatte berühren und nicht drücken lassen, konnte der Dibbuk nicht bis in sein Herz vordringen. So trieb er eben seinen Unsinn mit Josseles linker Hand. Die würgte den besten Freund, so dass ihn die Rechte nur mit Mühe befreien konnte; die schlug das Eheweib, und die Rechte musste es gesund pflegen; die griff dem reichen Händler in die Tasche und zog die Banknoten heraus, und die Rechte gab sie ihm wieder zurück.

Am Ende seines Lebens waren alle seine Glieder mit dem Tod einverstanden, nur die linke Hand nicht, und als Jossele starb und ins Grab gelegt wurde, wühlte sich die Linke durch das Erdreich nach oben und aus der Erde hinaus und wuchs und wuchs in den Himmel hinauf. Aber die Wolken erreichte sie nicht.

38
Der Dumme

In einer Familie, in der viele Kinder waren, war auch ein dummer Bub. Den wollten die anderen loswerden. Darum sagten sie zu ihm: »Geh los! Geh hinaus in die Welt und schau, ob du schon dort bist!«

Das war ihm eine Freude, das wollte er selber gern wissen, und er dachte sich aus, wie es sein wird, wenn er sich draußen in der Welt trifft.

So ging er einen Tag und eine Nacht und war aufmerksam und blickte um sich, schaute hinter Sträucher und hinter Baumstämme, ob er sich dort vielleicht versteckte. »Wart du nur«, rief er vergnügt, »ich find dich schon!« Er lauschte auf das Echo seiner Stimme und war glücklich, denn nun wusste er, er konnte nicht weit sein.

Am dritten Tag hörte er einen wunderbaren Gesang, und er dachte: Das kann nur ich sein. Ich wusste gar nicht, dass ich so schön singen kann. Jetzt weiß ich es. – Und er ging dem Gesang nach.

Da sah er ein Gerippe, das lehnte an einem Baumstamm. In den Händen hielt es eine Flöte, und der Wind, der durch den hohlen Schädel blies, ließ die Flöte singen. Es war nämlich ein Krieg gewesen, und das Gerippe war ein Soldat gewesen, der wollte sich ausruhen von dem Morden und hat sich auf die Erde gesetzt und sich an den Baumstamm gelehnt und hat gedacht, er möchte sich ein wenig Frieden geben, indem er ein Lied auf der Flöte spielt. Und gerade hatte er noch nicht einmal die erste Strophe zu Ende gespielt, da traf ihn eine Kugel in den Kopf, und er war tot. So saß er, die Flöte im Mund, und die Würmer kamen und die Käfer und die Ameisen kamen, und die fraßen alles an ihm zusammen bis auf sein Gerippe, das ließen sie so sitzen, wie es saß, an den Baumstamm gelehnt. Durch den Schädel blies der Wind und fuhr in die Flöte hinein, und das klang wie der allerschönste Gesang.

Da dachte der Dumme: Ach, jetzt habe ich mich gefunden. Aber ich bin ge-

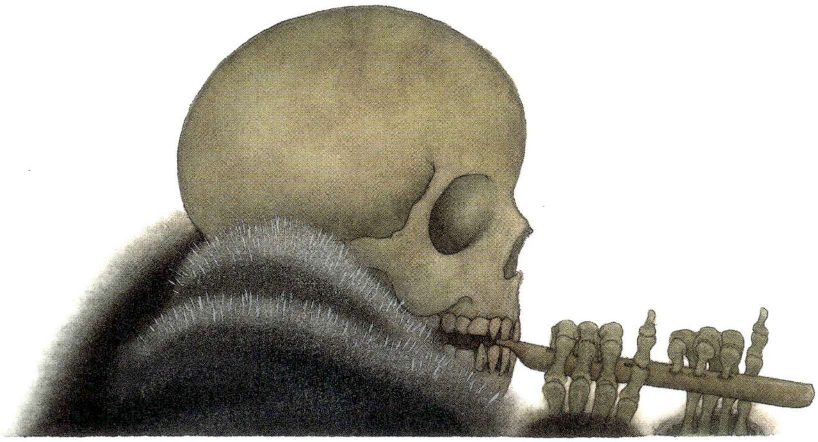

storben und habe nichts mehr von mir, außer die Flöte, die will ich mitnehmen.

Ein bisschen war er auch froh, der Dumme, weil er sich endlich gefunden hatte, und so unrecht war es ihm gar nicht, dass er tot war, denn nun war er frei und konnte leben, wie es ihm passte. Er zog weiter in die Welt hinaus und spielte auf der Flöte, und er spielte so schön, dass er überall beklatscht wurde und zu Festen eingeladen wurde und zu essen und zu trinken bekam und ein Plätzchen, wohin er sich legen konnte für die Nacht. Und eines Tages kam ein Bauer, der fasste ihn am Ärmel und fragte: »Du, willst du nicht meine Schafe hüten, es ist eine gute Arbeit, die dir keine Mühe kostet, du brauchst nur auf deiner Flöte zu spielen, da werden sich die Schafe um dich scharen, und keines geht verloren, denn der Wolf, der Wolf, der mag nicht, wenn einer auf der Flöte spielt, das mag der Wolf nicht.«

So war der Dumme glücklich, auch wenn er gestorben war, wie er glaubte, und er spielte den Schafen vor und erzählte ihnen, dass er einst ein Flötenspieler gewesen war, dass er aber heute viel besser auf der Flöte spielen könne, als er damals konnte. Und die Schafe glaubten es ihm.

Eines Tages stolperte er und fiel in einen Graben, und in dem Graben war ein Schatz versteckt, lauter Goldenes und Silbernes, Schmuck und Münzen eine ganze Truhe voll. Er aber nahm nur fünfzig goldene Kettchen heraus, für jedes seiner Schafe eines, die legte er ihnen um den Hals, dass es in der Sonne nur so blinkte. Nun war er noch glücklicher als zuvor. Dann kam aber ein

Kaufmann vorbei, und der fragte ihn, woher denn die Schafe solche Kettchen haben. Und der Dumme zeigte dem Kaufmann die Grube und die Truhe. Da stieß der Kaufmann den Dummen grob in die Seite und befahl ihm, die Truhe auf seinen Wagen zu wuchten, und dass ja kein goldenes Krümelchen herunterfalle, und dann zog er lachend davon.

Eines der Schafe aber, der Bock nämlich, der war so klug, wie der Dumme dumm war, und der hatte die Sprache erlernt, und er sagte: »Noch niemals habe ich einen so dummen Menschen getroffen, wie du einer bist. Aber der Wolf wird sich vor dir fürchten, denn der Wolf, der Wolf, der Wolf, der mag nicht, wenn einer auf der Flöte spielt, das mag der Wolf nicht. Darum darfst du bei uns bleiben, solange du nur auf der Flöte spielst.«

Aber die Flöte hatte der Dumme auf der Schatztruhe liegen lassen, als er sie auf den Wagen des Kaufmanns gewuchtet hatte, und hatte sie dort vergessen. Darum jagte ihn der Schafsbock weg, weil er zu nichts zu gebrauchen war. »Ein Dummer wie du«, sagte er, »ist zu nichts zu gebrauchen!«

Wäre ich doch nur der, der ich gewesen war, bevor ich gestorben bin, dachte sich der Dumme und ging und nahm den Weg zurück nach Hause.

Als ihn seine Geschwister sahen, lachten sie schon von weitem und riefen ihm zu: »Na, Dummer, hast du dich in der Welt draußen gefunden?«

Er sagte: »Ja, aber ich bin gestorben gewesen, und es hat mir nichts genützt.«

»Und hast du dir etwas hinterlassen als Erbe?«, fragte ein Bruder, und alle lachten, und der Dumme lachte mit. – »Ja«, sagte er, »eine Flöte habe ich mir hinterlassen als Erbe.«

»Und wo ist die Flöte?«, fragte eine der Schwestern. – »Die habe ich auf der Schatztruhe liegen lassen, die ich gefunden habe.« Da liefen die Geschwister auseinander, denn sie wussten ja, dass der dumme Bruder zu dumm war, um zu lügen, und jeder wollte als Erster den Schatz finden. Sie liefen in den Wald, dort waren die Wölfe, und weil die Geschwister keine Flöte bei sich hatten, fielen die Wölfe über sie her und töteten sie und fraßen sie auf, wie sie zuvor die Schafe alle getötet und aufgefressen hatten, und dem Kaufmann war es nicht anders gegangen. Nicht einmal die Gebeine waren übrig geblieben.

Der Dumme aber lebte nun allein in dem großen Haus, und manchmal ging er von dem einen Zimmer in das nächste, um nachzusehen, ob er dort ist.

39

Die Moorfrau

Hoppel-di-hipp, machte mein Pferdchen und warf mich ab, und ich war tot und gleich auch schon ein Gerippe, aber wehgetan hat es nicht. Ich versank in die Erde, tiefer und tiefer, bis ich vor der Moorfrau zu stehen kam. Sie war

grau wie das Moor und weich wie das Moor
und warm wie die Hand in der Erde.
Sie küsst mir die Hand und küsst mir den Mund,
auf dass ich der Ihre werde.

Und so heiratete ich die Moorfrau und versprach ihr als Morgengabe ein Kännchen Blut, damit sie ihr Haar damit färbe und es wieder leuchte wie ehedem, und wenn ich bis zum Abend keines sammeln könnte, versprach ich ihr weiter, dürfe sie mein letztes Mark auslöffeln, das noch in meinen Knochen stecke, denn ganz ausgetrocknet war ich noch nicht, und innen in den Knochen war ich noch warm, und sie könnte davon eine schöne Haut kriegen.

»Aber«, sagte ich, »du musst mir für den Tag einen satten Leib leihen und musst auch die Erde über mir zu einem Spalt öffnen, so dass ich heraussteigen kann aus meinem Grab und unter den Lebenden mir einen aussuchen kann, dem ich ein Kännchen abzapfen möchte.«

»Das will ich«, sagte die Moorfrau, die meine Frau war, seit wir die Ringe getauscht haben. »Aber wenn die Sonne untergeht und der Schatten auf dein Grab fällt und du noch nicht zurück bist bei mir, dann ist dein Grab verschlossen, und du wirst dazwischen sein zwischen Leben und Tod, und das sollst du nicht wollen, denn du hast mir die Ehe versprochen in mein Herz hinein,

das um dich trauert, wenn du gehst,
dann ist es ganz allein,
und wenn du in der Sonne stehst,
dann möchte es bei dir sein.

Groß ist die Sonne, die Erde ist klein,
wie Gott sie erschaffen hatte,
und Trauer wird unter der Erde sein,
verlässt mich mein lieber Gatte.

Der Tod hat mich ins Moor gezerrt
vor vielen hundert Jahr,
ich wünsche mir ein Kännchen Blut
über mein graues Haar.

Es könnt dann jung und golden werden,
so wie es einmal war.
Drum wünsch ich mir ein Kännchen davon
über mein altes Haar.«

So stieg ich beim ersten Sonnenstrahl aus der Grube und nahm mir ein Schiffchen hinüber, aber es war ein erstbestes, und es hatte Löcher, durch die das Wasser eindrang. Ich schöpfte mit beiden Händen, nur war noch zu wenig Haut und zu wenig Fleisch zwischen den Fingern, und das Wasser strömte frei hindurch, so dass Gefahr bestand, dass ich untergehe. Da kam eine Schlange geschwommen, rot und gelb und schwarz war sie, und bot an, mir zu helfen, wenn ich auch für sie ein Kännchen Blut zapfe, weil sie es doch so gern mag. Was blieb mir anderes übrig, als es ihr zu versprechen. Sie schob sich durch die Löcher im Boot, einmal hinaus und einmal hinein und wieder hinaus und wieder hinein, als wäre sie ein Tau, und blähte sich auf, so dass alle Löcher verstopft waren und ich trocken ans Ufer steigen konnte.

»Mach ein Feuer«, sagte die Schlange, »dann lockst du die Menschen herbei, denn einem Feuer kann niemand widerstehen, man will sehen, was da brennt, und man möchte hineinschauen, auch wenn man nichts weiter bekommt als das Lodern. Und wenn die Menschen dann ins Feuer schauen, dann kannst du sie bequem anzapfen.«

Ich sammelte trockenes Schwemmholz und legte es übereinander, aber ich hatte keine Zündhölzer. Da kroch mir ein Feuersalamander über den Fuß, und der sagte:

»Wenn mich die Schlange sieht, wird sie sich auf mich stürzen und mich fressen. Dieses Getier ist gar nichts wert, man darf es getrost betrügen, du brauchst ihr dein Wort nicht zu halten. Wenn du mich vor der Schlange beschützt, leihe ich dir mein Feuer.«

Also nahm ich den Feuersalamander zwischen meine beiden Hände, so dass nur sein Köpfchen über die Finger herausragte, schon waren gut Haut und Fleisch über meine Hände gewachsen, und aus dem Köpfchen schlug ich Funken und brachte so meinen Scheiterhaufen zum Brennen.

»Das hast du nicht allein getan!«, zischte die Schlange. »Alle sagen, man darf mich belügen und betrügen, ich sei nichts wert, und man braucht mir sein Wort nicht zu halten. Lass mich zwischen deine Hände sehen!«

Aber anstatt ich sie zwischen meine Hände sehen ließ, packte ich sie am Schwanz und warf sie in die Flammen, denn sie ist nichts wert, und wen man belügen und betrügen darf, den darf man auch töten, und gleich verbrannte sie auch schon, und ihr Rauch und ihre Asche stiegen in den Himmel. Aber wie sie so aufstiegen in den Himmel, verwandelten sich Rauch und Asche in der Morgensonne in schillernde Stechmücken, und die kehrten um und fuhren auf mich nieder und stachen in meinen geliehenen Leib und saugten an meinem geliehenen Blut, bis sie satt waren und irgendwo niederfielen und sich zu einem Haufen sammelten.

»Wie soll ich nun eine Kanne vollkriegen!«, rief ich und kroch über die Erde, denn ich hatte keine Kraft mehr, um aufrecht zu gehen, außerdem war schon Mittag, und wie jeder weiß, vergeht die Zeit von Mittag bis zum Abend schneller als vom Morgen bis zum Mittag. Gäbe es Steine, die bluten, ich hätte sie ausgepresst! So blieb mir nichts anderes übrig, als mich auf den Weg zu machen zu dem Stall, in dem mein Pferdchen stand, das mich abgeworfen hatte mitten in das Moor hinein.

»Du bist mir etwas schuldig«, sagte ich.

»Ich kann mir denken, was du willst«, sagte das Pferdchen. »Du kannst gern eine Kanne Blut von mir haben, aber es ist kein Menschenblut, und wenn die Moorfrau es merkt, dann wird sie es dir nicht gelten lassen.«

»Ich muss es trotzdem wagen«, sagte ich und zapfte dem Pferdchen eine Kanne ab. Es war aber eine Kanne aus weißem Porzellan, und die hätte ich gern besessen, weil sie so schön war und in der Nachmittagssonne leuchtete, als wäre sie angefüllt bis oben mit dem heiligen Geist.

»Hast du keine andere Kanne?«, fragte ich das Pferdchen. »Diese ist so rein und schön, dass es mich reut, sie mit Blut zu besudeln.«

»Ich habe nur noch einen Kübel aus Blech«, sagte das Pferdchen. »Aber wenn es die Moorfrau merkt, wird sie es dir nicht gelten lassen.«

»Ich muss es trotzdem wagen«, sagte ich und steckte die weiße Kanne ein und ließ das Blut in den Kübel aus Blech rinnen.

Nun berührte die Sonne bereits die Wipfel der Tannen, und es war noch ein weiter Weg.

»Willst du mich tragen?«, fragte ich mein Pferdchen. »Ich bin zu schwach, und auch wenn ich liefe, würde ich zu spät kommen, und du bist mir etwas schuldig.«

Aber auch das Pferdchen war zu schwach, es musste sich niederlegen, so schwach war es, weil ich ihm einen Kübel abgezapft hatte, und ich kam zu spät, es war, als hätte sich die Sonne mit meiner Zeit gegen mich verbündet. Als ich zum Fluss kam, war es dunkel, und das Boot war gesunken, und die Schlange lebte nicht mehr, um die Löcher zu stopfen. Wer will sein Leben tauschen gegen einen Blechkübel voll mit Pferdeblut?

Da kam ein Mann daher,

der trägt das Hemd über die Hose
und hat nur einen Schuh
und hat im Knopfloch eine Rose
und pfeift ein Liedchen dazu

und blinzelt mit seinen Augen,
hat Tautropfen im Haar,
mir tät es fast so scheinen,
als ob ich selber es war.

Bist du denn ein Reiter?,
hätt ich ihn bald gefragt.
Und was hätt ich getan,
hätt er ja drauf gesagt?

Wenn er mit mir redet,
redet mein Mund,
wenn er mich gleich segnet,
dann wär ich gesund.

Der fragte, ob ich außer einem Blechkübel voll mit Pferdeblut noch etwas anderes anzubieten hätte, etwas Einmaliges, wie es die Welt noch nicht gesehen hat zum Beispiel. Ich sagte, eine Porzellankanne habe ich, die ist weiß und leuchtet, als wäre sie bis oben angefüllt mit heiligem Geist. Die, genau die soll ich ihm lassen, sagte er, und ich gab sie ihm, und nun besaß ich

nichts mehr bis auf mein Leben,
und das gehört mir allein
das will ich der Moorfrau nicht geben,
das soll das meine sein.

Moorfrau mit blassen Augen,
schließ die Augen zu!
Zum Sehen tun sie nichts taugen,
sie taugen zur ewigen Ruh.

Die Ruh aber taugt zum Schlafen.
Wozu sonst ist sie gut?
Bette den Kopf auf das Kissen
oder bette ihn auf deinen Hut!

40

Joker

Es war einmal ein Vater, der war Jacks Vater, und er war ein böser Vater. Alle Männer in Jacks Familie waren böse, so weit zurück man sich auch erinnern mochte. Die Frauen aber waren still und hatten Angst und verwandelten sich in Vögel. Als Jack vier Jahre alt war, hat der Vater die Mutter mit einem Messer getötet, und sie verwandelte sich nicht in einen Vogel. Jack hat zugesehen. Dann ging der Vater und kam nach einer Stunde wieder, und als er den kleinen Jack sah, der immer noch neben seiner toten Mutter hockte und weinte und auf ihre Augen spuckte, damit sie sich wieder öffnen sollten, sagte er: »Was spuckst du auf die Augen deiner Mama, Jacky? Lächle! Lächle mich an, ich bin dein Vater!« Das konnte Jack aber nicht. Der Vater sagte: »Du sollst nicht spucken! Dein Lächeln zeigen sollst du mir! Das würde ich so gern sehen.« Aber genau das konnte Jack nicht. Und noch einmal sagte der Vater: »Dein Lächeln will ich sehn, Jacky! Will ich sehn, will ich sehn, will ich sehn, sehn, sehn!« Aber Jacky konnte nicht lächeln, zu traurig war er. Da zog der Vater wieder das Messer aus dem Gürtel, und er schnitt seinem Söhnchen ein Lächeln ins Gesicht, weil er sich ein Lächeln doch so sehr wünschte. Er schnitt tief in beide Backen hinein bis unter die Ohren. Jetzt lächelte Jack, auch wenn er weinte.

Als Jack groß war, wurde er auch ein böser Mann. Wie alle Männer in seiner Familie. Er färbte sich die Haare grün und schminkte sich das Gesicht weiß und malte sich den Mund rot an. Der Mund reichte von einem Ohr zum anderen. Das Fleisch seiner toten Mutter verdorrte zu kleinen Krümeln, die der Wind über die Stadt verteilte. Die Tauben pickten die Krümel auf und flatterten über Jacks Kopf, und sie riefen:

Gru-gru, gru-gru,
der Himmel macht zu,
der Joker lacht
in Kälte und Nacht,
sein Mund ist rot
bis hinüber zum Tod,
und der Himmel macht zu,
gru-gru, gru-gru.

41

Als ich jung war

Als ich jung war, war vieles neu, aber rätselhaft war wenig. Ich verließ mein Zuhause, da war ich zehn. Ich lief hinunter zum Fluss und versteckte mich unter dem Schwemmholz. Dort roch es nicht gut, aber ich gewöhnte mich daran, und dann roch es nach Erde und nach den Wurzeln in der Erde. In der Nacht regnete es, da verkroch ich mich weiter unter das Holz. Dort hockten zwei kleine Tiere, die legten sich an meine Hände und gaben mir ein bisschen Wärme. Aber es war nicht genug Wärme, ich sagte zu den Tieren: »Ruft doch bitte eure Kameraden, dass sie kommen, mich friert nämlich an den Beinen und am Rücken, und am Bauch und im Nacken friert mich auch und auch an den Ohren und auch an den Füßen.« Das taten sie, sie riefen, und ihre Kameraden kamen, und so lagen wir unter dem Schwemmholz, und wir wärmten uns aneinander und schützten uns vor dem Regen, und ich zerkrümelte das Brot, das ich mitgebracht hatte, und sie aßen, und ich aß auch. Ich schüttete Milch aus meiner Flasche auf den Boden, und sie tranken, und ich trank auch, und ich dachte bei mir, hier kann ich bleiben, warum sollte ich jemals wieder irgendwo anders hingehen, ich will nicht.

In der Nacht aber wachte ich auf, weil ich hörte, wie mein Name gerufen wurde. Es regnete nicht mehr, am Himmel stand der volle Mond, und er schickte das Licht, das ihm die Sonne geliehen hatte, auf die Erde. Die Tiere waren verschwunden, nur etwas von ihrer Wolle war noch da, die sammelte ich auf und steckte sie mir in die Taschen. Am anderen Ufer sah ich einen Mann stehen, der rief meinen Namen und winkte mir zu, ich solle durch den Fluss schwimmen, rief er. »Wer bist du?«, rief ich zurück. Er sagte: »Ich bin der, der dir sehr wehtun wird.« Ich sagte: »Ich bin erst zehn Jahre alt. Ich muss nach Hause, mein Vater und meine Mutter sorgen sich um mich.«

»Wenn du erst ein Mann bist«, rief er, »wirst du dich an diese Nacht er-

innern. Du wirst traurig sein, dass die Zeit vergangen ist und du nicht ewig der sein konntest, der du jetzt bist. Du wirst dich fragen: Was habe ich damals gedacht? Was habe ich mir damals gewünscht? Was dachte ich damals, das einmal aus mir werden wird? Ich kann dir alle diese Fragen beantworten. Es kommt doch nur darauf an, dass man erreicht, was man sich gewünscht hat. Komm! Steig ins Wasser! Es ist nicht kalt. Schwimm zu mir herüber! Es ist nicht weit. Es sind nur wenige Züge.«

Ich sagte: »Ich kann nicht schwimmen.«

»Du lügst«, sagte er. »Ruf deine kleinen Tiere, die dich gewärmt haben. Abgrund ruft nach Abgrund! Die Tiere können schwimmen. Sie tragen dich über den Fluss zu mir. Du wirst nicht nass werden.«

Da rief ich nach den Tieren, und sie kamen und stellten sich im Kreis um mich herum auf. Es waren viele, Hunderte oder gar tausend. Ihre Pelzchen schimmerten im Mondlicht, und ihre Zähnchen glitzerten, als wären sie aus Glas, und die Krallen an ihren Pfötchen blinkten wie Messerchen, und ihre Äuglein funkelten, als wäre Feuerstein auf Feuerstein geschlagen worden. Sie drängten sich an mein Ohr und ruckten dahin und dorthin und schrien und quietschten und raschelten und kratzten und fragten mich, wer der Mann sei, der drüben am anderen Ufer steht und zu mir herüberwinkt. Ich sagte: »Er ist der, der mir sehr wehtun wird.« Ich sagte: »So hat er sich mir vorgestellt.«

»Geh nicht zu ihm«, sagten die Tiere. »Es ist der Tod. Wir kennen seine Art. Er sagt immer die Wahrheit. Daran erkennen wir ihn. Geh nicht zu ihm! Sei tapfer! Bleib hier. Sei tapfer! Geh nicht!«

»Könnt ihr mich zu ihm über das Wasser tragen?«, fragte ich meine kleinen Tiere. »Dass ich nicht nass werde?«

Sie sagten: »Ja, das können wir. Aber wir tun es wirklich nicht gern. Wir müssen dich nämlich drüben abladen, und dann schwimmen wir zurück und müssen dich drüben mit ihm allein lassen.«

Der Mond schien auf die Erde, und alles war schwarz und weiß und grau, denn der Mond wünscht sich keine Farben, das hat ihm die Sonne versprechen müssen, als er ihr erlaubte, ihr Licht auf ihn zu laden, während sie schläft. »Heute will ich noch nicht«, rief ich zu dem Mann hinüber auf die andere Seite des Flusses. »Komm morgen wieder! Kann sein, dass ich morgen will.« Da nickte er, der ganz schwarz war gegen den mondhell erleuchteten Himmel, und ging und winkte mir im Gehen zu, und ich sah ihm nach.

»Ich brauche euch nun nicht mehr«, sagte ich zu den kleinen Tieren in den schimmernden Pelzen mit den glitzernden Zähnen und den blinkenden Krallen und den funkelnden Augen. »Ich muss nachdenken«, sagte ich. »Dabei werdet ihr mich stören. Ihr ruckt einmal dahin und ruckt einmal dorthin, ihr schreit und quietscht und raschelt und kratzt und könnt keine Ruhe geben.«

Sie huschten davon, und bald war es still, und das Wasser des Flusses glitt ruhig dahin, in ihm spiegelte sich der Mond. »Was wird aus mir werden?«, fragte ich in mich hinein, so dass draußen kein Laut zu hören war. Ich wischte den Schmutz von meinen Kleidern und machte mich auf den Weg nach Hause. Aber in der folgenden Nacht war ich wieder unten am Fluss, und ich rief nach meinen Tieren, und ich rief nach dem Mann auf der anderen Seite. Aber niemand antwortete mir. Da habe ich mich unter das Schwemmholz gelegt und bin eingeschlafen, und als der Mann mich im Traum rief, habe ich getan, als hörte ich ihn nicht. Aber ich hörte ihn doch. Ich hörte ihn fluchen. »Du lügst schon wieder!«, rief er. »Ich weiß, dass du wach bist. Komm heraus! Zeig dich! Ich bin der, der dir sehr wehtun wird.«

Ich habe ihm nicht geantwortet, ich bin tapfer geblieben, wie es mir meine Tiere empfohlen hatten, und habe gewartet, bis die Sonne aufging. Dann bin ich nach Hause gegangen, und ich bin zu Hause geblieben.

42

Horchinsland

Es beugte ein Mann sich über den Brunnen und rief: »Komm heraus!« Und da kam er heraus, der, den man nur einmal zu rufen braucht, der mit den roten Augen.

»Ich habe einen Sohn«, sagte der Mann, »und ich denke, der kann in der Welt nur etwas werden, wenn er zu dir in die Lehre geht. Kannst du etwas mit ihm anfangen? Welchen Lohn gibst du ihm?«

Denn es hat immer und überall geheißen, der Teufel nimmt nicht nur, er gibt auch. Auch wenn einer ihm den kleinsten Dreck hinter die Tür kehrt, gibt er etwas dafür.

»Ich gebe ihm hundert«, sagte der Teufel. »Bring ihn her.«

Der Mann brachte den Buben und schlug ihm noch einmal hinter die Ohren, damit er nicht vergisst, wann und wo es gewesen war. »Dann komm ich in einem Jahr und hol ihn mir wieder ab«, sagte er.

Und als das Jahr um war, stand der Mann wieder beim Brunnen, und der mit den roten Augen stieg aus dem Brunnen, und hinter ihm stieg der Sohn des Mannes aus dem Brunnen, der war inzwischen groß und stark geworden und hatte einen Blick, wie nur einer einen hat, der schon einiges weiß von der Welt. Da dachte der Mann bei sich: Ganz etwas Falsches habe ich wohl nicht getan, ganz verdorben habe ich meinen Sohn wohl nicht, als ich ihn an den mit den roten Augen verkaufte.

Und der Teufel, der manchmal manche Gedanken lesen kann, sagte: »Nein, ganz etwas Falsches hast du nicht getan. Er ist ein guter Knecht gewesen, dein Sohn, ich würde ihn gern noch ein Jahr behalten, damit er noch mehr lernt, und wenn's so weit ist, die Welt um den Finger wickeln kann. Für das zweite Jahr gebe ich ihm sogar zweihundert.«

Da war der Mann einverstanden und kassierte. Und nach wieder einem Jahr kam der Teufel wieder, und wieder stieg er mit dem Sohn des Mannes aus dem Brunnen, und der Sohn sah noch besser aus als beim letzten Mal, wohlgenährt bis fast zum Feisten, entschlossen um das Kinn herum, und wieder sagte der Teufel, er solle ihm noch ein Jahr geben, dann könne er ihn abliefern, gebildet wie ein Professor, machtvoll wie ein Fürst, für den Reichtum gerüstet wie ein Erbe, und im dritten Jahr zahle er ihm dreihundert. Da war der Mann wieder einverstanden und kassierte.

Und dann, nach drei Jahren, kam der Teufel allein aus dem Brunnen gekrochen, und der Mann fragte: »Wo ist mein Sohn?«

»Ja, der«, sagte der Teufel. »Was denkst du denn, wer ich bin? Dass ich einer bin, der etwas verschenkt? Der Zeit hat wie die Lilien auf dem Felde? Ich habe drei aus ihm gemacht, daran kannst du erkennen, was für einer ich bin. Aber ich sage dir: Nur einer ist der Echte, die anderen beiden vergehen, noch ehe der Tag vergeht, als wären sie aus Wolken zusammengeknetet. Gleich rufe ich sie, gleich steigen sie aus dem Brunnen. Schau sie dir mit beiden Augen an! Du sollst mir sagen, wer von den dreien der Richtige ist. Triffst du's, dann hast du ihn zurück mitsamt den Talenten, die ich ihm beigebracht habe.«

»Und treff ich's nicht?«

»Das weißt du, was dann ist«, sagte der Teufel. »Denn wüsstest du es nicht, hättest du mich nicht gerufen.«

Eine Stunde gab der Teufel dem Mann, damit er sich an seinen Sohn erinnere. Ob da ein Fältchen im Gesicht war, ob dort eine Lücke in den Zähnen war, ob die Augen blau, grau oder grün waren, ob die Oberlippe vielleicht ein wenig über der Unterlippe lag. In dieser Stunde ließ der Teufel den Mann allein und tauchte hinunter in den Brunnen, und es war still um den Brunnen.

Der Mann fing eine Fliege und sprach zu der Fliege: »Er ist doch dein Herr«, sagte er. »Wird er nicht der Fliegengott genannt? Sag mir, wie erkenne ich meinen Sohn unter den drei falschen!«

»Was tust du mir, wenn ich es dir nicht sage?«, fragte die Fliege.

»Das weißt du«, sagte der Mann.

»Wozu brauchst du einen Sohn?«, fragte die Fliege. »Macht er dir nicht nur Mühe? Warst du nicht glücklicher, als er nicht bei dir war?«

»Er ist mein Sohn!«, rief der Mann aus.

»Ja, ja, das weiß ich doch«, sagte die Fliege. »Aber bedenke: Was heißt es, einen Sohn zu haben? Heißt es nicht, Sorgen zu haben? Heißt es nicht, zu bangen, er könnte eines Tages mächtiger werden als sein Vater und dem Vater nicht vergelten, was er für ihn getan hat?«

»Er ist mein Sohn!«, rief der Mann wieder.

»Ja, ja, das weiß ich doch«, sagte die Fliege. »Aber bedenke: Hatte er es nicht viel besser da unten als bei dir oben? Du hast ihn verkauft, da war er klein und dürr und mundfaul und nicht hell auf der Platte. Jetzt ist er groß und ausgestattet mit makellosen Muskeln, und reden kann er wie ein Philister, und wäre er ein Staatsanwalt, selbst den Erzengel Michael würde er in die Enge treiben. Er wird sich nach der Zeit unten sehnen und bei dir oben unglücklich sein, er wird ein Nörgler werden, der mit nichts zufrieden ist. Willst du das?«

»Er ist mein Sohn«, rief der Mann zum dritten Mal und zerdrückte die Fliege zwischen den Fingern und streifte den Dreck an der Hose ab.

Und dann war die Stunde vorbei, und der Teufel kroch aus dem Brunnen und zog hinter sich her an den Haaren die drei und sagte: »Wer?«

»Ich weiß es nicht.«

»Wer!«

»Ich weiß es nicht!«

»Zeig auf ihn!«

»Das tu ich nicht.«

Der Mann sah sie nicht an, die drei, mit keinem Auge sah er sie an. »Ich tu's nicht«, sagte er nur, immer wieder: »Ich tu's nicht.«

»Was soll jetzt geschehen?«, fragte der Teufel.

»Du schreckst mich nicht«, sagte der Mann. »Ich fürchte mich nicht vor dir. Ich habe viel Zeit. Weißt du nicht, wie mein Name ist?

Ich heiße Horchinsland.
Ich setz mich auf den Rand
des Brunnens und horch ins Land.

Hast du auch so viel Zeit wie ich? Ist dein Name auch Horchinsland? Ja? Dann setz dich zu mir! Nein? Dann geh!«

»Wenn ich gehe«, sagte der Teufel, »dann nehme ich ihn mit. Und ich komme nicht mehr wieder.«

Der Mann setzte sich auf den Rand des Brunnens und horchte ins Land, und er hatte viel Zeit, und bald vergaß er, dass neben ihm einer war, der auf eine Antwort wartete und wartete und wartete. Der Mann aber horchte ins Land, und er hatte viel Zeit.

43

Das große Klatschen

Es war einmal ein Parteitag. Der wurde weit weg von der Hauptstadt abgehalten. Zum Schluss las der Vorsitzende eine Grußbotschaft des Genossen Josef Stalin vor. Da erhoben sich alle von ihren Plätzen und klatschten. Und hörten nicht auf. Denn wer würde der Erste sein, der aufhörte? Was würden seine Gründe sein? Verdiente die Grußbotschaft des Genossen Stalin nur ein kleines Klatschen? Was würde der Erste, der die Hände in die Taschen steckte und sich setzte, damit zum Ausdruck bringen wollen? Dass es einiges gab, was am Genossen Stalin zu kritisieren wäre? Warum hat er sich dann nicht zu Wort gemeldet, als der Parteitag noch in vollem Gange war? Oder würde er mit dem Klatschen aufhören, weil ihm die Hände wehtaten und er zu müde war? Taten denn dem Genossen Stalin die Hände nicht weh beim Dirigieren? Wurde der Genosse Stalin denn nicht müde vom Lenken? Hat er seine Hände in die Taschen geschoben und sich womöglich auf sein Kanapee gelegt? Was war Klatschen im Vergleich zum Dirigieren und Lenken? Meinte der, der als Erster mit dem Klatschen aufhörte, der Genosse Stalin verdiene nicht, dass man sich ein bisschen zusammennehme und für eine kleine Zeit die Faulheit überwinde und den kleinen Schmerz in den Händen in Kauf nehme? Oder glaubte man, die Hände schonen zu müssen für etwas Besseres? Was aber wäre das Bessere, und was für Hände hatte man denn? Waren es die Hände eines Werktätigen, der zum Beispiel an einem Hochofen arbeitete? Oder waren es die Hände eines Betonmischers? Oder waren es die Hände eines Bauern, der sich das Heu auf den Rücken lud, doppelt so viel, wie er selber auf die Waage brachte? Oder waren es die Hände eines Hafenarbeiters, der die Ladung eines Frachters löschte? Waren es nicht vielmehr die Hände eines Funktionärs, die weder Schrunden noch Wunden vorzuweisen hatten, die weiß waren und weich? Konnte solchen Händen nicht zugemutet werden, dass sie zu Ehren des Genossen Stalin ein bisschen zusammengeschlagen wurden? – Nein, keiner dachte daran, mit dem Klatschen aufzuhören.

Darum dauerte das Klatschen bald schon eine gute halbe Stunde.

Unter den Klatschenden war auch Wassili Igorowitsch, der Großvater von Warwara Kowalewskaja, der berühmten Kunstturnerin, er war schon ein alter Mann, und beim Schneeschaufeln vor fünfzehn Jahren war die Schraube aus der Schaufel gesprungen und hatte ihm die Sehne beim Daumen abgetrennt, und die Wunde war wild verheilt und schmerzte immer noch bei großer Hitze oder großer Kälte. Und nun schmerzte sie beim Klatschen. Und das konnten alle sehen, die neben, hinter oder vor Wassili Igorowitsch standen, denn der Alte verzog das Gesicht. Da beugte sich Timofej Zacharowitsch, der Ingenieur, zu ihm hin und flüsterte ihm ins Ohr: »Du musst nicht mehr weiterklatschen, Wassili, du bist ein verdienstvoller Genosse. Alle hier wissen, dass du innerlich weiterklatschst, wenn du dich jetzt niedersetzt.« Aber Wassili Igorowitsch wollte sich nicht niedersetzen und innerlich klatschen, er wollte klatschen, wie alle klatschten. »Ich klatsche«, sagte er, »bis ich tot bin!« Und das sagte er sehr laut, so laut, dass es viele um ihn herum hören konnten. Und die es nicht hören konnten, fragten: »Was hat denn der alte verdienstvolle Genosse Wassili Igorowitsch Gobulew gesagt?« Und es wurde ihnen geantwortet: »Er hat gesagt, er klatscht zu Ehren des Genossen Stalin, bis er tot umfällt.« Da wusste jeder bei sich, dass keiner, nie und nimmer, mit dem Klatschen aufhören könnte, bevor nicht dieser Mann aus dem Saal getragen würde, denn Wassili Igorowitsch war ein Vorbild, hinter das man nicht zurückfallen durfte. Als dann fast eine Stunde lang geklatscht worden war, hoffte mancher bei sich, tief innen drinnen bei sich, der Genosse Wassili Igorowitsch würde wenigstens einen kleinen Schwächeanfall bekommen und ohnmächtig werden, dann wäre es keine Schande, ihm zu Hilfe zu eilen. Und wie bitte soll man weiterklatschen, wenn man Wiederbelebungsversuche machte?

So ungefähr ab einer Stunde und fünfundvierzig Minuten wurde das Klatschen deutlich leiser. Das rührte aber nicht daher, weil die Hände weniger kräftig zusammengeschlagen wurden, sondern weil sie angeschwollen und vom Anschwellen so weich geworden waren, dass die satten Klatschlaute kaum mehr erzeugt werden konnten.

Draußen vor dem Haus des Volkes warteten die Angehörigen. Es war inzwischen bekannt und hatte sich herumgesprochen, was drinnen vor sich ging. Ilona Lermontowa, die Frau des heimischen Chefideologen und Redakteurs, hatte nämlich ihre kleine Tochter Vera hineingeschickt. Vera wusste, wo ihr Vater seinen Platz hatte, ganz außen gleich bei der mittleren Eingangstür. Sie hatte sich zu ihm geschlichen und ihn am Ärmel gezupft und ihn gefragt, was hier los sei. Ihr Vater hatte sich zu ihr niedergebeugt, ohne mit dem Klatschen aufzuhören, die Hände hielt er nach oben, damit sie im Saal gesehen werden konnten, und hatte ihr erklärt, der Genosse Stalin habe eine Grußbotschaft geschickt, die so wunderbar sei, dass die Hände ganz von allein klatschten. Die um ihn herum hörten das und lächelten und nickten, obwohl sie kaum noch lächeln und nicken konnten, sie wussten, wie gern der Genosse Stalin Kinder hatte, und dachten, das hat Veras Vater, der Chefideologe und Redakteur, sehr schön ausgedrückt – »die Hände haben ganz von allein angefangen zu klatschen«. Aber auch jeder dachte: Wenn sie doch nur auch ganz von allein damit aufhören würden!

Immer mehr Angehörige versammelten sich vor dem Haus des Volkes. Auch Ignat Alexandowitsch Smirnow, der Zwillingsbruder von Antoscha, dem beliebten Kassawart, war dabei, er war gekommen, um seinem Bruder die Tabletten zu bringen, die er unbedingt nehmen musste, weil sonst die Gefahr bestand, dass ihm das Herz stehenblieb. »Es ist ein Notfall«, sagte er und betrat den Saal. Sein Bruder gehörte dem Kader an, er saß vorne auf dem Podium, das heißt, jetzt stand er, klatschte direkt neben dem Bezirksvorsitzenden und hatte einen sehr roten Kopf bereits. Ignat Alexandowitsch, der seinem Bruder zum Verwechseln ähnlich sah, auch noch in ihrem sechzigsten Lebensjahr, dachte bei sich: Ich versuche erst gar nicht, zu schleichen oder unauffällig oder gar heimlichzutun, sonst wird sicher irgendeiner auf den Gedanken kommen, es sei tatsächlich etwas Heimliches, was ich tue. Denn was tue ich? Ich sorge dafür, dass ein verdienter Genosse weiter seine Gesundheit in den Dienst der Partei stellen kann. – Also ging er festen Schritts und erhobenen Hauptes zum Podium, schob seinem Bruder, weil der nicht das Klatschen unterbrechen wollte, die Tabletten in den Mund und hielt ihm das Glas mit dem Wasser an die Lippen. Und bekam dafür von links und rechts und auch von unten aus dem Saal Lächeln und Kopfnicken. Schon wollte er sich wieder davonmachen, da trat ein Mann im schwarzen Ledermantel neben ihn und sagte: »Genosse, was ist? Du willst schon wieder gehen? Scheinen dir die Grußworte von Genosse Stalin nicht wert, beklatscht zu werden?« Da blieb Ignat nichts anderes übrig, als sich unten neben die Sitzreihen zu stellen und ebenfalls zu klatschen. Aber er wollte es dem Schwarzen heimzahlen und rief ihm nach: »Und du?«

»Was ist mit mir?«

»Du scheinst lieber Missfallen an uns als Wohlgefallen an Genosse Stalins Grußworten zu haben.«

»Ich rate dir, nicht frech zu sein«, sagte der im schwarzen Ledermantel.

»Und ich rate dir, mit uns mitzuklatschen«, sagte Ignat Alexandowitsch Smirnow, und er sagte es sehr laut, so laut, dass es bis weit in die Mitte des Saales gehört werden konnte, und da wurde das Klatschen deutlich lauter, und der Mann im schwarzen Ledermantel klatschte nun auch mit.

Nach zweieinhalb Stunden brach der Erste zusammen. Es war Innokentij Petrowitsch Michailow, der Lehrer. Er hatte einen Krampf im Rücken bekommen, hatte sich, um ihn zu lösen, vorgebeugt und dabei verrenkt, und da war ihm die Bandscheibe herausgesprungen, und vor Schmerz hatte er das Bewusstsein verloren. Vierzehn Männer trugen ihn aus dem Saal, noch weitere fünf liefen hinterher und bekundeten laut, sie kennten sich bei so etwas aus. Für einen Augenblick schien es, dass nun das Klatschen beendet war – beendet werden durfte, und sicher wäre es auch so gewesen, wenn nicht ausgerechnet Wassili Igorowitsch mit dem kaputten Daumen seine blaugeschlagenen Hände hoch über den Kopf gehoben und dort, zwar in einem sehr langsamen Rhythmus, aber eben doch, wacker gegeneinandergepatscht hätte, was sich aber nicht nach Klatschen, sondern eher nach feuchten Handtüchern anhörte, die auf einen Waschküchenboden fallen.

Als Nächste sank Jewdokija Orlowna nieder. Und sie war tatsächlich tot. Sie war in der Partei für den Aushub der Fischteiche verantwortlich gewesen, eine zuverlässige Genossin, eine zweifache Witwe, die ihre beiden Männer in der Zeit der großen Säuberung verloren hatte. Das war auch der Grund, warum sich niemand um sie kümmerte. Als Dritter fiel der Schrankenwärter aus, den niemand kannte, der allein in seinem Schrankenhäuschen wohnte und von der Baikal-Amur-Magistrale in das Komitee entsandt worden war. Er senkte plötzlich die Hände, schüttelte den Kopf und verließ den Saal. Ihm folgte, bis zur Tür weiterklatschend, die klatschenden Hände noch durch den Türspalt in den Saal streckend, der Mann im schwarzen Ledermantel.

Nach drei Stunden rief der Vorsitzende: »Es reicht!« Aber als alle weiterklatschten, lauter sogar, diesmal, um kundzutun, sie seien damit einverstanden, dass es endlich reiche, nahm er das Klatschen wieder auf, weil er dachte, man sei der Meinung, es reiche noch nicht, was die anderen wiederum deuteten als, es gehe doch weiter, »Es reicht!« müsse sich auf etwas anderes bezogen haben.

Die Angehörigen draußen lasen die Kinder von den Gassen auf, sortierten die größeren aus, behielten die Kleinen, die unter fünf Jahre alt waren und von keinem Parteigericht zu irgendeiner Verantwortung gezogen werden konnten, gaben ihnen Tellerchen mit Butterbroten und Becherchen mit Ziegenmilch in die Händchen und schickten sie in den Saal, um die Klatschenden zu versorgen. Einem der Buben wurde ein Nachtgeschirr in die Hand gedrückt, und seine Mutter sagte, wie er es anstelle, das sei seine Sache, er solle sich gefälligst etwas ausdenken, aber etwas, das anständig und unauffällig und für den Betreffenden diskret sei. Nach wenigen Minuten kam er mit dem vollen Topf zurück, goss ihn an den Stamm einer der Pappeln, die vorne neben dem Haus des Volkes wuchsen, und kehrte, ohne eine Schilderung abgegeben zu haben, in den Saal zurück.

Nach vier Stunden senkten sich Nacht und Frieden nieder, nur um das Haus des Volkes war ein Rauschen zu hören. Bis heute weiß niemand, wann das große Klatschen aufgehört hat und wie es beendet worden ist – oder ob es überhaupt aufhörte, ob es überhaupt je beendet wurde.

44

Die Möbel

In der Zeitung stand, die Welt werde besser von Tag zu Tag; der Revolutionär aber wusste, er würde bald sterben, und er konnte es schon kaum erwarten, das Nichts zu begrüßen, das keines Beweises bedurfte – im Unterschied zu Gott. Er hatte keine Angst vor dem Tod und hatte keine Angst vor dem Nichts. Ich habe die Welt in neue Geleise gehoben, dachte der Revolutionär bei sich, in bessere Geleise habe ich sie gehoben, und ich allein war es, der sie in bessere Geleise gehoben hat. So lag er in seinem Bett, das Zimmer war kühl, die Fenster waren abgedunkelt, ein Fenster war einen Spalt weit geöffnet, damit er am Morgen und am Abend die Vögel hören könnte.

So lag der Revolutionär in seinem Bett und dachte über die Welt nach und schaute durch das Halbdunkel auf die Möbel, die nun sein Teil der Welt waren. Da begann der Lehnstuhl zu sprechen.

Der Lehnstuhl sagte: Du bist ein Mörder.

»Wer hat dir das gesagt?«, fragte der Revolutionär.

Der Teppich vor deinem Bett, antwortete der Lehnstuhl, er hat es mir zugeflüstert, als du geschlafen hast.

»Und woher weiß es der Teppich?«

Deine Schuhe haben es ihm verraten. Sie sagten, sie waren dabei. Sie sagten, sie haben es gesehen und gehört.

Da lachte der Revolutionär laut auf: »Meine Schuhe also sind deine Zeugen! Wo sind sie denn? Sollen doch meine Schuhe vortreten und mich anklagen! Fürchten sie sich vor mir? Oder sind sie sich ihrer Sache vielleicht nicht ganz so sicher, wie du dir denkst? Was meinst du denn, wie viele Schuhe ich durchgelaufen habe im Lauf meines Lebens? Zwanzig Paare? Dreißig Paare? Welche dieser Paare beschuldigen mich, ein Mörder zu sein? Ich sehe hier keine Schuhe. Ich besitze keine Schuhe mehr. Ich besitze nur noch ein paar

Filzpantoffeln, und die haben die Welt draußen nie gesehen. Die Schuhe sind zusammen mit allem anderen Unrat aus dem Haus gekehrt und auf den Misthaufen geworfen worden.«

Der Teppich, sagte der Lehnstuhl, der Teppich war längst schon da, als du noch Schuhe hattest, und er hat deinen Schuhen genau zugehört, als sie von deinen Mordtaten berichtet haben.

»Also der Teppich ist der wahre Zeuge!«, höhnte der Revolutionär. »Dann, Teppich, tritt vor und mache deine Aussage! Erzähl uns doch, was du vom Hörensagen weißt!«

Der Teppich aber schwieg.

»Dein Zeuge schweigt«, wandte sich der Revolutionär wieder an den Lehnstuhl. »Schweigt er, weil er sich vor mir fürchtet? Oder schweigt er, weil er in dieser Angelegenheit nichts zu sagen weiß?«

Ich nenne dich auch einen Mörder, meldete sich nun der Tisch, auf dem der Revolutionär sein Frühstück einzunehmen pflegte, seit er an den Geschäften draußen nicht mehr teilnahm. Der Tisch war das einzige Möbelstück, das er aus seiner Kindheit in die neue Zeit herübergerettet hatte. Viele Jahre war er auf irgendeinem Speicher gelegen.

»Auch du?«, fragte der Revolutionär, und ein wenig war seine Stimme rau; wer ihn kannte, wusste, das geschah, wenn sich in dem großen Mann eine Regung ankündigte; nur wer ihn sehr gut kannte, wusste das, denn es war in seinem Leben selten geschehen. »Auch du nennst mich also einen Mörder? Ich habe dich immer gut behandelt, nicht wie ein gütiger Herr seinen alten Diener behandelt, nein, wie ein Freund einen Freund behandelt. Ich habe dich zu mir geholt, damit wir unseren Lebensabend gemeinsam verbringen. Ich habe die Brotkrumen von deinem Rücken gewischt, und wenn ich mit der Marmelade gepatzt habe, habe ich auf mein Taschentuch gespuckt und dich sauber geputzt.«

Und trotzdem, trotzdem nenne ich dich einen Mörder, sagte der Tisch.

»Ha!«, rief der Revolutionär. »Ausgerechnet Lehnstuhl und Tisch! Ausgerechnet ihr beiden! Wenn mein Mantel Klage führen würde gegen mich, ja, in gewisser Weise könnte ich ihn verstehen. Der Mantel und ich, wir haben viel erlebt zusammen, und es war vielleicht nicht gerecht von mir, ihm genauso viel zuzumuten, wie ich mir selbst zugemutet habe. Ich habe ihn der Hitze und der Kälte ausgesetzt und dem Staub und dem Ruß, und oft habe ich Wochen verstreichen lassen, ehe ich ihm einen Knopf angenäht habe, der durch meine Schuld abgerissen ist, und ich gebe zu, ich habe den Knopf nicht selbst angenäht. Klagt mich mein Mantel deswegen an? Nein! Aber du, Lehnstuhl, du klagst mich an. Du hast nie unter Nässe und Kälte gelitten, du bist nie in eine staubige Ecke geworfen worden wie mein tapferer, treuer Mantel. Du bist auch nie getreten worden wie meine Schuhe, die du vor mir der Illoyalität bezichtigst, jetzt, da sie sich nicht mehr wehren können. Deine Haut ist aus feinem roten Samt, nur an wenigen Stellen abgeschabt. Nie hat jemand anderer auf dir gesessen als ich. Du weißt nicht, was alles notwendig ist in dieser Zeit. Und du, Tisch, du enttäuschst mich, du enttäuschst mich bitter! Du hörst auf andere, glaubst anderen mehr als mir, der ich dereinst Dserschinski angebrüllt habe, als er sich zu mir setzte und seine Füße mit den groben Stiefeln auf dich legen wollte. Nimm die Füße vom Tisch, habe ich ihn angebrüllt, augenblicklich, oder ich lass dich von deiner eigenen Geheimpolizei abführen. Hast du das vergessen, Tisch? Ja, ich sehe, das hast du vergessen.«

Aber Lehnstuhl und Tisch sagten es noch einmal: Du bist ein Mörder.

Da stützte sich der Revolutionär im Bett auf und rief ins Zimmer hinein: »Teilt noch jemand die Meinung des Lehnstuhls und des Tisches?«

Ich teile die Meinung des Lehnstuhls und des Tisches, hörte er. Auch ich sage: Du bist ein Mörder.

Es war die schmale, sehr kunstvoll gedrechselte Leiter vor dem hohen Bücherregal.

»Oh, das Leiterchen!«, spottete der Revolutionär. »Das zierliche Leiterchen, gedrechselt aus Birnenholz, das Lew Dawidowitsch 1918 aus der Bibliothek eines Rurikiden retten ließ, als die Bauern das Landgut ansteckten, weil der Fürst alle ihre Töchter gezwungen hatte, mit ihm zu schlafen, der Schinder. Aber feine Händchen hat er sicher gehabt, der Fürst, und feine Füßchen, und die vermisst du jetzt und willst mir Böses andichten, weil ich manchmal, wenn ich es eilig hatte, mit den Schuhen auf deine Sprossen getreten bin. Wirfst du mir vor, dass dich Trotzki mir zum Geschenk gemacht hat? Wärst lieber bei ihm geblieben? Und wo wärst du dann jetzt? Gib Antwort!«

Der Revolutionär ließ sich aufs Bett zurücksinken, und bald schien es, als wäre er eingeschlafen, und es schien, als hätte er nur geträumt.

Plötzlich rief er zur Decke hinauf: »Sonst noch jemand? Will sonst noch jemand Klage führen gegen mich? Lampe? Nachttisch? Waschschüssel? Kleiderschrank?«

Jetzt war es still.

»Niemand? Dann ist die Anklage also abgeschlossen?«

Es blieb still.

»Gut. Dann kommen wir zum Urteilsspruch.«

Er schüttelte die Handglocke, die auf seinem Nachttisch stand. Ein Genosse betrat den Raum. Der war in das Haus beordert worden, um die Wünsche des greisen Revolutionärs zu erfüllen – allerdings nur solche Wünsche, die nicht in die Staatsgeschäfte hineinreichten.

»Nimm den Lehnstuhl und den Tisch und das Leiterchen aus Birnenholz«, befahl der Revolutionär, »und wirf sie allesamt in den Fluss. Vorher aber zerbreche sie in hundert Teile und achte darauf, dass es exakt hundert Teile sind!«

Weil das ein Wunsch war, der nicht in die Staatsgeschäfte hineinreichte, zerbrach der Genosse den Lehnstuhl und den Tisch und das Leiterchen aus Birnenholz in exakt hundert Teile und warf sie in den Fluss.

Der Revolutionär aber schlief.

Am Morgen erwachte er, da war die Sonne noch hinter dem Horizont, aber die ersten Vögel zwitscherten schon.

»Ich bin aufgewacht«, sagte er ins Zimmer hinein. »Und zwar bin ich aufgewacht, weil ich euer bockiges Schweigen nicht ertrage. Also redet mit mir! Was habt ihr sonst noch gegen mich vorzubringen? Redet!«

Aber die Möbel redeten nicht mehr.

»Ist es, weil ich manchmal zu laut war?«, fragte der Revolutionär.

Die Möbel schwiegen.

»Ich weiß im Gegenteil, dass sich oftmals Genossen beschwert haben, ich würde zu leise sprechen. Sie meinten, ich tue das absichtlich, um sie hinterher abzufragen, was ich gesagt habe, und sie sich fürchteten, ich würde sie bestrafen, wenn sie es nicht wüssten. In Zürich hat Radek mit mir laut reden geübt, wir sind hinaus aus der Stadt und an der Limmat entlangspaziert, und da haben wir geübt. Er hat mich gewarnt, die Genossen würden denken, ich will sie terrorisieren, wenn ich leise spreche. Aber es kam vor, das gebe ich zu, da bin ich in meine alte Gewohnheit zurückgefallen und habe leise gesprochen.

Aber nicht, um jemandem ein Leid anzutun. Und manchmal habe ich, auch das gebe ich zu, besonders laut gesprochen, aber doch nur, um nicht leise zu sprechen. Ist es das, was mir vorgeworfen wird? Ist es das?«

Die Möbel schwiegen.

»Oder ist es, weil ich nie geweint habe?«

Die Möbel schwiegen.

»Natürlich habe ich auch geweint in meinem Leben. Ich habe über meinen Bruder geweint, und ich habe über die Welt geweint. Jedenfalls habe ich versucht, über die Welt zu weinen. Genügt das nicht? Das muss doch genügen! Neunzig Prozent von allem Weinen ist Lüge. Ich will nicht lügen. Hätte ich lügen sollen, nur damit die Welt sieht, wie der Revolutionär weint? Ist es das?«

Die Möbel schwiegen.

»Ist Mitleiden nur glaubhaft, wenn dabei geweint wird?«

Die Möbel schwiegen.

»Bitte, sagt, ist es so?«

Die Möbel schwiegen.

»Oder habe ich zu selten gelacht? Es gab nicht viel zu lachen in meiner Zeit. Hätte ich trotzdem lachen sollen? Auch auf die Gefahr hin, dass jemand mein Lachen missversteht und meint, ich lache ihn aus? Hätte ich? Ist es das?«

Die Möbel schwiegen.

»Ich denke, ich weiß jetzt, was es ist«, sagte der Revolutionär. »Ich hätte den Menschen in die Augen sehen sollen, wenn ich mit ihnen gesprochen habe. Das ist es, habe ich recht? Redet doch endlich mit mir! Ich weiß, es ist eine Angewohnheit von mir, den Menschen auf den Mund zu schauen, wenn sie sprechen. Aber das kann ich begründen. Die Sprache kommt aus dem Mund. Es könnte doch auch als Zeichen besonderer Aufmerksamkeit gedeutet werden, wenn ich den Menschen beim Zuhören auf den Mund schaue anstatt in die Augen. Das kann es doch nicht sein! Oder doch? Ist es das?«

Die Möbel schwiegen.

Da hat der Revolutionär das Bett verlassen. Er konnte sich kaum auf den Beinen halten. Er stützte sich an seinem Schreibtisch ab. Aber dann entschuldigte er sich bei seinem Schreibtisch und stützte sich am Sessel ab. Und dann ließ er auch den Sessel los und entschuldigte sich bei ihm.

Am Morgen, so heißt es, habe ihn der Arzt gefunden. Lenin lag am Boden, weinend, die Hände ringend, bat er die Möbel um Verzeihung.

45

Das Gespensterheer

Es lag ein toter Adjutant im Dreck. Die Goschen weit offen und voller Schlamm. Die Augen weit offen und umrahmt von getrocknetem Blut. Was war geschehen?

Der Tote war der Adjutant vom Gresslich. Der Gresslich war in der Tat grässlich. Was bleibt einem Mann mit so einem Namen anderes übrig, auch wenn er sich mit einem E anstatt dem Ä schreibt? Was hatte das schon zu bedeuten in einer Zeit, in der nur wenige lesen und schreiben konnten? Der Gresslich war ein österreichischer Hauptmann, Untertan der Kaiserin Maria Theresia.

Das Drama spielte sich etliche fünfunddreißig Jahre nach der Sendlinger Schlacht ab, da stritt der Kurfürst Karl Albert mit der österreichischen Kaiserin um die deutsche Krone. Und zur Zeit eben, da sich der Albert in Frankfurt am Main die Krone aufs Haupt hat setzen lassen, haargenau zu dieser Zeit sind übrig gebliebene Truppen der Österreicher im bayerischen Isarwinkel herumgezogen und haben sich aufgeführt wie die Axt im Walde, wie die Fackel in der Scheune, wie das Messer in der Halsschlagader einer Sau. Aus Enttäuschung. Weil ihre Seite verloren hat. Darum haben die Soldaten, die nun ja eigentlich nichts mehr zu tun hatten, die Häuser der Bauern niedergebrannt und alles Lebendige getötet. Darum haben sie das getan. Und natürlich auch, weil es ihnen Freude gemacht hat. Und weil es nichts Besseres gegen die Langeweile gibt, als jemandem beim Schreien zuzuhören und beim Sichwinden zuzusehen. Zum Beispiel diese Gaudi: Man ziehe einen jungen Burschen und ein junges Mädchen nackt aus und binde sie so zusammen, dass sie sich küssen müssen, gar nicht anders können, und dann wickle man sie in Strohballen ein, und diese Strohballen zünde man an, und dann schaue man und höre man zu, wie sie sich gegenseitig in die Münder hineinbrüllen vor Schmerz. Solche

Sachen haben die Soldaten gemacht, während sich der Albert in Frankfurt am Main die Krone aufs Haupt setzen ließ.

Aber wir waren stehengeblieben beim Adjutanten vom Hauptmann Gresslich. Der eines Tages im Dreck lag, Schlamm im Mund, Blut in den Augen.

Das wilde Heer der befehlslosen Soldaten zog von Dorf zu Dorf, brannte nieder, vergewaltigte, peinigte und raubte, und manchmal, wenn diese Verdammten Laune hatten, verschonten sie ein Dorf oder eine Stadt, aber nur, wenn die Bauern und Bürger dafür zahlten, und nicht wenig, wie man sich ausrechnen kann. In Tölz war es so. Der Hauptmann Gresslich hat verhandelt. Er war der Einzige aus dem Heer der Verdammten, der noch einigermaßen über die menschliche Sprache verfügte. Die anderen konnten nur noch knurren und stöhnen und lachen und schreien und schmatzen und geifern, denn in der bloßen Mordlust haben Worte nichts verloren, und man vergisst sie leicht, was insofern günstig ist für einen Mörder, weil es ja auch Worte wie Mitleid, Erbarmen und Liebe gibt. Der Hauptmann hat das größte Lösegeld herausgeschunden jemals. Nicht einen Groschen hat er den Tölzern gelassen. Jedes Haus hat er auf den Kopf gestellt und geschüttelt, bis es nicht mehr geklimpert hat. Jedes Stück Käse hat er mitgenommen, jeden Speck, keinen Most hat er den Tölzern gelassen und keine Maß Bier.

Die Tölzer sind dagestanden in Unterhosen ohne alles. Und sie hatten eine Wut. Und waren verzweifelt. Und hatten nichts mehr zu verlieren außer dem Leben. Aber das ist viel genug. Und darum hatten sie Angst. Und die Angst war größer als die Wut. Darum verzogen sie sich in ihre Häuser und hungerten und weinten.

Nur einer. Der hat sich die Wut von der Angst nicht nehmen lassen. Der Gundl. Ein Schrank von einem Mann. An den Oberarmen Muskeln hat der gehabt wie aufgeblasene Schweinsblasen. Wenn der in die Hände geklatscht hat, ist die Luft dazwischen so heiß geworden, dass es eine Flamme gegeben hat. Ist wirklich wahr! Wenn der Gundl einen Zorn gehabt hat, einen leichten, einen ganz leichten Zorn, und in diesem ganz leichten Zorn mit dem Fuß gegen eine Haustür getreten hat, dann ist die Tür quer durchs Zimmer geflogen, hat die Wand gegenüber durchschlagen, ist über den Hof weitergeflogen, hat die Tür zum Scheißhaus durchschlagen und ist dort endlich zur Ruhe gekommen. Das bei einem ganz leichten Zorn.

Der Gundl ging in Tölz von Haus zu Haus und sagte: »Mit mir nicht! Nicht mit mir! Ich geh denen nach und hol jeden Einzelnen von denen aus dem Sattel. Wer mitgehen will, soll mitgehen.«

Und da gingen alle mit.

Es kam zur Prügelei. Bei welcher Gelegenheit der Adjutant des Hauptmanns Gresslich erschlagen wurde. Nicht der Gundl hat ihn erschlagen, sondern ein anderer. Hätte ihn der Gundl erschlagen, wäre nichts von ihm übrig geblieben. Der Gundl ist leider nicht dazu gekommen, jemanden zu erschlagen, denn die erste Kugel, die von den verdammten Soldaten abgefeuert worden war, hatte den Gundl in den Hals getroffen, und weil es eine angeritzte Kugel war, hat sie ihm den Hals zerrissen, so dass in einem Strahl das ganze Blut aus ihm herausgeplatzt war. Es war der Hans Gering, der den Gundl gerächt hat. Ja, er hieß Gering, und sein Name war sein Schicksal. Der Hans war gering. Bis zu diesem Tag war er gering gewesen. Ein kleiner Schwacher. Der aber nicht ausgelacht wurde. Warum wurde er nicht ausgelacht? Das ist doch nicht normal. Normalerweise werden doch die kleinen Schwachen ausgelacht, eine Gaudi muss der Mensch doch haben dürfen, bei Gott! Der Gering Hans war der Freund vom Gundl. Er hat dem Gundl in der Nacht die Sterne gezeigt und am Tag die Blumen auf dem Feld, und er hat ihm alles erklärt, die ganze Welt hat der Gering Hans dem Gundl erklärt. Und dafür hat der Gundl den Gering Hans beschützt. Wehe, wenn da einer gekommen wäre und hätte über den Hans gelacht. Dem wäre es ergangen wie der erwähnten Haustür.

Wie der Hans Gering sieht, dass sein starker Freund neben ihm verblutet, packt ihn ein unmenschlicher Zorn, er schreit zum Himmel, Gott möge sich anstrengen und ihm für einen Augenblick, nur für einen Augenblick, alle Kraft, die in seinem schwachen Körper wohnt, in die Hände hineinpumpen, damit die Hände so stark werden, wie die Hände seines toten Freundes waren. Und Gott hat das gemacht. Und mit diesen starken Händen hat der Hans nach dem Adjutanten vom Hauptmann Gresslich gegriffen, hat ihn vom Pferd gerissen und in den Schlamm getunkt, bis das Maul voll davon war, hat ihn gewürgt, bis ihm alle Adern in den Augen geplatzt sind. Da sind die verdammten Soldaten erschrocken. Dass der Schwächste ihrer Gegner über solche Kräfte verfügt, das hätten sie nicht gedacht, da haben sie sich vor Angst in die Hose geschissen und sind davon wie der Wind.

Aber dann haben sich die Soldaten besonnen, das heißt, sie haben sich daran erinnert, dass sie sich vor nichts und niemandem fürchten, sie haben sich den Arsch gewischt und haben umgedreht und sind zurück und haben Tölz überrannt. Der Gresslich hat sich auf den Marktplatz gestellt und hat gebrüllt, man soll den Mörder von seinem Adjutanten herausgeben. Zehn Minuten gebe er Zeit, wenn dann der Mörder nicht vor ihm stehe, werde Tölz angezündet, und allen Bewohnern werde der Bauch aufgeschlitzt.

Aber die Tölzer gaben den Hans Gering nicht heraus. Jetzt war ihnen schon alles egal.

Da haben die verdammten Soldaten Kränze aus Reisig geflochten und haben die Kränze in Pech getunkt, so wie der Hans den Kopf des Adjutanten in den Schlamm getunkt hat, und sie haben die Pechkränze überall verteilt, haben sie an Haustüren gehängt, an den Kirchturm gleich zehn Stück, und haben sie angezündet.

So ist Tölz niedergebrannt. Das war wie das Lagerfeuer eines Riesen. Viele Menschen sind in den Flammen umgekommen, einige haben sich freiwillig hineingestürzt, andere sind hineingestoßen worden. Keiner hat überlebt.

Nur eines ist unversehrt geblieben. Das Holzkreuz mit dem gemarterten Heiland, das am Eingang zum Ort stand. Weil der Wind während des Massakers in die andere Richtung geblasen hatte, war das Kreuz vom Feuer verschont geblieben. Aber was nützte es dem Kreuz! Gar nichts! Die verdammten Soldaten haben aus Reisig noch einen Kranz geflochten, und Pech war genug übrig, sie haben den Kranz in Pech getunkt und dem leidenden Heiland um den Hals gehängt und angezündet.

Und nicht zu glauben! Der Heiland hat geschrien! Er hat zum Himmel geschrien, wie der Hans Gering vor ihm zum Himmel geschrien hat. Und kaum zu glauben! Der himmlische Vater von dem Heiland hat das Holz, aus dem der Heiland geschnitzt war, in Fleisch und Blut verwandelt. Das Fleisch ist im Feuer geschmolzen wie Wachs und ist zusammen mit dem Blut ins Gras getropft und ins Erdreich gesickert. Im Erdreich aber sind das flüssige Fleisch und das Blut von den Wurzeln der Pflanzen aufgenommen und weitertransportiert worden. Wohin? Zum Friedhof. Jawohl, zum Friedhof.

Auf dem Friedhof aber lagen alle Männer und Frauen und Kinder, die jemals in Tölz gelebt hatten und in Tölz gestorben waren. Die Toten soffen sich mit dem Blut des Heilands an und erhoben sich aus den Gräbern. Das ist kaum zu glauben! Und die Toten von Tölz stellten sich dem Heer der verdammten Soldaten entgegen. Und womit war dieses Gespensterheer bewaffnet? Mit nichts außer mit dem Totsein.

Der Hauptmann Gresslich und seine Verdammten schlugen und schossen, hieben und malträtierten, es nützte alles nichts. Denn es gibt eine unumstößliche Wahrheit, die lautet: Einen Toten kannst du nicht ermorden. So haben die Verdammten geschlagen, geschossen, gehauen und malträtiert, bis sie vor Erschöpfung selber tot zusammenbrachen.

Erst als der Letzte ausgeröchelt hatte, sind die Toten von Tölz in ihre Gräber zurückgekehrt zu ihrem ewigen Schlaf, der von nun an nicht mehr gestört wurde.

46

Die Magdeburger Hochzeit

Die Magdeburger Hochzeit wurde gefeiert im Jahr 1631; sie dauerte vom Morgen des 10. bis in die Nacht des 20. Mai und war nichts anderes als der Hohnname für das schlimmste Gemetzel des Dreißigjährigen Krieges. Am Ende hatten die kaiserlichen Truppen unter Pappenheim und Tilly die Stadt zerstört. Zwanzigtausend Magdeburger waren umgebracht worden, ohne etwas war keiner davongekommen. Und weil die Katholischen über ihr eigenes Böses selbst erschrocken waren, wollten sie einen Teil der Schuld den Protestanten ins Gewissen schieben. Sie erfanden den Schwedenkuss und behaupteten, die anderen hätten ihn erfunden und hätten ihn oft genug gegen katholische Brautpaare angewendet, zum ersten Mal eben hier in Magdeburg, auf dem Platz vor dem Dom, und das wiederum sei ihnen, den frommen Papst- und Gotttreuen, so schauerlich teuflisch vorgekommen, dass sie nicht anders hätten können, als diese sündige Stadt zu zerstören – eben zu magdeburgisieren, wie völliges Zerstören seit diesen Tagen genannt wird. Um der Welt kundzutun, zu welchen Gräueln die protestantische Union fähig sei, nur darum, so verkündeten sie, führten sie den Schwedenkuss, diese spezielle skandinavische Turtelei, den überlebenden Magdeburgern vor, und auch, damit diese hinterher ein wenig wenigstens einsähen, warum sie in den vorangegangenen zehn Tagen so grausam gemartert worden waren. Man fand ein Paar, das gemischt war, er Katholik, sie Protestantin – so behauptete jedenfalls der General Tilly –, an diesen beiden sollte die Grausamkeit des Gegners demonstriert und die eigene relativiert werden. »Der Schwede«, sagte Tilly, »ist erfinderisch!« Was der Schwedentrunk war, das wusste jeder. Man verstand darunter die Auffüllung eines feindlichen Magens mit Gülle. Diese Methode hatten die Schweden in den Krieg eingeführt, und sie wurde inzwischen von beiden Seiten gern praktiziert, wenn es darum ging, die Wahrheit zu erpressen oder Geld zu erpressen oder Bekehrung zu erpressen oder gar nichts zu erpressen. Aber die Schweden, so erklärte Tilly von der Kanzel des Domes herab, hätten noch anderes gebracht, eben jene spezielle Art des Kusses. »Ja, der Schwede ist erfinderisch!« Der Mann und die Frau wurden auf den Domplatz gezerrt, sie wurden nackt gebunden und in Spangen geschraubt, so dass ihre Arme umeinander lagen und ihre Münder aufeinandergepresst waren. Ihre Leiber wurden bis zur Mitte hinauf mit Pech beschmiert und dick in Stroh gewickelt, was dann aussah, als wüchsen ihre Oberkörper aus einem satten Ballen Pferdefutter heraus. Als die Sterne am Himmel erschienen, wurde Feuer ans Stroh gelegt. Die Schmerzen waren sicherlich ungeheuer, und die beiden schrien, und es blieb ihnen wegen der fixierten Köpfe nichts anderes übrig, als sich gegenseitig in den Mund hineinzuschreien, und das war wie der gierigste aller Küsse, eben der sogenannte Schwedenkuss. Sie brüllten und saugten sich gegenseitig die Luft aus den Lungen und stöhnten und quietschten bis ins Falsett hinauf, und weil sie einander wirklich und wahrhaftig liebten – wobei gar nicht gesichert war, ob sie sich vor dem Kuss auch schon geliebt, ob sie sich vor dem Kuss überhaupt gekannt hatten, es wurde da und dort nämlich gemunkelt, die beiden hätten sich erst im Feuer kennengelernt und sich erst im Feuer ineinander verliebt – jedenfalls: Als die Flammen bis herauf zu ihren Gesichtern schlugen und bereits den Schnurrbart des Mannes und die Augenbrauen der Frau versengten, da versuchten sie sich gegenseitig Linderung zu geben, indem sie einander ins Gesicht spuckten, alles Wasser aus sich herausdrückten, sogar die Tränen rannen nicht, sondern spritzten gerade aus den Augen in die Augen des anderen und benetzten dessen Wangen, was bei den Zuschauern in den ersten Reihen den Eindruck einer Leidenschaft erweckte, wie sie noch niemals eine gesehen, geschweige denn selbst erlebt hatten, und sie gaben, was sie sahen, weiter über den Platz, und noch während das Schauspiel im Gange war, entbrannten – was ein gutes Wort ist angesichts des Brennens vor dem Dom – Diskussionen darüber, ob diese Leidenschaft eine himmlische oder eine höllische sei. Das Argument für die Hölle lautete: Nur der Teufel könne Mann und Frau derart miteinander verbinden, dass nicht einmal das Feuer sie zu entzweien vermöchte. Das Argument für den Himmel war das gleiche, nur dass statt des Teufels Gott stand.

Auf einmal war es still.

Alle – die übrig gebliebenen protestantischen Magdeburger ebenso wie die fremden katholischen Kriegsknechte –, alle warteten darauf, dass die brennende Leidenschaft endlich fällt. Das Stroh war längst verlodert; die Beine, weder seine noch ihre, konnten doch längst keine gesunden Muskeln mehr haben; in den Knochen saß doch längst schon die Glut und schmorte das Mark. Was hielt die beiden noch zusammen und aufrecht? Sie fielen nicht. Sie standen und blieben stehen, bis das letzte Flämmchen verhaucht war.

In der Nacht regnete es, und die verkohlte Statue kühlte aus. Bevor das Licht zurückkam, ließ sie General Tilly mit Dreschflegeln zusammenhauen und mit Besen zusammenkehren. Dies war das Ende der Magdeburger Hochzeit.

47

Bei den Goldfischteichen

Von einem bemerkenswerten Gespräch zwischen Henry A. Kissinger und Tschou En-lai erfahren wir von einem Dolmetscher, der Zeuge war und es im Wortlaut, so ihm dieser in Erinnerung blieb, im Anschluss daran niederschrieb.

Henry Kissinger, damals Sonderberater für Fragen der Nationalen Sicherheit in der Regierung der USA, und Tschou En-lai, Ministerpräsident der Volksrepublik China, trafen einander im Sommer 1971, um den Besuch von Präsident Nixon bei Mao Tse-tung vorzubereiten. Die beiden verhandelten bis zu zehn Stunden täglich, aßen gemeinsam und unternahmen neben den offiziellen Treffen ausgedehnte Spaziergänge durch den Park im Westteil von Peking, in dem früher die kaiserlichen Goldfischteiche gewesen waren und nun die Gästehäuser der chinesischen Regierung standen. Tschou En-lai sprach ausgezeichnet Englisch, er hatte in Frankreich und Deutschland studiert, er kannte die europäische Geschichte ebenso gut wie die amerikanische, und er wusste bis in Details hinein über das Leben seines Gegenübers Bescheid. In seinen Memoiren zeigt sich Kissinger beeindruckt von der »sachlichen Zuverlässigkeit und der subtilen Intelligenz« seines chinesischen Gastgebers. Tschou En-lai, so schreibt er, habe in ihm und den anderen Mitgliedern der amerikanischen Delegation zu Anfang wohl Barbaren gesehen, die sich, »was ihren kulturellen Rang betraf, weit unter dem Niveau der chinesischen Elite bewegten« und es allein der militärischen und wirtschaftlichen Macht ihres Landes verdankten, dass sie als Gesprächspartner überhaupt akzeptiert wurden. Bald aber habe der Ministerpräsident seine Vorurteile revidiert, und es habe sich ein Vertrauen zwischen ihnen beiden entwickelt, das weit über das Maß hinausging, das für diese Mission erforderlich war.

Obwohl Tschou En-lai die englische Sprache beherrschte, fanden die offiziellen Gespräche im Beisein zweier Dolmetscher statt. In Begleitung von Henry Kissinger war der Dolmetscher Tschi Tsch'ao-tschu nach Peking mitgekommen. Er hatte in Harvard Chemie studiert und einige Jahre zuvor Edgar Snow zu der Truppenparade in Peking begleitet, bei der es zu jener legendären Begegnung des amerikanischen Schriftstellers mit Mao Tse-tung gekommen war. Dem chinesischen Ministerpräsidenten stand eine junge Frau mit Namen T'ang Wen-sheng zur Seite; auch sie war, wie ihr Kollege, in Amerika geboren, nämlich im New Yorker Stadtteil Brooklyn, war aber bereits als Kind mit ihren Eltern in die Volksrepublik China zurückgewandert. T'ang Wen-sheng habe sich, so Kissinger, als steinharte Kommunistin präsentiert, die mehr als einmal Tschou En-lai korrigierte, wenn er ihrer Meinung nach von der Parteilinie abwich. Kissinger vermutete, die Frau, die in seiner Delegation die »gefürchtete Nancy T'ang« genannt wurde, sei dem Ministerpräsidenten in erster Absicht nicht als Dolmetscherin, sondern um ihn zu kontrollieren, beigestellt worden.

Am Ende der Mission verabredeten sich Kissinger und Tschou En-lai zu einem letzten Abendspaziergang, bei dem sie sich über Literatur, Kunst, Musik und über ihr gemeinsames Lieblingsgebiet, die Geschichte, unterhalten wollten. Als sie dann unter dem sternklaren Nachthimmel auf den Resten einer Mauer des alten Fischteichs saßen, wurde Kissinger jedoch klar, dass auch dieses letzte Gespräch ein politisches sein würde; Tschou En-lai stellte nämlich eine Frage, die an Gewicht alle Fragen übertraf, die während der vorausgegangenen Tage erörtert worden waren, nämlich:

»Halten sich die Vereinigten Staaten von Amerika die Option offen, über dem Gebiet der Volksrepublik Vietnam die Atombombe abzuwerfen?«

Henry Kissinger wusste, dass er auf diese Frage nicht antworten konnte, auch nicht antworten durfte; dass er aber antworten musste, weil keine Antwort auf diese Frage auch eine Antwort wäre, ja, dass die Verweigerung einer Antwort vielleicht sogar als ein deutlicheres Statement ausgelegt werden könnte als jede Antwort – wenn nicht von Tschou En-lai, dann ganz gewiss von seiner Dolmetscherin.

Er überlegte lange, sehr lange; dann sagte er: »Wenn ich mit Ja antworte, ist es eine Drohung, wenn ich mit Nein antworte, ist es ein Versprechen. Auf jeden Fall ist es eine Preisgabe. Sich selbst preiszugeben aber ist etwas Gefähr-

liches. Es könnte einem dabei so ergehen wie dem Kamel in der Geschichte vom Kamel und dem Löwen.«

Die Anlage der alten Fischteiche war spärlich von Laternen beleuchtet. Kein Zug von Erstaunen war im Gesicht Tschou En-lais auszumachen.

»Was ist das für eine Geschichte?«, fragte er.

»Es war einmal ein Löwe«, begann Henry Kissinger, »der hatte sich auf der Jagd verirrt und war über einen Felsen in die Tiefe gestürzt. Dabei hatte er sich ein Hinterbein und ein Vorderbein gebrochen und konnte nicht mehr gehen. Er lag im Schatten des Felsens, der ihm zum Verhängnis geworden war, und wartete. Da kam ein Kamel daher. Als es den Löwen sah, wollte es umdrehen und davonlaufen. Ich tu dir nichts, rief der Löwe. Ich bin verwundet und auf deine Hilfe angewiesen. Das glaub ich dir nicht, sagte das Kamel. Dann schau mich an, sagte der Löwe und zeigte dem Kamel seine gebrochenen Glieder. Das geht mich nichts an, sagte das Kamel. Was haben Löwen und Kamele gemeinsam? Nichts. Die einen sind Fleischfresser, die anderen ernähren sich von Pflanzen. Ich bin König eines riesigen Reiches, antwortete der Löwe. Ich muss für meine Untertanen sorgen. Wenn ich nicht nach Hause komme, werden sie sterben. Lass mich auf deinem Rücken sitzen, und dann trag mich nach Hause! Ich werde es dir dafür gutgehen lassen.«

»Die Sache steht nicht so schlecht für das Kamel«, sagte Tschou En-lai. »Löwen haben den Ruf, ehrlich zu sein.«

»Das ist richtig«, antwortete Kissinger. »Aber hören Sie weiter: Siehst du, sagte das Kamel zum Löwen, hätte ich dich gestern in dieser Lage angetroffen, dann würde ich deinen Versprechungen geglaubt und dir gewiss geholfen haben. Aber da kam gestern ein Verwandter aus Mali zu mir auf Besuch, und der hat mir eine Geschichte erzählt, und diese Geschichte ist mir eine Warnung, und deshalb will ich dir heute nicht helfen. Was ist das für eine Geschichte, fragte der Löwe. Das Kamel ließ sich auf seine Knie nieder und begann: Es war einmal ein Jäger, der jagte auf einer Hochebene nach wilden Hühnern. Da traf er ein Krokodil. Das kann doch nicht sein, sagte er sich, ein Krokodil auf einer Hochebene, wo weit und breit kein Wasser ist. Das Krokodil sprach den Jäger an und sagte unter Tränen: Ich weiß, du fürchtest mich, und du hast ja auch allen Grund dazu, wenn ich bedenke, was für einen Ruf ich habe. Aber sieh mich an! Ich habe mich verlaufen. Wenn ich auch nur eine Stunde noch hier liege, bin ich tot. Ich bitte dich, trag mich zurück zum Wasser. Ich will dir dafür danken, so gut ich kann. Da baute der Jäger aus Ästen eine Trage und schleppte das Krokodil zum Fluss zurück. Als das Krokodil sich im Wasser gewälzt und getrunken hatte, sagte es: Komm näher zu mir, damit ich dir danke, so gut ich kann. Der Jäger, der meinte, im Wasser habe das Krokodil einen Schatz versteckt, watete in den Fluss hinein, bis ihm das Wasser bis zum Gürtel reichte. Da tauchte das Krokodil unter und packte ihn bei den Beinen. Jetzt fresse ich dich, sagte es. Töte mich nicht, schrie der Jäger, das ist nicht gerecht! In meiner Welt ist es gerecht, sagte das Krokodil, in meiner Welt bin ich der Jäger, und du bist die Beute. – Diese Geschichte, sagte das Kamel zum Löwen, hat mir der Verwandte aus Mali erzählt, ich verstehe sie als eine Warnung, und deshalb will ich dir nicht helfen. Ich kenne diese Geschichte, sagte der Löwe. Dein Freund aus Mali hat sie aber nicht zu Ende erzählt. Es kommt nämlich ein Hase daher, und der Jäger bittet ihn, er soll Richter in dem Konflikt sein. Der Hase sagt: Um ein gerechtes Urteil zu sprechen, müsste ich mir den Platz ansehen, an dem der Jäger das Krokodil gefunden hat. Also machen sich die drei auf den Weg hinauf zur Hochebene. Für den Hasen ist es leicht, für den Jäger ist es leicht, für das Krokodil aber bedeutet der steinige Weg eine große Mühe, und so bittet es den Jäger, wieder eine Trage zu bauen und es zu ziehen. Und der Jäger tut das. Irgendwann flüstert der Hase dem Jäger zu: Hast du Hunger? Ja, sagt der Jäger, großen Hunger. Hast du schon einmal Krokodilfleisch gegessen? Ja. Und dein Vater? Genauso. Und deine Mutter? Auch. Und deine Frau und deine Kinder? Alle. He, sagt der Hase, du hast doch Krokodilfleisch auf deiner Trage. Worauf wartest du noch? Da tötet der Jäger das Krokodil. – Ja, ja, sagt das Kamel zum Löwen, was du da erzählst, hat mir mein Verwandter aus Mali auch erzählt. Aber hier ist die Geschichte immer noch nicht zu Ende. Als nämlich der Jäger das Krokodil aufgegessen hat, sagt er zum Hasen: Komm mit zu mir nach Hause, ich will dir danken, so gut ich kann. Und der Hase folgt dem Jäger. Als sie das Haus des Jägers unten im Tal sehen, sagt der Jäger: Versteck dich hier! Meine Leute wissen nicht, was geschehen ist, ich muss es ihnen erst erzählen. Nicht, dass sie dich erschießen, wenn du frei über den Hof läufst. Ich komme gleich zurück und bring dir deinen Lohn. Der Jäger geht in sein Haus, ruft seinen Hund zu sich: Dort lauf hin, sagt er. Dort findest du einen Hasen. Der ist für dich. Und der Hund tötet den Hasen und frisst ihn auf. – So endet die Geschichte, sagte das Kamel zum Löwen, so und nicht anders. Das ist eine gute Geschichte, sagte der Löwe. Aber die Frage lautet doch: Wer ist wer in dieser Geschichte? Bin ich der Jäger, und du bist das Krokodil? Oder bist du das Krokodil, und ich bin der Jäger? Und wer ist der Hase? Und wer der Hund? Darauf wusste das Kamel keine Antwort.«

»Es würde wohl eine höchst komplizierte Analyse benötigen, alle Konstellationen transparent zu machen«, sagte Tschou En-lai.

»Und dann wäre immer noch die Frage, ob sich alle Beteiligten in der Praxis an die Empfehlungen, die aus der Analyse folgen, halten«, gab Kissinger zu bedenken. »Unser Löwe deutete die Geschichte so: Nehmt euch kein Beispiel, weder am Jäger noch am Krokodil! Macht es anders! Er hob seine gesunde Tatze. Ich schwöre, dass ich immer meine Hand über dich halten werde, sagte er zum Kamel. Dass ich nie etwas gegen deinen Willen tun werde. Und nun trag mich nach Hause! Und das tat das Kamel, und der Löwe hielt sein Wort, er machte das Kamel sogar zum Minister.

Aber«, ließ sich Kissinger nicht von Tschou En-lais Dolmetscherin T'ang Wen-sheng unterbrechen, »hier ist die Geschichte noch nicht am Ende. Hier beginnt sie erst. Im Reich des Löwen gab es drei weitere Minister – den Schakal, den Wolf und den Raben. Und die sagten: Unsere Aufgabe ist es, Minister zu sein, unsere Aufgabe ist es nicht, für Nahrung zu sorgen. Das ist allein die Aufgabe des Königs. Wenn wir uns von nun an selbst Nahrung besorgen, dann hat die Herrschaft des Löwen keinen Sinn mehr. Was schlagt ihr also vor, fragte der Löwe. Fressen wir das Kamel, sagte der Wolf, tun wir, als wäre es die Nahrung, die du für uns besorgt hast. Es hat mit uns nichts zu tun. Wir sind Fleischfresser, das Kamel aber ernährt sich von Pflanzen. Das geht nicht, sagte der Löwe. Ich habe dem Kamel versprochen, dass ich nichts gegen seinen Willen tun werde. Da zogen sich der Wolf, der Schakal und der Rabe zur Beratung zurück. Ich habe eine Idee, sagte der Rabe.«

Tschou En-lai hatte die ganze Zeit über ruhig zugehört. Nun sagte er, und er sprach dabei chinesisch, T'ang Wen-sheng übersetzte es:

»Das Kamel wird sterben, habe ich recht, Mr. Kissinger?«

»Natürlich haben Sie recht«, sagte Henry Kissinger. »Aber das Ende einer Sache ist immer am wenigsten interessant. Sie lieben die Geschichtswissenschaft wie ich. Wie eine Sache ausging, liegt immer als Tatsache vor. Den Historiker kann doch nur interessieren, wie es dazu kam, dass sie so und nicht anders ausging. Habe ich recht?«

»Natürlich haben Sie recht«, sagte Tschou En-lai.

»Gleichnisse sind etwas sehr Schönes«, mischte sich Tschou En-lais Dolmetscherin endlich doch in das Gespräch ein, »aber die Geschichte wird von Menschen gemacht, nicht von Tieren.«

»Sie haben natürlich ebenfalls recht«, sagte Kissinger. »Und deshalb griff der Rabe zu einem Gleichnis aus der Welt der Menschen und riet: Wir müssen uns die List von Gil Clancy, dem Boxtrainer von Emile Griffith, zum Vorbild nehmen, und dann genau das Umgekehrte von dem machen, was der gemacht hat.«

»Was ist das für eine Geschichte?«, fragte Tschou En-lai.

»Die gleiche Frage stellten der Schakal und der Wolf dem Raben«, sagte Henry Kissinger, »und der Rabe antwortete: Es war einmal ein Boxer, der hieß Emile Griffith. Er kämpfte in der Weltergewichtsklasse, und sein großes Vorbild war der kubanische Weltmeister Benny Paret, genannt ›The Kid‹. Griffith forderte Paret heraus und holte sich den Weltmeistertitel durch einen K.-o.-

Sieg in der dreizehnten Runde. Ein halbes Jahr später aber eroberte Paret den Titel wieder zurück. Der Kampf ging über fünfzehn Runden und wurde nach Punkten entschieden. Von nun an waren Paret und Griffith das Traumpaar des Boxrings. In den Pressekonferenzen sprachen sie nur mit Worten der Hochachtung voneinander. Jeder von beiden sagte, welche Ehre es sei, gegen den anderen zu boxen. Sie waren die Guten, die Vornehmen, die Sportlichen, die Fairen, die Vorbilder. Sie wurden gemeinsam zu den Dinnerpartys eingeladen, traten gemeinsam in Radiosendungen und im Fernsehen auf, ermahnten die Jugend zu friedlicher Konfliktlösung. Und dann kam der 24. März 1962, Madison Square Garden, New York City. Zum dritten Mal kämpften Emile Griffith und Benny ›The Kid‹ Paret gegeneinander. Paret ging früh zu Boden, musste angezählt werden, erholte sich aber rasch und dominierte den Kampf bis in die elfte Runde. Dann schien sich seine Kraft erschöpft zu haben. Griffith übernahm die Führung, trieb Paret durch den Ring, nagelte ihn mit einer Salve schneller Kopfschläge in eine Ecke. Der Ringrichter Ruby Goldstein schätzte die Situation nicht richtig ein, er brach den Kampf zu spät ab. Paret erwachte nicht mehr aus seiner Ohnmacht, er starb wenige Tage später. Griffith wollte nie wieder boxen. Was willst du sonst machen, fragte ihn sein Trainer Gil Clancy, du kannst ja sonst nichts. Clancy war zuversichtlich, er meinte, es werde höchstens ein Jahr dauern, bis Griffith seine Krise überwunden hätte. So lange wollte er ihn aus dem Ring halten. Aber wie sollte er seinem Schützling die vielen boxverrückten Herausforderer vom Leib halten, die nur darauf warteten, sich mit dem Weltmeister zu messen? Er hatte eine Idee. Anstatt, wie es die Zeitungen taten, Parets Tod als einen Unfall darzustellen, verkündete er überall und bei jeder Gelegenheit, Griffith sei ein Mörder. Er sei ein mordlüsternes Monster und könne es gar nicht erwarten, den nächsten Boxer im Ring hinzuschlachten. Clancy schickte Griffith aufs Land zu einer Cousine, der er strickte Anweisungen gab, Radio, Fernsehen und Zeitungen von ihm fernzuhalten. Währenddessen verbreitete er unter dem Namen Emile Griffith die Botschaft an die Boxwelt: Ich will töten! Ich will töten! Ich will töten! Aber Clancy hatte sich verrechnet. Was er als Abschreckung inszeniert haben wollte, stellte sich als Reklame heraus. Jeder kleine Schläger verlangte, gegen den Killer antreten zu dürfen. Alle wollten sie töten, töten, töten.

Und genauso«, erzählte Henry Kissinger weiter, »genauso machen wir es, sagte der Rabe zum Wolf und zum Schakal, genauso, nur umgekehrt. Komm mit zum König, forderten sie das Kamel auf, wir haben eine Lösung für das Problem der Nahrungsbeschaffung gefunden. Sie stellten sich vor dem Löwen auf, der im Schatten lag und seine Wunden leckte – der Rabe, der Wolf, der Schakal und das Kamel. Du hast so lange und so gut für uns gesorgt, fing der Wolf an. Nun, Löwe, wollen wir für dich sorgen. Du hast Hunger, fuhr der Schakal fort, und dein Hunger kann nur mit Fleisch gestillt werden. Aber Fleisch ist weit und breit keines zu sehen. Außer unser Fleisch, kam der Rabe zum Schluss. Deshalb: Töte mich, Löwe, töte mich, töte mich! Der Wolf protestierte: Mit einem Raben soll der König genug haben? Dein Fleisch mag vielleicht schmackhaft sein, aber es ist zu wenig. Ich habe genug Fleisch. Töte mich, Löwe, töte mich, töte mich! Nein, nein, widersprach der Schakal. Dein Fleisch ist viel zu zäh! Den ganzen Tag rennst du herum, keine Minute kannst du ruhig sein. So eine Speise wird dem Löwen nicht schmecken. Töte mich, Löwe, töte mich, töte mich! Pfui Teufel, riefen der Rabe und der Wolf, dein Fleisch ist ekelerregend, du ernährst dich doch nur von verfaultem Aas! Und sie schrien durcheinander, jeder: Töte mich! Töte mich! Töte mich! Und weil das Kamel meinte, das Ganze sei ein Spiel, in dem man dem Löwen die Loyalität beweisen wolle, trat es nun ebenfalls vor und sagte: Ich habe erstens viel Fleisch, zweitens ist es nicht zäh, drittens ist es sauber und schmackhaft, denn ich ernähre mich nur von Pflanzen. Töte mich, Löwe, töte mich, töte mich! Daraufhin trat es in die Reihe zurück und wartete, dass der Rabe, der Schakal und der Wolf widersprachen. Aber die widersprachen nicht. Stattdessen sagten sie zum Löwen: Du hast es selber gehört. Es ist nicht gegen den Willen des Kamels, wenn du es tötest. Da hob der Löwe seine gesunde Pranke und drückte das Genick des Kamels nieder. Das ist wahr, sagte er. Zu spät merkte das Kamel, dass es sich zu voreilig preisgegeben hatte.

Und diesen Fehler«, sagte Henry Kissinger, »möchte ich nicht begehen.«

»Aber man kann doch verhandeln«, sagte Tschou En-lai.

»Wie soll das Kamel verhandeln«, fragte Kissinger, »mit der Pranke des Löwen auf seinem Hals?«

»Wissen Sie nicht, wie die Geschichte weitergeht?«, sagte Tschou En-lai.

»Wie denn?«

»Sehen Sie«, sagte Tschou En-lai zu dem feinen Spiel eines Lächelns um seinen Mund, das Kissinger in seinen Memoiren als so typisch für ihn bezeichnete, »sehen Sie, Mr. Kissinger, das Kamel in dieser Geschichte war ein sehr gebildetes Tier, es kannte sich wie wir beide sehr gut in der Literatur Ihres Geburtslandes Deutschland aus, und in der höchsten Not fiel ihm eine Anekdote ein, die Johann Peter Hebel niedergeschrieben hatte.«

»Welche Anekdote meinen Sie«, fragte Henry Kissinger.

»Was ist das für eine Geschichte?«, fragte auch T'ang Wen-sheng ungeduldig, sie hatte sich schon auf die Tötung des Kamels gefreut.

»Das Kamel«, wandte sich Tschou En-lai an seine Dolmetscherin, sprach dabei aber englisch, »das Kamel sagte zum Wolf, zum Schakal und zum Raben: Helft mir! Ich habe euch das Leben gerettet. Helft mir, damit es euch so ergeht wie dem Matrosen in der Geschichte von Johann Peter Hebel. Und wie Sie, Genossin T'ang Wen-sheng, fragten die drei: Was ist das für eine Geschichte? Und das Kamel erzählte – so gut es konnte, denn immer noch lag, wie wir wissen, die Pranke des Löwen auf seinem Hals: In der Seeschlacht von Trafalgar flogen die Kugeln und splitterte das Holz. Da biss ein Floh einem Matrosen in den Kopf, und der Matrose kratzte sich, und der Floh fiel zu Boden. Aber weil der Biss so sehr schmerzte, wollte der Matrose den Floh töten. Er bückte sich nieder, um ihn auf der Schiffsplanke zu zerquetschen. In diesem Augenblick sauste eine Kugel über ihn hinweg, die ihn sicher getroffen hätte, wäre er stehen geblieben. Oh, sagte er zu dem Floh, du hast mir das Leben gerettet, deshalb will ich deines verschonen. Und er setzte den Floh wieder auf seinen Kopf zurück. – Das nennt man Dankbarkeit, kommentierte das Kamel die Geschichte vor dem Schakal, dem Wolf und dem Raben und zog auch gleich die Parallele zu ihrem Fall: Ich bin in dieser Geschichte der Floh, ihr seid der Matrose. Mein Tod rettet euer Leben. Wäret ihr dankbar wie der Matrose, würdet ihr euch nun für mein Leben einsetzen. Dankbarkeit aber ist der vornehmste Charakterzug, er erhebt uns über das bloße Tiersein und macht uns den besten Menschen gleich, und die besten Menschen sind wie Gott. Da gingen der Wolf, der Schakal und der Rabe in sich und bedachten die Lehre dieser Geschichte.«

»Die Geschichte hat allerdings eine Fortsetzung, die Johann Peter Hebel nicht kannte und die für das Kamel nicht so günstig ist«, entgegnete Henry Kissinger dem Ministerpräsidenten der Volksrepublik China. »Der Floh nämlich, als ihn der Matrose zu Boden geworfen hatte, war genau am Rand einer Blutlache gelandet. Es war das frische Blut eines jungen Offiziers, der, bevor er zur Marine kam, in Indien seinen Dienst für die Englische Majestät abgeleistet hatte, und dieser Offizier hatte aus Indien eine schwere Krankheit mitgebracht, die unweigerlich zum Tode führte. Eine spanische Kugel war der Krankheit zuvorgekommen. Jedenfalls nahm der Floh, weil es eben so seine Art ist, einen kräftigen Schluck von dem Blut, bevor ihn der Matrose zurück auf seinen Kopf setzte. Das aber bewirkte, dass sich der Matrose mit dieser tödlichen Krankheit ansteckte. – Ich nehme an, der Wolf und der Schakal und der Rabe kannten die Fortsetzung der Geschichte von Johann Peter Hebel und nahmen damit dem Kamel die Argumente.«

»Sie meinen«, entgegnete Tschou En-lai, »es gibt keinen Verhandlungsspielraum für das Kamel?«

»Ich fürchte, so ist es«, sagte Henry Kissinger.

»Dann bleibt dem Kamel nichts anderes übrig, als an die Vernunft zu appellieren«, sagte Tschou En-lai. »Zum Beispiel in dieser Art: Das Kamel wendet sich an den Löwen: Der Rabe, der Schakal und der Wolf haben mich verraten, sie werden auch dich verraten. Wir beide, Löwe und Kamel, wir sitzen in einem Boot, wie man in Deutschland sagt. Du bist verwundet und hast vier Minister. Drei von ihnen sind Verräter. Mit wem willst du dich verbünden?«

»Die Vernunft allein ist gar nichts«, konterte der Sicherheitsberater der Vereinigten Staaten von Amerika, »sie braucht auch Instinkt. Sonst ergeht es ihr wie dem Frosch in der Geschichte, die Orson Welles in dem Film *Confidential Report* erzählt.«

»Ich bewundere die Filme von Orson Welles«, sagte Tschou En-lai. »Diesen Film kenne ich allerdings nicht.«

»Ein Skorpion«, erzählte Kissinger, »wollte einen Fluss überqueren und sagte zu einem Frosch: Lass mich auf deinen Rücken steigen und schwimm mit mir zum anderen Ufer! Was, lachte der, ein Skorpion will sich auf den Rücken eines Frosches setzen? Für wie verrückt hält er den Frosch? Aber warum denn, fragte der Skorpion, denkst du etwa, ich werde dich stechen? Ja, das denke ich, sagte der Frosch. Sei vernünftig, sagte der Skorpion. Wenn du schwimmst und ich steche dich, dann gehst du unter, und wenn du untergehst, dann gehe ich auch unter, denn ich kann nicht schwimmen. Das erschien dem Frosch tatsächlich vernünftig, und er ließ den Skorpion auf seinen Rücken steigen und schwamm mit ihm in den Fluss hinein. Und je weiter er schwamm, desto sicherer, mutiger und übermütiger wurde der Frosch, bis er vor Freude laut zu quaken begann. Wie ich höre, hast du keine Angst mehr vor mir, sagte der Skorpion auf seinem Rücken. Gar keine mehr, sagte der Frosch. Als sie mitten im Fluss waren, stach der Skorpion dem Frosch in den Rücken.«

»Und der Frosch? Sagte er noch etwas?«, fragte Tschou En-lai.

»Warum tust du das?, fragte der Frosch. Jetzt werden wir beide untergehen.«

»Und was antwortete der Skorpion?«, fragte nicht der Ministerpräsident der Volksrepublik China, sondern seine Dolmetscherin T'ang Wen-sheng.

»So bin ich eben.«

»Dann ist noch der Ausgang der Geschichte vom Löwen und dem Kamel offen«, sagte Tschou En-lai. Nur mit Mühe verbarg er seinen Ärger. Henry Kissinger konnte nicht entscheiden, welchem Umstand dieser Ärger galt – der Tatsache, dass sich die Dolmetscherin nun bereits zum zweiten Mal in ihr Gespräch eingemischt hatte oder weil dem Ministerpräsidenten die Tendenz der Geschichten nicht gefiel.

»Nun«, sagte Kissinger, »wie Sie richtig vermutet haben: Das Kamel überlebt die Sache nicht. Der Löwe streckt es nieder.«

»Kann das Kamel noch etwas sagen?«

»Ja. Warum tust du das?«

»Und der Löwe antwortet: So bin ich eben?«

»Ja, der Löwe antwortet: So bin ich eben.«

Tschi Tsch'ao-tschu, der Dolmetscher von Henry Kissinger, der den ganzen Abend über nicht ein Wort gesprochen, auch keines übersetzt hatte, schrieb die Geschichte noch in derselben Nacht nieder. Im Wortlaut. So gut er sich daran erinnerte.

48

Das Brot und das Messer

Das Brot verbarg das Messer
Im tiefen, tiefen Grab;
Es war fürs Brot viel besser,
Wenn's keine Messer gab.

Das Brot ward hart und härter,
Bald hart als wie ein Stein;
Da gab's nur eins zu wünschen:
Es wollt' geschnitten sein.

Drum grub es aus das Messer,
Das war von Rost ganz rot,
Es konnte nicht mehr schneiden,
Da starb das Brot den Tod.

In Backstuben ist dieses Lied gesungen worden – wenn's wahr ist. Wenn nicht, dann nicht. Dann halt in Männerheimen. Oder in Nachtasylen. Oder im Krieg.

49

Der alte Hundling

Während einer Zugfahrt von Wien nach Graz saß ich einst mit dem Teufel in einem Abteil.

Ich war sehr rechtzeitig am Bahnhof gewesen, der Zug stand bereits am Perron. Ich hatte eine Karte erster Klasse gelöst, in den Waggons waren erst wenige Fahrgäste, eine gute halbe Stunde war noch hin bis zur Abfahrt. In einem der Abteile saß er. Allein. Ich erkannte ihn sofort. Ich erkannte ihn an seinen spitzen, roten Luchsohren und an den kleinen, blanken Hörnern, die durch das Kopfhaar stießen. Auch steckte ein Fuß in einem orthopädischen Schuh. Er trug einen Anzug mit übergroßen bunten Karos. Seine Augen rasten flink über alles, auch über mich, der ich draußen im Gang stand und durch die Glastür zu ihm hineinschaute, und anstatt einer runden Iris war in den Augen ein schwarzer Balzen wie bei einem Ziegenbock.

Er nickte mir zu und wies mit der Hand auf den freien Platz ihm gegenüber. Da betrat ich das Abteil und fragte, ob ich mich zu ihm setzen dürfe.

»Ich warne dich«, sagte er. »Ich bin der Teufel.«

»Das weiß ich doch«, sagte ich.

»Woher weißt du das?«, fragte er.

»Ach«, sagte ich, »gibt es nicht das Märchen von dem armen Teufel, der aus der Hölle auf die Welt kommt, weil er Durst hat?«

»Dieses Märchen kenne ich nicht«, sagte er.

»Natürlich kennst du es«, sagte ich. »Du lügst. Du lügst immer. Du bist der Vater der Lüge. Soll ich dir das Märchen erzählen?«

»Nein«, wehrte er ab. »Das will ich nicht. Dann erzählst du und erzählst du und erzählst du, und ich kann nicht aufhören zuzuhören und verschlampe meine Arbeit.«

»Ich wollte nur sagen«, fuhr ich unbeirrt fort, »dass in dem Märchen dem Teufel niemand ein Glas Wasser gibt, weil ihn jeder erkennt, und jeder erkennt ihn, weil du ihm bereits ins Herz gespuckt hast, du alter Hundling, du.«

»Bist du verrückt?«, unterbrach er mich.

»Warum?«, fragte ich scheinheilig.

»Weil du mich kennst und dich trotzdem zu mir setzt. Das tut nur ein Verrückter.«

»Ich will mit dem Teufel sprechen«, sagte ich. »Wann hat man dazu schon Gelegenheit?«

»Es wird dir vielleicht lausig schaden«, sagte er.

»Wenn es mich nicht ruiniert«, sagte ich, »den Schaden nehme ich in Kauf. Ich habe gehört, der Teufel weiß alles. Ich würde gern davon profitieren.«

»Was willst du von mir wissen?«, fragte er. Seine Augen wechselten die Farbe, und das bewirkte, dass man ihnen nicht auskam. Erst waren sie grün gewesen, dann hatten sie sich aufgehellt ins Gelbe hinein, nun waren sie dunkelviolett.

»Wie viele Fragen darf ich stellen?«

»Sagen wir drei.«

»Sagen wir vier.«

»Du meinst, du könntest mit dem Teufel verhandeln?«

»Nein«, sagte ich, »mein ich gar nicht. Ich will dir vier Fragen stellen, mehr will ich nicht. Wenn das nicht recht ist, geh ich halt wieder.«

»Nein, nein!«, rief er. »Bleib sitzen! Also gut, du Stück, vier Fragen.«

Da brauchte ich nicht lange zu überlegen: »Was ist die größte Sünde? Was ist das Böse? Was ist das Gute? Wie ist Gott?«

»Dann also der Reihe nach«, sagte er und kicherte, als hätte er mich schon am Schlafittchen. »Die größte Sünde ist der freiwillige Verzicht auf Glück.«

»Niemand verzichtet freiwillig auf das Glück«, sagte ich.

Da fuhr der Zug an.

»He!«, rief ich. »Wie gibt es das? Mir scheint, als redeten wir erst eine Minute miteinander. Und schon soll eine halbe Stunde vergangen sein?«

»Wer mit dem Teufel redet«, sagte er, »dem vergeht die Zeit schneller. Kennst du nicht den Spruch: Der Teufel hat nur wenig Zeit, und er weiß es. Also! Auf geht's! Wie lautete deine zweite Frage?«

»Was ist das Böse?«

»Das Böse ist, wenn einer nicht aufhören kann.«

»Womit nicht aufhören kann?«

»Ganz egal, womit einer nicht aufhören kann, wenn er es nicht kann, dann ist es das Böse.« Während er das sagte, konnte er wieder das Lachen nicht verbeißen, und seine Augen gingen wieder ins Gelbliche.

»Darauf wäre ich nie gekommen«, sagte ich.

»Niemand kommt darauf.«

»Aber es gibt doch anderes Böses auch.«

»Nein, gibt es nicht«, sagte er. »Wenn du das Böse genau untersuchst, dann wirst du sehen, es läuft immer darauf hinaus, dass einer nicht aufhören kann.«

Schon fuhren wir über den Semmering.

»Schon fahren wir über den Semmering!«, rief ich aus und drängte: »Wir müssen uns beeilen, wenn wir bis Graz alle Fragen durchhaben wollen.«

»Ich fahre weiter als bis Graz«, sagte der Teufel. »Ich nehme dich gern mit.«

»Aber ich fahre nicht weiter als bis Graz«, sagte ich.

»Wir werden sehen«, schmunzelte er.

»Also!«, herrschte ich ihn an. »Was ist das Gute?«

Jetzt wurde er sehr ernst. Sein Gesicht legte sich in die uraltesten Falten, die Gesichtsfarbe wechselte zu schwarz und dann zu bleich, wie ein alter verschimmelter Mehlsack sah es aus. »Das Gute«, sagte er und dehnte das U in die Länge, während wir an Bruck an der Muhr vorbeifuhren, »das Guuuuute … das Guuuuute ist … wenn man … stehen bleibt … und … langsam … langsam … erst einatmet … dann … ausatmet.«

»Was?«

»Genau das ist das Gute.«

»Was soll daran gut sein, bittschön?«

»Wenn man es richtig macht, dann weiß man es.«

»Das versteht wieder kein Mensch!«, protestierte ich. »Das können wir nicht einsehen, wir Menschen! Man muss mit uns Menschen schon so reden, dass wir es verstehen!«

»Wer muss mit euch Menschen so reden!«, fragte er. Aber es war keine Frage. Er fauchte mich an und zeigte mir eine Tierfratze, so eine, wie sie an den mittelalterlichen Domen zu sehen ist.

Ich wollte aufstehen und das Abteil verlassen.

»Sitzen bleiben!«, zischte er in mein Gesicht hinein. »Wie lautete deine letzte Frage?«

»Wie Gott ist.«

»Oh«, sagte er und verwandelte sich augenblicklich in einen gemütlichen Fahrgast, der bis aufs Kleinste meinem lieben Onkel Gerhard ähnlich sah, der ein Held meiner Kindheit gewesen war und auf den ich mich jede Weihnachten gefreut hatte, schon wollte ich ihm um den Hals fallen … »Oh«, sagte er, »ich dachte, du hättest gefragt, *ob* Gott ist, oder, *wer* ist Gott.«

»Nein«, sagte ich, und nun war ich wirklich böse, denn das war doch die größte Frechheit, dass er meinem Lieblingsonkel die Gesichtszüge klaute. »Ich will nicht wissen, *ob* Gott ist, und auch nicht, *wer* Gott ist. Sondern: Wie ist Gott?«

»Auf *Wer ist Gott?* hätte ich eine Antwort gewusst.«

»Aber ich fragte: *Wie ist Gott?*«

»Ja, ich habe dich gehört«, sagte der Teufel.

»Und?«

»Ich weiß es nicht. Niemand weiß es. Die Frage ist unsinnig. Wenn du willst, kann ich dir erklären, warum die Frage unsinnig ist. Das dauert aber lang.«

Wir fuhren bereits an den ersten Häusern von Graz vorbei.

»Das gilt nicht!«, rief ich aufgeregt. »So schnell darf die Zeit nicht vergehen! Was kann ich tun, um die Zeit anzuhalten?«

»Stell mir eine wirklich schwere Frage!«, sagte der Teufel. »Über deine Fragen musste ich nicht nachdenken. Die ersten drei waren zu leicht. Auf die letzte weiß ich nichts zu sagen, und wenn ich eine Million Jahre darüber nachdenken würde, was ich bestimmt nicht tun werde …«

»Wie viel kostet ein Viertel Kilo Butter?«, schnitt ich ihm das Wort ab.

Da blieb der Zug stehen. Schon waren wir im Bahnhof Graz. Alles blieb stehen. Die Menschen auf dem Bahnsteig blieben stehen, die Tauben in der Luft, der Zeiger der Bahnhofsuhr von der Firma Schauer blieb stehen, der Spuckeklumpen, den ein Passant aus dem Mund blies.

»Wie viel Zeit gibst du mir für die Antwort?«, fragte der Teufel.

»Drei Minuten«, sagte ich.

»Gib mir fünf!«, sagte er.

»Nein, nur drei«, sagte ich. Denn ich dachte, es muss herrlich sein, dem Teufel zu diktieren.

»Also gut, drei Minuten«, sagte er und blickte auf seine Armbanduhr.

Und dann fing er an zu rechnen, brauchte dazu seine Finger, strampelte sich die Schuhe von den Füßen und zählte auch mit den Zehen und zählte dazu noch mit den Knöpfen seines grob karierten Anzugs. Ein Auf und Ab von Hand zu Fuß und Knopf war das. Am linken Fuß war nur ein Huf, aber es war ein gespaltener Huf, so dass er beim Zählen ebenfalls eingesetzt werden konnte. Die langen dünnen Ohren wurden länger und dünner und brannten wie Lötkolben. Das Blondhaar versengte sich zu grauweißer Asche, die rieselte von seinem Kopf. Die Augen waren weiß wie geschälte hartgekochte Eier. Die Lippen schrumpften, und die Zähne wuchsen aus seinem Maul heraus und wurden braun wie die Zähne eines Kettenrauchers.

Am Ende, gerade als die drei Minuten um waren und nur ein uraltes Gespenst von ihm übrig war, keuchte der Teufel: »Ein Viertel Kilo Butter kostet zwei Euro fünfzig. Habe ich recht?«

»Ich weiß es nicht«, sagte ich.

»Was, du weißt es nicht?«, schnaubte er mich an. Sein Atem war nur noch lauwarm. »Wie wollen wir jetzt herauskriegen, ob ich recht habe?«

»Warum?«, sagte ich. »Warum sollen wir das denn überhaupt herauskriegen? Es interessiert mich ja gar nicht, wie viel ein Viertel Kilo Butter kostet. Was ist, wenn du recht hast? Holst du mich, wenn du recht hast? Holst du mich dann hinunter in deine Hölle? Nur weil einer nicht weiß, wie viel ein Viertel Kilo Butter kostet, holt ihn der Teufel hinunter in seine Hölle? Das glaube ich nicht. Das hätte man irgendwo gelesen. Dann hätte die Hölle keinen Sinn. In einem halben Jahr kostet ein Viertel Kilo Butter wahrscheinlich schon mehr. Oder weniger. Lässt du mich dann wieder heraus aus deiner Hölle?«

»Kein guter Tag für Geschäfte!«, sagte er und erhob sich langsam und mühsam.

»Was geschieht mit der Zeit?«, fragte ich. »Bleibt sie stehen bis in Ewigkeit? Bleib ich bis in alle Ewigkeit im Bahnhof von Graz stehen?«

»Nein«, sagte er. »Sobald du mich nicht mehr siehst, hat der Zug einfach nur im Bahnhof Graz gehalten, und alles ist wie immer.«

»Und du weißt wirklich keine Antwort auf die Frage, wie Gott ist?«

»Nein. Gott weiß aber auch nicht, wie viel ein Viertel Kilo Butter kostet«, sagte er. »Und er kann es auch nicht ausrechnen. Nicht einmal mit Fingern und Zehen und Knöpfen, wie ich meinte, es zu können.«

Dann verließ der Teufel mein Abteil, und die Zeit ging weiter, wie sie mein ganzes Leben lang weitergegangen war – tick, tack, tick, tack. Normal langsam. Und ich war in Graz.

50

Der Fundevogel

Nicht erst im Nachhinein soll gesagt werden, wo dieses Lied gesungen wird, sondern gleich vorneweg: nämlich in den Wartesälen von Irrenhäusern. Das ist zu bedenken, wenn man sich nicht auskennt. Wer dort wartet, fürchtet sich, und wer sich fürchtet, dem gerät manchmal manches durcheinander – wie dem Vogel, von dem das Lied berichtet …

Auf der Grenze hockt der Flatter,
hockt der Flatter auf dem Zaun.
Tritt der Jäger durch das Gatter,
um in' dunklen Wald zu schaun.

Fundevogel, Flatterwesen,
steck dich unters Laub und pfeif!
Bist du frei und wild gewesen,
wirst bald flügellos und reif.

Hat ihn! Packt ihn! Ist da keiner,
der ihn sich gleich kochen möcht?
Noch erbarmt sich keiner seiner,
ist noch ohne Menschenrecht.

Darfst ihn quälen, wenn du quälen
willst zum Spaß, und ohne dass
quälende Gewissensbisse
dämpfen deinen Menschenhass.

Ist noch ohne Sinn und Glauben,
ohne Worte, ohne Zweck.
Kannst ihm nur das Leben rauben.
Nimmst es ihm, dann ist es weg.

Nein? Dann ab in Jungfraunträume!
Lenchen, Lenchen, hörst du mich?
Überbringer und Vollstrecker
deiner Wünsche, das bin ich.

Hab dir da ein Flatterwesen,
einen Fremdling mitgebracht,
einen Sorgenstein mit Flügeln.
Hüte ihn! Gib auf ihn acht!

Nicht einmal in deinen Träumen
darfst du mit ihm traulich sein
mit dem teufelsgleichen Engel,
mit dem Fundevögelein.

Selig Mädchen, hat der Traum dich
wohl genarrt, als er so tat,
als verflögen seine Bilder,
wenn der fade Tag sich naht?

Lenchen, Kind, dir ist geblieben,
was die Sehnsucht dir erfand.
Solltest dich jetzt gleich verlieben,
weil sonst löscht ihn dein Verstand!

In dem hellen Licht des Tages
herrscht, wer durch die Nacht gestählt.
Denn nur wer vor nichts sich fürchtet,
fürchtet nichts auf dieser Welt.

Hier nun steht die Frau, die rote,
die des Lenchens Mama ist.
Angstlos wie ein Höllenbote,
grell wie Satans Posaunist.

Sieht, was ihr ins Haus geflattert,
was hier landen will am End,
in den Augen Lust auf Leben,
wie wenn das genügen könnt'.

So ein bunter Fundevogel,
denkt sie, der soll mit MIR gehn,
der soll MEINE Sprache lernen,
soll durch MEINE Augen sehn.

Erstes Wehe: Abgewiesen!
Hat der glatt sich widersetzt!
Niemand darf die Seele sehen,
die der Vogel ihr verletzt.

Drum: Wenn's wehtut, muss man lachen.
Unter Leute mischt man sich.
Hier die Magd und hier die Knechte
amüsiern sich fürchterlich.

Und nun der da, der da wehtun
kann, kann der das etwa auch?
»Tanz doch, Vogel, sing doch, Vogel!!«
Hoppla, fällt er auf den Bauch!

Armes Flatter-Funde-Wesen!
Wer hat's Federchen gerupft?
Grad hast ein Gemüt bekommen,
schon wird's grob herumgeschupft.

Merke, Vogel: Seelchen kriegt man
erst, wenn etwas wehe tut.
Ist wie Anzug gegen Kälte,
ist wie gegen Regen Hut.

Zweites Wehe: Eifersüchtig!
Wenn die andre mehr gefällt,
wenn man nur noch Zweite sein soll,
ist man Letzte auf der Welt.

Und mit einem einz'gen Schlag hat
nichts auf dieser Welt mehr Sinn.
Bin ich nirgends mehr die Erste,
weiß ich nicht mehr, wer ich bin.

Und so ist die Zeit vergangen.
Sagen wir: so zwei, drei Täg.
Zweie lieben sich im Dunkel,
gehn dem Lichte aus dem Weg.

Tun die Tyrannei belügen,
die da brennt im roten Kleid.
Lenchen und der Fundevogel
üben die Durchtriebenheit.

»Ist die Mama in der Nähe«,
sagt das Lenchen, »bleibt uns bloß,
so zu tun, als würden wir uns
hassen, und zwar bodenlos.

Weil ein WENIG hassen wird sie«,
führt das Lenchen lehrend fort,
»uns nicht glauben, denn das Hassen
stammt aus ihrem Herzen dort.

Darum lass uns alle Worte
kehren in ihr Gegenteil.
Mein ich schön, dann sag ich hässlich;
sag ich: Geh!, mein ich: Verweil!

Sag ich schlagen, mein ich küssen,
schrei ich laut, dann bin ich still,
sag ich: Lebe wohl!, dann heißt das,
dass ich mit dir sterben will.«

Mit verquerem Wort erweichen
kann man harte Mama nicht.
Sie durchschaut's. Drum drittes Wehe
heißt: Betrogen! Folgt: Gericht.

Mutterliebe spielt den Anwalt,
sagt: »Das Lenchen lasse sein!
Greift den Vogel, rupft ihn, salzt ihn,
nehmt ihn aus und kocht ihn ein!«

Bis auf eine einverstanden
sind die Seelen in der Brust.
Wahnsinn spricht mit vielen Stimmen,
nur mit einer spricht die Lust.

Seht, das Lenchen hat 'nen Vogel,
der ganz nah bei ihr sein darf,
den der Himmel ihr ins Herz, in'n
Schoß und in die Arme warf.

Und den lässt sie sich nicht nehmen,
geht mit ihm aus diesem Haus.
Aus den Kinderhäuten steigen
Mann und Frau zur Welt hinaus.

»Ab die Knechte auf die Matte!
Sucht die Wanzen! Krallt sie euch!
Magd, du mit dem faulen Buckel,
spür die Gegend aus beim Teich!«

Magd und Knechte tun, als ob sie
suchen täten, tun's nur nicht.
Kommen zruck mit leeren Händen
und mit leerem Blick im G'sicht.

»Nichts gefunden! Schade, schade!
War nur Zauberfirlefanz.
Melden ab sich Sepp und Fini
und ich auch, ich bin der Franz.«

Jetzat aber fährt die Rote
selbst hinein ins Element,
und sie schlägt ihr Herz im Leibe,
bis das ganze Weib verbrennt.

Seht, jetzt bricht sie, spaltet, kaltet,
eist und weist den Geist von sich.
Lenchen und der Fundevogel … –
Pünktchen und Gedankenstrich.

Ja, in den Wartesälen der Irrenhäuser ist diese Geschichte manchmal gesungen worden – so oder so ähnlich …

51
Der Galgen

Ein Herr Graf im Burgenland war ein Philosoph. Er wollte gern, dass es einen Gott gibt, war sich aber nicht sicher, ob es einen gibt, hätte es aber besser gefunden, wenn es einen gäbe, nämlich für die Moral, denn aller Moral, das war seine Überzeugung, liegt die Gerechtigkeit zu Grunde, und für Gerechtigkeit, auch das war seine Überzeugung, kann der Mensch allein nicht sorgen, weil der eine dies für gerecht findet und der andere das und es folglich einen braucht, der über den Anschauungen steht. Dass er überhaupt auf solche Gedanken kam, der Herr Graf, lag an seinem Kutscher.

Also, hört zu!

Der Kutscher war ein nachdenklicher Mann, wenngleich nicht gleich ein Philosoph. Das Leben, ich meine, das Unglück, das ihm das Leben zugefügt hatte, hat ihn nachdenklich gemacht. Seine Frau war gestorben, die hatte er geliebt und geehrt, und das Ehren vermisste er fast mehr als das Lieben. Sein Sohn war ihm verschollen, auf und davon, kein Brief, nicht einmal ein Gerücht. Kopfweh hatte er jeden Morgen so fest, dass er sich schon überlegt hatte, zum Schmied zu gehen und ihn zu bitten, ihm den Schädel zu spalten, damit das rauskomme, was ihn bis Mittag so presst und quält. Und hatte er in seiner Jugend die Musik geliebt und war von ihr geliebt worden, so bedeutete sie ihm inzwischen gar nichts mehr. Sie hatte ihn zurückgelassen in Dumpfheit und Langeweile, war abgezogen ohne Abschied, und wenn er sie irgendwo hörte, bei einem Fest oder in der Kirche, dann war sie ihm ein fremdes Geräusch, ein lästiges Geräusch, und er machte sich davon. Über alldem war der Kutscher des Grafen ein unglücklicher, nachdenklicher Mann geworden.

Zweimal die Woche ließ sich der Herr Graf von seinem Kutscher in die Stadt fahren. Da kamen sie jedes Mal an einer Wegkreuzung vorbei, wo ein Galgen stand. Und jedes Mal machte der Kutscher ein schnelles Kreuzzeichen.

Es war ein so schnelles Kreuzzeichen, dass der Herr Graf zu Anfang dachte, es sei gar keines, sondern es sei ein Wegwischen von irgendetwas. Aber weil es doch ein allzu großer Zufall gewesen wäre, wenn der Kutscher immer an derselben Stelle irgendetwas vom Gesicht und von der Jacke weggewischt hätte, fragte er ihn eines Tages.

»He, Hans, machst du ein Kreuzzeichen, oder wischst du irgendetwas weg von deinem Gesicht und deiner Jacke?«

»Es ist ein Kreuzzeichen, Herr Graf«, sagte der Kutscher. »Aber es ist ein schnelles und schlampiges Kreuzzeichen.«

»Und warum machst du das Zeichen unseres Gottes nicht mit der Sorgfalt, die sich gehört?«, fragte der Herr Graf.

»Weil ich eine Wut habe.«

Das wollte sich der Herr Graf erklären lassen.

»Ich denke«, sagte der Kutscher, »ich denke an die vielen, die hier aufgehängt wurden und unschuldig waren.«

»Glaubst du, Gott lässt es zu, dass ein Unschuldiger gehängt wird?«, fragte der Herr Graf.

»Ja, das glaube ich«, antwortete der Kutscher. »Und darum habe ich eine Wut.«

Das hat den Herrn Graf seinerseits zum Nachdenken gebracht, und darüber ist er zum Philosophen geworden. Er hat in Büchern gelesen, aber was sind schon Bücher, da steht dies und das. Gott hat dem Menschen die Worte gegeben, aber was sie damit machen, das ist ihre Sache, und sie machen dies und das damit.

Alles ist sehr kompliziert, dachte der Graf aus dem Burgenland, aber im Letzten muss es einfach sein. Es muss. Liebe ist Liebe, Treue ist Treue, das Böse ist das Böse, und die Gerechtigkeit ist die Gerechtigkeit. Wäre es nicht so, dachte er, gäbe es die Worte nicht. Und woher kommen die Worte? Denn der Mensch kann nur lehren, was er selber weiß. Und woher hätte der erste Mensch die Worte haben können, wenn nicht von Gott?

Aber alles war eben doch sehr kompliziert, und das Denken ließ ihm keine Ruhe. Wenn er am Ende des Denkens angekommen war, sah es dort nicht anders aus, als es am Anfang ausgesehen hatte, eines ergab sich aus dem anderen, und aus dem Letzten ergab sich wieder das Erste. Denken kann der Mensch so viel, wie er will, dachte der Herr Graf, wissen tut er etwas erst, wenn er es ausprobiert.

Und ihm kam eine Idee, wie er die Gerechtigkeit, nämlich die wahre, die von Gott kommt, ausprobieren könnte.

Die Idee tat ihm weh. Sie tat ihm sehr weh. Aber zugleich war das Wehtun ihm nachgerade ein Beweis dafür, dass es eine gute Idee war. Er ging eines Abends in den Pferdestall, was ihm der liebste Ort auf seinem Anwesen war, denn er liebte die Pferde, und die Pferde liebten ihn. Er sprach mit seinen Pferden, lobte sie, weil sie ihm so viel Freude machten. Und natürlich hatte er ein Lieblingspferd, nämlich einen Schimmelhengst, der um die Nüstern ein paar schwarze Flecken hatte, was er besonders liebte. Nun, an diesem Abend betrat er den Pferdestall mit einem Dolch in der Hand, und ohne zu verweilen und dem Bedenken eine Chance zu geben, stieß er seinem Lieblingspferd die Klinge ins Herz, dass es niedersank und starb.

Am nächsten Morgen in aller Frühe entdeckte der Kutscher das tote Tier.

Ein Unglück mehr, war sein erster Gedanke. Sein Herr tat ihm leid, er wusste ja, wie sehr der Herr Graf den Schimmelhengst liebte. Die Welt ist ungerecht, dachte er und ging zum Grafen und meldete, was geschehen war und dass er vermute, ein Verbrecher sei in den Stall eingedrungen, der unter dem Glück anderer Menschen leidet und deshalb dieses Glück zerstören möchte.

Ja, die Welt ist ungerecht, und sie ist noch viel ungerechter, als der Kutscher dachte. Der Herr Graf war nämlich der Meinung und gab diese Meinung auch unverzüglich an den Richter weiter, dass der Kutscher jener böse Verbrecher sei, der unter dem Glück anderer Menschen leidet und deshalb dieses Glück zerstören möchte.

Der Kutscher wurde abgeführt, der Prozess wurde ihm gemacht, er wurde zum Tod verurteilt und sollte am Galgen aufgehängt werden.

Nun wollte der Graf sehen.

Er war zuversichtlich. Seinem Kutscher würde nichts geschehen. Er wusste ja, dass er unschuldig war. Und weil er dachte, es sei bereits eine Ungerechtigkeit, den Kutscher in Angst und Bangen zu halten, verkleidete er sich, nachdem die Sonne untergegangen war, hängte sich einen schwarzen Mantel um, zog die schwarze Kapuze über den Kopf und schlich zum Kotter, in dem der Kutscher einsaß.

Er stellte sich vor das Fensterchen mit den Eisenstäben und rief mit verstellter Stimme: »He, Hans! Hörst du mich?«

»Ja, ich hör dich. Wer bist du?«

»Ich bin die Gerechtigkeit.«

»Die gibt's nicht.«

»Ich bin gekommen, um dir zu sagen, dass du dir keine Sorgen zu machen brauchst. Ich weiß, dass du freikommst.«

»Woher weißt du das?«

»Ich bin die Gerechtigkeit.«

»Die gibt's nicht.«

So tat der Herr Graf von nun an jeden Tag, nachdem die Sonne untergegangen war. Und immer führten er und sein Kutscher das gleiche Gespräch. Es gelang dem Grafen nicht, den Kutscher davon zu überzeugen, dass die Gerechtigkeit von Gott kommt und dass deshalb auf sie Verlass ist und er deshalb nicht den geringsten Grund habe, nicht gut zu schlafen.

Als aber der Richttag immer näher rückte und keinerlei Beweise für die Unschuld des Kutschers auftauchten, kein Alibi, kein Zeuge, der ihm gut war, dachte der Herr Graf: Ich muss vielleicht doch ein wenig nachhelfen, vielleicht ist die wahre Gerechtigkeit, die von Gott kommt, eine, die gebeten sein will. Also zog er ein grobes Gewand an und zog die Schuhe aus und machte sich barfuß auf eine Wallfahrt, nicht weit, nur bis zur Kirche im nächsten Ort.

Dort kniete er sich vor das Kreuz hin und betete: »Lieber Herr Jesus«, betete er, »es geht nicht allein um den Kutscher, es geht ums Prinzip. Für dieses Prinzip war ich bereit, meinen Schimmelhengst zu opfern. Das darf doch nicht umsonst gewesen sein. Bitte, lieber Jesus, beweise mir und aller Welt, dass es die Gerechtigkeit, die wahre, gibt.«

Und wie er so vor dem Kreuz kniete, barfuß und im groben Gewand, fiel durch ein Seitenfenster ein Sonnenstrahl, und der traf auf das Wundmal in der Brust des Gekreuzigten, und weil das Wundmal mit einer besonders glänzenden roten Farbe gemalt war, wurde der Sonnenstrahl zurückgeworfen, und zwar genau ins Auge des Grafen und blendete ihn, so dass er zwinkerte, und er meinte, noch im Zwinkern meinte er, der Jesus am Kreuz zwinkerte ihm zurück.

Da war der Herr Graf sehr zufrieden und noch zuversichtlicher als zuvor.

In der Nacht schlich er sich wieder vor den Kotter und rief durch das Fensterchen: »Hans, hörst du mich?«

»Ja, ich hör dich.«

»Ich bin's, die Gerechtigkeit.«

»Die gibt es nicht.«

»Doch, die gibt es.«

»Morgen werde ich gehängt.«

»Ich gebe dir mein Wort, du wirst nicht gehängt, Hans«, sagte der Graf mit verstellter Stimme und zog sich die Kapuze noch tiefer übers Gesicht.

»Wessen Wort ist das?«, fragte der Hans.

»Das Wort der Gerechtigkeit.«

»Die gibt's nicht.«

»Doch, die gibt es, Hans, die gibt es.«

Und dann war Richttag. Der Galgen wurde geputzt, der Vogeldreck wurde abgewaschen, die Vögel setzten sich nämlich gern auf den Galgenbalken.

Ein neues Seil wurde aufgezogen, der Galgenknoten wurde dreizehnmal umwickelt, wie es das Gesetz vorschrieb. Der Richter war da in Robe und Hut, hielt das Dokument mit dem Urteil in der Hand. Zwei Gendarmen standen stramm. Der Henker, in schlichtes Schwarz gekleidet, überprüfte Seil und Balken. Und Volk war gekommen. Viel Volk. Tränen sah man keine.

Der Kutscher wurde gebracht, die Hände waren ihm auf den Rücken gebunden, übers Gesicht war ihm ein Tuch gehängt, damit er nicht sieht, dass keine Tränen da waren und damit das Volk die seinen nicht sieht.

Der Richter verlas das Urteil. Der Strick wurde dem Hans um den Hals gelegt. Der Henker bat den Hans, er solle auf den Schemel steigen. Der Hans stieg auf den Schemel.

Ganz vorne stand der Herr Graf. Er lächelte. Er wusste. Ja, er wusste.

Aber kein Fingerzeig fuhr vom Himmel. Kein Donner ertönte. Kein Bote kam geritten. Kein Engel erschien.

Und was hat der Herr Graf, dieser prinzipientreue Philosoph, gemacht? Er hat bewiesen, dass es die Gerechtigkeit, die wahre, eben doch gibt.

»Halt!«, rief er. »Halt! Der Hans ist unschuldig! Ich war's! Ich habe den Schimmelhengst getötet. Sprich Gerechtigkeit, Richter! Nimm mich, Henker!«

Und was soll ich sagen – so geschah es.

52

Der Geisterzug

Und dann brach die Pest aus. Wann war das? Wo war das? Warum war das? Es gab ja bald kein Wann und kein Wo mehr. Wie sollte es auch zum Weltuntergang hin noch ein Wann geben und wie ein Wo? Und wenn aus Warum eine Antwort gekommen wäre, hätte die Antwort getröstet? Ja, heute, da wir »Es war einmal« sagen dürfen, da weiß ich, wo ich stehe und wann und warum, ich Glücklicher!

Es war einmal ein Bauer, der war auch glücklich gewesen, aber dann eben brach die Pest aus, und die nahm ihm erst seine Frau, die liebe, die Liebste, und dann auch noch seine Kinder, zwei waren es, ein Bub und ein Mädchen, und nun war er allein. Was bedeutete ihm das Vieh und der Acker noch und die volle Scheune und die Räucherkammer? Nichts mehr, rein nichts mehr! Die Freunde waren weggerafft, die Nachbarn waren dahin, der Mann glaubte, er sei allein auf der Welt, und er starrte in den Herrgottswinkel hinein und empfand nichts, keine Rührung und kein Flehen, kein Fluchen, rein nichts mehr. Irgendwohin, wo kein Gott war und kein Teufel, irgendwohin in die Luft hinein flüsterte er: »Ich würde sie so gern wiederhaben, die liebe Frau und die lieben Kinder. Ich würde sie so gern wiederhaben, die liebe Frau und die lieben Kinder.«

Er sammelte Dinge zusammen, einen Topf, eine Axt, zu trinken etwas, zu essen etwas, eine Decke für den Schlaf, und ein Messer zum Morden, falls gemordet werden musste. Dann machte er sich auf den Weg.

Nicht, dass sein Weg ein Ziel gehabt hätte. Der Bauer vergaß seinen Namen, es war ja niemand mehr da, dem er den Namen hätte sagen können. Er schaute auf das Grün am Wegrand, den Holunderstrauch, die Grasmatte, die ungemähte, die Eichen-, Buchen-, Lindenbäume.

»Ist der Tod über euch drüber, ohne euch zu berühren?«, fragte er und war neidisch. Er war sogar neidisch auf die Steine, denen der Tod bekanntlich nichts anhaben kann, gleich welche Zeiten herrschen, ob Pest oder nicht Pest.

So ging der Mann. – Sollten wir nicht besser sagen: So ging der Mensch?

So ging der Mensch.

Als es Abend war, fachte der Mensch ein Feuer an und baute sich eine Hütte aus Rinde und Werg, eigentlich eine Höhle, dorthinein vergrub er sich und drückte sich selbst die Augen zu und flüsterte irgendwohin in die Luft hinein: »Ich würde sie halt so gern wiederhaben, die liebe Frau und die lieben Kinder. Ich würde sie so gern wiederhaben, die liebe Frau und die lieben Kinder.«

In der Nacht schreckte er auf. Ein Lärm war nämlich, der drang aus dem Wald. Das Feuer vor der Hütte gloste nur noch ganz drinnen unter der Asche, und die Asche wurde von dem Wind, der vom Wald her wehte, aufgewirbelt, und sie drang in die Augen hinein, und der Mensch musste sich die Augen reiben, als hätte er geträumt. Aber er hatte nicht geträumt. Der Lärm vom Wald her war da.

Was lärmte denn so?

Aber es lärmte ja gar nicht, es war Musik. Gesang war es, lauter, ausgelassen fröhlicher Gesang. Fast hätte der Mensch mitgesungen. Da traten sie auch schon aus dem Wald, und wer sollte daran zweifeln – es waren Gespenster. Einen Nebel hauchten sie aus, der umwirbelte sie, so dass ihre Leiber an den Rändern zerflossen. Als wären sie bloß aus Hauch und Schnauf gemacht. Sie sangen Lieder, die der Mensch kannte, in einer Sprache, die er meinte, sie sei die seine, aber als er den Mund aufmachte, um nachzusagen, was er gesungen hörte, da wurden ihm die Worte fremd und zerflossen ihm auf der Zunge wie die Leiber der Gespenster im Nebel. Er hockte sich nieder und machte sich klein, zog seine Glieder an sich und lugte unter der Stirn hervor.

Die Gespenster tanzten um einen Wagen herum, der war schwarz und hoch, und er schwankte und wurde gezogen von zwei Pferden, denen das Fleisch von den Rippen hing, so dass man durch sie hindurchsehen konnte.

Oben auf dem Wagen saß die Pestjungfrau auf ihrem Thron, mit dem spitzen Hut auf dem Kopf, und sie dirigierte den Zug und rief: »Den da auch! Das da noch! Die da zudem!«

Sie zeigte auf einen Stein, auf ein Tier, auf eine Pflanze, und Stein und Tier und Pflanze, der da, das da, die da, verwandelten sich in Gespenster mit zerfließenden Rändern, mit langen Armen und langen Beinen, und sie schlossen sich den anderen an und tanzten um den Wagen herum und stimmten in die fröhlichen Lieder ein. So war es, dass sich Schritt für Schritt die Schar der Gespenster vergrößerte, und als sich die Schar dem Menschen näherte, der vor seiner Höhle hockte und unter der Stirn hervorlugte, war sie zu einem Heer angeschwollen, und nun standen die Geister still, als hätten sie Befehl vernommen.

Und der Mensch hörte die Stimme seiner Frau und die Stimmen seiner Kinder:

Kumm mit, kumm mit,
kumm mit-mit-mit
kumm mit-mit-mit
kumm mit, kumm mit!

Aber sehen konnte der Mensch seine Frau und seine Kinder nicht.

Die Pestjungfrau oben auf dem Wagen erhob sich von ihrem Thron und streckte den langen Arm aus, von dem in Fetzen die Haut hing, und sie drehte den Arm im Kreis und drehte sich selbst im Kreis, aber noch zeigte sie mit dem Finger nicht auf den Menschen, sondern auf die kleine Glut unter der Asche:

»Die da!«, rief sie.

Es knisterte und knasterte in der Glut und fauchte, als würde in sie geblasen, und da schoss auch schon eine Flamme empor und teilte sich in zwei Arme und zwei Beine und riss sich von der Asche los und war ein neues Gespenst, eines aus Feuer und Glut, aber lange hielten sich Feuer und Glut nicht, sie erloschen, und das Gespenst wurde grau wie der Nebel.

Wieder hörte der Mensch die Stimmen seiner Liebsten:

Kumm mit, kumm mit,
kumm mit-mit-mit
kumm mit-mit-mit
kumm mit, kumm mit!

Aber sehen konnte er seine Frau und seine Kinder immer noch nicht.

Die Pestjungfrau drehte ihren Arm weiter und drehte sich selbst weiter, aber sie zeigte wieder nicht auf den Menschen, sondern auf den Topf, in dem er sich sein Abendessen bereitet hatte, und auf die Decke, mit der er sich in der Nacht zugedeckt hatte:

»Den da!«, rief sie. »Die da!«

Der Eisentopf zerbarst in tausend Splitter, die kreisten umeinander wie ein Mückenschwarm über einem Tümpel und sammelten sich zu einem Kerl mit langen Beinen und langen Armen, der an den Rändern zu Nebel zerfloss. Die Zudecke aber wollte erst nicht, sie zerknüllte sich und hüpfte hierhin und dahin, dann streckte sie sich, als würde sie zwischen vier Händen gehalten und gespannt, und wellte sich und schüttelte sich und wringte sich und zerriss schließlich in vier Fetzen, die zu Armen und Beinen wurden, und endlich war da ein Gespenst wie die anderen.

Und wieder hörte der Mensch die Stimmen seiner Liebsten, und nun sah er, wie sich drei Schatten aus den Schatten lösten, und er sah in den Schatten die Gesichter seiner Frau und die Gesichter seiner Kinder, als wären sie in Nebel modelliert, und sie sangen eine Melodie, die er gut kannte, denn es war die Melodie, mit der er die Kinder in den Schlaf gewiegt hatte und die er zusammen mit seiner Frau gesungen hatte, wenn sie am Abend zusammen vor dem Haus saßen und auf das Feld schauten und zufrieden gewesen waren und gemeint hatten, sie sähen ihr ganzes Leben vor sich bis ins hohe Alter hinauf, ja, bis über den Tod hinaus und ins andere Leben hinüber, das es damals noch gab.

Aber die Worte, die seine Frau und seine Kinder sangen, waren nicht die gleichen wie in dem Lied aus der alten Zeit. Sie sangen:

Kumm mit, kumm mit,
kumm mit-mit-mit
kumm mit-mit-mit
kumm mit, kumm mit!

»Wohin geht eure Reise?«, fragte der Mann. Aber er bekam keine Antwort. »Was soll ich mitnehmen, was soll ich dalassen?« Er bekam wieder keine Antwort. »Seid ihr am Ende der Reise, wie ihr gewesen seid? Werden wir wieder irgendwo sitzen und singen und glücklich sein?« Und bekam auch darauf keine Antwort.

»Und ich darf dich nicht einmal küssen?«, fragte er die Frau. »Und ich darf euch nicht einmal kosen?«, fragte er die Kinder.

Da sanken die Schatten in die Schatten zurück, und die Stimmen wurden leiser:

Kumm mit, kumm mit,
kumm mit-mit ...

Und schon drehte sich die Pestjungfrau ein weiteres Mal auf dem hohen, schwankenden Wagen, und nun zeigte ihr Finger auf den Mann. Aber der war schneller. Er griff zur Axt, und schreiend stürzte er in das Gewölk und sprang auf den Wagen in drei mächtigen Schritten und holte mächtig aus. Fast hätte die Axt die Pestjungfrau getroffen, gerade vor ihrem Finger kam sie in der Luft zum Stehen, und da verwandelte sich auch die Axt in einen Nebelhauch, und der Mann fiel auf den Boden nieder, als wäre er nur in die Luft gesprungen, und das Heer brauste über ihn hinweg und über das Feld und über den Horizont.

Am Morgen erwachte der Mann, die Kleider waren ihm zerschunden, der Mund war ihm trocken, eine Hand konnte die andere nicht halten, die Knie stöhnten und weinten, und die Haare waren versengt. Die Speisen waren verdorben, und das Bier war sauer geworden.

Ein Füchslein war in der Nacht unter ihn gekrochen, das hatte mit dem Fell seinen Bauch gewärmt.

»Hast dich auch gefürchtet?«, fragte der Mann. Er streichelte das Füchslein, und das Füchslein ließ es sich gefallen. »Weißt du«, sagte der Mann, »ich hätte sie so gern wiedergehabt, die liebe Frau und die lieben Kinder. Nun aber habe ich dich. Und das Messer habe ich auch noch. Es soll uns nur einer kommen!«

Der Mann und das Füchslein wanderten aus dem Land hinaus, und dann sahen sie das Meer, und alles wurde gut.

53

Der Mantel

Der Vater lebte allein mit seiner Tochter. Wo war die Mutter? War sie gestorben? Manche behaupteten, sie sei ermordet worden. Und manche behaupteten, sie sei von ihrem Mann ermordet worden.

Der Vater wollte nicht, dass seine Tochter das Haus verlässt. Aber sie tat es doch. Sie war ein fröhliches Kind, und sie ging ihre eigenen Wege.

Der Vater fragte: »Wo ist meine Tochter?«

Und er bekam zur Antwort: »Sie ist draußen bei den Flüssen. Dort ist sie.«

Das Land, in dem sie lebten, war nämlich von drei Flüssen durchzogen.

Und am Abend fragte der Vater seine Tochter: »Was machst du bei den Flüssen? Sag mir das!«

»Ich rede mit ihnen«, antwortete sie. »Ich rede mit ihnen, und sie reden mit mir. Wenn ich mir keinen Rat mehr weiß oder wenn ich nicht weiß, wie ich den Tag hinter mich bringen soll, dann frage ich die Flüsse. Sie geben mir Rat, und sie sagen mir, wie ich den Tag hinter mich bringen soll.«

Der Vater sagte: »Wenn du etwas nicht weißt, dann komm zu mir! Ich weiß alles.«

Aber die Tochter ging weiter zu den Flüssen.

Und dann war die Tochter achtzehn Jahre alt, und sie war die Schönste im ganzen Land, und sie sagte: »Vater, es könnte sein, dass ich mir jemanden suche, den ich heirate.«

Der Vater sagte: »Das muss aber ein sehr guter Mann sein!«

Und sie sagte: »Ja, es wäre nicht schlecht, wenn er ein guter Mann ist.«

Und er sagte: »Nein, nein! So geht das nicht! Es *muss* ein sehr guter Mann sein! Darauf werde ich achtgeben!«

Und sie sagte: »Mir genügt es, wenn er einfach nur gut zu mir ist.«

Da verkündete der Vater im Land: »Wer meine Tochter haben will, die Schönste im Land, der soll sich melden!«

Es meldeten sich viele Männer, sehr viele. Aber nur drei kamen in die engere Auswahl. Der Erste war ein Geiger, der Zweite ein Baumeister, der Dritte ein Dichter.

Der Vater zeigte dem Geiger, dem Baumeister und dem Dichter seine Tochter.

»Seht sie euch an!«, sagte er. »Was haltet ihr von ihr?«

Der Geiger sagte: »Wunderschön ist sie! Schon nach dem ersten Blick liebe ich sie …«

Der Vater unterbrach ihn: »Red nicht herum! Sag mir, wie sehr du sie liebst!«

Der Geiger dachte nach und druckste herum, weil ihm zuerst nichts einfiel. Dann aber sagte er: »Jetzt weiß ich es. Ich liebe sie, wie ich das Abendrot im Frühling liebe, wenn es über der Aral-Tankstelle erstrahlt. Mehr liebe ich eigentlich nichts auf der Welt.«

»Das ist mir zu wenig«, sagte der Vater. »Liebst du sie mehr als dein Leben? Nur das will ich wissen.«

»Mehr als mein Leben?«, stammelte der Geiger. »Natürlich liebe ich sie mehr als mein Leben … Es kommt darauf an, wie man Leben definiert …«

»Würdest du für sie sterben?«

»Ja, das glaub ich, würde ich.«

»Wie kann ich das wissen?«, fragte der Vater.

»Mit meiner Musik«, sagte der Geiger, »kann ich es zeigen. Ich kann so spielen, dass du es weißt.«

»Gut«, sagte der Vater.

Dann fragte er den Baumeister, und wieder fragte er: »Wie sehr liebst du sie?«

»Siehst du«, sagte der Baumeister. »Ich liebe sie wie den ersten Schluck Wasser am Morgen. Mehr liebe ich eigentlich nichts auf der Welt.«

»Das genügt mir aber nicht«, sagte der Vater. »Liebst du sie mehr als dein Leben? Würdest du für sie sterben?«

»Das würde ich«, sagte der Baumeister.

»Wie willst du mir das beweisen?«

»Ich kann dir einen Palast bauen, der wird so wunderbar sein, dass jeder es weiß.«

»Dann bau diesen Palast«, sagte der Vater.

Nun war der Dichter an der Reihe. Er sagte: »Ich liebe nichts mehr als den Schlaf am Morgen, und so sehr liebe ich deine Tochter. Und ich liebe sie mehr als mein Leben. Und ich werde es dir beweisen mit einem Gedicht.«

»Dann schreib das Gedicht«, sagte der Vater.

Nach einer Zeit rief der Vater die Nachbarn zusammen und sagte zum Geiger: »Spiel!« Und zum Baumeister: »Zeig deinen Palast!« Und zum Dichter sagte er: »Trag uns dein Gedicht vor!«

Und dann fragte er die Nachbarn: »Ihr habt es gehört, ihr habt es gesehen. Was habt ihr gehört, was habt ihr gesehen?«

Und die Nachbarn sagten: »Ein schönes Geigenspiel haben wir gehört, einen schönen Palast haben wir gesehen, ein schönes Gedicht ist uns vorgetragen worden.«

»Und sonst nichts?«, fragte der Vater.

»Was denn noch?«, wurde er gefragt.

»Habt ihr nicht gehört und nicht gesehen, dass der Geiger, der Baumeister und der Dichter, dass sie meine Tochter mehr lieben als ihr Leben? Dass sie bereit sind, auf der Stelle für sie zu sterben? Habt ihr das nicht gehört, nicht gesehen?«

Da wurden die Nachbarn verlegen. »Nein«, sagten sie, »mit dem besten Willen, das haben wir nicht gehört und nicht gesehen.«

»Schade«, sagte der Vater, »sehr schade.«

Und zu den drei Männern sagte er: »Es gibt also nur eine Möglichkeit, wie ihr eure Liebe beweisen könnt.«

Und er hackte einem nach dem anderen den Kopf ab.

Eines Tages kam die Tochter mit einem jungen Mann daher. Und der konnte nicht Geige spielen, und ein Haus bauen konnte er auch nicht und ein Gedicht schreiben schon gar nicht. Er war auch nicht schön. Er war auch nicht besonders klug.

Die Tochter aber sagte: »Vater, den liebe ich. Den werde ich heiraten.«

Der Vater sah ihn an und sagte: »Du also! Du also. Und du liebst meine Tochter?«

Und der junge Mann sagte: »Ja. Ich liebe sie. Wenn sie friert, werde ich sie wärmen. Wenn die Sonne brennt, will ich ihr Schatten geben. Und vor den wilden Tieren in der Nacht will ich sie beschützen.«

»Nein, nein«, sagte der Vater. »So geht das nicht! Ob du für sie sterben würdest, das will ich wissen.«

»Das würde ich nicht«, sagte der junge Mann. »Ich möchte für niemanden sterben. Ich will, dass wir leben.«

»Dann bekommst du meine Tochter nicht«, sagte der Vater.

Da floh die Tochter. Mit dem Pferd des Vaters floh sie. Und ihr Bräutigam saß hinter ihr.

Der Vater aber geriet außer sich vor Wut.

Er geriet außer sich vor Wut, und das war so: Er löste sich in Luft auf. Er war Luft. Luft war er, und mit dem Wind flog er seiner Tochter und ihrem Geliebten nach, und als er sie erreicht hatte, ließ er sich von ihr einatmen, und nun war er in ihr.

Die Tochter und ihr Geliebter waren gerade beim ersten Fluss angekommen. Da kroch der Vater in die Augen der Tochter. Und aus ihren Augen heraus blickte er auf ihren Geliebten, und er sagte: »Was? Diesen Mann hier soll ich ein Leben lang anschauen? Nein!«

Und zum Fluss sagten die Augen: »Fluss, mach aus deinem Wasser Blut!«

Der Fluss aber, der sagte: »Das ist nicht gut. Aber weil du immer freundlich mit mir geredet hast, tue ich es doch für dich.« Denn der Fluss meinte, die Tochter spricht zu ihm. Und er verwandelte sein Wasser in Blut.

Als die Tochter den Fuß in den Fluss setzte, wich das Blut zurück, und sie kam trocken am anderen Ufer an. Aber als ihr Liebster in den Fluss stieg, floss das Blut zurück, und er musste durch das Blut schwimmen, und er war voll Blut, als er drüben ankam.

Sie erreichten den zweiten Fluss. Und dort schlüpfte der Vater, der ja Luft war, in ihre Arme. Sie wollte ihren Liebsten umarmen, da sagten die Arme: »Was? Den da, der so hässlich ist von verkrustetem Blut, den sollen wir ein Leben lang umarmen? Nein!«

Und zum Fluss sagten die Arme: »Fluss, mach aus deinem Wasser heißes Blei!«

Der Fluss aber, der sagte: »Das ist nicht gut. Aber weil du immer herzlich mit mir geredet hast, tue ich es doch für dich.« Denn er meinte ja, die Tochter spricht.

Und der Fluss verwandelte sein Wasser in heißes Blei.

Als die Tochter den Fuß in den Fluss setzte, wich das Blei zurück, und sie kam unversehrt am anderen Ufer an. Aber als ihr Liebster in den Fluss stieg, füllte sich sein Bett, und er musste durch das heiße Blei waten, und er war schrecklich verbrüht, als er drüben ankam.

Schließlich erreichten sie den dritten Fluss. Und dort schlüpfte der Vater in den Mund seiner Tochter. Und der Mund sagte: »Was? Den da? Der von Blut verkrustet ist und von Blei verbrüht, den da soll ich ein Leben lang küssen? Nein!«

Und zum Fluss sagte der Mund: »Fluss, mach aus deinem Wasser Messer!«

Der Fluss sagte: »Nur weil du immer höflich mit mir geredet hast, tue ich es für dich.«

Er verwandelte sein Wasser in Messer, und vor der Tochter wichen die Messer zurück, aber den Liebsten verwundeten sie grausam.

Und der Liebste konnte sich kaum noch rühren, und er sagte zu seiner Liebsten: »Jetzt muss ich doch für dich sterben.«

Und die Tochter flehte: »Nein, ich werde dich gesund pflegen. Ich liebe dich.«

Da verwandelte sich der Vater zurück in seine menschliche Gestalt und stand vor den beiden und zog einen Pfeil aus seinem Köcher und spannte ihn in seinen Bogen. Er wollte seine Tochter erschießen. Aber ihr Liebster warf sich mit letzter Kraft vor sie, und der Pfeil durchbohrte sein Herz.

Er umschlang ihren Hals. Sie hob ihn auf das Pferd und ritt mit ihm davon. Seine Hände lösten sich nicht voneinander. Er umarmte seine Geliebte, so starb er, und er umarmte sie auf ewig.

Die Tochter aber ritt in die Welt hinaus.

Die Sonne trocknete die Haut des toten Geliebten, der Frost zerbrach seine Knochen, und der Geliebte an ihrem Hals wurde leicht und geschmeidig wie ein Mantel, und in der Nacht schützte er sie vor den wilden Tieren.

Elende Herumtreiber haben mir diese Geschichte erzählt – so oder so ähnlich.

54

Der Mond

Ein Vater hatte sieben Söhne. Und eines Tages rief er die sieben zu sich. Und er sagte zu ihnen: »Ich bin krank und werde bald sterben. Ich habe mich nicht viel um euch gekümmert. Ihr habt mich weder interessiert, noch habe ich euch geliebt. Ich habe mich nur für meine Tiere interessiert.«

Zum ältesten Sohn sagte er: »Du, du sollst dich um die Pferde kümmern.«

Zum zweitältesten Sohn sagte er: »Du, du sollst dich um die Rinder kümmern.«

Der dritte sollte Sorge um die Schweine tragen, der vierte um die Ziegen, der fünfte um die Schafe, der sechste um Hund und Katze.

Zum jüngsten Sohn, dem siebenten, aber sagte er: »Du bist mir verantwortlich für das Ungeziefer und für das Geld.«

Und dann starb der Vater.

Der Vater hatte sich nicht um seine Söhne gekümmert, und um seine Frau hatte er sich auch nicht gekümmert. Er wusste nicht, dass sie schwanger war. Er starb, ohne das Kind gesehen zu haben.

Die Frau aber brachte ihr achtes Kind zur Welt, und es war ein Mädchen. Als sie niederkam, waren die Söhne auf dem Feld bei der Arbeit. Die Mutter sah, dass ihr Mädchen sehr hübsch war. Aber es störte sie etwas: Das Kind presste die Händchen vor den Mund. Sie riss ihm die Hände vom Gesicht und sah, dass das Kind Hauer hatte, ein Gebiss wie ein Wolf. Und da sagte sich die Mutter: Das soll niemand auf der Welt jemals sehen. Sie schob die Wiege mit dem Kind in eine leere Kammer und sperrte die Kammer ab.

Am Abend sagte sie zu ihren Söhnen: »Diese Kammer hier dürft ihr niemals betreten!«

So vergingen die Jahre. Das Mädchen war fünfzehn Jahre alt geworden und lebte noch immer in der Kammer.

Eines Nachts wachte der jüngste Sohn auf, er hörte ein Hauchen. Er verließ sein Bett, um nachzusehen, und er sah, dass über dem Pferdestall eine Wolke schwebte. Ich bin nicht für die Pferde verantwortlich, dachte er bei sich und legte sich wieder hin.

Am Tag fanden sie ein totes Pferd im Stall.

In der nächsten Nacht wachte der Jüngste wieder auf, und wieder hörte er ein Hauchen, und er sah, dass die Wolke diesmal über dem Rinderstall schwebte. Ich bin nicht verantwortlich für die Rinder, sondern für das Ungeziefer und das Geld, dachte er und schlief weiter.

Man fand ein totes Rind.

Und dann kamen ein Schwein dran und dann eine Ziege und dann ein Schaf. Nach der sechsten Nacht fand man den Hund und die Katze, und beiden war das Fell abgezogen. Und immer hatte der jüngste Sohn ein Hauchen gehört, und immer hatte er sich gesagt: Ich bin nicht verantwortlich.

Aber in der siebten Nacht, als er wieder das Hauchen hörte, kam es von unten aus der Stube. Und da sah der Jüngste die Wolke über der Schatulle mit dem Geld schweben. Nun sagte er sich: Dafür bin ich verantwortlich!

Er nahm sein Messer und stach in die Wolke. Blutstropfen fielen aus der Wolke. Er folgte den Blutstropfen. Sie führten ihn zu der Kammer, die abgesperrt war.

Am nächsten Tag stellte der Jüngste die Mutter zur Rede: »Was ist hinter dieser Tür? Wenn du mir nicht antwortest, werden meine Brüder und ich die Tür aufbrechen!«

Da sagte die Mutter: »Geht hinaus aufs Feld wie jeden Tag. Um Mittag komme ich und werde nicht allein kommen.«

Am Mittag kam die Mutter mit ihrer Tochter aufs Feld. Und das Mädchen hielt die Hand vor den Mund. Die Brüder sahen ihre Schwester an und verliebten sich in sie.

Der Jüngste aber sagte: »Warum hältst du deine Hand vor den Mund?«

»Lass sie doch!«, sagten die anderen. »Das sieht doch herzallerliebst aus. Lass sie!«

Und die Mutter sagte: »Jetzt habt ihr eure Schwester gesehen. Jetzt will ich wieder nach Hause gehen mit ihr.«

»Aber nein!«, riefen die Brüder. »Sie kann auf das Pferd aufpassen, das in der Senke steht.«

So geschah es.

Aber der Jüngste gab Obacht. Und dann hörte er wieder das Hauchen. Er stieg hinunter in die Senke und sah die Wolke. Er hob einen Stein auf und warf ihn in die Wolke. Und die Wolke regnete Blut. Und als alles Blut aus der Wolke geregnet war, sah der Jüngste seine Schwester. Sie saß in der Senke, neben ihr lag das tote Pferd.

Da drehte er sich um und lief davon, lief in die Welt hinaus und wollte nie wieder umkehren.

Bald kam der Jüngste in einen Wald, dort sah er einen Turm. Der Turm hatte keine Tür, hatte nur ein Fenster, und aus dem Fenster schaute eine junge Frau, die winkte ihm zu und rief, und sie hatte eine schöne Stimme.

»Komm zu mir!«, rief sie.

»Wie soll ich das?«, rief der Jüngste. »Der Turm hat ja keine Tür.«

»Du musst mir deine Hand geben«, sagte die Frau, »dann zieh ich dich empor.«

Der Jüngste reichte ihr die Hand, und sie zog ihn zu sich.

»Warum wohnst du in einem Haus ohne Tür?«, fragte der Jüngste.

»Das darf ich dir nicht sagen. Bleib bei mir!«, sagte die Frau.

Und das tat er.

Er lebte mit der Frau, und jeden Tag versprach er: »Morgen! Morgen werde ich eine Tür in den Turm schlagen! Morgen gewiss!«

Aber immer kam ihm etwas dazwischen. So ging es viele Jahre.

Sie fragte: »Willst du mich heiraten?«

Er sagte: »Ja. Ja … wenn ich die Tür in den Turm geschlagen habe … dann.«

Sie sagte: »Mach das bald!«

Er sagte: »Zuerst will ich noch einmal meine Familie sehen. Dann heiraten wir gewiss. Ich muss«, sagte er.

Die Frau gab ihm einen Kamm und einen Schleifstein und ein Stück Kohle. »Wenn du in Gefahr bist«, sagte sie, »dann wirf diese Dinge hinter dich.«

So ließ sie ihn ziehen.

Nach einer langen Wanderung kam der Jüngste in sein Dorf. Und schon von weitem sah er: Alles war tot. Auf den Straßen lagen die Tiere und die Menschen.

Er rief nach seiner Mutter und rief nach den Brüdern und suchte das Haus. Er fand das Haus, aber die Mutter war nicht da, und die Brüder waren nicht da. Da setzte er sich auf die Veranda vor dem Haus.

Und da hörte er hinter sich das Hauchen. Er drehte sich um. Seine Schwester stand in der Tür. Sie hielt ihre Hand vor den Mund. Sie war noch schöner geworden. Und da verliebte sich nun auch der Jüngste in sie. Und er sah, dass sie sich freute. Und er sagte zu sich: Jetzt weiß ich, warum ich die Frau in dem Turm nicht geheiratet habe. Aber er fürchtete sich auch vor seiner Schwester. Denn er erinnerte sich daran, als sie neben dem toten Pferd gesessen hatte, unten in der Senke.

Die Schwester sagte: »Komm, Jüngster! Ich koche für dich. Du wirst Hunger haben.« Sie nahm die Geige von der Wand und sagte: »Spiel! Dann kann ich dich hören, während ich in der Küche bin!«

Und der Jüngste spielte, und die Schwester war in der Küche.

Während er spielte, sprang ein Winziges auf sein Knie. Und es kroch weiter bis hinauf zu seiner Schulter. Und das Winzige flüsterte in sein Ohr: »Spiel weiter! Unterbrich nicht! Deine Mutter bin ich. Vor Angst bin ich so klein geworden. Deine Schwester hat alles getötet.«

Der Jüngste spielte und hörte nicht auf damit und sagte: »Das glaube ich nicht. Ich liebe meine Schwester. Und ich habe in ihren Augen gesehen, dass sie mich auch liebt. Ich glaube nicht, was du mir erzählst!«

Das Winzige sagte: »Es ist wahr, in alle hat sie sich verliebt. Aber ihre Liebe bedeutet, dass sie tötet, und sie wird auch dich töten, wenn du nicht fliehst!«

»Aber wie soll ich fliehen?«, fragte der Jüngste.

Das Winzige sagte: »Ich werde auf der Geige herumhüpfen, und das wird wie Musik klingen, und deine Schwester in der Küche wird denken, du bist es, der spielt.«

Da lief der Jüngste wieder davon.

Und dann kam die Schwester aus der Küche und sah, dass sie überlistet worden war. Sie griff nach dem Winzigen und verschlang es. Aber das Winzige schlüpfte durch die schrecklichen, großen, weißen Zähne und rutschte durch den Hals hinunter, schwamm durch den Magen, grub sich durch den Darm und floh hinten hinaus. Aber die Schwester ergriff es wieder und verschlang es, und wieder schlüpfte das winzige Tier durch sie hindurch. Und das ging so drei Mal. Am Ende packte die Schwester das winzige Ding und warf es zu Boden und zertrat es.

Und nun nahm die Schwester die Verfolgung auf. Sie lief ihrem Bruder nach, dem jüngsten. Er spürte, dass sie hinter ihm war. Aber er dachte: Nein, ich drehe mich nicht um, denn wenn ich sie sehe, kann ich nicht anders, dann muss ich mich in sie verlieben, und dann bin ich verloren.

Da fiel ihm der Kamm ein, den ihm die Frau im Turm gegeben hatte. Und er warf ihn hinter sich. Der Kamm verwandelte sich in einen See, der nun zwischen ihm und der Schwester war. Aber die Schwester trank den See aus und nahm weiter die Verfolgung auf.

Da fiel ihm das Stück Kohle ein, das ihm die Frau im Turm gegeben hatte. Er warf es hinter sich, und die Kohle verwandelte sich in einen Brand. Die Schwester aber saugte den Brand in ihre Lungen und löschte ihn so und nahm weiter die Verfolgung auf.

Da fiel ihm der Wetzstein ein, den ihm die Frau im Turm gegeben hatte, und er warf ihn hinter sich, und aus dem Wetzstein wurde ein Berg, und die Schwester bohrte sich durch den Berg und nahm weiter die Verfolgung auf.

Da waren sie auch schon in dem Wald angekommen, in dem der Turm stand. Der Jüngste lief auf den Turm zu, und aus dem Fenster schaute die Frau.

Sie rief: »Komm, gib mir deine Hand! Ich kann dich retten! Wärst du doch nur bei mir geblieben! Hättest du mich doch nur geheiratet! Hättest du doch nur die Tür in den Turm gebrochen!«

Sie nahm seine Hand und zog. Aber da war auch schon die Schwester, und sie ergriff den Fuß des Jüngsten und zog. Und die Frau zog den Jüngsten zu sich hinauf, und die Schwester zog ihn zu sich hinunter. Und so war der Jüngste gespannt zwischen die Frau oben und seine Schwester unten.

Und dann wurde es Nacht, und in der Nacht kam der Mond, und der sah, dass der Jüngste gespannt war zwischen die Schwester und die Frau. Und er sagte: »Siehst du, so geht es mir auch. Einmal bin ich im Schwarzen, einmal bin ich im Weißen. Einmal im Hellen, einmal im Dunkeln. Du musst es aushalten! Halt es aus!«

55
Mann und Löwe

In Süddeutschland, glaube ich, war's, da lebten zu der Zeit, als einer mit Herzeigen wilder Tiere noch seinen Unterhalt bestreiten konnte, ein Mann und ein Löwe, die zogen von Dorf zu Dorf und zeigten sich her. Der Löwe war schon alt und der Mann längst nicht mehr jung, und sie hatten einer nur mehr den anderen und sonst niemanden auf der Welt. Der Löwe aß gut dreimal so viel wie der Mann, der Mann aber trank gern einen Wein und kleidete sich fein, und so hob sich die Rechnung wieder auf, und keiner konnte dem anderen vorwerfen, er brauche mehr.

Das sagt aber schon, dass sich Mann und Löwe tief im Herzen nicht besonders gut leiden konnten. Manchmal schon hatte sich der Mann seine detaillierten Gedanken gemacht, wie er den Löwen mit einigermaßen Anstand loswerden könnte, denn er war ihm manchmal ein Klotz am Bein. Wie hätte er ihn zum Beispiel auf einen Tanzabend mitnehmen sollen? Hätten doch alle Reißaus genommen! Wie hätte er da ein Mädchen kennenlernen sollen? Man fürchtet sich ja vor einem Löwen, das ist uns natürlich. Niemandem, der sich von dem Mann abgewendet hätte, wäre dies vorzuwerfen gewesen.

Einmal hatte der Mann eine übermütige Frau getroffen, eine Witwe, die nur noch das Leben wollte und nicht ein besonderes Leben, die wäre einverstanden gewesen mit einer Gemeinschaft Mann/Frau/Löwe, vorausgesetzt, der Löwe würde draußen schlafen, im Garten, in einem Zwinger, und das auch im Winter. Der Mann wohnte nämlich mit seinem Löwen in einem Häuschen am Rand eines Dorfes, sie beide hatten sich einiges gespart und sich diese Bleibe geschaffen, ein festes, sicheres Plätzchen, von dem aus sie ihre Tourneen starteten und wohin sie an den Wochenenden zurückkehrten, um einen friedlichen Sonntag im Eigenen zu verbringen. Es wäre gut Raum gewesen in dem Häuschen für alle drei. Für den Löwen hatte der Mann in einem Zimmer Stroh

ausgelegt und ein Stück Baumstamm aufgestellt, damit er daran seine Krallen wetzen, und eine kleine Badewanne, aus der er Wasser trinken konnte. In die Wand hatte er eine Klappe eingelassen, damit der Löwe, wann immer es ihm ein Bedürfnis war, in den Garten hinauskonnte, um seine Notdurft zu verrichten oder in der Nacht bei Vollmond von dem fernen Afrika zu träumen, wo er als junge Katze den Antilopen hinterhergejagt war und sich mit seinen Brüdern die blutige Schnauze gerieben hatte.

Aber die Witwe stieß sich am Geruch des Löwen, der sei beißend und scharf und erinnere sie an zu scharf angebratenes und zu beißend gewürztes Fleisch. Da nützte es auch nichts, dass ihr der Mann versicherte, der Löwe ernähre sich schon seit Jahren nur noch von Gemüse und altem Brot und Äpfeln und allen möglichen Essensresten, auf keinen Fall aber von Fleisch, denn sonst könnte er ihn gewiss nicht halten, sonst würden die Instinkte aus ihm herausbrechen wie die Lava aus einem Vulkan, zuvorderst der Mörderinstinkt, und längst schon hätte er ihn, seinen Herrn, zerrissen. Aber die Witwe stieß sich auch an dem Brüllen, und es war ihr auch keine Beruhigung, als ihr der Mann erklärte, der Löwe brülle nur morgens und abends und jeweils nur kurz und bündig, dazwischen sei er ruhig wie eine Hauskatze, ja, er schlafe bis zu sechzehn Stunden am Tag, da könnten Kinder auf ihm herumtollen, sie hätten nichts zu befürchten.

Die Witwe stellte den Mann schließlich vor die Alternative: ich oder er. Was blieb dem Mann anderes übrig, als sich für den Löwen zu entscheiden, er hatte ja nichts anderes gelernt, als Löwen zu bändigen und Löwen vorzuführen, und um etwas Neues aufzubauen, mit dem sein Brot und dann noch das Brot einer Frau zu verdienen wäre, dazu reichte ihm die Zeit auf Erden wohl nicht mehr.

Da ging die Frau.

Und wenn bereits vorher die Beziehung des Mannes zum Löwen und des Löwen zum Mann eine distanzierte gewesen war, entfernten sich die beiden innerlich nun noch weiter voneinander. Sie gingen an den Wochentagen gemeinsam ihrer Arbeit nach, zogen von Dorf zu Dorf, führten auf den Marktplätzen ihre Kunststücke vor. Der Löwe sprang durch einen Feuerreif, anschließend balancierte er über ein Seil und ließ dabei den Mann auf seinem Rücken reiten. Der Mann hielt sein Gesicht in den Rachen des Löwen, während dieser knurrte. Der Löwe erhob sich auf seine Hinterbeine, und Mann und Löwe tanzten Foxtrott zu einer Musik aus einem alten batteriebetriebenen CD-Player. Nur noch selten führten sie allerdings den Rechentrick vor und auch nur vor Kindern, die Erwachsenen ästimierten Kopfrechnen nicht mehr, seit sie selbst das Kopfrechnen verlernt hatten. Am Ende der Veranstaltung brüllte der Löwe einmal laut und holte mit der Tatze aus und tat, als setze er zum Sprung an.

An den Wochenenden war jeder für sich allein, der Löwe tagsüber in seinem Zimmer, nachts draußen im Garten, das Haupt zu den Sternen erhoben.

Irgendwann kalkulierte der Mann seine Ersparnisse und kam zur Einschätzung, das Geld reiche bis an sein Lebensende aus, aber nur, wenn er den Löwen aufgäbe. Er kannte einen Tierpräparator, der hatte ihm schon vor langer Zeit ein Angebot gemacht, er wisse einen Kunden, hatte er gesagt, der sei an einem ausgestopften Löwen interessiert, könne es sich aber nicht leisen, selbst einen in Afrika zu schießen, und wolle das auch nicht, denn er habe großen Respekt vor allen Tieren, vor Wildkatzen im Besonderen. Damals hatte der Mann das Angebot abgelehnt, hatte dabei seiner Stimme einen Ton der Empörung gegeben, vor allem aber deshalb, weil er in Versuchung geraten war, das Angebot anzunehmen.

Nun sprach der Mann seinerseits bei dem Präparator vor. Der sagte, er müsse sich erst ein Bild von dem Löwen machen, er werde sich bei der nächsten Vorstellung – welche die letzte sein sollte – unter die Zuschauer mischen.

Der Löwe sah nicht mehr gut aus. Die Mähne war licht geworden, sein Fell stumpf und schlaff, seine Augen hatten kein Feuer mehr, und die Krallen waren bis auf Stümpfe abgewetzt, außerdem fehlte einer der Reißzähne.

Die Augen seien kein Problem, sagte der Präparator, die würden ohnehin durch Glasaugen ersetzt, auch wegen der Krallen sorge er sich nicht, da gäbe es inzwischen naturgetreue aus hochwertigem Kunststoff, die sähen sogar echter aus als die echten. Ebenso unproblematisch sei der fehlende Reißzahn, auch der könne ersetzt werden. Wahrscheinlich werde er ohnehin das gesamte Gebiss gegen ein künstliches austauschen, die Zähne seien inzwischen braun und unansehnlich. Was alles in allem freilich eine Preisverminderung zur Folge hätte, falls er sich zu einem Ankauf des Kadavers entschlösse. Große Schwierigkeiten allerdings würde die Aufbesserung der Mähne und des Fells bereiten. Natürlich sei es möglich, Haare in die Mähne einzusetzen, um sie voluminöser aussehen zu lassen. Aber erstens sei das zeitaufwändig, also teuer, zweitens bekomme man kaum noch originales Löwenhaar. Der Handel sei streng kontrolliert, die Ware auf dem Schwarzmarkt immens teuer. Eingefärbtes Pferdehaar sei zwar auch schon verwendet worden, enttäusche letztendlich aber. Eine Verjüngung des Fells hingegen sei so gut wie unmöglich. Es müsse eben darauf vertraut werden, dass der Käufer mit dem realen Aussehen eines jugendlichen Löwenfells nicht vertraut sei und meine, ein Löwe sehe von nahem eben so aus.

Der Mann war mit allem einverstanden. Er rechnete durch, dass die Schlachtung, der Abtransport des toten Freundes und die Präparierung zusammengenommen zwar mehr koste als die bloße Entsorgung, entschied sich aber doch für die Präparierung. Es war eine letzte Ehrenbezeugung vor seinem Löwen.

Was der Mann nicht ahnte: Auch der Löwe hatte beschlossen, sich von dem Mann zu trennen. Er hatte bei seinen nächtlichen Streifzügen durch die Gegend einige Tiere kennengelernt – einen Schäferhund, der von zu Hause verjagt worden war, einen gefleckten Kater, der nie einen Herrn oder eine Herrin besessen hatte, einen uralten Papagei, dem der Besitzer gestorben war, ein Schwein, das dem Schlachthof entflohen war und nur einen Gedanken noch hatte, nämlich Rache. Der Löwe wollte den Mann aus dem Haus vertreiben und die Tiere bei sich aufnehmen. So stellte er sich seinen Lebensabend vor: Er würde das Haus besorgen, die Zimmer rein halten, sich um Frieden und Unterhaltung kümmern, Neugierige und Feinde abwehren, und seine Tiere würden ihm als Gegenleistung das Fressen bringen und die Läuse aus dem Pelz zwicken.

Dann aber wurde der Mann krank am Herzen, und es dauerte nicht lange, und er starb. Der Löwe fand ihn in der Küche liegen, er war beim Abendessen von seinem Stuhl gefallen. Da tat es dem Löwen leid, dass sie sich in den letzten Jahren auseinandergelebt hatten. Es war Nacht, und er schlich sich hinaus in den Garten unter den Mond. Er wusste, es war ein weiter Weg bis nach Afrika. Er würde das Land in seinem Leben nicht erreichen können, nie wieder würde er mit seinen Brüdern die blutigen Schnauzen reiben. Und vielleicht, dachte er, vielleicht würde ich mich in Afrika nicht mehr zurechtfinden. Er vermisste die Kunststücke nicht, die ihm der Mann beigebracht hatte. Aber den Mann vermisste er doch.

Er kroch in die Küche zurück und riss dem toten Mann den Arm vom Leib und fraß ihn auf. Dann legte er sich neben ihn nieder und schlief ein. Am nächsten Morgen fraß er den zweiten Arm und schlief wieder und schlief durch den ganzen Tag hindurch bis in den Abend. In der Nacht sammelte er die Tiere ein, mit denen er sich angefreundet hatte, den Schäferhund, den gefleckten Kater, den Papagei und das Schwein, das auf Rache sann. Er sagte, er habe ein Willkommensmahl für sie vorbereitet. Jetzt sei es so weit, sie hätten endlich eine Heimat.

In Süddeutschland war's, glaube ich, ja, ich glaube, man las davon in der Zeitung.

56

Bier aus Eierschalen

Man traut sich nicht, laut über die Elfen Böses zu sagen. Böses über sie denken darf man getrost, soll man sogar. Laut nennen soll man sie: »The Good People«. Wenn man mimisch geschickt ist, darf man dabei ein ironisches Gesicht schneiden, bei Ironie kommen sie nämlich nicht mit.

Elfen sind vom Himmel gestoßene Engel, sie haben zwar nicht auf der Seite Luzifers gekämpft, aber sie haben stillschweigend mit seiner Sache sympathisiert, als es so aussah, als ob er gewönne. Das hat dann genügt, als er verloren hat. Aus dem Himmel mussten sie. Jedoch ihre Schuld war zu leicht, und so sanken sie nicht bis in die Hölle hinunter, grad bis zur Erde reichte es. Sie sind maximal zwei Zentimeter groß und so leicht, dass sie auf einen Tautropfen steigen können, ohne dass der zerfließt, nur zittern tut er. Wenn sie sich an die himmlische Wonne erinnern, sind sie schön, wenn sie sich an ihren bösen Opportunismus erinnern, sind sie krottenhässlich. Dann tun sie auch Hässliches.

Zum Beispiel kam Frau Sullivan aus Nenagh eines Morgens die Stiege herunter, um nach ihrem Kind zu sehen, da war aus dem prallen, polierten, lieben Glückskuchen ein verschrumpeltes, hautabschuppendes Ding geworden, das auch nicht einmal »Agi-Ai!« zum Morgengruß rief wie sonst immer. Seine Augen waren brennend rot entzündet, und der Mund schrie die ganze Zeit, was wie ein auffrisiertes Moped klang, nach drei Stunden hätte Frau Sullivan den Balg am liebsten an die Wand geworfen. Aber ein bisschen, nämlich ganz weit im hintersten Gesichtseck, erinnerte das Ding eben doch an ihren kleinen Patrick.

Frau Sullivan besprach sich mit den Nachbarsfrauen, und man kam zur Ansicht, und man fasste die Überzeugung, dass die Elfen den kleinen Patrick, den zum Platzen gesunden, in der Nacht mitgenommen und gegen diesen da eingetauscht hätten. Und die Nachbarinnen rieten der Frau Sullivan, sie solle den Unterschleif heimzahlen und den Falschen aus der Wiege reißen und auf einen glühenden Rost legen oder, wenn es ihr vorm Angreifen graust, eine glühende Zange nehmen und ihm die Nase damit zwicken, das ginge auch.

Aber weil im hintersten Gesichtswinkelchen der Gräuliche dem Lieben glich, tat das Frau Sullivan nicht. Sie fütterte den Schreihals, und der fraß wie ein Metzgershund, aber er setzte nichts an, keine Spur von Prallheit.

Da traf Frau Sullivan eines Tages die graue Lene, die zu sagen wusste, wo der Tod umgehe und was für der Seelen Ruhe gut sei, und sie erzählte, und die Kluge sagte:

»Seid Ihr sicher, dass es so ist?«

»Bin ich«, sagte Frau Sullivan.

»Dann Folgendes!«, sagte die graue Lene und schnitt geschickt Grimassen. »Lade doch The Good People zu deinem wirklich vorzüglichen Bier ein, das nur du in ganz Nenagh so vorzüglich zu brauen verstehst!«

Frau Sullivan konnte die geschickten Grimassen der grauen Lene lesen, und sie wusste auch, warum sie so geschickt ihr Gesicht verzog, nämlich weil unsichtbar die Elfen überall herum waren und die nicht hören sollten, was geplant wurde.

Daraufhin gingen Frau Sullivan und die graue Lene zu einem Schafstall, wo es stank und ein grauenhafter Blöklärm war, und sie stellten sich mitten unter die Schafe. Bei diesem Lärm können die Elfen nichts mitkriegen, außerdem mögen sie Schafe nicht, das kommt noch vom Lamm Gottes her.

»So«, sagte die graue Lene, »du stellst die Wiege neben den Herd, dann wirfst du Eierschalen in siedendes Wasser, und wenn du gefragt wirst, was das werden soll, sagst du, das wird Bier aus Eierschalen, und dann stößt du dem Frager, ganz gleich, wer es ist, den Schürhaken, den du vorher ins Feuer gelegt hast und der inzwischen glühend sein muss, in den Rachen.«

Und genauso tat Frau Sullivan. Wo war eigentlich Herr Sullivan? Niemand hat eine Ahnung! Das kleine Unwesen in der Wiege schaute recht aufmerksam zu, wie die Frau Feuer machte, und als sie den Kessel mit Wasser aufsetzte, leckte es die Lippen, und als sie die Eierschalen in das kochende Wasser warf, hob es das schrumpelige Köpfchen.

Und endlich fragte das Ding mit der schartig rauen Stimme eines alten Mannes: »He, Mutter, was soll das werden? Was köchelt Ihr da?«

Der Frau Sullivan war zumut, als ob ihr der Schnauf genommen würde. Aber sie ließ sich nichts anmerken. Nur schielte sie heimlich auf den Schürhaken im Feuer, ob der schon rot wäre. War er aber noch nicht.

»Ich?«, sagte sie. »Du willst wissen, was ich da braue, mein Söhnchen?«

»Ja, Mutter«, ruchelte es aus der Wiege. »Was braut Ihr da? Ist's Bier?«

»Was soll's auch anderes sein als Bier?«, sagte sie.

»Ein feines Bier?«

»Mein berühmtes Bier.«

»Und warum braucht's dazu Eierschalen?«

»Weil's ein Bier aus Eierschalen wird«, sagte Frau Sullivan.

»Was denn!«, rief das leichte Teufelchen und richtete sich in der Wiege voll auf. »Ich bin nun schon tausendundfünfhundert Jahr alt und hab noch nie ein Bier aus Eierschalen getrunken!«

»Dann tu's jetzt!«, schrie Frau Sullivan und zog den roten Schürhaken aus dem Feuer. Aber sie glitt aus und fiel hin, und der Schürhaken rutschte quer über den Küchenboden und bremste erst beim Stuhl und versengte ein Stuhlbein.

Aber – keine Sorge! – das Angefangene hat doch genützt, der hässliche Elfenbalg war davon, und in der Wiege lag prall und blank wie zuvor, mild lächelnd und fein schnärchelnd, das liebe kussfrohe Eigene.

Nur ein Gestank blieb zurück, ein sogenannter Elfenfurzgestank, der ist nicht so leicht aus der Stube zu bringen, da muss viel Weihrauch abgeglost werden. Auf ihren Gestank sind die Elfen besonders stolz, weil sie meinen, so stinken kann ein Mensch nicht. – Keine Ahnung haben sie! Keine Ahnung!

57

Das Kasmandl

Das Kasmandl ist klein und breit und hat eine Joppe an, die ist klein und breit und schwer, und hat eine Hose an, die ist klein und breit und schwer und grob, und hat Schuhe an, die sind klein und breit und schwer und grob und hart wie Buchenholz. Das Kasmandl braucht ein ganzes Jahr, um ein einziges Wort zu lernen, und nach drei Jahren vergisst es das Wort wieder. Das Kasmandl ist mehr als hundert Jahre alt; jetzt kann man sich ungefähr ausrechnen, wie viele Wörter es reden kann.

Manchmal kommt das Kasmandl ins Tal herunter und stellt sich am frühen Morgen vor die Tür eines Hauses und wartet, bis die Tür aufgemacht wird von innen und ein Mensch dasteht, der fragt, was es will. Dann sagt das Kasmandl:

Will ein Biss
Will Brot, weil Not

Wenn man ihm dann nur einen Ronken Brot gibt und sonst nichts dazu, dann sagt es:

Gut für Bauch
Will Milch auch

Wenn ein Mensch aber besonders freigebig ist und Brot, Milch, Butter, ein Rad Schinken und eine Banane rausrückt, dann neigt das Kasmandl seinen eisgrauen Kopf, so dass der Bart bis weit über das Bäuchlein hängt, und sagt:

Essen gut
Brauch noch Hut

Und wenn der Mensch dann empört ist und dem Kasmandl vorwirft, dass man nicht immer nur fordern soll, dass man auch einmal dankbar sein muss, dann wirft das Kasmandl alles von sich, was es geschenkt bekommen hat, und ruft aus:

Böse, du
Nimmer Ruh

Und läuft davon. Der Mensch aber hat von da an keine Ruh mehr in seinem Leben, keine Nacht schläft er mehr durch, und wenn er sitzt, denkt er ans Gehen, und wenn er geht, denkt er ans Liegen, und wenn er liegt, denkt er ans Stehen. Bis er sich zuletzt an einem Baum womöglich aufhängt.

Da war einmal ein Jäger, der schoss zur Winterszeit hoch oben in den Bergen eine Gams, eine junge dazu, und weil er schon so lange auf den Beinen war, ohne dass er etwas zwischen die Zähne gekriegt hatte, dachte er bei sich: Wenn ich diese herrliche junge Gams ins Tal hinunterschleppe, was sicher fünf Stunden dauert, dann kommt womöglich von hinten ein Fuchs angeschlichen und beißt mir Stück für Stück von der zarten jungen Beute herunter, ohne dass ich es merke, und wenn ich unten ankomme, sind nur noch die Kutteln und die Flachsen übrig. Wenn aber, angenommen, der Fuchs nicht kommt und auch sonst niemand und ich die Beute heil ins Tal bringe, dann tut mir, erstens, der Buckel weh, zweitens bin ich so müde, dass ich mich hinlegen muss, was die Kollegen ausnützen werden, um mir die zartesten Brocken vor der Nase wegzuessen.

Deshalb beschloss der Jäger, in einer verlassenen Almhütte Rast zu machen und sich einen Festbraten zu gönnen. Sicher, so dachte er, hat der Senn, als er im November die Hütte verließ, ein paar Zwiebeln zurückgelassen und auch einen Laib Brot und ein paar Kartoffeln.

Und so war's auch.

Das war eine schöne Hütte, eine gemütliche Hütte! Da lag auch Brennholz und gar nicht wenig. Draußen fiel der Schnee in handtellergroßen Flocken vom Himmel, bis zum Gürtel war der Jäger eingesunken, seine Beinkleider waren durchnässt und seine Hände klamm, und ihm war kalt bis hinein in die Knochen. Da machte er sich im Herd ein Feuer an und rieb darüber die Hände. Er griff in seinen Hosensack und holte ein Schnapsfläschchen heraus und trank und war glücklich.

Dann brach er mit seinem Messer die Gams auf, nahm die Leber heraus, freilich waren da Zwiebeln, freilich auch Brot und Kartoffeln, sogar Salz, und warf alles miteinander in die Pfanne, und die stellte er auf den Herd, und bald begann es zu duften und zu prasseln.

»Ich bin glücklich!«, rief der Jäger in die Hütte hinein, die inzwischen so bullig warm war, dass kein Lebewesen der Welt lieber im Schloss des Königs gewesen wäre als hier. »Ich bin glücklich!«

Da hörte er hinter dem Ofen ein Rascheln. Da war nämlich eine Kiste, in der lag Stroh, wie man es braucht, wenn man den Boden sauber halten will.

»Was raschelt da?«, fragte der Jäger. Aber er griff nicht zu seiner Flinte. So gut gelaunt war er, dass er in niemandem einen Feind sah, wär's auch der Teufel selber gewesen.

Aus dem Stroh krabbelte das Kasmandl. Es hatte hier Unterschlupf gefunden im Winter. Es sah den Jäger an mit seinen eisgrauen Augen und schnupperte und sagte:

Gut schmeck
Will leck

»Bist herzlich eingeladen!«, sagte der Jäger, und weil er einen Spaß machen wollte, fügte er hinzu: »Und wenn du noch einen Wein und einen Käs hast, dann haben wir's besser als der König.«

Das Kasmandl verschwand kurz unter dem Stroh, gleich war es wieder da. In der einen Hand hielt es eine Weinflasche, in der anderen einen Teller mit Käse, und es lachte und tanzte und sang dazu:

Käs ist räß
Wein ist fein
Zwiebel scharf
Essen darf

Das Kasmandl übernahm Kochlöffel, Töpfe und Pfannen und hantierte, der Jäger legte sich zu einem kleinen Schläfchen aufs Ohr und genoss die Gerüche und ließ sie in seine Träume hineinwehen.

Und dann …

Dann gab's ein Festessen: Gamsleber mit Zwiebeln angebraten, dazu Rösti und in Fett geröstete Brotbröcklein, mit Käse überbacken, und Wein, erst eine Flasche, dann eine zweite.

Und als sie gegessen und getrunken hatten und am Boden lagen, weil ihre Bäuche es so verlangten, da sagte der Jäger: »Jetzt fehlt mir eigentlich nur noch ein Pfeifchen Tabak.«

Und schon verschwand das Kasmandl, und schon war es wieder da, und in beiden Händen hielt es je eine Tabakspfeife, eine für den Jäger, eine für sich selber.

Einen schöneren Abend, das musste sich der Jäger eingestehen, hatte er noch nie erlebt.

»Was kann ich Gutes für dich tun?«, fragte er das Kasmandl. »Dir verdanke ich den schönsten Abend meines Lebens, die Gams hat besser geschmeckt, als sie im feinsten Restaurant der feinsten Stadt schmecken würde, die Rösti waren auf dem Punkt, die Brotbröcklein mit dem geschmolzenen Käse ein Gedicht, und der Wein stellt den besten Italiener in den Schatten. Und zuletzt der Tabak, edelster Virginia! Was kann ich Gutes für dich tun?«

Das Kasmandl lachte unter seinem eisgrauen Bart über sein ganzes eisgraues Gesicht, und leise begann es zu singen:

Hässlich klein
Freund will sein
Im Herzen drin
Bei dir ich bin
Bin hässlich klein
Doch Freund will sein

»Ich verspreche dir«, sagte der Jäger, »ich werde jedes Jahr um diese Zeit hierherkommen und eine Gams mitbringen, eine junge, zarte, und wir beide werden uns einen schönen Abend machen, und ich werde alles mit dir teilen. Das schwör ich!«

Ach, könnt ihr euch denken, wie es ausging? Warum kann nicht einmal etwas gut ausgehen? Oder überhaupt nicht ausgehen? Einfach so weitergehen?

Eine Zeit ging es auch so weiter. Jedes Jahr kam der Jäger mit einer Gams, und das Kasmandl kochte und briet und zauberte Wein herbei, so gut, wie er nicht einmal im Keller des Königs gelagert wurde, und sie verbrachten ihren schönen Abend und schmauchten zuletzt ihr Pfeifchen. Aber dann verliebte sich der Jäger und verlobte sich. Sie war eine Jägerin, was das Verlieben und Verloben natürlich erleichterte, weil ein Riesenhaufen gleicher Interessen da war, gute Schützen waren sie beide, er nicht besser als sie, sie nicht besser als er, so dass kein Streit zwischen ihnen aufkam. Er mochte an ihr, dass sie so weich war. Sie mochte an ihm, dass er ein warmes Herz hatte.

Und dann eines Tages im Winter sagte der Jäger zu seiner geliebten Verlobten: »Du, ich habe eine Überraschung für dich.« Und damit meinte er: die Almhütte und das Kasmandl und ein unübertreffliches Menü und einen Spitzenwein und hinterher ein Pfeifchen.

Die Jägerin – das braucht nicht erwähnt zu werden, ich tu's trotzdem, der Form halber – war natürlich sehr schön. Und das Kasmandl hat sich in sie verschaut. Das war abzusehen. Daran hat der Jäger aber vor lauter Verliebtheit nicht gedacht. Das Kasmandl sagte:

Frau so viel schön
Soll mit mir gehen

Da lachten der Jäger und die Jägerin.

Das Kasmandl sagte:

Hast geschworen
Sonst Freund verloren

Da lachte der Jäger noch lauter: »Ich kann dir doch nicht meine Verlobte geben! Sie ist eine schöne Frau, du bist ein hässlicher Zwerg!«

Das Kasmandl aber sagte:

Hast versprochen
Hast gebrochen

Und sie lachten das Kasmandl aus, der Jäger und die Jägerin, und das Kasmandl merkte sehr wohl, dass es ausgelacht wurde, und es rief:

Wer mich lacht
Zu Stein gemacht

Da waren der Jäger und die Jägerin zu Stein gemacht, und der Stein war hart und kalt. Und der Stein sah aus, als hätte er zwei Gesichter, und in den Gesichtern die Münder, die standen offen, weit offen, wie Münder eben offen stehen, wenn gelacht wird. Nur dass ein Stein nicht lachen kann.

Das Kasmandl aber war sehr betrübt, und es sang:

Nix mehr han
Selber tan

Nix mehr han
Selber tan

Dann ging es fort, das Kasmandl, das kleine und breite mit der Joppe, der kleinen und breiten und schweren, und der Hose, der kleinen und breiten und schweren und groben, und den Schuhen, den kleinen und breiten und schweren und groben, die hart waren wie Buchenholz.

58

Das Raudale

Es war einmal eine Witwe, die lebte prall in einem Schloss, und dienstags und mittwochs ließ sie sich in die Stadt stolzieren, wo sie Reden führte und damit angab, dass sie im Leben nur ihrem verstorbenen Gatten treu gewesen sei und nur ihm nachtrauere und keinem anderen Mann je ein Auge nachgeworfen habe und nachwerfe. Derweil sie in der Stadt genau das und nichts anderes tat. Und dann wurde sie schwanger und brachte einen Buben zur Welt, und alles wäre aufgeflogen. Darum legte sie das Kind in einen Korb, streute eine Handvoll billiger Münzen drüber und warf den Korb in den Bach, der überall nur der Schönebach genannt wurde.

Bei der Mühle klemmte sich das Babyschiffchen in das Mühlrad, und dem Müller blieb nichts anderes übrig, als das Menschlein aufzuziehen. Und so schwer fiel ihm dieser Entschluss auch gar nicht. Warum? Das Menschlein war nämlich schön. Und wie! Und schöne Menschen gibt es selten. Man fütterte es zu einem Fünfzehnjährigen auf, und man war stolz. Denn fix im Kopf war der Bub obendrein.

Die Leute sagten: »Dass der Müller so einen zusammengebracht hat!«

Der Schulweg des Buben führte an dem Schloss der bissigen Witwe vorbei, und die sah den Schönen eines Tages durch ihr Fenster und erkannte ihn. Denn schöne Menschen gibt es selten. Und man merkt sie sich von klein an bis groß. Sie schlich ihm hinterher und wusste nun, wo er wohnte.

Sie schickte einen Boten zum Müller: »Verjage den Schönen! Wenn du es nicht tust, nehme ich dir die Mühle weg.« Das war die Nachricht, die der Bote zu überbringen hatte.

Ja, die Mühle gehörte der bitter Rasenden oben im Schloss, die es nicht ertragen konnte, ein Schönes in der Nähe zu haben, und sei es auch eines aus ihrem eigen Fleisch und Blut.

Der Müller und sein Anhang steckten die Köpfe zusammen und berieten und kamen zur Einsicht, dass sie genug des Schönen gesehen hätten und dass es ausreichen würde bis ans Ende ihres Lebens und sie deshalb auf den Schönen verzichten könnten.

»Zieh los«, sagte der Müller zu dem Buben, »dir wird nichts passieren in der Welt draußen!«

»Warum wird mir draußen in der Welt nichts passieren?«, fragte der Bub.

»Weil schöne Menschen selten sind.« War die Antwort.

Da stand der Schöne im Regen des frühen Morgens. Aber so schön er war, so hart konnte er auch gegen sich selber sein, und verweichlicht war er nicht, und Schönheit bedeutete ihm nichts und weniger als nichts. Und verwöhnt war er gewiss nicht. Und in die Windel war ihm nichts gelegt worden. Und das billige Geld, das seine Mutter über ihn in den Korb gestreut hatte, war abgesoffen im Schönebach.

Und der Bub, der nun fünfzehn Jahre alt war, schaute ins Wasser, sah sein Spiegelbild und hasste sein Gesicht, das so weich aussah wie das Gesicht eines Mädchens, so schön wie das Gemälde eines Meisters, so ausgeglichen wie das Antlitz eines Heiligen. Er hasste dieses Gesicht, weil es eine ganz andere Geschichte erzählte als die Geschichte seines Lebens.

Er griff in den Boden, krampfte mit den Fingern nasse Erdbrocken heraus, klatschte sie sich auf den Kopf und ließ den Dreck vom Regen über die Wangen rinnen. Er strampelte sich aus den Schuhen, fetzte die Hosenbeine auf und biss die Knöpfe von seinem Hemd ab. Er fing mit den bloßen Händen ein Kaninchen, fraß es roh, ließ sich das Blut aus dem Mund rinnen und wischte es nicht ab, und den blutigen Kaninchenpelz zog er sich über die Haare.

So kam er in die Stadt. Die Leute blickten ihm nach und sagten: »Schönheit ist etwas anderes. Der müsste das Raudale heißen, das wilde.«

Das hörte der Bub, und es gefiel ihm, und als er das nächste Mal gefragt wurde, wie er heiße, sagte er: »Ich bin das Raudale, das wilde.«

Er wusch sich nicht, er kämmte sich nicht, er wechselte nicht seine Kleider. Jede Arbeit nahm er an, ohne um den Lohn zu feilschen. Jeden Fraß löffelte er hinunter, ohne dem Koch eins überzubraten. Wenn er müde war, haute er sich hin, ohne zu schauen, ob da Steine lagen oder Dornen. Und sein Gesicht im Wasser hat er nie mehr angeschaut.

Eines Tages, da war das Raudale, das wilde, bereits ein Mann, aber immer noch ein Raudale, ein wildes, nahm es eine Stelle als Schäfer bei einem unheimlichen Herrn an, der kaum das Lachen verbeißen konnte, als er ihm den Schäferstab in die Hand drückte.

»Geh nur, such einen guten Platz für meine Schafe, du wirst einen finden, du wirst schon sehen!«, sagte der Finstere, der in seinem Leben immer nur eines im Sinn gehabt hatte, nämlich Böses zu tun und dabei böse zu lachen.

Und die Gutwilligen, die in der Nähe waren, sagten: »Geh nicht, Raudale, geh nicht, sonst wirst du sehen!«

Das Raudale kümmerte sich nicht, weder um den Böswilligen noch um die Gutwilligen, band sich eine Schelle um einen Fußknöchel, und die Schafe folgten ihm nach. Mehr brauchte es nicht, keinen Hund, keine Tritte. Aber die Weide war ein Schmarren, da wuchs so gut wie nichts, und das Steinefressen hatten die Schafe noch nicht erfunden, und das Raudale trieb die Tiere immer weiter dem Gras hinterher.

Endlich war vor ihnen ein fetter Kräuterfleck, so groß wie ein Fußballfeld.

»Dort«, sagte das Raudale, das von weitem wie ein verzottelter Wolf auf zwei Beinen aussah, »dort werden sich meine Schafe vollfressen können.«

Aber die saftige Weide gehörte dem Bruder des unheimlichen Herrn, und der war noch böser als dieser.

Von hinten schlich sich der böse Böse an, packte das Raudale, würgte es, schleppte es fort und warf es in eine heiße Brühe und wollte es darin kochen, so dass sich das Fleisch leicht abpflücken ließe. Aber auf der Haut des Raudale war so viel Schmutz, dass der Mensch darunter nicht Schaden litt, nur der Dreck wurde abgewaschen, und das blutverkrustete Kaninchenfell löste sich vom Kopf, und aus der Brühe stieg zuletzt ein Mann, der war so schön, wie die Welt noch keinen gesehen hatte. Er war so schön, dass der böse Böse keinen Finger rühren konnte und in die Knie sank und das Vaterunser zu beten anfing und es zu Ende brachte und auf dieser Strecke zu einem guten Menschen sich wandelte.

Und der inzwischen gute Böse aber hatte eine Tochter, die sah den schönen jungen Mann, der aus der Brühe gestiegen war, und sie verliebte sich in ihn und meinte, nicht ohne ihn leben zu können. Schöne Menschen sind selten, und es würde dem Gang der Dinge entsprechen, wenn die beiden heiraten, denn auch das Mädchen war schön, und gut war sie auch und reich auch und fix im Kopf auch.

»Aber ich will dich nicht«, sagte das Raudale, das schöne, das aber immer noch das wilde war, zog sich seine dreckigen Sachen über und ging davon.

Die Nachbarn liefen ihm nach und riefen: »Danke, Raudale, du hast den bösen Bösen bekehrt und auch seinen Bruder, denn ihnen hat nur eines im Leben gefehlt, nämlich die Schönheit, die hast du ihnen gezeigt, jetzt sind sie gut geworden, mir nichts, dir nichts. Raudale«, riefen sie, »Raudale, sei unser König! Die bittere Bissige oben im Schloss ist an ihrer bissigen Bitterkeit gestorben. Dort kannst du einziehen und regieren, und wir werden dich lieben. Werde unser König!«

Aber das Raudale wollte nicht. Es wollte nur eines: herumziehen, verdrecken, sich hinhauen, wenn es müde war, ein Kaninchen fangen, wenn es hungrig war, aus dem Bach saufen, wenn es durstig war – und niemandem, niemandem, niemandem gehorchen, niemandem, niemandem, heute nicht, morgen nicht und bis in alle Zeit nicht.

Wer wär nicht gern so ein Raudale!

59

»Dass ich alles verstehe.«

Der Jakob Gunz wurde am Ufer des Bodensees geboren. Seinen ersten Blick richtete er über den See, hinüber zu den Schweizer Bergen, die an diesem Tag im Föhn standen, und seine Lippen, die winzigen, noch verschrumpelten, bewegten sich, als wollte er fragen: Ist das normal, diese Klarheit? Da sagte die Hebamme zur Mutter: »Der wird dir ein Pfarrer werden, wenn nicht gar ein Philosoph.«

Der Jakob Gunz wurde ein Schuster. Wie der große Philosoph, Engelseher und Namenskollege Jakob Böhme, dem beim Lederschneiden, Lederbinden und Ledernageln die gescheitesten Gedanken gekommen waren, an denen die gescheitesten Leute bis heute nagen.

»Jakob, Jakob«, sagte die Mutter oft, wenn sie ihren Sohn in der Werkstatt besuchte, um ihm einen Topf mit dicker Suppe zu bringen, »was willst du eigentlich?«

»Dass ich alles verstehe«, war die Antwort.

Nach der Arbeit ging der Jakob spazieren, am Ufer des Sees entlang ging er. Das war sein Denkweg. Hier das Wasser, hier das Land, dazwischen wie eine Rauchfahne die Gedanken des Jakob Gunz.

Und eines Tages kam ihm auf diesem Weg Gottvater entgegen. Ihn interessierte, was ihm da in Form dieses jungen Mannes Merkwürdiges gelungen war.

»Jakob«, sagte Gottvater, und Jakob wusste sofort, wer es war. »Jakob, was willst du eigentlich?«

Und Jakob antwortete: »Dass ich alles verstehe.«

»Dann soll geschehen, dass du alles verstehst«, versprach Gottvater.

Und Gottvater hat sein Wort gehalten.

Aber ein Missverständnis lag vor. Während der Mensch, zumal der Grübler, zumal der deutsche Grübler, unter »alles verstehen« versteht, dass er hinter die Dinge blickt, dass er sieht, was die Welt im Innersten zusammenhält, versteht Gottvater unter »alles verstehen«, dass einer die Sprache aller versteht, wirklich aller, nämlich nicht nur aller Menschen, sondern auch aller Tiere, aller Pflanzen, der Steine, der Erdklümpchen, der Pilze, sogar der Wolken, ja sogar der Sonne.

Und als Jakob, nachdem er sich von Gottvater verabschiedet hatte, auf seinem Denkweg weiterging, waren auf einmal ein Gewisper und Getuschel um ihn herum, dass er ganz irrewurde in seinem Kopf und sich setzen musste, nämlich auf einen der Steine, die das Ufer begrenzten.

»Kaum hat man sich auf die Sonne gefreut«, hörte er unter sich raunzen, »ist schon wieder Schatten.«

Er sprang auf.

»Ach, war nur eine Wolke«, sagte dieselbe Stimme.

»Was Wolke«, klang eine andere Stimme von oben, wo die Zweige einer Ulme sich über den Weg neigten, »ein Hintern war's! Kann er immer noch nicht zwischen Hintern und Wolke unterscheiden!«

»Mich lasst bitte aus dem Spiel!«, dröhnte es von sehr, sehr weit her. »Ich scheine auf alles gleich, auf Arm und Reich, auf Hintern und Stein, mein Strahl dringt tief in Mark und Bein.«

»Bei mir gibt's Blüten«, wisperte es von dem Apfelbaum herüber, der unweit des Ufers wuchs. »Falls Bienen in der Nähe sind, bitte melden!«

»Reserviere mir einen Ast«, summte es über der Wiese auf der anderen Seite des Weges. »Ich habe ein paar Neuigkeiten, die dich interessieren dürften.«

»Achtung, Vogel!«, brummte ein Wurm aus seinem Loch und verschwand, während über ihm eine Amselfrau mit ihrem Amselmann schimpfte: »Wenn du nicht so plump dahergetrampelt wärst, hätten wir ihn erwischt!«

Da wurde dem Jakob ganz schwach, und er hockte sich wieder auf den Uferstein.

»Apropos Hintern«, hörte er gedämpft unter sich die bereits bekannte Stimme. »Ich habe gar nichts gegen Hintern. Was soll ein Hintern einem Stein anhaben können? Nicht mehr als eine Wolke.«

»Weswegen man trotzdem zwischen den beiden unterscheiden sollte«, meldete sich die Ulme wieder.

Und so ging es weiter. Noch andere mischten sich in das Gespräch ein, ein Hecht, der kurz den Kopf aus dem Wasser streckte, ein Chor winziger Fliegen, die über dem Wasser schwirrten, ein Salamander, ein Hirschkäfer, die Latten am Uferzaun, sogar die Knöpfe an Jakobs Jacke gaben kichernde Kommentare ab.

Nur Jakob schwieg.

Kein Ding, kein Tier, nicht Wolke und schon gar nicht die Sonne hatten ihn um seine Meinung gefragt. Es war, als würden sie ihn gar nicht bemerken, als wäre er nicht da. Seinen Hintern hatten sie wahrgenommen, aber ihn nicht. Seine Jackenknöpfe hatten erzählt, wie sie zu Hause im Kasten in dem Streit zwischen den Motten und dem Stoff vermittelten und was für ein eingebildetes Volk die Sonntagsschuhe seien. Da hatte Jakob gehofft, es würde wenigstens Erwähnung finden, dass er, der Mensch, der Schuster, der sich ganz und gar hier an Ort und Stelle befand, diese Schuhe gemacht hatte. Nichts. Kein Wort über ihn. Aber auch kein Wort über irgendeinen anderen Menschen. Spaziergänger waren ihm entgegengekommen, er hatte kurz dem Liebesgeplänkel der Schnürsenkel gelauscht, kein Wort über den Menschen, dessen Schuhe die Senkel zusammenhielten. Über Hände wurde gesprochen, über Haare, über Füße und Fußzehen und eben über seinen Hintern, aber nicht über Menschen. Als wären dies alles einzelne Dinge, einsam, untereinander nicht verbunden, nicht verantwortlich der gemeinsamen Idee Mensch.

Jakob ging nach Hause und legte sich ins Bett und zog die Bettdecke über den Kopf und drückte die Handballen auf seine Ohren. Da hörte er die Daunenfedern Schule halten und das Laken sich über die Matratze beklagen. Er sprang auf und lief über die Treppe hinunter in seine geliebte Werkstatt. Wenigstens hier, dachte er, wenigstens hier muss doch von mir die Rede sein. Kein Ding gab es hier, das er nicht schon wenigstens hundertmal in der Hand gehalten hatte, und nie hatte er es gehalten, ohne dass seine Finger das Holz oder das Eisen oder das Leder gestreichelt hätten. Ja, von den Fingern wurde geredet in der Werkstatt. In den höchsten Tönen wurde von den Fingern geredet. Von ihm nicht. Nicht vom Jakob Gunz.

»Warum gibt's heute keine frischen Lederspäne?«, hörte er eine Stimme fragen. Er blickte sich um und sah ein Mäuschen.

»Es sind keine gefallen«, kam von einem Winkel die Antwort. Dort lehnte der Besen. »Mir ist es recht.«

»Soll sein, wie es ist«, piepste das Mäuschen. »Es wär ja nur ein Nachtisch, und man soll ja nicht so viel.«

»Nicht, dass ich Leder nicht gern zusammenkehre«, spann der Besen das Gespräch weiter, »aber mein Traum, wenn ich ehrlich bin, wären Daunenfedern. Einmal möchte ich Daunenfedern zusammenkehren.«

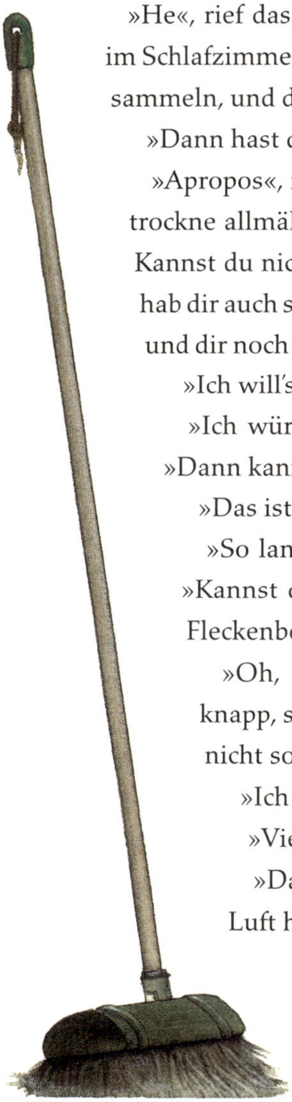

»He«, rief das Mäuschen, »ich spreche mit meinem Vetter, der wohnt im Schlafzimmer, der ist ein hilfsbereiter Mensch, der soll ein paar Federn sammeln, und dann hol ich sie dir ab.«

»Dann hast du etwas gut bei mir«, sagte der Besen.

»Apropos«, meldete sich eine dritte Stimme, »apropos guthaben. Ich trockne allmählich aus.« Es war der Wischlappen. »Dann ersticke ich. Kannst du nicht umfallen und dabei die Wasserkaraffe mitreißen? Ich hab dir auch schon einen Gefallen getan, wenn ich nicht alles aufwische und dir noch was übrig lasse.«

»Ich will's versuchen«, sagte der Besen.

»Ich würde warten, bis es hell wird«, sagte der Fensterrahmen. »Dann kannst du besser zielen.«

»Das ist wahr«, sagte der Besen.

»So lange kann ich nicht warten«, jammerte der Wischlappen. »Kannst du mir etwas abgeben?«, fragte er die Flasche mit dem Fleckenbenzin.

»Oh, das wird schwierig«, wand sich die Flasche. »Ich bin knapp, sehr knapp. Knüll dich eng zusammen, dann trocknest du nicht so schnell aus.«

»Ich will's versuchen«, sagte der Wischlappen.

»Vielleicht kommt es ja regnen«, sagte der Fensterrahmen.

»Dann springe ich auf«, ergänzte das Fenster. »Wenn feuchte Luft hereinweht, ist es für dich sicher leichter.«

»Das ist sehr freundlich von euch beiden«, sagte der Wischlappen. »Danke.«

»Gern geschehen«, sagten Fenster und Fensterrahmen.

Und als der Jakob eine Weile lang so gesessen war, schweigend in der Nacht, auf seinem alten geliebten Hocker, der mit dem Fußboden flache Witze austauschte, hielt er es nicht mehr aus, und er brüllte: »Und ich?«

Da wurde es still.

Nach einer Weile hörte er die Stimme, die er als die einer Ale erkannte: »Was ist ›ich‹?«

»Ich bin ich«, sagte Jakob.

Aber er wartete die Antwort nicht ab. Er lief hinaus aus der Werkstatt, hinaus aus dem Haus, lief zum Ufer des Sees hinunter zu der Stelle, wo ihm Gottvater entgegengekommen war.

Und wieder kam er ihm entgegen.

»Was ist, Jakob?«, fragte er.

»Hörst du alles reden und verstehst alle Sprachen?«, fragte Jakob.

»Natürlich«, sagte Gottvater.

»Und weiter ist nichts dahinter?«

»Wie meinst du das?«, fragte Gottvater.

»Sie reden … sie reden … wie soll ich sagen … sie reden …«

»Wie reden sie denn?«

»Sie reden dummes Zeug.«

»Dummes Zeug? Ich verstehe nicht«, sagte Gottvater.

»So … normales Zeug …«

»Na und?«

»Gibt es denn kein Geheimnis hinter den Dingen, keine Idee, keine Gesetzmäßigkeit, nichts, das über sich selbst hinausweist?«

»Was meinst du damit?«, fragte Gottvater, und seine Stimme klang unsicher und vielleicht auch ein wenig gekränkt. »Ich verstehe dich nicht, ich verstehe dich einfach nicht.«

»Ich meine damit …«, hob Jakob an, unterbrach sich aber selbst, zu groß war seine Enttäuschung.

»Tut mir leid«, sagte Gottvater, »tut mir ehrlich leid, mit mehr kann ich leider nicht dienen.«

»Schon gut«, sagte Jakob.

»Daraus schließe ich, dass du nicht weiter alles verstehen willst?«

»Nein«, sagte Jakob, »ich will nicht weiter alles verstehen.«

»Gut«, sagte Gottvater, und Gewisper und Getuschel rundherum verstummten augenblicklich.

Eine Weile blieben sie noch beieinanderstehen, Gottvater und der Jakob Gunz, dann verabschiedeten sie sich, und jeder ging seiner Wege.

60

Der Schmied und seine kluge Frau

Es war einmal ein Schmied, der lebte im Großen Walsertal. Ein guter Schmied war er, und er hatte auch guten Verdienst, jedenfalls viele Jahre lang. Die Kundschaft kam vom Walgau herein und von weit aus dem Rheintal herauf und aus der Schweiz herüber und von Innsbruck heraus und von Deutschland herein, einer sogar von Berlin herunter. Aber dann wurde die Geschäftslage schlechter. Die Nachbarn brauchten eh nichts mehr, die hatten alles, und der aus Berlin hatte das Zeitliche gesegnet. Deshalb musste der Schmied manchmal wochenlang gehen, bis er in eine fremde Stadt oder in ein fremdes Dorf kam, um dort eine Arbeit zu erledigen. Und die Arbeit war gering, und der Lohn war noch geringer.

Eines Tages war der Schmied auf der Rückreise nach Hause, da traf er auf einen anderen Wanderer. Sie kamen ins Gespräch, und der Schmied sagte: »Ich geh ins Große Walsertal.«

»Ah«, sagte der andere, »ich geh in dieselbe Richtung, ein Stück können wir gemeinsam gehen.«

Es tat dem Schmied gut, seine Sorgen auszubreiten vor einem Fremden. Oft spricht man leichter vor einem Fremden als vor einem Bekannten. Der fremde Wanderer, der verstand die Sorgen, und er sagte: »Schau, du musst flexibler sein.«

»Was heißt flexibler sein?«, fragte der Schmied.

»Du musst andere Berufe auch können, nicht nur Schmied, das ist zu wenig.«

»Wie soll ich andere Berufe können? Ich bin Schmied, ich hab Schmied gelernt.«

»Ja, siehst du«, sagte der Wanderer, »schau mich zum Beispiel an. Ich kann alle Berufe.«

»Das gibt's doch gar nicht«, sagte der Schmied. »Es gibt doch keinen Menschen auf der Welt, der alle Berufe kann!«

»Ich kann aber alle Berufe«, behauptete der Wanderer weiter. »Sag mir irgendetwas, ich kann es.«

»Kannst du fischen?«

»Ja, ich kann fischen.«

Sie setzten sich an einen Bach, der Fremde zog eine Angel aus seiner Tasche, und bald hatte er einen Fisch gefangen.

»Ich kann auch kochen«, sagte er, und er briet den Fisch, schmeckte wunderbar. »Jeden Beruf kann ich.«

Als sie dann bald beim Großen Walsertal waren, sagte der Wanderer zu dem Schmied: »Ich will dir helfen. Ich mache dich zu einem reichen Mann.«

»Wie willst du das machen?«, sagte der Schmied.

»Ich komme in einem Jahr wieder«, sagte der Fremde. »In einem Jahr stellst du mir eine Aufgabe. Einen Beruf, den ich ausüben soll. Wenn ich das nicht kann, dann gebe ich dir ein weiteres Jahr, dann komme ich wieder, wieder dasselbe, wieder soll ich irgendeinen Beruf ausüben. Und so insgesamt drei Mal. Und wenn ich dreimal deine Aufgabe nicht lösen kann, dann mache ich dich zu einem reichen Mann bis an dein Lebensende.«

»Und was ist«, sagte der Schmied, »wenn du die Aufgaben lösen kannst?«

»Tja«, sagte der Wanderer, »wenn ich auch nur eine einzige Aufgabe lösen kann, dann gehörst du mir.«

»Was heißt das?«, fragte der Schmied.

»Das heißt – denk darüber nach, was das heißt«, sagte der Wanderer und war schon weitergegangen, winkte ihm zu. »In einem Jahr«, rief er, »komm ich wieder.«

Zu Hause erzählte der Schmied die Geschichte seiner Frau.

Die Frau sagte: »Bist doch du dumm! Weißt du denn nicht, wer das war, dieser Wanderer?«

»Nein, das weiß ich nicht«, sagte der Schmied.

»Das war der Teufel!«

»Das war der Teufel? Das heißt, er meint, wenn ich ihm gehöre, dass er mich …«

»Dass er dich zu sich in die Hölle holt«, ergänzte die Frau.

»Oh, dann will ich nichts mit ihm zu tun haben«, versprach der Schmied.

»Aber sei doch nicht schon wieder dumm«, sagte die Frau. »Denken wir uns etwas aus. Eine Aufgabe, die er nicht lösen kann.«

Und als das Jahr vorüber war, sagte die Frau zu ihrem Mann: »Ich hab mir eine Aufgabe ausgedacht. Sag zum Teufel, wenn er kommt: Ich möchte, dass du das Handwerk des Barbiers ausübst. Schau meine Haare an, das sagst du zum Teufel, meine Haare sind schwarz. Mach sie durch Waschen weiß. Das kann er nicht, du wirst sehen.«

Und dann kam der Teufel, sehr freundlich, sagte: »Na, schweres Jahr gehabt, Schmied?«

»Ja, sehr schweres Jahr gehabt«, sagte der Schmied.

»Gut, was soll ich tun? Was für einen Beruf soll ich ausüben?«

Da sagte der Schmied feierlich: »Ich möchte, dass du ein Barbier bist.«

»Oh, das ist aber leicht! Hast du dir das gut überlegt?«, sagte der Teufel.

»Ja, das hab ich mir gut überlegt. Ich möchte, dass du meine Haare weiß wäschst.«

Da hat sich der Teufel bemüht, hat die Haare mit Seife eingeschäumt, hat sie gewaschen, hat sie geknetet, hat sie massiert. Aber sie waren hinterher genauso schwarz wie vorher.

Der Teufel musste zugeben: »Na gut, die erste Aufgabe konnte ich nicht lösen.«

»Siehst du«, sagte die Frau hinterher zum Schmied, »ist doch gutgegangen. Warten wir das nächste Jahr ab.«

Wieder ein Jahr verging.

Sagte die Frau zu ihrem Mann: »Es ist riskant, was ich mir ausgedacht habe, aber man muss ein Risiko eingehen, wenn man etwas haben will. Du gibst dem Teufel ein Messer, zeigst auf deine Brust und sagst: Schneide hier ein Stück heraus aus meiner Brust. Ein Stück, das ganz exakt ein Kilo wiegen soll. Er soll also den Fleischhauer spielen.«

»Aber was ist, wenn er mir ein Stück aus der Brust herausschneidet?«

»Na ja«, sagte sie, »wenn er exakt ein Kilo herausschneidet, dann kommst du in die Hölle.«

»Und wenn er nicht exakt ein Kilo herausschneidet?«

»Dann bist du zwar tot«, sagte die Frau, »aber du kommst in den Himmel.«

Nach einem Jahr kam der Teufel, der Schmied sagte: »Schneid ein Stück aus mir heraus, genau ein Kilo darf's nur sein.«

Der Teufel überlegte und sagte: »Das ist mir zu riskant. Wenn ich nur ein wenig mehr als ein Kilo oder ein wenig weniger als ein Kilo herausschneide, kommst du in den Himmel. Das ist mir zu riskant. Den Himmel beliefere ich nicht, bei Gott nicht! Nein, diese Aufgabe schenk ich dir. Ich komm in einem Jahr wieder, dann geht's um alles.«

Wieder verging ein Jahr – zwei Aufgaben hatte der Teufel nicht geschafft. Also, auf zur letzten!

Die Frau sagte wieder zu ihrem Mann: »Du musst ein Risiko eingehen. Man muss wirklich ein Risiko eingehen. Das ganze Leben ist ein Risiko.«

»Was soll ich diesmal zu ihm sagen, was soll er diesmal für einen Beruf ausüben?«

»Du sagst ihm, er soll den Henker spielen.«

»Den Henker? Um Gottes willen!«

»Ja, ja, den Henker soll er spielen. Aber«, und sie flüsterte ihm ins Ohr, was er dem Teufel sagen soll.

Und der Teufel kam und sagte: »So, Schmied, zum Letzten. Was für einen Beruf soll ich ausüben?«

Der Schmied antwortete: »Du sollst den Henker spielen.«

»Den Henker? Das ist aber riskant für dich.«

»Ja, ja, das ist riskant für mich, aber das ganze Leben ist riskant.«

»Den Henker also«, sagte der Teufel. »Den spiele ich nicht ungern. Dann schneide ich dir einfach den Kopf ab.«

»Nein, nein, nein, nein«, protestierte der Schmied. »Du musst einen richtigen Henker spielen, nicht einfach so drauflos! Da gibt es gewisse Vorschriften. Du musst mich fragen, ob ich einen letzten Wunsch habe.«

»Gut«, lachte der Teufel, »spielen wir das Spiel richtig. Angeklagter, hast du einen letzten Wunsch?«

»Ja«, sagte der Schmied, »ich hab einen letzten Wunsch.«

»Was für einen Wunsch, Angeklagter?«

»Ich möchte mir aussuchen dürfen, wie ich hingerichtet werde.«

»Also gut«, sagte der Teufel, »wie willst du hingerichtet werden, Angeklagter?«

»Nein, nein, nein, nein, so geht das nicht«, rief der Schmied. »Entweder du übst den Beruf des Henkers richtig aus, oder du hast verloren. Du musst mir eine Aufgabe stellen. Du musst zum Beispiel zu mir sagen: Schmied, sag einen Satz, irgendeinen. Wenn dieser Satz richtig ist, dann wirst du geköpft. Wenn dieser Satz falsch ist, dann wirst du gehängt. Auf diese Art und Weise kann ich mir aussuchen, wie ich hingerichtet werde. Verstehst du das, Teufel?«

»Das ist bei euch so üblich?«, fragte der Teufel.

»Ja, das ist bei uns so üblich. Und genauso will ich's haben. Und genauso musst du es machen.«

»Na gut«, sagte der Teufel, »dann mach ich's doch genauso. Angeklagter, sag einen Satz! Wenn der Satz richtig ist, dann wirst du geköpft. Wenn der Satz falsch ist, dann wirst du gehängt.«

Da grinste der Schmied übers ganze Gesicht: »Gut, Teufel, ich sage jetzt einen Satz. Und dieser Satz lautet: Ich werde gehängt.«

»Na gut«, klatschte der Teufel in seine roten Hände, »dann werde ich dich eben hängen.«

»Wirst du das tun?«, fragte der Schmied. »Wenn du mich hängst, dann wäre der Satz ja richtig. Aber wenn der Satz richtig ist, hättest du mich ja köpfen müssen.«

»Äh, gut«, sagte der Teufel, »dann werd ich dich eben köpfen.«

»Köpfen? Aber wenn du mich köpfst, dann wär der Satz falsch, ich habe ja gesagt, ich werde gehängt. Wenn er aber falsch ist, müsstest du mich ja hängen. Also kannst du mich nicht köpfen.«

»Wie jetzt?«, stammelte der Teufel. »Was soll ich jetzt tun? Wenn ich ihn köpfe, dann ist der Satz richtig. Dann … nein, wie war das? Wenn ich ihn – er hat gesagt: Ich werde gehängt. Wenn ich ihn also hänge – ich kann ihn nur hängen, wenn der Satz falsch ist, aber wenn ich ihn hänge, ist er ja richtig … und köpfen, nein, doch, ich köpfe ihn, aber dann ist der Satz falsch, weil er hat ja gesagt, er wird gehängt …«

Der Teufel kam nicht heraus aus dem Dilemma, aber aufgeben wollte er doch nicht. Und so saß der Teufel und grübelte. Über Jahre saß der Teufel im Großen Walsertal und hat alles um sich herum vergessen, und der Schmied und seine Frau lebten derweil wie immer und liebten einander sehr. Und schließlich gab der Teufel auf und sagte:

»Na gut, du hast gewonnen, Schmied.«

»He«, sagte der Schmied, »da fehlt aber noch etwas. Du hast versprochen, mich zu einem reichen Mann zu machen.«

Aber der Teufel hat ihn nicht zu einem reichen Mann gemacht. Warum nicht? Er ist eben der Teufel, und wenn es ihm passt, dann lügt er.

61

Der Eisenmann

Im Jahr 1237 erhob Kaiser Friedrich II. die Stadt Wien zur reichsunmittelbaren Stadt. Die Bürgerrechte wurden durch den Freiheitsbrief erheblich erweitert. Ein großes Fest wurde für den Kaiser gegeben. Eine Abordnung, bestehend aus vier Bürgern, führte ihn durch die Stadt und durch die Wälder vor der Stadt.

Und als er so in der Kutsche saß, wurde ihm plötzlich merkwürdig, sie fuhren gerade durch eine Pappelallee. Und er hatte den Eindruck, als ob die Pappeln Männer wären, die rechts und links im Spalier stehen. Die Arme vor der Brust gekreuzt, den Kopf gesenkt.

Er sagte: »Habt ihr die Pappeln geschnitten, bevor ich kam?«

»Die Pappeln? Nein«, antworteten die Bürger.

»Kommt es euch nicht auch so vor, als ob die Pappeln aussehen wie Männer?«

»Wie Männer?«, fragten sie. »Ja, wie Männer!«, riefen sie, sie wollten dem Kaiser nicht widersprechen.

Und dann in der Nacht träumte der Kaiser von den Pappeln. Sie standen um sein Bett herum und sprachen: »Kaiser, du wirst Wien morgen verlassen und hast dich nicht darum gekümmert, wer die Stadt verwalten soll. Bist du dir sicher, dass die Bürger das können?«

Der Kaiser beschloss, noch ein paar Tage zu bleiben. Er ließ sich Bürgerkleider geben, so zog er durch die Straßen. Niemand wusste, wer er war, obwohl ja jeder sein Gesicht vom Gulden her kannte, auf den sein Konterfei geprägt war. Aber wer denkt schon daran, einen Mann auf der Straße mit dem Mann auf dem Gulden zu vergleichen.

In einem Gasthaus sprach er mit den Leuten: »Kennt ihr jemanden in Wien, der wirklich von Geld etwas versteht?«

»Ja, ja, die reichen Leute«, war die Antwort.

»Nein. Wenn einer viel Geld hat, meint man, er versteht etwas davon, weil es keine Rolle spielt, wenn er nichts davon versteht, eben weil er viel Geld hat. Ich meine jemanden, der wirklich mit Geld umgehen kann.«

Da waren sich alle schnell einig: »Der Schmied, der Eisenmann.«

»Was ist mit dem?«, fragte der Kaiser.

»Er arbeitet jeden Tag. Auch am Sonntag. Aber er arbeitet jeden Tag nur so viel, bis er fünf Pfennige verdient hat. Und länger arbeitet er nicht. Nichts darüber hinaus, nichts darunter hinweg.«

Als der Kaiser in seine vornehme Bleibe zurückgekehrt war, rief er die Bürger und sagte: »Kennt ihr den Schmied, der der Eisenmann genannt wird? Bringt ihn zu mir.«

Was will er vom Schmied, dachten die Bürger und wunderten sich. Sie gingen, und sie kamen zurück, aber ohne den Schmied.

»Was?«, fragte der Kaiser.

Und die Bürger, verlegen: »Also. Der Eisenmann hat Folgendes gesagt: Wenn ich so einen hohen Herrn wie den Kaiser besuchen soll, da muss ich mich zuerst waschen. Da genügt aber nicht kaltes Wasser, da muss ich heißes Wasser machen. Um heißes Wasser zu machen, muss ich Holz hacken. Das dauert lange. Dann muss ich aber auch frische Wäsche anziehen. Die muss ich zuerst auch noch waschen. Dann muss ich sie bügeln. Dann muss meine Frau mir den Bart schneiden und die Haare schneiden. Dann ist ein Tag vergangen, ein Tag, an dem ich meine fünf Pfennige nicht verdient habe. Also kann ich nicht kommen. – So hat der Eisenmann geredet.«

Der Kaiser war sprachlos.

Aber gleich war er nicht mehr sprachlos und sagte: »Sagt ihm, ich bezahle ihm seinen Tag.«

Und so geschieht es. Der Eisenmann tritt vor den Kaiser. Und streckt die Hand aus: »Kaiser, gib mir meine fünf Pfennige.« Und der Kaiser gibt ihm die fünf Pfennige und sagt: »Hör, Schmied, du arbeitest sogar am Sonntag, am Tag des Herrn?«

»Jeder Tag ist der Tag des Herrn«, sagt der Schmied.

»Davon habe ich noch nicht gehört«, sagt der Kaiser.

»Das sehe ich anders«, sagt der Eisenmann. »Im Schweiße deines Angesichts sollst du dein Brot essen, heißt es in der Bibel. Dass ich die Arbeit lieben soll, steht da nicht. Aber dass ich den Herrn loben soll, steht da. Zum Loben braucht der Mensch Zeit. Wenn es nach mir ginge, würde ich gar nicht arbeiten, sondern nur die Schöpfung betrachten und den Schöpfer loben. Darum arbeite ich so wenig wie nötig und teile die Arbeit gerecht über alle Tage auf. Den Rest lobe ich.«

»Und warum arbeitest du gerade so lange jeden Tag, bis du fünf Pfennige verdient hast?«, fragt der Kaiser.

»Der erste Pfennig«, antwortet der Eisenmann, »ist der Himmelspfennig. Der zweite Pfennig ist der alte Pfennig. Der dritte der junge Pfennig, dann kommt der Magenpfennig und als letzter der Wegwerfpfennig.«

»Erklär mir«, sagt der Kaiser, »was bedeutet das?«

»Den Himmelspfennig gebe ich jeden Tag einem Armen in der Stadt. Damit mir ein guter Platz im Himmel zugewiesen wird.«

»Und der zweite Pfennig?«

»Der zweite ist der alte Pfennig. Der ist für meinen Vater und meine Mutter. Die haben aus mir gemacht, was ich bin. Sie sollen es im Alter gut haben.«

»Und der dritte?«

»Das ist der junge Pfennig. Der ist für meinen Sohn. Damit er wird, was ich bin.«

»Und der vierte Pfennig?«

»Ist der Magenpfennig, der ist für mich und meine Familie, davon leben wir jeden Tag.«

»Und was ist der Wegwerfpfennig?«, fragt der Kaiser.

»Ich plane mein Leben bis in die unteren Schubladen hinein, aber manchmal passieren Dinge«, sagt der Eisenmann, »die nicht passieren sollen. Dann kann ich meinen Plan wegwerfen. Das kostet Geld. Und dafür ist der Wegwerfpfennig da.«

»Das gefällt mir«, ruft der Kaiser aus. »Erzähle niemandem, was du mir erzählt hast. Versprich mir, dass du darüber nie sprichst.«

»Was heißt nie?«, fragt der Eisenmann.

»Solange du lebst.«

»Das ist schwer zu berechnen«, sagt der Eisenmann, »ich weiß nicht, wie lange ich lebe, das kann ich nicht planen. Ich kann zur Tür hinausgehen, es fällt mir ein Ziegel auf den Kopf. Oder ich kann vielleicht noch fünfzig Jahre leben. Ich weiß es nicht. Ich brauche eine Zeit, die ich berechnen kann. Solange werde ich den Mund halten und nicht reden.«

»Gut«, sagt der Kaiser, »ich bezahle dir hundert Gulden, wenn du nicht darüber redest – nicht, bevor du mein Gesicht hundertmal gesehen hast.«

»Das ist gut, das kann ich berechnen«, sagt der Eisenmann.

»Ich werde nie wieder nach Wien kommen«, lacht der Kaiser, »bis an dein Lebensende nicht.«

»Das ist gut, das kann ich berechnen«, sagt der Eisenmann und geht.

Der Kaiser rief die Abordnung der Bürger und sagte: »Ich will euch prüfen. Wer der Klügste ist. Hier sind fünf Pfennige. Der erste Pfennig ist der Himmelspfennig, der zweite der alte Pfennig, der dritte der junge Pfennig, der vierte der Magenpfennig und der fünfte der Wegwerfpfennig. Was bedeutet das? Wer das herausbekommt, der soll der Finanzminister der Stadt Wien werden.«

Da dachten sie nach. Aber sie kriegten es nicht heraus, und einer kam als Erster auf den Gedanken, und der lief zum Schmied.

»Eisenmann«, sagte er süß, »erzähl mir, was ist das Geheimnis deiner fünf Pfennige?«

Der Eisenmann antwortete: »Was gibst du mir, wenn ich es dir verrate?«

»Ich geb dir einen Gulden.«

»Einen Gulden!«, lachte der Eisenmann. »Fünfundzwanzig will ich.«

»Fünf.«

»Fünfundzwanzig.«

»Zehn.«

»Fünfundzwanzig.«

»Zwanzig.«

»Fünfundzwanzig.«

Der Bürger versprach zu bezahlen. »Komm morgen«, sagte der Eisenmann.

Kaum war der eine draußen, kam der andere.

»Einen Gulden.«

»Fünfundzwanzig.«

»Fünf.«

»Fünfundzwanzig.« Und so weiter. Genau gleich.

Und dann kam der Dritte. Genau gleich. Und dann der Vierte. Genau gleich.

Und am nächsten Tag kamen sie alle miteinander und brachten das Geld, jeder seine fünfundzwanzig Gulden, zusammen hundert. Und was tat der Eisenmann? Er nahm einen Gulden nach dem anderen in die Hand und schaute ihn genau an, genau an, ganz genau an. Das machte er hundertmal. Und dann verriet er sein Geheimnis.

Die Bürger liefen zum Kaiser und sagten: »Wir könnten uns zu viert ablösen als Finanzminister, wie wäre das? Wir wissen, was es mit den fünf Pfennigen auf sich hat.« Und sie sagten gleich dazu, dass sie den Eisenmann bestochen hatten.

Da ist der Kaiser enttäuscht und wütend. Er lässt den Eisenmann holen. »Er braucht sich nicht zu waschen und nicht zu kämmen, und frische Kleider will ich nicht an ihm sehen!«

Der Eisenmann kommt, hält die Hand hin und sagt: »Ich will die hundert Gulden, die du mir versprochen hast.«

»Du bist dreist, Eisenmann!«

»Ich hab mein Versprechen gehalten«, sagt der Eisenmann und ist ganz ruhig. »Ich habe dich hundertmal gesehen, auf jedem Gulden habe ich dich gesehen, und hundert Gulden habe ich von den Bürgern bekommen, und erst nachdem ich dein Bild zum hundertsten Mal angeschaut habe, habe ich das Geheimnis verraten.«

Da ist der Kaiser überwältigt. »Ich möchte, dass du der Finanzminister von Wien wirst«, sagt er zum Eisenmann.

Der Eisenmann will aber nicht: »Nein, ich will nicht. Ich besitze jetzt insgesamt zweihundert Gulden. Hundert von dir und hundert von den Bürgern. Das reicht mir bis ans Ende meiner Tage. Ich werde nicht mehr arbeiten. Nicht als Schmied, nicht als Finanzminister. Ich werde die Schöpfung betrachten und den Schöpfer loben.«

62

Heinrich der Löwe

Als Heinrich erst nur Herzog Heinrich hieß und noch nicht Heinrich der Löwe, da war er jung gewesen und hatte nichts anderes im Kopf gehabt, als Abenteuer zu erleben, und zwar solche, die allen anderen zu gefährlich waren, so dass ihm nichts anderes übrigblieb, als mausallein auf Fahrt zu gehen. Er wollte nur weg, weit weg. Und das hat noch einen anderen Grund gehabt neben seiner Abenteuerlust. Ihm ist nämlich, da war er noch ein Bub gewesen, von einem bunten Weib auf dem Jahrmarkt geweissagt worden, ihm werde eines Tages der Teufel in Leibhaftigkeit erscheinen, und das wollte er, weil er ja ein vernünftiger Kerl war, vermeiden, denn so viel wusste er: Dem Teufel, wenn er einmal vor einem steht, kommt man nicht aus. Nur ganz wenige, die ihm je ausgekommen sind. Darauf wollte er es nicht anlegen. Und darum auch wollte er fort. Weil er sich dachte, das rentiert sich für den Teufel nicht, wenn er ihn auf der ganzen Welt suchen muss. Der hat hier so viel Auswahl, da braucht er sich doch wegen einem, einem Einzigen, nicht so einen Aufwand auferlegen, der Teufel.

So machte sich Heinrich also auf, und er kam in Gegenden und Erdteile, die damals noch gar keinen Namen hatten, und wenn doch einen, dann einen, den Heinrich nicht aussprechen konnte – und wahrscheinlich auch nicht der Teufel. Zum Beispiel betrat er den Urwald. Von dem wusste er bis dahin nur, dass es ihn gab, mehr wusste er nicht. Und nun war er mittendrin. Bäume grad und Bäume quer, Sümpfe und Vögel mit Schnäbeln, so groß wie Krokodilsmäuler, und Krokodile und Schlangen und auch Zauberwesen. Ja, Zauberwesen. Auch Drachen? Ja, auch Drachen. Hört zu!

Eines Tages gelangte Heinrich auf eine Lichtung, da bot sich ihm ein Schauspiel, für das hätte er zu Hause in Bayern oder oben in Braunschweig so viel Eintritt verlangen können, der hätte ausgereicht, um sich damit ein Schloss zu kaufen: Ein Löwe kämpfte gegen einen Drachen! Und es sah aus, dass der Löwe unterliegen wird. Der Drache hatte ja auch zwei Köpfe mehr als der Löwe, das war eindeutig ein Vorteil für den Drachen, dazu kam noch, dass jedes Drachenmaul Feuer spie. Der Löwe blutete an der Flanke, und Schaum tropfte von seinem Maul. Schon waren ihm einige Krallen an den Pranken abgebrochen, und die Mähne war versengt, und schon wieder bekam er einen Hieb ab und schon wieder einen. Da konnte Heinrich nicht mehr länger zusehen. Der Löwe ist ja ein edles Tier, während der Drache überhaupt kein gutes Image hat, ein Stinker mit Augen, zu denen man keinen Zutritt hat. Nie hat man gehört, dass ein Heiliger einen Löwen getötet hätte. Einen Drachen aber schon. Man denke nur an Sankt Georg.

Also stürzte sich Heinrich mit seinem Schwert auf den Drachen, scheute sich nicht vor Hieb und Feuer, dreschte, stach und schlug dem Scheusal erst einen, dann den zweiten und zuletzt auch noch den dritten Kopf ab. Da sank der Drache mit Gebrüll und Gestank nieder und verendete.

Nun kümmerte sich Heinrich um den verletzten Löwen, der nur noch schwach hechelte. Er behandelte seine Wunden und redete ihm gut zu, schleppte ihn in den Schatten und gab ihm Wasser zu trinken. Er wollte so lange bei ihm bleiben und auf ihn aufpassen, bis er wieder ganz gesund war. Dann aber wollte er sich von dem edlen Tier verabschieden und weiter allein seinen Weg gehen. Und er dachte, das wird sicher auch dem Löwen recht sein.

Womit Heinrich aber nicht gerechnet hatte: Löwen sind dankbar. Dankbar und treu. Von Herzen treu. Als Heinrich den Löwen zum Abschied umarmte und sich umdrehte und gehen wollte, da folgte ihm das Tier nach. Wie ein Hund ging der Löwe neben ihm her, drückte von Zeit zu Zeit seinen Kopf an ihn und knurrte so freundlich, dass Heinrich das Herz in der Brust ganz warm wurde. Also streifte er von nun an mit dem Löwen durch die Welt, und bei sich dachte er: Er ist mein Löwe, mein Löwe.

So viele Abenteuer erlebten sie gemeinsam. Taten Gutes. Befreiten Prinzessinnen. Waren gerecht. Waren standhaft. Verteilten an die Armen. Verheerten die Heere der Bösen. Lagen nachts unter dem Sternenhimmel, Heinrich den Kopf auf die Mähne seines Freundes gebettet. Tollten herum wie Kinder, wenn sie allein waren. Schritten dahin wie Könige, wenn sie eine Stadt betraten.

Aber irgendwann war Heinrich genug herumgestreift und wollte zurück nach Hause, nach Bayern oder Braunschweig. Aber ohne Löwe. Er meinte, ein Löwe passe nur in die Wildnis. Er meinte, sein Löwe komme zu Hause nicht gut an und er werde sich nicht wohlfühlen. Man wird mich auslachen, dachte er, man wird sagen, er ist selbst ein Wilder geworden in der Wildnis.

Mit schlechtem, sehr schlechtem Gewissen tat er Folgendes: Als er beim Meer angelangt war, baute er ein Floß und setzte auf das Floß ein Segel, dann sagte er zu dem Löwen – inzwischen konnten sie sich gut miteinander verständigen –, er solle doch kurz in den Urwald gehen und noch etwas zu essen holen. Er warte solange. Aber er wartete nicht. Als das treue Tier im Dschungel verschwunden war, sprang er aufs Floß und fuhr hinaus aufs Meer. Der Löwe brachte Nahrung und sah weit draußen auf dem Wasser das Floß, und er meinte, sein Herr sei von der Flut abgetrieben worden, und er stürzte sich in die Wellen und schwamm und erreichte das Floß und legte sich dem Heinrich zu Füßen. Da schämte sich der Heinrich und sah ein, dass er eine große Sünde begangen hatte, und beschloss, den Löwen mitzunehmen, nach Bayern oder nach Braunschweig.

Floß auf Meer – das geht selten gut, das weiß man. Und auch diese Geschichte wäre nicht gut ausgegangen, hatte sich nicht der Teufel um Heinrich und seinen Löwen gekümmert. Ja, die Weissagung erfüllte sich. Da schaukelte das Gefährt mitten im unendlichen Horizont, nichts gab es mehr zu essen, nichts zu trinken, die Sonne brannte und dörrte, und das Ende schien nah – da tauchte der Kreuzbrunzer aus dem Wasser auf und sagte: »Guten Tag wünsch ich.«

Zweifel gab es da keinen: So einen Auftritt hat nur der Teufel zu bieten. »Was willst du?«, fragte Heinrich.

»Das Übliche«, sagte der Teufel. »Ein Spielchen will ich. Ein Spielchen um deine Seele. Ich rette dich, wenn du …«

So knapp vor dem Tod hat der Mensch keine Lust mehr auf theologische Dispute. »Einverstanden«, unterbrach ihn Heinrich. »Aber der Löwe kommt mit mir, so oder so, nach Bayern oder Braunschweig oder in die Hölle.«

Dem Teufel war's recht. Nur dass er nicht beide gleichzeitig transportieren konnte. Beide auf einmal waren selbst dem Teufel zu schwer. »Dich zuerst«, sagte er, »dann den Löwen.«

Das ging ruck, zuck. Kaum, dass Heinrich sich richtig umblicken konnte, waren sie schon in der Luft. Kaum, dass er dreimal durchgeatmet hatte, waren sie schon über Land. Kaum, dass er sich die Augen ausgerieben hatte, landeten sie schon auf bayerischem Boden. Endlich war er wieder zu Hause.

»Und nun zu unserem Spielchen«, sagte der Teufel. »Ich hole jetzt deinen Löwen, und wenn ich mit ihm zurückkomme und du bist wach, dann habe ich verloren. Aber wenn du inzwischen eingeschlafen bist, dann beiß ich dir den Kopf ab und saug dir die Seele aus dem Leib, und bei deinem Löwen mache ich es genauso.«

Und schon war er davon.

Wenn es nicht mehr ist, dachte der Heinrich. Wenn es nicht mehr ist … wenn es nicht … wenn es … wenn … – Da war er eingeschlafen. Kein Wunder! Nach all den Abenteuern endlich zu Hause auf bayerischem Boden! Da schläft der Mensch doch ein! Das ist psychologisch erklärbar. Ganz leicht erklärbar sogar. Da könnt ihr jeden Experten fragen. Der Teufel, der wusste das natürlich, dieser hinterlistige Sauhund, der!

Und da kommt er auch schon wieder angeflogen, mit dem Löwen unter dem Arm. Und mit seinen Augen, mit denen er im Verborgensten stochern kann, was ja einer der Gründe ist, warum wir ihn so sehr fürchten, sah er schon von weit oben, dass der Heinrich schläft. Na ja, damit hatte er eigentlich gerechnet. Aber gefreut hat er sich doch. Der Löwe aber hat auch einen scharfen Blick. Nicht ganz so scharf wie der Teufel allerdings. Während der pelzige Bub ganz genau sah, dass der Heinrich schläft, meinte der Löwe, sein Herr sei tot. Und da brach ihm das Herz. Und er heulte und weinte, dass es nur so über das Land dröhnte. Und davon wachte Heinrich auf.

Dieses Spielchen also hatte der Teufel verloren. Hat jemand Mitleid mit ihm? Nein. Na also.

Von nun an war Heinrich nur noch mit seinem Löwen zu sehen, und deshalb nannten ihn die Leute: Heinrich der Löwe. Manche erzählten sogar, der Löwe sei Minister geworden. Erzählten sogar, er habe sich Kleider anfertigen lassen. Erzählten sogar, er habe eine Löwin geheiratet, die extra aus einem fernen Land nach Bayern oder Braunschweig gebracht worden sei. Wie auch immer: Als Heinrich starb, starb bald darauf auch sein Löwe. Der Schmerz hat ihm das Leben genommen. So groß war der Schmerz, dass sich sein Fleisch, seine Knochen, sein Fell, seine Mähne in Stein verwandelt hat.

Ein steinerner Löwe bewacht das Grab des Heinrich.

63

Die Heilige Kümmernis

Auch unter den Heiligen gibt es eine Rangordnung. Ich meine nicht eine Rangordnung im Himmel, davon habe ich nun wirklich nicht die geringste Ahnung, und ich kenne auch niemanden, der davon eine Ahnung hätte. Die Spatzen vielleicht, die durch den Himmel flattern, aber die verstehe ich nicht, und die Tauben verstehe ich genauso wenig und die stolzen Bussarde noch weniger. Ich meine die Rangordnung der Heiligen, wie wir sie in unseren Köpfen zurechtbauen. Oder zurechtgebaut haben. Inzwischen sind uns die Heiligen ja so ziemlich egal. – Außer! Außer sie haben eine lustige oder besonders tragische, auf jeden Fall eine unterhaltsame Geschichte im Rucksack ihres Lebens.

Ich meine auch nicht die Rangordnung der Heiligen, wie sie von der Kirche vorgegeben wird – nicht offiziell vorgegeben, das nicht, da würde jeder geschulte Pfarrer widersprechen. Vor Gott sind alle gleich, würde er vielleicht sagen. Aber es ist schon klar, dass der Heilige Michael oder die Heilige Maria auf einer höheren Stufe stehen als der Heilige ... wie soll ich sagen ... als die Heilige Isolde oder der Heilige Wolfgang oder der Heilige Torsten zum Beispiel, von denen ich nicht einmal mit Sicherheit sagen kann, dass es sie gibt.

Ich meine eben allein die Rangordnung der Heiligen, wie wir sie, ohne dass wir dafür großartig Argumente anführen wollen, in unseren sensationslüsternen Hirnen zusammenstellen. In diesen Hirnen wiederum rangieren Kuriosität und Grausamkeit als Kriterien für die Auswahl ziemlich weit vorne. Deshalb war die Kümmernis im sogenannten Volk immer eine beliebte Heilige. Viel Grausameres und Kurioseres ist in der katholischen Vielgötterei kaum zu finden. In den verschiedensten Gegenden wird ihre Geschichte erzählt, und überall wird stur und steif behauptet, sie sei eine von ihnen. Allein in Bayern streiten sich Dornwang, Ergolding, Gundihausen, Tunzenberg, Schwimbach und noch ein paar andere Dörfer um sie. Aber auch die Franzosen haben einen Narren an ihr gefressen, ebenso wie die Österreicher.

In der Gegend zwischen Simbach am Inn und Julbach wird ihre Geschichte auf folgende Art erzählt:

Es war einmal ein König, der sich wie die Sau vor dem Schlachthof vor dem Eingang zur alleinig seligmachenden Christenheit sträubte. Er wollte unter allen Umständen ein Heide bleiben. Er hat sich die Ohren zugehalten, wenn ein Prediger kam und ihm von Wundern erzählte. »Jedes Wunder ist eine Lüge!«, schimpfte er. Wer etwas behaupte, der müsse es beweisen. Und weil zu jener Zeit das Predigen Mode war und kein Tag verging, ohne dass einer an das Tor pochte, der die Schrecken und die Vorzüge des christlichen Glaubens gegen Kost und Logis und ein kleines Entgelt zum Besten geben wollte, erließ der König ein Gesetz gegen den Aberglauben und bewies bei dieser Gelegenheit seine Ruchlosigkeit, indem er auch die Lehre der katholischen Kirche unter diesen Überbegriff fasste. Da sind von allen Seiten die Flüche auf ihn niedergeprasselt. Aber weil die Strafen gegen den Aberglauben so drastisch waren, wurden die Flüche nur im Stillen gesprochen. Also hat er sie nicht gehört. Also haben sie ihn nicht gestört. – Glaubte er …

Dieser König hatte eine Tochter. Sie war so schön, dass sie jedem, der sie sah, als ein Gottesbeweis erschien. Jedem, nur ihrem eigenen Vater nicht. Der glaubte nicht an Gott. Aber seine Tochter liebte er. Und wie jeder liebende Vater wollte er das Beste für sie. Für den katholischen liebenden Vater ist das Beste, wenn seine Tochter in den Himmel kommt. Nachdem aber, wie es bei Markus 10,25 heißt, eher ein Kamel durch ein Nadelöhr geht, als dass ein Reicher in den Himmel kommt, ist der katholische liebende Vater darauf aus, seine Tochter möglichst arm zu verheiraten. In der Zeit, in der diese Geschichte spielt, galt irdisches Glück insgesamt als ein Wahngebilde, als eine Verführung des Satans, und war deshalb abzulehnen. Also achtete der katholische liebende Vater darauf, dass seine Tochter hienieden nicht glücklich wurde.

Ganz anders der König in unserer Geschichte. Er hörte sich um nach möglichen zukünftigen Ehemännern für sein Töchterlein. Er stellte eine Auswahl von Prinzen zusammen, gescheit, gutaussehend, freundlich, charmant, mit denen wollte er sein Herzblatt zusammenführen, dann würde die Liebe kommen, davon war er überzeugt, und alles würde gut werden. Und sicher wär's auch so geworden. Aber dann …

Dann spazierte die Prinzessin eines Tages durch den Wald, und dort erschien ihr die Muttergottes. Sie schwebte in der Luft zwischen zwei Baumstämmen und sprach zu ihr.

»Werde die Braut meines Sohnes«, sagte die Heilige Maria. »Folge ihm nach und schwöre ihm ewige Treue und schau keinen anderen Mann an, sei er noch so gescheit, gutaussehend, freundlich oder charmant!«

Als die Königstochter nach Hause kam, hatte sie sich verändert. Einen festen Willen hatte sie auf einmal. Das sah man ihr an. Ihr Blick war scharf geworden, ihr Kinn spitz, ihre Lippen schmal, ihr Gang gezielt, ihre Stimme fest.

»Ist etwas?«, fragte der König.

»Ja«, sagte sie. »Ich werde dem Christentum beitreten.«

»Und warum?«, fragte der Vater.

»Weil mir die Muttergottes erschienen ist und es mir aufgetragen hat.«

»Kannst du das beweisen?«

»Ja, das kann ich.«

Sie führte ihren Vater in den Wald zu der Stelle, an der ihr die himmlische Jungfrau erschienen war. Aber da war nichts.

»Also«, sagte der Vater.

»Nein«, sagte die Tochter. »Ich werde eine Braut Christi.«

Ein Jahr lang versuchte der Vater, seine Tochter davon zu überzeugen, dass ihre sogenannte Bekehrung ein Hirnfurz sei. Ein Jahr lang hat er täglich mehrere Stunden und die unterschiedlichsten Methoden verwendet, um sie von ihrem Willen abzubringen. Genützt hat nichts etwas. Sie ist dabei geblieben. Der Tag ihrer Taufe rückte näher.

Da hat der Vater zu den berühmten drastischen Mitteln gegriffen. Er hat seine Tochter in den Kerker gesperrt und hat nicht den ersten, aber den besten der in Frage kommenden Prinzen unter Vertrag genommen und den Tag der Hochzeit bestimmt. Und es war derselbe Tag, an dem die Taufe stattfinden sollte.

Da lag die Königstochter bei Wasser und Brot im Kerker und weinte. Und zornte. Und weinte. Und betete. Sie betete zu ihrem himmlischen Bräutigam, er möge ein Zeichen setzen, dass sie im Recht sei. Er möge ihrem Vater einen

Beweis liefern, dass er im Unrecht sei. Und der himmlische Bräutigam hat sie erhört.

Am nächsten Morgen, als sie der König im klammen Keller besuchte, um ihr persönlich das Wasser und das Brot zu bringen und weiter auf sie einzureden, da fielen ihm vor Schreck die Kanne und der Teller aus den Händen. Seiner schönen, gottesbeweismäßig schönen Tochter war über Nacht ein Bart gewachsen. Ein hässlicher schwarzer, bis zum Bauch reichender Bart.

»Das hat der Christengott gemacht«, sagte sie. »Glaubst du endlich?«

»Ja, dann«, sagte der Vater, »ja, dann sollst du den Christengott heiraten, und zwar auf Christenart!«

Was der König halt unter Christenart verstand.

Das verstand er darunter: Er ließ seine Tochter kreuzigen. Und dieses Bild der Heiligen Kümmernis – so wurde sie von nun an genannt – kennen wir: eine halbnackte Frau mit einem schwarzen Vollbart ans Kreuz genagelt. Sieht für den Uneingeweihten aus wie eine böse Verspottung. Ist aber keine.

Da hing sie am Kreuz und wurde obendrein von den Arschkriechern des Königs ausgelacht.

Nur einer kam, der lachte sie nicht aus. Ein kleiner armer Geiger. Der kniete sich vor ihr nieder und begann zu spielen. So süß spielte er, dass die Königstochter, um die der Tod bereits einen seiner Arme gelegt hatte, noch einmal zu Bewusstsein kam. Seine ganze Liebe zur Musik, sein ganzes Mitleid presste der Geiger in seinen Bogen hinein, so dass der von ganz allein spielte. Nie hat man in dieser Gegend eine schönere Musik gehört. Da hat ihn die bärtige Prinzessin belohnt. Einen goldenen Schuh hat sie ihm zugeworfen, den linken. Dann ist sie gestorben.

Und siehe da: noch ein Wunder. Als sie ihren letzten Atemzug ausgehaucht hatte, ward ihr Vater, der König, bekehrt.

»Was habe ich nur getan!«, rief er aus und gab Befehl, eine Kapelle zu erbauen und ein Bild von seiner Tochter am Kreuz zu malen und den Geiger zu verhaften, der die Frechheit gehabt hatte, seiner Tochter – einer Heiligen! – im Augenblick ihres Todes einen goldenen Schuh zu klauen.

Der Geiger wurde gefunden und in Ketten gelegt und dem König vorgeführt. Der König war inzwischen ein zum Fürchten überzeugter Christ geworden. Man solle den Geiger hinrichten, befahl er. Der Geiger flehte und betete zur Heiligen Kümmernis und tat das so gut, wie er Geige spielen konnte, weswegen ihm der König einen letzten Wunsch gewährte.

»Ich will noch einmal, diesmal vor ihrem Bildnis, spielen«, bat der Geiger. Und zwar in Gegenwart des Königs wollte er spielen.

Und siehe da: Während der Geigenbogen wie von selbst über die Saiten strich und himmlische Melodien zauberte, schlug die Heilige Kümmernis auf dem Bild die Augen auf und bewegte ihren Fuß, den rechten diesmal, und warf dem Musikanten ihren zweiten Schuh zu.

Das hat der König gesehen. »Schon wieder ein Wunder!«, rief er. »Schon wieder ein Wunder!«

Der Geiger wurde freigelassen und reich beschenkt. Die Heilige Kümmernis aber wurde eine der beliebtesten Heiligen. Ein Eingeweihter hat mir vor kurzem allerdings erzählt, der Vatikan habe sie inzwischen aus der Kollektion der Heiligen ausgemustert. Macht nichts, in der Legende lebt sie weiter.

64

Der Heilige Donatus

Da sagt der Mensch irgendetwas im Überschwang, und ein paar Minuten lang hält dieser Überschwang an, was etwas Wunderbares ist, man fühlt sich, als wäre die Brust mit einem himmlischen Gas angefüllt, das einen hochhebt, jetzt gleich, jetzt gleich, und es dünkt einen, als schaue die ganze Welt zu, die allein zu diesem Zweck für diese paar Minuten alle anderen Tätigkeiten eingestellt hat – und dann … dann … Was dann? Dann kommt die Nüchternheit daher, schlurfenden Ganges, diese langweilige Tante mit dem grauen Kopftuch und der ewig rinnenden Nase, und erklärt alles herunter aufs Normale und beweist, dass die Welt kein Sekündchen angehalten hat – sonst noch was! Aber der Mensch hat in seinem Überschwang Sachen gesagt, die vielleicht nicht mehr zurückgenommen werden können. Was, wenn er gar einen Eid geschworen hat?

So erging es dem Donatus.

So erging es bereits seiner Mutter.

Wir befinden uns im Jahr 140 nach Christus. Wo wir uns befinden, darüber gibt es verschiedene Meinungen, darum lassen wir eine nähere Ortsangabe bleiben, spielt ohnehin keine Rolle. Flaminia war verheiratet mit Faustus – der nur so heißt wie jener, mit ihm aber nichts zu tun hat. Das war eine Liebe zwischen den beiden, meine Güte! Die wurde ausgetragen mit Klauen und Zähnen. Und das meine ich jetzt gar nicht böse. Im Gegenteil. Der Mensch als ein Nackter hat nichts anderes zur Verfügung als Klauen und Zähne, um sich irgendwo einzuhaken. Und man will sich einhaken gegen die Stürme des Lebens, ja man muss. Und so war es bei Flaminia und Faustus. Sie hakten sich ineinander, weil sie einander nicht verlieren wollten. Gut gemeint, aber Schmerzen macht es trotzdem. Von außen betrachtet allerdings hätte man nicht abwägen können, ob sich die beiden nun mehr hassen oder mehr lieben. Aber das ging von außen ja auch niemand etwas an.

Dann wurde Faustus krank. Merkwürdig krank. Er hat gebrüllt und hat mit dem Kopf gegen alles geschlagen, was hart genug war, um diesen Kopf zu verletzen. Und hat nicht aufgehört damit.

»Du dummer Esel«, hat ihn Flaminia angeschrien, »soll ich dir deinen Blödsinn wohl auch noch nachmachen? Willst du das? Das willst du doch, oder?« Und hat ebenfalls den Kopf gegen den Türstock geschlagen, er gegen den rechten, sie gegen den linken. Die Nachbarn haben hereingeschaut und haben sich gedacht: Was für ein Mutwille!

Aber es war eine Krankheit und kein Mutwille. Da ist Flaminia zum Christentum übergetreten, weil es hieß, die hätten einen Heiligen, nämlich den Heiligen Gervasius von Mailand, der könne einen Befallenen von solcher Extravaganz erlösen. Sie betete, und im Wald erschien ihr daraufhin eben dieser Heilige, und zwar in Form ihres eigenen Spiegelbildes, das sie im Wasser eines Tümpels sah, und aus dem Spiegelbild ihres eigenen Mundes sprach er zu ihr und sagte:

»Dein Mann wird gesund werden, und einen Sohn kriegst du auch.«

Und beides geschah.

Den Sohn taufte sie Donatus, was so viel bedeutet wie »der Geschenkte«. Und selbstverständlich wurde Donatus als Christ erzogen, was immer das damals auch heißen mochte.

Als Donatus knappe siebzehn Jahre alt war, wurde er Legionär im römischen Heer, und nicht in irgendeiner Legion, sondern in der berühmten 12. Legion, der Legio Fulminata, die immer dort eingesetzt wurde, wo der Hut am heißesten brannte, so zum Beispiel an der Donau, im heutigen Niederösterreich, wo die Markomannen ins Reich eingefallen waren und sich aufführten, dass es die Sau grauste, die Details möchte ich mir ersparen, wenn's recht ist.

Und da geschah es, dass die Römer in einen Hinterhalt gerieten, wie es heißt und was ich hier einfach nachplappere, obwohl mir nie in den Sinn gehen wollte, was bei einem Hinterhalt hinten angehalten wird, aber das ist ein anderes Thema. Die Römer wurden umzingelt und von ihrem Nachschub abgeschnitten, das heißt, sie hatten nichts zu essen und nichts zu trinken. Vor allem der Durst machte ihnen zu schaffen – was auch wieder so ein merkwürdiger Ausdruck ist, denn was, bitte, schafft der Durst, wenn man ihn hat? Kein Bach, keine Quelle weit und breit, kein Brunnen und kein Regen. Und da ist dem Donatus der Heilige Gervasius eingefallen, dem er das Leben verdankte und von dem er wusste, dass er einen Narren an ihm und seiner Familie gefressen hatte.

Und damit komme ich zu dem eingangs angeführten Überschwang. In einem Anfall eines solchen schwor Donatus – damals war er gerade achtzehn Jahre alt –, er werde in seinem Leben niemals eine Frau heiraten und auch niemals eine Frau außerehelich berühren, wenn – a – der Heilige Gervasius Wasser bringe, – b – wenn die Markomannen bei dieser Gelegenheit ordentlich eins draufkriegen.

Und siehe da, es begann zu regnen, so heftig, dass sich die Mulden füllten, und die Blitze fuhren nieder und zerschmetterten das Hauptquartier des Feindes, und die Durstigen durften endlich saufen, Mensch und Pferd. Der Sieg der Römer war absolut. Und alle Soldaten und die Offiziere dazu waren der Meinung, das hat niemand anderes zustande gebracht als der Donatus. Wie er das gemacht hat, wussten sie nicht. Die Lage war aussichtslos gewesen, der Himmel wolkenlos, die Hitze unerträglich, der Durst wie ein Feuergott, der sich in der Kehle wälzte – und in dieser Situation hatte der einfache Soldat Donatus gesagt: »Gebt mir für eine Minute das Oberkommando, und ich verspreche, in einer Stunde haben wir uns satt getrunken und die Feinde sind geschlagen.« Das hatte er gesagt, und weil eh schon alles wurscht war, ist ihm das Oberkommando für eine Minute übertragen worden, und dann ist geschehen, was geschehen ist.

Genauso haben es die Offiziere dem Kaiser Marcus Aurelius in Rom berichtet. Und der Kaiser, der bis heute einen guten Ruf besitzt, nämlich den eines besonnenen Philosophen, wollte Donatus von nun an in seiner Nähe haben und ernannte ihn zum Oberst seiner Leibwache. Und nicht nur das, leider. Leider, wenn man das Folgende bedenkt: Der Kaiser bot dem jungen Mann obendrein seine Enkelin zur Frau an.

Donatus sagte nein.

Er konnte nicht anders! Er hatte dem Heiligen geschworen, ein Leben ohne Frau zu führen. Was er inzwischen selbst für arg übertrieben hielt. Dieser Überschwang! Hätte ja auch sein können, der Heilige würde sich mit weniger zufriedengegeben haben. Aber Eid ist Eid. Also sagte Donatus: »Nein.«

Der Kaiser war empört. Er vergaß seine philosophische Besonnenheit, für eine kleine Zeit wenigstens. Der Kaiser liebte seine Enkelin. Alexandra hieß sie, das möchte ich doch erwähnen, damit wenigstens ihr Name bleibt. Er liebte sie, sie war sein Augenstern, er selbst unterrichtete sie in allem, was dem Leben dient, in der Philosophie, der Geometrie, der Grammatik, der Rhetorik, der Poesie. Und nun sah er vor sich einen jungen, gar nicht hübschen Mann stehen, einen mit ziemlich geringem Wortschatz, wie er sich überzeugen konnte, und der tat, als wäre ihm das Herzensmädchen nicht gut genug. Und im Überschwang des Zorns – schon wieder der Überschwang! – verurteilte der Kaiser Donatus zum Tode, zu vollstrecken noch in derselben Stunde, damit das himmlische Gas in der Brust nicht von der langweiligen Tante Nüchternheit aufs Normale heruntererklärt werden könnte.

Das hat Donatus nicht überlebt.

Flaminia, des Märtyrers Mutter – denn zu nichts anderem als zu einem solchen erklärten die Christen denselben –, erbat sich den Leichnam ihres Sohnes oder erschlich sich ihn durch Bestechung, man weiß da nichts Genaueres, und bestattete ihn in der Katakombe der Heiligen Agnes in Rom. Und da haben wir ein weiteres Wunder. Warum? Hat es wieder geregnet? Nein. Ist wieder der Blitz auf irgendwelche Feine niedergefahren? Auch nicht. Sondern was? Die Zeit ist durcheinandergewirbelt worden. Die Heilige Agnes ist nämlich erst hundert Jahre nach dem Donatus zur Welt gekommen. Wie also kann er in ihrer Katakombe bestattet worden sein? Wenn man allerdings über diesen Anachronismus hinwegblickt – und wenn es um das Heilige geht, ist das durchaus erlaubt –, dann muss man zugeben, dass Donatus und Agnes gut zueinanderpassen. Denn auch die Agnes wird, um der Verheiratung mit dem Sohn eines römischen Präfekten zu entgehen, lebenslange Ehelosigkeit schwören, und auch sie wird mit einer ähnlichen Begründung dem Märtyrertod zugeführt werden wie Donatus hundert Jahre zuvor. – Motiv schlägt Chronologie.

Noch etwas: Als über tausend Jahre später die Gebeine des Heiligen Donatus von einer Stelle nach einer anderen überführt werden sollten, ging während des Gottesdienstes ein Gewitter nieder, und ein Blitz schlug in die Kirche ein und setzte den Jesuitenpater, er hieß Heerde, Johannes oder Jakobus, in Brand. Und wieder ein Wunder: Der Gottesmann stand am Altar und zelebrierte die Messe seelenruhig brennend zu Ende und verließ anschließend schwarzgebrannt vom Scheitel bis zur Sohle das Gotteshaus und lebte noch zwanzig Jahre, wie es heißt, bei guter Gesundheit und fröhlichem Temperament.

65

Das weiße Hemd

In der Nähe von St. Veit steht die Ruine Taggenbrunn. Dort lebten vor vielen Jahren Ritter Heinrich und seine junge Frau. Und dann kam diese Mode in Europa auf, dass alle ins Morgenland ziehen wollten – die Kreuzzüge eben. Und jeder Ritter, der etwas auf sich hielt, der musste mit. So auch Heinrich.

Er verabschiedete sich von seiner Frau mit Küssen und Umarmungen, und sie sagte: »Heinrich, lieber, du wirst vielleicht sehr lange dort bleiben, und ich habe gehört, die Frauen im Morgenland sind besonders schön. So schön, dass sich die Männer nicht mit einer Frau begnügen, sie wollen mehrere haben, und sie haben mehrere. Vielleicht ist das ansteckend, und du willst auch mehrere Frauen haben und nicht mehr mich als einzige.«

Heinrich sagte: »Nein, Frau, meine liebe, das werde ich nicht wollen. Ich verspreche dir, ich werde dich nicht betrügen.«

Und sie antwortete: »Wenn du mir das versprichst, dann glaub ich dir.«

»Aber, Frau, meine liebe«, fiel ihm nun ein, »ich werde wahrscheinlich wirklich lange wegbleiben. Du bist allein und bist eine schöne, junge Frau. Vielleicht kommt ein Mann, und du wirst mich mit ihm betrügen!«

Und sie sagte, wie er gesagt hatte: »Ich verspreche dir, dass ich dich nicht betrügen werde.«

Aber da bohrte es bereits in ihm. »Schon, schon, Frau, meine liebe, nur gibt es dafür auch einen Beweis?«

Und sie: »Du hast es versprochen, ich hab es geglaubt. Ich habe es versprochen, glaub du mir doch auch.« Aber sie sah, dass die Eifersucht in ihm zu kratzen begann. Darum bat sie: »Gib mir einen Tag Zeit. Dann kriegst du den Beweis.«

Nach einem Tag brachte sie ihm ein weißes Hemd, weiß wie das Blütenblatt einer Lilie. »Ich habe dieses Hemd genäht und bei jedem Stich habe ich zu den

Näherinnen im Himmel gebetet. Zieh es an und zieh es nicht mehr aus! Es wird rein bleiben, bis zu dem Tag, an dem du zurückkommst. Und dass es rein bleibt, das soll dir der Beweis sein, dass ich dich nicht betrüge.«

So zog Heinrich in den Orient und schlug sich mit den Morgenländern. Er wurde verletzt und wurde gefangen genommen. Aber auch im Getümmel der Schlacht, mitten im Blutgemetzel, war sein Hemd rein geblieben. Nun wurde er der Sklave des Sultans. Und der Sultan spannte ihn ins Joch, er musste wie ein Ochs den Pflug ziehen und wie der letzte Knecht den Stall ausmisten. Und er fiel in den Dreck, stand auf und fiel wieder in den Dreck. Aber sein Hemd blieb rein.

Und das wurde dem Sultan bekanntgegeben. Der Sultan rief Heinrich, den Sklaven, sagte: »Ich habe gehört, du hast ein Hemd, das bleibt immer weiß? Was ist die Geschichte?«

Und Heinrich sagte: »Die Geschichte ist die: Meine Frau hat dieses Hemd genäht. Und sie hat mir versprochen, mir treu zu bleiben. Und solange dieses Hemd weiß ist, weiß ich, dass sie mir treu ist.«

Ach, der Sultan hatte ein Faible für romantische Geschichten. Aber er hatte auch ein Faible, romantische Geschichten zu testen. Er rief einen jungen Türken zu sich, schön, gebildet, herzenswarm. Und befahl ihm: »Mach dich auf den Weg nach Kärnten! Das ist ein Land oben im Norden. Dort gibt es ein Schloss, Taggenbrunn wird es genannt, dort lebt eine Frau. Verführe sie!«

Das hat der junge Türke nicht gern getan, er hatte ein gutes Herz und sollte das gute Herz dieser Frau brechen. Aber der Sultan wollte Romantik testen, und er hatte einen finsteren Blick, und sein Scharfrichter hatte ein scharfes Schwert. So wanderte der junge Türke los und kam nach Taggenbrunn, sah die schöne Frau und verliebte sich in sie. Was nicht der Plan war. Und sie, ja, sie verliebte sich auch. Aber sie hielt ihr Versprechen. Und da konnte der junge Türke nicht anders, er schüttete sein Herz aus und gestand ihr alles. Das machte, dass sie sich noch ein bisschen mehr in ihn verliebte. Aber weil sie ja sah, dass sich der junge Türke gerade wegen ihrer Treue und Tugend in sie verliebt hatte, konnte sie ihm ihre Liebe erst recht nicht zeigen, und das machte, dass sich der junge Türke ebenfalls noch mehr in sie verliebte. Und so weiter, bis sie beide zitterten vor Leidenschaft und Begehren. Und hätte er nur eine

Stunde noch in diese Augen geschaut, und hätte sie nur eine Stunde noch in diese Augen geschaut …

»Ich muss wieder gehen«, sagte er.

»Ja, du musst gehen«, sagte sie.

Keine größere Sehnsucht war in ihr, als an der Seite dieses jungen Türken zu sein. Und ihr Gewissen hämmerte auf ihr Herz, als wär das Herz ein Amboss und das Gewissen der Hammer. Und in der Nacht diskutierte sie mit ihrem Gewissen. Sie sagte: Oh, wie glücklich bin ich, weil ich nun weiß, dass mein Mann lebt! Oh, wie unglücklich bin ich, weil ich nun weiß, dass er gefangen ist! Ist es nicht meine Pflicht, alles zu unternehmen, damit mein Mann frei wird? Ja, es ist meine Pflicht. – Bis zum Morgengrauen diskutierte sie. Da war das Gewissen müde und stimmte ihr zu, dass sie ins Morgenland reisen sollte, um ihrem Mann beizustehen.

Sie verkleidete sich als Bettelmönch. Nahm die Laute mit und fuhr mit der Kutsche dem jungen Türken nach und überholte ihn und stieg aus und wartete an einer Wegkreuzung auf ihn. Und sagte: »Ach, wohin des Weges?«

Und er sagte: »Ich ziehe ins Morgenland.«

»Ach, dorthin will ich auch. Stört es dich, wenn ich dich begleite?«

»Nein«, sagte er, »ist lustiger zu zweit.« Dieser junge Bettelmönch war ihm sympathisch, wirklich sehr sympathisch.

So waren sie beieinander Tag und Nacht, gingen nebeneinander, schliefen nebeneinander. Und trafen miteinander im Morgenland ein. Und dort stellte sich die Frau, also der Bettelmönch, auf den Platz vor den Palast des Sultans, spielte die Laute und sang dazu. Und sie hatte eine wunderbare Stimme. Und die Leute versammelten sich, um diese Stimme zu hören. Und man meldete dem Sultan, dem Romantiker, da gibt es einen jungen Bettelmönch aus dem Abendland, der singt so schön, dass die Vögel zu ihm in die Lehre gehen.

Der Sultan hatte ein Faible für schönen Gesang, und er ließ diesen Bettelmönch zu sich kommen und sagte: »Sing mir etwas vor!«

Und sie spielte auf der Laute und sang, und der Sultan war hingerissen, und er sagte: »Noch ein Lied, bitte! Und gleich noch eines! Und wenn du ein drittes Lied für mich singst, dann darfst du dir wünschen, was du willst. Ich werde dir jeden Wunsch erfüllen.«

Sie sang ein zweites und sang ein drittes und dann noch ein viertes, ihr schönstes Lied. Der Sultan brach in Tränen aus.

Sie sagte: »Ich wünsche mir einen deiner Diener. Denn ich möchte wieder nach Hause gehen, und er soll mich begleiten. Der Weg ist gefährlich, und ich will nicht von Räubern erschlagen werden.«

Der Sultan rief die ganze Dienerschaft herbei, Aufstellung der Größe nach: »Welchen du willst! Such dir einen aus!«

Sie aber erkannte ihren Heinrich an dem weißen Hemd. »Den da will ich«, sagte sie.

»Ausgerechnet den?«

»Ausgerechnet den.«

Na gut, der Sultan hatte es versprochen.

Und so machte sie sich, immer noch verkleidet als Bettelmönch, auf den Weg nach Hause, nach Kärnten. Gemeinsam mit ihrem Heinrich.

Heinrich glaubte, sie sei ein junger Bettelmönch, und er erzählte diesem Bettelmönch alles, was er erlebt hatte. Er erzählte von den Frauen, wie schön die im Morgenland sind und dass manche Männer mehrere haben. Aber dass er mit keiner Frau etwas angefangen habe, denn er habe es seiner Frau versprochen. Darüber wunderte sie sich nicht, denn sie hatte ihrem Heinrich ja geglaubt.

Und dann kamen sie nach Kärnten, und da sagte sie: »Hier trennen sich unsere Wege. Ich muss in mein Kloster zurück.«

Und er sagte: »Aber du hast mir das Leben gerettet, ich will dich überhäufen mit Reichtümern.«

»Nein, ich bin ein Bettelmönch, ich darf keine Reichtümer anhäufen. Aber wenn du mir unbedingt etwas schenken willst, dann gib mir ein Stück von deinem weißen Hemd. Nicht größer als meine Handfläche.«

Heinrich schnitt ein Stück aus dem weißen Hemd und gab es ihr. Und dann verabschiedeten sie sich. Sie aber nahm wieder eine Kutsche, überholte ihn heimlich und war im Schloss, noch ehe er es erreichte.

Das Wiedersehen! Die beiden fielen sich in die Arme, küssten und weinten. Heinrich dachte bei sich: Ist doch gut, einen Beweis am Leib zu haben, dass sie mich nicht betrogen hat. Dann dachte er sich: Aber es wäre noch besser, wenn zu diesem Beweis noch ein zweiter Beweis, ein Anwalt des ersten Beweises sozusagen, dazukäme.

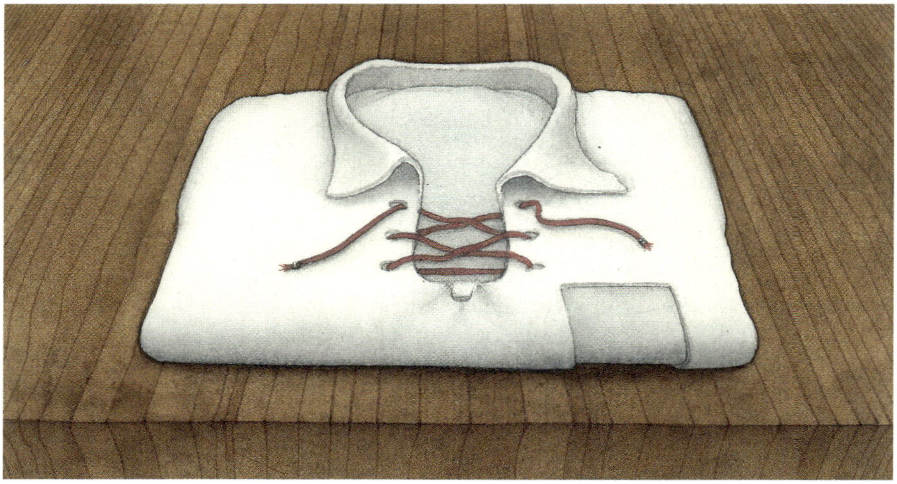

Er hörte sich um.

Fragte die Leute: »Wisst ihr etwas über meine Frau?« Die Leute sagten: »Ja, die war lange weg. Sehr lange weg. Erst knapp bevor Ihr gekommen seid, ist sie gekommen!«

Da schoss die Eifersucht in ihm hoch. Und er rief seine Frau zu sich und schrie sie an: »Hör zu! Ich habe erfahren, du warst lange Zeit weg. Wo warst du? Was hast du getrieben?«

»Ich möchte auf diese Frage nicht antworten«, sagte sie.

»O doch«, fuhr er auf, »du wirst sie mir beantworten müssen! Hier! Siehst du, hier habe ich ein Stück aus meinem Hemd herausgeschnitten.« Er riss sie an den Haaren. »Schau es dir an! Und warum, denkst du, habe ich das getan?« Er drückte ihren Nacken nieder. »Ich will es dir sagen. Da war ein Fleck, ein hässlicher, dunkler Fleck!«

Sie weinte, sagte, er tue ihr weh, er solle sie bitte loslassen. Da ließ er sie los. Sie lief in ihr Zimmer. Und er schlug gegen die Tür. Sie öffnete nicht. Da trat er die Tür ein.

Aber da saß nicht sie, sondern der junge Bettelmönch saß da, die Laute im Arm.

»Ahhh«, schrie Heinrich, »doppelt betrogen also! Mit dir hat sie es also getrieben?«

Er riss dem Mönch die Laute aus der Hand und wollte ihn damit erschlagen. Der Mönch zog die Kapuze vom Kopf, und Heinrich sah, es war seine Frau. Er sah, dass sie es gewesen war, die ihm das Leben gerettet hatte.

»Ich habe dir versprochen, immer bei dir zu bleiben«, sagte sie und wies ihm das weiße Stück Stoff vor, das er aus seinem Hemd geschnitten hatte als Lohn für seine Befreiung. »Ich habe dir versprochen, dich nie zu betrügen. Das werde ich halten. Aber ich werde bis ans Ende meines Lebens kein Wort mehr mit dir sprechen.«

Und so war es. Und so blieb es.

66

Doktor Faustus in Salzburg

Salzburg liebt seine Gäste, das ist immer schon so gewesen. Immer hat Salzburg seine Gäste geliebt. Zum Beispiel war der große Paracelsus hier. Angeblich ist er hier dem Teufel begegnet und hat den Bösen an der Nase herumgeführt. Aber auch der bedeutende, berühmte, großartige, unvergleichliche Magier und Zauberer Doktor Faust habe hier eine Zeit verbracht. Er sei auf dem Weg von Wien nach Leipzig gewesen, da sei er hier abgestiegen, hier in Salzburg. In einem Gasthof. Hat sich unter anderem Namen eingetragen. Er war also inkognito hier, wollte seine Ruhe haben. Ausspannen vom Ruhm.

Eines Abends saß er also in der Gaststube, hatte gegessen, getrunken, keiner der anderen Gäste wusste, wer dieser dunkle Herr dort hinten war, der mit dem schwarzen Umhang, der, der den Hut nicht abgenommen hat beim Essen, der, der die Handschuhe nicht ausgezogen hat beim Trinken.

Aber dann war plötzlich noch ein anderer da, ebenfalls ein Gast von außerhalb, ein Goldschmied, wie er sich allen vorstellte, der bedeutendste, berühmteste, großartigste, unvergleichlichste Goldschmied. Und der erkannte den Doktor Faustus.

Er stand auf, wies mit dem Finger auf ihn und sagte: »Faust! Schön, dich hier zu treffen, du großer Magier! Willst du uns nicht ein Kunststück vorführen?«

Ganz still war es da in der Gaststube.

Und der Faust sagte: »Nein, das möchte ich lieber nicht. Ich bin auf Urlaub hier. Will meine Ruhe haben.«

Aber der Goldschmied ließ nicht locker und drängte weiter und wollte ihn reizen: »Ich glaube, mein lieber Faust, ich kann ein schöneres Kunststück vollbringen als du!« Er wollte ihn zu einem Wettbewerb herausfordern, wollte ihn zwingen.

Und schließlich hat der Doktor Faustus nachgegeben und zugestimmt und hat gesagt: »Na gut, Goldschmied, dann wollen wir also einen Wettbewerb veranstalten, wir beide. Es gilt, wer das größere Kunststück zustande bringt. Du, der Goldschmied, oder ich, von dem man sagt, ich sei ein Zauberer. Eine Woche Zeit!«

»Gut. Abgemacht.«

Alle waren gespannt in Salzburg. Eine Woche, was werden die beiden vorführen? Der Goldschmied hat sich gleich an die Arbeit gemacht, hat gehämmert, getrieben, gebogen, geschmolzen, gelötet, gefeilt, gebohrt, angepasst und was noch alles. Der Doktor Faust anscheinend nicht, der hat nichts getan, man konnte ihn im Wirtshaus sehen, trinken, essen. Viel trinken, viel essen. Man konnte ihn draußen auf der Straße sehen. Mit Frauenzimmern reden. Offen reden. Dann mit ihnen verschwinden. Dann wiederkommen. Mit den nächsten Frauenzimmern reden. Wieder verschwinden. Offensichtlich hat er sich nichts gekümmert um sein Kunststück, der Doktor Faustus.

Und schließlich war der Abend nach der vereinbarten Woche da. Die Gastwirtschaft war brechend voll. Draußen auf der Gasse schupsten sich die Leute. Die beiden, Goldschmied und Zauberer, saßen einander gegenüber. Aug in Aug. Losten aus, wer beginnen sollte.

Der Goldschmied. Er hatte ein Aquarium mitgebracht, angefüllt mit Wasser. Und dann griff er in die Tasche, zog vier Goldfische heraus und warf sie in das Aquarium. Die schwammen darin herum, und er fütterte sie, und sie tauchten auf, zeigten die Köpfchen, schnappten nach dem Futter, schwammen weiter. Und so weiter.

Und alle, die da saßen und zuschauten, sagten oder dachten: »Ja, und was soll daran das Kunststück sein?«

Und der Faust sagte dasselbe: »Was soll daran das Kunststück sein, Goldschmied? Willst du mich zum Narren halten?«

»Tjaja«, sagte der Goldschmied, »das sind Maschinen. Das sind keine wirklichen Fische. Das sind Maschinen.«

Er gab sie dem Doktor Faust in die Hand, und der konnte sie untersuchen. Das Innere der Fische war ein Uhrwerk.

»Ich hab sie so gebaut, dass sie wie echte Fische sind«, sagte der Goldschmied. »Das kann auf der Welt niemand.«

Das war beeindruckend. Also wirklich! Den Leuten ist der Mund nicht mehr zugegangen, so beeindruckt waren sie, bis die Zunge im Rachen ausgetrocknet ist, haben sie geglotzt.

»Nun ja«, sagte der Faust, »wenn du das Getier des Wassers übernimmst, dann übernehme ich das Getier der Lüfte.«

Er griff in seinen Sack, zog heraus zwei Flügel, faltete sie auseinander, befestigte sie an seinen Achseln, und dann begann er zu schlagen. Und erhob sich vom Boden. Flog durch die Gaststube. Flog durch das Fenster hinaus. Umkreiste die Stadt knapp über den Spitzen der Kirchtürme und flog wieder zurück durch das Fenster in die Wirtsstube und setzte sich auf seinen Platz.

Und alle waren der Meinung: »Ja, der Doktor Faust, der hat diesen Wettbewerb gewonnen.«

Und da war auf einmal ein junger Mann, der sagte: »O Faust, willst du mir einmal deine Flügel borgen?«

»Gern«, sagte der Faust.

Er gab dem jungen Mann die Flügel, der schnallte sie sich an die Schultern und bewegte seine Arme, wie der Faust sie bewegt hatte, und erhob sich genauso in die Lüfte und flog genauso hinaus beim Fenster und umkreiste genauso die Stadt knapp oberhalb der Kirchtürme. Aber plötzlich rissen ihn die Flügel mit sich fort, und er wurde nach oben gewirbelt in den Himmel und weit, weit weg.

Da waren die Bürger, die sich versammelt hatten, erstaunt: »Was ist mit diesem jungen Mann?«, fragten sie. Sie kannten ihn nicht, er war kein Bürger der Stadt Salzburg.

Der junge Mann wurde in die Luft gewirbelt, unter ihm rasten die Dörfer und Städte, die Berge und Flüsse und Felder dahin, und alles wurde kleiner und kleiner, schon war das blaue Meer zu sehen.

Und dann landete er in einem fernen Land. Und dort sahen ihn zwei Schweinehirten. Die liefen hin und sagten: »Was ist mit dir? Kannst du fliegen? Bist du ein Vogel?«

»Nein«, sagte der junge Mann, »aber ich habe Hunger.«

Und die Schweinehirten gaben ihm zu essen, und sie gaben ihm Arbeit, und er arbeitete als Schweinehirt bei ihnen, ein Jahr, zwei Jahre, und sie erzählten ihm von ihrem Land. In diesem Land gab es eine Burg. Und in dieser

Burg herrschte ein König. Und dieser König hatte eine Tochter, aber der König wollte niemandem seine Tochter geben. Deshalb sperrte er sie ein in ihrem Zimmer. Und damit er jeden Morgen nachprüfen konnte, ob ja niemand in der Nacht bei ihr gewesen war, bestreute er den Boden in dem Zimmer mit Asche, damit er jeden Fußtritt sehen konnte.

»Niemand wird die schöne Königstochter je bekommen«, sagten die Schweinehirten.

Das hat den jungen Mann angetrieben, kein Wunder, und er erinnerte sich an seine Flügel. Er hat die Flügel umgeschnallt und ist geflogen zu dieser Burg hinauf, ist gelandet im Schlafzimmer der Prinzessin. Die beiden haben sich geliebt, und zwar auf Anhieb, und dann ist der junge Mann wieder davongeflogen. Und am nächsten Tag kam der König und hat die Fußabdrücke gesehen. Und hat alle Männer des Reiches zusammengerufen, jeder musste seinen Fuß messen lassen, aber keiner hat gepasst. Am Ende waren nur noch die drei Schweinehirten übrig. Und siehe da, vom Jüngsten der Fuß passte genau in den Abdruck in der Asche. Da wollte der König den Jüngsten köpfen lassen.

Und der Jüngste sagte: »Einen Wunsch möchte ich noch, König. Ich möchte die Prinzessin küssen.«

Das hat ihm der König zugestanden. Da hat der junge Schweinehirt die Prinzessin umarmt und hat sie geküsst und ist mit ihr davongeflogen, zurück nach Salzburg ist er geflogen mit der Prinzessin.

Und dort hat er die ganze Geschichte erzählt, und zwar in eben dem Gasthaus. Zum größten Erstaunen der Bürger hat er diese Geschichte erzählt. Daneben saßen der Doktor Faustus und der Goldschmied.

Aber noch war das Staunen nicht zu Ende. Denn plötzlich lösten sich der junge Mann und die Prinzessin in Luft auf. Und die Flügel lösten sich in Luft auf. Und zuletzt löste sich auch der Goldschmied in Luft auf.

Zurück blieb nur der Doktor Faustus, und der sagte: »Bürger von Salzburg, war das Zauberei genug? War es genug, um mir mein Abendessen und meinen Aufenthalt in Salzburg zu finanzieren?«

Die Bürger nickten nur, mehr wollten sie gar nicht erfahren. Sie wollten nur, dass dieser Magier, der bedeutende, berühmte, großartige, unvergleichliche, ihre Stadt bald verlassen möge.

Alles hatte er erfunden. Den Goldschmied hatte er erfunden, den Wettbewerb hatte er erfunden. Die ganze Zeit über waren die Bürger dagesessen und hatten ihn angestarrt, der ganz allein an seinem Tisch gesessen hatte. Alles hatte er ihnen erzählt, und zwar so, dass sie es vor sich sahen, den Flug des jungen Mannes in das ferne Land, die Schweinehirten, die zwei Jahre, den bösen König, die Prinzessin, die Asche auf dem Boden in ihrem Zimmer, den Scharfrichter, den Goldschmied, die Fische, alles.

Und dann verabschiedete sich der Doktor Faustus. Was hat er gewonnen, mit seinen Zauberkünsten? Freie Übernachtung, freies Essen und Ruhm. Mehr brauchte er nicht.

67

Die große Ernte

In Aschberg, ich sag's euch, dort haben die Bauern über Generationen keine Dreschersuppe mehr angerührt. Kein Löffelchen voll. Nicht, dass es ihnen grundsätzlich vor dieser Gerstensuppe mit Bohnen darin und einer Seite geräuchertem Speck und einer Handvoll Majoran nicht geschmeckt hätte, dazu Schwarzbrot und Bier – nein, das war's nicht, geschmeckt hätte ihnen nichts anderes auf dem Tisch besser, aber: Über Generationen hat man sich in Aschberg daran erinnert, wie einst der Teufel in Form von Hund und Katz diese Suppe zubereitet hatte. Und das hat den Bauern den Appetit verdorben. Über Generationen!

Es war einmal, dass in Aschberg und in Fürsteneck eine Ernte erwartet wurde, die ihresgleichen in der Geschichte der ganzen Gegend nicht kannte. Die ältesten Knechte, die ältesten Mägde, auch nicht der Pfarrer mit seinen gescheiten Büchern, in denen alles verzeichnet war, konnten sich erinnern, dass jemals so viel gewachsen war auf ihrer Erde. Als hätten die Halme einen Wettbewerb veranstaltet, welcher mehr tragen könnte. Das Dreifache als normal war in diesem Jahr die Regel, mehr brauche ich nicht zu sagen.

»Jetzt endlich«, sagten die Leute, »jetzt endlich hat uns der Himmel entdeckt. Es war ja auch höchste Zeit! Schon hätten wir uns beinahe überlegt, ob wir die Hände beim Beten nicht doch lieber nach unten richten zu dem heißen Bruder, der, wie allgemein bekannt, schneller ist im Wunscherfüllen als der dort oben.«

Es sollte nur ein Spaßgerede sein. In Wahrheit hat niemand daran gedacht, zum Teufel zu beten. Nicht einmal im vorigen Jahr, als eine lausige Ernte gewesen war und dann noch das große Feuer, das ausgerechnet in den Scheunen gewütet hatte, wo dann am Ende das bisschen Korn auch noch weggebrannt war, nicht einmal damals hatten die Aschberger und die Fürstenecker daran gedacht, sich beim Teufel einzuschleimen. Aber gerade weil die Gewissen diesbezüglich völlig rein waren, haben sie sich getraut, so einen blöden Witz zu machen. Wer sich freut, macht gern einen Witz.

Aber Witze werden im Himmel oben nicht verstanden. In der Hölle schon. Im Himmel ist man beleidigt, wenn so ein Witz gemacht wird. In der Hölle tut man so, als hätte man den Witz nicht kapiert, und man nimmt ihn wörtlich. – Wir werden sehen, dass beides auf das Gleiche hinausläuft.

Das Problem von dieser Jahrhunderternte war, dass es in Aschberg und in Fürsteneck zusammengenommen nicht genug Männer und Frauen gab, die das Korn rechtzeitig einbringen konnten, bevor es auf den Feldern verdorrte oder verfaulte. Auch wenn alle, beim Kind angefangen bis hinauf zum Greis und zur Greisin, von morgens in der Frühe bis in die Nacht hinein ohne Mit-

tagspause geschuftet hätten, nicht einmal ein Drittel von dem Guten wäre rechtzeitig eingebracht worden. Und dann hätte die Feldfrucht ja auch noch gedroschen werden müssen. Diese Kraftanstrengung! Nein, das hätten diese Menschen mit dem besten Willen nicht geschafft. Was sollte man tun, was um Himmels willen sollte man tun?

Zufällig waren Fahrende in der Gegend, die spielten auf ihren Geigen und ihren Trompeten und auf den Lauten und tanzten und machten Kunststücke und führten Tiere vor, die rechnen konnten, und andere, die in die Zukunft schauen konnten mit ihren Froschaugen und ihren Marderaugen und die in einer Sprache, die nur die Fahrenden verstanden, kundtaten, was in der Zukunft geschehen wird. Und diese Fahrenden, ohne dass sie gebeten worden wären, ja, ohne dass ihnen einer von dem Problem der Aschberger und der Fürstenecker erzählt hätte, schickten einen Boten in die beiden Dörfer mit dem Angebot zu helfen. Als Gegenleistung wollten sie nicht weiter als zehn Prozent der Ernte haben.

Die Bauern überlegten. Hilfe von den Fahrenden?

»Warum wollen die uns helfen? Wir haben sie doch immer weggejagt. Wir haben ihren Kindern Tritte gegeben und ihren Greisen eins auf die Birne gegeben. Und wenn wir eine besondere Gaudi haben wollten, dann haben wir einen von ihnen aufgehängt. Warum wollen die uns helfen?« – So die Aschberger und die Fürstenecker.

Außerdem: Zehn Prozent war nicht wenig. Dann hatte der Bote auch noch klargemacht, dass die zehn Prozent nicht von der schlussendlichen Menge an Korn gerechnet werden sollten, sondern von der geschätzten Menge der trächtigen Felder. Einige Bauern kriegten gar nicht mit, was darunter zu verstehen war.

Einer sagte: »Ich war draußen bei ihrem Lager. Ich weiß nicht, ich weiß nicht. Da sind nur drei Leute von denen gestanden, nicht mehr. Ich weiß nicht, ich weiß nicht. Wie sollen drei Leute uns nützen, wo wir doch mindestens dreihundert brauchen?«

Ein Zweiter sagte: »Vielleicht haben sich die anderen zweihundertsiebenundneunzig versteckt.«

Andererseits war klar, dass gar keine andere Möglichkeit bestand. Die Zeit drängte.

So ging die Debatte eine halbe Nacht lang dahin.

Aber nicht länger. Denn am Morgen wollten die Fahrenden wissen, was gespielt wird. Wenn nein, dann zogen sie ab. Wenn ja, dann wollten sie loslegen. Der Bote wartete auf Antwort.

Und die Antwort lautete: Ja.

Der Bote ging und kam bald darauf wieder.

»Was willst du denn noch? Wo sind die Leute, die uns helfen? Warum vertrödelt ihr unsere Zeit, elender Schwarzkopf?« So wurde er bedrängt und beschimpft.

Der Bote meldete, die Spezialisten kommen erst, wenn niemand von den Aschbergern und den Fürsteneckern mehr im Dorf sei. Die Spezialisten wollten die Arbeit ganz allein machen. Die Bauern dürften sich derweil ausruhen. Das sei alles im Preis inbegriffen.

»Spezialisten? Was für Spezialisten denn?«

Eben die Spezialisten, sagte der Bote. Und mehr sagte er nicht.

Gut. Auch nicht schlecht. Ausruhen. Da wusste ja nicht einer in Aschberg und nicht einer in Fürsteneck, wie man dieses Wort überhaupt buchstabiert. Ausruhen. Nicht schlecht. Da braucht's keine extra Schulung dazu. Das kann jeder.

»Einverstanden!«

Die Bauern verließen ihre Dörfer, wanderten in den Wald hinein, wo es ruhig und kühl war und wo sie ihre Felder und ihre Scheunen nicht sehen konnten. Ausgemacht war, dass sie am Abend zurückkehren sollten, dass dann auch schon die Dreschersuppe bereitstehe und das Schwarzbrot und das Bier. Alles im Preis inbegriffen.

»Nichts dagegen! Einverstanden!«

Die Bauern und die Bäuerinnen, die Knechte und die Mägde verließen mitsamt ihren Kindern und ihren Greisen die Dörfer, nahmen Decken und Proviant mit und richteten sich im Wald auf ein Picknick ein. Was für ein herrlicher Tag! Diese Luft! Dieser Vogelgesang! Vogelgesang und gute Luft gab es in ihrem Dorf auch, um kein Haar schlechter, aber bei der Arbeit, bei der Arbeit, bei der Arbeit, da hört man anders und riecht man anders. Im Urlaub schmeckt der Zucker süßer. Das weiß der größte Trottel.

Da war aber einer, ein junger Bursch, ein heller, ein neugieriger, der hat sich vom Picknick im Wald fortgeschlichen. Er wollte sehen, wie es die Spezialisten, die sogenannten, anstellten. – Und das hat er dann auch gesehen.

Die Spezialisten, das waren Hund und Katz. Ein Heer aus Hund und Katz. Auf den Hinterbeinen sind sie in die Felder hineinmarschiert und haben ein Heer von Käfern und Mäusen und Ratten und Maulwurfsgrillen und Schnecken und Würmern und anderem Gezücht befehligt. Die haben die Ähren mit ihren Mäulern vom Korn befreit, haben das Korn geschluckt und dann in den Scheunen wieder ausgeschissen. So ging's hurtig dahin.

Das alles hat der Bursch, der helle, beobachtet, und es hat ihn gegraust, wie man sich leicht vorstellen kann.

Aber das war noch nicht alles. An einer Ecke des Feldes wurde anders gewerkt, nämlich an der Ecke, wohin an allen Tagen die schönste Sonne schien. Dort wurde sorgfältig Körnchen für Körnchen abgezupft und sauber gestreichelt und in Säcke gefüllt. Wie der Bursch, der helle, sich über den Daumen ausrechnete, beinhalteten am Ende des Tages die Säcke in etwa zehn Prozent der Ernte. Diese Säcke wurden in sauberen Wagen abtransportiert.

Aber das war immer noch nicht alles. Der Bursch schlich sich in die Küchen, wo die Dreschersuppe zubereitet wurde. Und auch dort hatten die Spezialisten das Sagen, das heißt, dort befehligten sie nicht, dort schafften sie selber. Und was wurde alles in die Suppe hineingetan? Das zerquetschte Zeug. Was meint das? Ja, halt alles, was zerquetscht wurde bei der Arbeit. Die Bohnen – das wäre ja weiter nicht schlimm. Die Gerstenkörner – auch nicht schlimm. Aber dann: die Mäuse, die Maulwurfsgrillen, Rattenschwänze, Blindschleichen, Krotten, Würmer, eben alles, was bei der Arbeit zerquetscht wurde.

Und da ist dem Burschen, dem hellen, ein lauter Fluch zwischen den Zähnen herausgerutscht. Und das haben die Spezialisten gehört. Und wenn ihn nicht einer der Fahrenden, der zufällig vorbeikam, gerettet hätte, wäre er wahrscheinlich auch zerquetscht und zu Suppe verarbeitet worden. So hat ihn der Fahrende mitgenommen und gut behandelt und ein Jahr lang behalten und erst dann gehen lassen. Und erst nach einem Jahr also haben die Leute von Aschberg und Fürsteneck erfahren, was wirklich gewesen war. Da haben sie sich gegraust und über manches nicht mehr gewundert.

Zum Beispiel haben sie sich nicht mehr darüber gewundert, dass die neunzig Prozent ihrer Ernte schon nach wenigen Tagen verdorben war. Was Wunder, wenn die Körner bereits in fremden Mäulern gewesen, durch fremde Schlünde gerutscht, in fremden Mägen gelegen, durch fremde Därme gepresst und aus fremden Hintern gefallen waren.

Und Dreschersuppe, das könnt ihr mir glauben, haben die Aschberger und die Fürstenecker lange nicht mehr gegessen und ihre Kinder auch nicht und ihre Enkel auch nicht und deren Kinder auch nicht und die Kinder dieser Kinder auch nicht.

68

Passauer Zeddeln

Am Beginn des 17. Jahrhunderts lebte in Passau ein Student, der hieß Christian Elsenreiter, der wollte wie der Doktor Faust sein und alles wissen und den größten Ruhm haben in der Welt, die er kannte. Er sah die Dummen unten und die Gescheiten oben, sah die Dummen ohne und die Gescheiten mit, und war zur Auffassung gelangt, dass man Wissen in Worten, aber auch in Münzen ausdrücken könne, weswegen, der Wissenschaft der Logik folgend, Worte und Münzen das Gleiche seien, nur in verschiedenem Zustand, wie Wasser und Dampf oder Dampf und Eis. Darum machte er sich daran, Wörter zu sammeln, sie zu gewichten, sie zu deuten, in sie hineinzubohren und aus ihnen ihr geheimes Elixier zu saugen.

Mit seinem Namen fing er an.

»Ich heiße Elsenreiter«, sagte er sich. »Aber was soll das sein? Was soll eine Else sein? Was soll einer sein, der auf einer Else reitet? Das versteht keiner. Das ist nichts. Ich will mich von nun an Eisenreiter nennen. Das ist einer, der auf Eisen reitet. Das versteht jeder. Einem Pferd kann der dümmste Bauer mit der Sense die Sehnen über den Hufen durchtrennen, und dann fällt der klügste Ritter in den Dreck. Aber wenn einer auf Eisen reitet, kann ihm das nicht passieren.«

Das Herz schlug ihm bis zum Hals hinauf. So einfach war das Leben, wenn man mit Worten und Wörtern umgehen konnte! Nur einen Buchstaben hatte er verändert, aus dem l hatte er ein i gemacht, mehr nicht – und schon war er ein anderer, schon war sein Leben ein anderes. Und wenn einer daherkam und sagte: »He, du, das gilt nicht, man kann nicht einfach aus einem l ein i machen«, dann antwortete der Christian Eisenreiter: »Hast du keine Augen im Kopf? Oder hast du zu wenig Verstand, um richtig deuten zu können, was deine Augen deinem Hirn melden? Das ist kein l, das ist nie ein l gewesen. Das ist ein großes I, ist immer ein großes I gewesen. Eisenreiter heiß ich.« Diese Argumentation hat gezogen.

Es ist noch nicht das Gleiche, wie wenn einer in die Tischkante bohrt und Wein aus den Löchern fließen lässt, wie es der Dr. Faust gemacht hat, sagte sich der Christian Eisenreiter, aber ein erster Schritt in diese Richtung ist es. Und gleich tat er den übernächsten Schritt. Den übernächsten? Ja, den übernächsten. Der nächste Schritt wäre gewesen, es dem Vorbild gleichzutun und zu zaubern. Diesbezüglich gab es aber Schwierigkeiten. Erstens: Im Geheimen hatte er Zaubern geübt. Er hatte sich an seinen Küchentisch gesetzt, hatte vor sich ein Ei hingelegt, hatte das Ei angestarrt, so fest er anstarren konnte, so fest, dass ihm fast eine Ader im Hirn geplatzt wäre, und hat gesagt: »Ei, werde eine Henne!« Aber das Ei ist nicht ums Verrecken eine Henne geworden. Das war die erste Schwierigkeit beim Zaubern. Er konnte nicht zaubern. Die zweite Schwierigkeit hing mit der ersten zusammen: Er glaubte nicht an Zauberei.

Also musste er diesen Schritt überspringen. Wie der Dr. Faust konnte er nicht werden. Aber größer als der Dr. Faust konnte er werden. Der Dr. Faust hat mit dem Teufel einen Packt geschlossen und dafür allen möglichen Blödsinn geschenkt bekommen, Zauberkunststücke eben, Wein aus der Tischkante, Auffressen von einem ganzen Fuhrwerk und so weiter, eine schöne Frau verführen, Blödsinn eben. Ja, es ist wahr, je mehr sich der Christian Eisenreiter mit der Materie beschäftigte, desto weiter rückte er von seinem Vorbild Dr. Faust ab. Er stellte die entscheidende Frage: Ist der Dr. Faust ein reicher Mann geworden? Antwort: Nein, das ist er nicht. Was hat ihm dann der ganze Zirkus gebracht? Nichts.

So wollte es der Christian Eisenreiter nicht haben. Wenn er Gewissenserforschung betrieb, dann kam dabei heraus: Er glaubte nicht an Zauberei, er glaubte nicht an den Teufel, er glaubte an gar nichts. Aber an das Geld glaubte er.

Er besuchte Gasthäuser, alle Gasthäuser in Passau besuchte er, und dort hielt er Vorträge.

Er sagte: »Ihr wollt Christen sein? Ihr wollt gegen den Feind ins Feld ziehen, der eine falsche Religion predigt? Weiß einer von euch, wie das Evangelium nach Johannes anfängt, mit welchen Worten, meine ich?«

Das wussten alle. Das war ihnen ja vom Pfarrer über die Jahre eingebläut worden, dass es ihnen hinten fast wieder herauskam. »Am Anfang war das Wort, und das Wort war bei Gott, und Gott war das Wort.«

»Ja, ja, schon«, sagte der Christian Eisenreiter. »Aber zwischen auswendig Dahersagen und Verstehen ist ein Abstand größer als vom Kirchturm bis zum Mond und wieder zurück. Weiß auch jemand, wie man dieses Gotteswort deuten muss?«

Keine Ahnung hatten sie, aber auch gar keine.

»Ich sag's euch. Gut, dass es mich gibt! Ich sag euch, was der Gott im Himmel mit diesen Worten meint. ›Am Anfang war das Wort‹ heißt: Der Mann sagt zur Frau, komm, leg dich hin. Das ist eindeutig ein Wort. Die Frau legt sich hin, der Mann legt sich auf sie drauf, die Frau wird schwanger. Eines Tages sagt sie: Das Kind kommt! Sie sagt: Das Kind kommt! Auch das ist eindeutig ein Wort. Also ist jeder Mensch gemacht aus dem Wort. Das Wort war am Anfang. Hab ich recht oder nicht?«

»Da hat er recht, der Christian Eisenreiter«, sagten die Leute in den Gasthäusern von Passau. »Und weiter?«

»Aber woher kommt das Wort?«, fuhr der Christian Eisenreiter fort. »Hat sich einer von euch darüber schon einmal Gedanken gemacht? Nein? Und ihr wollt Christen sein und gegen den Feind in den Krieg ziehen, der eine falsche Religion predigt? Gut, dass es mich gibt.«

»Gut, dass es dich gibt«, sagten sie. »Und weiter?«

»Ein Kind kommt zur Welt, und in drei Jahren kann es eine Sprache sprechen. Woher nimmt das Kind die Sprache, und warum lernt es so schnell, viel schneller, als es seine Mutter und sein Vater könnten? Weil: Das Kind ist noch unschuldig, es hat noch keine Sünde begangen, deshalb schenkt Gott dem Kind das Wort, damit es wenigstens etwas hat in dieser öden, traurigen Welt, diesem beschissenen Jammertal, etwas zum Spielen. Das heißt: Das Wort war zuerst bei Gott, und jetzt ist es bei dem Kind. Habt ihr das kapiert?«

»Das haben wir kapiert. Und weiter?«

»Schnell sperrt das Kind das Wort im Kopf ein, und dann begeht es die erste Sünde. Und Gott kann das Wort nicht mehr zurücknehmen. Darum hat der Mensch ein Stück von Gott in seinem Kopf.«

»Und jetzt?«, fragten die Leute in den Gasthäusern von Passau. »Was willst du uns damit sagen, Christian Eisenreiter?«

Die Gasthäuser waren brechend voll, wenn der Christian Eisenreiter sprach. Und weil Krieg war, nämlich der Krieg, der später, als er vorbei war, der Dreißigjährige Krieg genannt wurde, und weil im Krieg nichts dringender gebraucht wird als Soldaten, standen draußen vor den Gasthäusern die Soldatenwerber mit den Waffen am Gürtel, und sie krallten sich die jungen Burschen, die aus dem Gasthaus kamen und einen Bierdampf im Schädel hatten, und überredeten sie mit Hilfe ihres Gürtels, dass sie unterschrieben und somit dem Feldherrn gehörten, der mit ihnen so ziemlich alles machen durfte, was er wollte. Das wusste der Christian Eisenreiter nicht nur, er hatte sogar ein heimliches Geschäft mit den Werbern laufen.

Zu den Leuten im Gasthaus, vornehmlich zu den jungen Burschen, sagte er und tat scheinheilig: »Draußen vor der Tür warten die Werber auf euch, denen entkommt ihr nicht. Und wer denen in die Hände fällt, der fällt dem Tod in die Hände, denn der Tod hat mit dem Krieg ein heimliches Geschäft laufen. Ich aber weiß ein Mittel gegen den Tod. Was sagt ihr dazu, ha!«

»Gut, dass es dich gibt«, sagten sie dazu.

»Ich habe eine Medizin gegen den Tod«, sagte Christian Eisenreiter, der in diesen Augenblicken bei sich dachte, was war doch der Dr. Faust für ein einfältiger Bursche. Er zog aus einer Tasche eine Menge Zetteln, schmale Zetteln, breit und lang etwa wie ein Daumen – der Passauer sagt: Zeddeln.

»Auf diese Zeddeln«, sagte Christian Eisenreiter, »werde ich den Anfang des Johannesevangeliums schreiben, dann werde ich mich auf die Zeddeln setzen. Denn wie lautet mein Name? Eisenreiter. Das heißt, ich werde auf den Zeddeln reiten, und die Zeddeln werden hart wie Eisen. Nicht gleich werden sie so hart. Erst nach einer halben Stunde etwa. Ihr müsst nichts anderes tun, als schnell so einen Zeddel verschlucken. Denn was passiert dann?«

»Was denn?«, fragten die zukünftigen Soldaten.

Christian Eisenreiter holte mit seiner Stimme mächtig aus. »Von innen her«, predigte er, »von innen her verbinden sich Gottes Wort und das Eisen und durchdringen euch ganz, so dass ihr unverwundbar werdet und nach dem Krieg heil zu eurer Mutter und zu eurer Braut zurückkehren werdet.«

Natürlich fielen Unkosten an. Das ist ja klar. Umsonst sind Kugeln und Fürze, sagt der Soldat. Pro Zeddel ein Goldstück. Das war saftig. Aber wenn man bedenkt, dass der Krieg ja nicht ewig dauern wird, sagten sich die Burschen und machten eine Rechnung auf, und so sagten sich auch die Väter und Mütter der Burschen, und auch sie machten eine Rechnung auf, dass man also nach dem Krieg ziemlich viel Zeit haben wird, um das Goldstück wieder hereinzuarbeiten, wenn man den Krieg unverwundet überlebt, dann waren diese Zeddeln nicht übertrieben teuer. Sie kratzten zusammen und zahlten. Und der Christian Eisenreiter wurde ein reicher Mann.

Nach dem Krieg änderte er seinen Namen in Christian Goldreiter. Es war ein langer Krieg, wie gesagt, dreißig Jahre, die Rechnung der Burschen und die Rechnung ihrer Eltern gingen nicht auf.

69

Spieler und Pest

Als in Bichl der Schwarze Tod umging – so heißt es in der Chronik –, habe er nicht können nach Benediktbeuren hinüber, weil der Aschbach zur selbigen Zeit um mehr als fünf Meter zu hoch war. Zu hoch nämlich für Fräulein Pest, das manchmal auch als Herr von Beulenmann daherkommt, manchmal auch als das Bluterstarren, manchmal als das Häupterbrechen, manchmal als das pure Entsetzen, immer aber als der Tod, genannt der Schwarze. Das Hochwasser, das sonst alles verdirbt, die Felder und das Vieh, das hat die Benediktbeurer gerettet. Sagen wir so: hätte sie fast gerettet. Am Ende nämlich, und zwar durch Gier von einem Einzigen, hat der Tod seine Mahlzeit dann doch bekommen. Und das ging so:

Da war der Willem Schnellfinger, der natürlich anders hieß in Wahrheit, verflucht sei sein Name. Der hat nichts lieber getan als Kartenspielen. Gleich lieb Würfelspielen. Und dabei wäre er ein Gesegneter gewesen, wenn er ein bisschen zufriedener gewesen wäre. Er hat nämlich fast immer gewonnen. Sogar ohne Betrug hat er meistens gewonnen. Mit Betrug immer. Er hat also nur die Taschen aufsperren müssen, und schon ist ihm das Geld hineingerollt und hat ihm den Mantel schwer gemacht. Aber er hat das Geld nicht einfach versoffen und verhurt, wie es ein anständiger Spieler macht, er hat es auf dem Markt vermehren wollen. Er hat Häuser gekauft und vermietet, Rösser gekauft und vermietet. Und ist reicher als reich geworden. Und hat trotzdem den Sack nicht vollkriegen können. Und hat gespielt und alles verloren, wieder einen Haufen gewonnen und alles verloren. Und so weiter.

Einmal hat ihn einer gefragt: »Willem, warum hörst du nicht auf, wenn du so viel hast, wie einer wie du in dreißig Leben nicht ausgeben könnte?«

»Weil das Spielen selber meine Freude ist«, war die Antwort.

»Das Gewinnen oder das Spielen?«, war die nächste Frage.

»Das Spielen, zu dem das Verlieren gehört nicht anders als das Gewinnen. Vor geht immer und zurück geht auch immer. Das ist der Tanz!«

Da wusste man alles. Und was hieß das? Das hieß, niemand hat mehr mit dem Willem gespielt. Weder die Leute aus Bichl noch die Leute aus Benediktbeuren, und andere Leute gab es weit und breit nicht. Für den Willem war das eine Qual. Eine furchtbare Qual! Er hat gegen sich selber gespielt. Aber das ist ja nichts. Eine Qual, so eine Qual!

Und dann kam die Pest. Die tanzt einen anderen Tanz. Hat die erst einem das Blut zu Grieß werden lassen, kann keiner auf der Welt es wieder flüssig machen. Zurück geht nie bei ihr.

Fräulein Pest wälzte sich auf fetten Gliedern durch das Tal, kam bis Bichl, da fing es zu regnen an. Wer hat den Regen geschickt? Der liebe Gott, wer sonst. Er wollte die Gliederfresserin aufhalten. Und hat es getan. Sie kam einfach nicht drüber über den Aschbach. Sie hat Anlauf genommen, hat das eine fette Bein gehoben und das andere und das dritte und das vierte. Das ist ja ein grausiges Wesen, die Pest. Aber sie ist nicht über den Aschbach gekommen.

Also hat sie sich erst einmal in Bichl vollgefressen. Alle abgemurkst. Groß und Klein. Dick und Dünn. Jung und Alt. Schön und Dumm. Bis nur noch einer übrig blieb. Eben der Willem.

Der sagte zu Fräulein Pest, gerade als es auch ihm die Gurgel zudrücken wollte: »Guten Morgen, Fräulein Pest, gut geschlafen?«

Das hat sie noch niemand gefragt. »Rede nicht mit mir!«, fuhr sie ihn an. »Weine oder schrei, aber wünsch mir keinen guten Morgen!«

»Ist schon der Himmel so düster und wirft seine Wassermassen ab, dann ist es doch besser, man ist freundlich als unfreundlich«, antwortete der Willem.

»Was geht mich der Regen an«, knurrte die Pest und drückte fester zu.

»Schon einiges«, keuchte der Willem. »Der wird viel, der Regen, und immer mehr, und der Aschbach steigt, und du kannst nicht hinüber nach Benediktbeuren, und herüben in Bichl hast du dich schon satt gefressen, du Wanst, du fetter. Alle abgemurkst. Groß und Klein. Dick und Dünn. Jung und Alt. Schön und Dumm.«

Da ließ die Pest los. Und der Willem holte tief Luft. Fast hätt' er nie mehr welche holen können.

Der Willem wischte sich das Gesicht ab. Es ist nämlich so, dass die Pest eine sehr, sehr feuchte Aussprache hat, eine schleimig feuchte Aussprache. Den ganzen Rotz, den kranken, hat sie dem Willem ins Gesicht geblasen. Und den hat sich der Willem mit den Ärmeln seiner Jacke abgewischt.

»Und wie komm ich da hinüber?«, fragte die Pest.

»Du? Gar nicht, du Stinkgrab.«

»Ich muss. Ich will. Ich tu.«

»Und wie, du Vieh?«

Das machte dem Willem Freude, die Pest zu beschimpfen. Denn was konnte sie ihm schon groß tun? Das Leben nehmen, ja. Aber das würde sie ihm auch nehmen, wenn er sie nicht beschimpfte.

»Und du weißt, wie ich hinüberkomme?«, fragte sie.

»Ja«, sagte der Willem. »Ich allein, allein auf der Welt weiß, wie du hinüber kannst.«

»Sag's mir!«

Auf dieser Seite vom Aschbach, das gibt der Erzähler zu bedenken, lebte nur noch ein einziger Mensch. Nämlich der Willem Schnellfinger. Und den, wie gesehen und gehört, hatte die Pest bereits an der Gurgel. Das heißt, es war niemand mehr da, der mit dem Willem ein Spielchen machen konnte, bald nicht einmal er selbst. Und das war für den Willem nicht weniger schlimm als der Tod. Eigentlich schlimmer.

»Ich verrate dir, wie du über den Aschbach kommst«, sagte der Willem zur Pest. »Ich verrate es dir, wenn du mit mir spielst.«

»Was heißt das?«, fragte die Pest.

»Wir spielen um das Leben der Benediktbeurer«, sagte der Willem. »Wenn ich verlier, dann bring ich dich hinüber. Wenn ich gewinn, dann nicht.«

Da ließ sich die Pest beibringen, wie man Karten spielt und wie man die Würfel wirft. Eine Nacht wird gespielt, bei Sonnenaufgang wird abgerechnet – so war die Abmachung.

Und wie es sich der Willem ausgedacht hat: Die Pest bekam im Laufe der Nacht eine richtig große Lust am Spiel. Der Willem hat das eingefädelt. Er wusste, wie man das macht. Man geht dabei so vor: Erst stellt man es an, dass der andere verliert, dann noch einmal, dann ein drittes Mal, dann ein viertes Mal, grad knapp, dass der andere die Lust am Spielen ein für alle Mal verliert, da lässt man ihn gewinnen, und gleich noch einmal gewinnen, dann verliert er wieder, dann gewinnt er, dann verliert er dreimal, dann gewinnt er. Und so weiter. Das lässt jeden mürb werden. Nur nie die Hoffnung darf man ihm nehmen. Auch Fräulein Pest, auch der Herr von Beulenmann, auch das Bluterstarren, auch das Häupterbrechen, auch der Schwarze Tod, sie allesamt in einem sind mürb geworden.

Und dann am Morgen, bevor die Sonne aufging, stand es halbe-halbe zwischen ihnen. Die Pest gleich viel Siege, der Willem gleich viel Siege.

»Jetzt geht's um die Benediktbeurer«, sagte der Willem.

»Jetzt geht's um die Benediktbeurer«, sagte die Pest.

Und da überlegte der Willem Schnellfinger. Das muss man sich bitte vorstellen! Er überlegte! Dieser Hund! Und zwar überlegte er Folgendes: Wenn ich gewinne, dann wird die Pest abziehen und die Benediktbeurer werden weiterleben, aber keiner wird mir glauben, dass ich sie gerettet habe, und keiner wird sich mit mir an einen Tisch setzen. Man wird sagen: Der da, warum hat der von den Bichlern als Einziger überlebt? Hat der vielleicht mit der Pest um sein Leben gespielt? Mit dem wollen wir nichts zu tun haben. Und dann hat der Willem weiter überlegt: Wenn ich die Pest gewinnen lasse, jetzt, wo sie so eine Freude am Spiel hat, eine große, so große Freude wie ich, was wird dann? Dann wird sie die Benediktbeurer fressen und – weiter spielen wollen. Und mit wem? Mit mir. Und ich? Ich werde eine ewige Spielgenossin haben. Sie wird mich vor den anderen Toden beschützen, die es sonst noch gibt, und es gibt bei Gott viele.

Kurz: So hat er sich entschieden: Die Benediktbeurer müssen dran glauben. Er hat die Pest im letzten Spiel dieser Nacht gewinnen lassen. Dann hat er sich in ein Boot gesetzt und ist hinüber zum anderen Ufer gerudert. Dort hat er seine Jacke ausgezogen, die voll mit Pestrotz war, und hat die Jacke den Benediktbeurern auf den Marktplatz geworfen. Die sind aus ihren Häusern gekommen und haben gesagt: »Schau, was liegt da?« Und haben die Jacke angefasst. »Wollen doch sehen, ob man das Stück noch irgendwie brauchen kann.« Haben daran gerochen. Haben sich um sie gestritten, haben sie zerrissen, jeder hat einen Fetzen mit nach Hause genommen.

Und der Willem, der reitet auf der Pest, mischt die Karten, schüttelt den Würfelbecher, frönt seiner Gier, die nur Gewinnen und Verlieren kennt, und wenn er nicht vom Blitz getroffen wurde, dann …

Bube, Dame, Schell und Ass,
Regen macht die Haare nass.
Dame, Bube, Ass und Schell,
nasse Haare trocknen schnell.

Schelle, Eichel, Laub und Herz,
Buben schauen himmelwärts.
Damen schauen in die Höll,
Eichel, Laub und Herz und Schell.

Ich habe Glück und Weh gesehn,
ich sah sie stumm am Wege stehn.
Durch viele Länder ging mein Marsch,
vom Rheine zog ich bis zum Po.

Pocken, Cholera und Pest,
die hol ich in mein warmes Nest
und breite meine Würfel aus
über Wald und Feld und Haus.

Sing mit mir ein frommes Lied,
damit uns zwei kein Leid geschieht.
Wir schauen beide himmelwärts,
Schelle, Eichel, Laub und Herz.

Ich habe Fräulein Pest gesehn,
im weiten Leichenfelde stehn,
die Würfel hab ich ausgestreut
und habe keinen Tag bereut.

Bube, Dame, Schell und Ass,
Regen macht die Haare nass.
Dame, Bube, Ass und Schell,
nasse Haare trocknen schnell.

70
Wenn ich es will

Tief drinnen im Wald – wenn man von München nach Ingolstadt fährt und von Ingolstadt weiter nach Kösching und durch Kösching hindurch nach Kasing und von Kasing nach Norden in Richtung Bettbrunn – tief drinnen in diesem Wald, sage ich, da stand – es muss im Dreißigjährigen Krieg gewesen sein – da stand, sage ich, ein Waldhaus in einer Lichtung, und dort lebte ein Bauer. Was der bebaute, das wusste niemand, weswegen die Bettbrunner und die Kasinger es gar nicht gern hörten, wenn er Bauer genannt wurde. »Wir sind nämlich auch Bauern«, sagten sie, »aber wir wissen, was wir antworten sollen, wenn uns einer fragt, was wir anbauen.«

Der Bauer im tiefen Wald war einer, der nicht viel redete. Eigentlich redete er gar nichts. Manchmal kam er ins Dorf und setzte sich ins Gasthaus und bestellte einen Most oder ein Bier und einen Käs dazu, wenn es einen Käs gab. Dann setzte sich bald einmal einer zu ihm und fragte: »Und? Wie geht's? Wie steht's?« Und bekam keine Antwort. Aber einen Blick bekam er.

Über diesen Blick zu verhandeln, rentierte sich allerdings. Was war das für ein Blick? Von unten nach oben. Ein Blick wie der Blick eines Wolfs.

»Der schaut einem ins Gesicht, als wollte er einem gleich ein Stück herausbeißen«, sagte einer.

Ein anderer sagte: »Nein, nein, er schaut nicht wie ein Tier, wie ein Tier nicht, er schaut wie ein Geist.«

Dass der da nicht wie ein Mensch schaute, darüber waren sich alle einig.

Am Schluss sagte einer: »Ich weiß es. Er schaut wie der Teufel.«

Von da an hat sich keiner mehr zu dem Bauer aus dem tiefen Wald gesetzt, und keiner hat ihn mehr gefragt, wie es geht und wie es steht. So etwas fragt man den Teufel nicht. Wie soll es dem Teufel schon gehen. Man fragt ja auch einen Engel nicht, wie es ihm geht.

Da war ein junger Handwerksbursch, der kam von weit her und wusste nichts von der Gegend, er hatte die halbe Welt schon gesehen, aber er wusste nichts von der Welt. Damit will ich sagen, er wusste nicht, was das Böse ist. Er meinte, die Menschen sind im Grunde alle gut, und wenn sie einmal nicht gut sind, dann sind sie nur schlecht gelaunt, und das dürfen sie ja wohl manchmal sein. So hat er gern gesungen und gern gepfiffen und hat jeden gegrüßt und hat mit jedem geteilt, wenn er etwas zum Teilen hatte. Und dieser Handwerksbursch trat eines Tages in das Wirtshaus, und zufällig saß genau an diesem Tag, genau zu dieser Stunde der Bauer aus dem tiefen Wald ebenfalls in dem Wirtshaus vor seinem Most, und er war der einzige Gast, denn als die Männer aus Kasing und Bettbrunn ihn sahen, haben sie auf dem Absatz kehrtgemacht und haben draußen gewartet, bis er sich wieder vertrollt. Der Handwerksbursch aber hat sich zu ihm an den Tisch gesetzt.

»Ich bin der Hans«, hat er gesagt, hat seine Hand ausgestreckt und hat gewartet, dass sie genommen wird. »Wie geht's? Wie steht's?«

Weder die Hand genommen noch geantwortet ist worden.

Aber der Hans hat nicht aufgegeben. Er ist halt schlecht gelaunt, der Herr, hat er sich gedacht, das darf der Mensch sein manchmal.

»Mir geht's gut«, sagte er. »Fast jedem fehlt eine Menge, darum kann der Mensch ruhig auch manchmal schlecht gelaunt sein. Was fehlt dir?«

Da hat der Bauer aus dem tiefen Wald sich zu ihm hingedreht und hat ihn mit seinem Blick angeschaut, der jedem anderen das Herz zu einem Eisblock hat werden lassen. Aber dem Handwerksbursch sein Herz blieb warm und hat ruhig weitergeschlagen.

»Na, verrat mir doch, was dir fehlt«, sagte er. »Vielleicht kann ich dir aushelfen.«

Und da hat der Bauer aus dem tiefen Wald zum ersten Mal etwas gesagt: »Mir fehlt nichts«, hat er gesagt. »Ich habe alles. Weil ich alles geschenkt bekomme. Wenn ich es will.«

»Das ist gut!«, rief der Handwerksbursch. »Dann hätte der Mensch keine Sorge mehr.«

»Doch, hätte er schon«, sagte der Bauer.

»Und was für eine Sorge hätte der Mensch, wenn er alles geschenkt bekäme, was er will?«

»Wenn er's erst hat, weiß er's«, sagte der Bauer.

»Und wie stellt er es an, dass er alles bekommt?«

»Er muss nur sagen: Wenn ich es will!«

Damit stand der Bauer aus dem tiefen Wald auf und ging und drehte sich nicht mehr um.

Der Handwerksbursch aber dachte nicht mehr daran und trank aus und ging ebenfalls und ging der Nase nach bis in den Abend hinein. Und als er mitten im Wald war, hörte er ein Knurren, da war ein Wolf. Der Bursch besaß nicht einmal ein Messer, um sich gegen das Raubtier zu wehren, und er dachte, wenn doch nur fünf Soldaten mit Gewehren kämen und mir beistünden, und laut sagte er: »Wenn ich es will!«

Da standen fünf Soldaten mit Gewehren und schossen den Wolf tot.

Der Bursch ging weiter, und die Soldaten marschierten hinter ihm her. Da kam er an einen Fluss, der war hoch, und die Brücke hatte er mitgerissen, da dachte der Handwerksbursch: Wenn doch nur fünfzig Soldaten hier wären, die mir eine neue Brücke bauten, damit ich darübergehen kann, und laut sagte er: »Wenn ich es will!«

Da standen fünfzig Soldaten mit Schaufeln und bauten die Brücke.

Der Bursch ging weiter, und die Soldaten marschierten hinter ihm her, da hörte er Schießen und einen Lärm. Er war mitten in eine Schlacht hineingeraten, rechts und links pfiffen die Kugeln, rechts und links sausten die Säbel, rechts und links schwirrten die Lanzen. Da dachte der Handwerksbursch: Wenn doch nur ein Heer hier bei mir wäre, das für mich kämpfte, und laut rief er: »Wenn ich es will!«

Da stand ihm ein Heer zu Diensten, zweitausend Soldaten, Offiziere, Generäle, Fahnen und Trompeten, und sie metzelten die Feinde nieder.

Der Handwerksbursch ging weiter in die Nacht hinein, und hinter ihm her zogen die Soldaten, die fünf, die den Wolf erschossen hatten, die fünfzig, die die Brücke gebaut hatten, und die zweitausend, die den Krieg gewonnen hatten, und am nächsten Morgen, als der Himmel im Osten sich rötete, waren sie immer noch da, marschierten sie immer noch hinter dem Handwerksbursch her. Und nun wusste er, wie die Sorge hieß, die einer hat, wenn er keine Sorge mehr hat, nämlich: Wie werde ich wieder los, was ich geschenkt bekommen habe?

Er wurde die Soldaten nicht los, und zu den zweitausendundfünfundfünfzig kamen noch einmal so viele dazu, aus diesen Gründen und jenen, die wollten alle ernährt werden und wollten alle ihren Sold haben und wollten auch etwas zu tun haben, und darunter verstanden sie, sie wollten Krieg führen, denn die Arbeit des Soldaten ist der Krieg. Und so zog der Handwerksbursch durch das bayerische Land, hinauf und hinunter, von München nach Nürnberg, von Würzburg nach Regensburg, die Itz hinauf und die Isar hinunter, und seine Soldaten raubten und plünderten und machten nieder und brandschatzten und soffen alles weg und fraßen alles weg und führten sich auf, und das war ihm nicht recht, nein, das war ihm gar nicht recht. Oft dachte er: Ich wünschte mir, dass sie alle weg wären. Oft sagte er: »Wenn ich es will!« Aber es stellte sich heraus, dass der Zauberspruch nur zuständig war für das Hermachen, aber nicht für das Wegmachen.

Also zog der Handwerksbusch mit seinem Heer zurück in den Wald zwischen Kasing und Bettbrunn. Unterwegs kamen zu den viertausendundhundertzehn Soldaten noch einmal so viele dazu, aus diesen Gründen und jenen, und die waren wie die Heuschrecken. So erreichte der Handwerksbursch das Haus des Bauern im tiefen Wald.

»He, Bauer«, rief er, »ich weiß jetzt, welche Sorge einer hat, der alles geschenkt bekommt, was er sich wünscht. Komm heraus und sag mir, wie ich diese Sorge loswerde!«

Da trat der Bauer aus dem tiefen Wald, von dem niemand wusste, was er anbaute, aus der Tür heraus und schaute den Handwerksburschen an mit seinem Blick, der nicht der Blick eines Menschen, aber auch nicht der Blick eines Wolfs und auch nicht der Blick eines Geistes war, und er sagte: »Ist es denn nicht gut, ein Heer Soldaten zu haben? Ist das denn nicht das Beste, was einer haben kann?«

»Vielleicht ist es für einen General das Beste«, sagte der Bursch, »aber nicht für einen wie mich. Lieber hätte ich eine Sau, auf der ich über das Land reiten könnte.« Und er lachte, wie es seine gut gelaunte Art war. Er meinte nämlich, er habe einen Witz gemacht.

»Was in dieser Richtung hereingekommen ist«, sagte der Bauer aus dem tiefen Wald, »geht in der gleichen Richtung wieder hinaus, nur rückwärts.«

»Und was heißt das?«

»Musst nichts anderes tun, als den Spruch rückwärts sagen.«

Da ließ der Handwerksbursch sein Heer antreten und ließ es strammstehen, und dann brüllte er, wie die Spieße brüllten: »Lliw se hci nnew! Lliw se hci nnew! Lliw se hci nnew! Lliw se hci nnew!« Und das achttausendundzweihundertzwanzigmal, ich kann es hier nicht so oft sagen, das muss man verstehen, aber der Handwerksbursch hat es so oft gesagt, gebrüllt hat er und hat dabei jedem Soldaten in die Augen geschaut und mit dem Zeigefinger auf seine Brust gedeutet. Das ging einen ganzen Tag lang so. Ein Soldat nach dem anderen sank nieder und verfaulte und verrottete und verrostete, nichts blieb übrig, sein Gewehr nicht und nicht seine Stiefel und keine Erinnerung an ihn, und nach ein paar Jahren war die Welt endlich wieder, wie sie vorher gewesen war. Aber wenn der Bauer aus dem tiefen Wald ins Gasthaus kam, hat sich nie wieder einer zu ihm an den Tisch gesetzt, und wenn doch manchmal ein Fremder genau das tun wollte, dann haben ihn die Männer aus Kasing und Bettbrunn daran gehindert, und wenn sie Knüppel und Stecken dazu in Bewegung setzen mussten.

Und der Handwerksbursch? Was war mit dem? Der ist auf einer Sau über das Land geritten.

71
Die Sibylle von der Teck

Lange bevor die Burg Teck im Bauernkrieg zerstört wurde, lebte im Felsstock unter ihren Mauern eine Sibylle. Sie hatte Fähigkeiten, das war bekannt. Man traute ihr zu. Was genau, wusste man nicht so genau. Und zu welchen Fähigkeiten sie fähig war, vermochte auch kaum einer zu sagen, eigentlich gar keiner. Dennoch, wenn eine Mutter zum Beispiel Sorgen hatte wegen eines missratenen Sohnes, dann hat sie sich auf den Weg gemacht, der nicht ungefährlich war, und ist zur Sibylle hinabgestiegen, um sie um Rat zu fragen. In einer Höhle hat die Sibylle gehaust. Wer einmal bei ihr gewesen war, hat allerdings nicht mehr von »hausen« gesprochen, sondern von »wohnen« oder gar von »residieren«. Die Sibylle hatte es sich nämlich recht gemütlich gemacht in ihrer Höhle. An den Wänden hingen wertvolle Teppiche, die schmuck waren, aber auch wärmten. Auch auf dem Boden lagen Teppiche. Das Bett war prunkvoll und groß wie ein Feld, Kissen waren verstreut wie Laub im Herbst und in ebensolchen Farben, hundert Kissen, das reichte nicht. Und sie selbst, die Sibylle, die war nicht etwa ein Weiblein, wie man es sich erwartet von einer, die in einer Höhle wohnt, Hexe schon gar nicht, sie war eine vornehme, schöne Frau. Man bekam Likör angeboten und Wein und Gebäck.

Männer kamen selten zu ihr. Männer brauchten damals noch keinen Rat. Männer machten Kummer, Männer in Form von Ehemännern oder in Form von Liebhabern, besonders aber Männer in Form von Söhnen. Die meisten Söhne taten nicht recht. Erst taten sie nicht recht, dann missrieten sie, am Ende waren sie missraten. Die Väter waren in solchen Fällen meist gleich bei der Sache. Entweder verstießen sie den Nachwuchs, Prügel, Hausverbot, Enterbung, oder sie schlugen sich auf die Seite der Söhne. Meistens Letzteres. Was zu dem Ausspruch führte: »In jedem Vater steckt ein missratener Sohn.«

Also hatten die Frauen, die zur Sibylle kamen, um sie um Rat zu fragen, oft eine doppelte Sorge – Mann und Sohn.

Und die Sibylle wusste Rat. Sie hörte zu, dachte nach, fragte das eine oder andere und entwickelte eine Strategie, wie die Mannsbilder wieder in das gott-, natur- und fraugewollte Joch zu zwängen wären.

Die meisten Frauen sagten: »Am liebsten wär mir, sie würden gehen. Soll ich sie nicht einfach hinausschmeißen?«

»Nein, das tu nicht«, antwortete die Sibylle.

»Und warum bitte nicht?«

»Sie könnten tatsächlich gehen, der Mann und der Sohn.«

»Aber das wär mir doch am allerliebsten.«

»Aber dann bist du allein und stirbst allein.«

Das wollten die meisten dann doch nicht. »Was sollen wir tun?«, fragten sie.

»Jeder Mensch ist verschieden«, sagte die Sibylle.

Der einen Mutter riet sie: »Tu einfach gar nichts. Tu so, als wärst du zwanzig Jahre jünger. Als hättest du weder einen Mann noch einen Sohn. Koch nur für dich allein, wasch nur deine Socken und Hemden, putz nur deinen Platz, schaff nur deinen Müll hinaus.«

»Dann haut mich mein Mann.«

»Dann bleib liegen, als wärst du tot, und tu gar nichts mehr.«

»Was geschieht dann?«

»Probier's aus!«

Nach drei Tagen bereits kamen Vater und Sohn gekrochen, versprachen alles, wirklich alles, wenn Frau und Mutter endlich wieder Frau und Mutter ist.

Einer anderen riet die Sibylle: »Sei besonders lieb, tu alles doppelt, putz gleich noch einmal über das eben Geputzte, mach doppelt so viel Nachtisch, selbst aber iss nur die Hälfte oder nichts davon, wenn du es schaffst. Verstumme! Seufze manchmal. Verdreh die Augen zum Himmel, dass es aussieht, als würdest du um Erlösung beten. Wenn du unbedingt reden musst, dann tu es mit weinerlicher Stimme, als wären es deine letzten Worte.«

»Und warum soll ich so tun?«

»Du wirst sehen, dann werden sie sich nicht mehr fühlen wie dein Mann und dein Sohn, sondern wie deine Mörder.«

»Und was geschieht dann?«

»Probier's aus!«

Nach zwei Tagen bereits weinten Vater und Sohn und bereuten und baten um Strafe.

Die Sibylle wusste Rat. Die Frauen liebten und ehrten sie, die Männer fürchteten sich vor ihr.

Nun war es aber so, dass die Sibylle selbst drei Söhne hatte. Drei Söhne von drei Männern. Sie hießen August, Gustav und Gunther. Im Knabenalter waren sie hübsch und artig gewesen, fröhlich und hilfsbereit, hatten nette Stimmchen gehabt und goldene Härchen und blaue Äuglein. Dann aber wuchsen sie heran, wurden junge Männer, die Stimmen senkten sich zu hässlichen Bässen, die Augen wurden gesprenkelt und waren oft blutunterlaufen vom Saufen, die Fröhlichkeit verwandelte sich in dreckiges Gelächter, und die Haare waren fettig und verlaust. Und wenn ihre Mutter sie rief – »August! Gustav! Gunther!« –, dann reagierten sie nicht. Sie gaben sich neue Namen. Nannten sich von nun an: Unhold, Raufbold und Saufbold.

Wenn nun jemand dringend Rat gebraucht hätte, dann die Sibylle selbst. Aber es war niemand da, der ihr Rat geben konnte.

Und so beschloss sie, ihre eigenen Ratschläge an sich selbst auszuprobieren. Erst tat sie, als wäre sie zwanzig Jahre jünger, als hätte sie keine Söhne, als lebte sie allein. Sie kochte nur für sich selbst, wusch nur ihre eigene Wäsche, putzte nur ihren eigenen Platz, schaffte nur ihren eigenen Müll vor die Tür. Aber hallo, den Söhnen war das wurscht! Sie kamen gar nicht auf die Idee, die Mutter an ihre Aufgaben zu erinnern. Im Gegenteil, es schien ihnen Freude zu machen, im Dreck zu leben. Da stellte sich die Sibylle tot. Lag auf dem Boden, und wenn einer, sei's Unhold, sei's Raufbold, sei's Saufbold, hereinkam, hielt sie die Luft an, verdrehte die Augen bei offenem Mund und machte sich starr. Aber auch das war den Söhnen wurscht. Sie stiegen über sie drüber, ließen ihren Müll auf sie niederfallen, und als sie von den Toten auferstand, wunderten sie sich kein bisschen.

Und nun tat sie, wovon sie den Frauen abgeraten hatte: Sie schmiss ihre Söhne aus dem Haus – das heißt, aus der gemütlichen Höhle im Felsstock unter der Burg Teck. Und siehe da: Die Söhne vertrollten sich ohne ein Wort, sie bauten sich selber ein Zuhause, jeder eine Burg, der Unhold auf dem Rauber, der Raufbold auf dem Wielandstein, der Saufbold gründete die Diepoldsburg. Und sie führten sich auf, als gäb's die Hölle nicht. Piesackten die Bauern rundherum, forderten Maut auf jedem Pfad, der durch ihre Wälder und Felder führte, stanken und tranken, furzten und rülpsten, sausten und brausten.

Die Mutter schämte sich. Erst kamen ja noch die Frauen vorbei, manche brachten ihre Männer mit, was bisher noch nie geschehen war, und sie versicherten, die bösen Buben seien ganz anders als sie, wie so etwas nur geschehen hatte können, jammerten sie, so eine anständige Mutter und eine so unanständige Brut. Dann mit der Zeit wurden die Besuche seltener. Um Rat fragte sie niemand mehr. Was sie irgendwie verstehen konnte. Eine lange Zeit war die Sibylle allein. Interessant auch: Wenn sie sich auf den Weg ins Dorf machte, war niemand zu sehen. Zufällig schienen alle zu Hause zu sein, zufällig hatten alle die Vorhänge zugezogen. Interessant, oder?

Eines Tages klopfte es an ihrer Tür. Aha, Besuch! Ja, Besuch. Ein Mann und eine Frau. Bitterer Ernst im Gesicht. Einer ihrer Söhne, sagten sie, wurscht ob der Unhold, der Raufbold oder der Saufbold, der hat in der Nacht ihren Rübenacker verwüstet und dann gleich auch noch die Scheune angezündet. Das müsse bezahlt werden.

»Ich kann nichts dafür«, sagte die Sibylle. »Ich habe sie hinausgeworfen. Ich habe nichts mehr mit ihnen zu tun.«

»Aha«, wurde gesagt. »Aha. Und wer bitte ist die Mutter?«

»Ich.«

»Aha.«

»Was heißt ›aha‹?«

»Aha heißt in diesem Fall zahlen. Für den Schaden aufkommen. Wie die Mutter, so die Brut.«

Jetzt sagte die Sibylle: »Aha.«

Immer mehr Klagen wurden geführt, und der Sibylle wurde alles weggenommen, was sie besaß. Da kam man erst drauf, wie viel sie besaß. Nämlich unheimlich viel. Da fielen den Leuten denn auch unheimlich viele Beschwerden ein. Jeden Radiergummi, der in die Kaffeetasse gefallen war, wurde der Sibylle berechnet. Für jeden ausgedrückten Pickel wurde eine Arztrechnung vorgelegt.

Die Sibylle hatte ein schlechtes Gewissen. Alles, dachte sie, alles, alles habe ich falsch gemacht. Die Männer sind von mir weggelaufen, die haben sicher einen Grund gehabt, die Söhne sind mir missraten, auch das hat sicher einen Grund. Und immer bin ich der Grund. Und sie dachte nach und dachte nach, was sie einmal wenigstens richtig machen könnte.

Man stelle sich vor, vor lauter, dass sie sich um die Sorgen der anderen gekümmert hat, hatte sie doch glatt vergessen, dass sie eigentlich eine Zauberin war. Interessant auch, dass ich das bis jetzt noch nicht erwähnt habe. Sie hat es vergessen, wie sollte ich mich dann daran erinnern! Macht mir das bitte nicht zum Vorwurf! In ihrer Gewissensnot jedenfalls fiel ihr wieder ein, dass sie zaubern konnte, und nun zauberte sie auch.

Als Erstes zauberte sie sich einen goldenen Wagen, dann zwei riesige Katzen. Die Katzen spannte sie vor den Wagen, dann raste sie damit über das Land. Die Räder des Wagens zogen eine doppelte Spur, bis heute kann man diese Spur sehen. Und wisst ihr was, in dieser Spur trägt das Korn größere Ähren, die Äpfel und Birnen und Kirschen sind saftiger als neben der Spur, das Gras ist grüner und nährt das Vieh besser, und wenn einer einen Nachmittag lang in dieser Spur geht, ist er am Abend um hundert Kilo gescheiter. Noch heute kann man die Spur im Tal bei Teck sehen – die »Sibyllenspur«.

Mein' Mutter war nicht lieb zu mir,
sie wies mich aus der Wohnungstür,
sie warf mein Dreckzeug hinterher,
ich sah die Mutter nimmermehr.

Mein Vater ist nicht lieb zu mir,
er nimmt mein' Mantel, und ich frier,
er isst mein Brot weg, und ich kau
mir meine Finger rot und blau.

Nicht lieb wird meine Schwester sein,
sie lässt mich schlafen auf dem Stein,
sie selber schläft im Himmelbett.
Wenn ich nur einen Bruder hätt!

Denn hätt ich einen Bruder, dann!
Dann wäre ich ein wilder Mann,
wir hauten alles kurz und klein,
und würden wilde Männer sein.

72

Ein bisschen eine Hexe

Geht das? Kann eine Frau ein bisschen eine Hexe sein, nicht ganz eine, nur ein bisschen, nur für ein Mal? Kann ein Mann, nur so zum Ausprobieren, ein Hexenmeister sein, nur für ein Mal, höchstens für zwei Mal? Geht das?

In Lenggries, das ist im Isarwinkel, und der liegt in Oberbayern, dort hat vor langer Zeit eine Frau gelebt, die hat sich genau diese Fragen gestellt. Und nicht einmal freiwillig hat sie sich diese Fragen gestellt. Damit meine ich, diese Fragen sind ihr nicht von ihr aus in den Sinn gekommen. Sie sind ihr sozusagen aufgedrängt worden. – Ich will es erklären.

Erstens einmal ihr Name. Ein Name muss sein. Man kann nicht von jemandem erzählen und ihm dann keinen Namen geben oder seinen wahren Namen verheimlichen. Dann wäre der Erzähler ein Dieb. Das ist er aber nicht. Also, sie hieß Anna, Anna Bürgin. Wurde aber genannt: das Durl.

Die Anna lebte allein in einem Haus zwischen Lenggries und Fall. Sie hat in ihrem Leben keinen gefunden, der mit ihr zusammen in dem Haus leben wollte. Der mit ihr zusammen leben wollte. Die Anna war nun einmal keine Hübsche. Na und? Auch solche gibt es. Aber sie war freundlich. Jedenfalls von Natur aus. Und sie wäre bis an ihr Lebensende freundlich geblieben, wären die anderen, ihre sauberen Mitmenschen, ebenfalls freundlich zu ihr gewesen. Waren sie aber nicht. Warum nicht? Erstens, weil die Mitmenschen eine miese Bande waren, zweitens, weil die Anna hässlich war. Drittens, weil sie als Folge ihrer Hässlichkeit allein lebte. Wenn eine Frau allein lebt, sagten sie, gehört sie zu niemandem, und so jemanden braucht man nicht zu behandeln wie unsereins.

Da gab es Buben und Mädchen in Lenggries und in Fall, die waren wild, wie Kinder eben sind, die haben Sachen auf den Boden geschmissen, die haben

Sachen heruntergerissen, die haben geschrien, wenn alle leise waren, Lausbuben halt und Lausmädchen, wenn man diesen Begriff verwenden darf. Und was sagten die Eltern zu diesen Rackern?

Sie sagten: »Wenn ihr schon euren Teufel herauslassen müsst, dann lasst ihn wenigstens bei der Durl heraus!«

Ja, ja, diesbezüglich waren die Eltern gnadenlos. Weil die Anna Bürgin allein lebte und hässlich war, glaubten sie, ihr alles antun zu dürfen. Der liebe Gott hat ihr schließlich auch einiges angetan, so argumentierten sie gegenüber ihrem Gewissen – einige hatten so etwas wie ein Gewissen. Und die Kleinen, die Brutalen, die wenig Feinen, die Söhnchen und Töchterchen zogen vor das Dorf und warfen Steine auf das Haus von der Anna Bürgin und kreischten dabei: »Durl, du bist eine Hexe! Zeig uns doch deinen Hexenbesen, Durl! Zeig uns doch einen Hexenzauber, du hässliche Durl, wenigstens einen! Durl, du bist eine Hexe.«

Anna Bürgin hat das gekränkt. Wie auch nicht! Mich hätte das auch gekränkt. Aber die Anna war sanfter, als ich es bin. Ich hätte die Steine zurückgeworfen und einiges andere dazu. Sie aber war traurig und dachte: Vielleicht haben sie ja recht. Vielleicht bin ich ja wirklich eine Hexe. Und sie grübelte und grübelte. Eines Morgens sagte sie zu sich: Ich muss es ausprobieren. Man kann das allein mit Nachdenken nicht lösen. Bin ich eine Hexe, oder bin ich keine? Ich muss es ausprobieren.

Wie tut man da? Also ich wüsste nicht, wie.

Die Anna hat sich vor den Kamin in ihrer Stube hingestellt, mitten in der Nacht, hat gewartet, bis die Turmuhr von der Kirche in Lenggries zwölfmal geschlagen hat, dann hat sie mit düsterer Stimme geraunt: »Hört mich, ihr finsteren Kräfte, wer immer ihr auch seid! Ich bin's, die Anna Bürgin, genannt das Durl. Hört mich einer von euch?«

Eigentlich hat sie nicht daran geglaubt, dass sich jemand meldet. Hätte sie daran geglaubt, hätte sie nicht so geredet. Und wie überrascht sie war, als sich dann doch jemand gemeldet hat!

Eine Stimme, von der man nicht sagen konnte, ob männlich oder weiblich, sagte: »Ja, ich höre dich. Was willst du?«

»Meine Güte!«, rief die Anna. »Das hätte ich jetzt nicht erwartet.«

»Ja, ja«, sagte die Stimme. »Niemand erwartet das. Warum ruft ihr uns dann, wenn ihr nicht erwartet, dass wir uns melden? Denkt ihr, wir haben Zeit wie der Hund Flöhe?«

»Nein, das denke ich nicht«, versuchte Anna zu beschwichtigen, denn sogar einem Dämon gegenüber wollte sie höflich sein.

»Also, was willst du?«

»Könnte ich, ich meine so zur Probe, nur für ein Mal, könnte ich für ein einziges Mal, zur Probe, eine Hexe sein?«

»Ja.«

»Was? Wie? Wirklich?«

»Wenn ich ja sage, was soll es denn anderes heißen als ja?«

»Und was muss ich tun?«

»Einfach das, was du denkst, dass eine Hexe tut.«

»Aha.«

»Ist das alles? Kann ich jetzt bei meiner Sache weitermachen?«

Sie hätte schon gern gewusst, was dem Dämon seine Sache war, aber sie traute sich nicht zu fragen. Außerdem war er schon weg.

Also, dachte sich die Anna Bürgin, probier ich es halt aus. Morgen probier ich es aus. Und am Morgen nahm sie die Dose mit der Hautcreme, die sie vor vielen Jahren bei einem Hausierer erstanden hatte, der ihr weismachte, die helfe gegen Hässlichkeit, und strich einen Batzen davon auf die Ofengabel und sagte dazu:

»Hui, damit du fliegen kannst mit mir!«

Und sie klemmte sich das Ding zwischen die Beine, und schon ging's los! Hinaus durch den Kamin und in die Lüfte hinauf!

Zufällig – ja, zufällig hat das ein Weber gesehen, der des Weges kam. Was hätte der sich anderes denken sollen, als: aha, eine Hexe. Und genau das hat er sich gedacht. Und hat sich gedacht, das probier ich auch. Hat einen Finger voll Creme aus der Dose genommen, ist mit ihm nach Hause geeilt, hat die Creme auf den Webstuhl geschmiert und gesagt: »Tanz ein bisschen, alter Bock!«

Und der Webstuhl hat getanzt. Mit letzter Kraft ist der Weber aufgesprungen und hat die Creme vom Fuß des Webstuhls gekratzt und sie ins Klo gespült. Aber natürlich hat er die Sache herumerzählt.

Die Leute sagten: »Wundert uns kein bisschen, haben wir doch immer gesagt: Das Durl ist eine Hexe.«

Es gab auch Interessierte, nicht nur Hämische. Ich meine damit: naturwissenschaftlich Interessierte. Wie der Kaspar. Ein Student. Einer, der nicht glaubte, was die Dummen glaubten. »Jede Sache hat ihre Ursache«, war sein Leitspruch. Er hat bei der Anna Bürgin angeklopft, war höflich, wie noch nie jemand höflich zu ihr gewesen war, und sagte: »Ich habe gehört, Ihr seid eine Hexe, die auf einer Ofengabel durch den Kamin fliegen kann. Dürfte ich fragen, ob das stimmt?«

»Ja, das stimmt«, antwortete die Anna, und sie war stolz und war auch ein bisschen verlegen.

»Könntet Ihr mir ein Exempel Eurer Kunst geben?«, fragte der Kaspar und verneigte sich leicht. »Es ist wegen meiner Forschungen.«

Da war die Anna noch stolzer und noch mehr verlegen. Sie wollte gern. Aber sie hatte dem Dämon versichert, dass sie nur zur Probe, also nur für ein Mal eine Hexe sein wollte. Dennoch sagte sie zum Kaspar: »Komm in der Nacht wieder. Dann.«

Und in der Nacht sprach sie wieder mit dem Dämon. Der aber machte ihr klar, dass von nun an von Probe und so nicht mehr die Rede sein könne. Von nun an sei sie eine Hexe. Eine echte Hexe. Und nichts anderes als eine Hexe. Das müsse sie sich überlegen.

Die Anna sagte: »Ich will.«

Warum sagte sie das? Ach, du meine Güte, sie hatte sich in den Kaspar verliebt. Er war der Erste und Einzige, der je zu ihr freundlich gewesen war. Kann man das nicht verstehen? Ich kann die Anna gut verstehen.

Und in derselben Nacht kam der Kaspar, und die Anna wartete schon auf ihn. In der Hand hielt sie ihren Besen.

»Setz dich so, dass du nach hinten siehst«, sagte sie. »Wir werden so schnell fliegen, dass es dir sonst alle Luft aus den Lungen saugt.«

Der Kaspar setzte sich hinter Anna, und Anna schmierte von der Salbe auf den Besen und gab Befehl: »Hui! Damit du fliegen kannst mit uns!«

Und los ging's! Rechts und links, vor und zurück, hinauf und hinunter, das ganze Bayern hat der Kaspar von oben zu sehen gekriegt. Auf die Donau nieder ist der Besen gefahren, über die höchsten Berggipfel ist er hinaufgestiegen. Es war eine Freude!

Und das macht die Tat des Kaspar noch gemeiner: dass es eben eine wirk-

liche Freude für ihn war. Was für eine Tat? Er hat die Anna Bürgin angezeigt. Hat vor dem Bischof scheinheilig getan, hat gesagt, er habe nicht die geringste Freude am Fliegen gehabt, er habe lediglich einen Beweis gebraucht, dass das Durl eine Hexe sei. Dafür hat ihm der Bischof Geld gegeben. Und die Anna Bürgin ist vor Gericht gestellt worden.

Der Inquisitor hat sie gefragt: »Wo an deinem Körper, du Verdammte, hast du denn das Teufelsmal?«

Da hat ihm die Anna die Zunge herausgestreckt und hat ihn angeschrien: »Hier! Unter meiner Bletschen! Steck deinen Kopf in mein Maul, wenn du es sehen möchtest! Ich beiß dir deinen Kürbis ab und schluck ihn hinunter und scheiß ihn hinten hinaus!«

Da hat der Inquisitor auf die genaue Besichtigung verzichtet.

Ein Scheiterhaufen wurde aufgerichtet, und die Anna Bürgin, genannt das Durl, wurde an den Pfahl gebunden, und Feuer wurde an den Haufen gelegt. Und die Anna ist verbrannt. Angeblich soll sie, bevor ihr die Flammen den Atem nahmen, dem Kaspar verziehen haben. Sie soll gerufen haben, dass sie ihm verzeihe und auf ihn warte, wo auch immer.

Und angeblich, so wurde gesagt, und es wurde auch aufgeschrieben, soll, als der Haufen niedergebrannt war, ein weißes Vögelchen sich aus der Asche erhoben haben. Es soll das schönste Vögelchen gewesen sein, das in Bayern je gesichtet worden war. Es soll hinauf in den Himmel geflogen sein, und in der Nacht, so wurde gesagt, und es ist auch aufgeschrieben worden, soll sich am Himmel ein neuer Stern gezeigt haben, ein schöner Stern, schöner als die Venus, angeblich.

73
Frau Hitt

Als die Zeit und die Zeiten noch gar nicht gezählt wurden, die Jahre nicht, die Tage nicht, weder die Monate noch die Jahrzehnte und die Jahrhunderte schon überhaupt nicht, also lange bevor der Mensch auf der Erde dies und das machte, da lebte oberhalb der heutigen Stadt Innsbruck eine Riesin – die Frau Hitt.

Riesinnen gab es damals überall im Gebirge. Hätte es bereits jemanden von uns gegeben, es wäre nicht mehr nötig gewesen, als den Kopf zu heben, dann hätte er sie gesehen – ihr Gesicht, schöner als ein Menschengesicht je sein wird, ihre Glieder, wohlgeformt wie die Idee der Schönheit. Die Riesinnen wurden von der Erde selbst hervorgebracht mit Schreien und Grollen, ganz wie sich ein Vulkan anhört. Es gab keine Männer; noch gab es keine Männer, man stelle sich das vor: Noch gab es keine Männer. Die Erde, wenn sie eine Laune hatte und der fruchtbare Regen auf sie fiel, dann buckelte sie sich und räkelte sie sich, schnurrte und knurrte und nahm den Regen in sich auf, und irgendwann gebar sie eine Riesin. So war das, genau so.

Groß, schön, einzigartig und allein. Und eine hieß eben Frau Hitt.

Und an den Hängen oberhalb von Innsbruck, mitten in der Nordkette, wo heute eine Steinwüste ist, war damals ein Paradies gewesen. Was dort alles wuchs! Früchte, sage ich euch! Man hat keine Ahnung heute! Die haben geschmeckt! Denkt nicht einmal daran, sie mit Orangen oder Datteln oder Äpfel und Pflaumen zu vergleichen! Das waren blühende Wiesen, fruchtbare Felder, sanft wiegende Wälder. Voll von Gutem und Bestem. Und Frau Hitt ernährte sich von den Früchten und Wurzeln, von den Beeren und dem Honig, den ihr die Bienen frei als Geschenk präsentierten. Dafür durften sie manchmal in ihre duftende Haut stechen und Waben in ihren Achselhöhlen bauen, um dort zu überwintern.

Und eines Tages – ich weiß schon, das kann man nicht sagen, weil es ja noch keine Tage gab – legte sich Frau Hitt in die Wiese, groß, schön und nackt. Und da fiel der fruchtbare Regen nieder, und ein bisschen davon fiel auch auf sie, und sie wurde schwanger und brachte ein Kind zur Welt. Und es war ein Knabe.

Zum ersten Mal sah die Welt ein männliches Wesen!

Bis dahin hatte Frau Hitt nicht gewusst, dass ihr Leben voll Glück war, denn sie hatte keine Vorstellung vom Unglück gehabt, das Unglück hatte es ja nicht gegeben. Und ohne Unglück hat man auch keine Vorstellung vom Glück, das gilt nicht nur für uns Menschen, das gilt auch für Riesinnen, und es gilt für alle Zeiten. Nun aber wusste sie, dass sie glücklich war. Und warum wusste sie das? Weil sie sich von nun an das Unglück vorstellen konnte. Und das Unglück hieß, dass ihrem Kind etwas passierte. Sie gab ihrem Kind die Brust, und der Knabe wuchs heran, und sie war sehr glücklich und hatte Furcht vor dem Unglück.

Und dann kamen die Menschen daher. Auf einmal kamen sie daher, von irgendwoher kamen sie. Woher sie kamen, das braucht hier nicht diskutiert zu werden. Sie brachten merkwürdige Geschichten mit, in denen es hieß, mit

ihnen allein habe alles angefangen. Die Menschen siedelten sich unten im Tal an, dort säten sie und ernteten sie, dort erzählten sie sich ihre merkwürdigen Geschichten, dort schlugen sie sich gegenseitig die Köpfe ein und beteten zu ihren merkwürdigen Göttern.

Die Mutigen unter ihnen machten sich irgendwann auf den Weg hinauf auf die Berge. Die weniger Mutigen, die sich die Vernünftigen nannten, sagten: »Warum das, bitte? Was soll dort oben sein? Schaut doch hinauf! Seht ihr grüne Wiesen für unsere Rinder? Wir nicht.«

Von unten aus konnte man tatsächlich nichts sehen, weil man nicht sehen konnte, was hinter den Felsen lag. Aber einigen von den Mutigen gelang es schließlich doch bis in das Paradies der Frau Hitt vorzudringen. Dort trafen sie diese große, himmelssternschöne Frau. Sie lag ausgestreckt zum Mittagsschlaf vor ihrer Höhle. Nie zuvor hatten die Männer etwas Schöneres gesehen.

Erst waren sie erschrocken und waren auf Zehenspitzen hinter die Felsen gerannt. Haben von dort geguckt. Haben gesehen, wie die Riesin erwachte. Haben gesehen, wie sie ihr Kindlein an die Brust drückte und streichelte und koste. Nie hatten sie eine sanftere Frau gesehen.

Die Männer waren beeindruckt. Aber dann interessierte sie etwas anderes mehr: die Früchte!

Jetzt einmal ehrlich: Sanftheit ist etwas Wunderbares, auf jeden Fall, hoch preisen muss man sie, keine Frage – aber kann man mit ihr etwas anfangen? Um es gradheraus zu sagen: Kann man mit Sanftheit Handel treiben? Nein, kann man nicht. Aber mit Früchten kann man Handel treiben.

Hätten die Männer Frau Hitt gefragt, ob sie ihnen ein paar Körbe voll ihrer Früchte schenkt, sie hätten doppelt so viele bekommen und ein Lächeln dazu. Aber ums Schenken drehte sich bei den Menschen schon lange nichts mehr. Was man geschenkt kriegt, ist nichts wert. Wär's was wert, würd's niemand verschenken. Eine Unzufriedenheit war in den Menschen, die brannte und ließ die Menschen nicht lange im Bett liegen. Auf! Hinaus! Alles Mögliche hatten die Menschen schon erfunden, um diese Unzufriedenheit zu stillen. Aber sie waren nur noch unzufriedener geworden. Sie hatten das Rad erfunden, und sie hatten das Brot erfunden. Und das Brot war ihre größte Erfindung. Das Brot war die größte Erfindung, und deshalb nannten sie das Brot heilig. Obwohl zu seiner Herstellung auch nicht mehr Zeit und Grips nötig ist als zur Herstellung von Zahnpasta oder Hosenträgern. Trotzdem: Heilig ist allein das Brot.

Da sahen also die Verwegenen, die hinaufgestiegen waren ins Paradies der Frau Hitt, diese so verlockend duftenden Früchte liegen. Und sie beratschlagten:

»Einfach wegnehmen?«

»Trauen wir uns nicht.«

»Warum nicht?«

»Sie ist eine Riesin. Sie braucht nur so zu tun, und wir sind so.«

»Vielleicht kann man ihr einen Handel vorschlagen. Brot gegen Früchte. Ein Stück Brot, hundert Früchte. Immerhin ist das Brot heilig, und von heiligen Früchten haben wir noch nie gehört.«

Frau Hitt gab ihnen gern von ihren Früchten, und sie nahm auch gern das Brot, auch wenn sie nicht wusste, was sie damit anfangen sollte. Als sich die Männer schwer beladen auf den Weg ins Tal machten, betastete sie das Brot und roch an dem Brot, drückte es und roch wieder daran. Und wusste immer noch nicht, was sie damit anfangen sollte. Wegschmeißen wollte sie es nicht. Also hat sie es gelagert, ganz hinten in ihrer Höhle. Sie hatte ja keine Ahnung davon, was heilig ist.

Was bis dahin die Welt aber nicht wusste: Diese Früchte, blaue, rote, gelbe, goldene, grüne, leuchtend in allen Farben, diese Früchte, eigenartige Früchte – wenn sie aus der dünnen Luft des Gebirges in die dickere Luft der Täler getragen wurden, dann verhärteten sie sich, sie wurden kleiner und kleiner und härter und leuchteten noch mehr, und wenn man unten im Tal angekommen war, durch das der Inn floss, waren keine Früchte mehr im Korb, sondern Edelsteine: Rubine, Saphire, Lapislazuli und Bergkristall.

Da sagten sich die Männer: »Gut, dass wir sie geholt haben! Man stelle sich vor, der Herrgott macht Edelsteine, und man darf sich nicht einbilden, das fällt dem Herrgott leicht, und diese Edelsteine sät er aus, und dann kommt so ein Riesenungetüm von Frau daher, und was tut die, die frisst die Edelsteine einfach auf. Gut, dass wir sie geholt haben!«

Zur gleichen Zeit etwa tollte Frau Hitts Sohn über die Felder und durch die Wälder, über die Wiesen und durch die Bäche. Und er kam zu einem Moor.

Dort wuchs ein knorriger Baum, der sah aus wie ein Pferdekopf. Und der Riesenbub dachte sich: Ich werde diesen Baum ausreißen und werde ihn zurechtschnitzen, dann habe ich Pferdchen zum Spielen. Und er riss an dem Baum, aber der war zäh, war fest verwurzelt, und der Bub rutschte aus und fiel in den Sumpf, mitten hinein in den Dreck. Er strampelte und patschte und rettete sich, aber er war schmutzig, wie die Welt noch keinen schmutzigen Buben gesehen hatte. Weinend lief er nach Hause.

Frau Hitt sah ihren Sohn, wie schmutzig er war, und sie lachte und sagte: »Ach, Liebling, mein, komm zu mir, ich werde dich waschen.«

Sie hat eine Mulde in den weichen Waldboden geformt und ihre Brüste ausgedrückt, bis die Milch die Mulde füllte. Dann hat sie das Menschenbrot, das heilige, aus dem hintersten Winkel ihrer Höhle geholt und eingetunkt in ihre Milch und hat damit ihren Buben, den Liebling, vom Schmutz gereinigt, bis er neben ihr saß und in die Sonne zwinkerte, als wäre er gerade seinem Schöpfer aus der Form gesprungen.

Und zufällig kamen in diesem Moment die Menschen an, die sich Edelsteinfrüchte sichern wollten. Was sehen sie? Die Riesin hockt da, dieses primitive Weibsstück. Und was tut sie? Mit dem Brot, dem Heiligsten, putzt sie ihrem dreckigen Buben das Gesicht ab, und was sonst noch dreckig ist an dem Rotzbub, dem elenden. Da haben die frommen Männer auf der Stelle kehrtgemacht, sind nach Hause gelaufen und haben allen diese Geschichte erzählt.

Nein, unter gar keinen Umständen konnte man diesem gottlosen Wesen, das wahrscheinlich der da unten mit seinen großen Pratzen zusammengeknetet hat, unter gar keinen Umständen konnte man der aber auch nur einen einzigen dieser schönen, aus Gottes Fingerfertigkeit gezauberten Fruchtedelsteine lassen.

»Alles uns! Alles uns!«

Und sie haben sich auf die Knie fallen lassen und haben zu ihrem Gott gebetet, er möge die Riesin bestrafen, weil sie das Heiligste zum Abwischen vom Arsch ihres Balgs missbraucht hat.

Und der Gott der Menschen hatte Einsicht, und er hat die Frau Hitt in einen Fels verwandelt und ihr Paradies oberhalb von Innsbruck in eine Steinödnis. Allerdings war es auch mit der Handelsware am Ende, nicht ein Fruchtedelsteinchen, nicht ein Edelsteinfrüchtchen weit und breit war übrig geblieben.

74

Der Schatz im Gasteinertal

Erasmus Weidmoser war ein Bauer im Gasteinertal. Seine Felder waren die letzten, bevor die Felsen emporwuchsen, das heißt, die Felder lagen an steilen Hängen. Und das bedeutete Arbeit bei geringstem Ertrag. Und deshalb war der Erasmus Weidmoser der ärmste Bauer im Gasteinertal. Aber er war ein optimistischer Charakter, und das wieder heißt, er war überzeugt vom Glück und dass es zu dem kommt, der von ihm überzeugt ist. Und er wartete auf das Glück, und er war überzeugt vom Glück.

Und dann fand er eines Tages in dem Bach, der über seine Wiese floss, ein Stück Gold. Das war gerade so groß wie sein Daumennagel. Ein anderer hätte dieses Goldstück eingetauscht und hätte sich ein paar schöne Wochen gemacht mit dem Erlös. Für den Erasmus Weidmoser aber war das Stück Gold ein Versprechen.

Er blickte den Berg an, und er sagte sich: »Das Glück ist jetzt zu mir gekommen. Dieses Goldstück kommt aus dem Berg, und dort gibt es noch mehr davon.«

Nun ging er her und verkaufte sein ganzes Hab und Gut, die paar Kühe, die er hatte, die paar Ziegen, die er hatte, sein Pferd verkaufte er. Alles verkaufte er, bis auf die kleine Hütte, in der lebte er mit seiner Familie, mit seinem Sohn und seiner Frau. Und das Geld nahm er, und dafür kaufte er sich den Berg.

Wer will so einen Berg?

»Purer Stein, dort wächst doch nichts!«, sagte der Beamte zu ihm.

»Ich möchte ihn trotzdem haben.«

Der Beamte fragte nicht lang, gab den Stempel drauf. War ein billiger Berg, blieb sogar noch etwas übrig vom Geld des Erasmus Weidmoser, so dass er sich eine Spitzhacke und eine Schaufel kaufen konnte.

Und dann begann er zu graben. Zuerst allein. Aber dann merkte er: Wenn ich dem Berg wirklich einen Goldschatz abringen will, dann brauch ich Hilfe. Er nahm den kleinen Goldklumpen, ging zu Geldverleihern und Großgrundbesitzern.

Und sagte: »Borgt mir Geld, ich will in den Berg hineingraben.«

»Ja, wenn wir dir Geld borgen, was für Sicherheiten hast du?«

Da zeigte er den Goldklumpen. »Das ist meine Sicherheit. Der Berg gehört mir, und er hat Gold.«

Da gaben sie ihm Geld, zu hohen Zinsen, versteht sich. Mit diesem Geld heuerte sich der Erasmus Weidmoser Männer an. Und dann begannen sie zu graben, zu graben, zu graben. Sie fanden allerlei, aber kein Gold. Und dann war die Leihfrist zu Ende, und die Geldgeber wollten ihr Geld zurückhaben, und zwar mit Zinsen, und sie drohten, wenn er nicht zahlen kann, der Erasmus Weidmoser, dann lande er im Schuldturm.

In seiner Verzweiflung ging er zum Erzbischof von Salzburg und erzählte die Geschichte und zeigte das Gold. Der Erzbischof war ein kluger Mann, er sah in den Augen des Erasmus die Ehrlichkeit.

Und er sagte: »Ich werde dir viel Geld geben. Mit dem einen Teil bezahlst du deine Schulden, und den anderen Teil verwendest du, um weiterzugraben.«

Das und nichts anderes hat der Erasmus gemacht.

Mit Erfolg. Er hat eine Goldader gefunden. Und dann noch eine. Es hat gar nicht aufgehört. Er hat das Gold herausgeholt, hat alle seine Schulden bezahlt beim Erzbischof und wurde der reichste Mann des Tales. Und nicht nur des Tales, er wurde der reichste Mann des ganzen Landes. Und ein glücklicher Mann obendrein, und als er auf dem Sterbebett lag, da war er immer noch ein glücklicher Mann, denn er sagte sich: Ich habe an das Glück geglaubt.

Alles übergab er seinem Sohn Christoph. Der war ebenfalls einer, der an das Glück glaubte, er hat die Arbeit seines Vaters fortgeführt.

Und da gab es ein Mädchen, das hieß Hilde. Die war die Tochter eines Großgrundbesitzers. Hochnäsig war sie, auf die Leute, die unter ihr waren, hat sie hinabgeblickt. Zum Christoph Weidmoser aber hat sie hinaufgeblickt, hat ihm schöne Augen gemacht von unten, hat ihm geschmeichelt. Daraus entstand eine Verliebtheit, und endlich hat er um die Hand der Hilde angehalten. Genau das wollte sie – gute Partie, der Goldfürst vom Gasteinertal. Sie haben geheiratet.

Vom Hochzeitstag an sagte die Hilde: »Ach, Hilde, Hilde, Hilde ist kein guter Name. Hilde, so heißen die Bediensteten. Ich möchte nicht mehr Hilde gerufen werden, ich nenne mich von nun an Charlotte.« Sie hat dem Christoph befohlen, er soll Charlotte zu ihr sagen. Sehr hochnäsig war sie, hat sich immer mit dem Feinsten gekleidet, im Sommer sogar ist sie im Pelz gegangen, Schmuck an den Fingern, die besten Ringe, die schönsten Ketten um den Hals. Und für die kleinen Leute keinen Blick.

Und eines Tages reitet sie talauswärts, und da steht am Weg eine Bettlerin, streckt ihr die Hände entgegen: »Charlotte! Gib mir etwas!«

Charlotte aber: »Verschwind, Stinkweib, du, ich will dich nicht sehen! Was hast du denn hier verloren?« Blickt sie gar nicht an.

»Oh«, sagt die Bettlerin, »sprich nicht so mit mir! Heute ich, morgen du!«

»Was soll das heißen, du?«, schimpft Charlotte.

Und die Bettlerin sagt: »Das kann Verschiedenes heißen. Heute bin ich arm, morgen bist du arm. Heute brauch ich dich, morgen brauchst du mich.«

»Ha! Ich soll dich jemals brauchen?«, lacht die Charlotte. »Siehst du das?« Sie zeigt ihr den Ringfinger. »Siehst du, wie das glitzert? Das ist ein Diamantring. Angenommen, ich gebe dir diesen Ring. Bis an dein Lebensende hättest du keine Sorgen mehr. Aber ich gebe ihn dir nicht. Schau her!« Sie nimmt den Ring und wirft ihn in hohem Bogen hinab in den schäumenden Bach. »Siehst du, so sicher, wie man diesen Ring nie mehr finden wird, so sicher weiß ich, dass ich niemals deinen Rat brauche. Dass ich niemals so werde wie du.«

Dann reitet sie weiter.

Ein paar Tage später findet ein geschäftliches Treffen im Tal statt. Es kommen von weit her Herren, die wollen mit dem Christoph Weidmoser verhandeln, um das Gold natürlich geht es. Christoph Weidmoser lässt ein Essen vorbereiten, der Koch geht zum Bach, wirft die Angel aus, und er fängt ein Dutzend Forellen. Und dann, bei der größten, als er sie auseinandernimmt, klimpert es plötzlich, und heraus fällt ein Ding. Das ist doch der Diamantring der Herrin!

Ein ehrlicher Mann, der Koch, läuft zur Herrin und sagt: »Frau Charlotte, diesen Ring, vermissen Sie den? War in dem Bauch des Fisches.«

Oh, da wird sie blass! Denn sie hat ja einen Schwur auf diesen Ring getan, dass er nie gefunden wird. Oh, hat sie sich gedacht, Vorsicht! Vorsicht! Vielleicht hat es nichts zu bedeuten. Ich will nicht abergläubisch sein. Aber vielleicht hat es doch etwas zu bedeuten.

Das Geschäftstreffen ging gar nicht gut aus. Die Geschäftspartner vom Christoph Weidmoser haben Forderungen gestellt, die er nicht erfüllen wollte und nicht konnte. Und sie sagten: »Es gibt andere, die Gold haben, auch.« Eine bittere Einbuße war das. Und die Charlotte dachte sich: Oh! Ich bin schuld daran! Und sie dachte sich: Wenn ich die Bettlerin aufsuche und sie um Verzeihung bitte, vielleicht kann ich sie besänftigen. Wahrscheinlich ist sie eine Hexe, eine Zauberin.

Sie ging denselben Weg, diesmal ritt sie nicht auf dem Pferd, sondern sie ging zu Fuß, wollte demütig spielen. Und tatsächlich, sie traf die Zauberin, die Hexe, die Bettlerin. Sie entschuldigte sich bei ihr, sie gab ihr ein paar Münzen, zu viel wollte sie ihr nicht geben. Ein paar Münzen.

Die Bettlerin sagt: »Ja, ich vergebe dir gerne, Charlotte. Aber mich hast du ja gar nicht beleidigt. Beleidigt hast du den Berg, der euch den ganzen Reichtum geschenkt hat. Ihn musst du besänftigen.«

»Und wie kann ich ihn besänftigen?«

»Ja, du musst ihn besänftigen. Ansonsten nimmt er euch noch alles!«

»Aber was soll ich tun?«

»Ihn kannst du nicht so klein abspeisen wie mich«, sagt die Bettlerin. »Gib ihm etwas, was dir wehtut, viel!«

Und dann verschwindet sie, die Bettlerin, die unheimliche.

Charlotte geht nach Hause, überlegt: »Was soll ich tun?« Schon kommen wieder neue schlechte Nachrichten. Es schaut nicht mehr so gut aus mit dem Goldabbau im Gasteinertal.

Im Haus der Weidmosers gibt es zwei Schatztruhen, eine kleine für den täglichen Gebrauch das Jahr über und eine große Schatztruhe als eiserne Reserve für die schlechten Zeiten. Da denkt sich die Charlotte: Die kleine Schatztruhe werde ich opfern. Das Opfer ist ja eigentlich eine Investition, ich schmeiß die dort in den Fluss hinein, wo ich den Ring hineingeworfen habe. Dann werde ich den Berg besänftigen, und er gibt mir das zehnfach wieder zurück. Ist also nur eine Investition.

Ihrem Mann sagte sie nichts. Sie nahm die Schatztruhe und warf sie in den Bach.

Aber offenbar war das zu wenig für den Berg, denn die Geschäfte gingen weiter schlecht. Große Goldkrise. Der Mann hatte immer gefurchte Stirn, immer gefurchte Stirn.

Da denkt sich Charlotte: Na gut. Dann muss ich halt doch die große Truhe geben. Sie lädt die große Truhe auf, zieht den Karren persönlich bis zu der Brücke, und dort kippt sie den großen Goldschatz der Weidmosers in den Bach. Denkt sich dabei: So, Berg, jetzt gib's mir aber zurück, zehnfach, hundertfach, tausendfach!

Aber die Zeiten werden immer schlechter. Und der Christoph kommt und sagt: »Charlotte, wir müssen auf die eiserne Reserve zurückgreifen, sonst werden wir unser Geschäft nicht halten können.«

Da war keine eiserne Reserve mehr. Und die Weidmosers wurden wieder so arm, wie sie am Anfang waren.

75
Die Fenggen

Wer oder was, bitte, ist ein Fengg?

Die Fenggen, das sind mittelgroße, mittelstarke Wesen, mittelschön, mittelhässlich. Sie haben Arme und Beine und einen Kopf mit Ohren und Nase und Mund. Sie sehen eigentlich aus wie Menschen und riechen auch ähnlich.

Sind aber keine Menschen, die Fenggen, oder?

Nein. Sind eigentlich keine Menschen.

Ja, sind es Geister?

Geister sind die Fenggen eben eigentlich auch nicht.

Ja, sind es also doch so etwas wie Tiere?

Tiere? Da habe ich jetzt noch gar nicht darüber nachgedacht. Tiere … Tiere gibt es viele und sehr verschiedene. Man denke nur an Kamel und Bandwurm zum Beispiel, beides Tiere – aber wo ist das Gemeinsame? Ein bisschen leben die Fenggen wie die Tiere, das stimmt. Sie halten sich in den Wäldern auf … Ich weiß nicht … Die Fenggen sind – Fenggen. Schluss der Debatte! Ein bisschen Tiere, ja … hör jetzt auf, mich zu löchern!

Es kommt selten vor, dass ein Mensch einem Fengg begegnet. Aber sie sind nicht böse, die Fenggen. Sie antworten auf jede Frage, die man ihnen stellt. Das tun sie gern. Sie sind auch ziemlich klug. Und reden schnell. Sie sind niemandem im Weg, und sie haben keine Feinde. Das Einzige: Mitten im Wort sind sie plötzlich weg. Zack!

Einer, der einmal einen Fenggen gesehen hat, ist der Moritz. Der Moritz aus Gaschurn, den kennst du doch? Den aus dem Montafon? Nein?

Der Moritz jedenfalls ist ein wirklich durch und durch glücklicher Mensch. Das trau ich mich zu behaupten. Obwohl ich ihn schon lange nicht mehr gesehen habe. Er ist dann wieder lange weg, dann kommt er wieder, dann ist er wieder weg, das ist so seine Art. Er sieht blendend aus. Ist ja auch nicht unwichtig. Er sieht blendend aus, hat so kastanienbraune, volle lockige Haare, hat einen schönen braunen Teint. Warum? Weil er immer im Freien ist, er ist Holzfäller. Gute Muskeln, schöne Muskeln – ein schöner Mann. Und zufrieden ist er auch. Schleckt nicht das Geld ab. Kriecht nicht den Reichen hinterher.

Er sagt: »Wenn ich mehr habe, als ich brauche, dann mache ich mir doch nur Sorgen, und länger leben lässt's mich nicht. Ich möchte genauso viel haben, wie ich brauche.«

Und das hat er. Und man gibt ihm gerne Aufträge. Wenn man einen Holzfäller sucht, dann findet man den Moritz.

Eines Tages kam er zu einer mächtigen Tanne. Und er wollte schon die Axt ansetzen, um sie zu fällen, und da trat eben so ein Fengg hervor, sagte:

»Halt! Tu das bitte nicht, den Baum fällen, bitte.«

»Aha«, sagte Moritz, »dann tu ich es nicht, wenn du es nicht willst. Ich kann auch einen anderen Baum fällen. Aber sag mir doch, warum soll ich diesen gerade nicht fällen?«

»Ja, weißt du«, sagte der Fengg, »ich bin schon sehr, sehr alt, und ich weiß eigentlich gar nicht, wie alt ich bin. Und ich muss immer wieder nachrechnen, wie alt ich bin. Und diese Tanne hier ist mein Baum. Und diese Tanne hat genauso viele Nadeln, wie ich Jahre zähle.«

»So alt bist du?«, staunte der Moritz. »So alt, wie diese Tanne Nadeln hat!«

»Ja, ja, so viele Jahre.«

»Jahre? So viele Jahre!«

»Ja, so viele Jahre. Und ab und zu muss ich eben nachzählen. Das verstehst du doch?«

»Doch, das versteh ich«, sagte der Moritz.

Und sie saßen so beieinander, und der Moritz hat dem Fengg etwas zu essen und zu trinken angeboten, das hat der Fengg gerne genommen. Der hat gute Manieren gehabt, der Fengg, hat nicht geschmatzt oder gerülpst und hat sich hinterher den Mund mit Farn abgewischt.

Der Moritz war neugierig und sagte: »Aber hör zu: Die Tanne, die verliert doch immer wieder Nadeln. Wie kannst du da dein Alter ausrechnen?«

»Ja, ja, die verliert Nadeln«, sagte der Fengg. »Aber da wachsen immer welche nach, und es hält sich ungefähr die Waage. Das heißt, nach einem Jahr sind so viele abgefallen, wie nachgewachsen sind, und eine Nadel ist eben mehr nachgewachsen als abgefallen. Das ist ein Jahr.«

»Aber«, sagte Moritz, »es kann doch sein – jetzt angenommen –, ich schneide nicht die Tanne ab, sondern ich schneide nur einen einzigen Ast ab. Und da sind dann vielleicht zweitausend Nadeln drauf – was ist dann?«

»Ja, ja, dann bin ich zweitausend Jahre jünger.«

»Dann bist du zweitausend Jahre jünger? Das ist doch ein Wunder!«

»Ja, ja«, sagte der Fengg, »genaugenommen ist das ein Wunder, ja, ja.«

»Und sieht man das dir irgendwie an?«, fragte Moritz.

»Ja, ich sehe dann halt zweitausend Jahre jünger aus«, sagte der Fengg.

Das hat den Moritz interessiert, auch weil ihm der Fengg gar nicht wie zehntausend Jahre alt vorkam oder noch älter, sicher hatte die Tanne mehr Nadeln als nur zehntausend … So ein interessanter Tag! Der hatte schon Falten, der Fengg, aber normal, ganz normal, nicht mehr als die Mutter vom Moritz und nicht so viele wie seine Großmutter.

Er sagte: »Noch eine Frage hätte ich. Solche Tannen, die das Alter anzeigen, gibt es die nur für Fenggen?«

»Nein, nein«, sagte der Fengg, »die gibt es für alle Lebewesen.«

»Auch für Tiere?«

»Ja, ja, auch für Tiere. Da zählt man halt nicht nach Jahren, sondern es gibt manche Tiere, die werden so viele Minuten alt, wie die Tanne Nadeln hat. Manche nur Sekunden.«

»Und bei Menschen gibt's das auch?«, fragte Moritz

»Ja, ja, beim Menschen auch. Beim Menschen sind es die Stunden.«

»Woher weiß ich, welcher Baum meiner ist?«, fragte der Moritz.

»Das«, sagte der Fengg, »das ist eine große Aufgabe. Du musst dich unter einen Baum legen, musst einschlafen, und wenn du von Glocken geweckt wirst, dann weißt du: Das ist dein Baum. Und wenn du nicht von Glocken geweckt wirst, dann musst du halt zum nächsten Baum gehen und so weiter.«

»Das kann aber lange dauern«, sagte Moritz.

»Sehr lange«, sagte der Fengg und zog ab. Nicht gebeugt ging er, ein Mann, der ein paar hunderttausend Jahre alt ist. Zack, weg war er.

Aber den Moritz, den ließ der Gedanke nicht los. Er sagte sich: Ich bin jetzt Anfang zwanzig, es ist meine glücklichste Zeit. Die Mädchen fliegen mir nur so zu. Alle Menschen wollen sich mit mir unterhalten. Man ist gern mit mir. Ich wache am Morgen auf und denke, so wie jetzt könnte es ewig gehen. Es wär doch schön, wenn ich meinen Baum finden würde. Und dann würde ich immer schauen, dass auf diesem Baum genau gleich viel Nadeln wachsen wie jetzt. Dass ich immer so alt bin wie jetzt, dass ich nicht älter werde, weil das ist meine glücklichste Zeit.

Dann hat er sich folgende Rechnung gemacht, er hat sich gedacht: Der Mensch muss etwas riskieren. Man muss bereit sein, für sein Glück einen Einsatz zu zahlen. Mein Einsatz ist mein Leben. So, ich werde von nun an nichts anderes mehr tun, als meinen Baum zu suchen. Und wenn ich darüber alt werde – macht ja nichts. Und wenn ich ihn als uralter Mann erst finde, dann schneide ich einfach so viele Äste ab, bis ich wieder so jung bin wie jetzt.

Das hat er gemacht.

Von nun an hat er nicht mehr den Charmeur gespielt im Dorf, er hat auch nicht mehr gearbeitet, er ist nicht mehr unter die Leute gegangen. Das kann ich alles später noch machen, hat er sich gesagt. Und wenn ihn jemand gefragt hat, Moritz, du, gehen wir heute Abend tanzen, dann hat er gesagt, heute

Abend nicht, später. Und wenn derjenige oder diejenige gefragt hat, wann ist später, dann hat er gesagt, vielleicht viel später. Was er gemacht hat, der Moritz, war Folgendes: Er hat sich unter Bäume gelegt, ist eingeschlafen, hat gewartet, ob ihn Glocken aufwecken. So ging sein Leben vorüber.

Und dann war er endlich ein uralter Mann, hat sich durch den Wald geschleppt und hat sich gedacht: So, viel Zeit hab ich nicht mehr. Und hat sich unter eine Tanne gelegt. Alle anderen Tannen hatten schon ein Zeichen von ihm verpasst bekommen – damit er weiß, unter welcher er schon gelegen hatte.

Und tatsächlich, diesmal wurde er geweckt durch Glockengeläut. Da hat er gewusst: Das ist mein Baum.

Mit letzter Kraft hat er einen Ast abgeschnitten, und tatsächlich – er ist jünger geworden. Er hat seine verrunzelten Hände angesehen, die sind auf einmal glatter geworden Und er hat noch einen Ast abgeschnitten und wurde noch jünger. Ein Büschel Haare hat er sich ausgerissen, die Haare waren nicht weiß, sie waren wieder kastanienbraun. Hier hat er etwas vom Baum abgezwickt, dort hat er etwas abgezwickt, bis er seine glücklichen Zwanzigerjahre erreicht hatte. Schnell ist er nach Hause gerannt und hat in den Spiegel geschaut: Das war er, er, ja, wie er in seiner glücklichsten Zeit ausgesehen hatte.

Und dann ist er in die Welt hinausgezogen. Zuerst nach Italien hinunter, weil er dorthin immer schon wollte. Dann über das Meer nach Arabien. Weil er dorthin auch immer schon wollte. Und nach Amerika hinüber. Wer will nicht nach Amerika! Und weiter zu den Kängurus und zu den Affen, zu den Tigern und zu den Löwen. Die Welt ist groß.

Immer wieder, nach zehn oder zwanzig Jahren, kam er zurück ins Montafon, hat wieder einen kleinen Ast von seinem Baum abgeschnitten. Und war wieder zwanzig.

Und es heißt, Moritz ist immer noch unterwegs. Wo soll er denn sonst sein? Die Welt ist groß. Viele Menschen wohnen auf der Erde. Dann kommt er alle zehn oder zwanzig Jahre zurück nach Gaschurn ins Montafon, spielt den Charmeur, geht tanzen, flirtet, tut, was er will, schneidet einen kleinen Ast von seinem Baum, und so geht es weiter in seinem Leben. Bis es ihm eines Tages zu dumm wird, so lange zu leben. Was macht er dann? Dann setzt er die Axt an und haut seinen Baum um.

So wird im Montafon in Vorarlberg erzählt, genau so – und gleich kommt einer dazu und sagt: »Probier's aber ja nicht selber aus, es gibt zu viele Bäume auf der Welt. Und nicht jeder hat so viel Glück wie der Moritz aus Gaschurn.«

76
Die Pest in Bichl

Die Pest – das hat man lange nicht gewusst und wird heute noch mancherorts heftig angezweifelt – ist nichts anderes als ein ziemlich heruntergekommener Landstreicher, der vor langer Zeit – das muss man allerdings zugeben – ein ziemlich guter Bogenschütze gewesen war, dann aber irgendwie, mein Gott, wie es halt so geht, unter die Räder gekommen ist und nicht mehr den Anschluss gefunden hat.

Das ist die Pest und nichts anderes, Wissenschaft hin oder her.

Klargeworden ist das der Menschheit erst so richtig nach den Geschehnissen im Dorf Bichl im Jahr 1634. Bichl, das wisst ihr, liegt – und lag auch schon früher – in Bayern, in Oberbayern genau, im Landkreis Bad Tölz-Wolfratshausen in der Nähe von Benediktbeuren, von wo aus es wiederum nicht allzu weit nach Murnau ist. Dass ich sage »und lag auch schon früher«, stellt nicht einfach eine Blödheit von mir dar, sondern hat einen Grund, nämlich den: Nach den oben angedeuteten Geschehnissen hat es Bichl nicht mehr gegeben, und es ist erst später wieder aufgebaut worden.

Jetzt aber Schluss mit den Anspielungen!

Die Pest, meine Damen und Herren, ist ein hochgewachsener Mann. Er trägt schwarze Kleidung, die flattert ihm in Fetzen am Leib. Er hat ein hohles Gesicht und faule Zähne im Maul, und er leckt sich gern den Daumen. In der Hand hält er seinen Bogen, ein prächtiges Ding, über der Schulter hängt der Köcher mit den Pfeilen. Drei Pfeile hat er, nicht mehr, mehr braucht er nicht. Es sind die grausigsten Pfeile, die sich denken lassen, das könnt ihr mir glauben. An jedem Pfeil klebt Blut von den Opfern. Die Pest nämlich schießt, trifft und zieht den Pfeil wieder heraus aus dem Körper derer, die erschossen wurden. Die Pest kann es sich nicht leisten, einen Pfeil stecken zu lassen, denn sie besitzt nur drei. Und weil an jedem Pfeil Blut klebt und weil das Blut krank ist, stecken die Pfeile die Menschen an, und so kriegen sie die Pest. Auf diese Weise funktioniert diese Krankheit, Wissenschaft hin oder her.

Es zog die Pest also durchs Land, sie kam von Italien herauf, schoss hier einen Pfeil ab und dort einen Pfeil ab, hier gab es einen Kranken und dort einen, hier einen Toten und dort einen, aber noch gab es keine Epidemie wie zum Beispiel in Florenz dreihundert Jahre früher oder wie in Wien fünfzig Jahre später.

Und dann kam die Pest eben nach Bichl. Am Abend kam sie an.

Am Abend sieht Bichl am schönsten aus. Noch heute. Auf dem Hügel steht die Kirche, der Turm zeigt in den Himmel hinauf wie ein Finger, und nicht nur einmal ist es vorgekommen, dass ein Wanderer am Abend am Aschbach entlangmarschiert war, und hat er am Morgen noch mit seinem Schöpfer gehadert, weil der Bauch leer war und im Sack nichts geklimpert hat und ihn schon seit Jahr und Tag niemand sanft über das Gesicht gestreichelt hat, so war ihm nun beim Anblick der Kirche von Bichl auf einmal so wohl ums Herz, als säße oben auf der Spitze ein Engel und hauchte Glückseligkeit ins Tal hinaus. Und, meine Damen und Herren, wisst ihr was! Das war so. Auf der Spitze des Turms der Kirche von Bichl saß tatsächlich ein Engel, und der hauchte tatsächlich Glückseligkeit ins Tal hinaus.

Glückseligkeit freilich kann der Pest nicht imponieren.

Es war also Abend, ein Abend im Sommer, ein Abend mit klarem Himmel. Ich betone das, weil an den Tagen zuvor alles andere als ein klarer Himmel gewesen ist. Seit Wochen, seit Monaten hat es geschüttet. Regen, Regen, Regen. Die Felder waren hin, keine Frucht. Ein Elend. Und zu diesem Elend kommt nun auch noch die Pest,

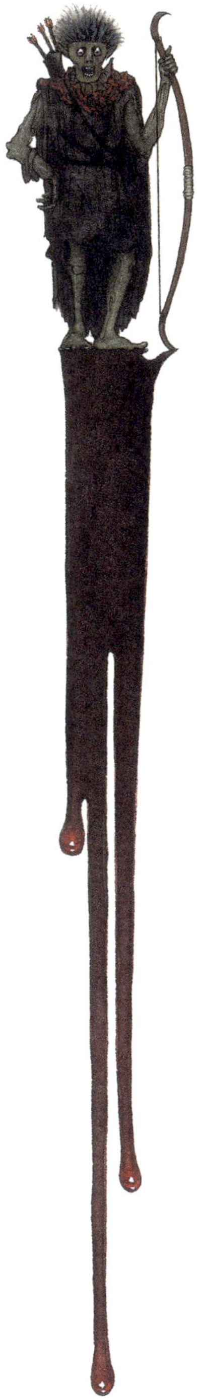

der große Mann mit den schwarzen zerfetzten Sachen um seinen mageren Körper.

Er spaziert gemütlich am Aschbach entlang auf Bichl zu. Hat aber den Aschbach zwischen sich und dem Hügel mit der Kirche obendrauf. Das wäre sonst kein Problem gewesen. Da führten nämlich mindestens zwei Brücken über den Bach hinüber ins Dorf. Aber in diesem Sommer nicht. Der Regen hat den Aschbach ordentlich anschwellen lassen, der war kein Bach mehr, der war ein Strom, und die Brücken, die hat es gleich einmal weggerissen. Wer auf der anderen Seite vom Aschbach lebte, der würde dort eine lange, lange Zeit bleiben. Und auf der anderen Seite vom Aschbach lebte die Hälfte der Einwohner von Bichl. Nämlich die ärmere Hälfte. Dort waren die Felder steinig und wenig ergiebig, und die Kräuter nährten das Vieh nicht so umfangreich wie drüben. Und drüben war außerdem die Kirche. Und in die muss ein Christ jeden Sonntag gehen. Wenn er das nicht tut, kriegt er in irgendeiner Form eins drübergebraten, das ist altbekannt. Und da nützt ihm keine Ausrede – der Bach war hoch oder so.

Um es kurz zu machen und ohne in die grausigen Details zu gehen: Der Pestmann – von nun an will ich ihn so nennen –, der Pestmann hat den Pfeil aus dem Köcher gezogen, erst den einen, dann den anderen, dann den dritten, und hat geschossen und hat getroffen, und von den armen Bichlern auf der einen Seite vom Aschbach war bald kein Einziger mehr am Leben.

Das haben die reichen Bichler auf der anderen Seite gesehen, und sie haben auch die Schreie gehört und das Wehklagen. Zu Anfang haben sie ja noch gesagt, denen geschieht es recht, warum sind sie auch arm, diese Trotteln. Dann aber ist ihnen schon mulmig geworden. Ja, gut, haben sie gesagt, der Pestmann kann nicht zu uns herüber, weil der Aschbach so hoch ist, aber der Aschbach sinkt ab, das kann man von Stunde zu Stunde messen. Ja, gut, haben sie gesagt, auch wenn der Aschbach sinkt, so weit wird er wohl kaum sinken, dass man ihn ohne Brücke wird überqueren können, und schließlich liegt es ja an uns, ob wir die Brücken aufbauen oder nicht.

Die reichen Bichler standen den ganzen Tag am Ufer vom Aschbach und schauten hinüber und beobachteten den Pestmann. Was tut der? Tut er überhaupt etwas? Nichts tut er. Er schaut nur herüber. Drüben gibt es für ihn ja nichts mehr zu tun. Da liegen die Leichen, und weil nach dem großen Regen nun die Sonne scheint, und zwar doppelt so heiß wie sonst, weil sie einiges zum Nachholen hat, stinken die Leichen, und sie stinken so sehr, dass man es bis herüber riecht.

Der Pestmann hockt auf einem Stein, den Bogen auf den Knien, den Köcher am Rücken – und er wartet. Worauf wartet er denn? Er wartet und schaut zu, wie das Wasser im Aschbach von Stund zu Stund, von Tag zu Tag sinkt. Und haben die Bichler, die reichen wie die armen, in den Wochen davor nichts mehr verflucht als den Regen, so flehen nun die Übriggebliebenen, der Himmel möge sich wieder mit Wolken füllen und sein Wasser auf Bichl kippen. Ja, in diesen Tagen wurden die berühmten Bichler Regengebete erfunden. Durch das ganze Tal hallten die Gebete von der Kirche herunter:

Lieber Gott im Himmel droben,
wir wollen dich für Regen loben.
Bitte, lösch die Sonne aus,
sonst kommt uns die Pest ins Haus!

Bevor man betet, sollte man nachdenken! Das haben die Bichler, die einen auf der einen Seite vom Aschbach, sich eben leider nicht zu Herzen genommen.

Der Engel, der, wie gesagt und wie bewiesen, auf der Spitze der Bichler Kirche saß und von dort das Jahr über Glückseligkeit ins Tal hinaushauchte, der hat das Gebet sehr genau gehört, hat sich den Wortlaut sehr genau notiert und hat die Bitte oben im Himmel pünktlich abgegeben. Man hat sich den Wunsch der Bichler angesehen und ist zum Ergebnis gekommen, gut, der Wunsch wird erfüllt. Und so wurde die Sonne über Bichl ausgelöscht.

Nicht für immer, natürlich nicht für immer. Sonst wär's ja dort heute immer noch dunkel. Aber für eine Zeitlang. Lang genug jedenfalls, dass es in Bichl ordentlich kalt wurde. Das haben die Bichler nämlich nicht bedacht: dass die Sonne nicht nur Licht, sondern auch Wärme spendet. Erst hat es geregnet, dann hat es geschneit. Mitten im Sommer. Und dann wurde es so kalt, dass es nicht einmal mehr geschneit hat. Ja, die Bichler haben nicht nachgedacht. Hätten sie, dann wär einem von ihnen in den Sinn gekommen, was mit Wasser geschieht, wenn es sehr kalt ist. Es friert ein. Es wird zu Eis. Und Eis ist hart wie Stein. Und über einen zugefrorenen Bach kann man gemütlich drübergehen. Jeder kann das. Eben auch der Pestmann mit den zerfetzten Kleidern um seinen mageren Körper.

Da kam er bei Dunkelheit, zog erst den ersten, dann den zweiten, dann den dritten Pfeil aus seinem Köcher, schoss einen nach dem anderen ab, zog einen nach dem anderen aus den toten Körpern, und als nach einer Zeit die Sonne wieder im Osten aufging, lebte keiner mehr.

Nicht einer hat 1634 die Pest in Bichl überlebt. Den Ort gab es nicht mehr. Die Häuser zerfielen, das Vieh brach aus und zerstreute sich, die Felder verunkrauteten, die Kirchenfenster wurden grau vor Staub, der Engel auf der Spitze bekam eine andere Aufgabe zugeteilt, der Aschbach suchte sich wild von Jahr zu Jahr ein neues Bett. Die Wanderer waren gewarnt, sie machten einen großen Bogen um Bichl. Der Pestmann war längst weitergezogen. Es dauerte viele Jahre, bis sich niemand mehr so genau erinnern konnte, was damals in Bichl geschehen war. Fremde kamen und meinten, mit Fleiß und Phantasie kann man die zerfallenen Häuser wieder aufbauen, und das taten sie, und die Kirchenfenster putzten sie, und schließlich setzte sich wieder ein Engel auf die Turmspitze und hauchte Glückseligkeit ins Tal.

77

Die schöne Myra von Muggendorf

In Muggendorf lebte einst ein Mädchen, das hieß Myra, und dieses Mädchen war sehr schön. Die Myra hatte eine Haut wie Karamell, und sie hatte Augenbrauen wie Schwalbenfedern, und ihre Ohren waren wie Vierteläpfelchen. Und ihr Haar war wie Goldschaum. Und ihr Mund war wie eine Beere, aber es gab keine Beere, die so schön war. Hätte es eine Beere gegeben, man hätte diese Beere »Mund der Myra« genannt.

Und wie hieß es von Anfang an: »Die Myra, die Myra, die ist die Schönste, die Schönste. Und sie wird eines Tages den besten Mann bekommen, den besten. Und mit diesem Mann wird sie Kinder in die Welt setzen, mein Gott, wie werden diese Kinder erst sein!«

Schön ist schön wie Stern von oben.
Schönheit tut den Himmel loben.
Schön ist schön wie Schwalbennest.
Dass uns Schönheit nie verlässt!

Und in Muggendorf gab es einen Mann, der war ein hübscher junger Kerl, Franz hieß er, er war der Sohn eines armen Bauern, eines Kleinhäuslers, und er verliebte sich in die Myra, und die Myra verliebte sich in ihn. Sie waren ein prächtiges Paar. Das hat niemand abgestritten. Und am liebsten gingen sie spazieren, da konnte man sie sehen, und sie zeigten sich gern, durch die Wälder gingen sie nicht, aber über die Felder gingen sie, von einem Dorf zum nächsten gingen sie, mitten auf der Landstraße.

Und sie versprachen, dass sie heiraten würden. Und eines Tages spazierten sie wieder über die Felder, und da kamen sie zum Hof des Großbauern. Der Sohn des Großbauern war gerade dabei, die Bienenstöcke zu säubern.

Da blieb Myra stehen und blickte den Sohn des Großbauern an, und sie dachte sich: Er ist nicht so schön wie mein Franz, aber er ist besser. Er muss besser sein, denn er ist der Sohn des Großbauern, während mein Franz nur der Sohn eines kleinen, armen Bauern ist. Ich bin die schöne Myra, ich muss auf mich achten!

Schön ist schön wie Stern von oben.
Schönheit tut den Himmel loben.
Schön ist schön wie Schwalbennest.
Dass uns Schönheit nie verlässt!

Der Sohn des Großbauern schaute herüber, sah die Myra, die beiden blickten einander an, und der Sohn des Großbauern verliebte sich in Myra, und Myra wechselte die Seiten. Und sie versprach, ihn zu heiraten.

Auch der Sohn des Großbauern liebte es, die Gegend zu besuchen, allerdings gehen wollte er nicht. Aber warum gehen? Sie saßen auf dem Wagen, und der Wagen wurde gezogen von zwei schweren Ackergäulen. Da kam man natürlich weiter als auf den Füßen, und so kamen sie bis zum Schloss des Grafen. Und gerade als sie vorfuhren, war der Sohn des Grafen dabei, die Rosen im Garten zu schneiden. Das war seine Lieblingsbeschäftigung.

Und Myra betrachtete den Sohn des Grafen und dachte sich: Er ist nicht so schön wie der Sohn des Großbauern und lang nicht so schön wie mein Franz. Aber er ist besser als die beiden. Er muss besser sein, denn er ist der Sohn des Grafen. Ich bin die schöne Myra, ich muss auf mich achten!

Schön ist schön wie Stern von oben.
Schönheit tut den Himmel loben.
Schön ist schön wie Schwalbennest.
Dass uns Schönheit nie verlässt!

Und ihre Blicke trafen sich, und der Sohn des Grafen verliebte sich in Myra, und Myra wechselte abermals die Seiten.

Und im Sommer, im August war es, da gab der Herzog ein großes Fest, und eingeladen waren auch der Graf und der Sohn des Grafen. Und der Sohn des

Grafen brachte seine Liebste mit, denn er hatte ja versprochen, sie zu heiraten, und das wollte er aller Welt zeigen.

Der Herzog hatte aber auch einen Sohn.

Und Myra betrachtete den Sohn des Herzogs und dachte bei sich: Ja, ja, mag sein, er ist nicht so schön wie der Sohn des Grafen und lange nicht so schön wie der Sohn des Großbauern und gar nicht zu reden von der Schönheit meines Franz. Aber er ist besser als sie alle zusammen, denn er ist der Sohn des Herzogs. Und mit ihm werde ich die Kinder zur Welt bringen, mein Gott, wie werden die erst sein! Ich bin schließlich die schöne Myra von Muggendorf, ich muss auf mich achten!

Schön ist schön wie Stern von oben.
Schönheit tut den Himmel loben.
Schön ist schön wie Schwalbennest.
Dass uns Schönheit nie verlässt!

Der Sohn des Herzogs schaute herüber, sah die Myra, die beiden blickten einander an, und er verliebte sich in sie, und Myra wechselte die Seiten, zwei Schritte, schon war sie bei ihm, und sie versprach, ihn zu heiraten.

Und nun fuhr die Myra nicht mehr auf einem Fuhrwerk herum, und nun war sie auch nicht mehr nur die Geliebte eines Grafensohnes oder eines Großbauern und schon gar nicht die Geliebte eines Kleinhäuslers, nun war sie die Braut des Sohnes des Herzogs. In der goldenen Kutsche fuhr sie durch die Wälder und über die Felder und von Dorf zu Dorf.

Und eines Tages kam sie zu einer Wegkreuzung, dort war ein Marienbild.

Da rief Myra: »Anhalten, anhalten! Ich möchte mir das Bild ansehen!«

Sie trat vor das Bild und betrachtete es lange. Die Muttergottes hielt das Jesuskind im Arm. Und die Myra dachte sich: Die ist nicht so schön wie ich. Sie hat keine Haut wie Karamell, und sie hat keine Augenbrauen wie Schwalbenfedern und keine Ohren wie Vierteläpfelchen. Ihr Haar ist nicht wie Goldschaum, und ihr Mund ist nicht wie eine Beere. Nein, die da ist lange nicht so schön wie ich. Aber sie hat ein Kind von Gott. Und Gott ist der Beste. Wie hat die das hingekriegt, dass sie Gott gekriegt hat? Ich habe nur den Herzogssohn gekriegt. Die hat Gott gekriegt. – So dachte die Myra.

Und es war keine gute Idee, so zu denken, es fuhr nämlich auf der Stelle vom Himmel herab ein Sturm, der erfasste die schöne Myra und trug sie fort, trug sie bis ins Gebirge hinauf. Dort öffnete sich der Fels, und der Sturm warf Myra in die Höhle, und der Fels schloss sich wieder.

Und da war sie im Inneren des Berges eingesperrt, und nur durch einen schmalen Ritz fiel Licht herein. Und im Inneren des Berges war ein See, und in den konnte sie blicken, konnte immer, wenn sie wollte, ihre Schönheit betrachten und durfte ungestraft denken: Ich bin die schöne Myra, ich muss auf mich achten!

Ihre Haut hatte nun nicht mehr die Farbe von Karamell, weil keine Sonne darauf fiel. Sie war blass, sie war weiß, aber sie war immer noch schön, sie war sogar noch schöner. Und ihre Augenbrauen schlugen einen noch schöneren Bogen, die Ohren krümmten sich lieblicher als zuvor, der Mund war mit nichts auf der Welt mehr zu vergleichen.

Einmal im Jahr stieg Myra ins Wasser, um sich zu baden, und dann wurde sie von einem Strom erfasst, und der führte sie nach draußen. Und sie durfte eine Stunde lang die Sonne auf ihr Gesicht scheinen lassen.

Schön ist schön wie Stern von oben.
Schönheit tut den Himmel loben.
Sind wir tief im Stein vergraben,
wenn wir keine Schönheit haben.

Die Wasserfälle aber, neben denen man die schöne Myra einmal im Jahr sehen konnte, wie sie glücklich für eine Stunde in die bunte Welt hineinblickte, ehe sie wieder in ihr Verlies zurückkehren musste, wurden die Myrafälle genannt.

78

Die schönen Frauen von Lech

Vor vielen, vielen, vielen Jahren, als es in Lech noch keine Schilifte gab, noch keine Schipisten gab, als es nicht ein einziges Fünfsternhotel gab, ja nicht einmal ein Viersternhotel, geschweige denn ein Drei- oder ein Zwei- oder gar ein Einsternhotel; als die Straßen in Lech noch nicht asphaltiert und die beiden Bäche noch nicht gebändigt waren, da lebten Bauern in diesem Dorf, nur Bauern. Sie vermieteten keine Zimmer – erstens, weil sie keine Zimmer frei hatten, zweitens, weil niemand nach Lech kam, der ein Zimmer mieten wollte. Obwohl die gleichen Berge dort standen wie heute, das Omeshorn, das Kriegerhorn, der Rüfikopf, und wie sie alle heißen.

Die Bauern waren arm, und das Leben war hart. Die Bauern arbeiteten von früh am Morgen bis spät in die Nacht hinein. Und es war notwendig, so viel zu arbeiten, denn es ist sehr, sehr schwer, an diesen steilen Hängen das Gras zu mähen und das gemähte Gras auf dem Rücken ins Tal zu tragen. Da schaut sich einer nicht die schöne Gegend an. Überhaupt: Was soll das sein – Gegend? Gegend ist Arbeit, und die Arbeit ist ein Fluch.

Es ist ein Fluch, die Tiere auf diese steilen Matten zu führen, für die Tiere ein Fluch, für die Menschen ein Fluch. Aber die Tiere haben es besser: Sie müssen die Menschen wenigstens nicht melken. Manchmal stürzte eine Kuh in eine Felsschlucht. Die hat es überstanden, sagten dann die anderen Kühe. Für den Besitzer der Kuh aber fing nun das Elend erst richtig an, für ihn und seine Familie. Die Kuh hätte ihnen das Überleben im Winter gesichert. Jetzt waren sie darauf angewiesen, dass ihnen die Nachbarn etwas zusteckten. Aber werden sie das tun? Ein hartes Leben.

Das Leben war so hart, dass der Pfarrer von der Kanzel verkündete: »Ihr Bauern von Lech, ihr seid die Ausnahme, ihr Bauern von Lech. Ich habe mit dem Herrn gesprochen. Ihr dürft von nun an auch an seinem Tag, ihr dürft von nun an auch am heiligen Sonntag arbeiten. Es geht nicht anders. Seid ihr glücklich?«

Glücklich? Das ist gar kein Ausdruck! Gejubelt haben sie. Nein, natürlich haben sie nicht gejubelt, das war ein Scherz. Enttäuscht waren sie. Sie haben ja gewusst, dass der Pfarrer mit Gott verhandeln wird, und sie haben gehofft, Gott tut ein Wunder und macht die Arbeit leichter oder macht sie weniger. Dass zum Beispiel der Boden ein Drittel mehr trägt in Zukunft oder dass es gewisse Steine gibt, die man essen kann. Stattdessen hat der Pfarrer mit Gott nur noch mehr Arbeit herausverhandelt. Nein, gejubelt haben die Bauern von Lech gewiss nicht.

Und so arbeiteten die Bauern den ganzen Tag, jeden Tag des Jahres. Kein Feiertag war, kein Sonntag war. Und das führte dazu, dass die Bauern am Abend, wenn sie nach Hause kamen, sehr müde waren.

Und da sagte der Mann zur Frau: »Frau, ich bin heute zu müde für die Liebe. Vielleicht morgen. Vielleicht am Samstag, vielleicht am Sonntag.«

Und es kam vor, dass die Bauern über Monate, ja manchmal über Jahre zu müde waren für die Liebe. Und bald waren kaum noch Kinder in Lech. Und es bestand Gefahr, dass eine Generation vergeht und das Dorf nicht mehr besteht. Nicht, weil keine Liebe in dem Dorf gewesen wäre, nein: weil keine Zeit für die Liebe war. Darum.

Und da fasste der Bürgermeister von Lech einen Entschluss.

Er sagte: »Ich habe nicht mit Gott gesprochen. Aber ich erlasse trotzdem ein Gesetz. Wir werden einen Tanzboden bauen, einen Tanzsaal. Wir werden eine alte, große Scheune umbauen, dort wird getanzt, und zwar wird dort per Gesetz jeden Samstag getanzt. Und jeder junge Mann, jede junge Frau muss tanzen. Das ist Gesetz. Wer erwischt wird an einem Samstag, der keinen Grund hat, der nicht zum Tanzen kommt, der wird bestraft. Denn es soll unmöglich sein, dass die Liebe ausstirbt in unserem Dorf. Es ist schon so weit gekommen, dass jemand das Wort »ich« gar nicht mehr kennt oder das Wort »du«. Sind wir Heugabeln? Sind wir Melkschemel? Nein! Wir sind Menschen!«

So hat der Bürgermeister gesprochen. Und es wurde ein Tanzsaal gebaut, und jeden Samstag war Tanz. Und der Gendarm hat kontrolliert. Wer nicht beim Küssen erwischt wurde, war verdächtig. Küssen auf offener Straße galt als Dienst an der Gemeinschaft.

Die jungen Lecher warben um die jungen Lecherinnen, und die jungen Lecherinnen ließen um sich werben. Und es war gut so, die Liebe kehrte wieder zurück in das Dorf. Bald hieß es weit und breit in der ganzen Umgebung: Die jungen Männer aus Lech, das sind die besten Liebhaber, und die jungen Lecherinnen sind die besten Liebhaberinnen.

Und eines Abends an einem Samstag, als wieder Tanz war, war ein Grollen zu hören, und zwar vom Omeshorn herunter. Da wurde es still im Tanzsaal, die Musik hörte auf zu spielen, die Paare blieben auf der Tanzfläche stehen. Die Tür wurde aufgestoßen, und herein drängten zwei Dutzend wunderschöne junge Frauen. Die Lecher und die Lecherinnen wussten, das sind Feen. Das sind die Omeshornerinnen. Das sind die Geister vom Omeshorn. Auch die Geister haben davon gehört, dass die Lecher die besten Liebhaber seien. Aber die Omeshornerinnen, die warfen keine Blicke, die sagten kein Wort, die machten keine Gesten. Die gingen nur hinauf, setzten sich auf die Galerie und blickten hinunter auf den Tanzboden. Sonst taten sie nichts. Noch nichts. Noch nichts!

Nach einer Weile begann die Musik wieder zu spielen, und die Paare tanzten. Aber die jungen Lecher, wenn sie sich so drehten – ihre Köpfe waren immer nach oben gerichtet zur Galerie, wo die fremden Frauen saßen, die so schön waren.

Die Lecherinnen sagten: »He, was schaust du jetzt dort oben hin? Was schaust du die Omeshornerinnen an? Schau mich an! Ich bin doch da, ich bin dein Schatz.«

»Ja, du bist mein Schatz«, sagten die Männer. Aber ihre Blicke waren doch wieder oben.

Und dann lösten sich die Männer von den Frauen, und sie gingen hinauf zu den Galerien und holten dort von den Omeshornerinnen eine und tanzten mit der. Und bald tanzten die Lecher nur noch mit den Omeshornerinnen. Und die Mädchen aus Lech, die saßen auf den Bänken und hatten eine Wut und eine Enttäuschung, das ist eine Mischung, die brennt.

Und sie sagten zu sich: »Komm du nur morgen gekrochen und bitte mich um Verzeihung. Nein, nein! Eine Woche lass ich dich kochen. Mich behandelt keiner so! Einen ganzen Monat lass ich dich nicht zu mir.«

Die Männer aber, die tanzten mit den Omeshornerinnen. So süß rochen die! So weich waren ihre Arme! So geschmeidig waren ihre Hüften! So verführerisch ihre Brüste! So schamlos ihre Schenkel!

Und plötzlich verschwand das erste Paar, und dann verschwand das nächste Paar, und bald war die Tanzfläche leer. Die jungen Lecher hatten sich verkrochen mit den hübschen Omeshornerinnen in irgendwelche leerstehende Scheunen und Schuppen, in irgendeinen Schopf, in irgendeinen Unterschlupf oder einfach nur ins Gebüsch. Und die jungen Männer von Lech verbrachten ihre wundervollste Liebesnacht mit den Omeshornerinnen.

Und nein – sie kamen am nächsten Tag nicht angekrochen bei den Lecherinnen. Und nein – sie baten nicht um Verzeihung. Nein. Sie versammelten sich wieder auf dem Tanzboden, sie warteten auf die Omeshornerinnen. Aber sie warteten vergebens. Die Feen kamen nicht. Und auch am übernächsten Tag kamen sie nicht. Und die Männer harrten aus, jeden Abend waren sie auf dem Tanzboden und warteten auf die Omeshornerinnen. Aber die kamen nicht. Ein Monat verging, noch ein Monat verging, ein Jahr verging – sie kamen nicht. Und die Männer interessierten sich nicht mehr für die Frauen, sie waren nur noch niedergeschlagen, voll Sehnsucht nach diesen Feen. Sie gingen auch nicht mehr zur Arbeit.

Düstere Zeiten kamen über das Dorf. Keine Kinder. Die kargen Felder gaben gar nichts mehr her. Hunger. Die Frauen wurden verbittert und alt, die Männer wurden nur noch trauriger und wurden ebenfalls alt. Und es war abzusehen, bald wird es Lech nicht mehr geben. Keine Liebe war da, und keine Arbeit war mehr da. Und der Herrgott ließ sich nicht überreden, den Verdauungsapparat der Lecher und Lecherinnen so umzubauen, dass er gewisse Steine als Nahrung verarbeiten kann. Steine hätte es in Lech nämlich mehr als genug gegeben.

Fünfzig Jahre vergingen. Und plötzlich kamen die Omeshornerinnen wieder. Und sie waren hochschwanger. Denn so eine Geisterschwangerschaft dauert nicht neun Monate, nein – die dauert fünfzig Jahre. Und sie alle, diese Omeshornerinnen, waren schwanger von der Liebesnacht damals, vor langer Zeit, an die sich die Männer kaum noch erinnern konnten. Die Männer waren Greise geworden, denen der Speichel aus dem Mund tropfte. Liebesnacht? Wie war das gewesen? War das ein Traum gewesen? War das die Wahrheit gewesen? Und auch die Frauen erinnerten sich kaum mehr daran. Die Frauen waren Greisinnen. Männer und Frauen lebten in bitterster Armut. Sie waren die letzten Bewohner von Lech. Sie waren die ältesten und die jüngsten Bewohner von Lech. Es gab nämlich sonst keine. Alles war düster.

Und nun kamen diese glänzenden Omeshornerinnen, und sie brachten ihre Kinder zur Welt, und sie wollten ihre Kinder in Lech zur Welt bringen.

Und diese Kinder! Mein Gott, diese Kinder! Nie hat die Welt schönere, stärkere, lustigere Kinder gesehen! Sie sind die Vorfahren der heutigen Lecher, heißt es. Deshalb bilden sich die Lecher und Lecherinnen ein, sie seien etwas Besonderes. Und wenn man sie näher kennenlernt, die Lecher und die Lecherinnen, dann weiß man auch, sie sind tatsächlich etwas Besonderes.

79

Maria im Schatten von Lockenhaus

Das Schloss Lockenhaus – eine düstere Burg, viel Wand, wenig Fenster, Türme wie Stockzähne. Früher sollen dort die Tempelritter gewohnt haben. Wenn die aus dem Morgenland zurückkehrten, waren ihre Kleider durchtränkt vom Blut der Muslime, und der Bach, in dem sie sich wuschen, führte ein Jahr lang rotes Wasser, und auf den Feldern wuchs der Mohn wie nirgends sonst auf der Welt.

Im 14. Jahrhundert zog der ungarische König Karl Robert gegen die Burg. Er wollte die Tempelritter aushungern und ausdürsten. Das ist eine Strategie, die dauert lang. Was tut so eine Belagerungsarmee den ganzen Tag? Nichts. Saufen und Fressen. Das war sogar Pflicht. Demonstratives Saufen und Fressen. Damit die oben in der Burg sehen, wie gut es denen unten geht. Was aber zur Folge hatte, dass die Schlagkraft der Belagerer abnahm – wegen Fettsucht und Alkoholismus. Und davon wurden die Belagerten oben in der Burg in Kenntnis gesetzt. Wenn sie durchhielten, sähe die Sache für sie gar nicht schlecht aus. Ein Kampf gegen eine Horde von besoffenen Fettsäcken könnte eventuell gewonnen werden.

Nach einem halben Jahr kam König Karl Robert der Verdacht, die dort oben haben eine Möglichkeit gefunden, Nahrungsmittel und Wasser in die Burg zu schaffen. Manchmal konnte man sehen, wie zwei Ritter auf den Zinnen beieinanderstanden und herunterschauten. Die sahen nicht verhungert aus. Nicht einmal besorgt sahen sie aus. Die schauten herunter, winkten sogar. Als hätten die Hunderte, die vor ihrer Burg lagerten, nichts mit ihnen zu tun. Manchmal hörte man Musik aus der Burg. Kein Zweifel, denen ging es blendend.

In der Nähe der Burg war ein kleines Haus, dort wohnte eine Weberswitwe mit ihrer Tochter. Die Tochter war verlobt mit einem der Soldaten der Tempelritter. Und eines Tages klopfte es ans Fenster, in der Nacht. Die Tochter öffnete, und draußen war der Soldat.

Er sagte: »Ja, wir haben einen Gang gegraben, wir schaffen Lebensmittel in die Burg hinauf und Wasser. Und ich wollte nur bei dir vorbeischauen«, sagte er zu seiner Verlobten, »um dich zu umarmen.«

Und während sie so sprachen und sich umarmten, klopfte es wieder. Und gleich wurde die Tür eingetreten, und da standen ungarische Soldaten des Königs. Der Schatz der Weberstochter sprang durchs Fenster und lief davon. Und ihm hinterher lief seine Verlobte. Weit kamen sie nicht, sie wurden gestellt und ins Gefängnis gesperrt.

Der Soldat der Tempelritter hat nichts verraten, auch unter der Folter hat er nichts verraten. Aber dann hat man ihm gedroht, man werde seine Verlobte aufspießen, und zwar nach allen Regeln der Kunst. Und da hat er alles verraten. Die ungarischen Soldaten drangen über den unterirdischen Gang in die Burg ein und erschlugen die Ritter samt und sonders.

In der Burg Lockenhaus ist ein großer Saal, der wird noch heute der Blutsaal genannt. Einige Ritter entkamen, sie wurden aber abgefangen, das Feld vor der Burg wird heute noch der Todesacker genannt. Es heißt, der Tod habe damals so viel zu tun gehabt, dass sonst niemand auf der ganzen übrigen Welt gestorben ist.

Viele Jahre später wohnte im Schatten der Burg eine kleine Familie, ein Mann, eine Frau und ihre Tochter Marie. Sie waren glücklich. Alle anderen waren weggezogen aus der Gegend, die Burg war unheimlich.

Als die Marie ein junges Fräulein war, arbeitete sie bei einem Bauer im Dorf. Es war ein weiter Weg dorthin. Aber zu gehen, machte der Marie Freude, man konnte singen und pfeifen und nachdenken und schauen.

Der Bauer war ein guter Mann, und er sagte: »Warum wollt ihr so weit da draußen leben? Es ist doch unheimlich. Zu viel unerlöstes Blut ist um die Burg.« Und er lud die Familie ein: »Kommt zu mir, ich habe Platz auf meinem Hof, ihr könnt hier wohnen.«

Aber die Eltern von der Marie sagten: »Nein, wir fühlen uns hier wohl – im Schatten von Lockenhaus.«

Und sie blieben. Und so ging Marie jeden Morgen zu dem Bauer, wo sie als

Magd diente. Und am Abend ging sie wieder zurück, zwei Stunden, singend, pfeifend, nachdenkend, schauend.

Eines Tages, es war ein Winter, eisig kalt, da stapfte Marie durch den Schnee in der Dunkelheit nach Hause, aber sie fürchtete sich nicht, und da sah sie auf dem Feld eine Gestalt, die ihr entgegenkam. Und es war ihr, als ob ein Schimmer von dieser Gestalt ausging, und das war ihr dann doch etwas unheimlich. Sie drückte sich an den Stamm einer Weide, damit sie nicht gesehen wird. Hätte der doch denken können, sie und die Weide seien eins.

Es war der Tod. Er trug eine Sense. Aber auf seinen Knochenschultern saß nicht ein Totenschädel, sondern der Kopf eines Mannes. Und als er näher kam, erkannte sie das Gesicht, es war der Kopf ihres Vaters.

Oh! Da erschrak sie. Sie hielt sich an der Weide fest, als der Knochenmann an ihr vorbeiging, der bemerkte sie nicht. Und dann lief sie nach Hause.

Ja – der Vater war gestorben. Aber die Marie sagte der Mutter nicht, dass sie dem Tod begegnet war und dass der Tod den Kopf ihres Vaters getragen hatte.

Und wieder sagte der Bauer zur Marie: »Willst du denn nicht mit deiner Mutter zu mir auf den Hof ziehen? Jetzt seid ihr Frauen da draußen ganz allein, mitten in der Ödnis, so nah an der Blutburg.«

»Nein«, sagten Marie und ihre Mutter, »wir haben das Haus vorher nicht verlassen, wir wollen es jetzt auch nicht verlassen. Wir leben im Schatten von Lockenhaus.«

Und wieder ein Jahr später, wieder im eisigen Winter war Marie auf dem Heimweg, es war Nacht, da sah sie abermals den Tod auf sich zukommen. Wieder drückte sie sich an den Stamm der Weide. Und als die Gestalt näher kam, sah sie, anstatt des Totenschädels hatte er einen Frauenkopf aufsitzen. Es war der Kopf ihrer Mutter. Stumm war Marie, still war sie. Und der Tod ging an ihr vorüber und bemerkte sie nicht. Sie lief nach Hause und fand ihre Mutter tot. Nun war sie ganz allein.

Und wieder sagte der Bauer: »Marie, jetzt bist du doch ganz allein. Ich hab so viel Platz, du kannst dir eine schöne Wohnung bei mir einrichten. Komm doch her. Alle mögen dich hier.«

Und sie sagte: »Nein. Im Schatten von Lockenhaus, dort will ich bleiben.«

Und wieder verging ein Jahr, wieder war Winter, ein eisiger Winter, so kalt, wie sich auch die ältesten Leute nicht erinnern konnten, dass je ein Winter gewesen war. Und die Marie war auf dem Weg nach Hause. Und wieder sah sie den Tod. Und auf seinen Schultern trug er nicht den Totenschädel, sondern den Kopf einer jungen Frau.

Sie sagte: »Du bist der Tod.«

»Ja, ich bin der Tod«, bekam sie zur Antwort.

Er sprach mit der Stimme der jungen Frau, deren Kopf er auf den Knochenschultern trug.

Marie kam vor, als ob sie diese Stimme kennte. Und sie sagte zu dem Tod: »Warum tust du uns so viel Leid an?«

Der Tod sagte: »Schon seit so vielen Jahren mache ich diese Arbeit. Willst du mit mir über meine Arbeit diskutieren?«

Und sie sagte: »Nein, das will ich nicht. Denn du kannst nicht in das Herz der Leute hineinschauen. Führ mich zu den Leuten, deren Tochter gestorben ist. Dass ich sie vielleicht trösten kann.«

»Es ist niemand da, der Trost benötigt«, sagte der Tod.

»Ah, das weißt du nicht, das verstehst du nicht!«, rief Marie aus. »Was verstehst du von Trost?«

»Na gut«, sagte der Tod, »wenn du willst, dann folge mir.«

Marie ging hinter dem Tod her. Sie konnte durch seine Rippen sehen, wie der Mond am Himmel stand, und sie konnte den Wind hören, der durch die Knochen pfiff. Sie gingen und gingen und gingen, Marie, und der Tod.

Und dann kamen sie zu einem See, der war zugefroren. Und als sie dort waren, war ein Schimmer im Osten. Der Tag kam.

»Wir sind hier«, sagte der Tod.

Marie sagte: »Hier? Hier ist niemand. Hier ist kein Haus weit und breit.«

Der Tod sagte: »Siehst du den See? Nimm meine Sense, schneid ein Stück heraus aus dem Eis.«

Die Marie tat es.

Und da war es gerade hell genug, so dass man das Wasser unter dem Eis sehen konnte. Sie beugte sich darüber und sah im Spiegel des Wassers den Tod mit dem Kopf des Mädchens.

Der Tod sagte: »Komm näher zu mir, Marie!«

Sie rückte näher an ihn heran und sah, dass ihr Gesicht dasselbe war wie das Gesicht des Todes.

»Mich willst du holen?«, fragte sie.

»Ja. Ich bin gekommen, um dich zu holen.«

Und sie sagte: »Aber ich bin doch gesund. Ich bin stark. Warum sterbe ich?«

»Du erfrierst«, sagte der Tod.

Und sie sagte: »Warum erfriere ich? Ich war doch auf dem Weg nach Hause.«

»Ja, aber du bist nicht nach Hause gegangen. Du hast einen anderen Weg eingeschlagen.«

»Warum habe ich einen anderen Weg eingeschlagen?«

»Weil du dich hast ablenken lassen.«

»Warum habe ich mich ablenken lassen?«

»Weil du mit jemandem gesprochen hast.«

»Mit dir habe ich gesprochen, sonst doch mit niemandem.«

»Ja, mit mir. Und mir bist du gefolgt, und du hast ein Loch in das Eis geschnitten.«

Am nächsten Tag wurde Marie gefunden.

Im Dorf war man traurig, jeder hatte die Marie gerngehabt, keinen gab es, der sie nicht schon hatte singen und pfeifen hören, der nicht gesehen hatte, wie sie nachdachte und wie sie schaute.

Die Leute sagten: »Jetzt ist der Tod zurückgekehrt. So viele Jahre hat er Lockenhaus gemieden, weil er einst dort so viel Arbeit gehabt hatte.«

80

Der Handwerksbursch vom Prackersberg

Es geschieht etwas – etwas Merkwürdiges. Die Leute wissen nicht, was es bedeutet. Es ist ihnen rätselhaft, was da geschieht, auch unheimlich, was da geschieht. Und dann, vielleicht Jahre später, an einem ganz anderen Ort, geschieht wieder etwas. Und wieder können es die Leute nicht deuten. Und wieder Jahre später, an einem dritten Ort, geschieht es ein drittes Mal. Und die Leute wissen wieder nicht, was sie damit anfangen sollen, staunen mundoffen und fürchten sich. Aber eines Tages geht ein Wanderer all diese Wege ab, und er hört all die Geschichten, und so werden all die Ereignisse in einen Zusammenhang gebracht. Und die Leute bekommen eine Ahnung, was die Dinge in der Welt bedeuten und außerhalb der Welt.

So verhält es sich mit der Geschichte von dem Handwerksbursch aus Prackersberg. Wenn wir die Geschichte verstehen wollen, müssen wir an ihrem Ende beginnen.

In Paris lebte ein Arzt, der war angesehen, er war wohlhabend, er war glücklich. Er hatte eine kluge Frau und hatte zwei Kinder, die Hoffnung gaben, dass aus ihnen etwas werden könnte. An einem Aschermittwoch aß die Familie zu Mittag, es gab einen Karpfen, dazu Salzkartoffeln mit Petersilie und Spinat, und der Arzt verschluckte sich an einer Gräte, die stellte sich in der Speiseröhre quer, er fürchtete, es geht dem Ende zu, und befahl seinem Diener: »Lauf schnell! Lauf schnell! Hol mir den Priester, damit er mir die Sterbesakramente spricht!« Und weil er wusste, dass der Priester ein geldfreudiger Mann war, gab er dem Diener einen Sack voll mit. »Er soll sich beeilen! Lauf! Sag, er kriegt einen zweiten!« Der Diener lief zum Priester, gab ihm das Geld, Goldstück für Goldstück, erklärte ihm die Situation, und der Priester sagte: »Du! Da ist noch etwas in dem Geldbeutel, her damit!« Ein Kreuzer war's, ein schwarzer, alter Kreuzer. Den sackte er ein und dann ab in die Sakristei, weil er dort seine Tasche holen wollte, in der das Salbungsöl und der Leib Christi aufbewahrt waren. Die Tasche stand auf einem kleinen Tisch, und als der Priester sie hochheben wollte, rührte sie sich nicht vom Fleck. Sie war am Tisch angewachsen. Wie das, um Himmels willen! Aber es war keine Zeit für Erklärungen und Fragen an den Herrgott oder den da unten und auch keine Zeit zum Grübeln. »Na gut«, rief der Priester, »dann mach ich's halt ohne den Koffer!« Und wollte laufen. Das ging aber nicht. Denn: seine Hand war am Griff der Tasche angewachsen. Wieder kein Grübeln, keine großen Fragen nach unten oder oben, es ging um die Seele eines Menschen. »Hilf mir«, rief der Priester den Diener herbei, »hilf mir, die Tasche mitsamt dem Tisch zu tragen zu deinem Herrn!« Aber schau an, schau an, der Tisch war angewachsen am Boden. Und der Priester konnte sich nicht mehr wegbewegen von der Tasche, die Tasche nicht vom Tisch und der Tisch nicht vom Boden. Und der Arzt starb.

Eine merkwürdige Geschichte. Und keiner hatte eine Ahnung, wie man sie deuten sollte. Aber wenn man im Leben des Arztes nachforschte, stieß man auf eine andere Geschichte, die nicht weniger merkwürdig war.

Als junger Mann hatte der Arzt in allen großen Städten Europas studiert. Er studierte in Wien, er studierte in Prag und auch in Paris. Und bei den besten Professoren studierte er. Er wollte alles wissen. Den Menschen außen kannte er auswendig, den Menschen innen kannte niemand. Die Krankheiten aber sitzen innen. Dort ziehen sie herum wie die Vögel von Süden nach Norden, von den Fußsohlen bis in die Stirn und wieder zurück. Er ließ Leichen ausgraben und schnitt sie auf. Er fand die Spuren der Krankheiten, aber sie selber fand er nicht. Am Land, so wurde ihm gesagt, gab es Frauen, die sich bei den Krankheiten besser auskannten als die Professoren in der Stadt. Und immer wieder, wenn er Zeit hatte, ging er aufs Land hinaus, um mit diesen Frauen zu sprechen und von ihnen zu lernen. Er übernachtete in einem Dorfgasthaus.

Und einmal war es auch so gewesen.

Und in dieser Nacht wachte er auf. An seine Tür wurde gepumpert. Man rief: »Sie sind doch Arzt, kommen Sie schnell! Kommen Sie schnell!«

Er lief nach unten in die Wirtsstube, aber da fand er niemanden, der verletzt war von einer Rauferei oder bewusstlos war vom Saufen oder sich übergeben hatte vom Fressen. Da saß nur der Wirt, und dem Wirt gegenüber saß ein Gast. Und die beiden hielten einer die Hand des anderen.

Der Arzt fragte: »Was ist denn passiert? Warum weckt ihr mich mitten in der Nacht?«

Der Wirt antwortete: »Ich werde dir sagen, was passiert ist. Dieser Mensch hier, dieser Gast hier, den ich nicht kenne, hat gegessen und getrunken bei mir. Und dann wollte er bezahlen, und dann merkte er, dass ihm sein Geld gestohlen worden war. Und er hatte nur noch einen einzigen Kreuzer. Und ich wollte zu seinem Missgeschick nicht noch ein zweites hinzufügen, indem ich die Polizei rufe, und ich sagte zu ihm: Weißt du was? Gib mir diesen einen Kreuzer. Und wenn du wiederkommst, dann gib mir den Rest. Und er sagte: Das will ich tun. Und er legte den Kreuzer auf meine Hand, und wir gaben uns die Hand auf Schlag. Aber von da an konnte ich meine Hand nicht mehr von seiner lösen und er nicht die seine von meiner. Aber ich will nicht mein Leben lang mit der Hand eines anderen in meiner Hand herumlaufen, und er will es auch nicht.«

»Und was kann ich tun?«, fragte der Arzt.

»Trenn uns! Trenn unsere Hände!«, baten sie beide. »Schneid uns auseinander!«

»So etwas habe ich aber noch nie gemacht.«

»Dann mach es zum ersten Mal! Mach es!«

Der Arzt ließ sich ein scharfes Messer bringen, schärfte es an seinem Gürtel und schnitt. Und tatsächlich, es gelang ihm, die beiden Hände zu trennen. Er wickelte die Wunden in frische Tücher, und alles war gut.

Der Wirt sagte: »Das sollst du nicht umsonst getan haben, du bist ein Wunderarzt.« Und er gab ihm Geld, dabei auch der Kreuzer, der alte, schwarze.

Eine merkwürdige Geschichte – wieder eine merkwürdige Geschichte.

Wer aber war der Gast? Wenn wir uns nach seinem Leben erkundigen, stoßen wir auf eine weitere merkwürdige Geschichte.

Er war kein ehrlicher Mann. Er war ein Betrüger, er war ein Lügner, er war ein Räuber, und er war noch viel mehr: Er war ein Mörder. Denn als er selbst ein junger Mann gewesen war, vor vielen, vielen Jahren, da hat er sich herumgetrieben in der Nähe von Melk. Nordöstlich von Melk, etwa eine Gehstunde von der Stadt entfernt, erhebt sich der Prackersberg aus einem Wald. Und dort in diesem Wald traf der Unehrliche einen Handwerksburschen. Den sah er daherkommen, pfeifend, lachend, fröhlich. Und dieser Handwerksbursch hatte einen Stab über der Schulter, und an dem Stab hing sein Bündel. Da dachte sich der Unehrliche: Ganz egal, was er in diesem Bündel hat, es ist etwas, das ich nicht habe. Wenn ich ihn erschlage, gehört es mir. Und das hat er gemacht, er hat den Handwerksbursch erschlagen.

Und er hat ihm sein Geld weggenommen, hat die Taschen alle abgeklopft, bis er den letzten Kreuzer fand, hat ihm die Kleider ausgezogen, die waren ganz hübsch, hat ihm die Schuhe ausgezogen, die waren so weich, hat ihm den Hut vom Kopf genommen, der war so lustig, und hat ihn nackt im Wald liegen lassen in seinem Blut. So haben ihn die Leute gefunden. Und sie hatten Mitleid mit diesem Menschen. Sie wussten nicht, wer er war. Sie dachten sich: Wir nehmen ihn mit ins Dorf und begraben ihn auf unserem Friedhof, stellen ihm ein Kreuz darauf, ohne Namen. Aber dieser Bursch, der da lag, ein Handwerksbursch, der ließ sich vom Boden nicht aufheben. Er war an den Boden angewachsen – wie die Hände aneinander, wie der Priester an seiner Tasche, wie die Tasche am Tisch.

Und dann wurde noch eine Geschichte erzählt: Der sei auch kein guter Mensch gewesen, dieser Handwerksbursch, wurde erzählt. Er hatte zwei Tage, bevor er erschlagen wurde, in der Nähe eine Kapelle besucht. Aber nicht, um zu beten, sondern um den Opferstock auszurauben. Und in dieser Kapelle kniete eine alte Frau. Und er hat sich nicht vor ihr geniert. Vor ihren Augen hat er den Opferstock aufgebrochen.

Und die alte Frau sagte: »Was tust du da, Lump, du elender, Sauhund, du verreckter!«

Und er sagte: »Ich? Ich nehme mir das Geld aus dem Opferstock, hast doch Augen im Kopf, was fragst du, Vettel, alte, stinkende!«

Und sie: »Aber dort hab ich einen Kreuzer hineingeworfen, in diesen Opferstock. Den möchte ich, dass du ihn mir gibst. Ich wollte, dass dieser Kreuzer mir Glück bringt.«

»Nein«, sagte der Lump, »den Kreuzer werde ich dir nicht geben, aber eine auf deinen Kopf kannst du haben, der aussieht wie ein Holzapfel, ein verschrumpelter. Da!«

»Dann«, kreischte die Frau, »dann möchte ich, dass dieser Kreuzer Unglück sei!«

Der Kreuzer war das Unglück des Handwerksburschen. Und der Mörder des Handwerksburschen nahm das Geld mit, und diesen Kreuzer gab er dem Wirt, und der Wirt gab ihn dem Arzt, und der trennte die Hände, woran der eine, der Unehrliche, verblutete, und der Arzt gab den Kreuzer dem Priester weiter, und da verliert sich die Spur des verfluchten Kreuzers …

81

Der Wagnerloisl

Auf der Burg Altaist in Oberösterreich lebte einst ein Ritter, der war geizig und gierig. Er war so geizig, dass er sich nichts geleistet hat. Gar nichts. Er hat nicht geheiratet, denn eine Frau bringt Kinder, und Frau und Kinder kosten Geld. Wollte er nicht. Und er war geizig für sich allein. So eine Burg benötigt Dienstboten, man muss ja die Gänge irgendwie kehren, die Zimmer irgendwie wischen, in der Küche irgendwie arbeiten. Er hat auf Dienstboten verzichtet, hat selbst gekehrt, hat selbst gewischt, hat selbst gekocht. Ganz allein hauste er auf seiner ungemütlichen Burg.

Und er war gierig.

Die Bauern, die auf seinem Land lebten, die hat er ausgepresst. Er liebte es ganz besonders, zur Mittagszeit die Bauern zu besuchen, wenn sie beim Essen saßen. Die waren ja schon seit vier Uhr früh auf. Wohlverdiente Ruhe, die hatten Hunger.

Dann kam er und hat sich aus ihren Schüsseln geschöpft und hat gesagt: »Aha, ihr sitzt hier herum und schlemmt? Ich arbeite. Wo ist der Wein?«

»Wir schlemmen nicht«, sagten die Bauern, »wir haben gearbeitet, und jetzt essen wir.«

»Ich sehe nur, ihr sitzt herum«, sagte er. »Wo ist die Wurst? Gibt's keine Butter mehr?«

»Das war alle Wurst, das war alle Butter, und der Wein ist nun auch aus.«

Das hatte zur Folge, dass die Bauern noch mehr Pachtzins zahlen mussten, und wer nicht zahlen konnte, der wurde in den Schuldturm gesperrt, und das Hab und Gut hat der Ritter beschlagnahmt.

Da gab es aber einige Bauern, die machten nicht mehr mit. Die sind geflohen. Und viele wollten sich auch rächen an diesem bösen Ritter. Und da sah er dann eine Notwendigkeit, doch Personal einzustellen, nämlich eine kleine

Schutztruppe. Die suchte er sich zusammen unter den brutalsten Kerlen. Und die haben ihn immer begleitet, immer waren sie um ihn herum.

Die Bauern, die nicht in den Schuldturm wollten, die haben sich im Wald versteckt. Und da gab es einen jungen Bauer, der hieß Alois Wagner, genannt Wagnerloisl. Der hatte von seinen Eltern den Bauernhof geerbt, ein kleines Stück. Er konnte den Pachtzins nicht bezahlen, und er hat sich davongemacht. Und um den Wagnerloisl haben sich die anderen Bauern im Wald geschart. Sie haben die Reichen überfallen und haben den Armen gegeben. Und die Bauern in der Umgebung haben den Wagnerloisl beschützt. Wann immer er ein Versteck nötig hatte, öffneten sie ihm die Türen. Wenn er Hunger hatte, gaben sie ihm zu essen, Wurst, Butter, Brot, Rahm, und eine Flasche Wein fand sich auch immer für ihn.

Und eines Tages in der Ortschaft Tal klopfte es nachts an das Fenster eines Bauernhauses. Die Bäuerin war allein zu Hause, eine junge Frau. Sie öffnete das Fenster und sah draußen den Wagnerloisl.

»Komm herein«, sagte sie.

»Ich hab Hunger«, sagte er.

Sie stellte ihm Essen auf den Tisch.

»Kann ich mich heute Nacht bei dir verstecken?«

»Natürlich kannst du«, sagte sie.

Und er fragte: »Wo ist dein Mann?«

Da begann die Frau zu weinen. »Er ist unterwegs«, sagte sie, »bei den Nachbarn. Er will Geld sammeln. Morgen müssen wir beim Ritter den Pachtzins abgeben. Aber wir haben kein Geld. Und wenn wir nicht bezahlen können, müssen wir in den Schuldturm.«

»Wie viel verlangt er denn, der Hund?«, fragte der Wagnerloisl.

Sie nannte die Summe, eine hohe Summe. Da griff der Loisl in seine Jacke und legte das Geld auf den Tisch.

»Hier«, sagte er. »Gib es in ein Tuch, schnür es zusammen und bring es dem Ritter. Und wenn dich der Ritter fragt, hör genau zu. Er wird dir nicht glauben, dass es dein Geld ist. Er wird dich fragen, woher du es hast. Und dann sag die Wahrheit. Sag: Der Wagnerloisl war da, er hat es mir geschenkt. Dann wird der Ritter dich fragen: Wo ist der Wagnerloisl? Dann sagst du drauf: Ich weiß es nicht. Aber hör weiter zu, ich habe nämlich einen Plan«, sagte der Wagnerloisl. »Bevor du die Burg verlässt, geh draußen zu einem seiner Wachleute. Den zieh beiseite und sag ihm: He, ich weiß, wo der Wagnerloisl sich versteckt.«

»Das werde ich niemals sagen!«, schwor die Bäuerin.

»Doch, sag es!«

»Ich bin aber keine Verräterin!«

»Ich bitte dich darum«, sagte der Wagnerloisl. »Ich habe einen Plan. Und dann sag diesem Soldaten: Der Wagnerloisl und die Seinen verstecken sich im Brandstätter Horst. Tu das! Versprich es mir!«

Und die Bäuerin hat es getan.

Sie hat das Gold alles in ein Tuch gelegt, das Tuch zugeschnürt und ist zur Burg gegangen, vor den Geizkragen hingestellt hat sie sich und hat gesagt:

»Hier ist der Pachtzins!«

»Und das ist dein Geld?«

Sie: »Nein.«

»Aha! Woher hast du das Geld?«

Sie: »Der Wagnerloisl war da und hat es mir gegeben.«

Oh, da ist alle Farbe aus dem Gesicht des Geizkragens gewichen, und dann ist alle Farbe wieder ins Gesicht hinein, und das Gesicht wurde rot und blau.

»Wo ist er?«

»Ich weiß es nicht«, sagte sie, »ich weiß es nicht, ich weiß es nicht, ich weiß es nicht!«

Na gut, da hat der Hund die Frau entlassen.

Draußen im Hof standen die Wachleute, die bewaffneten, die brutalen, und sie ging zu dem, der am brutalsten aussah. Und sie sagte zu ihm:

»Ich möchte mit dir reden.«

Hat er gesagt: »Ich mit dir aber nicht, Weib, scher dich fort!«

Sie sagte: »Ja, gut, geh ich eben zu dem anderen. Ich weiß nämlich etwas, was dich in der Gunst des Ritters sehr heben könnte.«

»Was denn?«, fragte er.

»Ich weiß, wo der Wagnerloisl ist.«

Oh, da hat er sie gleich in eine Nische gezogen.

»Sag es mir!«

»Er ist im Brandstätter Horst.«

Da ging der Wachmann zu seinem Herrn, dem Ritter, dem Hund, und sagte:

»Gibst du mir mehr Lohn, wenn ich dir sage, wo der Wagnerloisl ist?«

Oh, da hat er mit sich ringen müssen, der Geizkragen. Mehr Lohn, mehr Lohn, das ist ja mehr Geld! Aber gut, er hat es versprochen, weil den Wagnerloisl, den wollte er unbedingt.

»Im Brandstätter Horst ist er.«

Und er hat alle seine Soldaten zusammengetrommelt, der Hund, so, und jetzt hinaus in den Wald.

In der Mitte des Waldes war eine kleine Lichtung, dort sollte der Wagnerloisl sein, aber dort war niemand. Aha, der ist gewarnt worden. Ziehen sie wieder zurück zur Burg, und in dem Geizkragenkopf kommt das Misstrauen auf: Woher wusste eigentlich dieser Wachmann, wo der Wagnerloisl sein soll? Kann das sein, dass der mit ihm unter einer Decke steckt? Kann das sein, dass meine ganze Wachmannschaft mit dem Wagnerloisl unter einer Decke steckt?

Misstrauisch war er.

Ich kann ihnen nicht mehr vertrauen, ich kann ihnen nicht mehr vertrauen, dachte er.

Dann kam er nach Hause, dachte er sich: Aha. Wo ist denn der Beutel mit dem Gold, den mir die Frau gebracht hat? Hab ich den auf den Tisch gelegt? Na, ich hab ihn wahrscheinlich eingesteckt.

Aber da war er nicht.

Ah, dachte er, den hab ich verloren, als ich draußen im Wald war, auf dieser Lichtung.

Unter solchen Umständen hätte er eigentlich seine Burg ohne seine Wachmannschaft nicht verlassen. Aber nun war er voll Misstrauen.

Ich geh da allein hinaus, in der Nacht geh ich hinaus, dachte er, da kann ich alles absuchen, ganz allein. Dann find ich diesen Beutel mit dem Gold wieder. Und keiner schaut mir dabei zu, keiner von denen, die mit dem Wagnerloisl unter einer Decke stecken.

Und dann überlegte er sich: Aber was soll ich mit dem anderen Gold denn machen, das ich hier auf der Burg versteckt habe? Was mach ich denn damit? Das ist ja nicht mehr bewacht von meinen eigenen Augen, da sind ja die Soldaten da, die werden es suchen und finden und werden es mir stehlen.

Und da hat er alles Gold in Tücher gewickelt und hat sich diese Tücher um den Leib gewickelt, dass er richtig feist und dick ausgesehen hat. So schwer war er, dass er kaum auf das Pferd steigen konnte. Und so ritt er in der Nacht hinaus in den Brandstätter Wald, zu dieser Lichtung, um dort nach dem kleinen Beutel Gold zu suchen, den ihm die Bäuerin gebracht hatte.

Er konnte sich kaum bücken, so schwer hing das Gold an ihm. Und er suchte, der Mond schien auf die Lichtung, aber er fand nichts.

Und da hörte er hinter sich ein Klimpern.

Er drehte sich um, und wer stand da? Der Wagnerloisl.

»He, Geizkragen!«, sagte er. »Suchst du das hier?«

Und er zeigte ihm den Beutel mit dem Gold.

»Ja, das suche ich! Das gehört mir!«, sagte der Ritter, der Hund, der Geizkragen.

»Oh, ich war so frei«, sagte der Wagnerloisl, »und während du mit deinen Gesellen im Wald warst und mich gesucht hast, bin ich in dein Schloss spaziert. Und was hab ich gefunden? Diesen Beutel mit Gold.«

»Gib ihn mir!«, befahl der Ritter.

»Ich geb ihn dir nicht!«, lachte der Wagnerloisl. »Aber wie siehst denn du aus? Feist, dick, fett.«

Und dann steckte er zwei Finger in den Mund und pfiff. Da traten aus dem dunklen Wald heraus all die Bauern, die vertrieben worden waren von ihren Höfen. Und sie hielten den Geizkragen, den Ritter, fest, den Hund. Und sie öffneten ihm das Wams, und da fiel das Gold heraus.

»Na, da schau an!«, sagte der Wagnerloisl.

Und es wurde zusammengesammelt, das Gold. Und das war dann das Ende des Ritters.

Nein, nein, nein, nein, nein, nein – der Wagnerloisl und die Seinen haben ihm nichts getan. Sie haben ihm nur einen Tritt gegeben und noch einen, und weil es so schön war, noch einen dritten.

Der Hund ging davon, es gab keinen Menschen auf der Welt, dem er vertrauen konnte. Niemand liebte ihn, er hat all sein Gold verloren, die Bauern hassten ihn, die Sonne scherte sich einen Dreck um ihn, die Vögel schwiegen, wenn er daherkam.

Und da hat er das Land verlassen.

Der Wagnerloisl aber hat das Geld unter den Bauern aufgeteilt. Und der Wagnerloisl war der Held.

Erzählt man in Oberösterreich – so oder so ähnlich … wenn es wahr ist … und auch wenn es nicht wahr ist …

82

Ein Wintermitternachtsmärchen

In einer Wintermitternacht im Jahr sowiesohundertsowieso geschah in dem Städtchen A, B, C oder D in Nieder- respektive Oberbayern ein grauslicher Mord. Der Mörder war ein Butterbrot, der Ermordete ein Strick. Zeugen waren ein Papagei und eine Kerze. Und auch ein Hündchen spielte eine Rolle, wenngleich eine untergeordnete.

Ohne die Kerze wäre die Tat nie ans Licht gekommen. Sie war vergessen worden zu löschen. Der Mann, dem sie gehörte, war ein Gelehrter, dem in letzter Zeit die Freude an den Büchern abhandengekommen war, weil er fand, dass die Wörter, die in den Büchern gestapelt waren, zu nichts taugten, am wenigsten, sein Herz zu wärmen. In sein Herz nämlich war Kälte eingezogen, und das hatte nichts zu tun mit dem Winter. Der Gelehrte war unverhofft in den Genuss der Liebe geraten, nämlich genauso, wie einer unverhofft unter die Räder einer Kutsche gerät, mit dem Unterschied, dass die Liebe, wenigstens an ihrem Beginn, wohltut, ein Kutschenunfall aber immer unangenehm, in den meisten Fällen schmerzhaft, manchmal sogar tödlich ist. Auch die Liebe kann tödlich enden. Dessen ist sich der Mensch in seinen täglichen Tagen bewusst; nur wenn er sich verliebt, also wenn die Tage alles andere als täglich verlaufen, meint er, das Angenehme der Liebe währe ewig, und der Tod, der Tod, ach, der, an den denkt der Liebende nicht, und wenn doch, dann als wäre er ein Verbündeter, der die Lust nur noch steigert.

Eines Tages nämlich kam ein Hündchen dahergeritten, auf seinen Rücken war ein Sattel geschnallt, der war wundervoll kunstvoll und voll mit Edelsteinen und Seidenbändern, und auf dem Sattel saß ein Papagei. Das Hündchen strich um die Beine des Gelehrten, der in ein Buch vertieft war, in dem es um die Frage ging, ob Gott, der bekanntlich allmächtig ist, zugleich auch allwissend sei. Von der Antwort, das war die feste Meinung des Gelehrten, hing viel

ab, nicht weniger als die Freiheit des Menschen, denn würde die Antwort »Ja« lauten, wäre uns jedes Geheimnis genommen. Und wie der Gelehrte so saß und las und bangte, spürte er mit Behagen, wie das Fell des Hündchens um seine Waden schmeichelte, das samtweiche, flaumig wolkenweiche blonde Fell, und er verliebte sich. Er nahm das Hündchen hoch, verscheuchte den Papagei, löste den Sattel und drückte es an sich. Der Sattel fiel zu Boden, etliche Edelsteine zerbrachen, etliche Seidenbänder zerrissen, der Papagei aber flatterte davon.

Die Liebe zwischen dem Gelehrten und dem Hündchen war eine reine und ehrliche, von Eifersucht und Misstrauen ungetrübte Liebe. Die beiden wollten in die Welt hinaus, nach Arabien, nach Afrika, wo die Menschen auf dem Kopf gehen, hinauf in den Norden, wo Tiere leben, die keine Gelenke in den Beinen haben, die sich nachts an die Bäume lehnen und die gejagt werden, indem man die Bäume ansägt, so dass sie umfallen, wenn sie berührt werden – alle Wunder der Welt wollten der Gelehrte und das Hündchen bewundern, und wunderbar war es bereits, sich alles auszumalen, zumal sie in ihrer Phantasie immer die Hauptrolle spielten, was vom wirklichen Leben doch sicher nicht verlangt werden konnte.

Aber dann war dem Gelehrten die Liebe zerbrochen. Der Papagei nämlich, der des Hündchens Tyrann war, kam zurück, und er kam in der Nacht, während Hündchen und Gelehrter schliefen, und er träufelte seinem ehemaligen

Sklaven ein böses Elixier ins Ohr, und das Hündchen fiel in einen ewigen Schlaf. Von nun an verfinsterte sich die Welt des Gelehrten. Wobei darunter sein Geisteszustand verstanden werden muss. Aber was ist die Welt anderes als der Geisteszustand dessen, der über sie spricht? So kann es geschehen, dass ein Verzweifelter auf seine Hände schaut, die friedlich vor ihm auf dem Küchentisch liegen, und die eine Hand, nur weil sie um ein Häuchlein blasser ist als die andere, für ein Butterbrot hält und nach ihr greift, sie zum Mund führt und herzhaft in sie hineinbeißt, was Schmerz und Verletzung zur Folge hat. Und genau das ist geschehen. Das Blut tropfte auf den Boden, der Gelehrte schrie, so dass die Kerze flackerte und der Diener des Gelehrten, der oben in der Dachkammer wohnte, aus seinem Schlaf gerissen wurde.

Dieser Diener – halt! – wir müssen ihn uns näher ansehen. Was für ein langer Kerl! Und was für ein dünner Strick! Ja, genau! So wurde er genannt: Strick. Wenn ihn sein Herr, der Gelehrte, rief, dann rief er: »Strick! Strick, komm her! Strick, tu dies, Strick, tu das!« Ansonsten war er ein gutmütiger Mann, mit weit und breit keiner Verwandtschaft. Er hatte niemanden. Den Strick zu lieben, wäre nun wirklich eine Kuriosität gewesen.

Der Strick also hörte seinen Herrn schreien, und er sprang aus dem Bett, hinein in die Pantoffeln, schlüpfte im Über-die-Stufen-Fliegen in seinen Morgenmantel und rannte die Tür ein zum Zimmer seines Herrn, weil er nichts anderes dachte, als dass dieser von Räubern bedroht würde. Und da sah er den Gelehrten vor dem Bett stehen, auf welchem ausgestreckt seine Geliebte lag, das Fräulein mit den samtweichen, flaumig wolkenweichen blonden Haaren, und sie lag da, als wäre sie nicht bei Sinnen und kaum noch bei Atem, und er sah ihr Kleid auf dem Boden liegen, die Edelsteine, die in das Brusttuch genäht waren, zerbrochen, die Seidenbänder zerrissen, und er sah seinen Herrn, der auf seine rechte Hand starrte, und hörte ihn rufen:

»Komm, Butterbrötchen, komm! Zier dich nicht so! Bist doch dazu da, dass ein gottesfürchtiger Mann in dich hineinbeißt!

Lecker das Mäulchen,
schlecker das Teilchen,
süß die Wonne
der Mitternachtssonne.«

Und der Strick, der lange, sah, wie sein Herr das Maul aufsperrte und die Zähne zeigte, als wären sie weißlackierte, blank polierte Schaufeln, und wie er nun ein zweites Mal hineinbiss in seine schon vom ersten Biss blutende Hand.

»Mein Herr!«, rief der Strick. »Das dürft Ihr nicht! Habt Ihr schlecht geträumt? Oder träume ich schlecht?

Am Mund klebt Schaum
vom blutigen Traum.
Die Wintersnacht
Hat's Licht ausgemacht.«

Und wollte dem Gelehrten des Weiteren auseinandersetzen, dass eine Hand eine Hand und ein Butterbrot ein Butterbrot ist und die beiden doch bei Gott nur von einem Wahnsinnigen zu verwechseln seien, da wandte sich die Hand mit einem Ruck ihm zu, betrachtete den Eindringling, der frech behauptete, sie sei eine Hand und kein Butterbrot, und sprang ihm an die Kehle. Und erwürgte ihn. Die Kerze war Zeugin.

Und der Papagei war Zeuge. Der hatte sich hinter dem Vorhang versteckt, der kleine Leutnant in der feschen Uniform, der gekommen war, um seine Geliebte aus den Fängen eines Wahnsinnigen zu befreien …

Oh, wenn dieses Wintermitternachtsmärchen doch nur schon zu Ende wäre! Aber das ist es nicht. Fast möchte ich sagen: im Gegenteil. Und ein Märchen ist es auch nicht. Ein Märchen braucht keine Jahreszahl und keinen Ort, an dem es spielt. Es spielt immer und überall. Aber in dieser Nacht im Jahr sowiesohundertsowieso in dem Städtchen A, B, C oder D in Nieder- respektive Oberbayern ging alles drunter und drüber. Alles, wohlgemerkt, heißt Alles. Und Alles reicht von der Hölle bis hinauf in den Himmel. Was sein kann, mischte sich mit dem, was nicht sein kann, und keine drei Tage später beendeten der Rabbi und der Pfarrer der Stadt ihren Streit, der seit Christi Tod zwischen ihnen tobte, und sie steckten die Köpfe zusammen und waren bald der einhelligen Meinung, Teufel und Gott hatten ausgerechnet das kleine Städtchen A, B, C oder D ausgewählt, um eine Diskussion zu führen – eben die

Diskussion über die Frage, ob Gott, wenn er allmächtig ist, auch allwissend sei. Gott behauptete naturgemäß, er sei, der Teufel, er sei nicht.

»Ich«, sagte der Teufel, »bin der Herr des Unsinns!

Die Butter am Brot
lindert die Not.
Hat er Verstand,
beißt er die Hand.«

Gott, der ja nichts anderes sein kann als der Herr des wahren und guten Sinns, war unglücklich darüber, dass sein Gelehrter von ihm abgefallen war und sich dem Unsinn hingegeben hatte, der nichts anderes ist als das Evangelium des Teufels.

»Lass ihn erst wieder zu sich kommen«, sagte er zum Teufel, »und er wendet sich ab von deiner Freiheit, die darin besteht, Dinge zu tun, die ich nicht verstehe.

Dem Teufel gefällt
nicht diese Welt,
er mischt in ihr
Mensch und Tier.«

Der Rabbi und der Pfarrer hielten einander an den Händen und beteten gemeinsam, sie wischten sich nicht die Augen, als sie brannten, sie schnäuzten sich nicht die Nase, als die zu laufen anfing, sie kratzten sich nicht am Ohr, sie untersagten sich zu furzen, und als das Gähnen sich ankündigte, weil sie nun schon seit dreiundzwanzig Stunden beteten, versprachen sie einander, dass einer auf den anderen aufpasst, damit er nicht einschläft und womöglich wirres Zeug träumt in dieser langen, langen Wintermitternacht, in der alles, wirklich *alles*, drunter und drüber ging, und wie mit einer Stimme riefen sie:

Klug ist, wer
nicht kreuz und quer,
wie's Wasser rinnt,
die Fäden spinnt,

stattdessen doch
ins tiefe Loch
den Teufel zwingt,
den Sieg erringt.

Die Stunden gehn,
aus eins mach zehn,
aus Nacht mach Tag,
zum End der Plag!

Da schlug es eins von der Kirchenuhr und auch von der Synagoge, und der Spuk war vorbei, und die Toten wurden gezählt, und Gott kletterte nach oben in seinen Himmel, und der Teufel rutschte hinab in seine Hölle.

So, genau so, wird erzählt in der Chronik des Städtchens A, B, C oder D in Nieder- respektive Oberbayern aus dem Jahr sowiesohundertsowieso.

83

Der graue Erik

Der graue Erik zum Beispiel ist niemand anderer als der Teufel; den man auch den Gottseibeiuns nennt, obwohl dieser Name nun wirklich nicht auf der Hand liegt, oder den Leibhaftigen, weil er den Sündern am Leib haftet, oder den stinkenden Widerhaken, weil man ihn nur sehr schwer wieder rauskriegt, wenn er einmal in einem drinsitzt. Teufelsnamen sind auch oft falsche Namen, wie könnte es anders sein. Zum Beispiel ist der Erik nicht grau, sondern rot, das ist bezeugt, und Erik heißt er mit größter Wahrscheinlichkeit noch weniger.

Eines Abends an Weihnachten wanderte Herr Raspelkneif, der Schuhmacher, von Irgendwoher nach Irgendwohin und geriet in einen Schneesturm, und da wusste er sich nicht anders zu helfen, als in einer verlassenen Mühle unterzuschlupfen, von der aber jeder wusste, dass sich dort der graue Erik nachts mit Frauen trifft. Nun war Herr Raspelkneif alles andere als ein Tollkühner, und hätte er nicht zufällig zwei Mittel gegen den Bösen bei sich gehabt, dann wäre er lieber draußen zur Eissäule gezapft, als dass er sich drinnen so nah an den Höllenbraten herangewagt hätte.

Was aber waren die zwei Mittel gegen den dämonischen Schürhaken?

Erstens: Man muss ein Stück leeres Papier aus einer Bibel nehmen, auf keinen Fall darf Gottes Wort darauf geschrieben stehen, es muss unter allen Umständen leer sein, dann soll man dieses Blatt in feine, dünne Streifen schneiden, weiters die Streifen aneinanderkleben, darauf das Vaterunser schreiben und sich dann dieses dünne Band in der Gegend der unteren Löcher um den Leib wickeln, denn wenn der Schurkissimus irgendwo in uns hineinfahren kann, dann nur unten in dieser Gegend.

Zweitens: Man muss erzählen. Und zwar muss man so erzählen, dass der Antichrist nicht aufhören kann zuzuhören, weil die Geschichte nicht und nicht abreißt, dass er aber zugleich aufhören will mit dem Zuhören, weil die Geschichte nämlich ein preisgekrönter Quatsch ist.

So ausgerüstet mit offiziell gesegneten Tricks, suchte der Schuhmacher Herr Raspelkneif in der verlassenen Mühle vor dem Wintersturm Unterschlupf. Zuerst zog er seine Bibel aus dem Rucksack, die war fettig, denn sie war neben der Speckschwarte gelegen, die er sich als Wegzehrung mitgenommen hatte. Er riss das Vorblatt aus dem heiligen Buch, schnitt mit dem Taschenmesser abwechselnd Speckstreifen und Papierstreifen ab, aß die einen, pickte die anderen mit Nasenpopel aneinander und schrieb am Schluss mit einem rußigen Zahnstocher das Gebet des Herrn Jesus Christ, der in dieser Nacht geboren ist, auf die Papierschlange. Rülpste und wickelte sich das Ding um die untere Gegend.

Dann kroch Herr Raspelkneif in den Kornhaufen, der da lag, weil er vergessen worden war von dem ehemaligen Besitzer der Mühle, als ihn der verfluchte Kreuzbrunzer in die Hölle hinunter abgeholt hatte, weil er sein Leben lang alle und jeden beschissen hat, und zwar nach Strich und Faden.

Da lag er also und wartete, der Herr Raspelkneif, der Schuhmacher. Wartete auf den Asmodi, der auch Behemot, die Bestie, genannt wird und Belial, Samael und Beelzebub oder Junker Hinkefuß und Teixel, Großnickel und Kehrwisch. Und wartete gar nicht lang. Schon hörte er etwas. Schaute aus dem Haufen. Und sah den Nichtsbuben, nackt und rot, keine Spur von grau. Aber gebaut war der Teufel, meine Herrn, meine Güte, Sapperlot, bist du g'scheit! Noch eines wusste der Schuhmacher: Man darf den Milleartifex nicht allzu lang anschauen, weil man sich sonst in ihn vergafft, und das gilt nicht nur für die Frauen. Also schloss der vom Vaterunser unten umwickelte Wandersmann die Augen, faltete gemütlich die Hände über der Brust und fing an zu erzählen:

»Erst ging ich zu meinem Bruder am zweiten Weihnachtstag, da bekam ich zwei gutgerupfte Hühner aufgetischt, die waren gefüllt mit scharfen Kräutern. Dann ging ich zu meinem anderen Bruder am dritten Weihnachtstag, da bekam ich drei Gänse aufgetischt, die waren gefüllt mit Kastanien, und dazu bekam ich zwei gutgerupfte Hühner, die waren gefüllt mit scharfen Kräutern. Dann ging ich zu meinem dritten Bruder am vierten Weihnachtstag, da bekam ich vier fette Schweine aufgetischt, die waren gefüllt mit Kartoffeln und Speck, und dazu bekam ich drei Gänse, die waren gefüllt mit Kastanien, und zwei gutgerupfte Hühner, die waren gefüllt mit scharfen Kräutern. Dann ging ich zu meinem vierten Bruder am fünften Weihnachtstag, da bekam ich fünf spanische Schafe, die waren gefüllt mit Rosinen und Datteln, vier fette Schweine, die waren gefüllt mit Kartoffeln und Speck, drei Gänse, die waren gefüllt mit Kastanien, und zwei gutgerupfte Hühner, die waren gefüllt …«

»Aufhören!«, schrie der Gotteslump, und als Herr Raspelkneif, der Schuhmacher, still war, sagte der Widersacher: »Bitte, erzähl nur noch, was am sechsten Weihnachtstag war! Und sonst nichts, sonst aber gar nichts, sonst auf keinen Fall etwas!«

»Am sechsten Weihnachtstag«, erzählte Herr Raspelkneif weiter, »am sechsten Weihnachtstag ging ich zu meinem fünften Bruder, und da bekam ich die Saat von sechs Jahren …«

»Und was noch?«

»… und fünf spanische Schafe, die waren gefüllt mit Rosinen und Datteln, vier fette Schweine, die waren gefüllt mit Kartoffeln und Speck, drei Gänse, die waren gefüllt mit Kastanien, und zwei gutgerupfte Hühner, die waren gefüllt …«

»Wusste ich es doch!«, schrie der Allerunwerteste. »Aber weißt du, was mich quält?«

»Was quält Euch denn, Euer Tiefstunwohlausgeschiedener?«

»Mich quält, mich quält, mich quält die Frage: Was hast du am siebenten Weihnachtstag gemacht?«

»Am siebenten Weihnachtstag«, brummelte Herr Raspelkneif, der Schuhmacher, »da ging ich zu meinem sechsten Bruder …«

»Also doch!«

»… und da bekam ich sieben ganze Pferdeställe …«

»Soll's mich wundern!«

»… und die Saat von sechs Jahren und fünf spanische Schafe, die waren gefüllt mit Rosinen und Datteln, vier fette Schweine, die waren gefüllt mit Kartoffeln und Speck, drei Gänse, die waren gefüllt mit Kastanien …«

Weiter brauchte Herr Raspelkneif nicht zu erzählen. Mit einem Pfiff zischte der moralische Dünnschiss ab, und der Schuhmacher hatte seine Ruhe und schmatzte wie ein Pfaff auf dem Sofa und schlief die Nacht durch in dem molligen Kornhaufen, der da lag, weil er vergessen worden war von dem ehe-

maligen Besitzer der Mühle, als ihn der vermaledeite Herr der Fliegen in die Hölle hinunter abgeholt hatte, weil er sein Leben lang alle und jeden beschissen hat, und zwar nach Strich und Faden …

Am nächsten Tag machte der Schuhmacher die Runde in den Dörfern und ging seinem Geschäft nach, flickte Schuhe, besohlte Schuhe, nagelte Schuhe, und bei diesen Gelegenheiten erfuhr er Intimes: Nämlich die Frauen, denen er ein völlig Fremder war, zogen ihn ins Vertrauen.

Die Erste sagte: »Gestern Nacht, ich sage Euch, ich sage Euch! Ich sag nicht mehr als: Zweimal haben mein Mann und ich uns geliebt – vornehm ausgedrückt!«

Die andere sagte: »Gestern Nacht wollte es nicht aufhören, ich sag Euch, ich sag Euch! Ich weiß gar nicht, was in meinen Mann gefahren ist. Dreimal! Man denke nur! Dreimal!«

Die dritte Frau sagte: »Beinah hätt ich mich verzählt! Wenn ich nicht jedes Mal dabei ins Holz gebissen hätte, hätte ich mich verzählt. Vier Bisse sind im Holz! Vier! Wenn Ihr wollt, kann ich sie Euch zeigen.«

Die vierte Frau sagte, sie sei in der Nacht gleich fünfmal hintereinander von ihrem Mann, und zwar nach allen Regeln der Kunst, durchgeliebt worden –

nicht ganz so vornehm ausgedrückt. Die Nächste sprach gar von sechsmal, und die darauf von siebenmal. Aber dann war Schluss.

»Achtmal keine?«, fragte Herr Raspelkneif, der Schuhmacher.

»Nein, achtmal keine«, wurde geantwortet und gleich wurde gegengefragt: »Und Ihr? Was habt Ihr gemacht in der letzten Nacht?«

»Ich? Wollt ihr das wirklich wissen?«

»Ja«, sagten die Frauen, »das wollen wir wirklich wissen!«

»Das wollt ihr also wirklich wissen.«

»Aber wie wir das wissen wollen!«

»Und ihr seid euch sicher, dass ich es euch erzählen soll?«

»Absolut sicher sind wir uns!«

Also begann Herr Raspelkneif, der Schuhmacher, zu erzählen: »Erst ging ich zu meinem ersten Bruder, da bekam ich zwei gutgerupfte Hühner aufgetischt, die waren gefüllt mit scharfen Kräutern. Dann ging ich zu meinem zweiten Bruder, da bekam ich drei Gänse aufgetischt, die waren gefüllt mit Kastanien, und dazu bekam ich zwei gutgerupfte Hühner, die waren gefüllt mit scharfen Kräutern. Dann ging ich zu meinem dritten Bruder, da bekam ich vier fette Schweine aufgetischt, die waren gefüllt mit Kartoffeln und Speck, und dazu bekam ich drei Gänse, die waren gefüllt mit Kastanien, und zwei gutgerupfte Hühner, die waren gefüllt mit scharfen Kräutern. Dann ging ich zu meinem vierten Bruder, da bekam ich fünf spanische Schafe, die waren gefüllt mit Rosinen und Datteln, weiters vier fette Schweine, die waren gefüllt mit Kartoffeln und Speck, drei Gänse, die waren gefüllt mit Kastanien, und zwei gutgerupfte Hühner, die waren gefüllt mit scharfen Kräutern, und dann wanderte ich von Irgendwoher nach Irgendwohin und geriet in einen Schneesturm, und da wusste ich mir nicht anders zu helfen, als in einer verlassenen Mühle unterzuschlupfen und mich in den molligen Kornhaufen zu legen, der da vergessen worden war von dem ehemaligen Besitzer der Mühle, als ihn der graue Erik in die Hölle hinunter abgeholt hatte, weil er sein Leben lang alle und jeden beschissen hat, und zwar nach Strich und Faden …«

84

Hansdoch und seine Tiere

Es war einmal ein junger Mann, der hieß Hans. Der lebte in dem Tiroler Tal, das Außerfern genannt wird, und er war ein kluger junger Mann, dem der Horizont im Außerfern nicht genügte, und es gefiel ihm gar nicht, dass er so außen war und so fern, nämlich fern der Menschen und außer der Welt.

»Du?«, spotteten die, die hier einer wohnten und da einer wohnten, weit weg voneinander, damit man ja nicht viel miteinander zu tun hatte. »Du, ausgerechnet du glaubst, die Welt wartet auf dich?«

»Doch«, sagte der Hans und hatte damit seinen Namen weg: Hansdoch.

Dann starben seine Eltern, und Hansdoch machte sich auf den Weg, bolzengerade dorthin, wo er die Welt vermutete. Er kraxelte über die Berge und watete durch die Flüsse in den Tälern, und eines Tages kam er in einen Wald, und er hörte schon von weitem Gebrüll und Gekrächze. Und er ging weiter in den Wald hinein, denn er war neugierig, und da sah er am Boden ein totes Reh liegen. Und neben dem Reh rechts stand ein Löwe, und auf der anderen Seite hüpfte eine Krähe. Und die Krähe, die war zornig, und sie krächzte, und der Löwe war zornig, und er brüllte.

Freund ist, wer hilft, dachte Hansdoch und fragte: »Warum streitet ihr euch? Vielleicht kann ich schlichten?«

»Wir streiten, weil wir uns nicht einig sind, wie wir die Beute teilen sollen«, sagte der Löwe.

Die Krähe krächzte: »Wir wissen nicht, wie wir das Reh in drei Teile teilen können.«

Hansdoch fragte: »Warum in drei Teile?«

Und als er näher kam, bemerkte er einen Käfer, auch er stritt, er stritt halt leise, weil er so klein war.

»Und du meinst«, sagten Löwe, Krähe, Käfer, »du kannst uns helfen?«

»Doch«, sagte Hansdoch.

Und er sagte: »Ihr habt Glück. Es ist genug da für vier. Und durch vier zu teilen, ist viel einfacher als durch drei. Man schneidet einmal von oben nach unten und einmal von rechts nach links.«

»Das ist wahr«, sagte der Löwe.

»So habe ich es noch nie betrachtet«, sagte der Käfer.

»Aber warum vier?«, fragte die Krähe.

»Löwe, Krähe, Käfer, ich«, antwortete Hansdoch und zog sein Messer aus dem Gürtel und begann, das tote Reh zu zerteilen. »Das Fleisch gehört dem Löwen, er ist der Größte, er braucht am meisten. Das Mark in den Knochen soll die Krähe bekommen, das tut ihr gut, sie ist die Klügste. Was übrig ist, wird ein Festessen für den Käfer sein. Ich will das Fell.«

Die Tiere fraßen sich glücklich, und der Löwe sagte zu Hansdoch: »Du hast uns einen großen Gefallen getan. Solltest du jemals in eine Lage geraten, in der du stark sein musst, dann sag einfach: Hansdoch, der Löwe. Dann wirst du so stark sein wie ich.«

Und die Krähe sagte: »Angenommen, es geschieht etwas, wo es für dich gut wäre, fliegen zu können, dann sag einfach: Hansdoch, die Krähe. Und dann kannst du fliegen.«

Und der Käfer sagte: »Vielleicht glaubst du's nicht, aber es kann günstig sein, ganz klein zu sein. Wenn es irgendwann so weit ist bei dir, dann sag: Hansdoch, der Käfer. Und dann bist du so klein wie ich und kommst überall durch.«

Mit diesen Versprechen in seinem Herzen und dem Rehfell auf dem Kopf zog Hansdoch weiter nach Süden. In dieser Richtung meinte er, das Meer zu riechen.

So kam er in eine Stadt. Die war friedlich. Die war ruhig. Die war zu friedlich. Die war zu ruhig. Die Häuser waren mit schwarzen Tüchern verhängt, kein Mensch war auf der Straße zu sehen. Kein Tier machte Muh oder Mau.

Aber Hansdoch traf schließlich doch jemanden, der schlich an den Hauswänden entlang und hatte Angst in den Augen. Den fragte er: »Was ist hier los?«

»Wir sind eine traurige Stadt«, sagte der Vermummte und blickte dorthin und dahin.

»Warum denn?«, fragte Hansdoch.

»Glaubst du«, sagte der Mann, »es gibt einen Menschen von außen, der unsere Trauer verstehen kann?«

»Doch«, sagte Hansdoch.

Da zog ihn der Mann in eine Toreinfahrt und flüsterte: »Unser König, musst du wissen, hat eine liebreizende Tochter. Und die ist ihm geraubt worden. Und nun sitzt der König in seiner Burg, und er hat Trauer befohlen. Niemand darf das Haus verlassen. Niemand darf in den Himmel schauen. Niemand darf lachen. Aber wer ihm seine Tochter zurückbringt, der soll die Stadt erben.«

»Wie soll das gehen!«, rief Hansdoch aus. »Wer die Prinzessin finden will, der muss doch in die Welt hinaus, der muss doch in den Himmel schauen nach den Vögeln, die ihm vielleicht verraten, wo die Verbrecher sind. Der muss doch lachen dürfen, um die Verbrecher zu täuschen, wenn er mit ihnen zusammensitzt und sie aushorchen will.«

Bei sich aber dachte er: Aber ich. Ich kann. Kann ich? Doch.

Und er machte sich auf und kam zu einer Burg, die stand auf der Spitze eines Berges, und der Berg war wie eine Stricknadel, die in den Boden gesteckt worden war, so glatt und steil und dünn. Und kein Weg führte hinauf. Wär ich ein Räuber, dachte Hansdoch, ich würde mir genau so einen Berg aussuchen, um darauf meine Burg zu bauen.

Er legte die Hand an den glatten Fels, da war seine Hand voll Öl. Ja, ja, dachte Hansdoch, wäre ich ein Räuber und hätte die Prinzessin geraubt und würde auf der Spitze eines solchen Berges wohnen, ich würde Öl auf den Fels gießen, damit niemand jemals die Burg erobern kann.

»Hansdoch, die Krähe!«, rief er.

Und – schau dir das an! – er hob die Arme und flog. Und er flog hinauf auf die Spitze des Berges und landete im Innenhof der Burg.

Da hörte er hinter sich ein Fauchen. Vor einer großen Tür saß ein Drache, der bewachte die Tür, die geschmückt war wie eine Hochzeitstür, und der Drache riss das Maul auf, so weit riss er es auf, dass Hansdoch in den Hals und weiter in den Magen hinunterschauen konnte, und im Magen sah er Hut und Stock und einen Stiefel, und das konnte doch nur heißen, dass dort unten Menschen verdaut wurden. Wahrscheinlich solche wie ich, dachte Hansdoch, die nach der Prinzessin gesucht haben, weil sie die Stadt erben wollten.

»Hansdoch, der Käfer!«, rief er.

Und – schau dir das an! – er war so klein, dass der Drache ihn nicht zerbeißen konnte. Flink kroch er ihm zwischen den Zähnen aus dem Maul.

Dann aber dachte Hansdoch: Wer weiß, wen und was der Drache alles schon verschluckt hat. Freund ist, wer hilft. Und er ließ sich vom Drachen verschlucken und landete im Magen und krabbelte an den Magenwänden herum. Es roch unangenehm hier, und es war dunkel. Und Hansdoch war bald auch kein Käfer mehr, sondern wieder der Mensch.

Wenn der Drache das Maul aufriss, fiel ein wenig Licht in den Magen herunter. Und da sah Hansdoch einen Wurm mittendrin in dem Unrat liegen.

»Oh«, flehte der Wurm, »wenn es dir gelingt, mich hier rauszuholen aus dieser Hölle, dann verspreche ich dir, ich werde dir zeigen, wo unter der Erde das Gold liegt! Glaubst du, es wird dir gelingen?«

»Doch«, sagte Hansdoch.

Er nahm den Wurm und steckte ihn in die Tasche.

Und dann war da noch eine Ameise, und die sagte: »Wenn es dir gelingt, mich hier herauszuholen, dann werde ich dein Wächter sein, der dich vor jeder Gefahr schützt. Glaubst du, es wird dir gelingen?«

»Doch«, sagte Hansdoch und steckte die Ameise in die andere Tasche.

Und dann war da noch ein Fisch, und der sagte: »Wenn es dir gelingt, mich zu retten, so wirst du, wann immer du sagst: Hansdoch, der Fisch, schwimmen können wie ich. Wird es dir gelingen?«

»Doch«, sagte Hansdoch und steckte den Fisch unter sein Hemd.

Dann zog Hansdoch sein Messer und stieß es von innen in den Drachen und schlitzte den Drachen von innen auf, was bewirkte, dass der Drache nicht überlebte.

Nun betrat Hansdoch die Kammer, die der Drache bewacht hatte, und prompt war dort die Prinzessin. Er hob sie hoch, und sie gefiel ihm außerordentlich. Und er gefiel ihr ebenfalls. Und er brachte die Prinzessin in die Stadt zurück und sagte zum König:

»Nun ist es nicht mehr nötig, dass du die Häuser mit schwarzen Tüchern verhängst. Hier ist deine Tochter. Ich will nun die Stadt haben.«

Aber der König war kein guter Mann. Er sagte: »Schau dich doch an! Glaubst du, dass ich so einem Dahergelaufenen, der ein Rehfell auf dem Kopf

trägt, so einem armen Hans aus dem Außerfern, glaubst du wirklich, dass ich so einem meine einzige Tochter gebe? Nein! Wer sie kriegt, muss reich sein, auf dass er doppelt reich werde, wenn ich ihm meine Stadt schenke. Du glaubst doch selber nicht, dass du derjenige bist!«

»Doch«, sagte Hansdoch.

Er griff in seine Tasche und holte den Wurm hervor, und der zeigte ihm, wo unter der Erde das Gold liegt, und bald kam Hansdoch mit einer großen Truhe voll zurück.

»Nun bin ich reich«, sagte er. »Nun möchte ich deine Tochter haben.«

»Na gut«, sagte der König und ließ das Gold abtransportieren und tat scheinheilig, »du darfst hier in meinem Schloss wohnen.« Aber heimlich gab er den Häschern Befehl, Hansdoch in der Nacht zu überfallen und zu töten.

Da lag nun der arme Hans aus dem Außerfern im königlichen Bett und schlief. Aber in seinem Ohr wachte die Ameise, die er aus dem Bauch des Drachen gerettet hatte, und die Ameise hörte und sah alles, und sie weckte Hansdoch, als die Häscher zur Tür hereinkamen.

»Hansdoch, der Löwe!«, rief er.

Und – schau dir das an! – da war er so stark wie ein Löwe, und er vermöbelte die Häscher nach Strich und Faden und holte die Prinzessin aus ihrem Gemach und floh mit ihr, bis er ans Meer gelangte.

Aber der König gab nicht auf. Er schickte seine Armee los. Und nun standen Hansdoch und seine Liebste vor dem Meer und konnten nicht weiter.

Da griff sich Hansdoch unters Hemd und nahm den Fisch heraus und warf ihn in weitem Bogen ins Wasser und rief: »Hansdoch, der Fisch!«

Die Prinzessin setzte sich auf seinen Rücken, und Hansdoch schwamm über das Meer, hinaus in die weite Welt, wohin er vom Außerfern aufgebrochen war.

Diese Geschichte erzählen sich die Männer im Außerfern, die hier einer wohnen und da einer wohnen, weit weg voneinander, damit man ja nicht viel miteinander zu tun hat, und die eben nicht aufgebrochen sind in die Welt hinaus, die erzählen sich diese Geschichte – so oder so ähnlich …

85

Joringel und Jorinde

Eines Tages kam sie drauf: Wenn sie allen Willen fahren ließ und nur so dastand und die Arme hängen ließ, den Mund offen stehen ließ, den Blick ins Nichts hineinstarren ließ, so dass sie sich selbst nicht viel mehr war als ein Nichts – dann passierte es, dass sie sich verwandelte. Dann stand, wo sie gestanden hatte, plötzlich ein Hase. Oder eine Eule flog von der Stelle in die Luft hinauf. Oder eine Eidechse verkroch sich flink ins kleine Gebüsch. Da kam sie drauf: Sie war eine Zauberin. Die Zauberin verwandelte sich in welches Tier auch immer sie sich vorgenommen hatte.

Das machte sie von nun an jeden Tag. Aber nur am Tag. Denn nur am Tag hielt es die Zauberin aus, kein Mensch zu sein. Denn nur am Tag wollte sie kein Mensch sein. Am Tag war die Welt so weit und so vielfältig, da war es ein Abenteuer, wenn sie als Biene zwischen den Baumwipfeln flog oder wenn sie als Forelle im klaren Wasser schwamm oder wenn sie sich in einen Luchs verwandelte, der so schöne spitze Ohren hat und einen ernsten Blick, wenn er Wasser leckt. In der Nacht war sie, die sie war. In der Nacht brachte sie es nicht über sich zu lügen. In der Nacht war die Welt nicht weiter, als sie mit den Armen greifen konnte. Wenn die Sonne untergegangen war, erschrak die Zauberin über ihre Macht, und da wollte sie eine Frau sein, die ihre Sachen versorgt und die Tür hinter sich schließt. Wenn es Abend wurde, verwandelte sie sich in einen Menschen zurück und kehrte und scheuerte ihr Haus und summte leise vor sich hin, bis sie müde wurde, dann seufzte sie und begab sich zu Bett.

Ihr Haus aber stand mitten im Wald.

Wovon sie lebte? Auch eine Zauberin muss essen! Manchmal verwandelte sie sich in ein Raubtier, das riss ein Wildbret, und die Hausfrau des Nachts kochte und briet es und legte Gemüse bei, das im Garten wuchs.

Die Zauberin liebte die Singvögel. Es war ihr nämlich noch nie gelungen, sich in einen Singvogel zu verwandeln. Sosehr sie auch ins Nichts starrte, ein Singvogel wurde nicht aus ihr. Darum hasste sie bald die Singvögel, die sie doch eigentlich liebte. Und weil sie in Wahrheit eine alte Frau war, die in ihrem Leben bereits hinter alles geschaut hatte, so dass sie über nichts mehr staunen, so dass sie sich für nichts mehr begeistern konnte, hasste sie auch die Jungfrauen, die erst wenig vom Leben gesehen hatten, aber jung waren und schön waren und noch vor Entzücken jauchzen konnten, wie sie selbst einst vor Entzücken gejauchzt hatte. Darum: Wenn sich eine Jungfrau ihrem Haus im Wald näherte, dann …

Es waren einmal Jorinde und ihr Liebster Joringel, und Jorinde war eine Jungfrau, und sie konnte vor Entzücken jauchzen, und sie war schön. Die beiden wohnten jeder eng bei sich zu Hause, Jorinde bei Vater und Mutter, Joringel bei Mutter und Vater, sie konnten zu Hause nicht miteinander reden, nicht bei Jorinde zu Hause, nicht bei Joringel zu Hause, und konnten nicht miteinander schmusen, weder bei ihm noch bei ihr, aber sie schmusten doch so gern. Darum gingen sie in den Wald und taten es dort und hielten sich fest umschlungen, denn sie liebten sich. Jeden Tag gingen sie ein Stück weiter in den Wald hinein, und eines Tagen lehnte sich Joringel beim Küssen mit dem Rücken an eine Mauer.

»Was ist das für eine Mauer?«, fragte er.

»Was ist das für eine Mauer?«, fragte Jorinde.

Da sahen sie, dass es die Mauer eines Hauses war. Efeu wucherte über das Haus hinauf, darum hatten sie es erst nicht bemerkt.

»Ich will anklopfen«, sagte Joringel.

»Ja, klopf an«, sagte Jorinde und war entzückt, »vielleicht wohnt hier niemand, dann wollen wir einziehen und haben ein eigenes Haus. Klopf an, Joringel!«

Joringel hob die Hand und machte eine Faust und holte aus und … Aber er klopfte nicht an.

»Warum klopfst du denn nicht an?«, fragte Jorinde.

Und Joringel antwortete ihr nicht. Er stand nur da. Einfach nur da. Und neben ihm saß ein Hase im Moos. Einfach im Moos saß der Hase. Und Joringel stand nur da und rührte sich nicht, die Hand zur Faust geballt, mit der er an die Tür klopfen wollte.

Der Hase aber war die Zauberin. Sie hatte den Joringel starr gemacht, als wär er aus Stein. Und nun brach aus dem Fellkleid des Hasen ein Falke, und aus dem Federkleid des Falken brach ein Schwarm Mücken, und die Mücken ballten sich zusammen zur Silhouette eines Menschen, und dieser Mensch war die Zauberin, denn es war inzwischen Abend geworden.

Die Zauberin, die eine Hexe war, stand nicht anders da als Joringel, die Arme hingen an ihrem Körper herab, und ihr ganzer Wille war aus ihr gefahren.

Jorinde, die Jungfrau, aber bewegte sich, und sie schrie: »Nicht kenne ich die Welt, wenn sie so ist! Nicht will ich sie kennen, wenn sie so ist! Ich habe Angst! Joringel, sprich mit mir! Joringel, halt mich fest!«

Das schrie Jorinde, die Jungfrau, und ihre Stimme flog in die Höhe und fuhr aus ihr heraus, wie der Wille aus der Zauberin herausgefahren war. Und am Ende war Jorindes Stimme nur noch ein Zwitschern: »Zicküth! Zicküth! Zicküth!«

Die Zauberin verzauberte Jorinde in eine Nachtigall. Und sie fing die Nachtigall ein und trug sie in ihr Haus und steckte sie in einen Käfig. Dieser Käfig aber war einer von siebentausend Käfigen, in die lauter Vögel gesperrt waren, das waren allesamt verzauberte Jungfrauen.

Zu Joringel, dem Mann, der zu Stein geworden war, aber sagte die Zauberin: »Grüß dich, Joringelchen! Hab keine Sorge! Wenn das Möndlein durchs Zweiglein scheint, dann wirst wieder Fleisch und kannst hüpfen!«

Und als der Mond durch die Zweige schien, konnte sich Joringel wieder bewegen, und er klopfte an die Tür des Hauses, wie er es sich vorgenommen hatte, aber mit jedem Schlag wurde die Tür härter, bis sie am Schluss ein Fels war, und die Mauer war nicht mehr die Mauer eines Hauses, sondern ein Berg, und Jorinde, die Geliebte, war darin begraben.

Da zog Joringel in die Welt hinaus und tat Unfug, und vor lauter Gram bereitete er anderen Menschen Unheil und wurde ein Grausamer und Gefährlicher, ein Schwindler und ein Schinder, wurde ein Räuber, Stadträuber, Landräuber, Seeräuber, die pure Unbarmherzigkeit im Kopf, das Herz bar aller Freude, so ritt er auf einem gezähmten Mustang über die Prärien, so raste er in einem rosaroten Cadillac durch Straßenschluchten, so fuhr er über die Meere, schlitzte Schiffe auf, hielt Postkutschen auf, knackte Safes auf, unterschrieb ungedeckte Schecks und nahm sich heraus, was Gold war und glänzte. Er kaperte und enterte im Auftrag der englischen Königin, schüttete unter dem General Octavio Piccolomini kochendes Blei in schwedische Hälse, brandschatzte mit Fra Diavolo, mit Billy One-Hand Condon und dem schaurigen Jean Laffite, lieferte sich Duelle mit Billy the Kid, Sundance Kid, Doc Holliday und John Wesley Hardin, spielte Poker mit Bugsy Siegel, lud Munition nach für John Dillinger und Pretty Boy Floyd, verkaufte zusammen mit Victor Lustig den Eiffelturm, marschierte an der Seite von Wilhelm Voigt in Hauptmannsuniform in das Rathaus der Stadt Cöpenick, war per Du mit dem gestiefelten Kater und Felix Krull, lauerte zusammen mit dem Großen Bösen Wolf den Schweinchen auf, und über den Dächern von Gotham City lachte er schallend mit dem Joker.

Und eines Nachts träumte er. Er träumte, er fände einen Kelch, und in der Mitte des Kelches wäre eine Perle, und mit dem Kelch und der Perle, so träumte er, ginge er zu dem Felsen, in dem Jorinde begraben war, und er träumte, er berühre mit dem Kelch den Felsstein und alles werde gut. Von da an irrte er auf der Welt umher und suchte diesen Kelch und diese Perle. Aber er fand keinen Kelch und fand keine Perle, eine rote Blume fand er, und in der roten Blume war ein Tautropfen.

»Das wird gelten«, sagte sich Joringel, und es galt.

Er pflückte die Blume und trug sie vor sich her, er schützte sie mit einer Hand und hauchte auf den Tautropfen, damit er nicht austrockne, und er machte sich auf den Weg zurück, und er betrat den Wald, und er fand das Haus der Zauberin, und er berührte mit der Blume den Fels, und der tat sich auf, und er berührte mit der Blume die siebentausend Käfige, und die taten sich auf, und siebentausend Jungfrauen waren um Joringel, und eine unter ihnen war Jorinde.

Joringel und Jorinde liefen aus dem Wald, Hand in Hand, und wahrscheinlich war ihre Sache gerettet, nichts anderes wurde mir jedenfalls und jemals berichtet.

Und die Zauberin? Joringel hatte auf ihren schwarzen Haarschopf den Tautropfen fallen lassen, und der war in dem dichten Haar versickert, und da ward der Frau ihr Wille zurückgegeben.

»Was ist das mit dem Willen?«, fragt der Heinrich die Base, die ihm die Geschichte erzählt hat.

»Der Wille kann alles und ist zugleich allem im Weg«, antwortet die Base.

Und die Base hat recht. Ich schwör's. Ich habe gehört, wie sich der Wille, der freie, über sein Schicksal beschwert hat – eben, dass er alles kann und zugleich allem im Weg steht. Ich hab's gehört! Möchtet ihr wissen, was ich sonst noch gehört habe? Ja? Also gut! In der Nacht, in jeder Nacht, gibt es eine Minute, nur eine einzige Minute, in der alle Menschen schlafen, wirklich alle, und in dieser Minute zieht durch die Straßen der Städte, wirklich durch alle Straßen aller Städte, ein Heer von Gauklern und Falschspielern, von Halunken und Falotten, von Heuchlern und Hinterlistigen, von Großmäulern, Betrügern, Lügnern, Grimassenschneidern, Hampelmännern und Habenichtsen und Männern ohne Land und Frauen ohne Unterleib, von Indianern, Negern, Zigeunern, Eskimos, ein Heer von solchen mit zwei Köpfen, von solchen mit drei Beinen und von solchen mit einem Auge auf der Stirn. Leise sind sie, und gleich sind sie wieder verschwunden. Aber ich habe sie gehört und gesehen. Ich schwör's …

86

Der Palast aus Kristall

Wo heute das Dorf Grabenweg liegt – das ist in der Nähe von Pottenstein, nicht weit von Berndorf, einen Katzensprung von Bad Vöslau entfernt, also unterhalb von Baden in Niederösterreich –, dort jedenfalls war vordem eine unfruchtbare Gegend mitten im schönsten Grün. Karg, felsig, öd war es dort. So groß wie vier Fußballfelder nebeneinandergelegt, als wären es Spielkarten. Niemand trieb seine Schafe zu diesem Flecken. Warum auch, dort gab es nichts zu fressen, außer ein paar Kräutern vielleicht, und die waren umständlich zum Auszupfen und bitter.

Aber genau auf dieses Geviert hatte ein junger Hirte seine Schafe getrieben. Dem war nämlich nichts anderes übriggeblieben, denn die guten Weideplätze waren alle längst vergeben und die weniger guten auch, sogar die schlechten.

Der Hirte hatte nur wenige Schafe. Die waren wie er. Und wie war er? Gut gelaunt. Und warum waren sie gut gelaunt, der Hirte und seine Schafe? Wegen der Musik. Denn der Hirte setzte sich auf einen Stein, zog die Flöte aus seiner Juppe und spielte darauf. Und das tat er jeden Tag. Den Kräutern gefiel es auch. Die wollten sehen, wer da spielt, und reckten sich aus dem Boden, und – schwupp! – waren sie abgefressen.

Und eines Tages, es war zu Sommerbeginn, saß der Hirte wieder auf seinem Stein und spielte wieder sein Lied auf der Flöte. Da hörte er plötzlich ein Rumoren unter sich. Er sprang zur Seite. Nicht zu spät. Zum Glück nicht zu spät, denn der Boden tat sich auf, als wäre er vorher zwei dicht verschlossene Lippen gewesen, und heraus wuchs ein Palast. Ein Palast mit durchsichtigen Wänden. Ein Palast aus Kristall.

Der Hirte war zuerst von Sinnen, und als er wieder bei Sinnen war, konnte er durch den Palast hindurchschauen, konnte in die Säulenhalle schauen –

eine prächtige Säulenhalle, alles aus Glas, alles aus Kristall, alles durchsichtig. Er konnte die Stiege sehen, die nach oben führte, ein durchsichtiges Geländer war da, durchsichtige Stufen waren da, durchsichtige Teppiche, an den Wänden hingen durchsichtige Bilder, auf denen durchsichtige Ahnen abgebildet waren. Und oben, die Türen, die zu den Gemächern führten – ebenfalls durchsichtig. Die Türklinken – durchsichtig. Die Schlüssel – durchsichtig. Alles durchsichtig. Er konnte in die Gemächer blicken. Tische, Stühle, Betten, alles aus Glas, schimmernd. Auf den Tischen Schalen mit durchsichtigen Äpfeln und durchsichtigen Birnen. Wertvoll das alles. So etwas konnte nur wertvoll sein. Was selten ist, ist wertvoll. Und das da war selten. Wenn etwas selten war, dann das da.

Aber in der Mitte des Palastes war etwas, durch das der Hirte nicht hindurchsehen konnte. Das war schwarz und hatte eine schwarze Tür mit einer schwarzen Klinke. Durch diese Tür konnte der Hirte nicht hindurchsehen. Sonst konnte er durch alles hindurchsehen.

Und wie er so dasteht, den Mund offen und nicht anders dreinschaut als seine Schafe, öffnet sich die schwarze Tür, und eine junge Frau tritt heraus. Sie ist sehr schön, mein lieber Freund, ist die schön! Wallendes goldenes Haar hat sie, von den schönen Armen ganz zu schweigen. Und sie schreitet über die Stiege hinunter, öffnet eine gläserne Tür nach der anderen, tritt aus dem gläsernen Palast heraus auf die Wiese und kommt auf den Hirten zu und sagt zu ihm:

»Erschrick nicht, lieber Hirte! Ich bin eine Prinzessin. Eine verwunschene Prinzessin allerdings. Dein Flötenspiel hat bewirkt, dass ich für wenige Minuten aus meiner Finsternis entlassen bin. Aber nur für wenige Minuten.«

Der Hirte starrt sie an, und sie gefällt ihm gut, da gibt es keinen Zweifel, und er denkt sich, ich bin doch kein Schaf, ich kann reden, wenn ich will. So schön ist die Frau, so gut gefällt sie ihm, dass er für einen Moment alles vergessen hat, eben auch, dass er ein Mensch ist, der reden kann.

Jetzt sagt er: »Warum denn nur für wenige Minuten? Ich meine, warum habe ich dich nur für wenige Minuten erlöst und nicht ganz und gar und für immer?«

Und sie sagt: »Du könntest mich ganz und gar und für immer erlösen.«

»Was muss ich tun?«, fragt der Hirte.

»Komm nächstes Jahr wieder«, sagt die Prinzessin. »Und auch übernächstes Jahr und überübernächstes Jahr auch. Spiel das gleiche Lied. Und dann geh in den Palast und geh über die Stiege hinauf und öffne die Tür zu der schwarzen Kammer. Dort wird dir jedes Mal ein Ungeheuer entgegentreten. Lass dich nicht erschrecken. Du musst die Ungeheuer umarmen und küssen, eines nach dem anderen, alle drei. Und wenn du das gemacht hast, dann wirst du mich erlöst haben, und ich werde deine Frau werden, und du wirst den ganzen Palast bekommen mit all den Schätzen. Willst du mir das versprechen?«

Der Hirte sagte: »Ja, das möchte ich versprechen.« Und er dachte: Das ist doch leicht.

Und dann war ihm, als ob er einschliefe. Auch den Schafen war so. Alle fielen sie um und schliefen. Und der Hirte fiel auf sie drauf und hatte seinen Kopf im weichen Schaffell. Und als er wieder zu sich kam, war der gläserne Palast verschwunden. Aber die Schafe waren noch da. Und was taten die? Die fraßen. Und wie die fraßen! Denn auf einmal war da Gras, und zwar von der saftigen Sorte. Die blanken, öden Felsen waren mit Gras überwachsen. Am liebsten hätte man als Mensch selber hineingebissen. Und ein paar Obstbäume wuchsen hier, wo nie zuvor einer gewachsen hatte, und die trugen bereits Äpfel und Birnen. Sehr lecker!

Und wie er es versprochen hatte, war der Hirte im nächsten Jahr zu genau der gleichen Zeit wieder an genau der gleichen Stelle und spielte wieder genau das gleiche Lied. Und wieder fuhr der gläserne Palast aus dem Boden. Diesmal erschrak der Hirte nicht ganz so sehr, und ein blödes Schafsgesicht machte er auch nicht. Er betrat den Palast, schritt über die gläserne Stiege nach oben und öffnete die schwarze Tür. Und als er sich an die Dunkelheit gewöhnt hatte, sah er vor sich ein Ungeheuer, einen großen, schwarzen Hund, mit brennenden Augen, hell genug leuchteten die, um das schauderliche Gebiss zu zeigen.

Der Hund knurrte, und der Hirte sagte: »Du bist das Ungeheuer?«

»Ja, ich bin das Ungeheuer«, antwortete der Hund.

Der Hirte sah, dieses Ungeheuer war gefährlich, aber doch auch irgendwie schön, irgendwie war es ein schönes Ungeheuer. Ein weiches Fell hatte es zum Beispiel. Und es fiel ihm dann doch nicht allzu schwer, den Hund zu umarmen. Er spürte das weiche Fell und küsste den Hund auf die Stirn, wie ihm die schöne Frau vor einem Jahr aufgetragen hatte.

Und da war ihm wieder, als schliefe er ein. Und als er zu sich kam, war der gläserne Palast verschwunden, und die Wiese war noch üppiger geworden, noch grüner, noch saftiger, so dass sich der Mensch noch mehr zusammennehmen musste, um nicht hineinzubeißen. Und die Schafe waren noch feister geworden.

Dasselbe ein Jahr später. – Wieder öffnete der Hirte die schwarze Tür. Aber nicht der Hund, wie er erwartet hatte, lauerte dahinter, sondern eine Schlange. Die sah gefährlich aus, und ihre Haut war schleimig.

Angst und Ekel mischten sich, und der Hirte sagte: »Und dich soll ich umarmen? Dich soll ich küssen?«

Und die Schlange sagte: »Ja. Wenn du mich nicht umarmst, wenn du mich nicht küsst, dann werde ich dich totbeißen.«

»Aber es fällt mir so schwer«, sagte der Hirte. »Muss ich dich denn wirklich angreifen?«

»Ja, du musst mich angreifen.«

Und er nahm alles zusammen, was er an Mut und Einsehen hatte, überwand den Ekel und die Angst, schloss die Augen, umarmte die Schlange und küsste sie.

Und wieder versank er in Schlaf. Als er erwachte, war der gläserne Kristallpalast nicht mehr da, und die Gegend hatte sich abermals verändert, sah nun schon sehr, sehr üppig, sehr, sehr saftig aus. Und seine Schafe, die gaben einiges her, Fell und Fleisch und Milch.

Und dann, das Jahr darauf, zum letzten Mal. Wieder spielte er auf der Flöte das bestimmte Lied, wieder erhob sich der gläserne Palast aus dem Boden. Wieder betrat er den Palast, öffnete die schwarze Tür. Aber kein Hund war diesmal da, und keine Schlange war da, sondern eine kleine Maulwurfsgrille. Eine hässliche, abstoßende, ekelhafte Maulwurfsgrille. Und das ist ja allgemein bekannt: Die Maulwurfsgrille ist das hässlichste Geschöpf, das es gibt. Kein Mensch weiß, was Gott im Sinn gehabt hat, als er die erschuf, da hat keiner eine Antwort, keiner bis zum Papst hinauf.

Der Hirte sagte: »Und dich soll ich umarmen? Dich soll ich küssen?«

»Du musst mich umarmen, du musst mich küssen«, sagte die Maulwurfsgrille, »denn sonst ist alles verloren!«

»Aber ich kann nicht«, rief der Hirte, »ich kann das nicht. Kein Mensch kann das, keiner, nicht einmal der Papst! Du bist so ekelhaft. Ich kann dich nicht angreifen.«

Die Maulwurfsgrille sagte: »Tu es, bitte, tu es! Umarme mich und küsse mich!«

»Ich kann nicht!«, jammerte der Hirte.

Und dann trat er auf die Maulwurfsgrille drauf, und er hörte die Prinzessin noch aufschreien. Und dann ging der Glaspalast unter und riss den Hirten mit sich. Die Gegend war nun eine blühende Gegend. Die Felsen waren verschwunden, aber auch der Hirte war verschwunden. Und die Leute erzählten sich diese Geschichte, um eines zu beweisen: nämlich, dass die Angst vor dem Tod nicht so groß ist wie der Ekel.

87

Der Sägenfeiler

Es gab eine Zeit, da lebten die Vögte, die Herzoge und Grafen auf Burgen. Aber dann verließen sie die Burgen, weil es in den Städten angenehmer war. Nicht so klamm, nicht so einsam, nicht so weit zum Bäcker. Sie bauten Paläste, und die Burgen zerfielen. Die Fensterstöcke wurden morsch, krachten ein, die Dachbalken wurden morsch, krachten ein, der Schnee lag auf den nackten Mauern, im Frühling sickerte das Wasser in die Ritzen – schlecht für die Mauern. Im Sommer fiel der Regen auf Stellen, wo ehemals feine Burgfräulein gelegen hatten.

Die Bauern, die um diese Burgen herum wohnten, die hatten keine guten Gedanken und keine guten Erinnerungen an die Burgen. Aber sie wagten es nicht, sich den Burgen zu nähern. Es dauerte lang, bis sich die ersten Burschen an die Brust schlugen:

»Wir gehen hinauf zur Burg, vielleicht gibt es dort etwas zu sehen.«

Sie meinten, vielleicht gibt es dort etwas zu holen. Nur am Tag trauten sie sich so zu reden, nur am Tag, und auch nur, wenn kein Nebel war.

Tatsache ist, es gab einiges zu holen. Mobiliar zum Beispiel. Die Herrschaften haben ja nicht am Boden gesessen und nicht am Boden gelegen. Und in manche Räume war der Regen nicht gedrungen, besonders in jene Räume nicht, in denen das gute Zeug stand. Seither konnte man manchen Landmann finden, sitzend auf einem fürstlichen Kanapee in der engen, muffigen Stube.

Und dann gab es wenige mutige Burschen, die trauten sich in der Nacht hinauf zur Burg. Und noch weniger als die wenigen, die Mutigsten der Mutigen, die wetteten, dass sie sich trauen, eine Nacht auf der Burg zu verbringen. Allein. Warum war das so mutig? Weil auf den Burgen Gespenster lebten. Oder Geister. Was ein Unterschied ist. Was an dieser Stelle aber nicht diskutiert werden muss. Wichtig ist: Burgen waren schrecklich – ob wegen der Gespenster oder wegen der Geister, spielte keine Rolle.

Und dann gab es eine Burg, die war etwas Besonderes. Da hieß es nicht: Es leben Gespenster oben. Auch nicht: Es leben Geister oben. Sondern: Dort haust ein Teufel. Und das ist ja wohl sehr viel schlimmer als Gespenst und Geist zusammen.

Ein junger Müllergeselle war der Erste, er blieb über Nacht auf dieser Burg, und er kam am nächsten Morgen zurück, und alle waren sich einig: Der hat sich verändert. Aber wie hat er sich verändert? Hatte er weiße Haare anstatt schwarze? Nein. Hat ihm der Kopf gefehlt? Den hatte er noch. Ja, was denn? Er hat auf einmal gelogen, und zwar nur noch gelogen, auch wenn er nicht lügen wollte, er konnte nicht anders, er konnte nicht ums Verrecken mehr die Wahrheit sagen.

Ein Beispiel: Die Tochter seines Meisters, die sein Schatz und seine Braut ist, fragt ihn ganz harmlos wie jeden Morgen: »Liebst du mich?«

Und er: »Nein.« Obwohl er sie liebt!

Sein Meister hat es gehört, und er fragt ganz besorgt: »Was, du liebst meine Tochter nicht mehr? Willst du sie denn nicht heiraten?«

Und der Geselle, er sagt nein, obwohl er sie heiraten will, nichts lieber als das.

»Ja, willst du denn nicht mein Geschäft übernehmen?«, fragt der Meister weiter.

Und nichts anderes will der Geselle, aber er sagt: »Nein, will ich nicht.«

So war der, weil er auf der Burg übernachtet hat. Das war jedem klar. Aber keiner hat es genau wissen wollen.

Nur seine Liebste, die klug war, die wollte es genau wissen, und sie fragt ihn am hellen Mittag im Sonnenschein: »Du, ist der Himmel blau?«

Und er sagt: »Nein.«

»Dann ist der Himmel also grün?«, fragt sie.

Und er sagt: »Ja.«

Da hat sie gewusst, dass er sie noch liebt. Das hat ihr genügt. Da hat sie gewusst: Auf der Burg haust ein Lügenteufel, und der hat ihren Liebsten gebissen. Wenigstens das war geklärt. Man muss halt lernen, mit der Lüge zu leben.

Und eines Tages kam ein Sägenfeiler ins Dorf. Ein Sägenfeiler, was ist das?

Das ist einer, der hat einen Gürtel, und an diesem Gürtel hängen viele Feilen, von sehr grob bis ganz fein. Und er trägt einen Schraubstock bei sich. Den Schraubstock macht er am Tisch fest, und dann schraubt er die Sägen ein und feilt mit seinen Feilen, den groben und den feinen, die Zähne der Sägen wieder scharf. Das ist sein Gewerbe. Und er war den ganzen Tag über beschäftigt, die Leute kamen, brachten ihre Sägen, und es gefiel ihm in dem Dorf.

Die Menschen waren freundlich zu ihm, die Gegend fand er schön, der Himmel war blau, und er dachte sich: Ach, jetzt bin ich schon alt genug, ich will nicht mehr herumziehen.

Er feilte weiter und dachte: Ach, soll ich es nicht mit diesem Dorf probieren? Und feilte weiter und dachte: Ja, ich probier's. Heut Nacht auf jeden Fall bleib ich hier. Ist die erste Nacht gut, bleib ich eine zweite, ist auch die gut, wird man sehen.

Aber die Leute waren gar nicht so freundlich, wie sie ihm vorkamen. Sie brachten die Sägen und bezahlten prompt und stellten dem Sägenfeiler ein Glas Wein auf den Tisch.

Aber als der Sägenfeiler sagte, er wolle bei ihnen bleiben, ob sie ihm ein Zimmer empfehlen könnten, lächelten sie scheinheilig und sagten: »Aber freilich, freilich, ein schönes Zimmer, das schönste, nämlich oben auf der Burg, dort darfst du dir das schönste Zimmer aussuchen, und es kostet keinen Pfennig.«

Der Sägenfeiler hatte vor nichts Angst, und er ging hinauf zur Burg, durchstöberte die Burg, sah sich jeden Raum an und fand tatsächlich ein Zimmer, das durchaus prächtig eingerichtet war, ein bisschen muffig, man musste halt lüften. Er legte sich auf das Bett, er war ja hundemüde, hatte den ganzen Tag gearbeitet und schlief sofort ein.

In der Nacht wachte er auf durch Hundegebell. Neben seinem Bett! Der Mond schien herein, aber da war kein Hund. Da war ein kleiner, schwarzer Teufel. Der Sägenfeiler hatte vor nichts Angst, auch nicht vor dem Teufel, schon gar nicht vor einem so kleinen schwarzen, nicht einmal roten.

»Bist du ein Hund?«, fragte er das Teufelchen.

»Ja«, sagte das Teufelchen, »bin ein Hund.«

»Du bist also kein Teufel?«

»Bin kein Teufel!«

»Und jetzt ist mitten in der Nacht?«

»Nein, jetzt ist heller Tag.«

»Ach, du armes Ding«, rief der Sägenfeiler aus, »kannst nie sein, wer du bist, kannst nie sein, wo du bist, kannst nie sein, wie du bist, kannst nie sehen, was ist, kannst nie sagen, wie es dir geht. Musst immer lügen!«

Und weil er nun schon einmal wach war, machte er sich eine Jause. Er griff in seine Tasche und holte Nüsse heraus. Und diese Nüsse knackte er mit den Zähnen auf und warf sich die Kerne in den Mund und kaute gemütlich.

»Will auch Nüsse«, sagte das Teufelchen, das schwarze, nicht einmal rote. »Kannst du mir auch Nüsse geben?«

»Aber ja«, sagte der Sägenfeiler, »ich kann dir Nüsse geben.«

Er griff in seine andere Tasche und holte eine Handvoll Kieselsteine heraus. Die gab er dem Teufelchen, und das Teufelchen warf sich die Steine in den Mund und biss darauf, bis die Funken stieben.

»Kann die Schale nicht knacken«, jammerte es. »Warum kannst du die Schale knacken?«

»Das liegt an meinem Beruf. Ich bin Sägenfeiler. Weißt du, was ein Sägenfeiler als Erstes feilt?«

»Weiß es nicht.«

»Seine eigenen Zähne. Das habe ich gemacht, ich habe meine Zähne spitz gefeilt wie Lanzenspitzen und scharf wie Rasiermesser. Und jetzt kann ich damit auch die härtesten Nüsse knacken.«

»Will ich auch«, sagte das Teufelchen. »Kannst du meine Zähne feilen?«

»Kann ich«, sagte der Sägenfeiler, und gleich riss das Teufelchen sein Maul auf, aber der Sägenfeiler sagte: »Nein, nein, nein, so geht das nicht. Komm her«, und nahm den Teufelskopf zwischen seine Hände und spannte ihn in den Schraubstock ein. »Der Kopf muss gerade und fest sein«, sagte er, und das war der Kopf nun, gerade und fest.

»Mach schnell«, jammerte das Teufelchen, »tut weh, tut so weh!«

»Das geht nicht«, sagte der Sägenfeiler, »der Kopf muss einen Tag ruhen, dann kann ich erst feilen. Kein Wort darfst du sagen, darfst nicht jammern und nicht klagen, nicht greinen und nicht weinen.«

Dann legte sich der Sägenfeiler wieder aufs Ohr.

Am nächsten Morgen sagte er zum armen Teufelchen, er müsse ins Dorf hinunter, am Abend komme er zurück, dann werde er ihm die Zähne feilen.

Im Dorf setzte er sich ins Gasthaus und tat, als ob nichts wäre. Die Bauern waren aber neugierig und konnten das Grinsen nicht unterdrücken. Draußen war Sonnenschein, und sie fragten: »Scheint uns draußen die Sonne?«

Der Sägenfeiler antwortete: »Nein.« Und er meinte damit: Dem Bösen scheint die Sonne nirgends.

Sie fragten: »Ist der Himmel grün?«

Er antwortete: »Ja.« Und er meinte damit: Dem Bösen ist alles grün wie Galle.

Aber der Sägenfeiler kannte die Menschen und wusste, man musste ihnen immer eine zweite Chance geben, aber nur eine zweite. Darum sagte er: »Ich will gern bei euch wohnen bleiben. Ich habe Geld. Verkauft mir ein Stück Boden, damit ich darauf ein Haus bauen kann.«

Die Dörfler waren böse, aber nicht nur böse, ein bisschen mehr waren sie sogar gut, und sie hätten gern so einen wie den Sägenfeiler bei sich gehabt. Aber sie dachten, der ist von dem Lügenteufel oben auf der Burg gebissen und angesteckt worden wie der Müllergeselle. Und deshalb deuteten sie die Worte des Sägenfeilers um: Ich will *nicht* gern bei euch wohnen. Ich habe *kein* Geld. Verkauft mir *kein* Stück Boden, ich will mir *kein Haus* darauf bauen. Darum sagten sie: »Nein, wir wollen dich hier nicht haben.«

Am Abend stieg der Sägenfeiler wieder hinauf zur Burg. Immer noch steckte das Teufelchen im Schraubstock, und es hatte nicht einen Mucks von sich gegeben, nichts gesagt und nicht geklagt, nicht gegreint und nicht geweint. Der Sägenfeiler streichelte dem Schwarzen über den schwarzen Kopf, der nicht einmal rot war, und dann feilte er ihm die Zähne scharf und spitz.

»Und die Nüsse?«, fragte das Teufelchen.

»Sind unten im Dorf«, sagte der Sägenfeiler. »Die Bauern haben sie versteckt.«

»Und wo versteckt?«

»In ihren Ärschen.« Er schraubte das Teufelchen los und sagte: »Lauf und hol dir die Nüsse!«

Und das Lügenteufelchen lief ins Dorf hinunter und biss den Bauern einem nach dem anderen in den Arsch.

88

Der schwarze Käfer

Ein schlecht gelaunter Stallbub war einmal, der immer und überall, auch ungefragt, verkündete, er werde die schlechte Laune erst aufgeben, wenn er vor lauter Reichsein auch im Sommer in einem Hermelinmantel durch die Straßen ginge und zur Kühlung, die dann ja wohl nötig wäre, einen Extramann anstellte, der nichts anderes zu tun hätte, als ihm Luft ins Gesicht und in den Kragen zu blasen, allerdings nicht ohne vorher seinen Atem mit den allerfeinsten Kräutern zu veredeln, die das Gramm so viel kosteten wie im Gasthaus zur Sonne der beste Sonntagsbraten, und zwar derselbe gleich dreimal hintereinander, plus Apfelstrudel und Bier. Denn Reichsein sei alles, Armsein sei nichts.

Reden konnte er, der Stallbub, aber ein Stallbub blieb er deswegen trotzdem. Es gab keinen Zeitungsreporter in der Nähe, der auf ihn aufmerksam geworden wäre und sein loses Mundwerk geschätzt hätte. So redete er nur und redete und ging allen auf die Nerven.

»Der redet einem den letzten Pfennig aus der Tasche«, hieß es, und tatsächlich steckten die Knechte und Hirten die Hände in die Hosentaschen und hielten alles, was darin war, fest, wenn der Stallbub, der auch der Redefuchs genannt wurde, irgendwo plötzlich auftauchte.

Das war nämlich seine Spezialität: irgendwo plötzlich aufzutauchen. Dann starrte er einen an mit seinen rotgeränderten Augen, und sein Mundwerk ging los, und die Worte tanzten zwischen seinen Lippen hervor, die ebenfalls rot waren vor lauter, dass sich die Worte an ihnen rieben. Und die roten Augenlider hatte er vom Schauen, vom Schauen in der Welt herum, was sich alles in Worte verwandeln ließe.

Er redete auch mit den Kühen, gab ihnen Worte, nicht weniger als Strohhalme zum Fressen. Mit den Schweinen redete er auch und auch mit den

Schafen und den Ziegen, sogar mit den Pferden und natürlich auch mit Katz und Hund. Als dann die Kühe weniger Milch gaben und die Schweine das Gemästetwerden verweigerten, die Schafe keine Wolle ansetzten und die Ziegen sich niederlegten und verendeten, die Pferde stumpf im Fell und kraftlos wurden, der Hund nicht mehr wachte und die Katz nicht mehr mauste, da verbot der Bauer dem Stallbub, der auch die Schnattergans genannt wurde, das Reden in den Ställen.

Das war nicht leicht. Am Abend keuchte er vor Erschöpfung, denn um ein Dreifaches anstrengender als die Arbeit waren das Zusammenpressen der Lippen und das Schlucken der Wörter. Bevor die Sonne unterging, ließ er dann doch noch etwas ab, er redete mit den Mauerseglern, und weil die so schnell waren wie kein anderes Tier, redete er mit ihnen so schnell wie mit keinem anderen Lebewesen. Was zur Folge hatte, dass die Mauersegler sich davonmachten. Was zur Folge hatte, dass die Mücken und Fliegen und all das andere Ungeziefer sich über die Maßen vermehrten. Was zur Folge hatte, dass die Ernte fast zur Gänze zusammengefressen wurde. Weswegen der Bauer dem Stallbub – der auch die Säge genannt wurde, weil seine Worte, wie die Zähne einer Säge in den Baum, dem Menschen in den Verstand schnitten – verbot, überhaupt zu sprechen.

Das war hart.

Das war so hart, dass der Stallbub den Bauer um eine Verhandlung bat. Und weil der Bauer – erstens – ein gütiger Mann war und weil er – zweitens – mit dem Stallbub, abzüglich dessen Redekrankheit, eigentlich immer zufrieden gewesen war, ließ er sich auf diese Verhandlung ein und sagte:

»Also?«

»Darf ich wenigstens leise reden?«, fragte der Stallbub.

»Wie leise?«

»Einfach ein bisschen leiser.«

»Nur leiser, nicht auch weniger?«

»Wenn ich sehr leise rede, ist es doch gleichgültig, ob ich viel oder wenig rede.«

»Aber nur, wenn du so leise redest, dass es niemand hört.«

»Was meint Ihr mit niemand?«, fragte der Stallbub.

»Niemand ist niemand.«

»Und wenn zum Beispiel die Käfer eine Ausnahme bildeten?«

»Die Käfer?«

Der Bauer überlegte. An den Käfern lag ihm nichts. Die Käfer waren eher Ungeziefer. Auf Käfer trat er selber gern drauf. Einen Käfer umzubringen, war keine Sünde, jedenfalls nicht, dass er gewusst hätte.

»Also gut«, sagte er. »Käfer gelten. Mit Käfern darfst du reden. Aber so leise, dass dich niemand sonst hört.«

Bei den Käfern war es aber nicht anders. Sie flohen den Stallbub. Da wurde seine Laune noch schlechter. Er wusste ja, oder besser sollte ich sagen: Er ahnte, dass ihm der liebe Gott nur eine Gabe geschenkt hatte, nämlich zu reden. Und wenn ihm das Reden verboten und er mit seinem Talent nichts anfangen könnte, dann würde er nie reich werden und ewig Stallbub bleiben, ein unbeliebter obendrein, obendrein unbeliebt bei Tier und Mensch.

So lag er eines Nachts in der Scheune im Stroh und flüsterte seine Unzufriedenheit mit der Welt und dem Universum auf den schrundigen Holzboden nieder, und dabei fügten sich ihm die Worte zu einer wahren Symphonie, das Äußerste verband sich spielend über die Vokabeln mit dem Innersten, das Hässliche mit dem Schönen, dass er selber nur noch so staunte, oder besser gesagt: Seine Ohren staunten über seine Lippen – aber das läuft auf das Gleiche hinaus.

Und da zwickte ihn etwas ins Ohr. Da schau an! Ein Käfer. Tatsächlich ein Käfer? Ja, ja! Ein großer schwarzer Käfer. Nämlich der Hirschkäfer mit seinem prächtigen Geweih.

Und dieser Käfer konnte sprechen. Ein bisschen. Ein klein bisschen konnte er sprechen. Ein klein bisschen konnte er hören wie ein Mensch, und daraus hatte sich die Fähigkeit entwickelt, ein klein bisschen reden zu können wie der Mensch. Aber vielleicht war es auch anders gewesen. Vielleicht hatte der liebe Gott einfach ein Experiment machen wollen. Genaues weiß niemand. Der Käfer jedenfalls konnte so wenig gut reden, dass ich ihn hier gar nicht wörtlich zitieren mag, das wäre peinlich. Deshalb verwende ich die Form der indirekten Rede, wenn's recht ist.

Ob er derjenige sei, der so viel rede, dass Mensch und Tier davonlaufen, fragte der Käfer – auf seine reduzierte Art.

»Ja, der bin ich«, antwortete der Stallbub traurig.

Ob er ihm, dem Prächtigsten aller Käfer, vielleicht etwas von den vielen Worten abgeben könnte.

Da hat er gestutzt, der Stallbub. Wenn Käfer plötzlich reden können, dachte er sich, dann ist eine Menge möglich. Und meinte damit: Auch dass ein armer Stallbub reich wird zum Beispiel, ist möglich.

»Ja, das kommt darauf an«, sagte er, flüsterte er, leise, leise, denn reden durfte er ja nicht.

Worauf das denn ankomme, fragte der Käfer.

»Auf die Bezahlung«, war die prompte Antwort.

Bezahlung, so der Käfer, heiße bei den Menschen Geld, wenn er das richtig verstanden habe.

»Das hast du richtig verstanden.«

Dann wolle er einen Vorschlag machen, zischte der Käfer nahe am Ohr vom Stallbub. »Pro Wort ein Münz.« – Das war jetzt tatsächlich wörtlich.

Von da an war kein Halten mehr. Der Stallbub hat geflüstert die ganze Nacht lang und dabei mit einem Nagel Kerben in den Holzboden von der Scheune geritzt – jede Kerbe ein Wort. Und als die Sonne aufging, war der Käfer dem Bub eine Summe von tausend Talern schuldig. Das war bei weitem mehr, als der Bub sich als Lohn für sein ganzes Leben gedacht hat. Noch im Halbwachen dachte er, nein, das kann nicht sein, das ist ein Traum, und wenn ich aufwache und nicht eine einzige Münze liegt neben mir, dann will ich nicht noch schlechter gelaunt sein, als ich ohnehin bin.

Aber – herhören! – als er aufwachte, lag da ein großer Haufen Geld, blinkte in der Sonne, die schon fast im Mittag stand. Schnell hat er die Münzen unter das Heu geschoben, und es war gerade in der Sekunde genau richtig, denn da stand der Bauer, und nun hatte er genug:

»Nicht nur, dass du eine Goschen hast, die auf- und abgeht wie dem Teufel seine Zunge, wenn er einen Hurenbock sieht. Nicht nur, dass du immer schlecht gelaunt bist und die Falten zwischen deinen Augen in der Stirn so tief sind, dass man den Hausschlüssel darin verstecken könnte. Jetzt schläft der Herr auch noch bis Mittag!«

Der Bauer hat ihn rausgeworfen. Nichts durfte er mitnehmen. Das war hart. Das war so hart, dass der Stallbub den Bauer noch einmal um eine Verhandlung bat.

»Den Käfer«, sagte er. »Nur den Käfer. Wenn Ihr beim Käfer eine Ausnahme machen würdet.«

An einem Käfer, gleich was für einem, lag dem Bauer nichts. Die Käfer waren Ungeziefer, das war bewiesen. Wozu die nütze waren, also, das war eine der Fragen, die er dem lieben Gott gern stellen würde. Jeder normale Mensch trat gern auf einen Käfer. Einen Käfer umzubringen, war keine Sünde.

»Also gut«, sagte der Bauer. »Einen Käfer darfst du mitnehmen.« Aber weil er doch auch streng wirken wollte, fügte er hinzu: »Aber nur einen.«

Mehr als einen Käfer wollte der Stallbub ja auch gar nicht. Und ein Stallbub war er nun nicht mehr.

Von nun an nannte er sich Baron.

Erst Baron, dann Graf, dann Herzog, dann Fürst. Ich mache einen großen Sprung in die Zukunft. Will kurz zusammenfassen, was geschah:

Viel Geld geschah. Viel Geld und viel Worte. Für den Käfer hat der Herr Baron, Graf und so weiter ein kleines goldenes Häuschen bauen lassen mit einem seidenen Bettchen darin und silbernen Schüsselchen, und als der Käfer reden konnte wie ein Professor und als er nicht nur reden, sondern auch lesen konnte, und zwar alles von Aristoteles bis Heidegger, hat ihm der Herr Herzog, Fürst und so weiter ein wohlsortiertes Bibliothekchen eingerichtet. Er selber hat darauf verzichtet, im Sommer mit einem Hermelinmantel durch die Stadt zu gehen und sich von einem Extramann kühle Pfefferminzluft ins Gesicht und in den Nacken blasen zu lassen. Und schlecht gelaunt war er auch nicht mehr. Und schließlich hat er auch nicht mehr so viel geredet. Die Augenlider und die Lippen waren nicht mehr rotgescheuert. Reichsein ist alles, Armsein ist nichts.

89

Der Teufel und der Doktor

Es war einmal ein Doktor, der hat das Heilen ernst genommen, er war nahezu verrückt danach, eine Wunde sich schließen zu sehen oder einen Husten vergehen zu hören und das Fieber zu senken oder die Niedergeschlagenheit niederzuschlagen oder schwache Augen nachzuschärfen und so weiter. Er vermutete, dass in jedem Kraut etwas steckte, man müsste, sagte er, nur wissen – erstens – was, – zweitens – wie viel, – drittens – wo es zu finden sei. Er ging gern in den Bergen herum. Dort oben, so seine Überlegung, wachsen die Kräuter mit der stärksten Heilkraft, weil der Himmel – und woher, bitte, soll sonst die Heilkraft kommen? – so nah ist.

Und so wanderte der Doktor eines Tages wieder nahe unter den Wolken dahin, da wäre er beinahe über eine Wurzel gestolpert. Er schaute sich die Wurzel genau an, denn auch Wurzeln konnten es in sich haben, überhaupt war der Doktor einer, der sich alles genau anschaute, man konnte ja nie wissen. Es war keine auffällige Wurzel, aber in ihr steckte etwas. Das sah aus wie ein Zapfen. Wie ein Zäpfchen. Als hätte jemand mit einem Hämmerchen ein Zäpfchen in die Wurzel geschlagen. Das musste näher untersucht werden.

Zunächst versuchte der Doktor, an dem Zäpfchen zu drehen. Um zu sehen, ob es tatsächlich ein Zäpfchen war. Es war ein Zäpfchen, es ließ sich mit einiger Fingerkraft drehen. Und als er es um ein Kleines verdreht hatte, hörte der Doktor etwas. Es klang wie eine Stimme. Ein Stimmchen. Der Doktor legte sich nieder und hielt das Ohr nahe an das Zäpfchen und drehte noch einmal. Jetzt konnte er das Stimmchen verstehen.

»Hilfe! Hilfe! Rettet mich!«

Da brach in dem Doktor der Heilswille durch. Damit ist Folgendes gemeint: Er wollte helfen, unbedingt, und dachte nicht lange nach. Hätte er nur eine halbe Minute nachgedacht, was wäre herausgekommen? Wer ruft da? Wo ist der? Kann einer in einer Wurzel sein? Was für einer muss der sein, wenn er in einer Wurzel sitzt? Fragen über Fragen. Aber der Doktor hatte nur eines im Sinn: helfen. Also zog er das Zäpfchen aus der Wurzel heraus.

Aber nichts geschah.

»Wer hat mich da gerufen?«, fragte er in das kleine Löchlein hinein, in dem das Zäpfchen gesteckt hatte.

»Ich«, hörte er es dünn antworten.

»Wer ist ›ich‹?«

»Ich kann es erst sagen, wenn ich draußen bin.«

»Was hindert Euch daran?«

»Es muss mich einer bitten, herauszukommen.«

»Wenn's nichts Schwereres ist: Bitte, kommt heraus!«

Da kroch ein kleines wuseliges Etwas flink aus dem Loch hervor und verschwand auch sogleich im Laub. Der Doktor fegte mit der Hand den Boden frei, aber nichts war zu sehen. Es könnte natürlich auch sein, schoss es ihm durch den Kopf, dass ich verrückt geworden bin. Das machte ihm Sorgen, aber doch eigentlich keine, denn er wusste ein ziemlich gutes Kraut gegen Verrücktheit. Und genau an diesem Gedankenpunkt hörte er es hinter sich rascheln.

Einer stand hinter ihm. Ein Großer. Einer in Grün und Rot. Einer mit einer Feder auf dem Hut. »Guten Tag«, sagte er. »Ich würde mich gern bedanken, aber ich kann nicht, es liegt nicht in meiner Natur.«

»Was für eine Natur kann es sein, die den Dank nicht zulässt?«, fragte der Doktor.

»Die Natur des Teufels.«

Das war's also. Dem Doktor war schnelles Denken zu eigen. Da musste man weit gehen, bis man einen ähnlichen Schnelldenker fand. Ruck, zuck im Geist rechnete er die letzten Monate sich vor, und da fiel ihm auf, dass er nichts Böses erlebt hatte in dieser Zeit, kein böses Wort, kein Mord, kein Diebstahl war ihm zu Ohren gekommen, die Rechnungen waren pünktlich bezahlt worden und verflucht war niemand worden, jedenfalls nicht, dass er wüsste.

»Wie lange bist du schon eingesperrt in diesem Loch?«, fragte er und bekam zur Antwort, was seinen Verdacht bestätigte: grad so lange, wie das Böse ausgeblieben ist in der Welt.

»Ich kann nicht Dank sagen«, sagte der Teufel, »aber mich erkenntlich zeigen kann ich wohl. Bekanntlich sind die besten Kräuter die schlimmsten. Was töten kann, kann auch heilen. Andere Kräuter kenn ich nicht, aber diese kenn ich alle.«

So wanderten der Teufel und der Doktor von nun an gemeinsam. Der Doktor suchte sich am Abend eine Herberge, wo er schlafen konnte, der Teufel aber verabschiedete sich für die Nacht. Was heißt das? Das heißt Folgendes: Der Teufel schläft nicht. Das ist ein Sprichwort sogar, und es ist wahr. An den Tagen zeigte er dem Doktor die Kräuter, in der Nacht hat er Böses getan. Die meisten Morde geschehen in der Nacht. Auch die meisten Diebereien passieren im Dunkeln. Einmal beim Frühstück fragte der Doktor den Teufel, was er denn so alles in der Nacht treibe. Da waren die zwölf Gebote ruck, zuck rauf und runter gebeichtet, aber nicht einmal, sondern vierhundertmal.

»Warum zwölf Gebote?«, fragte der Doktor. »Ich dachte, auf den Tafeln des Moses standen nur zehn.«

»Zwölf standen drauf«, sagte der Teufel. »Zwei habe ich abgebrochen.«

»Und was sind das für Sünden?«

»Verrate ich nicht.«

»Warum nicht?«

»Damit ihr euch nicht vorsehen könnt. Diese zwei Sünden habe ich euch immer voraus.«

»Das ist nicht gerecht«, sagte der Doktor.

Da stimmte ihm der Teufel zu.

Sie wanderten über die Berge, der Teufel zeigte ihm die Plätze, wo die wirkungsvollsten Pflanzen wuchsen, und er klärte ihn über die Dosierung auf. Bei manchem Kraut, sagte er, genüge ein Blättchen in zehn Liter Wasser gekocht, um eine schwere Krankheit zu heilen. Zwei Blättchen in derselben Menge Wasser führten zum Tod. Der Doktor nahm Proben und schrieb alles in sein Buch.

So wanderten sie ein halbes Jahr.

»Nun muss ich nach Hause«, sagte der Doktor endlich. »Was nützen die besten Kräuter, wenn der Arzt nicht da ist, der sie verschreibt.«

Die Wahrheit ist Folgende: Auf dem Heimweg führte der Doktor in seinem Herzen und in seinem Verstand einen Kampf. Der Teufel war ihm nämlich lieb geworden, irgendwie war er ihm lieb geworden. Nie hatte er sich mit irgendjemandem so gut und gescheit unterhalten wie mit dem Teufel. In seiner Gegenwart war der Teufel nicht eine halbe Minute lang böse gewesen. Nichts Teuflisches war an ihm. Aber was er in den Nächten trieb, das konnte sich der Doktor ausmalen. Und was er sich da ausmalte, oh, das waren schreckliche Dinge! Also: Einerseits hätte der Doktor den Teufel gern zu seinem Freund gehabt, andererseits passt das ja nicht zusammen – ein Arzt, der Gutes tut und ganz verrückt danach ist, Gutes zu tun, und der gleichzeitig den Bösesten der Bösen päppelt, anstatt ihn wieder dort einzusperren, wo ihn vor ihm ein anderer eingesperrt hatte. In diesem Kampf zwischen Gut und Böse im Herzen und im Verstand des Doktors siegte schließlich das Gute.

»Worüber wir bisher noch nie gesprochen haben«, fing er scheinheilig an. »Der dich in dieses kleine Löchlein gesperrt hat, Himmelherrgott, der muss ein starker Kerl gewesen sein, den würde ich gern kennenlernen, wenn's nicht gar der Herrgott selbst war, eigentlich kann's nur der Herrgott selbst gewesen sein.«

»Warum denkst du das?«, fragte der Teufel.

»Ja, schau, wie soll ich sagen«, druckste der Doktor herum. »Du bist ein großer Mann. Wenn einer dich so kleinstauchen kann, dass du in dieses Löchlein passt, also, bitte, also der muss sehr stark sein.«

»Ich bin überlistet worden«, sagte der Teufel. »Ich hab mich selbst so kleingemacht.«

»Überlistet? Du? Der Klügste, der mir je begegnet ist?«

»Auch der Klügste wird dumm, wenn ihm einer schmeichelt, es sind die Dummheit und die Eitelkeit«, sagte der Teufel. »Merk dir das.«

»Aber wie hat er das gemacht«, bohrte der Doktor weiter. »Wie soll ein sündiger Mensch dem Teufel schmeicheln können?«

»Damals war ich eben dumm«, sagte der Teufel. »Heute bin ich klüger.«

»Also«, sagte der Doktor, »also wollen wir einmal Folgendes festhalten: Was du in Bezug auf deine Person dumm nennst, das wäre in Bezug auf unsereinen immer noch gescheiter als gescheit.«

»Meinst du?«, sagte der Teufel, und seine Stimme klang nun weich. »Also ich selbst würde das nie von mir behaupten. Aber wenn du das sagst. Und du bist der klügste Mensch, dem ich je begegnet bin.«

»Ich habe viel gelernt von dir«, sagte der Doktor. »Das werde ich an die Menschen weitergeben. Gescheiteres, nein, kann vom Himmel nicht kommen.«

»Du meinst mein Wissen über die Heilkräfte der Natur.«

»Auch, auch. Diesbezüglich bist du der Menschheit um Jahrtausende voraus. Aber ich meine deine ganze Art. Ich werde von nun an den Menschen predigen, dass sie ein völlig falsches Bild von dir haben. Ich habe erfahren, wie du wirklich bist. Groß! Sehr groß! Ich weiß nicht, wie groß der Herrgott ist. Aber ich kann mir nicht vorstellen …« Den Satz aussprechen wollte der Doktor dann doch lieber nicht. Aber es war gar nicht nötig. Der Teufel lächelte, und er sah sehr zufrieden aus. »Und eben nicht nur groß bist du«, fuhr der Doktor fort.

»Sondern?«

»Sondern auch klein. Du bist groß und klein. So klein, dass du sogar in dieses Löchlein hineinpasst. Obwohl …«

»Zweifelst du?«, fragte der Teufel.

Der Doktor schwieg.

»Du zweifelst also.«

»Mir würde es genügen, wenn du nur groß wärst«, sagte der Doktor.

Der Teufel blieb stehen. »Aber mir genügt es nicht, wenn du mich nur für groß hältst«, sagte er.

Zufällig! Zufällig waren sie gerade bei der Wurzel angekommen, in die das Löchlein gebohrt worden war. Natürlich nicht zufällig waren sie dort angekommen! Der schlaue Doktor hatte den Weg und das Gespräch genauestens berechnet.

»Also, wenn du mich wirklich überzeugen willst …« So stammelte er. Oder besser: tat er, als ob er stammelte.

Da schrumpfte der Teufel vor seinen Augen zusammen, bis er ein winziges Etwas wurde, und dieses winzige Etwas schlüpfte vor den Augen des Doktors in das Löchlein.

Und jetzt! Großes Lob für den Herrn Doktor! Er drückte flink das Zäpfchen darauf und schlug es mit einem Stein fest.

Und ging nach Hause. Darum sind wir bis heute alle gut.

90

Der Wacholderbaum

Es war einmal ein Märchenpaar, ein Mann und eine Frau. Er war gebaut wie eine Birke, eine Haut wie das feinste Leder. Sie war ein Glanz in der Welt. Und beide waren sie reich und waren gescheit und mit einem Anwesen gesegnet, auf dem zwei Bäume wuchsen, ein Apfelbaum und ein Wacholderbaum, und der Apfelbaum war der Baum des Mannes, und der Wacholderbaum war der Baum der Frau.

»Du bist wie ein Apfelbaum«, sagte die Frau.

»Du bist wie ein Wacholderbaum«, sagte der Mann.

Nur einen Kummer hatten die beiden, aber einen großen Kummer: Ein Kindlein wollte sich nicht einstellen, egal, wie sie sich anstellten. Da hieß es: Es soll eben nicht sein, die Frau kann das Leben eben nicht mehren. Denn alle gaben die Schuld der Frau.

Der Mann aber sagte: »Lieben können wir uns doch trotzdem, oder?«

Sie aber wusste nicht so recht, sie wusste einfach nicht so recht.

Und die Frau vertrocknete. Und mit ihr vertrocknete der Wacholderbaum. Bald waren die Blätter grau, und sie schrumpelten und fielen ab, und die Zweige verengten sich und wurden dürr wie Hühnerbeine.

Der Apfelbaum aber übertraf sich selbst. Im Herbst waren bald mehr Äpfel auf ihm als Blätter, man musste die Äste stützen, und die Äpfel waren die süßesten und anmachigsten, die je ein Mensch gesehen hatte, und die Experten rieten dringend, man solle von diesen Äpfeln auf jeden Fall jeden Tag einen essen, aber auf keinen Fall mehr als einen, weil in diesen Äpfeln die Natur derart konzentriert sei, dass man einen Schock davontragen könnte bei zweien oder gar dreien.

Da sagte der liebe Mann zur lieben Frau: »Von diesen Äpfeln sollst nur du essen, ich habe Natur in solcher Konzentration nicht nötig.«

Er ließ eine schwere Holzkiste bauen, in die stapelte er die Äpfel, und jeden Tag aß die Frau einen. Nützen tat es nichts, jedenfalls nicht bis in den Winter hinein.

Im Winter stand die Frau, mager inzwischen und ausgedörrt und hässlich und grau, eines Tages beim Wacholderbaum und schälte einen ihrer Äpfel, da schnitt sie sich in den Finger, und Blut tropfte in den Schnee. Da räkelte sich der Wacholderbaum, als wäre er ein Mensch, der gerade gemütlich von einem langen erquickenden Schlaf erwacht war. Und die Frau sagte vor sich nieder: »Ach, bekäme ich doch nur ein Kind, das wie Schnee und Blut ist und sich so räkelt beim Aufwachen!«

Und schau her, im Frühling tat sich etwas! Der Wacholderbaum schlug aus schon vor der Zeit, die Zweige wurden prall, und der Saft in seinen Adern drückte, und sicher hätte der Baum gejauchzt, wenn der Gedanke daran nicht schon ein Unsinn wäre. Und der Frau ging's nicht anders! Weg waren die Falten und die Kerben um den Mund, und die Mundwinkel hoben sich, und die Augen feuerten, und ihr Leib blühte und duftete, und bald war klar: Sie ist schwanger.

Mit dem Apfelbaum aber ging's bergab. Als die Frau rund und runder war und schwer und schwerer wurde, stand er in den letzten Zügen, da war es Sommer. Aber seine letzten Äpfel waren die schönsten und die süßesten.

Trauer über Trauer! Die Frau, die liebe, die schwere, die duftende, die schöne, sie brachte ihr Kind auf die Welt, und dann starb sie, und mit ihr starb der Apfelbaum. Es war, als hätte die Natur etwas verwechselt. Oder als hätten wir etwas falsch verstanden; das kann ja auch sein.

Der Mann, der von nun an der Vater genannt wird, drückte seinen Buben jeden Tag an seine Brust und gab ihm jeden Tag einen Apfel aus der Truhe und streichelte sein Söhnchen in den Schlaf hinüber und weinte und sah sich schließlich in der Welt nach einer anderen Frau um, denn es ist nicht gut, wenn ein Kind ohne Mutter aufwächst. Und der Mann fand eine. Die war an sich nicht schlecht.

Und es war auch nicht so ein Problem wie mit der Ersten, es brauchte keinen Schnitt in den Finger vor einem Wacholderbaum, sie wurde ruck, zuck schwanger und brachte ein Mädchen zur Welt. Aber sie liebte nur ihr Mädchen, liebte nicht den Buben von ihrer Vorgängerin, knuffte ihn, puffte ihn, ließ ihn schuften, gab ihm Kopfnüsse, zog seine Löffel in die Länge, wenn der Vater nicht da war. Aber seinen täglichen Apfel traute sie sich ihm nicht zu nehmen.

Eines Tages sagte das Mädchen: »Ich will auch so einen Apfel haben.«

Da sagte der Bub: »Musst den Vater fragen.«

Der Vater aber sagte: »Die Äpfel sind nur für den Buben, nur für ihn. Dass sich einer unterstehe!«

Das ärgerte die Stiefmutter.

Am nächsten Tag sagte sie zu dem Buben: »Komm, Bub, komm, nimm dir deinen Apfel!«

Und als sich der Bub über die Truhe beugte, schlug sie mit aller Kraft den Deckel auf seinen Nacken, so dass der Kopf vom Hals fiel. Da erschrak sie. Was soll ich nur tun, dachte sie, der Mann wird mich würgen!

Sie steckte den toten Kopf des Buben auf den toten Hals, wickelte ein Tuch herum, drückte ihm den Apfel in die Hand und setzte ihn draußen auf die Bank neben der Tür, wo die Sonne auf ihn schien und er aussah, als würde er gleich hineinbeißen in seinen Apfel.

Da kam das Mädchen nach Hause und lächelte den Bruder an, der da in der Sonne saß mit dem Apfel in der Hand, als würde er gleich hineinbeißen, und sie sagte: »Bruder, lass mich auch von deinem Apfel abbeißen!«

Der Bruder aber antwortete nicht.

»Nur einmal lass mich abbeißen«, sagte das Mädchen, »nur ein einziges Mal!«

Aber der Bruder antwortete nicht.

»Ich habe eine solche Lust, einmal in deinen Apfel zu beißen«, sagte das Mädchen, »ich glaube, ich kann nicht weiterleben, wenn ich nicht einmal in deinen Apfel gebissen habe. Bitte, lass mich, Bruder, bitte, lass mich!«

Aber der Bruder, der Bruder, der schwieg und rührte sich nicht, saß in der Sonne auf der Bank und hatte seinen Apfel in der Hand.

Da lief das Schwesterchen ins Haus und beschwerte sich bei der Mutter.

Die Mutter sagte: »Frag ihn noch einmal, und wenn er wieder bockt, dann gib ihm eine Ohrfeige. Deine Mutter erlaubt es dir.«

Der Bruder bockte wieder, und das Mädchen schlug zu, und der Kopf fiel herunter und rollte davon und kam erst zu stehen unten, wo der Weg anfing.

Ich habe meinen Bruder getötet, dachte das Mädchen und beichtete es der Mutter.

Die Mutter sagte: »Oh, da hast du etwas sehr Böses getan! Das wird dir der Vater nie verzeihen. Er wird dich davonjagen, und du wirst draußen in der Welt einsam werden und Hunger haben und wirst einsam und hungrig sterben.«

»O Mutter, Mutter«, weinte das Mädchen, »was kann ich nur tun!«

»Bleibt uns nichts anderes übrig, als den Bruder zu zerschneiden, ihn zu kochen und ihn dem Vater zu essen zu geben«, sagte die Mutter.

Sie taten so, und dem Vater schmeckte der Braten, aber das Mädchen hatte weiter Kummer, denn es wollte kein böser Mensch sein, und es sammelte die Knöchlein auf, die der Vater hinter sich warf, und begrub sie unter dem Wacholderbaum. Da stöhnte der Baum, und seine Blätter wurden grau und fielen ab, und die Zweige wurden dürr wie Hühnerbeine.

Aber aus dem Boden neben dem Baum wuchs ein bunter Vogel in den Himmel hinauf, der konnte singen, und er sang:

Meine Mutter hat mich geschlachtet,
Mein Vater hat mich verspeist,
Meine Schwester hat mich begraben,
Ich bin vom Bruder der Geist!

Die Schwester konnte nicht verstehen, was der Vogel sang; sie meinte, es sei der Gesang eines Vogels und nicht mehr, ein sehr schöner Gesang, aber nicht mehr; und sie fragte den Vater, was er von dem Vogel halte.

»Was soll ich von dem Vogel halten?«, fragte der Vater. »Es ist ein Vogel, und er singt, und er singt sehr schön, aber was ich von ihm halte, das weiß ich nicht. Was soll man von einem Vogel halten?«

Nun fragte die Schwester die Mutter, was denn sie von dem Vogel halte.

»Von welchem Vogel?«, sagte die Mutter.

Da führte das Mädchen die Mutter zu dem Wacholderbaum. Auf dem Baum saß der Vogel, ein blaues Gefieder hatte er und eine goldene Brust. Und er sang:

Ich seh die Himmelspforte,
Ich hör Trompetenklang,
Nun bin ich bald erlöset,
Nun leb ich nicht mehr lang.

Doch komm ich immer wieder
Und singe meinen Schmerz
Und singe meine Lieder
Hinein ins böse Herz:

Meine Mutter hat mich geschlachtet,
Mein Vater hat mich verspeist,
Meine Schwester hat mich begraben,
Ich bin vom Bruder der Geist!

Immer und immer wieder sang der Vogel sein Lied, und nur die Mutter konnte es verstehen, und sie sang mit und tanzte dazu und konnte nicht mehr aufhören zu singen und zu tanzen und tanzte und sang auch in der Nacht und fand keinen Schlaf:

Im Herz des bösen Menschen
Brennt die böse Glut,
Die quält den Mensch, der Böses
Denkt und Böses tut.

Man sperrte sie hinter hohe Mauern, die keine Fenster hatten, aber nach oben hin war der Turm offen. Und so flatterte der Vogel Tag und Nacht über ihrem Kopf und sang sein Lied, und sie sang mit und tanzte dazu.

Meine Mutter hat mich geschlachtet,
Mein Vater hat mich verspeist,
Meine Schwester hat mich begraben,
Ich bin vom Bruder der Geist!

Irgendwann, so heißt es, hätten sich die Mauern ihrer erbarmt und einen großen Stein aus ihrem Gefüge gelöst und ihn auf den Kopf der Unglücklichen fallen lassen.

So. – War das traurig genug? Zu traurig? Aha. Und Weissagungen fehlten? Und Ratschläge fehlten auch? Wie wäre es damit:

Juckt zu Ostern dir die Nase,
Beißt die Schnecke dir ins Knie.
Nimm dir schnell zur Frau die Base
Und mit Senf verspeise sie.

91

Das Goldloch bei Mautern

Im Felsen des Kalvarienberges bei Mautern gibt es eine Höhle, die wird das Goldloch genannt, weil dort der Schatz vom Meister Kajetan Kauz liegen soll.

Meister Kajetan Kauz war ein geiziger Mann! Er soll zu den zweihundertzweiundzwanzig geizigsten Männern gehören, die je auf dieser Erde gelebt haben. Er war ein Hufschmied gewesen, kein besonders guter. Aber er hat über eine gute Portion Menschenkenntnis verfügt. Er zog herum, kam zu den Bauern und redete viel. Je mehr er redete, desto mehr vertrauten ihm die Bauern. Ich will ein Beispiel erzählen:

Ein Bauer sagte: »Mein Pferd, am vorderen linken Huf hinkt es, es muss man neu beschlagen. Schau dir den Gaul an, Kajetan Kauz, sag schon! Dort lahmt er irgendwie, oder? Ich hab doch recht?«

Da sagte Kajetan Kauz, der nicht gern gearbeitet hat, und zwar gar nicht gern: »Ich möchte einmal so sagen. Warum, Bauer, meinst du, vorne am linken Fuß lahmt dein Gaul? Warum nicht am rechten?«

Gern begann Kajetan Kauz einen Satz mit: »Ich möchte einmal so sagen«, oder mit: »Ich hätte bald gesagt.« Da dachten sich die Leute, er weiß alles und wählt für mich aus seinem Wissen das aus, was ich gerade noch fassen kann.

Also sagte er zu dem Bauer: »Ich hätte bald gesagt, ein Pferd hat vorne zwei Füße. Ist das so?«

»Das ist so«, sagte der Bauer, »das weiß ich auch. Und links lahmt dieses Pferd.«

»Es könnte aber auch rechts sein«, sagte Kajetan Kauz. »Denn das Pferd – ich möchte mal so sagen: Wenn der rechte Fuß lahmt, dann konzentriert sich das Pferd auf den rechten Fuß, damit der nicht mehr lahmt. Und vergisst dabei den linken Fuß. Und lahmt zuletzt am linken Fuß, obwohl es eigentlich am rechten lahmt. Verstehst du?«

»Ah so«, sagte der Bauer und glotzte.

Schon waren zwei Stunden vergangen, und man hatte Hunger. Er wurde zum Essen und zum Trinken eingeladen, weil man ja die Sache weiter besprechen wollte.

Nach dem Schnaps sagte der Bauer: »Ja, also gut, dann beschlag den vorderen rechten Fuß.«

»Aber warum den vorderen rechten?«, rief Kajetan Kauz. »Woher weißt du denn, ob es nicht vielleicht beide hinteren Läufe sind, die hinken?«

»Aber hinten ist doch gar nichts«, sagte der Bauer.

»Scheinbar, nur scheinbar«, raunte Kajetan Kauz.

Und so ging es weiter, dann war Abend, und dann war Nacht. Der Bauer lud ihn ein, über Nacht zu bleiben, Abendessen, Nachtessen, Frühstück am nächsten Tag. Und schließlich, gegen Mittag, hat dann der Meister Kajetan Kauz den Bauer überredet, vorne links zu beschlagen, was der Bauer von Anfang an gewollt hat. Aber daran hat er sich nicht mehr erinnern können. In Rechnung gestellt aber hat ihm der Meister alle vier Füße des Pferdes, und das kam dem Bauer sogar noch günstig vor, hatte ihm Kajetan Kauz doch erzählt, es gebe auf der Welt Gegenden, in denen Pferde mit siebzehn Füßen lebten.

Und irgendwann hat sich Kajetan Kauz gedacht: Das Essen und Trinken, Essen und Trinken, Übernachten und wieder Essen und Trinken bringt summa summarum mehr ein als das Beschlagen eines Pferdefußes. Wär's nicht am besten, ich würde nur noch reden und nichts mehr tun?

Er hat ein Gasthaus aufgemacht. Und hat geredet und geredet, und er hat die alte Wurst als die beste überhaupt verkauft, das trockene Brot als den feinsten Kuchen, die dünnste Suppe als die fetteste und das schimmlige Gemüse als eine italienische Köstlichkeit. Mit dem Mundwerk hat er mehr verdient als zehn schweigsame Hufschmiede bei der Arbeit.

Reich ist er geworden, der Kajetan Kauz.

Und was hat er mit dem Geld gemacht? Hat er sich selber etwas gegönnt? Schönes Haus in guter Lage? Nicht die Spur! Oder eine Kutsche mit glänzenden Rappen? No, Monsieur. Er hat das Geld in eine Truhe gelegt. Am Abend, wenn die Gäste gegangen waren, hat er sich in sein Zimmer geschlichen, hat leise, leise die Truhe geöffnet und hat in die Münzen und in die Scheine gegriffen und hätte dabei singen mögen, so angenehm war ihm das.

Und folgendermaßen sprach er mit sich selbst:

»Wer«, sagte er, »wer ist der größte Feind dieses Schatzes? Von wem droht am meisten Gefahr?«

Und antwortete sich selbst: »Von mir. Ich bin es, der immer wieder hineingreift in die Truhe und ein Goldstück herausnimmt.«

»Und wozu nimmst du ein Goldstück heraus? Was machst du mit dem Goldstück?«

»Essen, trinken.«

»Mit dem Mundwerk verdienst du die schönen runden Taler und die feinen knisternden Scheine, und dann gibst du sie aus, um dir dieses goldene Mundwerk mit Fressen und Saufen zu stopfen?«

»Ja, ich gestehe.«

»Ich würde einmal so sagen«, befahl er sich selbst, »dafür musst du bestraft werden!«

Und befahl sich weiter selbst: »Sparen!«

Und er hat von nun an den Gästen den Teller weggezogen, wenn noch etwas drauf war, das Glas weggezogen, wenn noch ein Schluck drin war. Hat's mit in die Küche genommen, hat dort das Glas ausgetrunken und den Rest aufgegessen. So geizig war er. Dann hat er sich noch mit Gesindel eingelassen. Als Hehler hat er sich noch betätigt. Die Räuber kamen und haben ihm Ringe angeboten, goldene, er hat sie schäbig dafür bezahlt und hat die Ringe zu enormen Preisen weiterverkauft. Und immer reicher wurde er. Und immer misstrauischer wurde er.

Damit ja niemand in der Nacht einsteigt in seine Kammer und den Schatz klaut, hat er sich nachts auf die Schatztruhe gelegt. Hat gefroren, der Rücken hat ihm wehgetan.

Dann hat er sich gedacht: Was ist, wenn ich am Tag über in der Wirtsstube stehe? Dann kommt vielleicht einer, klettert herein, nimmt meinen Schatz.

Er hat sich in derselben Nacht noch auf den Weg gemacht, hat die Schatztruhe auf den Karren geladen, den Karren hat er selber gezogen. Und zog ihn bis zum Kalvarienberg bei Mautern. Und in der Höhle hat er seinen Schatz versteckt.

Am Tag hat er gearbeitet, hat betrogen, hat geredet, geredet, geredet, und in der Nacht ging er mit dem Geld, das er am Tag verdient hatte, zum Kalvarienberg und hat das Gold in die Hände genommen und hat mit den Scheinen geknistert.

Und eines Tages kam ein Bettler ins Dorf. Der hatte einen Korb bei sich und ging von Haus zu Haus.

»Gebt mir doch nur das alte, harte, übrige Brot. Das sammle ich, dann hab ich für eine Zeitlang genug.«

Und er hat auch beim Kajetan Kauz angeklopft, hat gesagt: »Gib mir dein altes Brot, das trockene, ich sammle das, davon kann ich leben.«

Hat er sich gedacht, der Kajetan Kauz: Aha, ist eine gute Idee. Hat er dem armen Bettler den Korb aus der Hand gerissen und hat ihm einen Tritt gegeben und hat ihn hinausgeschmissen, hat sich gedacht: Jetzt lebe ich davon, von diesem harten Brot.

Am selben Abend kamen Räuber ins Gasthaus des Kajetan Kauz. Und er hat wieder geglaubt, mit Reden kann er sie dazu bringen, die Beute ihm billig abzugeben.

Aber die Räuber glaubten ihm nichts mehr. Und sie haben den Kajetan Kauz erschlagen.

Tot war er. Und weil er so ein geiziger Furz gewesen war, musste er geistern. Manche, die nachts nach Hause kamen, die rochen und sahen am Ufer der Liesing den Kajetan Kauz spazieren gehen, den toten mit dem eingeschlagenen Schädel. Die Leute sagten: »Der bewacht seinen Schatz.« Und man ist losgezogen, um den Schatz zu suchen, aber niemand hat ihn gefunden.

Und da gab es einen Bauernbursch, dem sind die Eltern weggestorben, und alles, was sie ihm hinterlassen haben, das waren Schulden. Und die Gläubiger kamen und wollten ihm sogar den Nasendreck wegnehmen. Da hat er die Gläubiger gebeten: »Bitte, gebt mir Zeit, ich werde euch alles zurückzahlen, ich bin nicht schuld, mein Vater hat alles verjubelt.«

»Gut«, sagten die Gläubiger, »eine Woche!«

Der Herr im Himmel persönlich hat ihm einen Traum geschickt und hat ihm im Traum gezeigt, wo die Höhle vom Kajetan Kauz ist, das Goldloch.

Und noch in der Nacht wachte er auf, nahm eine Fackel, machte sich auf den Weg. Er fand die Höhle im Kalvarienberg, stieg hinab, und am Ende der Höhle

sah er die Schatztruhe stehen. Aber auf der Schatztruhe drauf saß ein schwarzer Hund mit dem Gesicht vom geizigen Kajetan Kauz. Und als der Bursch näher kam, fletschte der Hund die Zähne. Da hatte er Angst, der Bursch, und er rannte hinaus.

Dann war die Woche vorbei. Und die Gläubiger standen wieder da.

»Gebt mir noch vierundzwanzig Stunden Zeit«, bat er. »Vierundzwanzig Stunden nur.«

Und die gaben sie ihm.

Er aber kniete sich nieder und hat gebetet zum Herrn im Himmel, der seine Hand über die Bettler hält. Und der hat ihm abermals einen Traum geschickt.

Am nächsten Morgen, sehr früh, ist er aufgestanden, ging zu den Nachbarn, hat geklopft, hatte einen Korb bei sich und hat gesagt: »Gebt mir doch das alte, trockene Brot.«

Und das haben sie ihm gegeben. Bis der Korb voll war.

In der Nacht ist er dann noch einmal in die Höhle gegangen, und wieder hockte dort der Hund.

Der Bursch sagte: »Hör zu, Kauz, du Geizkragen. Ich hab da trockenes Brot für dich mitgebracht.«

Und er hat das trockene Brot in eine Ecke der Höhle gekippt. Und der Hund, gierig, sprang von der Schatzkiste und hat das Brot aufgefressen. Währenddessen machte der Bursche die Schatzkiste auf und nahm sich alles Gold, was er greifen konnte, und die Scheinchen dazu, so viel wie er tragen konnte, und ist davon.

Und kam gerade rechtzeitig, auf die Minute genau, zu Hause an. Die Gläubiger sagten: »Na, du wirst diesmal auch kein Geld haben.«

»Hab ich doch«, sagte er und bezahlte.

Nun hätte er noch ein drittes Mal zur Höhle gehen können, wieder mit altem Brot, um sich den Rest des Schatzes zu holen, aber das wollte er nicht. Er hatte genug. Und gierig war er nicht, und geizig auch nicht.

92

Das Nachtvolk

Meinrad Metzler war ein Jäger. Am liebsten hat er allein gejagt. Eines Tages ist er mit der Flinte auf der Schulter in den Nenzinger Himmel marschiert. Das ist ein hoch gelegenes Tal nicht weit von Bludenz. Aber man muss zuerst durch steile Klüfte steigen, die sind gar nicht lieblich. Wenn die reden könnten, würden sie sagen: »Komm nur, du! Denkst wohl, wir sind hässlich? Fürchtest dich wohl vor uns? Aber du kannst mir glauben, es wird noch viel schlimmer. Wirst schon sehen!« Darum kehren so viele um und haben nie den schönen Nenzinger Himmel gesehen, diese Mutlosen, die sich von den verlogenen Klüften etwas vormachen ließen. Der Meinrad Metzler war keiner von denen.

Er wollte im Nenzinger Himmel übernachten und früh am nächsten Morgen auf die Jagd gehen, er hatte so eine Lust auf eine frische Hirschleber, hatte im Rucksack Zwiebeln dabei und Pfeffer und Salz. Er legte sich unter einen Baum. Aber er schlief nicht ein. Er konnte einfach nicht einschlafen, obwohl ihm die Beine müde waren vom langen Aufstieg. Er erzählte später zu Hause, es sei zu still gewesen, um einzuschlafen.

Die Leute fragten: »Was heißt denn zu still, Meinrad? Im Nenzinger Himmel ist es still. Dort ist es immer still. Was soll dort laut sein, wo doch nichts ist?«

»Nein, nein«, sagte der Meinrad. »Ganz still ist es nie und nirgends. Da kriecht ein Käfer, da biegt ein Windhauch ein paar Gräser um, da knackt ein alter Baum, da ruft weit weg ein Käuzchen. Ich habe gute Ohren. Nein, es war ganz still. Es gibt eine Stille, die dröhnt. Weil du alles hörst, was in dir vorgeht, was in deinen Därmen vorgeht, in deinen Adern, du hörst, wie dir die Fingernägel wachsen, wie dir die Spucke durch den Hals rinnt und in den Magen tropft, du hörst, wie die Luft bei jedem Schnauf durch die Lungen braust, als würde ein Orkan in deiner Brust toben. Und so war es. Und darum konnte ich nicht einschlafen.«

»Und das war die ganze Nacht so?«, fragten die Leute den Meinrad. »Warum hast du eigentlich eine Kappe auf dem Kopf, jetzt im Sommer?«

»Das werd ich euch schon noch erklären«, antwortete der Meinrad. »Aber lasst mich erst erzählen. Plötzlich hat sich die Stille nämlich verwandelt, das Dröhnen in mir ist nach außen gedrungen, und das war wie ein ungeheures Donnergrollen. Ein Lärm, kann ich euch sagen, ich war starr, es war, als ob die Erde bebt, auf und nieder hat es mich geworfen, als wär die Erde der Rücken eines verrückten Stiers und ich wär darauf festgebunden.«

So erzählte der Meinrad Metzler.

Und er hat gesehen, dass vom Berg herunter eine Lawine auf ihn zurollt. Aber es war im Sommer. Wie soll im Sommer eine Lawine vom Berg kommen, wo doch im Sommer kein Schnee liegt? Und dann sah er: Es war ja gar keine Lawine. Er konnte Gesichter sehen in dieser Lawine und Arme und Beine und herausgestreckte Zungen und nackte Ärsche. Und da wusste der Meinrad Metzler: Es ist das Nachtvolk.

Das war eh schon lang fällig, dachte er. Und er dachte: Wenn ich das nur überlebe! Und dachte aber auch, denn er war ein Mutiger: Wenn ich es überlebe, dann habe ich etwas zu erzählen, dann wird man mir zuhören, dann wird sich einer finden, der aufschreibt, was ich zu erzählen habe.

Der Meinrad Metzler kannte viele Geschichten vom Nachtvolk. Er hat sich gefürchtet, aber in die Hose gemacht hat er sich nicht. Es hieß, man muss dem Nachtvolk aus dem Weg gehen, dann tut es einem nichts. Man darf nur ja nicht anstreifen.

Es gab da eine Geschichte von einem Bauer, auf dessen Hof zu hatte sich das Nachtvolk bewegt, eben wie eine Lawine aus Gesichtern und Armen und Beinen, herausgestreckten Zungen und nackten Ärschen. Die Nachbarn hätten gerufen: »Geh auf die Seite, mach die Tore auf, du sturer Hund, lass das Nachtvolk durch deinen Hof hindurch! Schau, dass du nicht anstreifst!« Aber der Bauer, dieser sture Hund, hat sich dem Nachtvolk in den Weg gestellt. »Es ist mein Hof«, hat er gerufen, »und auf meinem Hof bestimme immer noch ich, wem ich die Tore öffne und wem nicht.« Und das Nachtvolk ist über ihn drübergefahren. Und er ist am Boden gelegen und hat eine Axt im Rücken stecken gehabt. Nicht einmal der Arzt konnte ihm diese Axt aus dem Rücken herausoperieren. Ein Jahr lang ist der Bauer mit einer Axt im Rücken herumgelaufen. Die war einfach da. Hat nicht wehgetan, war halt lästig. Zieh dir einmal ein Hemd an, wenn du eine Axt im Rücken hast, oder dreh dich in der Nacht im Bett um oder setz dich auf die Ofenbank mit einer Axt im Rücken! Das kann einem schon auf die Nerven gehen. Genau nach einem Jahr sei aber das Nachtvolk wiedergekommen, und der Bauer wollte sich ihm wieder in den Weg stellen, und da löste sich einer aus dem Nachtvolk, hielt den Bauer fest, starrte ihn aus leeren Augenlöchern an und sagte: »Hab ich doch letztes Jahr meine Axt hier vergessen«, und zog ihm das Stück aus dem Rücken, ohne dass ein Tropfen Blut geflossen wäre.

Diese Geschichte kannte der Meinrad Metzler. Er wollte es nicht so machen wie der Bauer. Man muss ja nicht unbedingt eine Axt im Rücken stecken haben. Er rollte sich zur Seite und gab den Baum frei, unter dem er gelegen hatte, und kauerte sich hinter einen Felsbrocken und beobachtete, was weiter geschah. Er war ein Mutiger, und Mutige sind neugierig.

Das Nachtvolk tanzte um den Baum herum. Das wäre ja weiter nicht so interessant. Aber dann: Plötzlich wuchsen Dinge aus dem Baum heraus, aus den Blättern, den Ästen, den Zweigen: Trompeten, Klarinetten, Pfeifen, Flöten. Der Stamm des Baumes wurde zu einer großen Pauke. Was war das? Was war da los? Der Meinrad musste sich zwingen, dass er nicht aufspringt und mittanzt, so ist ihm die Musik in die Knochen gefahren. Er war mutig, neugierig und musikalisch.

Man hat den Meinrad Metzler später gefragt: »Erzähl uns doch, wie sieht es aus, das Nachtvolk? Genau, bitte!«

Und er sagte: »Weiße Gesichter, leere Augen.«

»Und die Hände?«

»Wie schmutziges Glas. Dünn. Lang.«

»Und die Arme?«

»Blass wie Schwemmholz. Dürr.«

»Und die Beine?«

»Wie geflochtene Seile. Die Knie wie Kürbisse. Die Füße wie ein Büschel Karotten.«

»Und warum hast du eine Kappe auf dem Kopf?«

»Langsam, langsam«, sagte der Meinrad. »Eines nach dem anderen.«

Die Nacht war nämlich noch nicht zu Ende. Plötzlich hörte er ein tausendfaches Miauen vom Tal herauf. Er klammerte sich an seinen Fels, dachte nur: Hoffentlich riechen sie mich nicht. Er hatte sich ja seit ein paar Tagen schon nicht mehr gewaschen, wieso auch, wo er doch allein lebte. Hoffentlich, dachte er, stinkt das Nachtvolk mehr als ich, so dass ich nicht auffalle.

Da sah er, wie ein ganzes Bataillon von Katzen den Berg heraufkam, und die stanken, das kann man gar nicht beschreiben. An den Schwänzen waren Schnüre, und an den Schnüren hingen kleine Weinfässer. Und dann hörte er von der Seite her, als ob Kühe kämen. Und tatsächlich, da zog ein struppiger Hirte Kühe hinter sich her. Und die Kühe und der Struppige stanken so sehr, dass die Katzen dagegen wie aus der Parfümfabrik zu kommen schienen. Das Nachtvolk riss den Katzen die Weinfässer von den Schwänzen und fiel über die Kühe her, metzelte ihnen die Beine ab, dass die armen Viecher jämmerlich brüllten, höhlten die Hufe aus und gossen den Wein hinein und soffen, man kann es nicht anders nennen.

»Aber warum hast du eine Kappe auf dem Kopf?«, blieben die Leute hartnäckig. »Es ist Sommer. Keine Spur von einer Kälte. Was versteckst du? Jetzt wollen wir es wissen. Sag es uns, oder wir reißen dir den Kopf ab und schauen selber nach.«

»Langsam«, sagte der Meinrad und erzählte weiter. »Auf einmal war alles vorbei. Die Katzen verpufften, die Kühe verblassten, die Trompeten, Klarinetten, Pfeifen, Flöten schrumpften wieder zu Zweigen, Blättern und Ästen zusammen, und das Nachtvolk huschte nach oben, als würde es der Berg einsaugen. Und es war wieder still.«

Und als er so saß und Kraft schöpfen wollte nach allem, was er gesehen und gerochen und gehört hatte, hatte er das Gefühl, als ob jemand hinter ihm wäre und ihn anstarrte. Er drehte sich um und sah: Einer aus dem Nachtvolk war geblieben, und der starrte ihm ins Gesicht.

»Was willst du von mir?«, fragte er den Geist.

»Will ein Stück Knöchlein haben.«

»Gibt's nicht«, sagte der Meinrad. »Geb kein Stück Knöchlein her.«

»Will aber eins haben. Kann mir eins holen.«

Da rechnete der Meinrad schnell durch, welcher Knochen am Leib der unwichtigste sei. Nimmt er mir ein Stück vom Fuß, muss ich immerzu hinken. Nimmt er mir ein Stück von der Hand, kann ich die Flinte nicht mehr halten. Nimmt er mir ein Stück vom Kopf, dann regnet es vielleicht hinein, aber man kann ja eine Kappe aufsetzen.

»Ein Stück vom Kopf kannst haben«, sagte er zu dem Geist, »aber nicht größer als ein Daumenabdruck.«

»Warum nicht größer?«, wollte der Geist wissen.

»Ja, weißt du denn nicht, was für gefährliche Dinge im Kopf von einem Menschen sind?«, rief der Meinrad aus. »Schau dir die Nase und die Augen und die Ohren an! Was denkst du, warum die so kleine Löcher haben? Damit die gefährlichen Dinge nicht herauskönnen. Und fällt dir auf, dass der Mund größer ist? Hat dir niemand beigebracht, was für furchtbare Dinge manchmal aus dem Mund des Menschen herauskommen?«

Da hat der Geist Angst gekriegt und dem Meinrad nicht mehr Knochen aus dem Schädel geschnitten, als ein Daumenabdruck groß ist.

»Und was hat der Geist mit dem Knochen gemacht?«, fragten die Leute.

»Er hat ein Loch hineingebohrt und einen Faden durchgezogen und sich ihn um den Hals gehängt.«

»Und deine Geschichte ist wirklich so geschehen?«, fragten die Leute.

»Genau so«, sagte der Meinrad. »Der Beweis ist meine Kappe. Warum hätte ich sonst eine Kappe auf dem Kopf, mitten im Sommer?«

Das haben die Leute eingesehen und haben die Geschichte weitererzählt.

93

Der Ötscher

Der Ötscher wird auch der »Hetscherlberg« genannt, Hetscherln sind Hagebutten. Und Hagebutten sind die Früchte der Heckenrose.
Und es heißt, vor vielen Jahren sei der Ötscher über und über bedeckt gewesen mit Heckenrosen. Das muss ein schöner Anblick gewesen sein. Ein Berg aus Rosen! Wo kann man so etwas schon sehen? Wer kann da vorübergehen? Da muss einer ja hinaufsteigen! Und es heißt weiter, oben auf der Spitze des Ötscher habe der Teufel seine Sommerresidenzen eingerichtet. Ja, glaubt denn jemand, das Bösesein gehe so ohne Anstrengung ab? Wie sieht denn zum Beispiel ein böses Gesicht aus? Erstens: gerunzelte Stirn. Zweitens: nach unten gezogene Mundwinkel. Das ist anstrengend. Das strengt schon nach zehn Minuten an. Und der Teufel tut das den ganzen Tag. Und dann noch bei der Hitze, die unten in der Hölle herrscht. Da kann ihm niemand verdenken, dass er wenigstens einmal im Jahr Urlaub macht. Und zwar im Sommer. Und zwar oben auf dem Ötscher. Sonne warm, Luft kühl.

Was aber nicht heißt, dass die Bosheit in dieser Zeit ruht. Nein, auch oben auf dem Ötscher war der Teufel böse. Aber entspannt böse. Da ist er auf seinen Bocksbeinen über den Kamm gehüpft, hat sich den Rücken an den Tormäuern und Ötschergräben gerieben und seinen Brandkopf in die Schneeflecken gesteckt, dass es nur so gedampft hat. Und er hat es sich gutgehen lassen. Hat ein paar böse Seelen aus der Hölle mitgenommen, damit sie ihn bedienen. Da war jedes Jahr ein Geriss da unten, jeder wollte den Teufel begleiten, das kann man sich vorstellen, die kühle Luft genießen und die warme Sonne. Es heißt, der Teufel habe sich jedes Jahr sehr gut überlegt, welcher verdammten Seele er dieses Privileg gestatten soll. Aber ganz so lustig sei es für die höllische Dienerschaft dann doch nicht gewesen. Der Teufel befahl ihnen zum Beispiel aus purer Spielfreude, sie sollen mit Höllengeschwindigkeit durch die

Rosen kriechen, hinauf auf den Ötscher und hinunter und gleich wieder hinauf, immer durch das Dornengebüsch. Und das hat den elenden Seelen wehgetan. Die Haut der Geistwesen, das gilt als gesichert, ist ja tausendmal empfindlicher als unsere Haut. Aber trotz dieser Schinderei war ein Geriss in der Hölle, wer den Fürsten der Finsternis im Sommer auf die Erde begleiten darf. Woraus wir schließen dürfen, wie grausam es in der Hölle zugeht.

Der Teufel saß also auf dem Ötscher und kommandierte: »Ich habe Durst, bringt mir etwas zu trinken!«

Und schon krochen die Höllendiener durch das Dornengestrüpp nach unten und suchten nach einer Quelle. Und wenn sie eine Quelle gefunden hatten, dann mussten sie sich überlegen: Wie soll das Wasser nach oben transportiert werden? Sie hatten keinen Krug bei sich. Zuerst probierten sie es mit den Händen, aber das Wasser rann ihnen durch die spröd gebrannten Finger. Dann nahmen sie das Wasser in den Mund. Sie selbst hatten höllischen Durst, weil die Sonne auf den Berg brannte und überhaupt. Aber sie durften das Wasser nicht schlucken, sie mussten es dem Teufel bringen, und das war die größte Qual.

Und oben sagte der Teufel: »Was? Das soll ich trinken? Was ihr in euren faulen Mäulern gehabt habt, soll ich trinken? Diese lauwarme Gülle? Kriecht, holt mir frisches Wasser!«

Und sie mussten wieder nach unten kriechen durch das Dornengestrüpp. Und so ging das den Sommer über. Und trotzdem waren die Diener des Teufels lieber auf dem Ötscher als in der Hölle.

Im Ötschergebiet liegt ein See, der wird Pilatussee genannt, und es ist der kälteste See der Welt und aller Zeiten. Dazu gibt es folgende Geschichte:

Pontius Pilatus, der römische Statthalter von Jerusalem, der Jesus Christus hatte kreuzigen lassen, wurde nach seinem Tod in ein absurdes Wesen verwandelt. Er bekam den Körper eines Fisches, aber anstatt Flossen hatte er Hände und Füße, der Kopf blieb der des Pontius Pilatus. Er hat sich zu Lebzeiten freiwillig nach Jerusalem versetzen lassen, alle anderen, die der Kaiser Tiberius gefragt hatte, hatten abgelehnt. Nach Jerusalem wollte keiner. Die meisten sagten, dort sei es ihnen zu heiß. Das war natürlich eine Ausrede. Pontius Pilatus dagegen bewarb sich, weil es ihm in Rom zu kalt war. Und da-

rum musste er nach seinem Tod als Fischwesen im kältesten See der Welt herumschwimmen. Aber damit diese Sache auch wirklich einen Sinn hatte, wurde seine Haut empfindlich gegen Kälte gemacht, und zwar tausendmal empfindlicher als unsere Haut. Und auf seiner Haut klebte immer noch das Blut des Heilands, und das brannte, und zwar tausendmal heißer als zum Beispiel eine Zigarette, wenn man sie auf der Hand ausdrückt. Und zweitausend Jahre haben es nicht geschafft, das Blut des Gottessohnes von der Haut des Pilatus abzuwaschen. Das sind Geschichten! Dazu kam die unglaubliche Langeweile. Kein Lebewesen, das in dem See lebte, sprach je ein Wort mit dem verunstalteten Pilatus. Alle haben ihn geschnitten. Immer war alles gleich. Immer gleich kalt und immer gleich heiß. Nur im Sommer gab es ein wenig Abwechslung, wenn der Teufel mit seinen Dienern die Sommerfrische hielt.

Zur Zeit Kaiser Karls des Großen lebte eine Witwe in Mautern, die hieß Gula, und sie hatte einen Sohn, der hieß Änother. Und dann fielen die Awaren ins Land, und Gula nahm ihren Sohn an der Hand und klaubte ihre Schätze zusammen und steckte sie zwischen ihre Brüste. Reich war sie ja nicht, gerade ein wenig reicher als ihre Nachbarn. Ein wenig Goldgeschmeide, eine Perlenkette, etwas Silber. Das genügte ihr. Reichtum ist eine Sache des Vergleichs. Wenn einer nur Bettler kennt, dann ist er der Reichste, weil er vielleicht zwei paar Hosenträger besitzt. Gula kam sich als die reichste Frau der Welt vor. Und es gab nichts, was sie mehr liebte als ihre Schätze. Und keine größere Sorge kannte sie als die Sorge um ihre Schätze. Wo diese Schätze verstecken? Vor den Awaren. Aber auch vor den Nachbarn. Da dachte sich Gula: Jeder Mensch weiß, dass der Teufel im Sommer auf dem Ötscher haust. Niemand wird es wagen, den Ötscher zu besteigen. Aber ich, sagte sich Gula, ich wage es. Vor dem Teufel und seinen höllischen Dienern fürchte ich mich nicht so sehr wie vor den neidischen Nachbarn und den barbarischen Awaren. Was kann der Teufel mit meinen Schätzen schon anfangen? Der ist an Seelen interessiert.

Zusammen mit Änother stieg sie auf den Berg, der wie ein König aussieht. Sie hüllte sich und ihren Sohn in Decken, damit die Dornen der Heckenrose ihrer Haut nichts anhaben konnten. Und sie fand eine Höhle. Gut geschützt vor Blicken aller Art. Dort breitete Gula ihre Schätze aus, sie setzte sich davor und staunte immer wieder, wie reich sie war – gerade ein wenig reicher als ihre Nachbarn.

Mutter und Sohn blieben lange in der Höhle. Über viele Jahre blieben sie dort. Änother wuchs zu einem schlanken, starken jungen Mann heran. Gula verließ die Höhle nie. Sie hatte Angst, dass jemand ihre Schätze raubt. Aber Änother streifte umher, er schlug mit seinem Messer einen Pfad ins Dornengestrüpp, und jeden Tag trieb er seinen Weg weiter ins Unbekannte hinein.

Und eines Tages stieß er auf den Pilatussee. Aber er wusste nicht, was für eine Bewandtnis es mit diesem See hatte. Er hatte großen Durst, es war mitten im Sommer. Er legte sich ans Ufer und trank von dem klaren Wasser. Die Sonne brannte auf seinen Rücken nieder, und ihm war heiß, und er zog sich aus und sprang in den See, um sich abzukühlen.

Wenn ich vorhin sagte, zweitausend Jahre hätten es nicht geschafft, das Blut Christi vom Schuppenkörper des Pilatusfischs abzuwaschen, dann war das nicht korrekt. Ein wenig von diesem Blut ging doch ab, und in homöopathischer Verdünnung verteilte es sich im See. Und ein wenig davon war in dem Wasser, das Änother getrunken hat, und ein wenig davon verteilte sich auf seinem Körper, als er im See schwamm. Und das bewirkte, dass der junge Mann sehr stark wurde, dass er schneller wuchs als gewöhnlich, dass er größer wurde, als abzusehen war. Ja, dass er ein Riese wurde. Und noch etwas: Er wurde ein gütiger Riese, ein Riese mit einem warmen Herzen.

Und da gab es einen Grafen, Grimwald hieß der. Der war ein tapferer Mann. Aber was konnte er tun? Ihm blieb nichts anderes übrig, als zuzusehen, wie die Awaren wüteten.

Aber dann wollte er nicht mehr zusehen. Er sammelte die tapfersten Männer um sich und sagte: »Wir müssen die Awaren vertreiben!«

Und einer dieser Männer war Änother, der Riese. Er war der Stärkste von allen und der Mutigste, ihn fürchteten die Awaren, wie der Teufel das Gipfelkreuz fürchtete. Und Änother war es zu verdanken, dass die Awaren am Ende vertrieben wurden.

Änother wurde hoch gelobt, und als Grimwald starb, bekam er sein Land und seine Tochter dazu. Einen gütigeren Herrscher, einen klügeren und friedlicheren hat die Welt nicht gesehen.

Und dann erinnerte sich Änother an seine Mutter, die noch immer oben auf dem Ötscher in der Höhle lebte. Er stieg über den Berg hinauf, und da saß sie immer noch vor ihren Schätzen, und sie sagte zu ihrem Sohn: »Wo warst du so lange, Änother? Hast du mich denn ganz vergessen?«

Und er sagte: »Nein, ich habe dich nicht vergessen, Mutter! Ich habe die Awaren vertrieben. Du brauchst dich nicht mehr zu verstecken. Komm wieder herunter ins Tal!«

Sie aber sagte: »Was ist mit unserem Haus in Mautern?«

»Unser Haus ist zerstört«, sagte Änother. »Aber ich werde es neu aufbauen für dich. Es wird schöner sein als je zuvor!«

»Und was ist mit den Häusern unserer Nachbarn?«, fragte die Mutter.

»Auch die Häuser unserer Nachbarn sind zerstört«, sagte Änother. »Aber auch die werde ich neu aufbauen.«

»Warum willst du die Häuser unserer Nachbarn aufbauen?«, fragte seine Mutter.

»Weil ich der Herrscher bin. Ein guter Herrscher sorgt sich um alle.«

»Ich will aber nicht, dass du die Häuser unserer Nachbarn aufbaust«, trotzte die Mutter und versorgte die Schätze zwischen ihren Brüsten.

»Aber warum denn nicht, Mutter?«

»Dann werden die Nachbarn zu uns herüberschauen und werden sehen, was für Schätze ich habe, und sie werden kommen und mir die Schätze wegnehmen.«

»Alles ist zerstört«, sagte Änother. »Niemand besitzt mehr etwas. Alle haben mir ihr Letztes gegeben, um das Land wiederaufzubauen. Ich bin der Herr des Landes. Ich bitte dich, mir deine Schätze zu geben. Nur wenn es allen gutgeht, geht es jedem gut. Am Ende werden wir alle reich sein. Und du wirst mehr haben, als du je zuvor gehabt hast.«

»Aber die anderen werden auch so viel haben. Nein, ich werde nicht mit dir ins Tal hinuntergehen. Ich werde dir nicht meine Schätze geben. Ich werde hierbleiben und auf meine Schätze aufpassen«, beharrte Gula.

Gula blieb bis an ihr Lebensende in der Höhle. Bevor sie starb, vergrub sie ihre Schätze. Niemand weiß, wo. Vielleicht hat sie ihre Sachen ja mit in die Hölle nehmen dürfen. Warum sollte das der Teufel nicht erlauben, wo er doch nur an Seelen interessiert ist?

94
Der Watzmann

Im Berchtesgadener Land herrschte einst ein König. Man fragt sich, was es in so einem kleinen Ländchen zu herrschen gab. Aber das ist die falsche Frage. Wenn einer herrschen will, herrscht er in jedem Land, sei's noch so klein, und wenn es nur so groß wie eine Familie ist oder der pure Ehestand, nur du und ich. Im Gegenteil: Je kleiner der Fleck, desto größer der Druck des Daumens. Das ist Physik.

Der König des Berchtesgadener Landes, das war der Watzmann. Aber wehe, es hat einer vom »Watzmann« gesprochen und nicht vom »König Watzmann«, dann hat der Watzmann seine Wut an ihm ausgelassen. Auf diese Art von Wut, die mit keiner anderen Art von Wut zu vergleichen ist, komme ich noch zu sprechen. Ich sag extra »der Watzmann«, mir kann er nichts mehr tun. Aber die Zeitgenossen vom Watzmann, die haben sogar den Gespenstern in ihren Träumen befohlen, den Königstitel voranzustellen, falls in den Träumen vom Watzmann eine Rede sein sollte. Das ist eben der Nachteil eines kleinen Landes – man macht den Mund auf und sagt etwas in ganz normaler Lautstärke, und schon hört es jeder bis an die Grenze des Reiches.

Der Watzmann war ein mieser Hund. Wobei es keinen Hund gab, der so mies war wie der Watzmann. Und das, obwohl es zur Zeit vom Watzmann nur miese Hunde im Land gegeben hat. Warum? Weil die guten, die lieben, die, die man gern streichelt, die mit den treuherzigen Augen, die hat der Watzmann allesamt erledigt. Auf diese spezielle Art von Erledigen, die mit keiner anderen Art von Erledigen zu vergleichen ist, komme ich noch zu sprechen. Alles, was irgendwie lieb und gut war, was man gern gestreichelt hat, alles Treuherzige, das hat einen solchen Zorn im Watzmann ausgelöst! Da musste er stechen und treten und draufhauen und schießen, bis ein Geheul war, bis kein Geheul mehr war.

Jetzt denkt man sich sicher: So einer lebt allein, der kann nur allein leben. Wer hält es mit so einem aus? Doch höchstens einer oder eine, der oder die genauso mies ist wie er. Aber wär das nicht ein Riesenzufall, wenn zufällig zur selben Zeit zwei oder sogar mehrere Jahrhundertarschlöcher zufällig auch noch im selben Land leben und dann noch in einem so kleinen? Aber Zufälle gibt's. Und zufällig war der Watzmann mit einer bösen, widerwärtigen, wenngleich schönen Frau verheiratet. Und die beiden hatten einander sehr lieb. Was hundertprozentig ein Widerspruch ist zu dem, was ich vorhin gesagt habe, nämlich, dass der Watzmann niemanden liebgehabt hat. Aber seine Frau hat er liebgehabt. Und sie hatten einen Sohn und eine Tochter, und die sind von ihren Eltern sehr geliebt worden.

Aber bitte, jetzt keine Gefühle, womöglich zärtliche Gefühle für den Watzmann! Die verdient er nicht. Er nicht, seine Frau nicht, und seine Kinder verdienen sie auch nicht. Alle waren sie mies.

Die Lieblingsbeschäftigung vom Watzmann und den Seinen war die Jagd. Mich wundert das nicht. Geht's bei der Jagd doch ums Töten. Je schöner und prächtiger, stolzer und heiliger ein Tier war, desto mehr böse Freude hatte der Watzmann, ihm eine Kugel zu verpassen. Und die Frau Watzmann, die wäre am liebsten jeden Tag auf die Jagd gegangen. Nichts lieber hat sie getan, als einem Reh ins brechende Auge zu schauen. Da ist ihre Stimme hinauf in den Sopran gehüpft, und sie hat in ihre Hände geklatscht wie ein Kind unter dem Weihnachtsbaum, und ihre Hände waren weiß und zart, die schönsten Hände zwischen Rhein und Donau. Sohn und Tochter hingegen liebten die Hatz. Wenn die Hunde heulten und hinter dem Fuchs her waren, das hat den beiden gefallen, das Unglück des Tiers war ihr Glück. Sie haben sich vorgedrängt und wollten sehen, wie das Füchslein vor seinem Bau stand, aus dem letzten Lungenzipfel keuchend, aber immer noch bereit, seine Jungen zu verteidigen gegen die Meute. Das wollten sie sehen. Und dann riefen sie: »Hop! Hunde, greift!« Und Bruder und Schwester legten einander den Arm um die Schultern und fühlten sich wohl, wie sich andere Kinder an der wahren Mutterbrust wohlfühlen, als sie sahen, wie die Hunde das Füchslein zerfleischten.

Ja, so ein Moralgesindel waren die Watzmanns.

Und dann eines Tages. Der Höhepunkt der Niedertracht, der Weltmeistertitel im Bösesein!

Zur Vorgeschichte: Da lebte am Rand des Waldes eine Familie, Vater, Mutter mit kleinem Kind und die alte gütige, ganz in Fältchen gewickelte Großmutter. In einem kleinen Häuschen lebten sie, so klein war das Häuschen, dass der König Watzmann darin gerade seine Handschuhe aufbewahrt hätte und nichts weiter. Eine bescheidene und doch glückliche Familie. Der Mann tat Gutes, indem er den Nachbarn das Kaputte flickte und dafür nicht mehr nahm als ein paar Kartoffeln. Die Frau tat Gutes, indem sie auf die Kinder der Nachbarn aufpasste, wenn die Eltern zu tun hatten. Die Großmutter tat Gutes, indem sie tausendundeine Geschichte kannte und damit den schlimmsten Feind der Menschheit – nach dem Watzmann – vertrieb, nämlich die Langeweile. Der Bub tat Gutes, indem er einfach da war und lächelte. Die Leute sagten: »Diese Familie ist neben den Sternbildern am Himmel der stärkste Beweis, dass es einen Gott gibt.« Und dachten, der Watzmann sei der stärkste Beweis dagegen.

Kein Wunder, dass diese Familie dem Watzmann schon lange ein Ärgernis war. Und wie er grad in die Gegend kommt, wo das Häuschen der Familie steht, sagt er zu seiner Frau, seinem Sohn, seiner Tochter: »Tiere töten ist lustig, ha?«

»Lustig, ja«, antworteten sie.

»Aber nicht mehr so lustig, wie es am Anfang war, kommt mir vor.«

»So lustig nicht mehr.«

»Wird immer weniger lustig, habe ich das Gefühl.«

»Immer weniger, ja.«

»Eigentlich gar nicht mehr lustig, ha?«

»Eigentlich gar nicht mehr.«

Da war's dann leicht für den verdorbenen Sauhund, die Seinen, allesamt von derselben steinharten Sorte, zu überreden, von der Tierhatz auf die Menschenhatz umzusteigen.

Und grad als sie zu dem Häuschen der guten Familie kamen, trat die runzelige Großmutter mit ihrem strahlenden Enkelkind vor die Tür. Sie blickte in die Sonne und sagte: »Danke!«

»Warum sagt sie danke?«, fragte der Watzmannsohn seinen Vater.

»Keine Ahnung«, antwortete der. »Wollen wir sie fragen.«

Und sie bekamen von der Großmutter zur Antwort: »Weil wir die schöne Sonne sehen dürfen.«

Und jetzt, bitte, haltet euch fest!

Der Watzmann hat der Alten die Augen ausgestochen und hat gesagt: »Jetzt siehst du sie nicht mehr, die Sonne.«

Und die schöne Frau vom Watzmann ist mit ihrem Pferd über das Mütterlein drübergeritten und hat es auf den Boden getrampelt. Vor, zurück. Vor, zurück.

Der gütige Vater kam aus dem Häuschen gelaufen, weil er den Lärm gehört hatte. Was musste er sehen! Starr steht er, als blickte er in die Hölle. Und wohin sonst blickte er, das war die Hölle. Der Watzmannsohn gibt Befehl, die Hunde preschen los, hauen ihre Zähne dem Vater ins Fleisch und beißen ihn auf grauslichste Weise zu Tode.

Die gute Mutter kommt aus dem Häuschen gelaufen, weil sie den Lärm hört, und mittendrin in der Hölle ist sie gelandet. Sie sinkt auf die Knie nieder und heult und wird getroffen von der Peitsche der Watzmanntochter. Zu Tode gepeitscht wird sie. So etwas hat die Natur rundherum noch nie gesehen. Birken und Ulmen sind von einer Sekunde zur anderen dürr geworden, das Gras wurde braun, die Vögel fielen vom Himmel. Und noch war das Schlimmste nicht getan.

Das Schlimmste …

Ich kann's nicht beschreiben. Ich will es nicht beschreiben! Ihr könnt auf mich einreden, wie ihr wollt, ich sag nicht, was das Schlimmste war. Ihr könnt mich vor den Richter schleppen und klagen, ich hätte euch eine Geschichte versprochen, dann aber nicht gehalten und den Höhepunkt ausgelassen. Tut das ruhig! Auch vor Gericht werde ich das Schlimmste, nämlich das, was die Watzmanns mit dem Kind getan haben, nicht erzählen. Diese Szene überspringe ich, und darum lasse ich hier eine Zeile frei. Die dürft ihr nach Belieben mit eurer eigenen Phantasie auffüllen.

….

Und jetzt weiter.

Alle waren tot. Alle Guten. Die Bösen lebten. Und sie lebten lustig. Als hätten sie gerade gut gegessen.

Aber halt! Eine gute Hand rührte sich. Es war die Hand der Großmutter. Die Großmutter, die runzelige, die lebte noch. Ein ganz kleines bisschen lebte sie noch.

Sie hob die Hand zum Himmel und hauchte: »Gott, dort oben, der du die Sonne gemacht hast, wie man in Genesis 1,14–16 nachlesen kann, du hast gesehen, was hier geschehen ist. Sogar die Bäume, die du erschaffen hast, Genesis 1,29, sind verdorrt, und die Vögel sind vom Himmel gefallen. Gott, bestrafe diese elende Sauerei!«

Dann sank sie nieder, die Runzelige, und verschied.

Aber Gott hat ihr zugehört. Und er hat den König Watzmann und seine Frau und seine Tochter und seinen Sohn in Stein verwandelt und hat die Steine wachsen lassen, bis sie sich zu einem Gebirge aufgerichtet haben. Das sind Schmerzen, kann ich euch versichern, wenn sich Fleisch in Stein umwandelt! Und diese Schmerzen halten ein paar tausend Jahre an, ach, was sag ich, ein paar Millionen Jahre, ewig dauern diese Schmerzen an.

Und da steht er nun, der Watzmann. Ein Berg. Und sonst nichts mehr. Aber immerhin ein Berg.

95
Die goldene Gret

Im Fichtelgebirge, ziemlich genau in der Mitte zwischen Wunsiedel, Hildenbach, Vordorf und Grün, liegt das Zeitelmoos, das früher das Zerrmoß genannt wurde, und der alte Name, ich sag's gleich, ist nicht unwichtig für unsere Geschichte. Jedenfalls lebte dort eine merkwürdig kopfverdrehte Frau, womit gemeint ist, sie war nicht einmal wenigstens einigermaßen richtig im Kopf, sondern gar nicht. Eine Närrische also.

Doch bevor die Geschichte losgeht: Warum ist der alte Name für die sumpfige Gegend wichtig? Weil der Name Zerrmoß eigentlich schon alles über diese Gegend sagt. Kein Jahr ist in früherer Zeit vergangen, in dem nicht mindestens ein Mensch aus Wunsiedel, Hildenbach, Vordorf oder Grün in dem Moor umgekommen ist. Versunken, verschwunden auf ewige Zeit. Man hat richtig gehört: auf ewige Zeit. Ein Pfarrer, der dort einmal tätig gewesen ist und dem nachgesagt wurde, er habe aufgrund gottgefälligen Lebenswandels einen guten Draht zum Himmelsherrscher, soll nämlich verkündet haben, weder oben im Himmel noch unten in der Hölle seien die Versunkenen, die Verschwundenen nach ihrem Versinken und Verschwinden angekommen. Man stelle sich das vor! Die sind ganz aus der Welt gefallen! Aus aller Welt! Da fragt sich doch jeder halbwegs mit Grips Begabte: Wo sind die? Was gibt es denn noch außer Diesseits und Jenseits? Wohin sind diese Armen gezerrt worden? Und da haben wir das Stichwort: zerren. Jawohl, sie sind gezerrt worden. Manchmal hat ja der eine oder andere beobachtet, wie so ein Unglück passiert ist. Und alle Zeugen haben das Gleiche berichtet: Es habe ausgesehen, als ob die Unglücklichen in den Sumpf gezerrt worden wären. Von unten gezerrt, um genau zu sein. Als ob im Sumpf etwas wäre, das sie hinuntergezogen hat – in eine Welt, die weder diesseitig noch jenseitig ist. Ist etwas Schrecklicheres vorstellbar?

Die Närrische – auch das verrat ich gleich – war die Einzige, die das Unglück überlebt hat. Aber der Reihe nach.

Die Närrische hieß Margarete und wurde Gret genannt. Sie lebte am Rand vom Zeitelmoos, das damals noch Zerrmoß genannt wurde. Dort hatte sie ein Häuschen. Ihre Mutter hatte ihr das Häuschen hinterlassen. Von ihrem Vater war nichts bekannt. Die Gret lebte abgeschieden, ganz selten nur sah man sie im Dorf oder im Städtchen. Da ging sie, ohne links und rechts zu schauen, zu den Händlern, besorgte sich, was sie nötig hatte, einen neuen Schaufelstiel, einen Rechen, ein Spatenblatt, Zündhölzer, Kerzen oder Schuhnägel. Und jedes Mal herrschte Aufregung, wenn sie auftauchte. Aufregung unter den Männern nämlich.

Das war ja das Eigenartige: Normalerweise, wenn von so einer Person berichtet wird, handelt es sich a um eine alte Schrulle, b um eine hässliche Hexe. So die allgemeine Meinung. Die Allgemeinheit argumentiert folgendermaßen: Wenn eine so allein lebt, ist sie ziemlich sicher alt, denn erst im Alter wünscht sich der Mensch, allein zu sein. Weiters, wenn eine so weltabgewandt ist, ist sie wahrscheinlich hässlich, denn Schönheit will sich zeigen. Aber nichts von alledem! Die Gret war jung und war so schön, dass dagegen die sehnsüchtigsten Träume wie biedere Kinderzeichnungen aussahen. Ihr Anblick trieb den Männern die Tränen in die Augen. Sie gingen ihr nach, konnten gar nicht anders, ließen die Hand ihrer Frau los, stammelten: »Ich muss, ich kann nicht anders!«, und streckten ihre Hand nach der fremden Frau aus. Um genau zu sein: nach den Haaren der Gret.

Diese Haare! Sie verdienen einen eigenen Absatz. Erstens die Farbe. Gold, eindeutig golden. Der Inbegriff von golden. Jedes Licht, ob Morgensonne oder glühendes Sommerlicht am Mittag, ob Abendrot oder Kerzenschein – jedes Licht schien allein geschaffen, um sich in diesen goldenen Haaren zu spiegeln. Zweitens: Niemand hat je längere Haare gesehen. Die Gret hat sich das Haar zu Zöpfen geflochten und hat die Zöpfe um ihren Kopf gewunden, und dennoch reichten sie ihr bis zu den Kniekehlen. Einmal, einmal, nur ein einziges Mal wollten die Männer ihre Hände in diese Haare wühlen.

Die Händler schenkten ihr, was sie kaufen wollte, und wenn sie auf die Straße zu ihrem Karren trat, war der Karren über und über mit Geschenken beladen. Die Männer meinten, wenn man zu jemandem gut ist, hat derjenige die Verpflichtung, auch gut zu sein. Und sie hatten eine sehr genaue Vorstellung davon, wie die Gret gut zu ihnen sein sollte.

Die Frauen hassten die Gret. Kein Wunder. Und die Männer hassten sie schließlich auch. Die Gret gab ihnen nicht einen Blick, schon gar nicht ein Wort. Manche Männer sagten, sie würden dafür sterben, wenn sie einmal an ihrem Haar riechen dürften. Das kommentierte sie gar nicht. Sie war zu niemandem gut.

Aber deswegen wurde die Gret nicht die Närrische genannt. Der Grund war der: Sie war nämlich schon gut. Nicht zu den Männern, schon gar nicht zu den Frauen, nicht zu den Menschen. Aber zu den Tieren. Sie redete mit den Tieren. Sie ist belauscht worden. Einer ihrer Verehrer hat sich eines Tages zu ihrem Häuschen geschlichen, hat sich im Farn versteckt und hat sie beobachtet und belauscht. Die Gret redete mit den Tieren, und sie redete mit lieblicher Stimme, sprach mit Freundlichkeit, Höflichkeit und Liebenswürdigkeit mit den Tieren, so dass es einer Beleidigung des Menschen gleichkam und damit einer Beleidigung Gottes, der sich ja etwas dabei gedacht haben musste, als er den Menschen zur Krone seiner Schöpfung auserkoren hatte. Die Gret war lieb zu Ochs und Esel, zu Pferd und Rind, zu Hund und Katz, zu den Mäuschen und den Hünchen, zu den Vögeln und den Fischen im Bach. Sie aß nicht von ihnen, und sie nahm ihnen nichts weg. Sogar zum Gemüse war sie freundlich, und beim Apfel entschuldigte sie sich, bevor sie hineinbiss.

So etwas tut nur eine Närrische. Man sagte: Die Gret ist närrisch. Das beruhigte die Gemüter. Bei einer Närrischen darf man sich nicht wundern, wenn sie uns nicht erhört, sagten sich die Männer.

Und eines Tages passierte es. Das Unglück nämlich passierte. Die Gret, die doch wie kein anderer Mensch sich in der Gegend zwischen Wunsiedel, Hildenbach, Vordorf und Grün auskannte, die jeden Tritt durch das Moor mit ihren schönen Füßen abgetastet hat, die Gret rutschte vom Weg ab, und schon versank sie bis zu den Knien im Sumpf.

Erst bis zu den Knien – das ist kein Problem, dachte sie, da kann ich noch leicht heraus, muss ja nur einen Fuß heben, mich vorbeugen und mich am festen Pfad festhalten.

So denkt jeder, der in einen Sumpf gerät. Und was ist die Folge? Weil man

den einen Fuß hebt, sinkt der andere um so schneller ein. Und schon ist man bis zur Hüfte im Sumpf versunken. Und die Gret spürte, wie etwas unten an ihr zerrte. Ebendieses Etwas, das im Zerrmoß hockt und den Unglücklichen aus Diesseits und Jenseits zerrt. Da hat die Gret um Hilfe gerufen.

Ein Mann kam daher. Er hätte helfen können. »Vor einem Jahr«, sagte er, »hätte ich mein Leben für dich gegeben. Du hast mich nicht einmal angesehen. Ich helfe dir nicht.« Und er ging weiter. Eine Frau kam daher. Sie hätte helfen können. »Seit mein Mann dich gesehen hat, rührt er mich nicht mehr an«, sagte sie. »Ich helfe dir nicht.«

Das Pferd kam, das sagte: »Was kannst du mir noch nützen? Ich helfe dir nicht.«

Das Rind kam und sagte etwas Ähnliches wie das Pferd. Und der Hund half ebenfalls nicht und die Katze auch nicht. Hünchen und Mäuschen halfen nicht, und die Fische ließen ausrichten, dass sie ebenfalls kein Interesse hätten.

Die Vögel sprachen es schließlich aus: »Wir Tiere müssen nicht gut sein. Wir dürfen undankbar sein. Wir dürfen ungerecht sein. Wir dürfen uns nur um unsere eigenen Angelegenheiten kümmern. Und es tut uns nicht einmal leid.«

Da steckte die schöne Gret bereits bis zum Kinn im Sumpf.

Und in diesem Moment kamen die Bienen. »Deine schönen Haare«, sagten sie, »die gefallen uns. Haben sie nicht die gleiche Farbe wie unser Honig? Spiegelt sich in ihnen die Sonne nicht auf gleiche Weise wie in unserem Honig? Lass uns in deinen Haaren unsere Waben bauen, dann werden wir dich retten.«

»Alles, was ihr wollt«, sagte die Gret. »Alles, was ihr wollt. Wenn ich nur weiterleben darf!«

Da tanzten die Bienen und summten, wie es ihre geheimnisvolle Art ist, und aus dem ganzen Land kamen die Stämme geflogen, und die fleißigen, starken Arbeiterinnen krallten sich an Grets Haare, an jedem Haar saßen tausend Bienen und mehr.

Summm in Humm, in Brumm und Kumm
Zieh die Gret zum Himmel numm!

Erst ein Stückchen, noch ein Stückchen, schon konnte man den zarten Hals sehen, noch ein Stückchen, noch ein Rückchen, schon waren die Arme frei, und so ging's dahin, bis die Gret befreit war. Die Bienen trugen sie in den Himmel hinauf und unter den Wolken hindurch und brachten sie nach Hause in ihr Häuschen, wo sie sich wusch und ausruhte.

Als sie erwache, war ihr der Kopf schwer. Und als sie nach dem Kopf griff, da meinte sie, ein Turm säße ihr auf der Schädeldecke. Und so war es auch. Die Bienen hatten das goldene Haar zu einem goldenen Turm gewoben und hatten ihre Waben darein gebaut, und der goldene Honig floss über das Haar und über Grets Stirn, über ihre Lippen, so süß und so frisch war er, und er enthielt alles, was der Mensch braucht, um zu leben, und er rann weiter über ihren Hals, ihre Schultern, ihre Brust bis hinunter zu den zarten Füßen.

Nun war die ganze Gret aus Gold. Die Leute kamen und bestaunten sie. Kein Mann streckte die Hand nach ihr aus. Sie war nun zu groß für alle. Sie gehörte nicht mehr den Menschen. Und eines Tages war sie fort. Von diesem Tag an trocknete das Moos ein. Es war immer noch feucht, das schon. Aber es war nicht mehr gefährlich. Es zerrte nicht mehr. Und darum hat man es umbenannt. Von Zerrmoß in Zeitelmoos. Und die Welt war wieder im Gefüge. Das heißt: Der Mensch ist gut und böse, die Tiere sind einfach. Es gibt ein Diesseits und ein Jenseits. Und dazwischen nichts.

96

Vila, die Waldfee

In einem Dorf im Süden lebte der schöne Hans. Alle nannten ihn so. Man hätte ihn auch den glücklichen Hans nennen können. Er war der schönste Bursch in der ganzen Gegend. Augenbrauen, sage ich euch, Augenbrauen wie Samt! Einen Hals, sage ich euch, einen Hals wie feinst poliertes Pappelholz! Aber er war auch der ärmste Bursch in der ganzen Gegend. Nur, das spielte keine Rolle. Er hatte nichts geerbt von seinen Eltern, kein Stück Land, kein Stück Vieh, keine Scheine und keine Münzen, nur die gute Laune. Von Gott hat er bekommen: ein Auge, das Schönheit sehen kann, ein Ohr, das Wohlklang hören kann, eine Nase, die den Duft von frischem Brot genießen kann, Hände, die über zarte Haut streicheln können, und einen Gaumen, der seinen Mann ins Paradies führte, wenn es etwas Gutes zu futtern gab.

Der Hans ging durchs Dorf, die Leute riefen: »Hans! Komm her! Lass dich anschauen!«

Dann kam er, stellte sich an den Zaun, ließ sich anschauen, seine Augenbrauen, seinen Hals, und dafür bekam er eine Schale mit Milch oder einen Korb mit Früchten oder Gemüse oder ein Stück Fleisch oder Brot, einen Schluck Wein, auf alle Fälle aber einen herzlichen Händedruck und die besten Wünsche, die besten sind die ehrlich gemeinten.

Und dann, eines Tages, war der schöne Hans verschwunden. Die Leute dachten sich: Ja, er wird in die Welt hinausgehen, sein Glück machen, das heißt, sein Glück mehren. Der wird nie wieder zurückkommen, so schön, wie er ist, in unser kleines Dorf. Das war zu erwarten. Gut so. Bravo, schöner Hans!

Und tatsächlich, der Hans zog durch die Welt. Nicht weit in die Welt hinaus zog er, aber schon bis hinüber in die Steiermark. Dort ging es ihm genauso wie zu Hause. Wenn er Hunger hatte, blickte er den Menschen ins Gesicht, und die sagten: »Ah! Bist du ein schöner Mensch. Diese Augenbrauen! Dieser Hals! Wie Samt, wie poliertes Pappelholz!« Und sie luden ihn zum Essen ein. Und so war das Leben für ihn weiter sorgenfrei.

Dann eines Tages spazierte er durch einen Wald. Und er hörte Gesang. Eine Frauenstimme. Und diese Frauenstimme war so wunderschön, dass er sich in diese Stimme verliebte. Bisher hatte sich der Hans nie verliebt. Er wusste gar nicht, was das ist. Er war so verwöhnt vom Leben, dass Liebe für ihn gar nicht notwendig war. Die Liebe hat der liebe Gott ja aus schlechtem Gewissen heraus erfunden, um gutzumachen, was er uns sonst alles zumutet. Aber nun hörte der Hans diese Stimme, und er ging dieser Stimme nach, und er kam zu einer Lichtung. Und dort sah er eine Fee, die tanzte auf dieser Lichtung und sang. Und so weit kannte sich der schöne Hans bei Feen schon aus, dass er wusste, wenn man denen plump gegenübertritt und sie einfach anredet, oder wenn sie merken, dass sie beobachtet werden, dass sie sich dann auf der Stelle in einen Nebelschmauch auflösen. Aber er wollte diese Fee besitzen. Das wiederum ist der Haken an der Liebe, dass sich der Mensch mit dem Gefühl allein nicht zufriedengibt. Deshalb schlich er sich an die Fee heran, ganz vorsichtig, und umfasste sie von hinten, drückte sie an sich, versuchte sie zu küssen.

Aber die Fee löste sich auf in einen Nebelschmauch.

Und da hat der schöne Hans schnell den Nebelschmauch eingeatmet. Und er hielt die Luft an.

Und die Fee, die nun in ihm war, in seinen warmen Lungen, die sprach zu ihm und sagte: »Wer immer du auch bist, ich bin Vila, ich bin eine Fee. Du wirst mich nicht halten können, sonst erstickst du.«

Und der Hans sagte, und er sagte es innerlich, denn er hatte den Mund fest zu, und wie soll man etwas mit geschlossenen Lippen sagen, innerlich also sagte er: »Dann werde ich eben ersticken. Ich kann nicht leben ohne dich. Und wenn du mir nicht versprichst, dass auch du mich haben willst, dann lass ich dich nicht heraus. Dann wirst du mit mir sterben. Dann wird meine Lunge platzen, und du wirst mit mir untergehen.«

Das wollte Vila, die Waldfee, nicht, auch Feen wollen leben, und diese Liebe von dem Hans, die hat sie sehr beeindruckt, das kam dazu, und so versprach sie dem Hans, dass sie bei ihm bleiben wird, wenn er sie freilässt.

Der Hans hat ausgeatmet, und Vila hat sich wieder in eine weibliche Gestalt verwandelt. Und dann hat sie den Hans betrachtet, und sie fand wirklich, dass er wunderschön war, die Augenbrauen und der Hals, aber auch die Hände, die Arme, die Haare, alles, alles an ihm fand sie schön, und fast wäre sie froh gewesen, etwas zu finden, das nicht so schön war, weil sie im Vorausdenken schon Angst hatte, dass er auch anderen Frauen gefallen könnte. Ja, sie hat sich schwer in ihn verliebt.

Und sie hat die Sache festmachen wollen und hat gesagt: »Hans, ich will bei dir bleiben.«

»Und ich bei dir«, sagte der Hans.

»Ich bin kein Mensch, das musst du wissen. Ich bin eine Fee.«

»Das weiß ich. Aber ich lieb dich.«

»Im Feenreich gelten andere Gesetze als unter den Menschen.«

»Zum Beispiel?«

»Zum Beispiel: Du darfst nie meinen Namen sagen. Und du darfst mich nie bitten zu tanzen und zu singen. Denn wenn mich einer bittet, muss ich tanzen und singen. Und das darf ich nicht.«

»Und warum darfst du das nicht?«, fragte der schöne Hans.

»Das weiß ich auch nicht so genau«, sagte Vila. »Es ist so. Weißt du, warum die Menschen schlafen müssen?«

»Nein, das weiß ich nicht so genau«, sagte der schöne Hans. »Es ist eben so.«

»Siehst du«, sagte Vila.

Da hat der Hans versprochen, nie ihren Namen auszusprechen und sie nie zu bitten, sie möge tanzen oder singen.

Er nahm Vila mit zu sich nach Hause, das heißt nach Burgenland.

Die Leute wunderten sich nicht, das war ihnen doch klar, dass der schöne Hans, wenn er je wiederkommen wird, mit einer schönen Frau kommen wird. »Glück findet Glück«, sagten sie und waren kein bisschen neidisch. Sie wussten nicht so genau, warum Glück Glück findet, es ist eben so, dachten sie. Und es war eben so.

Vila und Hans lebten glücklich und zufrieden, und Vila wurde schwanger. Und dann musste der Hans in den Krieg ziehen, lange war er weg. Vila brachte ein Mädchen zur Welt. Und jeden Tag warteten Mutter und Tochter auf den schönen Hans, den Mann und den Vater.

Im Krieg gibt es kein Glück. Wenn einer von Kriegsglück spricht, lügt er oder führt etwas im Schilde, was noch schlimmer ist als das Unglück. Im Krieg gibt es nichts Schönes, da hält niemand inne, um sich an schönen Augenbrauen und einem schönen Hals zu erfreuen. Das Auge sieht Hässliches, das Ohr hört Grausames, die Hand tastet vergeblich nach Rettung, die Nase riecht Verbranntes, der Gaumen hat nichts Angenehmes zu melden. Einer wird wie der andere. Man unterscheidet nicht zwischen dem klugen Fritz und dem schnellen Franz, nicht zwischen dem lustigen Anton und dem freundlichen Peter. Auch einen schönen Hans gibt es keinen. Es gibt nur Soldaten, und alle sehen sie gleich aus, weil sie den gleichen Rock tragen, der mit dem gleichen Dreck besudelt ist, und Blut sieht überall gleich aus, beim Freund wie beim Feind. Und bald weiß niemand mehr, warum er kämpft, wofür er kämpft, was es zu gewinnen gibt. Aber jeder weiß, was es zu verlieren gibt. Das bloße Leben nämlich.

Nach vielen Jahren kam er. Nach vielen hoffnungsvollen, leidvollen, tränenvollen Jahren kam der Hans nach Hause. Vila sah ihn, wie er oben beim Waldweg um die Kurve bog. Sie streckte die Arme nach ihm aus, lief ihm entgegen, und der Hans sah seine Frau, sein Haus, und er sah ein keines Mädchen, dachte sich: Das kann nur meine Tochter sein. Und in dem Glück, dem lange vermissten, dachte er nicht nach, dachte er gar nichts.

Und er lief den beiden entgegen, und er rief: »Vila! Vila! Ich bin wieder da! Ich habe den Krieg überlebt! Wir können tanzen, wir können singen, ich bin wieder da, Glück kommt zu Glück! Tanz, Vila, sing, Vila!«

Er hat ihren Namen ausgesprochen. Er hat gesagt, sie soll tanzen, sie soll singen. Er hat es eindeutig gesagt. Ich habe es gehört. Ihr habt es doch auch gehört. Aber das darf er nicht! Das durfte er nicht. Habt ihr vergessen, dass der Hans nicht den Namen seiner Frau aussprechen darf? Habt ihr vergessen, dass er sie nicht bitten darf zu tanzen und zu singen? Ich gebe zu, ich habe es vergessen. Und der Hans hat es auch vergessen.

Vila tanzte und drehte sich, sie sang mit ihrer Zauberstimme, und sie löste sich in einen Nebelschmauch auf.

Und der Hans, der Hans lief, der Hans lief, um sein Glück lief er, er lief, um diesen Nebelschmauch noch einmal in seine Lungen aufzunehmen, in seine warmen Lungen, ihn noch einmal einzuatmen den Nebelschmauch und ihn

festzuhalten und koste es sein Leben. Aber er war zu weit weg von Vila, seiner Liebsten, und der Nebelschmauch verflüchtigte sich, wurde vom Wind fortgetragen und löste sich auf, in Luft. Und der Hans hatte Vila verloren, für immer.

Er war unglücklich. Er war so unglücklich, dass sich niemand traute, ihn den unglücklichen Hans zu nennen, obwohl dieser Name wie kein anderer zu ihm gepasst hätte.

Aber seine Tochter lebte. Die Anne. Ihren Namen durfte er aussprechen. Sie konnte sehr schön singen. Sie konnte wunderbar tanzen. Und sie sang und tanzte. Und so wurde aus dem unglücklichen Hans bald wieder ein glücklicher Hans. Am Morgen trat er aus dem Haus und schnaufte tief ein und sprach leise für sich ein paar Worte, die waren an Vila gerichtet, die um ihn herum war, in der Luft.

»Vila«, sagte er, »bald komm ich zu dir, nur noch ein Weilchen, nur noch, bis unsere Tochter alt genug ist, so dass ihre Tränen nicht allzu sehr schmerzen, wenn ich tot bin. Nur noch eine Weile, Vila, dann komm ich.«

Dann ging er ins Haus zurück und machte für sich und seine Tochter Frühstück.

97

Vom schönen Zacharias

Man sagt, der Himmel sei gerecht. Aber das sagt man deswegen, weil man sich nicht traut zu sagen, der Himmel sei ungerecht. In Wirklichkeit wissen wir alle, der Himmel kann sehr ungerecht sein. Da gibt es zum Beispiel Leute, das sind eigentlich miese Hunde. Aber sie sind hübsch anzusehen, und sie sind erfolgreich, sie haben Geld, sie sind überall beteiligt. Wenn sie lachen, wird geschmolzen, wenn sie weinen, wird ihnen geglaubt. Überall werden sie gerne gesehen. Und sie leben ein langes Leben. Und es passiert nicht, wenn sie lügen oder betrügen, dass der Blitz vom Himmel fährt. Es passiert nicht einmal, dass ihnen ein Abszess unter dem Arm wächst, der ihnen wehtut und sie nicht schlafen können. Nein, sie bleiben gesund und leben ein langes Leben. Und am Schluss sterben sie einen schönen Tod. Und man hofft darauf, dass man sie in der Nacht irgendwo herumgeistern sieht, weil sie irgendwas Böses abdienen müssen. Aber nein, nichts von alldem, im Gegenteil: Auf ihrem Grab wachsen die schönsten Blumen. Und das empfinden wir als ungerecht.

Und es gab einen jungen Mann, der hieß Zacharias. Und dieser Zacharias, das war so ein Glückskind. Und mit Recht hat man gesagt: »Das ist nicht richtig, dass der so viel Glück hat. Besser für ihn wär's, es wär ein bisschen anders.« Der war überall dabei, wenn irgendwelche Ungenauigkeiten geschahen. Der war sogar bei Diebstählen mit dabei, der war bei Betrügereien mit dabei, der war mit dabei, wenn einer die Frau des anderen nahm oder wenn eine Frau den Mann einer anderen nahm. Er war überall dabei, aber nirgends beteiligt. Und immer hat man ihn lachen hören. Und er hat gelacht, und wenn er gelacht hat, hat er schnell ein Kreuzzeichen gemacht. Man hielt es für einen Tick, etwas Ungewöhnliches. Man ist ihm nicht allzu nahe gekommen, aber man hat ihn mitmachen lassen. Und überall war Zacharias dabei.

Der Zacharias hat viele, viele Gaben bekommen. Vom Himmel wahrscheinlich, wir wissen es nicht, aber die Gaben, die guten Gaben, woher sollten sie denn sonst kommen als vom Himmel? Und er hatte viele natürliche Gaben und eine übernatürliche Gabe. Er konnte nämlich den Teufel sehen. Und deshalb hat er sich so gern bei Halunken und bei schlechten Menschen aufgehalten. Weil wo soll der Teufel denn sein? Soll er bei den guten Menschen sein? Nein, er ist bei den schlechten Menschen. Und Zacharias war süchtig danach, den Teufel zu sehen. Der Teufel trug unter dem Arm zusammengerollt das Fell eines Esels. Und das breitete er dann aus, wenn die Bosheiten vor sich gingen, und er schrieb, notierte auf diesem Fell des Esels ganz genau die Person, die jetzt was Böses getan hatte, und was sie getan hatte. Das notierte er alles, damit dann nach dem Tod er dieses Fell vorweisen kann und kann sagen: »Hallo hier! Mit Datum, alles versehen! Ab in die Hölle!«

Und es gab nichts Schöneres für den Zacharias, als das zu betrachten. Und ab und zu kam es natürlich vor, dass der Teufel seinen Blick auf den Zacharias warf. Und dann machte der Zacharias schnell ein Kreuzzeichen, und der Teufel wich zurück. Es ist nämlich so, dass der Teufel schon in die Herzen, in die Seelen der Menschen schauen kann. Aber niemals so deutlich kann er darin lesen, wie es Gott zum Beispiel kann. Für Gott ist das Herz wie ein aufgeschlagenes Buch bei bestem Licht, und die Buchstaben sind klar schwarz vor weißem Hintergrund. Für den Teufel ist es irgendwie schattig. Er kann nur so ungefähr die Umrisse des Bösen sehen. Und wenn da einer schnell ein Kreuzzeichen macht, dann ist das, als ob er einen Vorhang vorschiebt vor das Herz, und dann kann er gar nichts mehr sehen. Das wusste der Zacharias, und das war seine Freude. Darum hat er immer gelacht. Er hat gelacht und gleich ein Kreuzzeichen gemacht, und der Teufel hat sich abgewandt.

Und irgendwann war es dem Teufel zu viel, und er hat sich an den Zacharias gewandt. Und hat zu ihm gesagt: »Hör zu, ich möchte, dass du mich meine Arbeit in Ruhe machen lässt.« Das Ganze geschah bei einem großen Fest. Dort ging es wild her. Und der Teufel sagte: »Also, was muss ich tun, damit du mich endlich in Ruhe lässt?«

Und Zacharias sagte: »Ähm, ich möchte auf dir reiten.«

Und die Leute, die konnten ihn sprechen hören, konnten aber nicht den Teufel sprechen hören. Und sie haben nur gehört, dass da einer sagt: »Ich möchte auf dir reiten.« Das war interessant, sie haben ihm zugehört.

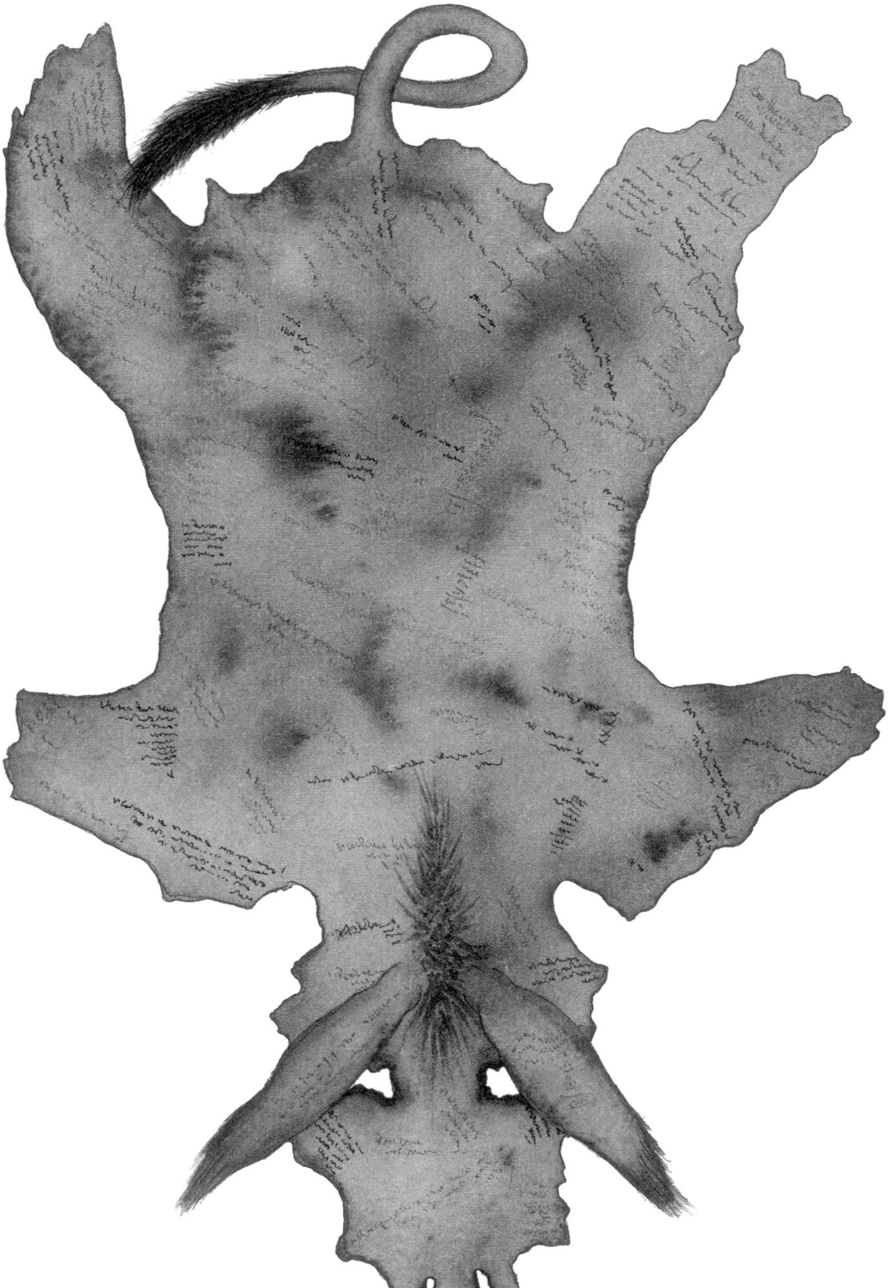

Der Teufel sagte: »Du willst auf mir reiten? Wie soll ich das denn anstellen?«

»Ja«, sagte Zacharias, »ich möchte, dass du mit Anlauf in die Wand rennst, so dass deine Hörner drin stecken bleiben. Dann gehst du auf alle viere wie ein Pferd, und ich setz mich auf dich und reite.«

Und die Leute, die gar nicht wussten, was da geschieht, die hörten nur, dass er gesagt hat: »Du sollst Anlauf nehmen, in die Wand rennen, so dass deine Hörner drin stecken bleiben, und ich setz mich auf dich und reite.«

Und sagten: »Ist der verrückt?«

Der Teufel sagte: »Ja gut, also. Aber dann lässt du mich in Ruh!«

Und der Teufel legte das Eselsfell beiseite, weil er konnte nicht auf allen vieren knien und gleichzeitig das Eselsfell halten.

Und Zacharias sagte: »Weißt du was, gib mir das Eselsfell, ich halte es für dich.« Und er klemmte es unter den Arm.

Aber auch dieses Eselsfell konnte niemand sehen, nur er selbst. Und dann rannte der Teufel gegen die Wand, dass seine Hörner drin stecken blieben, ging auf alle viere, und Zacharias schwang sich auf ihn.

Und was sahen die Leute? Die Leute haben einen Krach gehört, haben nicht gewusst, was das ist, und plötzlich sehen sie, dass dieser Zacharias aufsteht, sich in die Luft schwingt und in der Luft reitet. Da war es den Leuten dann doch unheimlich, und schnell haben sie diesen Platz verlassen.

»Ist das genug?«, fragte der Teufel den Zacharias.

»Ja, es ist genug«, sagte der Zacharias.

»Na gut, dann lass mich jetzt in Frieden!«

Und vor lauter Zorn und Demütigung hat der Teufel das Eselsfell vergessen, und Zacharias machte sich auf den Weg, das Eselsfell unter den Arm geklemmt, niemand konnte es sehen, nur er.

Und von da an mied er die Menschen. Denn er hat es dem Teufel ja versprochen. Aber das Eselsfell behielt er bei sich. Und als er merkte, es ging mit ihm zu Ende, ließ er sich den Sarg zimmern, noch bevor er starb. Und er legte den Sarg mit dem Eselsfell aus. Und man legte ihn in den Sarg und begrub ihn.

Und dann trat er vor das Himmelstor, mit dem Eselsfell unter dem Arm.

Der Petrus, der ja ins Herz hineinschauen kann, sagte: »Nein. Du hast vielleicht nichts Böses getan, du hast dich überall herausgehalten, aber dein Herz ist ein einziger Kohlehaufen. Ganz schwarz! Bei mir kommst du nicht rein!«

»Ist gut«, sagte Zacharias, »wohin soll ich?«

»Ja, steig hinab in die Hölle«, sagte der Petrus.

Und der Zacharias stieg hinab, diese endlose Wendeltreppe, in die Hölle hinab stieg er, klopfte an das Höllentor.

Und da war der Teufel, sagte: »Ach, auf dich habe ich gewartet, mein lieber Zacharias! Jetzt sollst du spüren, was die Hölle ist!«

Und der Zacharias sagte: »Du hast etwas vergessen!«

»Ja, ich weiß, was ich vergessen habe. Ich hab das Eselsfell vergessen.«

»Ja, ja«, sagte Zacharias. »Wollen wir einen Tausch machen? Auf diesem Eselsfell hast du mindestens tausend Namen aufgeschrieben. Die kannst du nicht haben, ohne dass du ihnen vorrechnest, was sie getan haben. Ich geb dir das Eselsfell, dafür lässt du mich frei.«

Da hat sich der Teufel überlegt – er ist ja ein Rationalist, der Teufel. Hat sich ganz nüchtern überlegt: »Ja, dieser Unmögliche hier, auf den ich mich schon lange gefreut habe. Aber andererseits, einer gegen tausend.« Und er war mit dem Tausch einverstanden.

Aber dann wollte der Teufel doch noch etwas wissen. »Sag mir, du Elendsmensch, sag mir, warum wolltest du auf mir reiten? Das hat dir doch keine Ehre eingebracht unter den Menschen, im Gegenteil, sie haben sich von dir abgewandt, und Geld hast du dafür auch nicht bekommen.«

»Wie hätt ich dir sonst das Eselsfell klauen können?«

»Und dafür kannst du nicht in den Himmel und nicht in die Hölle, und die Menschen auf Erden wollen dich auch nicht. Ist das gut?«

Der Teufel nahm das Eselsfell, und Zacharias war frei.

In den Himmel konnte er nicht, in die Hölle konnte er nicht. Und die Menschen auf Erden wollten ihn nicht. – Da ging er nach Kärnten.

Und er wanderte durch Kärnten. Und niemand wollte ihn haben. Auf der Erde nicht, im Himmel nicht, in der Hölle nicht. Und auch in Kärnten nicht. Er hat sich immer wieder unter die Leute gemischt, hat dem Teufel bei seiner Arbeit zugesehen. Hat nicht mehr so laut gelacht wie früher. Hat auch nicht mehr das Kreuzzeichen gemacht. War nicht mehr nötig. Hielt sich zurück. Ist alt und hässlich geworden. Der Teufel tat so, als ob er gar nicht da wäre. Und der Zacharias? Ja, wahrscheinlich lebt er ewig.

Wollt ihr mit ihm tauschen? Mit so einem? Also, ich nicht.

98

Teufel und Vagabund

Es war einmal ein junger Unterteufel, der war ein Versager in der Schule des Bösen. In den Nebenfächern *Schimpfen, Furzen, Rülpsen, Herumschreien* war er ja noch einigermaßen einigermaßen, Note befriedigend oder genügend. Seine Flüche waren jämmerlich sanft, aber immerhin, einen bigotten Kerzenschlecker hätten sie doch erschreckt. Seine Fürze waren erbärmlich leise und geruchsarm, seine Rülpser trocken, und wenn er herumgeschrien hat, dann hörte sich das eher wie ein schüchternes Rufen an. Böse war das alles zusammen nicht, das fiel eher unter schlechte Manieren. Nicht gut, aber auch nicht ganz schlecht. In den Hauptfächern hingegen, also *Betrügen, Quälen, Rauben* und *Morden,* war das Teufelchen ein glatter Versager. Nach einer Betrügerei hat er sich entschuldigt, beim Quälen hat er sich selber die Finger verbrannt, am Ende vom Rauben hatte sein Opfer mehr in der Tasche als vorher, und wenn's ans Morden ging, hat das Teufelchen die Schule geschwänzt. Es wollte nicht lernen oder konnte nicht lernen. Es war ein Kreuz mit ihm – oder wie man dazu in der Hölle sagt. Alle Nachhilfe nützte nichts. Also hat Satan das Teufelchen aus der Hölle geschmissen.

Und gelandet ist es in Kärnten, und zwar in Weitensfeld im Gurktal.

An einem Wiesenhang nahe am Wald kann man dort einen großen Felsbrocken sehen. Holunder wächst um ihn herum, im Frühling weiß von den Blüten, herb duftend, im Herbst schwarz von den Beeren. Um die Stämme der Hollerbüsche wachsen Brennnesseln, mannshoch, und es sind die gemeinsten Brennnesseln, die es gibt, als müssten sie einen Schatz verteidigen, so brennen sie. Schon mancher hat das zu spüren bekommen, wenn er im Frühling die Blüten oder im Herbst die Beeren brocken wollte.

Unter dem Felsen war eine Höhle. Die hat noch niemand gesehen, weil keiner durch die Brennnesseln gekommen ist. In diese Höhle hat sich das Teufelchen verkrochen, Brennnesseln können einem, der gerade aus der Hölle gestiegen ist, doch nichts antun. In der Nacht hat es sich dort verkrochen. Am Tag saß es oben auf dem Fels. Und hat sich umgeschaut. Wonach hat es sich umgeschaut? Nach Essbarem. Es ist nämlich nicht wahr, dass Teufel der Nahrung nicht bedürfen. Wer das glaubt, der verwechselt sie mit den Engeln.

Satan hat ein Herz, wie man so sagt, jedenfalls ein Herz für die Seinen. Er hat das Teufelchen zwar aus der Hölle geschmissen, aber er hat sich Sorgen gemacht und ihm eine lahme Kuh, eine blinde Ziege und eine vertrocknete Schlange mitgegeben. »Schau zu, was du damit anfangen kannst«, hat er gesagt. Aber was man tatsächlich mit denen drei anfangen könnte, das hat er ihm nicht gesagt. Naheliegend wäre gewesen, bei Hunger in die lahme Kuh hineinzubeißen, bei Durst die Milch von der blinden Ziege zu trinken, und wenn einem langweilig ist, auf der vertrockneten Schlange herumzukauen. Aber auf solche Ideen ist das Teufelchen nicht gekommen. Es hat sich lieber am Tag auf den Felsen gesetzt und hat geschaut und hat Hunger gehabt. Und in der Nacht hat es sich in die Höhle verkrochen.

Und wie es so auf dem Felsen sitzt, denkt es bei sich: Ich würde jetzt gern ein wenig brüllen. Im Fach *Brüllen* war das Teufelchen in der Höllenschule wie gesagt nicht besonders gewesen. Es war so gehemmt. Hat sich geniert. Hier auf dem Stein war es nicht gehemmt, und geniert hat es sich auch nicht.

»Ich habe Hunger!« So hat es gebrüllt. Und hat dabei einen fahren lassen. Und ich sage euch, wenn diese beiden Äußerungen in der Hölle nicht besonders besonders waren, hier auf Erden, in Kärnten – meine Güte! Die Bauern sind aus ihrem Mittagsschlaf geschreckt, haben gedacht, es werde zum Jüngsten Gericht posaunt. Den Kühen im Stall ist die Milch im Euter sauer geworden. Das war das eine. Das ging ja noch, das ging gleich vorbei. Aber das andere aber. Der Gestank. Du meine Güte, du meine Güte! Ein Gestank legte sich über das Tal, an so einen konnten sich die Bauern nicht erinnern, und das mag etwas heißen, so ein Bauer lässt ja auch bisweilen einen ab, der würde seinerseits jeden Städter umhauen.

Und noch einmal hat das Teufelchen gebrüllt: »Ich habe Hunger!«

Die Bauern sind auf dem Marktplatz zusammengelaufen. »Was sollen wir tun? Wer brüllt da so?«

»Ganz gleich, wer das ist«, sagte der Pfiffigste, »geben wir ihm etwas zu essen. Sonst hört er nicht auf.«

Wer so brüllen kann, muss einen großen Magen haben, sagte sich das Landvolk und kramte zusammen: Käse, Speck, Brot, Bohnen – Bohnen besser nicht –, Grießmus, Geflügel. Und machte sich auf den Weg, immer dem Gestank nach.

Und so fanden sie das Teufelchen. Staunten. »So ein Kleiner? So ein Magerer? Wo hat der die Stimme her? Wo hat der die Winde her?«

Aber trotz Kleinheit und Magerkeit: Ausgesehen hat der Kerl, zum Grausen! Teufel bleibt Teufel. Die Bauern haben ihr Zeug liegen lassen und sind davon. Haben sich versteckt und haben gelugt. So schnell, wie das Essen und das Bier weg waren – dafür gibt es keine Worte und keine Vergleiche. »Der hat aber einen Zug!«, sagten die Bauern und dachten: Hoffentlich geht er bald, sonst bleibt uns nichts. Das ahnten sie nämlich: dass der jeden Tag so brüllen und stinken wird und dass sie ihm jeden Tag zu essen und zu trinken geben müssen.

Und so war's auch.

Das Befehlen machte dem Teufelchen einen Spaß. Einen bösen Spaß. Was es in der Hölle nicht gelernt hat, lernte es jetzt. Wenn die Bauern zu wenig brachten, riss er der lahmen Kuh erst ein Horn, dann ein Bein, dann noch ein Bein aus und warf ihnen die Stücke an den Kopf. Die vertrocknete Schlange verwendete er als Peitsche, und auf der blinden Ziege ritt er den schreienden Bauern hinterher.

Die ganze Gegend war verdorben. Viele sind abgewandert, keine mehr zugewandert. Eine verfluchte Gegend, dieser Teil Kärntens. Und das Teufelchen trieb es immer schlimmer. Zur bösen Lust ist nämlich noch das Heimweh dazugekommen. Es wollte in die Hölle zurück. Zum guten alten Vater Satan. Wenn das Teufelchen Tränen geweint hat, dann standen die Felder unter Wasser, unter saurem Wasser.

Sie wollten das Teufelchen loswerden, die Bauern, haben sich alle möglichen Sachen überlegt, wie man es loswerden könnte. Aber es ist ihnen nichts eingefallen. Jeden Tag saßen sie im Gasthaus von Weitensfeld und beratschlagten. Der Pfiffige war der Meinung, nur einer kann das Teufelchen abziehen aus Kärnten, nämlich der Teufel selbst, nämlich der oberste Oberteufel. Und man weiß ja, wer Gott anruft, braucht Geduld, der Teufel kommt auf der Stelle. Was jedoch nicht heißt, dass man ihn auch auf der Stelle erkennt.

Und in ebendiesem Augenblick im Gasthaus in Weitensfeld, da ging die Tür auf, und ein alter Mann betrat die Gaststube. Hat ein Gesicht gehabt, als ob man es aus Granit herausgeschlagen hätte. Und Augen, kalt und hart wie ebendieser Granit. Und er hat sich hingesetzt, ganz bescheiden an den Bettlertisch.

Man hat ihn gefragt, was er will, und er hat gesagt: »Gebt mir, was ihr einem armen Vagabunden geben wollt. Ich kann euch nicht bezahlen.«

»Was kannst du denn?«, fragte der Wirt, weil ihm grad danach war.

»Ich kann mitnehmen«, sagte der Vagabund.

»Was heißt das?«

»Ja«, sagte der Vagabund, »vor vielen Jahren, als ich ein Knabe war, habe ich hier in Weitensfeld gelebt. Und sind Räuber gekommen und haben mich mitgenommen. Und ich hab auf der Galeere gearbeitet, mein ganzes Leben lang. Wenn ich euch erzähle, was ich alles erlebt habe, dann könntet ihr nicht mehr schlafen. Ihr würdet davonlaufen.«

»So schreckliche Dinge hast du erlebt?«

»So schreckliche Dinge hab ich erlebt. So schreckliche Dinge, dass selbst der Teufel davonlaufen würde, wenn er davon erführe.«

»Und wohin würde er laufen?«

»Mir hinterher.«

Und da kam den Bürgern von Weitensfeld die Idee.

»Willst du noch einen Krug Bier?«, fragten sie scheinheilig. »Und einen Braten mit Soße und Knödel und hinterher einen Schnaps oder sieben?«

»Jaja, jaja.«

Sie füllten den Vagabunden ab, seinen Bauch und seinen Kopf. Und schleppten ihn hinaus zum Waldrand, wo der Felsen war, auf dem das Teufelchen hockte.

»Hier erzähl!«, sagten sie.

Und das Teufelchen hockte, und der Vagabund erzählte, das Teufelchen horchte zu, und der Vagabund erzählte, was er alles erlebt hatte. Und als es dunkel wurde, torkelte der Vagabund in die Nacht hinein und erzählte, und das Teufelchen stieg von seinem Felsen und folgte ihm nach, dem Mitnehmer.

Der Vagabund nämlich war der Mitnehmer.

99

Burgherr von Kaps und Ritter von Münichan

Es waren einmal zwei Freunde, zwei wirklich gute Freunde. Der eine war der Burgherr von Kaps und der andere der Ritter von Münichan, die wohnten in zwei Burgen, grad so weit voneinander entfernt, dass einer den anderen sehen konnte, wenn er vor das Burgtor trat.

Der Ritter von Münichan – fangen wir bei ihm an – war ein zarter Mann, ein kleiner Mann, kein starker Mann, ein Tüftler, ein Genauer, ein Hintersinniger, wenn ihr wisst, was ich meine, einer, der sich über keine Zukunft wunderte, weil er tausend Zukünfte längst schon im Voraus durchgedacht hat. Er durfte sich zwar Ritter nennen, weil er ein Ritter war, aber er sah nicht wie ein Ritter aus, gar nicht. Er sah eher aus wie der Berater eines Ritters – oder wie der Berater des Beraters. Darunter hat er sehr gelitten, der Ritter von Münichan.

Der Burgherr von Kaps dagegen, der war groß, stark, bärenstark, er hatte eine laute Stimme, aber er war nicht ganz so intelligent – nein, in Wahrheit bei weitem nicht so intelligent wie sein Freund, der Ritter von Münichan. Aber er hatte ein besseres Auftreten, eindeutig. Er gab etwas her. Er war immer und überall der Mittelpunkt, auch wenn er am Rand stand. Er wurde überschätzt, immer und überall. Er hat nicht darunter gelitten.

Der Ritter von Münichan hatte die guten Ideen und wusste, wie man etwas macht, und der Burgherr von Kaps hatte den Tatendrang und hat ausgeführt, was zu machen war.

Und eines Tages hieß es, ein Bär sei in der Gegend. Und dieser Bär, hieß es, falle über Schafherden her. Der Bär war frech, sogar Menschen griff er an, er wagte sich nahe an die Bauernhäuser heran. Wenn die Bauern Steine nach ihm warfen, dann lachte er. Was? Der Bär lachte? Ja, der lachte!

Die Bauern kamen zum Burgherrn von Kaps und zum Ritter von Münichan

und sagten: »Wir sind eure Untertanen. Ihr seid unsere Herren. Wir zahlen euch. Also: Beschützt uns! Hier ist ein Bär, der macht uns das Leben sauer. Wir trauen uns nicht mehr auf die Felder, wir trauen uns nicht mehr in die Wälder. Wenn der Bär bleibt, haben wir nichts, was wir euch geben könnten. Seht zu, dass ihr den Bären erlegt!«

Wenn es nach dem Burgherrn von Kaps gegangen wäre – ja, der wäre sofort losgezogen, am besten mit Gebrüll. Es war Sommerzeit, angenehm zum Jagen. Aber der Ritter von Münichan, der Kluge, der Zarte, der Hintersinnige, der sagte: »Nein. Auch wir beide werden diesen gefährlichen Bären nicht erlegen können. Im Sommer ist er wach und stark. Warten wir, bis der Winter kommt, dann wird er Winterschlaf halten, und wenn er in seiner Höhle liegt und schläft, dann schicken wir unsere Leute, und sie sollen ihn töten.«

Inzwischen hat der Bär großen Schaden angerichtet.

Und dann kam der Winter, ein eisiger Winter. Und sie machten es genau so. Sie schickten ihre Leute in die Höhle, aber sie hörten Geschrei nur noch, etliche Männer wurden getötet, andere sprangen heraus, und die schrien: »Es ist ein ganz besonders wilder Bär, der schläft nur mit halbem Ohr. Er hat uns angefallen!«

Was tun? Die Bauern wurden unruhig. »Warum geben wir euch von Unserem, wenn ihr uns nicht beschützt?«

Und da hatte der Ritter von Münichan wieder eine Idee, er sagte: »Wir probieren es noch einmal. Aber nun gehen nur wir beide zu der Höhle des Bären.«

Eben der Burgherr von Kaps und der Ritter von Münichan.

»Was, nur wir beide, allein?«, sagte der Burgherr von Kaps. »Unsere Leute haben ihn nicht besiegt, die waren zu zehnt, da wollen wir beide ihn besiegen? Und was heißt: Wir beide? Wenn es ums Kämpfen geht, bin ich mit dir zusammen, wie wenn ich allein wär.«

Aber der Ritter von Münichan hatte eben wirklich eine Idee: »Pass auf, du Koloss!«, sagte er. »Wenn der Bär tatsächlich nur mit halbem Ohr schläft, dann schläft er auch nur mit halber Nase. In einen Topf geben wir Honig hinein. Und unter diesen Honig mischen wir ordentlich viel schweren, hochprozentigen Schnaps. Und wir schieben den Topf vor den Eingang der Höhle. Dann wirst du sehen, was passiert.«

Genauso haben sie es gemacht.

Und tatsächlich, der Bär hat nur mit halber Nase geschlafen, er hat den feinen Duft des Honigs in den Schlaf hinein gerochen, aus dem Schlaf hat er sich aufgerappelt und ist zum Eingang der Höhle gekrochen und hat den ganzen Topf ausgeschlabbert. Aber auch den Schnaps, den hochprozentigen, und er war betrunken und fiel um. Und nun war es ein Leichtes für den Burgherrn von Kaps, den großen, breiten, einfach gestrickten Mann, dem Tier den Speer ins Herz zu treiben.

Und dann standen sie beide da über der Beute, die beiden siegreichen Freunde, und haben sich beraten: »So, ja, der Bär gehört uns. Wie sollen wir ihn aufteilen?« Und sie kamen überein, der Burgherr von Kaps, der bekommt das Fell des Bären, und der Ritter von Münichan, der darf die Klauen haben. War gerecht geteilt, meinten sie. Das Bärenfleisch gaben sie den Bauern.

Und es verging ein halbes Jahr, und es war wieder Sommer. Da kam ein Kaufmann, und der besuchte den Burgherrn von Kaps. Und der Kaufmann sagte: »Ich habe gehört, ihr seid einer von den beiden, die diesen gefährlichen Bären erlegt haben.«

»Ja«, sagte der Burgherr von Kaps, »das bin ich, ich bin der eine.«

»Ja, kann man da etwas sehen? Ist dieser Bär vielleicht noch da, habt ihr ihn ausgestopft, dieses Prachtexemplar?«

»Nein, wir haben ihn nicht ausgestopft«, sagte der Burgherr von Kaps. »Ich habe das Fell bekommen, und mein Freund, der Ritter von Münichan, der hat die Klauen bekommen.«

»Ach so?«, sagte der Kaufmann. »Ihr habt nur das Fell bekommen?«

»Was heißt denn da nur?«, fuhr der Burgherr von Kaps auf.

»Ja, wisst Ihr denn nicht«, sagte der Kaufmann, »dass das Fell bei weitem nicht so viel wert ist wie die Klauen? Der wahre Jäger bekommt selbstverständlich die Klauen. Das Fell bekommt der, der dem Jäger geholfen hat, der Zweite.«

»Aha, aha«, machte der Burgherr von Kaps, »das hat mein Freund sicher auch nicht gewusst.«

»Oh, doch«, stichelte der Kaufmann, »ganz gewiss hat er das gewusst. Jeder intelligente Mann weiß das.«

Und so hat dieser Kaufmann Zwietracht gesät. Und es stieg auf in dem Burgherrn von Kaps das Zornflämmchen, das rascher, als man denkt, zum Großbrand werden kann, er hat ja immer ein bisschen einen Minderwertigkeitskomplex gehabt gegenüber dem Klügeren, dem Ritter, dem kleinen, dem zarten.

Also setzte er sich hin und schrieb einen Brief: »Lieber Freund, Ritter von Münichan«, schrieb er, »warum erzählst du überall herum, dass bei diesem Abenteuer du der Erste warst und ich der Zweite?« Und er schickte einen Boten los. Der ging zum Ritter von Münichan, und der las den Brief, sagte zum Boten: »Warte!«, und schrieb zurück: »Lieber Freund, Burgherr von Kaps, das glaubst du wirklich von mir? Wenn du das von mir glaubst, dann verstehst du nicht, was Freundschaft bedeutet.«

Der Bote brachte den Brief dem Burgherrn von Kaps. Der las den Brief, war empört, sagte zum Boten: »Warte auf Antwort!«, und schrieb zurück: »Ritter von Münichan, ich soll nicht wissen, was Freundschaft bedeutet? Du weißt nicht, dass die Ehre eines Mannes darauf beruht, dass er Freunde hat. Also sprichst du mir die Ehre ab.«

Der Bote ging zum Ritter von Münichan, der las das und schrieb zurück: »Burgherr von Kaps, ich soll dir die Ehre absprechen? Das tue ich nicht. Dann wäre ich ja ein Ehrabschneider. Und das fordert das Duell.« Und schickte den Boten zum Burgherrn von Kaps.

Der liest, denkt sich: Ist er denn verrückt? Er will mich zum Duell herausfordern? Er weiß doch, dass ich nur in die Hände zu klatschen brauche, und er fällt um. Na, wenn er sich gedacht hat, ich geh darauf nicht ein, hat er sich geschnitten. Und er schreibt zurück: »Ja, ich stell mich dem Duell.«

Und damit hat der Ritter von Münichan tatsächlich nicht gerechnet. Aber jetzt konnte er nicht mehr zurück. Er hat sich gedacht: Wenn ich gegen ihn antrete, wird er mich töten, er wird mich mit dem ersten Streich sogar töten.

Er sagte zu dem Boten: »Ich habe noch einen Brief für dich. Warte!« Und er schrieb den Brief mit zitternder Hand: »Mein lieber Freund, Burgherr von Kaps. Sehr gerne will ich mich einem Duell stellen. Ich bin zwar schwach, wie du weißt. Zudem bin ich auch noch krank und werde wahrscheinlich nicht mehr lang leben. Aber ich werde mich trotzdem zum Duellplatz schleppen, krank, todkrank und schwach. Und werde mich dem Duell stellen. Aber es soll bald stattfinden, sonst werde ich es nicht mehr erleben.«

Und das las der Burgherr von Kaps. Und es war wieder im Winter. Und da wurde es dem Burgherrn von Kaps ganz heiß im Herzen. Er dachte sich: Wie ist es nur dazu gekommen, zu diesem Streit? Und er hat sich gedacht: Ich habe nicht einmal selbst mit ihm geredet darüber. Ich hab einem Fremden, einem fremden Kaufmann geglaubt, ihm habe ich geglaubt und meinem Freund nicht. Ich habe Briefe geschrieben. Nein! Diesmal werde ich mich persönlich zu ihm begeben.

Er hat sich auf den Weg gemacht, durch den Schneesturm ist er gegangen. Und der Ritter von Münichan in seiner Burg, er stand am Fenster und hat geschaut, hat aber vor lauter Schnee nicht bis zur Burg seines Freundes schauen können. Aber er hat trotzdem geschaut und hat sich gedacht: Vielleicht kommt er, vielleicht kommt er doch, und wir werden uns versöhnen. Ach, ich wünsche es mir so!

Und wie er so am Fenster stand, hat er sich erkältet. Und als sein Freund kam, lag er danieder, die Augen fielen ihm zu, und er starb. Und das hat dem Burgherrn von Kaps das Herz zerrissen. Er stürzte in eine tiefe, in keinem Buch beschriebene, weil unbeschreibliche Niedergeschlagenheit. Ein Jahr lang konnte er kein Wort mehr reden. Aber dann – dann hat er, hieß es, eine Kapelle bauen lassen zu Ehren seines Freundes, des Ritters von Münichan – gestorben an einer Erkältung, weil er auf seinen Freund gewartet hat.

100

Das geheimste der geheimen Märchen

Das geheimste aller geheimen Märchen reicht weit in die Geschichte der Menschheit zurück, bis an den Anfang. Ja, bis zu Adam und Eva. Und es behandelt ein großes Problem, nämlich: Wir wissen, die meisten Menschen sind gemischt gut und böse. Die einen sind mehr böse als gut, bei den anderen verhält es sich umgekehrt. Die meisten tragen von beidem etwas in sich. Aber es gibt auch welche, die sind nur gut, und welche, die sind nur böse. Diese sind über die ganze Welt verstreut, und nur ganz selten kommt es vor, dass man einen von ihnen trifft.

Warum ist das so?

Nachdem Adam und Eva aus dem Paradies vertrieben worden waren, weil sie vom Baum der Erkenntnis gegessen hatten, lebten sie – draußen. Ja, draußen. Heute sagt einer »draußen« und meint, er geht gerade schnell vor die Tür und holt die Post aus dem Briefkasten. Damals aber meinte »draußen« das Gegenteil vom Paradies. Adam und Eva lebten von nun an »draußen«. Ödnis und Kälte in der Nacht, Hitze am Tag, Dornen an den Zweigen, harter Stein unter den Füßen, Blitz und Hagel, Wunden, die eiterten, Schnupfen, Speiübelkeit, eingewachsener Zehennagel und eine lange Liste mehr, die jeder von uns kennt.

Im Schweiße seines Angesichts sollte Adam sein Brot essen. Unter Schmerzen sollte Eva ihre Kinder gebären.

Und vor dem Tod sollten sie sich fürchten. – Die einen sagen, sie waren besser dran als wir heute. Warum? Weil der Tod für sie lange nicht in Aussicht stand. Sie wurden nämlich sehr alt. Einer hat ausgerechnet, sie hätten achthundertsiebzig Jahre gelebt. Ein anderer kam auf über tausend Jahre. Wie auch immer, der Tod war lange Zeit weit weg, deshalb hatten es Adam und

Eva besser als wir – sagen eben die einen. Die anderen sehen das anders: Genau aus diesem Grund, sagen sie, hatten es Adam und Eva schlechter getroffen als wir, nämlich weil sie sich länger vor dem Tod fürchteten.

Adam und Eva hatten viele Kinder. Am bekanntesten sind die Brüder Kain und Abel. Weil die beiden eine so ernste Geschichte miteinander ausgetragen haben. Von den anderen Kindern weiß man wenig. Es heißt, Adam und Eva hatten neunhundert Kinder.

Und dann kam eines Tages ein Engel, und er sagte zu Eva: »Gott will euch besuchen. Er will schauen, wie es euch geht.«

Oh, da hat die Eva sich gedacht: Wenn er jetzt wieder kommt, vielleicht haben wir wieder etwas falsch gemacht. Als er das letzte Mal kam, haben wir etwas schlecht gemacht. Als wir alles gut gemacht hatten, war er nicht ein einziges Mal gekommen. Er kommt nur, wenn man etwas schlecht macht. Und jetzt will er wieder kommen. Und sie dachte: Was könnte das Schlechte sein? Habe ich nicht jedes Mal, wenn ich ein Kind zur Welt brachte, geschrien, dass die Berge widerhallten? Hat Adam nicht bei jedem Bissen Brot geschwitzt, so dass es eine Zumutung war, mit ihm an einem Tisch zu sitzen? Und dann dachte sie sich: Jetzt weiß ich, was wir falsch gemacht haben: zu viele Kinder. Ich glaube, er wird es nicht gern sehen, dass wir neunhundert Kinder haben. Das sieht ja so aus, als ob wir nur Wollust getrieben hätten die ganze Zeit.

Zu Adam sagte sie: »Gott kommt. Was denkst du darüber?«

»Was haben wir falsch gemacht?«, fragte Adam.

»Eben«, sagte Eva. »Die vielen Kinder. Das sieht so aus, als hätten wir die ganze Zeit nur Wollust getrieben.«

»Haben wir doch auch«, sagte Adam.

»Eben«, sagte Eva. Und sie beschloss, fünfhundert von den neunhundert Kindern in einer Höhle zu verstecken und Gott nur vierhundert zu zeigen.

Und dann kam Gott, fragte: »Wie geht es euch?«

»Gut geht es uns!«, sagten Adam und Eva. »Den Umständen entsprechend gut.«

»Und wie geht es euren Kindern?«

»Ja, denen geht es auch gut. Den Umständen entsprechend gut geht es ihnen.«

»Wollt ihr mir eure Kinder denn nicht zeigen?«, fragte Gott.

»Aber ja, natürlich«, sagte Eva und zeigte ihm die vierhundert. »Da sind sie.«

Gott sagte: »Eva, Eva, Eva, du hast es immer noch nicht gelernt! Glaubst du denn wirklich, du könntest mich belügen? Warum versteckst du fünfhundert Kinder vor mir?«

Und er war zornig, und das Donnerwetter brach los.

»Weil du, Eva, das getan hast und weil du, Adam, dabei mitgemacht und nicht die Spur einer eigenen Idee entwickelt hast, verfüge ich, dass damit das Urteil über die fünfhundert versteckten Kinder gesprochen ist. Über sie und über ihre Nachfahren bis ans Ende der Zeit. Die vierhundert, die ihr mir gezeigt habt, die sollen es gut haben, und auch ihre Kinder und Kindeskinder und alle nachfolgenden Generationen sollen es gut haben, und sie sollen gute Menschen werden, und es soll eine Freude sein, ihnen beim Leben zuzusehen. Aber die fünfhundert, die ihr vor mir versteckt habt, die sollen es nicht gut haben und auch ihre Nachkommen nicht, sie sollen böse Menschen werden, und es soll ein Elend sein, ihnen beim Leben und Sterben zuzusehen.«

Einfache Rechnung: Es gibt mehr böse als gute Menschen.

Und dann ging Gott.

Es war ja noch Anbeginn, das dürfen wir nicht vergessen. Alles war neu und noch nicht ausgebildet. Auch Gott war noch nicht ganz der, der er später sein wird. Er war noch nicht so selbstsicher zum Beispiel. Und jähzornig war er. Und er hatte manchmal ein schlechtes Gewissen. Dass er Adam und Eva im Draußen besucht hatte, war Folge seines schlechten Gewissens gewesen. Da essen sie einmal einen Apfel, und schon werfe ich sie aus dem Paradies hinaus – das war ihm übertrieben vorgekommen. Darum hatte er seinen Engel geschickt und ausrichten lassen, er wolle die Menschheit besuchen. Vielleicht hatte er sich ja überlegt, Adam und Eva und ihre Familie wieder ins Paradies zurückzuführen. Aber dann haben die beiden mehr als die Hälfte ihrer Kinder vor ihm versteckt, und der alte Jähzorn ist in ihm hochgeschossen. Jedenfalls, als er das Draußen verlassen hatte und wieder in seinem Himmel war, beruhigte er sich und überdachte die Lage. Und hatte wieder ein schlechtes Gewissen. Die Menschheit war aufgeteilt in Gute und Schlechte, daran war nun nichts mehr zu ändern. Aber ein bisschen abmildern konnte man die Sache vielleicht.

Deshalb rief er seinen Engel und sprach: »Ich kann das nicht mehr rückgängig machen. Es ist halt so. Fertig. Das Böse ist nun einmal da, ich habe es befohlen. Schon hat Kain den Abel erschlagen. Und das wird so weitergehen. Aber vielleicht kann man das Böse abmildern, indem man es mit dem Guten mischt. Und vielleicht wirkt das Gute weniger provozierend, wenn man mit etwas Bösem nachsalzt. So dass in jedem Menschen Böses und Gutes enthalten ist, und nicht gleich einer seinen Bruder erschlägt, wenn er einen Zorn hat, weil der alles besser weiß.«

Er reichte dem Engel einen Krug, in den goss er Böses und Gutes. Und er sagte zu dem Engel: »Verteile diesen Dünger über die Erde, aber schüttle den Krug vorher, vergiss das ja nicht. Du darfst nicht aufhören zu schütteln, sonst sinkt das Böse im Krug ab und das Gute steigt auf, denn das Böse wiegt schwerer als das Gute.«

Der Engel flog über die Erde und schüttelte den Krug und mischte das Gute mit dem Bösen und versprühte die Mischung gerecht über die Erde.

Und dann flog er eines Tages über das Salzburger Land. Und er war begeistert, wie schön das Salzburger Land ist. Diese grünen Auen, diese silbernen Flüsse, diese schroffen Felsen. Er flog etwas niedriger, um besser sehen zu können, flog durch die Täler, flog an den Berghängen hinauf, das gefiel ihm.

Und er vergaß vor lauter Begeisterung zu schütteln.

Und flog über eine Bergspitze, und der Krug streifte am Fels, und der Fels schlug ein Loch in den Krug. Und ehe es der Engel bemerkte, war alles Böse ausgeronnen und in ein einziges Tal gefallen. Schnell hielt er seine Hand auf das Loch, aber es war schon zu spät. Im Krug war nur noch Gutes.

Und der Engel jammerte: »Was tu ich jetzt? Was tu ich jetzt? Ich kann das Böse nicht mehr zurückholen und mit dem Guten mischen. In diesem Tal werden lauter ganz böse Menschen heranwachsen. Was tu ich jetzt? Was tu ich jetzt?«

Einzige Lösung erschien ihm, das pure Gute in das Tal daneben zu schütten. Vielleicht, dachte er, mischen sich Gut und Böse irgendwie von allein.

Aber sie mischten sich nicht. Sie wuchsen heran, die einen und die ande-

ren, die einen blieben pur, die anderen blieben pur. Und sie zogen in die Welt hinaus, die einen und die anderen.

Wie gesagt, die meisten Menschen, die wir kennen, tragen Gutes und Böses in sich. Wenige sind nur böse, und wenige sind nur gut. Diese aber stammen alle aus Salzburg.

101

Das Sonntagskind

Die Burgenländer sind ein begabtes Volk. Das kommt von den Bergen, die es dort nicht gibt. Nirgendwo, heißt es, leben so viele Sonntagskinder pro tausend Einwohner wie im Burgenland. Und das weiß man ja: Sonntagskinder sind besonders glückliche Kinder, besonders begabte Kinder.

Aber man muss genau unterscheiden: Was ist der Sonntag? Ist er der letzte oder der erste Tag in der Woche? Es ist der erste. Denn wär er nicht der erste, wär Mittwoch am Donnerstag. So ein Sonntag hat vierundzwanzig Stunden. Kein Unterschied diesbezüglich zu den anderen Tagen. Aber: Des Sonntags Stunden sind vergoldet. Der Montag ist vielleicht grün. Der Dienstag orange. Der Mittwoch blau wie Stahl. Der Donnerstag ist rot und der Freitag braun und der Samstag weiß. Wer am Sonntag zur Welt kommt, dem erstrahlt die Welt in goldener Farbe. Aber auch da muss man genau sein: Wann am Sonntag kommt einer zur Welt? Wenn er bald nach 0 Uhr geboren wird, ist es etwas anderes, als wenn er knapp vor 24 Uhr einmarschiert. Die Kinder, die am Ende des Sonntags zur Welt kommen, die sind zwar auch noch sehr glücklich und sehr begabt, aber nicht so glücklich und nicht so begabt wie die Kinder, die bald nach 0 Uhr auf die Welt kommen, wenn das Gold noch frisch und ausgeruht ist. Die frühen Sonntagskinder sind die glücklichsten. Und dann muss man noch weiter unterscheiden, ob Vollmond war an diesem Sonntag oder Neumond. Die Kinder, die am Sonntag bei Vollmond ankommen, sind glücklich und begabt, aber nicht so wie die Kinder bei Neumond. Denn der Mond nimmt viel von dem Glanz der Begabung und des Glücks weg. Und zuletzt darf man sich fragen: Was sind das wohl für Kinder, die an einem Sonntag ganz knapp nach 0 Uhr bei Neumond zur Welt kommen? Für die gibt es eigentlich keine Worte, der höchste Superlativ ist im Grunde eine Beleidigung für sie. Diese glücklichsten aller glücklichen Kinder werden Neusonntagskinder genannt.

Am Sonntag fliegt die Liebe aus.
Am Montag kommt sie bei mir an.
Am Dienstag zieht sie in mein Haus.
Am Mittwoch werf ich sie hinaus.
Am Donnerstag ruft sie mich an,
ob sie wieder kommen kann.
Am Freitag sag ich: Ja.
Am Samstag ist sie da.
Am Sonntag ist sie da.
Vom Montag bis zum Sonntag –
Für immer und für ewig
ist die Liebe da.

Vor vielen, vielen Jahren lebte so ein unaussprechlich glückliches, unaussprechlich begabtes Neusonntagskind in Wörtherberg im Burgenland. Und dieses Kind hieß Lukas.

Noch eine Frage, bevor die Geschichte richtig losgeht: Was ist eigentlich eine Begabung? Die Begabung, heißt es, ist ein Lichtstrahl Gottes, der auf den Menschen fällt. Das kapiert jeder. Das entzückt uns einerseits, andererseits weckt es den Neid. Nicht nur den Neid der Menschen, sondern vor allem den Neid des Teufels, den Neid Satans. Denn wer ist Satan? Satan wurde aus dem Lichtkreis Gottes verstoßen, und er lebt in der Finsternis, und er schickt die Hexen aus, heißt es, und seine Unterteufel, damit sie ein paar Körnchen vom Licht Gottes zusammenkehren und ihm bringen zum daran Lutschen. Die Hexen und die Unterteufel sind unterwegs auf der Welt, um solche begabte Sonntagskinder und Neusonntagskinder zu suchen. Das heißt, diese Kinder sind in großer Gefahr.

Und Lukas von Wörtherberg, auch er war, ohne dass er einen Tau davon hatte, auch er war in großer Gefahr.

Als er dann heranwuchs zu einem jungen Mann und über die Wiese schritt, ein Kopf ohne Kopfweh, ein Herz aus Gold und Füße mit unsichtbaren Flügeln an den Knöcheln, da begegnete dem Lukas eines Tages eine alte Frau. Und die sagte zu ihm: »Du bist der Lukas, das Neusonntagskind. Wer das nicht sieht, hat Murmeln im Schädel.«

Und der Lukas sagte: »Ja, der bin ich. Habe die Ehre.«

Und die Knorrige, Krumme, die Schöne, nicht Dumme: »Weißt du eigentlich, Bübchen, in welch großer Gefahr du schwebst? Dass die Teufel und die Hexen hinter dir her sind wie die Amsel hinter dem Wurm und die Katze hinter der Amsel und der Hund hinter der Katze?«

»Weiß ich nicht«, gab der Lukas zur Antwort. »Hab keinen noch gesehen von denen.«

»Weil sie hinter dir sind, immer hinter dir, und du hinten keine Augen hast.«

»Und was wollen sie? Sollen sich doch zeigen, vielleicht kann ich's ihnen geben.«

»Berauben wollen sie dich, dein Glück haben wollen sie, deine Begabung haben wollen sie.«

Und der goldene Lukas: »Nein, nein, das wusste ich gar nicht! Aber was kann ich tun?«

»Ich werde dir helfen«, sagte die Knorrige, Krumme, die Schöne, nicht Dumme. »Komm mit mir, braver Lukas, komm mit mir!«

Sie führte ihn über die Wiesen, über die Felder, sie führte ihn zu einem Wald – dort war er noch nie gewesen, der Lukas – und führte ihn durch den Wald hindurch

unter den Wolken, unter den Zweigen.
»Komm, schöner Bub, ich werd dir was zeigen!«
Zwischen den Moosen, zwischen den Farnen
tut sie den schönen Buben umgarnen.

Und dann kamen sie zu einem verfallenen Friedhof. Dort lagen Särge und Deckel,

vermodert, zerbrochen,
die gar nicht gut rochen.

Die Alte suchte unter den Sargbrettern und fand eines, ein Sargdeckelbrett mit einem Astloch in der Mitte,

wie ein offener Mund,
wie ein Auge so rund.

Und sie fragte den Lukas: »Lukas, hast du ein Messer bei dir?«

Und er sagte: »Ja, hab ich.«

Und sie sagte: »Dann schneide dieses Stück Holz mit dem Astloch in der Mitte aus dem Sargdeckel heraus. Und gib acht darauf, trage es immer mit dir herum und verliere es nicht, dein Leben lang. Wenn du durch das Astloch schaust, auf einen Menschen schaust, der dir entgegenkommt, den du auf dem Markt triffst oder vor dem Kino, Mann oder Frau, ganz gleich, dann wirst du sehen, ob sie eine Hexe oder ob er ein Unterteufel ist. Verlogener Schönheit fällt der Putz herunter, geheuchelter Ehrlichkeit wird der Boden entzogen, vorgetäuschte Wissenschaft wird entlarvt. Denn die Unterteufel und die Hexen sehen für normale Augen wie normale Menschen aus. Aber durch dieses Astloch betrachtet, stehen sie blank vor dir. Auch wenn du Dinge erwerben willst, schau zuerst durch dieses Astloch hindurch. Denn auch die Dinge können böse oder gut sein.«

Das hat sich der Lukas zu Herzen genommen. »Dankschön«, hat er gesagt.

Und sie, die Alte: »Was? Wie? Nur Dankschön?«

Und er: »Dankschön für deinen guten Rat.«

»Nein, nein, diesen guten Rat, den musst du mir bezahlen«, rief sie.

»Ja, aber ich bin arm, ich habe nichts.«

»Du hast gar nichts?«

»Nein, gar nichts.«

»Ja, dann greif in deine Tasche, wühle darin herum, vielleicht findest du irgendetwas.«

Und er griff in seine Tasche und wühlte darin herum und fand einen blechernen Hosenknopf, und er sagte: »Nur diesen blechernen Hosenknopf habe ich, da genier ich mich aber.«

Und sie sagte: »Nein, nein, ganz egal, gib ihn mir, egal, was es ist. Nur dass es etwas ist. Du musst für meinen Rat etwas geben, sonst funktioniert er nicht.« Und er gab den Knopf für den Ratschlag und bedankte sich noch einmal und dachte, die Frau könne nur ein Engel sein, der Engel, der über ihm wacht. Und das Holzstück mit dem Astloch behielt er im Hosensack sein Leben lang.

Wenn der Lukas Menschen kennenlernte, Mann oder Frau, adrette Frauen, geistreich und blühend, mutige Männer, ehrlich und nett, dann blickte er durch das Astloch und betrachtete sie. Und was sah er? Nur Hexen und Unterteufel. Alle waren sie hinterhältig,

neidisch, gallig, verwarzt und feist,
schweinisch, dumm und frech und dreist,
kleinlich und feig und fett und öd,
niederträchtig, garstig und blöd.

Aber nahm er das Astloch vom Auge, waren sie wieder

geistreich, sprühend, blühend und nett,
ehrlich und gütig, mutig, adrett.

Und auch die Dinge, die er erwerben wollte, an denen er freien Auges Gefallen hatte – wenn er sie durch das Astloch betrachtete, waren sie

schimmlig, brüchig, giftig und schal
und ohne Farbe mit einem Mal.

Und so zog sich der Lukas immer mehr aus dem Leben zurück, hatte keinen Genuss an den Menschen, er gönnte sich nichts, er kaufte sich nichts, lebte im Schrank genau genommen, ganz allein, sogar die Flöhe waren Hyänen, er hatte nie eine Frau gehabt und nie einen Sohn und nie eine Tochter. Denn wenn er sich verliebt hatte, hat er die Frau erst durch das Astloch betrachtet, und dann sah er

nichts und nichts und wieder nichts
und keines von den dreien,
als ob die Sterne Löcher wären
am Himmel nachts im Freien.

Er hat nie einen Freund gehabt, der Lukas, denn wenn da einer war, den er mochte, betrachtete er ihn durch das Astloch, und dann mochte er ihn nicht mehr.

So wurde aus dem Neusonntagskind ein einsamer, alter, bitterer Mann.

Am Ende seines Lebens ging er wieder über die Wiesen, wieder über die Felder. Und da kam ihm ein junger Mann entgegen. Strahlend, wie er selbst einmal gewesen war. Und der sagte:

»Lukas, ich bin ein Engel, und ich hole dich ab zum Tode.«

»Wie?«, rief der Lukas. »Ein Engel? Zum zweiten Mal in meinem Leben ein Engel? Wie kommt ein einsamer, alter, bitterer Mann zu dieser Ehre?«

Der Engel fragte: »Wie? Warum zum zweiten Mal? Noch nie war ein Engel bei dir. Das wüsste ich.«

Und Lukas sagte: »Aber doch, doch, als ich ganz jung war, da kam ein Engel, aber verkleidet als alte Frau.«

Der Engel sagte: »Das war kein Engel, Lukas.«

»Doch, doch«, sagte Lukas, »er hat mir dieses Stück hier gegeben, damit ich hindurchschaue, damit ich mich hüte vor dem Teufel und den Hexen. Ich habe mit einem Blechknopf dafür bezahlt. Seither binde ich mir die Hose mit einem Kälberstrick fest. Hab mein Leben lang nicht genug verdient, um mir einen Gürtel zu kaufen. Und wenn ich einen geschenkt bekommen habe, war er schimmlig, brüchig, giftig und schal und ohne Farbe mit einem Mal. War aber auch nicht notwendig, einen schönen Gürtel zu haben. Vor wem auch schöntun, wenn doch alle hinterhältig sind und neidisch, gallig, verwarzt und feist, schweinisch, dumm und seelisch vereist, kleinlich und feig und fett und öd, niederträchtig, garstig und blöd …«

Der Engel unterbrach ihn: »Das Astloch ist das Auge des Teufels! Wenn du durchblickst, ist alles wie er. Für die Geschenke der Engel muss man nicht zahlen. Hat dir das niemand beigebracht? Was soll ich mit dir nur tun? Zur Hölle brauchst du nicht mehr, dort warst du bereits. In den Himmel würdest du nicht wollen, weil du seine Schönheit nicht glaubst. Für die Erde bist du zu alt.«

Am Sonntag fliegt die Liebe aus.
Am Montag kommt sie nimmer an.
Am Dienstag meidet sie mein Haus.
Am Mittwoch schau ich bang hinaus.
Am Donnerstag ruft sie nicht an,
sie fragt nicht, ob sie kommen kann.
Am Freitag wär ich gern zu zweit.
Am Samstag ist die Liebe weit.
Am Sonntag ist sie weit.
Vom Montag bis zum Sonntag
ist die Liebe weit.
Für immer und für ewig
ist die Liebe weit.

102

Musikant und Wolf

Bei Rimbach gibt's ein Feld, das wird die Geigenwiese genannt – oder wurde so genannt, vielleicht wird es inzwischen anders genannt, kann ja sein, dass in den paar hundert Jahren seither andere Dinge geschehen sind, die haarsträubend genug waren, um den Rimbachern einen neuen Namen für ihr Feld einfallen zu lassen. Umso dringlicher, die Geschichte von der Geigenwiese zu erzählen, sonst wird sie vergessen.

Ein Geiger war einmal, der hatte Ambitionen. Nichts hat er gekonnt; nur auf der Geige spielen, das verstand er. Aber was ist das schon! Kann damit ein Schloss gebaut werden? Kann damit genug Vieh gekauft werden, um Handel zu treiben? Eine halbe Kuh schaut vielleicht heraus, wenn ein Musikant einen Monat lang spielt, vorausgesetzt, er hat so viele Stücke auf Lager. Und die andere Hälfte der Kuh? Was ist mit der? Die muss er sich womöglich mit einem Trompeter teilen. Was ja heißt, dass die beiden von Sonnenaufgang bis Sonnenuntergang zusammenbleiben müssten, weil sonst die Gefahr besteht, dass der eine mit der ganzen Kuh und somit mit der Hälfte des anderen sich aus dem Staub macht, wie man so sagt, obwohl bei dieser Angelegenheit der Staub nicht die geringste Rolle spielt … – Nein, mit der Musik ist kein angesehener Stammbaum zu gründen, da nützt es auch nichts, wenn die Musikanten behaupten, ihr Handwerk sei Gottes liebstes, zumal die anderen, nämlich die mit den phantasielosen Ohren, dagegenhalten, die Musik sei eine Erfindung des Teufels.

Wie auch immer – und damit wir in der Geschichte vorwärtskommen: Unser Geiger, Niklas hieß er, und Niklas vom Golde nannte er sich, hatte Ambitionen, und einen Plan hatte er auch. Die Musik, sagte er sich, und er sagte es aufgrund seiner Erfahrung, die Musik ist etwas für das Herz. Die Musik kann keine Stadtmauer errichten, wie uns in der alten Sage vom siebentorigen Theben weisgemacht wird, und sie kann keine Stadt ins Unglück stürzen, worauf die Bürger von Hameln pochen und als Beweis die Geschichte von ihrem Rattenfänger anführen; die Musik kann aber das Herz einer Frau berühren. Und wenn die Frau noch ledig ist, umso besser, und wenn sie zudem reich ist, umso noch besser, und wenn diese Frau, dachte der Niklas, der sich Niklas vom Golde nannte, wenn diese Frau zufällig das ledige, reiche Burgfräulein von Lichtenegg ist, dann umso am besten.

Womit wir auf den Plan des Niklas zu sprechen kommen: Er wollte sich erst über die baulichen Gegebenheiten der Burg Lichtenegg erkundigen, wie darin die Räumlichkeiten angeordnet sind, wo da zum Beispiel die Kammer des Burgfräuleins liegt – die den schönen Namen Kunigunde trug oder Kuniberta oder Kunhilde, auch das musste vorher recherchiert werden, denn wie sollte von brennender Liebe gesungen werden, wenn nicht einmal klar war, welchen Namen der Brennstoff dieser Liebe hatte. Wenn er schließlich herausgefunden haben würde, so dachte der Geiger Niklas vom Golde, was herauszufinden nötig war, dann würde er sich unter die Kammer des Burgfräuleins stellen und seine musikalischen Gottesgaben – oder Teufelsgaben – mit solcher Inbrunst in Richtung Fenster ablassen, dass im Herzen des ledigen und reichen Objekts eine Revolution von französisch-russischem Ausmaß losbräche und das Burgfräulein, wie immer es auch hieße, gar nicht anders könnte, als mit all ihrer Kraft und Bockigkeit nach dem Geiger zu verlangen und von ihrem Vater zu fordern, denselben unverzüglich zu seinem Schwiegersohn zu machen, anderenfalls er mit dem seelischen Untergang seiner Tochter rechnen müsse.

Der Musik allein traute der Niklas diese Wirkung allerdings nicht zu.

Womit wir auf das Aussehen unseres Musikanten zu sprechen kommen: Mensch, sah der gut aus! Zum guten Aussehen müssen die schönen Augen noch extra dazugerechnet werden. Zum guten Aussehen muss weiters noch der schöne sehnsüchtig geschwungene Mund extra dazugerechnet werden. Und diese Extrazurechnungen gehen weiter über den Hals, die Arme, die Brust und den Rücken, den Hintern und, halten wir uns nicht bei Details auf, bis hinunter zu den zierlichen Fußzehen. Vor allem aber ist der Erzähler gezwungen, auf das Haar des Geigers hinzuweisen. Vom Haar hatte der Niklas seinen Künstlernamen genommen. Das Haar sah nämlich aus, als wäre es aus purem Gold. Also wenn er sich vorstellte und sagte, sein Name sei Niklas vom Golde, dann glaubte ihm jeder, der Augen im Kopf hatte, Augen, die er beim Anblick des jungen Mannes zusammenkneifen musste, so sehr blendete ihn das goldene Haar.

So ging der Niklas vom Golde dahin, repetierte seinen Plan, war zuversichtlich und malte sich aus, wie er sich als zukünftiger Herr von Lichtenegg in der Öffentlichkeit aufführen würde – in einer Art und Weise nämlich, dass den Untertanen Hören und Sehen verginge, was dann ja auch wurscht sein würde, denn dann bräuchte niemand mehr sein Geigenspiel zu hören, und er wäre nicht mehr darauf angewiesen, irgendjemanden mit seinen goldenen Haaren zu beeindrucken.

Vor ihm lag ein Feld, das war abgeerntet und frei, und er dachte, was soll ich den Weg um das Feld herum nehmen, wenn es quer drüber doch so viel kürzer ist und ich dann um ein paar Minuten länger der Herr von Lichtenegg sein werde. Und das war sein Verhängnis. Denn mitten im Feld hatten die Untertanen des derzeitigen Herrn von Lichtenegg eine Grube ausgehoben. Eine tiefe Grube. Denn in der Gegend trieb sich ein einsamer Wolf herum. Ein Wolf, der von seinem Rudel verstoßen worden war. Und warum? Weil er so böse war. Und der bedrohte die Bauern. Der brach in ihre Hühnerställe ein und richtete ein Blutbad an. Der riss Schafe. Der killte Wachhunde. Der biss Brocken aus Rinderärschen heraus. Über die Grube hatten die Bauern dünne Ruten gelegt, und auf die Ruten hatten sie Gras gestreut. Wer nicht sehr genau hinschaute, der meinte, hier sei Feld, nur Feld, Feld und nichts anderes. Und wer nicht auf den Weg schaute, sondern nur an seine Karriere dachte – der, ja der stürzte in die Grube.

Da lag nun der Niklas vom Golde. Hatte zum Glück nur das Bein gebrochen. Und nicht den Hals. Und auch nicht die Geige.

Erst versuchte er, herauszuklettern. Ging nicht. Die Wände waren zu steil und zu glatt. Und das gebrochene Bein tat sehr weh. Dann probierte er es mit Schreien. Nützte auch nichts. Die Erde schluckte jeden Ton. Ach, dachte er, ich werde hier verhungern und verdursten.

Aber dann geschah etwas, und da kam dem Niklas der Tod durch Verhungern und Verdursten als eine geradezu wünschenswerte Variante vor.

Der Wolf! Ja, der Wolf mit dem irren Hunger im Bauch und dem irren Zorn im Kopf, der war über das Feld gerannt und ebenfalls in die Grube gestürzt. Und nun stand er dem Niklas gegenüber und fletschte die Zähne. Das musste eindeutig als Mordabsicht interpretiert werden. Was kann ein Geiger gegen einen Wolf ausrichten, ein ambitionierter Geiger gegen einen blutgierigen Wolf?

Niklas spielte mit einer Inbrunst, die alle Inbrunst, die für das Fräulein von Lichtenegg vorgesehen war, übertraf. Bei diesem Lied, da bestand kein Zweifel, hatten sich Gott und der Teufel zusammengetan, um es zu komponieren. Und dem Wolf, siehe da, wurden die Augen nass. Der Wolf weinte!

Der Geiger spielte, und der Wolf weinte. Und dann riss eine Saite. Da war das Lied nicht mehr ganz so schön. Ein Auge des Wolfs weinte nicht mehr. Und dann riss eine zweite Saite. Wahrscheinlich kam das daher, dass die Spannungen zwischen Gott und dem Teufel immer noch groß genug waren. Jedenfalls weinte nun das andere Auge des Wolfs auch nicht mehr. Aber immerhin waren die Ohren noch gespitzt. Und da riss die dritte Saite. Bekanntlich hat die Geige nur vier Saiten, und auf einer Saite so schön zu spielen, dass einem blutgierigen Wolf die Blutgier vergeht, das ist nicht leicht. Aber grad, dass es noch ging.

Und da riss nun auch die letzte Saite.

Was nun folgt, ist auch ein Beweis dafür, dass die Wirkung der Musik eine Weile anhält. Dass die Musik sozusagen noch da ist, wenn sie gar nicht mehr da ist. Denn wäre das nicht der Fall gewesen, der Wolf hätte sich sofort auf den Musikanten gestürzt und hätte ihm das heiße Blut aus der Kehle gesoffen. So aber wirkten die göttlich-teuflischen Klänge nach. Und das hieß, der Geiger gewann etwas Zeit. Und wie nützte er diese Zeit? Gab es da unten in der Grube vielleicht eine Musikalienhandlung, in der man sich einen neuen Satz Geigensaiten kaufen konnte? Nein, leider nicht. Aber eine Idee hatte der Niklas. Ob die von Gott kam oder vom Teufel – darüber wollte er später nachdenken. Er riss sich büschelweise Haare vom Kopf. Er drehte die Goldhaare zu Saiten. Die erste, die G-Saite, war die dickste, die zweite, die D-Saite, war etwas dünner, die dritte, die A-Saite, noch dünner und die letzte, die hohe E-Saite, bestand nur noch aus einem einzigen goldenen Haar. Schon gurgelte es in der Kehle des Wolfs, schon tropfte das Wasser, das vorher aus den Augen getränt

hatte, aus dem Maul. Der Geiger spannte die Saiten auf, er stimmte sein Instrument, und im selben Augenblick, als der Wolf sich bereits zum Sprung duckte, begann er zu spielen.

Was habe ich vorhin gesagt? Dass der Niklas gespielt habe, als hätten sich der Teufel und der liebe Gott zusammengetan? Nun, jetzt spielte er noch besser. Er spielte so gut, dass sich der Wolf endgültig und für alle Zeit in ein Lamm verwandelte. Und spielte so gut, dass es das Burgfräulein in ihrem Gemach hörte. Der Geiger wurde gerettet, der Wolf ausgestopft und das Feld in Geigenwiese umbenannt. Ob das Burgfräulein von Lichtenegg einen Mann heiratete, der eine Glatze hatte und nichts weiter konnte als Geige zu spielen, das ist nicht bekannt.

103

Nachtschatten

Diese Geschichte ist unheimlich. Wer nicht weiterlesen will, muss unbedingt weiterlesen!

Es soll in Nürnberg gewesen sein – die Nürnberger bestreiten das vehement und behaupten, es war in Forchheim – die Forchheimer schwören, es sei in Ansbach gewesen, und die Ansbacher schieben es weiter nach Süden bis in den Raum um Ulm – ach, im Grunde ist es egal, wo sich die Geschichte abgespielt hat. Aber ganz egal ist es doch nicht. Warum? Weil man den Schauplatz der Geschichte heute noch besuchen kann. Ein grausiger Schauplatz. Aber immer wieder gibt's welche, die wollen sich unbedingt eine Gänsehaut machen, und die fahren dann nach … und übernachten im Gasthaus zum … Dort spukt es. Heute noch. Wenn man das Zimmer Nummer … verlangt, bekommt man einen durchdringenden Blick, und das Übernachtungsgeld wird einem sofort abverlangt, denn es ist sehr wahrscheinlich, dass man nicht die ganze Nacht dort bleibt. Im Zimmer Nummer … treffen sich nämlich in der Nacht zwei Schatten, und die unterhalten sich mit dem Gast … – Aber jetzt zu der Geschichte:

In … lebten vor vielen Jahren zwei Brüder, Johannes und Nikolaus Creuz. Die hatten schon im Alter von drei und vier Jahren ihre Eltern verloren und waren von dieser Zeit an allein auf der Welt. Und weil nie einer lieb zu ihnen war, nie einer ihnen über die Haare gestreichelt hat, nie einer ihnen ein bisschen mehr als ein Almosen gegeben hat, meinten sie, die Welt sei nicht die ihre, und sie gehörten nicht dazu. Darüber waren sie nicht traurig. Das war so für sie, wie wenn einer zu dir sagt, du gehörst nicht zur Familie der Baumstrünke, dann bist du ja auch nicht traurig, es ist dir schnurzegal. Und dem Johannes und dem Nikolaus war es schnurzegal, dass sie nicht zu den anderen gehörten und

nicht zu ihrer Welt. So wird man ein Verbrecher, das ist klar. Und so wurden sie Verbrecher. Aber eine Sehnsucht hatten sie doch …

Sie waren erst sechs und sieben, da stahlen sie einem Bauer ein Schwein, schlachteten es, aßen die guten Teile, die weniger guten ließen sie liegen. Sie waren acht und neun, da überfielen sie die Frau des Bezirksvorstehers, raubten ihr den Schmuck, verscherbelten ihn in der Stadt, überfielen noch am selben Tag den Hehler, nahmen ihm den Schmuck wieder ab und verhökerten denselben an einen anderen Hehler um das Doppelte. Mit zehn und elf standen sie zum ersten Mal vor dem Richter. Der aber drohte ihnen nur mit dem Finger und lachte, denn die beiden waren ja so hübsche Kerle, besonders der Jüngere, der Nikolaus, sie sahen bei Gott nicht aus, als hätten sie eine Scheune angezündet, aus Rache, weil ihnen der Bauer am Tag zuvor Steine nachgeworfen und den Johannes am Kopf getroffen hatte. Aber sie hatten die Scheune angezündet, und sie hatten dem Bauer gedroht, sollte er noch einmal einen Stein gegen einen von ihnen erheben, würden sie ihm die Kehle durchschneiden. Und das taten sie ein Jahr später. Da wurden sie gehetzt, ein Maler zeichnete ihre Gesichter, und die Bilder wurden überall aufgehängt, darunter stand: »Lebend oder tot!«

Erwischt hat man sie nicht. Es hieß, sie seien ausgewandert. Weit weg. Nach Bagdad. Nach Spanien. Nach Indien. Mancher, der behauptete, er habe sie gekannt, den Nikolaus und den Johannes, sagte aus: »Ja, ja, Bagdad, Spanien, Indien, nach dem Weiten hatten sie eine Sehnsucht, das ist wahr, so wahr, wie ich hier festklebe in diesem engen Topf!«

Man vergaß die beiden Creuzbrüder.

Aber dann tauchten sie wieder auf. Da dürften sie um die achtzehn und neunzehn gewesen sein, kühne Burschen, einen zackigen Schnauzer der Johannes, langes wehendes blondes Haar der Nikolaus. Und nun waren sie nicht mehr allein, Ähnliche hatten sich ihnen angeschlossen, Ausgestoßene und solche, die nie aufgenommen worden waren, solche, die zu allem entschlossen waren und vor nichts Angst hatten. Die Creuzbrüder führten die Bande an, sie zogen plündernd und brandschatzend durchs Land. Und sie taten es nicht, um irgendwann reich zu werden und ein anderes Leben zu führen, nein, sie taten es, weil sie es eben taten, böse zu sein, war ihr Leben, und ein anderes wollten sie nicht. Wer ihnen in den Weg trat, wurde niedergeschossen. Die Kirchenglocken läuteten im ganzen Land, und es wurde gebetet. Die Geistlichen predigten von der Kanzel herab, die Creuzbrüder seien Teufelssöhne. Als Beweis führten sie an, dass sich die beiden mit C schreiben und nicht mit K, wie das Kreuz Christi vernünftigerweise geschrieben wird. Auch Kirchen brannten. Viel nützte das Beten nicht.

Aber dann haben die Gendarmen den Brüdern eine Falle gestellt und haben sie abgeführt, die Hände auf dem Rücken, Kopf tief, mit Wunden übersät. Die Menschen sind im Spalier gestanden und haben geschwiegen. Es bestand kein

Zweifel: Johannes und Nikolaus Creuz werden aufgehängt. Die Gerichtsverhandlung dauerte keine Minute. Die Sache war klar.

Der Henker wurde bestellt. Der stammte aus der weiteren Umgebung. Man holt sich immer den Henker aus der weiteren Umgebung, denn niemand will der Nachbar des Henkers sein und zusehen, wie dessen Frau die Wäsche aufhängt. Die Sache verzögerte sich also. Solange waren die Brüder in einem Gasthaus untergebracht. Weil es ein Gefängnis in dem Ort nicht gab. In ebenjenem Gasthaus, dem Gasthaus zum ..., waren sie untergebracht. Dort wurden sie bewacht. Tag und Nacht.

Nachtdienst hatte ein junger Mann, der hieß Jenner. Er war im gleichen Alter wie die Creuzbrüder. Insgeheim, das stellte sich später heraus, bewunderte er die beiden, aber eben nur in seiner Phantasie. Auch er wollte – nicht anders als die beiden – viel Geld haben. Er war nicht arm, aber es ging eben grad so, und das war ihm zu wenig. Er wollte heiraten, hatte auch schon etwas in Aussicht, wollte sich mit Geld ein besseres Leben machen. Ein Verbrecher sein wollte er nicht, aber ein kleines Verbrechen, ein einziges, dem kein zweites folgen sollte, an das man sich später ja nicht mehr zu erinnern brauchte, so eines hätte er schon begangen für das bessere Leben. Er hatte so eine Sehnsucht ... was für eine, wusste er nicht, halt so eine ... so eine Sehnsucht eben ...

Der erste Fehler des Jenner war, dass er sich auf ein Gespräch mit den Brüdern einließ.

»He, du«, zischte ihm der Johannes zu, »he, du, willst du uns nicht einen Gefallen tun?«

Das war natürlich viel zu direkt gefragt, und der Jenner sagte: »Und sonst noch was!« Aber immerhin hatte er geantwortet.

»He, du«, zischte nun auch der Nikolaus, »weißt du, was mit uns geschehen wird?«

»Aufhängen wird man euch, was sonst!«

»Und sind wir dann tot? Sag, sind wir dann tot?«

Da musste der Jenner lachen. »Das fragt ihr? Ihr, die ihr so viele Menschen aufgehängt habt! Na klar seid ihr tot, wenn ihr erst eine Weile am Strick gehangen habt.«

Das war den Creuzbrüdern allerdings klar. Aber ebenso, wie sie glaubten, sie gehören nicht zu dieser Welt, glaubten sie auch, sie gehören eigentlich nicht zu diesem Leben. Darum schreckte sie der Tod nicht. Als überall ihre Bilder hingen, unter denen stand »Lebend oder tot!«, da hatten sie sich kundig gemacht, hatten Experten herangezogen, die sich nicht nur in diesem Leben, sondern auch im anderen auskannten, und diese Experten hatten ihnen erklärt, es gebe einen ganz einfachen Trick, wie man dem Tod, dem endgültigen, aus dem Weg gehen kann, nämlich, indem man dafür sorgt, dass der eigene Leichnam nach dem Absterben mit Weihwasser eingerieben wird, von Kopf bis Fuß, mit gut abgelagertem Weihwasser. Nur muss man halt einen finden, der diese Arbeit übernimmt. Einen, der es nicht nur verspricht, sondern dann auch tut.

»He, du«, zischte nun wieder der Johannes, »weißt du eigentlich, dass wir ungeheure Schätze besitzen?«

Ja, das wusste der Jenner. Das wusste jeder. Oder: Jeder meinte es zu wissen.

»He, du«, nun der Nikolaus, »willst alle diese Schätze haben? Wir geben sie dir. Sie können uns ja nichts mehr nützen.«

Wer würde da, ohne zu überlegen, nein sagen? Ein bisschen überlegen darf man bei so einer Frage, das kann einem niemand verbieten. Und der Jenner überlegte. Und überlegte ein bisschen länger, als ein anständiger Mensch überlegen sollte. Und sagte schließlich: »Und was müsste ich dafür tun?«

Die Brüder erklärten es ihm. Beschrieben ihm auch, wo der beste Weihwasserjahrgang liegt.

»Und woher weiß ich, dass ihr mich nicht betrügt?«, fragte er.

»Und woher wissen wir, dass du uns nicht betrügst?«, antworteten sie.

Handschlag, das wussten beide Seiten, hätte bei solchen, wie sie waren, nichts bedeutet. Also ließen sie den Handschlag ausfallen.

Und dann wurden Johannes und Nikolaus Creuzer aufgehängt. Gleich hinter dem Gasthaus war der Galgen aufgerichtet worden. Da hingen sie. Hingen eine ganze Weile. Hingen über Wochen. Zur Abschreckung für alle, die es ihnen gleichtun wollten. Ihre Körper baumelten im Wind und warfen in der Sonne Schatten.

Und der Jenner? Ist ein reicher Mann geworden. Und hat er sein Versprechen eingehalten? Ja und nein. Den weiten Weg in jene Kapelle, in der das besonders wirksame Weihwasser lagerte, den zu gehen, war er zu faul. Er sagte sich, Weihwasser ist Weihwasser. Also besorgte er sich welches aus dem Kessel der ortsansässigen Kirche, die dem Heiligen Jakobus geweiht war. Ein Fläschchen voll. Zu wenig, um zwei Körper von Kopf bis Fuß einzureiben. Aber der Jenner dachte: Weihwasser ist schließlich Weihwasser und kein Schnaps, und wenig wirkt nicht weniger als viel. So schlich er sich in der Nacht vor den Galgen und spritzte ein paar Tropfen auf die Kadaver.

Etwas war's. Immerhin. Aber nicht genug.

Für die Wiederkehr in Unversehrtheit reichte es nicht. Aber für die Schatten reichte es. Das heißt, für die Tagschatten reichte es auch nicht. Aber für die Nachtschatten reichte es. Die Seelen der Creuzbrüder waren so schwarz, dass sie sogar in der Nacht einen Schatten warfen. Und diese Schatten durften von nun an in der Nacht geistern. Und das taten sie. Und tun sie immer noch. Sie schlüpfen in das Zimmer Nummer … im Gasthaus zum … und wecken den Gast und erzählen ihm von ihren Untaten und von ihrer Sehnsucht …

104

Klein-Weiß-Ich-Nicht

Der Bub hatte keinen Vater und keinen richtigen Namen. Wenn seine Mutter betrunken war, rief sie »Rizzo« nach ihm, wenn sie fromm war, nannte sie ihn »Petruspaul«, wenn sie Hunger hatte, sagte sie »Wurstkanone« zu ihm, und wenn sie ihn liebhatte, sagte sie: »Komm her, mein Liebling, mein Herzblatt, mein Zwerglein, mein Ein und Alles.«

Er kannte sich nicht aus. Aber weil er das gewöhnt war, vermisste er das Sich-Auskennen-im-Leben nicht. Ihm war es normal, dass man sich nicht auskennt. So einer fragt auch nicht, er wartet ab. Und er forscht auch nicht. Er wartet ab.

Im Übrigen war er nicht einer, der tat, was man ihm sagte. Rief die Mutter: »Rizzo, hol mir eine neue Flasche!«, dann ging er und brachte ihr einen Rollmops. Wenn sie sagte: »Petruspaul, schau nach, ob noch genug Weihwasser da ist!«, dann konnte es vorkommen, dass er mit einer dicken Mütze zurückkam, die seine Mutter vor himmlischen Einflüsterungen schützen sollte. Aber geküsst hat er seine Mutter immer gern, auch wenn ihr Atem nach Wein oder Bier oder Schnaps roch.

Meistens aber saß er irgendwo und wartete ab.

Eines Tages, da war er schon zwanzig Jahre alt, sprach er zu seiner Mutter und sagte die Wahrheit: »Ich habe nie etwas von dir gelernt. Aber ich liebe dich. Ich bitte dich, lass mich in die Welt hinausziehen, damit etwas Gescheites aus mir wird. Ich bin immer nur herumgesessen und habe gewartet. Nun denke ich, ich habe genug gewartet. Aber ich will nicht ohne einen Rat von dir gehen. Obwohl ich weiß, dass er mir wahrscheinlich nichts nützen kann.«

Er hatte einen guten Tag bei der Mutter erwischt. Sie war weder betrunken noch fromm, und Hunger hatte sie auch keinen. Nur Liebe war da.

Sie sagte: »Mein Sohn, mein Liebling, mein Herzblatt, mein Zwerglein, mein Ein und Alles, wie immer du auch heißen magst, hör zu: Wir sind Herumzieher, Gaukler, Lustige, Witzeerzähler, halt Menschen ohne eine Nation im Rücken, und weil wir gerade in einem Land sind, das die braven Bürger Österreich nennen, gebe ich dir folgenden Rat mit ins Leben hinaus: Sei schlau wie ein Luchs und stumm wie ein Wurm, sei müde wie ein Siebenschläfer und dumm wie Gras! Sag immer, wenn dich einer etwas fragt: Weiß ich nicht. Und sag es langsam und bedächtig und runzle dabei die Stirn.«

Von Österreich aus muss man höchstens drei Schritte gehen, bis man in der Welt ist. Und da war ein großer Rosengarten, der gehörte ins Rosenland, und der Bub dachte nichts und ging durch den Rosengarten, er war dumm wie Gras und müde wie ein Siebenschläfer, stumm wie ein Wurm, nur zur Schlauheit hatte er noch keine Gelegenheit gehabt.

Da hielt ihn der Gärtner auf und sagte: »Wollt Ihr hier etwas?«

»Weiß ich nicht«, sagte der Bub und sagte es langsam und bedächtig und runzelte dabei die Stirn.

Oh, vielleicht ein Kunde, der es sich noch überlegt, dachte der Gärtner, einer, der nicht ruck, zuck, sondern mit Bedacht. »Dann kommt doch in mein Haus«, sagte er. »Bleibt doch über Nacht!«

In dem Haus war die Gärtnersfrau, und die schickte sich gerade an, Mittagessen zu kochen. »Ist dem Herrn ein Kartoffelgericht recht?«, fragte sie.

»Weiß ich nicht«, sagte der Bub, den ich von nun an lieber den jungen Mann nennen möchte.

Die Frau aber dachte: Oh, der ist sicher von weit oben abgesandt worden, vielleicht will man uns prüfen. Vielleicht hat man Großes mit uns vor. Und sie kochte das beste Essen, das sie kochen konnte. Der junge Mann aß langsam und bedächtig und runzelte dabei die Stirn –

Und aß weiter langsam und bedächtig und runzelte die Stirn. Am nächsten Morgen fragte der Gärtner: »Wünscht Ihr, dass ich Euch dem Obergärtner vorstelle?«

»Weiß ich nicht«, sagte der junge Mann.

Was für eine originelle Antwort, dachte der Gärtner, und dass ihm das Originelle daran nicht aufging, kreidete er der Beschränktheit an, die aus ihm eben nur einen Gärtner und nicht einen Obergärtner gemacht hatte, und er führte den jungen Herrn am Obergärtner vorbei gleich zum Grafen, dem der Garten gehörte.

Der Graf war ein breiter Mann mit breitem Mund und breitem Herzen, und er redete gern, und wenn ihm jemand zuhörte, dachte er hinterher, man habe ein gutes Gespräch gehabt, auch wenn der Jemand nicht ein einziges Wort gesagt hatte. Also redete er mit dem jungen Mann und redete und fragte nichts, und der junge Mann hörte zu, nickte langsam, blickte bedächtig, runzelte die Stirn.

Am Ende sagte der Graf: »Na, war das nicht ein gutes Gespräch?«

Der junge Mann sagte: »Weiß ich nicht.«

Der Graf aber dachte bei sich: Was für ein bescheidener Mann! Seine Unsicherheit kann ja nie und nimmer mich meinen, sondern nur sich selbst. Er will sagen: Ich weiß nicht, ob mein Beitrag zu dem Gespräch wirklich gut genug war. Und wie langsam er genickt hat! Wie bedächtig er geblickt hat! Und an punktgenau den richtigen Stellen hat er die Stirn gerunzelt.

Und so redete der Graf weiter und weiter bis in die dunkle Nacht hinein. Und da erschrak er dann doch, dachte, so lange hat mir noch keiner zugehört.

Was jetzt, wenn der da einer von ganz ganz oben ist, der mich prüfen will, und er fragte: »Habe ich Sie arg gelangweilt?«

»Weiß ich nicht«, sagte der junge Mann.

So ein vornehmer Herr, dachte der Graf wieder, natürlich habe ich ihn gelangweilt, ich langweile jeden, aber die anderen lügen entweder, weil sie mich fürchten, oder sie brüllen mich an, weil sie mächtiger sind als ich. Dieser hier aber ist über alle erhaben und gütig wie ein Heiliger, ja, wie ein Heiliger.

Und bald sprach es sich herum: Ein Heiliger ist im Land, ein Heiliger, der alles versteht, alles verzeiht, alles weiß, ohne zu prahlen, alles kann, ohne die anderen zu demütigen, alles sich anhört, ohne es hinterher lang zu kommentieren. Die Leute kamen und schütteten ihr Leid vor ihm aus.

Der eine fragte: »Wird mir meine Frau treu bleiben?« Und er bekam die Antwort: »Weiß ich nicht.« Der andere fragte: »Werde ich oder wird mein Nachbar in unserem Rechtsstreit gewinnen?« Und wieder hieß es: »Weiß ich nicht.« Ein Dritter fragte: »Wenn ich für mein ganzes Geld Aktien kaufe, werde ich dann reich?« Antwort wie gewohnt. Aber anstatt man ihn zum Teufel jagte, sagte man: »Dieser Mann ist ein Diplomat! Er kennt den Mittelweg. Er behält klaren Kopf.« Und sie sagten: »Nur einer, der wirklich alles weiß, kann so antworten.« Sie lasen aus seiner Stirn, wägten langsames Nicken gegen bedächtiges Blicken ab und zogen ihre Schlüsse und waren froh und glücklich, dass einer wie dieser unter ihnen lebte.

Der Gärtner aber, der ihn in der Welt entdeckt hatte, hatte eine Tochter, die ließ sich von niemandem hinters Licht führen, das war eine Schlaue, Bedächtigkeit beeindruckte sie nicht im Geringsten, und Langsamkeit fand sie nur langsam und sonst gar nichts, und gerunzelte Stirnen waren hässlich für sie.

Als alle Hilfesuchenden gegangen waren, kam sie und fragte: »He, gibt es überhaupt etwas, was du weißt?«

»Weiß ich nicht.«

»Und etwas, was du nicht weißt?«

»Weiß ich nicht.«

Sie ging vor ihm auf und ab und überlegte. Schließlich fragte sie ihn: »Liebst du mich?«

»Weiß ich nicht.«

»Schade«, sagte sie, »wirklich schade. Wüsstest du es nämlich, hätte ich dich zu mir gelassen für die ganze Nacht. Ich frage dich also noch einmal: Liebst du mich?«

Sie war schön, mehr als schön, und in dem Land der Rosen war für den jungen Mann alles getan, was zu tun war, und darum sagte er: »Ja, ich liebe dich.«

Da machte die Gärtnerstochter ein Geschrei: »Hört alle her! Kommt alle her! Er ist nicht der Heilige, für den ihr ihn haltet! Er redet, wie wir alle reden!«

Und die Leute kamen und machten böse Stirnen und fragten: »Was ist eins und eins?«

»Zwei«, sagte der junge Mann, »das weiß doch jedes Kind.«

»Der Heilige hätte eine andere Antwort gewusst«, sagten die Leute und fingen an, ihm Kopfnüsse zu geben.

Und das wurde Mode. Man gab ihm Kopfnüsse und nannte ihn Klein-Weiß-Ich-Nicht. Immer wenn die Leute ihn auf der Straße sahen, gaben sie ihm einige Kopfnüsse.

»Da, Klein-Weiß-Ich-Nicht«, sagten sie, »der Mensch muss ja von etwas leben.«

So machte sich Klein-Weiß-Ich-Nicht auf den Weg nach Hause, zurück nach Österreich. Dann will ich es eben mit dem Gegenteil versuchen, dachte er, und als einer zu ihm sagte, er gehe mitten auf der Straße, er solle aufpassen, dass ihn niemand niederfahre, sagte er: »Das weiß ich doch alles.« Und er sagte das nicht langsam, und er schaute dabei nicht bedächtig, und die Stirn runzelte er auch nicht. Da glaubte der eine tatsächlich, er habe den Erbauer der Straße vor sich, und lüpfte den Hut.

Ein Zweiter sagte: »Morgen wird der Geburtstag des Kaisers gefeiert.« Und Klein-Weiß-Ich-Nicht antwortete: »Das weiß ich doch alles.« Da lief der Zweite davon und erzählte überall, er habe den Zeremonienmeister des Kaisers getroffen, und der sei ein prächtiger Mann, denn er wisse so gut wie alles.

Schließlich gelangte die Kunde an den kaiserlichen Hof, nämlich, dass im Reich ein Mann lebe, der alles wisse. So einen könne man doch brauchen! Der Kaiser lud Klein-Weiß-Ich-Nicht zu sich ein. Sie machten einen Nachtspaziergang, und der Kaiser zeigte sich begeistert vom Sternenhimmel.

»Das weiß ich doch alles«, sagte Klein-Weiß-Ich-Nicht.

Da kniete der Kaiser vor ihm nieder und bat ihn, gnädig mit ihm zu sein …

105

Die kalte Pein

Irgendwann, was weiß ich, wann, lebte in der Nähe von Landeck ein Mann, der war arm, sehr arm. Er sagte zu sich selber:

»Keinen gibt's, der ärmer ist als ich, keinen auf der ganzen beschissenen Welt, verdammt noch mal!«

Er hatte eine Frau und sechs Kinder und eine Ziege und einen Hund und eine Katze. Und alle zusammen wohnten sie in einer winzigen Hütte. Und Winter war obendrein. Das Zähneklappern innen verscheuchte die Raben außen. Als gäbe es kein Leben in der Welt, so still war es. Ein Stück Brot hatten sie und eine Speckseite. Und manchmal rieben sie das Brot am Speck und pflückten die Krumen ab. Sie drängten sich aneinander, um sich etwas zu wärmen, die Kinder, der Hund, die Katze, die Ziege, Vater und Mutter. Was aber nicht hieß, dass der Hund die Katze, die Katze die Ziege, der Vater die Mutter und alle zusammen die Kinder liebhatten. Hier hatte niemand niemanden mehr lieb.

An einem besonders kalten Wintertag, Nebel bis zu den Schultern, Schnee bis zu den Knien, sagte der Mann: »So geht es nicht weiter! Ich muss hinaus und etwas finden.«

Auf dem Feld grub er mit den Händen. Ob irgendetwas Essbares da wäre. Stampfte mit dem Absatz das Gefrorene auf. Wollte schon in den Boden hineinbeißen. Und er fand nur einen Stein. So groß wie der Kopf seines jüngsten Sohnes. Den Stein steckte er ein. Härter kann ein Herz nicht werden als das seine.

Er ging zur Straße. Und er dachte bei sich: Ich werde hier warten, bis einer kommt. Ganz gleich, ob der reich ist oder arm. Er wird mehr besitzen als ich. Denn keiner besitzt weniger. Ich werde ihn mit diesem Stein erschlagen und ihm nehmen, was er hat. Ich kann nur an mich denken und an meine Familie und meine Tiere. Damit wir einander wieder liebhaben können. Ich werde zum Mörder und zum Räuber. Gott, selber schuld bist du! – So dachte er.

Und da steht er an der verschneiten Straße, zittert und wartet. Wartet einen Tag lang.

Als der Abend kommt, sieht er einen. Einen Schatten erst. Der kommt näher. Den Stein in seiner Hand spürt er nicht mehr, als wären Hand und Stein ein Teil. Ich lass den, der da kommt, an mir vorübergehen, denkt er, dann schleich ich mich von hinten an ihn heran und hau ihm den Brocken auf den Schädel, als wär's der Schädel dessen, der Schuld hat an meinem Leid.

Er duckte sich hinter das Eisgerippe eines Strauches. Und hätte weinen können über sich und die Welt. Aber lieber als Weinen war ihm Morden. Denn die Wut war größer als die Trauer über den, der er geworden war. Schon war der Fremde neben ihm.

Und der Fremde bleibt stehen, und er sagt ins Nichts hinein: »Jetzt bin ich doch gekommen.«

Da kriecht der Ärmste der Armen hinter seinem Strauch hervor: »Was meinst du damit«, sagt er. »Keiner hat mir versprochen, dass einer kommt.«

»Aber dennoch hast du hier auf mich gewartet«, sagt der Fremde.

Da sieht der Mann, der da ist ja noch ärmer als er. Er hat keine Schuhe an den Füßen und hat keine Strümpfe an den Füßen. Die Hose reicht ihm gerade übers Knie, und der Stoff ist nicht mehr als Spinnweb, zerzaustes. Und er hat nur ein dünnes Hemdchen an, das nicht einmal die Arme bedeckt, und die Brust ist frei. Und wo der Hut sein sollte, ist nur Kopf. Und da denkt er sich: Sogar als Mörder und Räuber habe ich kein Glück.

Der Fremde aber, als hätte er den Gedanken gehört, sagt: »Sogar als Mörder und Räuber hast du kein Glück. Du warst bereit, mich zu erschlagen, hätte ich auch nur einen Fingernagel voll mehr gehabt als du. Hab ich recht?«

»Ja«, sagt der Mann, »du hast recht.«

»Es ist gut, dass du die Wahrheit sagst«, sagt der Fremde.

»Ach, siehst du«, sagt der Mann, »mein Unglück ist so groß, dass selbst eine Lüge keinen Ausweg daraus finden kann.«

»Ich kann dir helfen«, sagt der Fremde.

»Ach, siehst du«, sagt der Mann, »mein Unglück ist so groß, dass nicht einmal dein Spott einen Ausweg daraus finden kann.«

»Ich spotte nicht. Ich sage die Wahrheit.«

»Ach, siehst du«, sagt der Mann, »mein Unglück ist so groß, dass ich die Wahrheit nicht brauche, um sein ganzes Ausmaß zu erkennen. Das Unglück füllt mein Herz aus und mein Haus aus, es ist wie der Nebel, der alles einhüllt.«

»Wie wäre es«, sagt der Fremde, »wenn es keinen Hunger mehr gibt und der Ofen immer brennt?«

»Mehr weiß ich nicht zu wünschen«, sagt der Mann. »Was muss ich dafür geben?«

»Ein Versprechen nur«, sagt der Fremde. »Wenn du gestorben bist, sollst du für mich die kalte Pein leiden.«

Ist's nicht eine kalte Pein, die ich jetzt schon leide? So denkt der Mann. Ist's nicht besser zu leiden, wenn man tot ist, wo der Tod doch, wie bekannt, alles nimmt und das Leben, wie bekannt, alles gibt, den Hunger, die Kälte und dass man einander nicht liebhat?

»Ich geb meine Hand drauf«, sagt er. »Gern will ich nach dem Tod deine kalte Pein leiden, wenn mir und meinen Lieben im Leben warme Wolle an die Haut gegeben wird und glühende Scheite im Ofen liegen und Brot, Speck und Most im Kasten warten.«

»Und noch viel mehr«, sagt der Fremde und schlägt ein.

Aus dem kalten Händedruck, das soll einer erklären, wird Wärme. Aber es ist keiner mehr da, der es erklären könnte. Allein steht der Mann am Weg. Der Fremde ist schon davon.

Erst wurde ihm die eine Hand warm, dann die andere, dann wurde ihm das eine Bein warm, dann das andere. Und als er sich umdrehte, sah er von weitem über seiner Hütte Rauch aufsteigen, und er lief nach Hause, und er öffnete die Tür, und er sah, seine Kinder, seine Frau, die saßen um den Tisch herum, und vor ihnen war ein Teller und in der Mitte des Tisches ein großer Topf, aus dem dampfte es, und es roch wie bei reichen Leuten. Neben dem Ofen, der vor Wärme bullerte, lag der Hund und nagte an einem Knochen. Und die Katze schnurrte und leckte sich die Milch vom Bart, und die Ziege kaute frisches Heu. Da setzte sich der Mann an den Tisch und aß, bis er nicht mehr konnte, und da war der Topf in der Mitte immer noch voll.

Aber er sagte seiner Frau nicht, was geschehen war. Und sie lebten, und sie hatten immer zu essen, und sie froren nie. Die Kinder wurden groß und verließen das Haus.

Und irgendwann, was weiß ich, wann, sagte der Mann zu seiner Frau: »Wir sind alt. Ich bitte dich, näh mir Wäsche. Näh mir eine Hose, näh mir eine Jacke und einen Mantel.«

Das tat die Frau.

Dann sagte der Mann: »Nein, die Hose ist zu dünn. Du musst sie dicker machen, gib die beste Wolle dazu.«

Und sie gab die beste Wolle dazu, und auch die Jacke wurde dick und doppelt gefüttert, und der Mantel war weich und ausgepolstert.

Die Frau fragte: »Wozu brauchst du das? So kalt kann es gar nicht werden.«

»Strick mir Socken«, sagte der Mann, »die wärmsten aus der besten Wolle. Eine Mütze dazu und Handschuhe.«

Und die Frau tat es.

Und dann spürte der Mann, dass der Tod daherkam, und er sagte zu seiner Frau: »Wenn ich gestorben bin, zieh mir all die Sachen an, die du mir genäht hast, die warmen Unterhosen, das warme Unterhemd, darüber das warme, gefütterte Hemd, die gefütterte Hose darüber, dann die Jacke, die warme, und den Mantel über alles drüber, die warmen Handschuhe und die Schuhe, die ausgepolsterten, und die dicke Mütze, die weit ins Gesicht reicht. Alles zieh mir an, und so sollst du mich in den Sarg legen.«

Und dann starb er. Und die Frau tat, wie es sich ihr Mann gewünscht hatte.

Es war wieder Winter, und wieder war es eisig kalt. Und der Sarg wurde in der Totenkapelle aufgebahrt. Und in der Nacht kam ein Landstreicher, der hatte gar nichts. Hatte nichts zu essen, und er fror, Hosen trug er, die reichten ihm gerade über das Knie und waren dünn wie zerzauster Spinnweb, und er dachte: Keinen gibt's, der ärmer ist als ich, keinen auf der ganzen beschissenen Welt, verdammt noch mal! Irgendwo wartete seine Familie auf ihn, Frau, Kinder, Hund, Katze, die hatten Hunger, und er war losgezogen, um etwas zu finden.

Laut in den Schnee hinaus, nur um sich zu beweisen, dass er noch lebte, sagte er: »Ich werde in diese Kapelle gehen, vielleicht ist es dort etwas wärmer, ich will Schutz suchen vor dem Schneesturm.«

Und es war obendrein Nacht. Er betrat die Kapelle, da brannten die Kerzen, und er sah, da war ein Sarg. Und er dachte sich: Vielleicht ist in dem Sarg

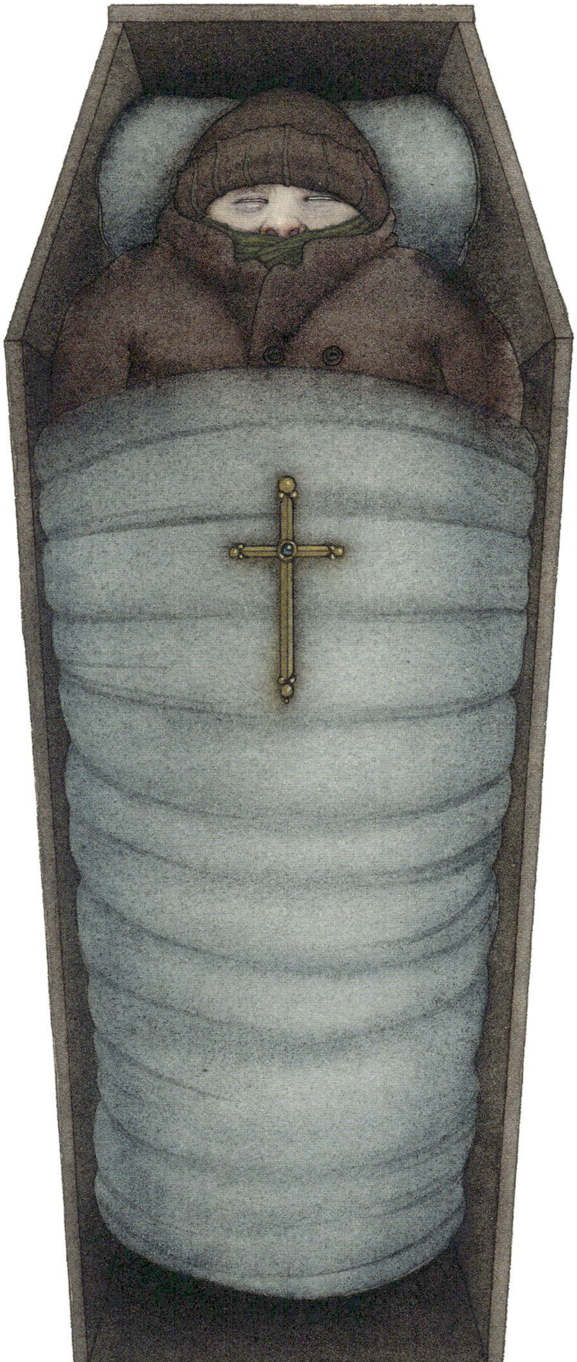

etwas, was ich brauchen kann. Er öffnete den Deckel und sah da den Mann liegen in all seinen warmen Kleidern.

»Du bist tot, wozu brauchst du das noch?«, sagte er.

Er zog dem Toten die Kleider aus und zog sie sich an. Und sie waren warm. Und er fühlte sich wohl, und er ging. Und der da in seinem Sarg musste, wie ausgemacht, die kalte Pein leiden.

106

Heiligenblut

Vor tausend Jahren lebten im fernen Dänemark vier Brüder. Der älteste hieß Briccius, der zweite Oswald, der dritte Niklas, den Namen des vierten weiß ich nicht.

Briccius träumte eines Nachts, die Mutter Maria erscheine ihm.

»Briccius, hörst du mich?«

»Ja.«

»Wir oben im Himmel haben einen Plan.«

»Was für einen Plan denn?«, fragte Briccius. »Und was habe ich damit zu tun?«

Die heilige Jungfrau, die neben Briccius' Bett schwebte, damit nichts an ihr mit dem Irdischen in Berührung komme, beugte sich über ihn und sagte: »Einen Plan für euer Leben, für dein Leben und für das Leben deiner Brüder. Wir haben nicht an Drama gespart, so viel kann ich dir verraten. Ihr werdet viel erleben. Enttäuscht uns nicht! Ich werde dir von nun an jede Nacht erscheinen und dir den Reiseplan für den nächsten Tag bekanntgeben.«

Briccius besprach sich mit seinen Brüdern, und die waren einverstanden, sie waren fromme Burschen. Warum nicht reisen, wenn der Himmel die Verantwortung übernimmt und dafür sorgt, dass einem nichts zustößt? Also warum nicht?

Jede Nacht erschien die heilige Jungfrau dem Briccius von nun an und erklärte ihm, wohin sie am folgenden Tag zu gehen hätten. Die Brüder zogen durch die deutschen Lande, zogen über die Alpen, marschierten durch den Balkan und kamen zum Bosporus. Sie überquerten die Meeresenge und waren schließlich in Konstantinopel angekommen.

In der Nacht erschien die heilige Jungfrau dem Briccius im Traum, und sie sagte: »Briccius, mein treuer Diener, nun komme ich zum letzten Mal. Hier ist euer Ziel, hier in der goldenen Stadt Konstantinopel. Hier sollt ihr in den Dienst des Kaisers treten.«

Gleich am nächsten Tag besuchten die Brüder den Kaiserpalast. Zu jener Zeit regierte Kaiser Leo III. oder Leo IV. in Konstantinopel, über die Zählung machten sich Briccius und seine Brüder keine Sorgen. Sie stellten sich breitbeinig vor den Kaiser hin, und Briccius schilderte, wie es zu ihrer Reise von Dänemark nach Konstantinopel gekommen war und dass sie in den kaiserlichen Dienst eintreten wollten.

Briccius wurde ein prachtvoller Soldat, taktisch geschickt, strategisch klug, voll Hingabe und Grausamkeit, gleichgültig gegenüber dem eigenen Leben und treu. So diente er sich nach oben, wurde General und endlich der oberste Heerführer der kaiserlichen Truppen.

Und er wurde der Freund des Kaisers. Oft konnte man die beiden sehen, wie sie in den kaiserlichen Gärten spazieren gingen, an den Fischteichen entlang, und wie sie sich auf dem Mäuerchen niederließen und diskutierten.

Der Kaiser war ein weicher Christ. »Weißt du, Briccius«, sagte er, »ich denke schon manchmal an den lieben Gott, und ich denke auch an seinen Sohn, und ich denke auch an die heilige Mutter Maria, aber eigentlich nur, wenn die großen Feiertage sind. Ansonsten denke ich nicht daran. Da müsste schon ein Wunder geschehen.«

Am Rand der Stadt stand eine kleine Kirche. Einsam stand sie dort, nie wurde sie besucht, denn die Bürger von Konstantinopel waren wie ihr Kaiser weiche Christen, die nur an den hohen Feiertagen an Gott und den Himmel dachten, und die Bauern am Land waren im Grunde ihres Herzens sowieso alle miteinander Heiden, in eine Kirche gingen die nie, und so hat nie ein Mensch diese kleine Kirche vor der Stadt besucht.

Aber eines Tages kam ein Händler des Weges, der wollte in Konstantinopel seine Geschäfte machen. Es war schon Abend, und er dachte sich: Ich möchte ausgeschlafen und frisch in der Stadt ankommen. Da sah er diese Kirche, und diese Kirche hatte ein großes Vordach, und er dachte: Da leg ich mich drunter und werde schlafen. Und er legte sich unter das Dach und schlief ein.

In der Nacht aber kam der Teufel. Er kroch durch das Ohr des Händlers in dessen Kopf und setzte sich mit seinem glühenden Arsch auf das Gehirn und redete dem Händler in den Traum hinein:

»Hör zu, du großartiger Mann, du Genie aller Händler! Wenn du morgen aufwachst, geh in die Kirche hinein, tritt vor den Altar und hau dem Mann am Kreuz dein Messer ins Herz!«

Am nächsten Morgen hat der Händler genau das getan.

Aber Wunder! Aus dem Herzen der Holzfigur quoll rotes, heißes Blut.

Da fiel der Händler, der bis auf diese Sekunde ein Heide gewesen war, auf die Knie, und er war zum Christentum bekehrt, obwohl er gar nicht genau wusste, was das eigentlich ist. Er bat um Verzeihung, und er tat einen heiligen Schwur, dass er sein ganzes Leben lang ein guter Christ sein und sich noch an diesem Tag genau erkundigen wolle, was das Christentum genau sei, und er lief in die Stadt und erzählte von seinem Wunder.

Und nun strömten die Bürger von Konstantinopel hinaus zu der kleinen Kirche, um die blutende Holzfigur zu sehen.

Auch der Kaiser hörte davon, und auch er wollte das Wunder sehen. Er nahm Briccius mit. Und Briccius fiel auf die Knie und begann zu jubeln und jubilierend zu beten. Dies war endlich das Argument, um das er so dringend gebeten hatte! Kaiser Leo fiel ebenfalls auf die Knie. Man besorgte Flaschen, die hielt man unter die Holzwunde und fing das Blut auf.

Von nun an war der Kaiser ein guter Christ.

Nachdem die Brüder zehn Jahre im Dienst des Kaisers gestanden hatten, erschien dem Briccius die heilige Mutter Maria wieder im Traum, und sie sagte:

»Briccius, ihr seid nun lange genug hier. Macht euch auf den Heimweg.«

Briccius trat vor den Kaiser hin und sagte: »Ich muss wieder nach Hause. Die Muttergottes ist mir im Traum erschienen und hat es befohlen.«

Der Kaiser sagte: »Was willst du als Lohn für deinen Dienst?«

»Ein Fläschchen mit dem heiligen Blut will ich«, sagte Briccius.

Es waren aber alle Fläschchen schon aufgebraucht, für Kriege und Krisen, nur ein einziges war noch übrig, und das blutende Holzherz in der Kirche vor der Stadt war schon längst versiegt. Aber der Kaiser hatte sein Wort gegeben. Und dann dachte er sich einen Trick aus, wie er sein Wort vielleicht umgehen könnte.

Er sagte: »In dem Fläschchen ist das Blut unseres Herrn. Es ist das Heiligste, was es auf Erden gibt. Kein Mensch darf über dieses Blut entscheiden. Nur Gott darf. Deshalb: Komm morgen noch einmal, dann stelle ich drei Fläschchen auf diesen Tisch. In zweien wird Tierblut sein. Wenn du das richtige errätst, dann kannst du es behalten. Wenn du aber ein falsches Fläschchen ziehst, dann musst du mir noch weitere zehn Jahre dienen.«

In der Nacht klopfte es an die Tür des Briccius, und draußen stand die Tochter des Kaisers. Sie sagte: »Mein Vater hat die drei Fläschchen bereits in der Festhalle aufgestellt. Die Fliegen kreisen um das Blut. Wähle morgen das Fläschchen, auf das sich die Fliegen nicht setzen.«

Das hat Briccius beherzigt. Der Kaiser musste ihn und seine Brüder ziehen lassen.

Sie marschierten über den Balkan herauf, und da träumte Briccius abermals.

Die Mutter Maria sagte: »Der Kaiser will das Fläschchen wiederhaben. Er hat Soldaten ausgeschickt. Sie werden dich suchen, und sie werden dich finden. Du musst das Fläschchen verstecken.«

Am nächsten Tag nahm Briccius sein Messer und schnitt sich eine tiefe Wunde in die Wade und drückte unter Schmerzen das Fläschchen mit dem heiligen Blut ins Fleisch hinein. Als die Soldaten des Kaisers ihn und seine Brüder fanden, war die Wunde längst verheilt. Sie durchsuchten Briccius, aber sie fanden das Fläschchen nicht und kehrten nach Konstantinopel zurück. Die Brüder aber zogen weiter nach Norden.

Und kamen nach Kärnten.

Und als sie in der Nähe von Sachsenburg waren, legten sie sich nieder und schliefen. Und wieder erschien die Muttergottes dem Briccius. Sie sagte: »Hier sollt ihr euch trennen. Deine Brüder sollen ihre eigenen Wege gehen, und du geh nach Norden.«

So nahmen sie voneinander Abschied, die vier Brüder. Oswald marschierte das Drautal abwärts, und dort, auf einem kleinen Berg, richtete er sich eine Klause ein und lebte als frommer Einsiedler. Bis heute wird dieser Berg noch Oswaldiberg genannt.

Niklas gründete oberhalb von Sachsenburg ebenfalls eine Klause, und er tat viel Gutes. Er wurde der »Heilige Mann« genannt.

Der andere Bruder, dessen Namen ich nicht weiß, machte sich auf den Weg ins Gailtal und gelangte bis nach Kötschach. Auch er lebte nur noch für den Himmel.

Briccius aber zog nach Norden weiter, wie ihm die Muttergottes aufgetragen hatte, und bald erreichte er die Hohen Tauern. Er stieg auf den Berg, und es war schon bald vor Weihnachten, und ein Schneesturm tobte. Eine Lawine löste sich, sie donnerte zu Tal und verschüttete den Briccius, und und er war tot.

Und nach Neujahr wollten Bauern das Heu von den Berghängen herunterziehen, das sie über den Herbst und den Sommer in Schuppen gesammelt hatten. Und da sahen sie aus dem Schnee drei satte frühlingsgrüne Ähren ragen. »Das gibt's ja nicht, im Winter, knapp nach Weihnachten, dass drei Ähren aus dem Schnee wachsen!« Sie gruben und fanden die Leiche des Briccius. Und aus seiner Brust heraus wuchsen diese Ähren. Sie hatten Wurzel gefasst in seinem Herzen.

»So etwas geschieht nur bei einem heiligen Mann«, sagten die Bauern. »Wir wollen ihn in Ehren begraben.«

Und das taten sie. Im Frühling, so versprachen sich die Bauern, sollte an diesem Ort eine kleine Kapelle errichtet werden.

Als der Schnee weggeschmolzen war, sahen sie, dass ein Bein des Briccius aus dessen Grab ragte. Und sie fassten nach dem Bein und spürten eine harte Stelle. Sie schnitten die Wade auf und fanden das Fläschchen gefüllt mit Blut. Sie brachten es dem Pfarrer, der untersuchte es nach allen Regeln seiner Religion und stellte fest: Das ist Blut unseres Herrn Jesus Christus.

Nun bauten die Bauern nicht eine kleine Kapelle, sondern eine richtige Kirche über dem Grab des Briccius. Das Dorf, das sich um die Kirche herum sammelte, wurde Heiligenblut genannt.

107
Niemand

Als Niemand noch ein Jemand war und so klein, dass er den Erwachsenen gerade einmal über das Knie reichte, da hörte er hoch droben über seinem Scheitel aus dem Mund des Vaters die Worte: »Aus ihm wird leider jemand werden, der es nicht gut hat im Leben.« Da dachte er bei sich: Dann möchte ich nicht Jemand sein, dann will ich doch lieber Niemand werden. Und so wurde er Niemand.

Niemand fiel nicht auf, der ging durch die Welt, als wäre er aus Glas, durch das man durchsehen kann. Einmal suchte ihn seine Mutter auf dem Spielplatz, sie fragte die Kinder: »Habt ihr ihn gesehen?«

Die Kinder antworteten: »Niemand war hier.«

Einmal kam ein Fremder und fragte die Kinder auf der Straße: »Kann mir einer von euch sagen, wie ich in die Rudolf- Hilferding-Straße komme?«

Und bekam zur Antwort: »Niemand kann das.«

Als es dann so weit war, ging auch Niemand wie alle anderen Kinder in die Schule. Er setzte sich in die Bank und schaute nach vorne, wie es alle anderen auch taten. Die Lehrerin schritt die Bänke ab und fragte jeden Schüler und jede Schülerin nach dem Namen. Am Schluss kam sie zu dem Banknachbarn und fragte:

»Wer sitzt denn neben dir?«

Der antwortete: »Niemand.«

Da war dann auch verständlich, dass die Lehrerin nicht weiterfragte, denn nun wusste sie ja, wie er hieß, nämlich Niemand.

So ging die Schulzeit dahin, niemandem fiel Niemand auf, als wäre er aus Glas.

Irgendwann fragte die Stimme im Fernseher: »Kann jemand schneller laufen als Usain Bolt?«

Die Zuschauer im Fernsehstudio brüllten: »Niemand!«

So kam Niemand in den Ruf, überall zu sein und alles zu können.

Als Niemand so alt war wie die Burschen, die zu Weihnachten Rasierwasser geschenkt bekamen, wanderte er in den Sommermonaten am Abend oft allein durch die Stadt und hatte Sehnsucht in seinem Herzen, und gern wäre auch er neben einem Mädchen gesessen wie die anderen und hätte den Arm um die Schultern gelegt, die braun waren von der Sommersonne, und hätte den Mund geküsst. Er beobachtete die Paare, versteckte sich hinter Baumstämmen und Fahrrädern und parkenden Autos. Aber es wäre gar nicht nötig gewesen, dass er sich versteckte, zu sehr waren die Burschen und die Mädchen mit sich selbst beschäftigt, sie bemerkten Niemand nicht.

Einmal wagte er sich ganz nahe heran, denn da saß ein Mädchen, das er kannte, und in sie war er verliebt, und sein Herz war voll Sorge, dass sie gleich geküsst würde. Sie wohnte in seiner Nachbarschaft, aber er hatte sich bisher nicht getraut, sie anzusprechen. Sie hatte tiefe dunkle Augen, und ihr Gesicht war weiß und schimmerte im Mondlicht, und wenn sie lachte, waren ihre Mundwinkel spitz und frech. Bei ihr saß der schönste Kerl aus der Siedlung, der lässigste, der die lässigsten Schuhe anhatte und die lässigste Frisur aufhatte, auf den alle Mädchen standen und der bei allen Burschen beliebt war, weil er lustig war und gesellig und ein guter Freund und freigebig. Sie aber schien sich nicht wohlzufühlen in seiner Gegenwart, sie rückte immer wieder beiseite, wenn er seinen Kopf zu ihr hinneigte. Schon waren sie am Ende der Parkbank angelangt.

»Was ist los?«, fragte der Bursche, und seine Stimme klang traurig. »Liebst du mich nicht?«

»Leider nein«, sagte sie.

»Wen liebst du denn, wenn nicht mich?«, fragte er. »Sag es mir doch!«

Und sie sagte: »Niemand.«

Da hörten sie beide, wie es im Gebüsch knisterte, und der Bursche sprang auf, weil er dachte, sie seien belauscht worden, und er unter gar keinen Umständen wollte, dass seine Niederlage in der Siedlung und womöglich darüber hinaus bekannt würde. Er lief auf das Gebüsch zu und schob die Zweige auseinander.

»Wer ist da!«, rief er.

»War da jemand?«, fragte das Mädchen.

»Niemand«, sagte er und fragte wieder, ob sie einen anderen liebe und wer es sei.

Und sie sagte wieder: »Niemand. Niemand liebe ich. Ich liebe niemand!«

Da ging Niemand nach Hause, durch die Nacht ging er, und er war so glücklich, wie er in seinem Leben nie gewesen war. Aber er traute sich immer noch nicht, das Mädchen anzusprechen. Er dachte, morgen tu ich's. Dann war morgen, und er dachte wieder, morgen tu ich's. Dann war Samstag, und er dachte, am Montag tu ich's. Und bald waren viele Tage vergangen, und er hatte es nicht getan. Die Zeit ging drüber, und Niemand vergaß.

Irgendwann trafen sich Verbrecher, die verkrochen sich an einem geheimen Ort, sie wollten nämlich wieder einmal ein Verbrechen planen.

Einer flüsterte: »Ist sonst noch jemand da außer uns?«

Er bekam die Antwort: »Niemand.«

Ein anderer fragte: »Ist einer da, der nicht zu uns gehört?«

Antwort: »Keiner.«

Da blickte sich Niemand um und sah Keiner. Aber sie sagten nichts, sie nickten nur und legten sich den Zeigefinger auf den Mund und gaben einander die Hand und lauschten, was die Verbrecher ausheckten. Sie merkten sich alles und gingen zur Polizei.

Die Polizisten nahmen alles zu Protokoll, und hinterher fragten sie: »Hat euch jemand gesehen?«

»Niemand.«

»Hat euch jemand gehört?«

»Keiner.«

Da bekamen sie eine fette Belohnung, nämlich Geld, das reichte ihnen für eine Weile.

So wurden Niemand und Keiner die besten Freunde.

Keiner erzählte Niemand, dass er eine traurige Kindheit gehabt, dass er allein mit seiner Mutter gelebt und dass sich die Mutter nicht um ihn gekümmert habe, weil sie sich immer schminken musste. Einmal sei in der Nacht ein

Freier zu ihnen gekommen, da habe ihn die Mutter in den Schrank gesperrt. Erst sei er ja noch ganz ruhig gewesen, aber dann habe er Angst gekriegt und habe geweint, erst leise, schließlich hätten sich die Tränen aber nicht mehr aufhalten lassen und das Schluchzen auch nicht.

Da habe der Freier die Mutter gefragt: »Wer ist in dem Kasten?«

Und die Mutter habe gesagt: »Keiner.«

Da sei der Freier vom Bett aufgestanden und habe die Schranktür aufgemacht und ihn auf den Arm genommen und habe gesagt: »Na, dann komm zu mir, kleiner Keiner, brauchst keine Angst zu haben.«

»Ich schenke ihn dir«, habe die Mutter gesagt.

»Aber es wird ihn doch jemand vermissen«, habe der Freier gesagt.

Aber die Mutter habe nur gelacht: »Keiner. Keiner wird ihn vermissen.«

»Da hat mich der Freier zu sich genommen und bei sich aufgezogen«, erzählte Keiner seinem neuen Freund, dem Niemand. »Er war freundlich zu mir, aber ich wollte dann doch nicht bei ihm bleiben, ich wollte zu meiner Mama zurück, und darum bin ich eines Tages weggelaufen.«

Der Freier suchte ihn überall und fragte die Leute: »Hat ihn einer gesehen?«

Und die Leute sagten: »Keiner.«

»Wir sind Niemand und Keiner«, sagte Niemand, »und keiner und niemand wird uns je auseinanderbringen, das wollen wir uns gegenseitig versprechen.«

Und das taten sie.

Auch wenn sie ihr erstes Geld verdient hatten, indem sie dem Gesetz dienten, kamen sie doch zur Auffassung, es wäre für sie günstiger, gegen das Gesetz zu verstoßen. Denn wenn jemand eine Geldbörse fand und sie zurückgab, bekam er zehn Prozent als einen Finderlohn; wenn er sie aber nicht zurückgab, bekam er alles. Niemand wollte neunzig Prozent nicht hergeben, Keiner wollte nicht weniger als alles.

Auch mit dem Stehlen war es leichter als mit dem Nichtstehlen. Man konnte hinterher ganz offen zugeben: »Niemand hat gestohlen, und Keiner hat's gesehen.« Oder umgekehrt. Und dann war allemal nichts zu machen.

Sie mischten sich unter die Leute und zogen ihnen die Geldbörsen aus der Tasche. Wenn die Leute weinten, lachte Niemand. Wenn die Leute lachten,

NIEMAND hat einen Einfall. KEINER hat ihn gemalt.

weinte Keiner. Wenn alle redeten, schwiegen gemeinsam Niemand und Keiner. Wenn im Theater auf der Bühne gerade die traurigste Stelle einer Tragödie vorgetragen wurde, hustete Niemand, und wenn die Gemeinde ins Gebet versunken war, ließ Keiner einen fahren. Wenn es dunkel war, sagte Keiner, der Mond scheine hell. Wenn Schnee lag, sagte Niemand, er liege auf der grünen Flur. Und als ein Wagen blitzschnell um die Ecke fuhr, bestand Keiner darauf, er fahre langsam, und Niemand behauptete, dass drinnen stehend Leute saßen. Keiner erklärte, die Fahrgäste seien schweigend ins Gespräch vertieft, und Niemand sah einen totgeschossenen Hasen auf der Sandbank Schlittschuh laufen.

Eines Abends spazierten Niemand und Keiner durch den Park, da begegneten sie dem Mädchen, in das Niemand verliebt war vor langer Zeit; die damals mit dem schönsten und lässigsten Burschen auf der Bank gesessen und ihm gesagt hatte, dass sie niemand liebe. Sie war eine Frau geworden und war sogar noch schöner, als sie gewesen war. Ihre Augen waren immer noch dunkel und tief, und ihr Gesicht war immer noch weiß und schimmerte im Mondlicht, und ihre Mundwinkel waren immer noch spitz und frech.

Da verliebte sich auch Keiner in sie. Aber Keiner war schneller als Niemand. Er lief auf die Frau zu, bot ihr seinen Arm an und sagte: »Darf ich Sie begleiten, gnädiges Fräulein, mein Name ist Erwin.«

Die Frau lächelte und nahm seinen Arm und sagte: »Sie dürfen. Ich heiße Rosalinde.« Und sie sah niemand sonst, sah nur den Erwin und ging mit Erwin davon.

Niemand blieb zurück. »Aber wir haben es uns doch versprochen«, sagte er leise, »dass wir Keiner und Niemand sind auf ewig.«

Von nun an war Niemand allein.

Irgendwann legte er sich nieder und starb. Am nächsten Tag stand in der Zeitung:

»Gestern war ein guter Tag. Niemand ist gestorben.«

Da waren alle froh und glücklich und sagten sich: Wir leben in einer guten Zeit in einem guten Land.

108

Pumpeter

Und dann war da der Pumpeter, der war mit Abstand der Ärmste. Darum musste er sich auch immer irgendwo etwas pumpen. Weswegen er der Pumpeter genannt wurde. Unter ihm stand nur noch das Vieh, aber auch nur das Vieh der Ärmsten. Es gab Vieh, das stand über ihm. Manche Laus hatte es besser als er. Von einem Haus war da keine Spur, von Kleidung gerade ein Sack mit den nötigsten Löchern und dazu noch jede Menge unnötiger.

So ging der Pumpeter durchs Dorf, bettelte hier, bettelte dort, fragte, ob er hier sich setzen, fragte, ob er dort sich hinlegen dürfe. Jeder Mensch hat etwas, hieß es an den frommen Tagen. Der Pumpeter hatte nichts. Nichts und nichts und noch einmal nichts.

Und weil der Bürgermeister ein Guter war, sagte er: »Dem Pumpeter soll das Stück Boden gehören, das am Rand des Dorfes liegt und das nicht größer ist als seine beiden Hinterbacken.«

Dorthin setzte sich der Pumpeter. Und liegen? Was ist mit Liegen? Zeig mir einen, der nie liegen muss! Den gibt es nämlich nicht! So geschah es, dass der Pumpeter des Nachts im Schlaf zur Seite kippte und mit seiner Schulter auf fremdem Gelände landete. Da war der Besitzer aber schon zur Stelle, der hatte ja nur darauf gelauert, und der war kein Guter, der war der einzige Ungute im ganzen Dorf: »Weg mit dir, du Nichtsnutz!«, rief er und rief die Polizei, und die kam und richtete den müden Pumpeter auf, so dass seine Hinterbacken sein Grundstück bedeckten und nur sein Grundstück. (Den Polizisten, das habe ich ihnen versprochen zu sagen, den Polizisten war es peinlich, aber Gesetz sei Gesetz.)

Also glaubt nicht, das hätten die anderen gutgeheißen! Nein. Man hatte Erbarmen mit dem armen Pumpeter. Die Leute sagten: »Er hat nichts, aber das hat er mit Würde.«

Und der liebe Gott? Ja, der liebe Gott! Da sind wir beim Richtigen! Er ließ auf dem Stück Boden, das dem Pumpeter gehörte, zwei Ähren wachsen. Schöne, hohe, trächtige Ähren. Die pflückte der Pumpeter ab und trug sie zum Bäcker.

»Bitte, Bäcker«, sagte er, »würdest du mir diese zwei Ähren in den Ofen legen? Ich will mir ein eigen Brot schmieren.«

Und der Bäcker, der zu den Gutartigsten gehörte und nie auch nur einmal über den Pumpeter gelacht oder gespottet hat, der nahm die Ähren.

Der Pumpeter freute sich auf sein eigen Brot und ging pfeifend durch das Dorf und nahm keine essbaren Almosen an, eben weil er sich so auf sein eigen Brot freute. Am Abend kehrte er beim Bäcker ein: »Meine zwei Ähren, bitte schön, ich meine, mein Brot!«

»Deine Ähren? Dein Brot? Jessas!«, rief der Bäcker aus. »Die Ähren hat doch glatt die Henne gefressen!«

»Oh!« Da weinte der Pumpeter aber, und das war wahrhaftig herzzerreißend. »Das war alles, was ich hatte! Gib mir meine Ähren!«

»Ich mach dir einen Vorschlag«, sagte der Bäcker und dachte bei sich, was bin ich denn für ein schlechter Mensch, ich nehme dem, der gar nichts hat, auch noch das, was er hat. »Du kannst die Henne haben. Sie ist schuld. Das ist nur recht und billig. Sie muss einstehen.«

Mit der Henne unter dem Arm ging nun der Pumpeter zum Bauer und sagte: »Ich hätte da eine Henne, dürfte ich die bei dir in den Hof tun zum Picken? Du weißt ja, ich besitze nur ein Grundstück, das so klein ist wie meine Hinterbacken, das kann ich meiner Henne nicht zumuten.«

»Darfst du«, sagte der Bauer, der ebenfalls zu den Gutmütigsten zählte. »Lass sie einfach los, sie soll sich nehmen, so viel sie möchte.«

Ein paar Tage später kam der Pumpeter und sagte: »So, Bauer, dann wär es so weit, gell, da wär ich wieder. Ich hätt nur gern meine Henne zurück.«

»Henne?«, fragte der Bauer und wurde blass. »Jessas!«, rief er aus. »Der Gaul hat das Stück zertreten! Tschuldigung!«

»Was, was, was!«, jammerte der Pumpeter. »Was nützt mir das Tschuldigung! Kann das Tschuldigung Eier legen? Kann man aus dem Tschuldigung eine Suppe kochen?«

Und weil es wahrhaftig keine Ehre ist, dem Ärmsten der Armen das Einzige zu nehmen, sagte der Bauer: »Man könnte höchstens einen Tausch machen.

Was meinst du? Tote Henne gegen lebendigen Gaul? Der Gaul ist schuld. Das ist nur recht und billig. Er muss einstehen.«

So ging's. – Immerhin: Der Pumpeter war nun nicht mehr der Ärmste. Da gab es welche, die hatten keinen Gaul!

So ist der Pumpeter also auf seinem Gaul durch das Dorf geritten, vor und zurück und dann wieder vor und wieder zurück und dann vor und zurück und wieder vor und wieder zurück, und genau das ist ihm mit der Zeit elend auf die Nerven gegangen. Er ist hintersinnig geworden, deprimiert also. Und er hat es jedem erzählt, den er traf. »Ich muss zwischenzeitlich etwas anderes finden«, sagte er. »Das zermürbt einen.«

»Komm!«, sagte da der Lehrer, der auch ein Gutmütiger war. »Komm, Pumpeter, ich hab was anderes für dich. Gib mir dein Pferd, ich nehm's in Gewahrsam, und du machst Urlaub vom Gaul! Du weißt, dass du ein Pferd besitzt, aber du musst nicht dauernd auf ihm sitzen. Mach es wie die reichen Leute. Die haben Dinge, die sie nicht die ganze Zeit benützen. Gute Idee?«

»Gute Idee!«, schlug der Pumpeter ein.

Das hieß: Der Pumpeter hat seine Tage von nun an nicht unähnlich hinter sich gebracht. Er ist ganz genauso durch das Dorf gekurvt wie bisher, nur zu Fuß eben und mit dem Gedanken im Kopf, dass er ein Pferd besitzt. Und das macht er drei Tage, vier Tage, fünf Tage, eine Woche, zwei Wochen. Dann aber wird ihm auch das langweilig, und er sucht den Lehrer auf.

»Lehrer«, sagt er, »ich will meinen Gaul wiederhaben.«

Aber Jammer! »Dein Gaul!«, druckst der Lehrer herum. »Was uns da passiert ist! Der Ferdinand! Unser Kleinster! Unser Jüngster! Dieser Ferdinand! Bringt er doch glatt den Gaul zum See hinunter, um ihm Wasser zu geben. Rutscht der Gaul doch glatt aus. Säuft der Gaul doch glatt ab! Und hin ist er! Man stelle sich das vor!«

Nicht zu beruhigen war der Pumpeter! Ist etwa das eine gute Tat, wenn ein gut verdienender Lehrer dem Ärmsten genau das wegnimmt, was ihn nicht mehr zum Allerärmsten gemacht hätte? Antwort: Es ist natürlich alles andere als eine gute Tat.

»Wie kann ich es gutmachen?«

»Du gibst mir den Ferdinand, euren Jüngsten«, sagt der Pumpeter. »Das ist ganz einfach. Er hat Schuld. Das ist nur recht und billig. Er muss einstehen.«

Der Lehrer, der immer gelehrt hat, dass eines fürs andere stehen muss, dass Gerechtigkeit sein muss auf Erden, der tut das. Er gibt seinen Sohn her, den Jüngsten, den Ferdinand.

Und der Pumpeter und der Ferdinand, die verstehen sich gut, ausgezeichnet sogar, sie verlassen das Dorf, ziehen in die Welt hinaus. Wenn man schon vorher gewusst hätte, wie die Welt ist, dann wär man schon vorher gezogen!

Und sie trinken gern, die beiden.

So kommen sie in die große Stadt. Kaum sind sie drinnen, sitzt der Ferdinand schon einem Soldatenwerber gegenüber, und der Bursch in seinem Rausch unterschreibt. Jetzt ist der Ferdinand Soldat in der Armee. Und er soll ausgebildet werden an der Kanone.

Was macht der Pumpeter in dieser Zeit? Hat er gar nicht gemerkt, dass sein Ein und Alles, das er gegen ein Pferd eingetauscht hat, das er gegen eine Henne eingetauscht hat, die er gegen zwei Ähren eingetauscht hat, dass sein ganzer Besitz nicht mehr an seiner Seite ist? Er hat es schon gemerkt, aber eben leider zu spät. Und dann hat der Ferdinand im denkbar ungünstigsten Augenblick in das Kanonenrohr geschaut, und da war's aus mit ihm.

»Mein Ein und Alles!«, jammerte der Pumpeter dem General vor. »Jetzt bin ich wieder der Ärmste der Armen! Ich werde es dem König melden! Was soll das für eine Ehre sein, wenn dem, der nichts hat, auch noch das genommen wird, was er hat?«

Der General wusste sich keinen anderen Rat als: »Was soll ich sagen? Ich kann dir höchstens folgendes Angebot unterbreiten: Du übernimmst dafür die Armee. Wenn dir das recht ist. Die Armee ist schuld. Das ist nur recht und billig. Sie muss dafür einstehen.«

»Ja, gut«, sagte der Pumpeter, »meinetwegen. Dann gib mir halt deine Armee.«

Jetzt hat der Pumpeter also eine Armee. Was macht man mit so einer? Das ist leicht! Da kam ein Krieg, und der König hätte dringend genau so eine Armee gebraucht, und der König persönlich hat den Pumpeter gefragt: »Willst du mir deine Armee borgen?«

»Wenn es sein muss«, sagte der Pumpeter.

Es musste sein. Und der Krieg wurde größer, als man vorher hätte zu sagen gewusst. Er wuchs sich aus. Am Ende war die ganze Welt in den Krieg verwickelt, viele Tote gab es. Von der Armee unseres Pumpeters blieb nicht ein Mann übrig. Ich sag's: nicht ein einziger Mann!

Und dann war der Krieg zu Ende, und die Welt traf sich zu Friedensverhandlungen.

Des Pumpeters Frage an die Welt lautete: »Wo ist meine Armee?«

»Die Welt hat sie dir genommen«, antwortete die Welt. »Was willst du dafür?«

»Schau«, sagte der Pumpeter zur Welt, »ich hatte zuerst nichts, gar nichts. Dann hat sich Gott meiner erbarmt und schenkte mir zwei Ähren. Die habe ich dem Bäcker gegeben, damit er mir Brot daraus macht. Aber seine Henne hat meine Ähren gefressen, dafür habe ich die Henne gekriegt. Die Henne habe ich zum Bauer gebracht, damit sie dort picken darf, aber der Gaul hat sie zertreten, und dafür habe ich den Gaul gekriegt. Den Gaul hat der Ferdinand absaufen lassen. Also habe ich dafür den Ferdinand gekriegt. Den hat mir die Armee kaputtgemacht, so wurde ich Besitzer der Armee. Die hast du nun mir genommen, Welt. Also was will ich?«

109
Sochiti Loch und Kogolkin Pach

Es war, weil es nicht war, nämlich die komplizierte Geschichte von Sochiti Loch und Kogolkin Pach.

Der eine hatte zwei Frauen, und der andere hatte zwei Frauen. Mit einer Frau waren sie verheiratet, und dann hatte noch Sochiti Loch eine Geliebte, und auch Kogolkin Pach hatte eine Geliebte. Aber die Geliebte von dem einen war dieselbe wie von dem anderen. Die Geliebte hieß Marita.

Marita – das wusste weder Sochiti Loch noch Kogolkin Pach – war eine Zauberin. Aber sie war eine Zauberin, die keine Zauberin mehr sein wollte. Es gibt verschiedene Gründe, warum jemand kein Zauberer mehr sein will. Aber glaubt mir, ich bin der Falsche, der euch diese Gründe nennen kann. Denn ich wäre gern ein Zauberer. Bin aber keiner. Weiß also nicht, warum einer keiner sein will.

Marita jedenfalls wollte eine ganz normale Frau sein, die zwei ganz normale, aber ganz verschiedene Liebhaber hat, damit von allem etwas für sie dabei ist.

Sochiti Loch und Kogolkin Pach kannten einander nicht, noch nie hatte einer den anderen gesehen. Denn Marita richtete es so ein: Der eine kam am Morgen, der andere kam am Abend. Und zu jedem von beiden sagte sie: »Hör zu, Sochiti«, sagte sie zu Sochiti Loch. »Hör zu Kogolkin«, sagte sie zu Kogolkin Pach. »Wenn du nicht bei mir bleiben willst, dann kannst du jederzeit kommen. Wenn du aber eines Tages kommst und sagst, du willst bleiben, dann schmeiß ich dich raus!«

Sochiti Loch und Kogolkin Pach waren durch und durch verschieden. Sochiti Loch war klein und zart, Kogolkin Pach war groß und stark. Sochiti Loch liebte es, mit Marita bei Tageslicht, am liebsten am frühen Morgen, zu schlafen, während Kogolkin Pach es nur wollte, wenn es draußen dunkel und drinnen schummrig war. Sochiti Loch aß kein Fleisch, Kogolkin Pach aß nur Fleisch. Sochiti Loch liebte es, wenn Marita ungeschminkt und ungeschmückt war, Kogolkin Pach wollte sie aufgedonnert haben, dass es nur so krachte.

Ein Versteckspiel veranstaltete Marita mit den beiden, und eine Zeitlang ging das gut. Aber dann wurde sie nachlässig. Da gab sie Sochiti Loch ein kleines Stück Fleisch zu essen, aus Versehen, und sie schminkte und schmückte sich ein bisschen vor ihm, aus Unachtsamkeit. Und auf den Teller von Kogolkin Pach kam eines Tages ein Karöttchen zu liegen, knapp neben dem Fleischklotz, und einmal stand sie vor ihm und hatte vergessen, sich die Augenlider nachzuziehen. Aber da schau an! Sochiti Loch aß das Fleisch, und es schmeckte ihm, und Kogolkin Pach biss in die Karotte und wünschte sogar eine zweite. Und zum geschminkten Gesicht sagte Sochiti Loch: »Hübsch, Mensch, hübsch!«, und Kogolkin Pach fand die ungeschminkten Augen »rührend«, so ein Wort hatte er noch nie gesagt.

Und bald war es so, dass Fleisch Sochiti Loch ganz gehörig zu schmecken begann, und bald war es so, dass es Kogolkin Pach gefiel, wenn Marita vor ihn hintrat wie die Natur. Und der eine fand es nun durchaus angenehm, auch gegen Abend hin mit Marita zu schlafen, während der andere nichts dagegen hatte, es bereits am frühen Nachmittag zu tun. – Sie gerieten durcheinander. Alles geriet durcheinander.

Auch zu Hause gerieten Sochiti Loch und Kogolkin Pach durcheinander. Sie benahmen sich anders. Sochiti Loch verlangte nun auch zu Hause Fleisch, und Kogolkin Pach wünschte sich ausdrücklich, dass sich seine Frau nicht schminkte und nicht schmückte. Sochiti Loch aber schenkte seiner Frau Lippenstift und Bürstchen und solche Sachen, und Kogolkin Pach knabberte an Gelben Rüben.

Da sagten die Ehefrauen: »Was ist los? Man kennt sich nicht mehr aus!« Und die eine sagte zu Sochiti Loch: »Wer bist du?« Und die andere sagte zu Kogolkin Pach: »Wer bist du?« Und die eine sagte: »Und wer soll ich sein, wenn du nicht mehr bist, der du bist?« Und die andere drückte sich ähnlich aus.

Bald geriet alles aus den Fugen. Kogolkin Pach kam nun auch am Tag, am frühen Morgen sogar, zu Marita, und Sochiti Loch tauchte zur selben Zeit auf. Und in der Nacht war es nicht anders. Für Marita wurde es immer schwieriger, die beiden in ihrem Haus auseinanderzuhalten. Oft lag Sochiti Loch in ihrem Schlafzimmer, und Kogolkin Pach lag in ihrem Wohnzimmer, und sie lief von einem zum anderen und wieder zurück. Und es kam vor, dass Sochiti Loch ein Männerhusten hörte, und es kam vor, dass Kogolkin Pach ein Männerlachen hörte. Niemand kannte sich mehr aus, und am allerwenigsten kannten sich die beiden Männer aus. Der eine sagte und der andere sagte und beide zu sich selber: »Ich weiß nicht mehr, wer ich bin.«

Vor Marita spielten sie die Starken, aber zu Hause vor ihren Frauen gestanden Sochiti Loch und Kogolkin Pach: »Wir wissen nicht mehr, wer wir sind.«

Da sagten die Frauen: »Na, he! Wenn ihr nicht mehr wisst, wer ihr seid, dann verschwindet! Dann wollen wir euch nicht mehr haben! Wer will einen haben, der nicht weiß, wer er ist!«

Und Kogolkin Pach und Sochiti Loch wurden zu Hause rausgeschmissen!

Ja, wohin gingen sie? Sie gingen zu Marita. Und da standen sie vor ihr – nicht beide nebeneinander, nein, der eine an der Hintertür, der andere an der Vordertür –, und sie sagten: »Ja, also, es ist so … ein bisschen … wollen wir bei dir bleiben … Geht das?«

Das hörte Marita nicht gern. Aber sie hatte ein gutes Herz. Den einen versteckte sie im Wohnzimmer, den anderen im Schlafzimmer. Und einmal schlüpfte sie ins Wohnzimmer, und einmal schlüpfte sie ins Schlafzimmer. Einmal schlüpfte sie zu Kogolkin Pach, und einmal schlüpfte sie zu Sochiti Loch.

Aber so gut war ihr Herz auch wieder nicht, dass sie diesen Zustand ein Leben lang aufrechterhalten wollte, und eines Tages sagte sie: »Ich habe euch gewarnt. Jetzt ist es so weit. Zieht eure Hosen an und verschwindet!«

Und da zogen Sochiti Loch und Kogolkin Pach ihre Hosen an und verließen das Haus, der eine durch die Hintertür, der andere durch die Vordertür. Sie standen nun auf der Straße und wussten nicht, wohin. Nach Hause konnten sie nicht mehr, und zu ihrer Geliebten konnten sie auch nicht mehr. Also wanderten sie in die Welt hinaus.

Und sie gingen und wanderten und waren niedergeschlagen und steckten ihre Hände in die Hosentaschen. Und da merkten sie, dass ihre geliebte Marita ihnen ein kleines Geschenk gemacht hatte. In Sochiti Lochs Hose hatte sie eine Handvoll Erde gesteckt, in die Hose von Kogolkin Pach hatte sie eine

Rasierklinge geschoben. Aber die beiden, weil sie nicht mehr wussten, wer sie waren, hatten die Hosen verwechselt, und deshalb griff Sochiti Loch in die Rasierklinge, und Kogolkin Pach griff in die Erde.

Kogolkin Pach warf die Erde zu Boden, und da sah er, dass aus der Erde Bäume wuchsen und Sträucher wuchsen und Gräser wuchsen. Aber die Erde in der Hosentasche nahm nicht ab, soviel er auch hineingriff und hinter sich warf. Und alles hinter ihm begann zu wachsen und zu wuchern.

Sochiti Loch aber verletzte sich an der Rasierklinge in seiner Hosentasche, und die Wunde blutete. Und dann traf er einen auf der Straße, und dem gab er die Hand, und der fiel um und war tot. Und dann traf er einen anderen, und auch dem gab er die Hand, und auch der fiel um und war tot. Und Sochiti Loch sah, dass seine Wunde an der Hand Leben auslöschen konnte.

Was war geschehen? Marita hatte in ihrer Verwirrung vergessen, darauf zu achten, keine Zauberin mehr zu sein. Es ist sehr anstrengend – angeblich, sagt man, ich weiß es nicht, aber man sagt so –, wirklich sehr anstrengend sei es, kein Zauberer zu sein, wenn man ein Zauberer ist. Jedenfalls, als Marita den beiden ihre Hosen gegeben hatte, geriet sie selber auch durcheinander, alles geriet durcheinander, noch mehr als sowieso, und sie hat ihnen Zauber in die Taschen gesteckt, bösen Zauber.

Und mit diesem bösen Zauber ausgestattet, gingen Sochiti Loch und Kogolkin Pach hinaus in die Welt. Kogolkin Pach wurde ein berühmter Gärtner. Wo immer er auftauchte, ließ er Erde fallen, und es wuchs und wucherte. Sochiti Loch aber wurde ein berüchtigter Mörder. Er ließ sich in den Dienst von Herren stellen. Ganze Städte vernichtete er mit seinem Handschlag.

Und weil sich Kogolkin Pach, der große, auf dem Feld, wo er pflanzte, so viel bücken musste, wurde er kleiner. Und weil sich Sochiti Loch, der kleine, beim Morden so viel strecken musste, wurde er größer. Sie waren mit ihrer Arbeit so beschäftigt und hatten keine Zeit, sich zu rasieren und sich die Haare zu schneiden, deshalb sahen sie bald einer aus wie der andere. Sochiti Loch sah aus wie Kogolkin Pach, und Kogolkin Pach sah aus wie Sochiti Loch.

Bald war die eine Hälfte der Erde Urwald, und die andere Hälfte war tot. Da trafen sie aufeinander. Und der eine sagte zum anderen: »Wer bist du?« Und der andere sagte zum einen: »Wer bist du?« Der eine fragte: »Soll ich dir die Hand geben?« Der andere fragte: »Soll ich dir Erde ins Gesicht werfen?«

So standen sie einander gegenüber. Und dann ging der eine um den anderen herum, und der andere ging um den einen herum. Und das dauerte viele Jahre so. Die Pflanzen hinter Kogolkin Pach starben ab, und die Erde sah bald wieder so aus wie früher. Und die Städte hinter Sochiti Loch begannen sich allmählich wieder zu beleben und sahen aus wie früher.

Aber Sochiti Loch und Kogolkin Pach standen immer noch einander gegenüber, und der eine fragte: »Soll ich dir vielleicht doch die Hand geben?« Und der andere fragte: »Soll ich dir vielleicht doch Erde ins Gesicht werfen?«

Und das geht ewig weiter so, darum schau dazu, dass du nie wirst wie ein anderer!

Die vor der Stadt wohnen, haben mir diese Geschichte erzählt – so oder so ähnlich.

110

Wie aus den einen die anderen wurden

Angefangen hat es, da sind sich alle einig, die davongekommen sind, angefangen hat es bei der kleinen Lotte. An einem Sommertag spielte sie am Waldrand, weil es dort schön kühl war, sie spielte mit ihrer Puppe, die ein Schnäuzchen hatte wie eine Katze. »Hätte ich doch auch nur so ein Schnäuzchen«, sagte die kleine Lotte. Aber sie meinte es nicht so. Sie meinte es als ein Kompliment. Sie unterhielt sich nämlich immer gern mit ihrer Puppe, die beiden waren höflich zueinander, sagten Fräulein Puppe und Fräulein Lotte zueinander und lobten sich gegenseitig. Die Puppe sagte zum Beispiel: »Hätte ich doch nur so schöne blaue Augen wie Sie, Fräulein Lotte!« Darum und nur darum hatte Lotte gesagt, sie hätte gern so ein Schnäuzchen wie Fräulein Puppe. Aber da spürte sie auch schon ein Kitzeln auf der Oberlippe, und als sie hingriff, fühlte sie harte ruppige Haare aus ihrer Haut sprießen. Sie rannte nach Hause, und die Mutter schlug die Hände vor dem Gesicht zusammen, als sie ihr Kind sah. Es hatte nämlich ein Gesicht bekommen wie eine Katze.

Lotte war die Erste.

Als Nächster kam Karli dran. Der war schon gut an die achtzehn Jahre alt und arbeitete beim Bäcker in der Backstube, und er tat das gern. Alle hatten ihn gern, denn er roch immer nach frischem Brot. Um drei Uhr am Morgen war er zur Stelle. Da passierte es ihm einmal, dass er sich beim Herausholen der Weggen aus dem Ofen die Hand verbrannte. Er rief: »Au! Hätte ich doch nur eine Pfote wie ein Wolf, es würde nicht so wehtun!« Und sogleich konnte er blanken Auges zusehen, wie sich seine rechte Hand in eine Wolfspfote verwandelte.

Die Dritte war die Großmutter des Herrn Grafen, der oben auf dem Hügel in seinem Schloss wohnte. Er war ein großzügiger Mann, der jedem Bettler gab, auch wenn derselbe dreimal am Tag anklopfte. Seine Angestellten behandelte er mit Respekt und zahlte ihnen dreimal mehr, als sie irgendwo anders bekommen hätten. Auch seine Großmutter war gütig und freigebig, sie war es ja gewesen, die ihren Enkel erzogen hatte. Da betrat der Herr Graf eines Morgens das Schlafzimmer der Großmutter, weil sie ihn gerufen hatte. »Was ist denn, Oma?«, fragte er. »Ich werde bald sterben«, sagte sie. »Und ich habe so wenig nur von der Welt gesehen. Wenn ich doch ein Vogel wäre, ich würde über das Land fliegen und ein Stück weit über das Meer hinaus und in die Berge hinauf!« Und kaum hatte sie fertiggesprochen, da wuchsen ihr an den Schultern Federn, und die Nase wurde hart und lang und sah bald aus wie ein Schnabel.

Der Herr Graf erschrak und lief los, um einen Arzt zu holen, aber der Arzt wohnte in der Stadt, und die Stadt war doch eine ganze Strecke weit weg, da rief er mitten im Laufen, aber ohne dass es ausdrücklich ein Wunsch gewesen wäre, rief er: »Ein Pferd müsste man sein, dann galoppierte ich in die Stadt und setzte den Doktor auf meinen Rücken, und gleich wäre ich wieder hier!« Der Herr Graf war der Vierte. Denn während er lief, schrumpften seine Füße und wurden hart und formten sich zu Hufen.

Der kleinen Lotte wuchs in der Nacht ein Fell über die gesamte Haut drüber, und ein Schwanz wuchs ihr, die Fingernägel und die Fußnägel wurden dünn und spitz, bis sie Krallen waren. Und als Lottchen am Morgen aufwachte, war sie durch und durch eine Katze. Sie hatte ein sehr hübsches dreifärbiges Fell, das war weich wie Flausch, braun, schwarz und weiß, und die blauen Augen waren ihr geblieben.

Was sagten da ihr Vater und ihre Mutter?

»Wenn unser Kind schon eine Katze geworden ist und wahrscheinlich nie wieder zurück ein Mensch wird, dann wollen wir auch Katzen werden.«

Und das wurden sie. Der Vater wurde ein Kater, die Mutter eine Katze. Und sonst war niemand im Haus.

Der Bäckergeselle Karli war inzwischen ganz ein Wolf geworden, und seine Geliebte, die Isabella, wurde freiwillig eine Wölfin, denn sie war schwanger, und die Hochzeit stand bevor, und Isabella war in sich gegangen und hatte sich gesagt, was für einen Wert kann es haben, wenn der Vater ein Wolf ist, das Kind und die Mutter aber sind Menschen. Und so wurde Isabella eine Wölfin und brachte nicht ein Wolfskind zur Welt, sondern sieben Welpen.

Die Großmutter des Grafen war ein Falke geworden, und sie war sehr glücklich darüber. Sie flog jeden Tag aus und kam erst spät am Abend zurück. Sie fühlte sich so stark, wie sie sich als Mensch in ihren jungen Jahren gefühlt hatte. Sie jagte Tauben in der Luft und schlug Mäuse auf dem Feld und war übermütig und gut gelaunt, und ihre gute Laune verbreitete sich über das ganze Schloss, und ein Diener nach dem anderen wünschte sich nun auch, ein Tier zu sein. Der Stallmeister wurde zu einem Mauersegler, weil so viele davon im Gebälk des Stalles nisteten und er sich immer gedacht hatte, bei der Erschaffung der Mauersegler habe die Natur ihr Bestes gegeben. Der Butler verwandelte sich in eine Bulldogge, aber in eine gutmütige, das war übrigens naheliegend, denn schon als Mensch hatte er ausgesehen wie eine Bulldogge. Das Zimmermädchen wurde zu einem Füchslein, aber zu einem, das nach Lavendel roch, sie war nämlich als Mensch schlau gewesen und ausnehmend hübsch, und gut gerochen hatte sie immer.

Der Herr Graf war rundum ein Pferd geworden, ein stattlicher Hengst, sein Schweif war wie Seide, seine Mähne wie der Schmuck auf dem Helm eines Helden, sein Fell glänzte und spiegelte, und sein Gebiss war vorbildlich einwandfrei. Ihm kam vor, ein Pferd zu sein, sei eindeutig eine Verbesserung. Man musste sich zum Schlafen nicht mehr hinlegen, man blieb einfach stehen, wo man war, nicht einmal die Augenlider musste man ganz herunterlassen, und wenn man erwachte, war man sofort wach und brauchte keine Anlaufzeit. So ausgiebig schwärmte er im Club vom Pferdsein, dass ein Großteil der übrigen Mitglieder sich dazu entschlossen, es ihm gleichzutun. Einige allerdings ergriffen die Flucht. Ebenso wollten nicht alle Bediensteten im Schloss Tiere werden.

Die Zeit verging. Kätzchen Lotte wurde eine Katze, und zwar eine wunderschöne. Ihr Ruf drang über die Grenzen der Gattungen hinweg, und eines

Tages begegnete sie draußen am Waldrand dem Wolf Karli, der inzwischen Vater von gut zwanzig Wölfen war und sich nicht mehr drüber hinaussah, der manchmal sogar zum Vollmond hinauf weinte, weil ihm alles zu viel wurde und er schon so lange nicht mehr mit seiner Wolfsfrau vertraulich gewesen war, wie früher, als sie noch zu den Menschen gehörten.

Kätzchen Lotte traf Wolf Karli, und sie sah ihm den Kummer an und fragte: »Kann es sein, dass du dich zurücksehnst?«

»Manchmal«, sagte er. »Und du?«

»Ja, ich auch manchmal«, gestand Kätzchen Lotte.

Sie gaben sich die Pfoten und seufzten und schauten auf das Feld, das vor ihnen lag, das nicht mehr gepflügt wurde, auf dem nicht mehr gesät wurde, auf dem nichts mehr geerntet wurde.

»Wenn ich nach Hause komme«, klagte Wolf Karli, »dann bemerkt es niemand. Es ist, als gäbe es mich gar nicht.«

»Du hast wenigstens ein Zuhause«, sagte Kätzchen Lotte. »Ich habe niemanden.«

»Aber warum das?«, fragte Wolf Karli. »Du bist doch so schön. Jeder Kater würde sich doch das Fell lecken, wenn er dich bekäme.«

»Ach«, lachte da Kätzchen Lotte, »weißt du denn gar nicht Bescheid über uns Katzen? Katzen leben allein. Katze und Kater treffen sich einmal oder zweimal im Jahr. Sonst ziehen sie ganz für sich herum. Es ist nicht so wie bei euch Wölfen.«

»Wir leben im Rudel«, sagte Karli, »nie ist man allein, und nie ist man zu zweit. Immer sind die Kinder um einen herum und die Verwandtschaft und die Kinder der Verwandtschaft und die Kinder der Kinder der Verwandtschaft. Es ist manchmal schwer, glaub mir.«

Nun hielten sie sich schon lange Zeit an den Pfoten. »Schade«, sagte Lotte, »schade, dass du ein Wolf bist und ich eine Katze.«

»Ja, schade«, sagte Karli.

Zur gleichen Zeit trafen sich Mauersegler und Falke. Sie landeten nebeneinander auf der Dachrinne des Schlosses.

»Ich sollte dich eigentlich jagen«, sagte der Falke. »Aber ich tu's nicht.«

»Du würdest mich ohnehin nicht erwischen«, lachte freundlich der Mauersegler. »Ich bin zu flink.«

Früher war der Mauersegler der Angestellte des Falken gewesen, das war in der Zeit, als sie beide noch Menschen waren. Nun waren sie Vögel. Und waren gleich.

»Hast du inzwischen die Welt gesehen?«, fragte der Mauersegler.

»Einigermaßen«, sagte der Falke.

»Und?«

»Ja.«

Und wieder zur gleichen Zeit traf das Pferd auf das Füchslein. Sie tranken gemeinsam aus dem Bach, der unten am Schloss vorbeifloss.

»Darf ich ehrlich sein?«, fragte das Pferd.

»Aber ja!«, lachte das Füchslein und zeigte sich von seiner schönsten Seite.

»Als du noch unser Zimmermädchen warst«, sagte das Pferd, »da hast du mir so gut gefallen.«

»Warum hast du es mir nicht gesagt?«, fragte das Füchslein.

»Ich dachte, es wäre nicht anständig.«

»Und jetzt ist es anständig?«

»Ach«, seufzte nun auch das Pferd, »was haben Fuchs und Pferd denn schon gemeinsam!«

Sie gingen auseinander und waren traurig. Das Füchslein drehte sich um und dachte, wenn er sich auch umdreht, dann sag ich es ihm. Sie wartete, dann ging sie davon. Und in diesem Augenblick drehte sich das Pferd um, und es dachte nicht anders, als das Füchslein gedacht hatte, und ging dann auch davon.

Die Bäume waren Zeuge. Sie sahen alles und hörten alles. Sie rauschten im Wind, und die Esche wollte eine Eiche werden, und die Buche wollte eine Tanne werden. Die Sterne blickten auf die Erde nieder, und sie wollten gern wie die Steine sein, die rund und weiß im Bachbett lagen und um die herum die kleinen Wellen spielten. Nur die Steine wollten Steine bleiben.

III

Der beste Dieb der Welt

Der Tschawo war ein armer Mann, alles ist ihm genommen worden. Das heißt, er hat sich selber alles genommen – trinken, spielen … Das ganze Leben hat er sich selber gestohlen. Und am Ende ist ihm die Frau davon.

Er sagt zu ihr: »He, du, bring mir Tabak!«

Sie sagt: »He, du, gib mir Geld!«

Er sagt: »Mit Geld Tabak holen, das kann bei Gott jeder.«

Gut, sie geht und kommt nach zwei Stunden wieder, haut die hohle Hand auf den Tisch und sagt: »Hier, rauch!«

Und er sagt: »Wie? Und wo ist der Tabak?«

Und sie sagt: »Mit Tabak rauchen, das kann bei Gott jeder.«

Und dann lässt sie ihn allein, den Tschawo, den armen Mann, den armen.

Und der Tschawo, der denkt nach. Jetzt ist die Zeit gekommen, da muss der Tschawo nachdenken. Anschließend geht er in die Stadt. Er will zum Bürgermeister. Da ist aber ein Sekretär. Der möchte wissen, wer er ist.

»Also gut«, sagt der Tschawo. »Ich bin der Tschawo. Jawohl, der bin ich.«

»Ist schon recht«, sagt der Sekretär. »Deswegen braucht niemand herumzubrüllen. Aber jetzt schreib mir erst einmal deinen Namen hierher!« In eine Liste soll der Tschawo seinen Namen schreiben. »Dann weiß ich, wann du drankommst«, sagt der Sekretär. »So wird das bei uns gemacht.«

Aber das kann der Tschawo nicht. Er kann nämlich nicht schreiben, und lesen kann er auch nicht. Und er sagt: »Hör zu, Sekretär, ich habe einen merkwürdigen Namen, musst du wissen. So einen gibt es nur einmal auf der Welt. Der schreibt sich ganz anders, als er sich liest. Das ist, wie wenn einer Petrus heißt und sich wie Paulus schreibt, verstehst du. Das hat gar keinen Sinn, wenn ich jetzt hierher meinen Namen schreibe. Da kennt sich dann überhaupt keiner mehr aus. Das wollen wir doch nicht, oder?«

Das sieht der Sekretär ein, und er lässt den Tschawo zum Bürgermeister.

Zum Bürgermeister sagt der Tschawo: »Grüß Gott, Herr Bürgermeister, ich bin der beste Dieb der Welt. Ich schätze, so einen wie mich kannst du brauchen.«

»Mhm«, sagt der Bürgermeister. »Den besten Dieb der Welt, den könnt ich brauchen. Wer in meiner Position könnte den nicht brauchen? Beweise es mir, dass du der bist!«

»Wie soll ich das beweisen?«, fragt der Tschawo.

»Klau mir den Pfarrer!«, sagt der Bürgermeister.

»Den ganzen Pfarrer?«

»Den ganzen Pfarrer. Den halben wär ja leicht. Ich will aber den ganzen haben.« So sagt der Bürgermeister.

Und der Tschawo nickt und sagt: »Gib du mir Spesen, dann klau ich dir den ganzen Pfarrer!«

Gut. Der Bürgermeister gibt dem Tschawo Geld. Und davon kauft sich der Tschawo zwanzig lebendige Krebse und zwanzig Kerzen und dazu noch einen Kartoffelsack, einen starken. Und dann geht er in der Nacht in die Kirche und klebt die Kerzen auf die Krebse und zündet die Kerzen an. Und dann hängt er sich mit den Armen ans Glockenseil, und die Glocken läuten, als wär das Läuten eben erst erfunden worden. Und der Pfarrer wacht auf und kommt gelaufen, hat unter dem Rock das Nachthemd noch an. Und er eilt in die Kirche. Er will wissen, was da los ist. Weil es noch nie mitten in der Nacht geläutet hat.

Da sieht der Pfarrer Lichter, die sich am Boden bewegen. Er sieht ja die Krebse nicht, die unter den Kerzen sind, er sieht nur die Lichter, und die bewegen sich. Der Pfarrer meint, die Lichter sind die Seelen der Verstorbenen beim Jüngsten Gericht. Also denkt der Pfarrer, die Welt ist untergegangen, und er ist gerade rechtzeitig noch in die Kirche gekommen.

Der Tschawo aber steht hinter dem Altar und ruft mit tiefer Stimme: »Knie nieder, Sünder! Schließ die Augen, Sünder. Rutsch auf den Knien, Sünder!«

Und das tut der Pfarrer. Er will ja in den Himmel. Und er denkt sich nichts anderes, als dass diese Stimme, die da so tief ruft, die Stimme seines Gottes ist. Er kniet nieder, schließt die Augen und rutscht auf den Knien – und rutscht dem Tschawo direkt in seinen Kartoffelsack hinein, in den starken.

Und der Tschawo verschnürt den Sack und trägt ihn auf seinem Rücken zum Bürgermeister.

»Hier«, sagt er, »Pfarrer geklaut!«

Der Bürgermeister sagt: »Das war gut. Du bist ein guter Dieb. Daran gibt es nichts zu rütteln. Aber wenn du wirklich der beste Dieb der Welt bist, dann musst du mehr können, als einen dummen Pfarrer aus seiner Kirche zu klauen.«

»Und was muss ich dazu noch können?«, fragt der Tschawo.

»Ja«, sagt der Bürgermeister, »das ist mir jetzt ein bisschen peinlich, das zu sagen. Weil es intim ist. Aber wenn du wirklich der beste Dieb der Welt bist, dann musst du es fertigkriegen, in der Nacht meiner Frau das Nachthemd vom Leib zu stehlen und ihr den Ehering vom Finger zu klauen.«

»Und was ist, wenn es mir doch gelingt?«, fragt der Tschawo.

»Machen wir es so«, sagt der Bürgermeister. »Wenn dir dieses Kunststück gelingt, dann werde ich zurücktreten, und du sollst der Bürgermeister sein. Und obendrein bekommst du meine schöne Frau.«

Der Tschawo aber fragt weiter: »Und was ist«, fragt er, »wenn es mir, angenommen, nicht gelingt?«

Da sagt der Bürgermeister: »Dann, ja dann, dann hau ich dir mit diesem Beil den Kopf ab, ganz einfach.« Und er zeigt ihm das Beil.

»Gut«, sagt der Tschawo. »Abgemacht. Ich brauch aber noch einmal Spesen.«

Der Bürgermeister lacht und gibt ihm noch einmal Geld.

Und was macht der Tschawo? Der kauft von dem Geld einen Spaten, und mit dem Spaten geht er auf den Friedhof und gräbt einen Toten aus. Einen frischen Toten. Und den schleppt er in der Nacht zum Haus des Bürgermeisters. Und den stellt er unter das Schlafzimmerfenster des Bürgermeisters. Und den hebt er hoch. Und das sieht von innen so aus, als ob einer durchs Schlafzimmerfenster hereinsteigen will.

Das ist dieser Tschawo, der Idiot, denkt der Bürgermeister, der neben seiner schönen Frau im Bett liegt. So blöd stellt der sich an. Also dass er sich so blöd anstellt, das hätte ich nun wirklich nicht gedacht. Und zu seiner Frau sagt er: »Siehst du das?« Und sie sagt: »Ja, das sehe ich. Was ist das?« Und er sagt: »Ich erklär dir das später. Warte einen Moment. Ich muss das erst in Ordnung bringen.«

Der Tschawo hebt den Toten jetzt noch höher zum Fenster hinauf, und der Kopf des Toten neigt sich ins Schlafzimmer des Bürgermeisters. Da nimmt der Bürgermeister das Beil, das er sich zurechtgelegt hat, und haut dem Toten den Kopf ab.

Und sagt zu seiner Frau: »Ich erklär dir das später. Erst geh ich schnell nach draußen und räum die Sauerei weg, nicht dass die Nachbarn auf irgendwelche Ideen kommen.«

Und als der Bürgermeister das Schlafzimmer verlassen hat, kommt der Tschawo zur Tür herein, macht aber kein Licht, tut so, als ob er der Bürgermeister wäre, und verstellt seine Stimme und sagt zu der Frau: »Ach, weißt du was, das mach ich doch erst später. Hab erst Lust auf dich, Frau. Zieh dein Nachthemd aus!«

Die Frau tut das, und der Tschawo schläft mit ihr. Und bei dieser Gelegenheit zieht er ihr auch den Ehering vom Finger.

Und dann sagt er. »So, jetzt will ich doch hinausgehen und draußen aufräumen.«

Und grad als er draußen ist, kommt der Bürgermeister herein, in derselben Sekunde kommt er herein, und er sagt: »So, ich habe draußen aufgeräumt. Jetzt habe ich Lust nach dir, zieh doch dein Nachthemd aus, Frau!«

Und da sagt die Frau: »Bist du meschugge geworden? Du hast doch gerade dasselbe gesagt und dasselbe getan! Was ist das für ein Spiel? Was für ein Nachthemd soll ich denn ausziehen? Hast es mir doch schon ausgezogen!«

Da kommt der Tschawo zur Tür herein, macht Licht, weist Nachthemd und Ring vor und hat gewonnen.

Da wird der Tschawo der neue Bürgermeister und kriegt die Frau.

Und ich sag euch etwas: Der Tschawo war ein guter Bürgermeister. Ein bisschen korrupt war er, das schon, ja. Aber sonst war er ein guter Bürgermeister. Eigentlich hat er nur in die eigene Tasche gearbeitet. Aber sonst war er ein richtig guter Bürgermeister. Und am Ende will der Tod ihn holen.

Und der Tod steht vor dem Tschawo und sagt: »Du bist dran, Tschawo. Jetzt bist du dran.«

Und der Tschawo sagt: »He, nein! He, das ist ein Versehen! Das glaube ich dir nicht.«

Der Tod sagt: »Daran gibt es nichts zu rütteln. Und Versehen gibt's bei mir sowieso nicht. Du stehst hier auf meiner Liste.«

Und Tschawo sagt: »Ach so! Dann! Ja, das kann ich erklären. Das ist nämlich so: Mein Name, der schreibt sich ganz anders, als er sich ausspricht. Das ist, wie wenn einer Petrus heißt und sich Paulus schreibt. Es ist eine Verwechslung. Lass mich die Liste sehen, Tod!«

Der Tod gibt ihm die Liste.

Da reißt der Tschawo die Seite aus dem Auftragsbuch des Todes und verschluckt sie.

»Ja, gut«, sagt der Tod. »Das ist weiter kein Problem. Ich habe eine Kopie.«

Und er holt mit seiner Sense aus. Da hat es den Tschawo erwischt. War auch nicht anders zu erwarten.

Herumziehende Dorfmusikanten erzählen diese Geschichte gern. Zwischen ihren Liedern erzählen sie, erst das erste Stück der Geschichte, dann das zweite und so weiter, bis sie die ganze Geschichte erzählt haben. Und während sie spielen und erzählen, klauen sie den Leuten das eine oder andere aus dem Hosensack oder aus dem Damentäschchen, und wenn einer sie fragt, wie sie heißen, antworten sie: »Tschawo.« Und wenn einer fragt, wie man das schreibt, dann sagen sie …

112

Rotz-Risto

Nein, Märchen sind nicht schön! Das müsst ihr mir glauben. Es ist die Hässlichkeit in ihnen erfunden worden. Märchen riechen auch nicht gut. Es ist der Gestank in ihnen erfunden worden. Jawohl: Erfunden worden ist der Gestank in diesem Märchen hier, das ich euch gleich erzähle. Bis dahin hat es nämlich nur schlechten Geruch gegeben. Als dieses Märchen zum ersten Mal erzählt wurde, gab es den Gestank. Ab diesem Augenblick. Keinen Blick vorher. Jawohl!

Irgendwo – also, bitte, um Himmels willen, fragt mich doch nicht, wo das war! – irgendwo, sag ich, lebte der junge Risto. Der war ein Bursch, sag ich euch: ein schlanker, ein gut gebauter, auch ein gescheiter, einer, dem nicht die Zunge im Mund klebte, nein, einer, der reden konnte. Dem sind Nachtigallen aus dem Mund geflattert, jedoch nur, wenn er ein hübsches Mädchen gesehen hat.

Aber!

Aber er war faul. Der Risto war ein Faulpelz erster Ordnung. Über ihn wurde gesagt, er hätte die Faulheit erfunden. Bis der Herr Risto in der Welt erschienen war, so sagte man, habe es nur so etwas gegeben wie: wenig Fleiß. Ab dem Risto gab es die Faulheit. – Also, ich muss schon sagen, wenn ich so schön wär wie der Risto war, wozu dann Fleiß? Also, ich wär auch ein Fauler …

Risto saß am liebsten am Wegrand und schaute zu. Für den Faulen gibt es immer etwas zu sehen. Immer bewegt sich etwas. Der Faule schaut zu, und es bewegt sich etwas. Und wenn er wegschaut, bewegt es sich immer noch. Also warum sollte der Faule aufstehen und etwas tun, wenn sich ohnehin alles bewegt, egal, ob er hinschaut oder nicht hinschaut?

Da kam eines Tages ein Mann auf einem Fuhrwerk daher, der sah allen

Menschen ähnlich. Jawohl, das gibt es. Er sah allen Menschen ähnlich, als wäre er aller Menschen Vater, und der sagte zu Risto: »Ist etwas?«

»Nichts«, sagte Risto. Leicht hätte er sagen können: Nein, mein Herr, es ist nichts. Aber das wär zu viel Arbeit gewesen für sein Mundwerk, denn der Mann, der allen Menschen ähnlich sah, war kein hübsches Mädchen.

»Willst du Arbeit?«, fragte der Allerweltsmann.

»Nur ganz leichte«, sagte Risto.

»Dann sitz auf«, sagte der Mann.

Ab ging's zum Hof, und schon saß Risto in einem großen Steinsaal an einer großen Steintafel, auf einem sehr bequemen Sessel saß er.

»Was jetzt?«, fragte Risto.

»Jetzt«, sagte der Mann, »kommt die Arbeit.«

»Aber nur eine ganz leichte«, erinnerte ihn Risto.

»Von den leichtesten Arbeiten die allerleichteste«, sagte der Mann. Er legte einen Taler neben Ristos Hand auf den Steintisch. »Nimm den und schlag ihn auf den Tisch! Tu das!«

Risto tat es, und da war kein Blechtaler mehr da, nun waren es zwei Silbertaler.

»Tu es noch einmal«, sagte der Mann.

Und Risto tat es noch einmal, da waren es vier Silbertaler.

»Geht das so weiter?«, fragte Risto.

»Das geht so weiter«, sagte der Mann.

»Und das ist meine Arbeit?«

»Das ist deine Arbeit.«

»Das ist eine leichte Arbeit.«

»Ja«, sagte der Mann, »das ist fürwahr eine leichte Arbeit.«

»Und sonst?«, fragte Risto. »Sonst ist nichts dabei?«

»Sonst?«, sagte der Mann, »sonst darfst du nicht aufstehen, du darfst dir die Nase nicht putzen, der Rotz läuft dir heraus, und du darfst nichts dagegen tun, und du musst dein Wasser lassen, wo du sitzt, und darfst es nicht aufwischen, und auch die große Notdurft musst du unter dich lassen und darfst nicht putzen und nicht kehren, und wirst gefüttert werden von meinem Knecht und darfst dich nicht waschen, auch nicht die Ohren putzen darfst du und nicht den Hals ausspülen, und das alles dauert drei Jahre.«

Das hat Risto verstanden, es war ja nicht schwer zu verstehen.

Aber zu machen war es schwer. Mach das einmal! – Also, ich, ich weiß nicht, ob ich das könnte. Könntest du das?

So saß Risto, ließ den Rotz rinnen und schlug einen Taler nach dem anderen auf den Steintisch, und immer wurden aus einem Blechtaler zwei Silbertaler. Und als beinahe drei Jahre um waren, war der Steinsaal voll bis fast zur Decke mit Silbertalern und Dreck, und mittendrin saß Risto, schwarz war er von Dreck, und die Fliegen saßen auf seinem Gesicht, und nur noch selten nahm er einen Taler und schlug ihn auf den Tisch, denn es bestand Gefahr, dass er in Talern und Dreck erstickte, der Risto. Und er schlug den Taler nicht mehr aus Gier auf den Tisch, sondern nur noch, um die Zeit hinter sich zu bringen, denn er meinte, die Zeit vergehe ein wenig schneller, wenn sie mit Talerschlagen in Stücke gehauen wird.

Damals, glaubt mir, damals ist der Gestank erfunden worden! Man hat ihn gerochen, den Gestank, bis weit in die Nachbarschaft hinaus.

Und in der Nachbarschaft lebte ein Mann, der hatte keine Frau mehr, aber drei Töchter, die hießen die Erste, die Zweite, die Dritte. Dieser Mann war verschuldet wie ein Flohsack, und er sagte zu der Ersten: »Ich weiß, in dem Nachbarshof drüben lebt ein Mann, der hat viel Geld. Geh und frag ihn, ob er leiht. Das ist der, der so stinkt. Halt dir die Nase zu und frag ihn!«

Die Erste ging, und als sie den steinernen Saal betrat, schlug ihr ein Gestank entgegen, so einen hatte es bis dahin noch nicht gegeben in der Welt, denn bis dahin hatte es nur schlechten Geruch gegeben. Sie atmete durch den Mund und sagte: »Krieg ich Geld?« Die Tränen rannen ihr herunter. Nicht, weil sie traurig war, was sie auch hätte sein können, denn der Risto war ein trauriger Anblick. Nein, weil es so gestunken hat, sind ihr die Tränen über die Backen gelaufen.

»Ja«, sagte Risto, »ich geb dir Geld, so viel, wie du willst. Kannst alles mitnehmen. Aber!«

»Was aber?«, fragte die Erste.

»Du musst …«

»Was muss ich?«

»… mir einen Kuss geben.«

Das konnte sie nicht. Nein, das konnte sie nicht! Der Risto hatte ja ein

Gesicht, das war mit drei Jahre alten Rotzschichten bedeckt! Das konnte sie nicht, nein, den Risto küssen, das konnte sie einfach nicht!

»Wer so stinkt«, sagte sie, »der kann sterben, und niemand weint, und dem Teufel ist er ein Kehricht.«

Zu Hause sagte sie: »Ich habe es nicht gekonnt.«

»Du Dumme!«, sagte die Zweite. »Der Vater verliert alles! Ich gehe.«

Sie ging, und es war nicht anders. Der ganze Risto war ja zugekrustet mit Dreck, der aus allen möglichen menschlichen Löchern stammte, nein, das konnte sie nicht, das konnte sie einfach nicht!

»Wer so stinkt«, sagte sie, »der kann sterben, und niemand weint, und dem Teufel ist er ein Kehricht.«

Und die Dritte, die Jüngste, rief aus: »Wenn er wirklich so stinkt! Wenn er wirklich so aussieht! Muss ich? Muss ich denn wirklich zu ihm gehen?«

Und es hieß: »Ja, du musst!«

Die Jüngste nahm Wasser und Seife mit und gutriechendes Öl. Und sie betrat den elenden Steinstinksaal, in dem Risto, eingesunken in einen Dreck- und Silberberg, saß, und sagte: »Ich will leihen für meinen Vater.«

»Und ich will einen Kuss«, sagte Risto.

Die Jüngste öffnete die Augen – die hatte sie nämlich zugemacht, als sie den Saal betrat –, sie öffnete die Augen und sah Risto an. Und Risto lächelte. Er hat auch bei der Ersten und der Zweiten gelächelt, die haben das Lächeln aber nicht gesehen, weil es ihnen nicht gelang, durch den Dreck hindurchzuschauen. Die Jüngste aber sah das Lächeln. Und sie sah, dass es ein schönes Lächeln war. Und sie lächelte auch.

Und Risto bekam den Kuss. Die Jüngste vergaß sogar, sich den Mund hinterher zu waschen mit Seife und Wasser und gutriechendem Öl, wie sie es sich vorgenommen hatte. Sie küsste den Risto sogar noch einmal, diesmal auf eigene Rechnung sozusagen. Nicht, weil es Risto verlangt hat, küsste sie ihn, sondern weil sie es selber wollte. Und dann wollte er es noch einmal, und sie tat es wieder, und sie tat es gern.

»Nimm dir, was du willst«, sagte Risto.

Die Dritte schleppte Silbertaler, so viel sie konnte, lud sie auf eine Schubkarre, brachte sie nach Hause, und der Vater war gerettet.

Dann waren die drei Jahre um, der Mann, der wie aller Menschen Vater aussah und in Wahrheit der Teufel war, kam und sagte: »Habe ich denn deine Seele nicht?«

»Nein«, sagte Risto, »die hast du nicht.«

»Dann will ich dich waschen«, sagte der Teufel.

Drei Stunden für die Haut, drei Stunden für die Haare, drei Stunden für die Zähne. Dann noch die Haare geschnitten. Dann noch rasiert. Dann noch die Nägel geschnitten an den Händen und den Füßen. Dann noch eingeweicht in Rosenwasser den ganzen Mann. Außerdem stattete ihn der Teufel mit feinsten Kleidern aus, nur Seide und Samt, und er sagte:

»Geh hinüber zum Nachbarn und bitte um die Hand von der Jüngsten.«

Das tat der Risto. Aufgemacht hat ihm die Erste, die wollte ihn gleich haben. »Du stinkst«, sagte Risto. »Wer so stinkt, der kann sterben, und niemand weint, und dem Teufel ist er ein Kehricht.«

In die Stube begleitet hat ihn die Zweite. Zu ihr sagte Risto jedes Wort genauso.

Die Dritte aber, die er die Jüngste nannte, die nahm er in den Arm, und Hochzeit war.

Und der Teufel?

Der Teufel hat auch etwas gekriegt. »Ich hoffte auf eine Seele«, sagte er, »und habe dann zwei gekriegt.«

Der Teufel ist ja auch der Herr der Fliegen, und so wird er auch genannt. Darum rief er die Fliegen zu sich, die es sich drei Jahre lang bequem gemacht hatten in dem steinernen Saal, wo Risto Blech zu Silber gehauen hatte, und der Teufel sagte zu den Fliegen: »Meine Kleinen, meine Süßen, meine Herzblättchen, meine Lieblinge, fliegt doch los ins Nachbarhaus hinüber, dort warten zwei Mädchen auf euch, die umfliegt und umschwärmt und hebt sie hoch und bringt sie mir hinunter in den Höllenschlund!«

Das taten die Fliegen. Tausende und Abertausende setzten sich auf die Schultern, den Kopf, die Brust der Ersten und der Zweiten, und sie flatterten mit ihren kleinen Flügelchen und hoben die Erste und die Zweite hoch und trugen sie in die Hölle hinunter.

113

Die Mordau

Ich kannte einen Märchenerzähler, ich sag euch, der konnte erzählen, da hat man, entgegen allem Wollen, nicht anders können, als Wort für Wort mit dem eigenen Mund still nachzuformen, was er mit seinem laut vorgab. Und Worte verwendete er! Und Wendungen! Darf ich ein Beispiel nennen? Da hieß es in einer seiner Geschichten: »Er stürzte mit einem grässlichen Aufschrei hinab in die Tiefe, einen elenden Tod findend.« Uns blieb allen miteinander der Mund offen, als würde die Unterlippe die Oberlippe nicht finden können. Dieser Erzähler eben, der hat mir die folgende Geschichte mitgegeben, und ich habe sie in meine Zunge eingewickelt und gehätschelt bis heute.

Es war einmal unter dem Watzmann eine Alm, wo die saftigsten Kräuter wuchsen, wo Blau blauer, Gelb gelber, Grün grüner und Rot, falls es Rot gab, röter waren als unten im Tal. Und Rot gab es. Nicht viel Rot. Nur ein Rot. Nämlich die Lippen der Sennerin. Dort, wo die Lippen bei ihr waren, wollte das Blut aus dem Körper schauen. Darum hat es sich an dieser Stelle so nach vorn gedrängt, und darum war ihr Mund röter als alles, was je rot war. Und was wollte ihr Blut sehen? Männer. Denn wenn die Augen der Sennerin einen Mann sahen, wurde ihr das Blut heiß, und irgendwann, völlig verständlich, wollte das Blut wissen, was das ist, was es so heiß macht, und darum hat es sich in die Lippen gedrängt, in die Augen durfte es nämlich nicht, das wär dann eine Krankheit gewesen.

Ich mach's kompliziert, ich geb's zu. Aber ich will ja, dass ihr euch etwas vorstellen könnt. Die Lippen von der Sennerin sind nämlich von größter Bedeutung für die Geschichte.

Da war ein guter Kerl, der war der Sennerin ihr Schatz. Ein Schreiner, der mit Kühen und Ziegen von Haus aus nichts am Hut hatte, der in die Stadt

ziehen wollte, wo es anders riecht. Er wollte die Sennerin mitnehmen in die Stadt, wo es schöne Kleider gibt, die auch anders riechen, und gute Speisen gibt, die ebenfalls anders riechen. Aber wisst ihr, was sie dem Schreiner antwortete? Ob er sie denn in ihrem simplen Gewand nicht schön genug finde. Das klingt doch bescheiden. Und wir sind gewohnt, einen bescheidenen Menschen auch für einen guten Menschen zu halten. Stimmt in diesem Fall aber nicht.

Die Lippen, der Mund, das Rote – ich sag's euch! An nichts anderes dachte die junge Frau öfter als an ihren Mund. Und sie fürchtete, in der Stadt, wo es bekanntlich von allen Farben am meisten die rote gibt, könnte ihr Mund untergehen. Könnte sie untergehen. Es könnte sein, dachte sie, dass in der Stadt nicht alle Männer verrückt nach mir sind. Es könnte sein, dachte sie, dass in der Stadt Frauen leben, die nicht weniger schön sind als ich. Diese Gedanken waren für sie unerträglich. Herauf auf die Alm, dachte sie, kommen nur wenige Männer, aber die möchte ich haben, alle. Ich möchte sehen, wie sie den Verstand verlieren unter meinem Mund.

»Man stelle sich das vor!«, rief der Erzähler aus, der mir diese Geschichte mitgegeben hat. »Man stelle sich das vor!«

Also hat sich der gute Schreiner überreden lassen, er hat sein Geschäft für den Sommer zugemacht und ist zu seinem Schatz hinauf auf die Alm gezogen. Und hat sich ganz in ihren Besitz begeben. Was die den schikaniert hat! Alles hat er für sie machen müssen. Aber nicht, weil sie selbst etwa faul gewesen wäre, das war sie nicht. Sondern, um zu beweisen. Immer wollte sie etwas bewiesen haben. Ob er sie liebt. »Ja«, sagte er, »ja, ja, ja, ja, ja!« – »Dann geh jetzt in der Nacht in den Stall und hol mir ein Glas Ziegenmilch.« Was er getan hat. Getrunken hat sie es nicht. Immer wollte sie etwas bewiesen haben. Und er hat es ihr immer bewiesen. So lange, bis er ihr auf die Nerven gegangen ist. Aber wie!

Gerade zur rechten Zeit ist er ihr auf die Nerven gegangen. Nämlich, ein Jäger ist auf die Alm gekommen. Dem ist die Sennerin im Wald begegnet. In den Wald ist sie gegangen, um zu sehen, ob der Schreiner, ihr Schatz, sie sucht. Denn nur, wenn er sie sucht, wäre bewiesen … und so weiter. Sie versteckte sich hinter einem Baum, sie hörte Schritte, dachte, jetzt will er schon wieder beweisen, anstatt dass er endlich einmal nicht beweisen will, da sieht sie, dass es nicht der langweilige Schreiner ist, den sie am liebsten gewürgt hätte, sondern ein anderer, eben der Jäger.

Die Sonne schien zwischen den Baumstämmen hindurch, und der goldenste Strahl fiel auf ihren Mund, hinter dessen Haut sich das Blut drängte, um zu sehen, was dort draußen geschieht. Und dem Jäger war, als wäre vor seinen Augen sein Leben explodiert, und die Lippen, die er sah, wären nichts anderes als Flammen. In den Sinn kam ihm: Zwei Möglichkeiten gibt es – entweder ich erschieße sie gleich, oder wir landen beide in der Hölle.

»Man stelle sich das vor!«, rief der Erzähler aus, der mir diese Geschichte mitgegeben hat. »Man stelle sich das vor!«

»Einen anderen gibt es, der ist uns im Weg«, sagte die Sennerin zum Jäger. »Beweis mir, dass du mich liebst!«

»Ich weiß ja gar nicht, ob ich dich liebe«, sagte der Jäger. »Ich weiß nur, dass ich dich haben will. Aber das hat nicht unbedingt mit Liebe etwas zu tun.«

»Dann beweis mir, dass du mich haben willst«, sagte sie. »Beseitige den anderen!«

»Wenn ich dich haben will, nehme ich dich«, sagte der Jäger. »Ich muss nichts beweisen.«

Das hat sie gefreut. Einerseits. Andererseits hat es sie gewurmt. Und auch dass der Jäger, nachdem er sie gehabt hat, ins Tal hinunter ist und nicht über Nacht bei ihr bleiben wollte, hat sie gewurmt.

»Und wo soll ich schlafen«, hatte er sie gefragt, »zwischen dir und ihm?«

»Dann beseitige ihn!«, hatte sie ihm geantwortet.

»Für einen Schlafplatz allein bring ich niemanden um«, hatte er gesagt und war gegangen.

Das hatte sie gewurmt.

Aber der Mund, der rote, der hatte sich als Bild unter die Augenlider des Jägers gelegt, und als der Jäger in der Nacht die Augen schloss, flammte vor ihm dieses Rote auf, und wieder musste er bei sich denken: Ich erschieße sie, oder wir landen beide in der Hölle.

Am Morgen hatte er sich mit der Hölle ausgesöhnt, und noch ehe die Sonne aufging, machte er sich auf den Weg hinauf zur Alm unter dem Watzmann. Er stellte sich am Waldrand neben eine Tanne und ließ einen Pfiff los. Den hörte die Frau in der Hütte, und sie trat vor die Tür.

»Was war das?«, fragte der gute Schreiner, der noch im Bett lag.

»Ach, ein Vogel«, sagte sie und winkte dem Jäger zu und gab ihm Zeichen, er solle auf sie warten, sie komme gleich zu ihm.

»Nur ein Vogel«, beruhigte sie den Schreiner, und der glaubte ihr, denn er war satt von der Liebe, die sie ihm gleich nach dem Aufwachen gegeben hatte. Die satt machende Liebe war daher gekommen, weil sie dabei an den Jäger gedacht hatte.

»Ich will sehen, was für ein Vogel es ist«, rief sie und lief hinüber zum Waldrand hinein in die Arme des Jägers.

»Ich beseitige ihn«, sagte der Jäger. »Schick ihn in den Fels hinauf, den Rest mache ich.«

»Ja, gib ihm den Rest!«, zischte sie, und ihre Lippen glühten.

Beim Frühstück, dem Schreiner gegenübersitzend, dem guten, säuselte sie: »Ach, mein Liebhaber, mein großer, liebst du mich?«

»Und wie!«, sagte der Schreiner in ganzer Ehrlichkeit.

»Dann beweise es mir«, sagte sie.

»Wie denn?«

»Pflück mir einen Strauß Edelweiß, von den schönsten, wie sie nur im Fels vom Watzmann wachsen.«

Da hat der Schreier, der gute, den letzten Schluck Kaffee ausgetrunken, hat noch einen Bissen vom Brot genommen und ist los. Hinauf in den Fels. Und hat Edelweiße gepflückt, die schönsten der Schönen, einen Strauß. Und sah die Königin aller Edelweiße. Ganz vorne am Riff. Beugt sich zu ihr hin.

Und da!

»Man stelle sich das vor!«, rief der Erzähler aus, der mir diese Geschichte mitgegeben hat. »Man stelle sich das bitte vor!«

Da stand der Jäger hinter ihm und stieß ihn hinunter. Und der Schreiner – »stürzte mit einem grässlichen Aufschrei hinab in die Tiefe, einen elenden Tod findend«.

In derselben Nacht lagen Jäger und Sennerin im Bett, in demselben Bett, in dem zuvor, nicht weniger eng beieinander, der Schreiner und die Sennerin gelegen hatten, und auf einmal wurde alles weich. Ich kann es nicht anders ausdrücken, ich drücke es genauso aus, wie es der Märchenerzähler ausgedrückt hat: Alles wurde weich. Die Knochen vom Jäger und von der Sennerin wurden weich, das Bettgestell wurde weich, der Holzboden, als wäre er ein frischer Teig. Der Kasten versank als Erster im Boden, dann der Ofen, dann der Tisch und die Stühle, zuletzt das Bett mit Mann und Frau.

»Hinab in die Hölle!«, rief der Erzähler aus. »Wohin sonst!«

Die Alm heißt seither die »Mordau«.

Voll Gier verschlingen
Mann und Frau
die Geister der Au.
Oben die Glocken klingen,
oben die Vöglein singen.
In den Abgrund zwingen
Mann und Frau die Sünden.
Nie mehr wieder finden
sie ihre Ruh,
und der Himmel ist zu.

114
Der liebe Augustin

Es gibt Menschen, die sind reich, es gibt Menschen, die sind schön, es gibt Menschen, die sind klug. Andere können gut Schifahren oder Weitspringen oder Kopfrechnen oder Geld verdienen. Und dann gibt es Menschen, die sind weder klug noch schön, weder reich noch erfolgreich, aber sie haben Charme. Und dann gibt es Menschen, die sind weder reich noch klug noch schön, noch können sie irgendetwas, und sie haben keinen Charme. Sie sind nichts und haben nichts.

Einst lebte ein Mann in Wien, der hieß Augustin. Und er gehörte zu denen, die nichts haben und nichts sind. Er verdiente seine Münzen, indem er auf dem Dudelsack spielte und dazu sang, aber er konnte nicht gut Dudelsack spielen, und singen konnte er auch nicht gut. Er lebte außerhalb der Stadt Wien bei einem barmherzigen Bauer. Der hatte ihm einen Winkel in der Scheune überlassen. Am Abend ging er in die Stadt, zog von Gasthaus zu Gasthaus, sang und spielte und bekam dafür Münzen oder wurde zu einem Glas Wein eingeladen.

Aber dann war plötzlich alles anders. Es war das Jahr 1679, und die Pest war da. Die Menschen starben auf der Straße, die Menschen starben in ihren Wohnungen. Neben den Hauseingängen lagen die Toten. Männer fuhren mit Karren durch die Stadt und sammelten die Toten ein und fuhren durch das Burgtor, wo die Pestgruben ausgehoben waren. Wenn eine Grube halb voll war, streute man ungelöschten Kalk über die Leichen und dann Erde. Dann hob man eine neue Grube aus.

Das Jahr der Pest war für den Augustin ein glückliches Jahr. Es war das glücklichste Jahr in seinem Leben. Ihm fiel nämlich ein Vers ein:

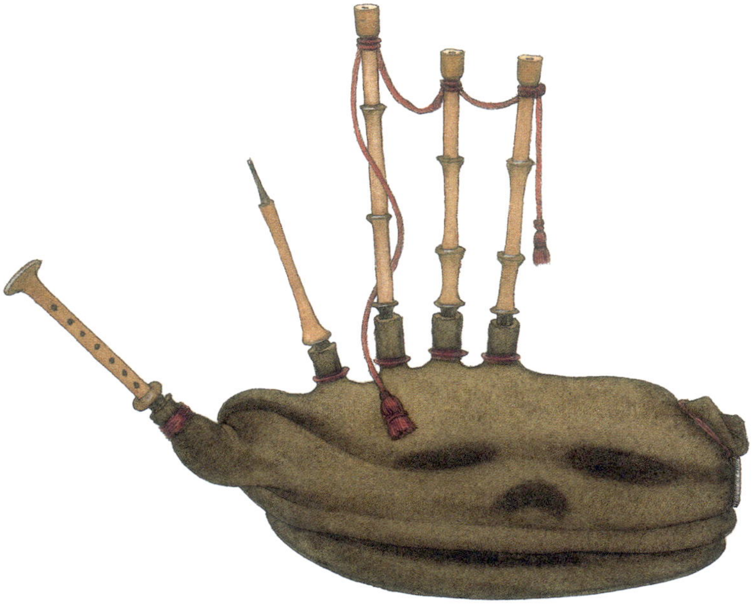

Lustig gelebt und lustig gestorben,
ist dem Tod die Rechnung verdorben.

Plötzlich war der Augustin in allen Gasthäusern gern gesehen.

Er sagte zu den Leuten: »Wer bin ich für euch?«

Und die Leute sagten: »Du bist der Augustin.«

»Bin ich nicht mehr für euch? Ich bring euch doch zum Lachen.«

»Du bist unser Augustin. Unser Augustin.«

»Bin ich nicht mehr als nur euer Augustin? Dann geh ich ins nächste Wirtshaus, dort bin ich mehr. Dort bin ich der liebe Augustin.«

»O ja«, riefen da die Gäste, »du bist unser lieber Augustin!«

Er zog durch die Gasthäuser und sang und spielte, und er bekam Wein, und er bekam Münzen, und immer sang er seinen Refrain:

Lustig gelebt und lustig gestorben,
ist dem Tod die Rechnung verdorben.

Eines Nachts saß er wieder im Gasthaus am Fleischmarkt und sang und spielte auf dem Dudelsack und trank, und seine Freunde tranken mit ihm und hörten sein Lied. Bald hatten sie so viel getrunken, dass sie das Gasthaus nicht mehr verlassen wollten und auch nicht mehr konnten. Sie fielen auf die Tische und auf den Boden und schliefen ein, wie sie waren, verzweifelt, glücklich, besoffen.

In der Nacht kamen die Männer mit den Pestkarren. Eigenartig, dachten sie, um diese Zeit ist doch ein Lärm hier, heute ist es still. Da lagen die Zecher am Boden, lagen über den Tischen. Sie rüttelten die Männer an den Schultern, aber die Verzweifelten, Glücklichen, Besoffenen, die rührten sich nicht mehr. Und da schauten die Männer einander an, die mit dem Pestkarren gekommen waren, und sie hoben die Toten auf, trugen sie hinaus, luden sie auf den Karren. Und da erkannten sie den einen, der den Dudelsack unter dem Arm geklemmt hielt, den schmächtigen Mann mit dem grauen Gesicht. Ja, sie kannten ihn.

»Ach«, sagten sie, »auch unser lieber Augustin ist hin. Auch ihn hat die Pest erwischt.«

Und sie legten ihn zuoberst auf den Karren. Und sie zogen den Karren durch das Burgtor hinaus und kippten die traurige Fracht in die Grube.

Aber der Augustin, der war nicht tot, der hatte nur einen Rausch. Und so lag er über den Toten und schlief seinen Rausch aus.

Am Morgen erwachte er, blinzelte, öffnete erst ein Auge und dachte sich: Warum sehe ich das Fenster der Scheune nicht? Ich sehe doch sonst immer das Fenster der Scheune, wo draußen der Himmel ist und das Feld. Und ich kann sehen, ob schönes Wetter oder ob schlechtes Wetter ist. Warum sehe ich das heute nicht?

Dann öffnete er das zweite Auge, blickte sich um und sah, er lag in der Pestgrube über lauter Toten. Und da fing er an zu kreischen und zu schreien. Und das nicht zu spät. Denn gerade waren wieder die Männer mit den Karren gekommen, die wollten gerade ihre Ladung in die Pestgrube kippen, dann wären die Toten über den Augustin gefallen, und hätte er noch geschlafen, dann hätte ihn nie mehr jemand gefunden.

Die Männer halfen dem Augustin aus der Grube und fragten: »Was ist denn mit dir los?«

Der Augustin, der ist vielleicht nicht klug, aber er ist doch schlau, und als jemand, der überall und immer zu kurz gekommen ist, hat er gelernt, misstrauisch zu sein und erst zu denken und dann zu reden und am besten nicht die Wahrheit zu sagen. Er dachte sich: Wenn ich erzähle, was war, ist mein Ruhm dahin.

Also er sagte: »Ja, stellt euch vor, stellt euch vor! Natürlich, auch mich wollte der Tod holen. Ich habe in seine Augenlöcher geschaut. Aber ich bin ihm entkommen.«

»Dich wollte der Tod holen, und du bist ihm entkommen?«

»Sag ich doch. Ich hab mit dem Tod gesprochen.«

»Gesprochen?«

»Verhandelt. Wir haben verhandelt. Wie zwei Geschäftsleute. Ist das so schwer zu verstehen?«

Die Männer sagten: »Wir begegnen dem Tod jeden Tag, aber nicht ihm persönlich, sondern dem, was er uns übrig lässt. Wie sieht er denn aus, der Tod? Beschreib ihn uns, lieber Augustin!«

»Ja, wie sieht er aus? Er sieht … ja, mittelgroß, so wie ich ungefähr halt, und dünn sieht er aus, so wie ich ungefähr.«

»Und?«, bohrten sie weiter. »Hat er eine Sense in der Hand?«

»Nein«, antwortete der liebe Augustin, »Sense hat er keine in der Hand. Er hat … er hat … er hat eine Geige in der Hand.«

»Eine Geige? Was macht der Tod denn mit der Geige? Damit kann er ja niemanden erschlagen.«

»Er hat es mir erklärt«, sagte der liebe Augustin. »Wenn er zu spielen anfängt, dann fallen die Menschen um. So macht er das. So hat er es mir erklärt.«

»Ach, so macht er das! Interessant. So macht er das also. Und wie bist du ihm entkommen?«

»Ja, stellt euch vor, stellt euch vor: Er marschierte durch das Wirtshaus und hat gespielt, und ich hab gesehen, wie die Männer umgefallen sind, und er dreht sich um und kommt auf mich zu und hat den Geigenbogen angesetzt, da hab ich schnell zu ihm gesagt: Halt, Tod, halt! Schau mich an! Ich bin auch ein Musikant, ein Musikant wie du, ich spiele den Dudelsack. Hast du nicht Lust auf ein Duett? Und stellt euch vor, stellt euch vor, der Tod hat gesagt: Musikant? Dudelsack? Ja, warum nicht? Immer allein zu spielen, ist langweilig. Und so haben wir im Duett gespielt. Und als wir so miteinander gespielt haben, habe ich gemerkt, der Tod, der möchte nur in Moll spielen. Und dann ist mir eine Idee gekommen. Ich habe gesagt: Tod, du bist gut auf der Geige, sehr gut, wollen wir beide, weil wir jetzt so schön zusammen gespielt haben, nicht ein Geschäft machen? Ein Geschäft willst du mit mir machen?, sagt der Tod. Ja, sage ich, ein Geschäft. Du spielst mir ein Lied auf der Geige vor. Wenn ich es auf dem Dudelsack nachspielen kann, gut. Wenn ich es nicht nachspielen kann, dann kannst du mich holen. Dann spiel ich dir ein Lied auf meinem Dudelsack vor. Wenn du es nachspielen kannst, gut, dann werde ich mit dir gehen. Aber wenn du es nicht nachspielen kannst, dann lässt du mich noch eine Weile leben. So habe ich mit dem Tod gesprochen. So und nicht anders. Und der Tod war einverstanden.«

Erzählt der liebe Augustin. Und erzählt weiter:

»Zuerst hat er gespielt. Ich habe ihm den Vortritt gelassen. Er hat ein Lied in Moll gespielt, ich habe ihn begleitet, ein einfaches Lied, a-Moll, d-Moll, e-Moll, ganz einfach. Ich meine, der Tod hat ja nicht viel Gelegenheit, etwas Neues zu üben, in dieser Zeit, meine ich. Und was braucht er mehr als eine einzige Melodie. Muss ja nicht jeder seine eigene Melodie haben. Es war für mich kinderleicht, seine Melodie nachzuspielen. Und dann war ich dran. Ich habe eine Melodie gespielt, ihr kennt ja die Melodien, die ich immer spiele, und habe dazu gesungen: ›Lustig gelebt und lustig gestorben, ist dem Tod die Rechnung verdorben.‹ Aber! Jetzt kommt's! Hört zu! Ich habe mein Lied in Dur gespielt! In Dur, nicht in Moll. Und das, liebe Freunde, das konnte er nicht. Der Tod kennt nur Moll. Das ist die Wahrheit. Und da konnte er mich nicht mitnehmen, denn er hat es mir ja versprochen, und der Tod ist ein ehrlicher Mensch, obwohl er genaugenommen gar kein Mensch ist. Ich will gar nicht wissen, was er genaugenommen ist. Ich habe zu ihm gesagt: Hol mich ein andermal, Tod, wenn du weniger zu tun hast. Dann bring ich dir bei, wie man in Dur spielt. Und er war einverstanden. Hat sich sogar bei mir bedankt. Stellt euch vor, stellt euch vor!«

Die Geschichte machte die Runde, und bald war der liebe Augustin der Held der Stadt. Und schließlich zog die Pest weiter, wenige in Wien waren übrig geblieben. Aber die behaupteten, der Tod habe Wien verlassen aus einem einzigen Grund, nämlich: Er wollte nicht riskieren, sich noch einmal zu blamieren.

»Ja«, sagten sie, »unser lieber Augustin hat den Tod blamiert. Das muss ihm erst einer nachmachen!«

Wie es in seinem Lied heißt:

Lustig gelebt und lustig gestorben,
ist dem Tod die Rechnung verdorben.

115

Der Stock im Eisen

Mitten in Wien, wo der Stephansplatz in den Graben übergeht, ist der Stock-im-Eisen-Platz. Warum heißt der so?

Vor vielen Jahren lebte ein Schlosserlehrling in Wien, der hieß Martin Mux, und er hatte einen bösen Meister. Jeden Morgen um halb sechs Uhr war der Martin in der Werkstatt, und er arbeitete bis nachts um zehn. So ging es vom Montag bis zum Samstag. Und am Sonntag musste er im Haus seines Meisters für die schöne Hausfrau putzen, weil sie zum Putzen viel zu schön war, musste für sie kochen, weil sie zum Kochen viel zu schön war. Der Martin Mux, so lautet die Wahrheit, hatte keinen einzigen Tag, keine einzige Stunde für sich allein.

Dann eines Tages schickte ihn der Meister vor die Stadt, um bei den Lehmgruben frischen Lehm zu holen. »Bevor das Stadttor geschlossen wird, bist du wieder da! Sonst setzt es morgen Prügel!«

Der Martin schob die Schubkarre durch das Stadttor. Auf den Plätzen vor der Stadtmauer spielten die Buben Fußball. Der Martin Mux sah ihnen zu, und er meinte, er habe noch nie in seinem Leben etwas Fröhlicheres gesehen.

Die Buben riefen: »Spiel doch mit uns!«

Er sagte: »Das darf ich nicht. Ich muss Lehm holen für meinen Meister.«

Sie sagten: »Das hat doch Zeit! Geh in einer Stunde und hol den Lehm!«

Der Martin ließ die Schubkarre stehen und spielte mit den Buben Fußball, und er meinte, noch nie in seinem Leben habe er etwas lieber getan.

Nach einer Stunde sagte er: »Jetzt muss ich gehen, um für meinen Meister Lehm zu holen.«

Und wieder sagten die Buben: »Geh doch erst in einer Stunde!«

Und wieder ließ sich der Martin überreden. Und noch ein drittes Mal verschob er seine Aufgabe und achtete nicht auf die Zeit.

Irgendwann sagten die Buben: »Jetzt gehen wir nach Hause. Wir müssen etwas essen, und dann müssen wir schlafen.«

Da merkte der Martin, dass die Zeit dahingeflogen war wie der Fußball. Den Lehm hatte er ganz vergessen. Schnell rannte er mit dem leeren Karren zurück zum Stadttor, damit er wenigstens noch rechtzeitig in die Stadt hineinkomme, wenn er schon keinen Lehm hatte. Aber als er zum Tor kam, war es bereits geschlossen.

Es gab schon eine Möglichkeit, hineinzukommen: Man musste dem Wächter einen Einlasskreuzer geben. Aber der arme Martin Mux besaß keinen Kreuzer. Gar nichts besaß er. Sogar die Kleider, die er trug, gehörten dem Meister. Er wusste, er wird vor der Stadt warten müssen, bis der Morgen kommt, und dann wird er ohne Lehm in der Werkstatt eintreffen.

Die Tränen steigen ihm auf, und er redet vor sich hin, und er sagt: »Ach, lieber Gott, hilf mir!« Und weil er das schon so oft gesagt hat und nie hat es etwas genützt, immer waren hinterher doch die blauen Flecken da gewesen, hört er mittendrin auf und sagt nichts mehr.

Da hört er hinter sich ein Geräusch, und er dreht sich um, und da steht ein fescher junger Mann, schwarz und rot gekleidet, am Kinn hat er ein kleines schwarzes Bärtchen und unter der Nase einen exakt gestutzten schwarzen Schnurrbart.

»Was habe ich da gerade gehört«, sagt der junge Mann. »Er hat zu Gott gebetet und mittendrin aufgehört und dann nichts mehr gesagt. Einer will wissen, warum?«

»Weil es nie nichts genützt hat, darum.«

»Einer will wissen, was ihm dabei durch den Kopf gegangen ist.«

»Böse Gedanken.«

»Einer will wissen, ob die bösen Gedanken mit dem Teufel zu tun hatten.«

»Ist nicht schwer zu erraten.«

»Hat er eine Ahnung, wie der Teufel ist?«

»Das weiß doch jeder, wie der Teufel ist«, sagt der Martin Mux. »Der Teufel, der ist unglaublich böse, er schreit herum, er hat einen stinkenden Atem, er ist rot im Gesicht und riesengroß, größer als der Turm von unserem Dom.«

»Mhm«, macht der junge Mann und lächelt freundlich. »Sehe ich aus wie der Teufel?«

»Nein, du doch nicht«, sagt der Martin Mux. »Du siehst aus wie ein hübscher, wohlerzogener, freundlicher junger Mann.«

Da sagt ebendieser hübsche, wohlerzogene, freundliche junge Mann: »Siehst du, und dennoch bin ich der Teufel. Und ich will dir helfen. Ich werde dir einen Kreuzer schenken, den kannst du dem Wächter geben, dann lässt er dich in die Stadt. Außerdem werde ich dir den besten Lehm, den es gibt, auf den Karren zaubern, dann kannst du deinem Meister sagen, du seiest weit hinausgefahren, dorthin, wo es den besten Lehm gibt, darum bist du so spät dran, dann wird er dich loben, anstatt dich zu prügeln. Und außerdem werde ich aus dir den besten Schlosser weit und breit machen. Dafür musst du mir versprechen, dass du in deinem Leben nie die Sonntagsmesse auslässt. Solltest du auch nur ein Mal vergessen, am Sonntag in die Kirche zu gehen, dann werde ich dich holen. Dann komme ich, dann stinke ich, dann bin ich rot und feurig, dann schreie ich, und dann bin ich sehr böse.«

Der Teufel gibt dem Martin Mux einen Kreuzer, und der Martin Mux betritt die Stadt, und auf seiner Schubkarre hat er den schönsten Lehm, der je in die Stadt gefahren wurde. Und er wird von seinem Meister gelobt. Das erste Mal in seinem Leben wird er gelobt!

Ein paar Tage später kommt ein Kunde in die Schlosserei, nämlich dieser junge, hübsche Mann, schwarz und rot gekleidet, und der sagt zum Meister: »Ich habe einen Auftrag für Euch. Ich habe einen Baum gekauft, die Eiche, die neben dem Stephansdom steht. Nun habe ich aber festgestellt, der Stamm droht zu bersten, und jetzt möchte ich, dass um den Stamm herum ein eisernes Band gelegt wird, das den Baum zusammenhält, und dort, wo die Enden des Bandes zusammenstoßen, dort soll ein Schloss sein. Das ist mein Auftrag.«

Man schaut sich die Eiche an. »Sehr schwierig!«, sagt der Meister. Er hat so ein ungutes Gefühl. »Muss denn unbedingt ein Schloss dabei sein?«, fragt er.

»Ja«, sagt der Teufel, »es muss unbedingt ein Schloss dabei sein.«

»Und unbedingt ein Schloss mit einem Schlüssel?«

»Was könnte mir auch ein Schloss ohne Schlüssel nützen!«

»Das kann ich nicht«, sagt der Meister. Und er ist überzeugt, noch niemals in seinem Meisterleben hat ihm einer eine schwerere Aufgabe gestellt.

Da tritt der Martin Mux vor und sagt: »Lasst es mich versuchen!«

Der Teufel hat dem Martin Mux versprochen, aus ihm den besten Schlosser zu machen, und tatsächlich, im Handumdrehen kriegt es der Martin Mux fertig, den Teufel zufriedenzustellen. Da staunt der Meister, und er macht den Martin Mux zum Gesellen, und die Eiche bekommt einen Gürtel aus Eisen mit einem Schloss, und den Schlüssel nimmt der Teufel mit.

Und so steht diese Eiche, umschlossen von Eisen, und die Wiener sagen: Der Stamm ist wie ein Stock im Eisen. Jetzt weiß man, warum der Platz bis heute so heißt, aber man weiß noch nicht, wie die Geschichte weitergeht.

Der Martin Mux zieht in die Welt hinaus, lernt überall Neues dazu, wird schnell ein Meister und ist bald der Meister der Meister, und dann kehrt er nach Wien zurück in seine alte Schmiede. Der Meister ist gestorben, und Martin Mux übernimmt das Geschäft und heiratet die schöne Frau, für die er früher an den Sonntagen geputzt und gekocht hat.

Den Wienern ist es ein Ärgernis, dass mitten in ihrer Stadt, gleich neben ihrer schönsten Kirche, eine Eiche steht, die umschlossen ist von einem eisernen Band. Sie haben ein ungutes Gefühl, wenn sie dieses Eisenband sehen, in dem der Eichenstamm steckt. Die Eiche ist ein Geschöpf Gottes wie alles Lebendige, sagen sie, wer nimmt sich das Recht, sie zu würgen? So wird beschlossen, dass dieses Band endlich wegkommt. Geht nicht. Die Gesellen probieren es. Geht nicht. Der stärkste Mann der Stadt probiert es. Geht nicht. Die Gesellen versuchen, den Schlüssel nachzumachen, den der Teufel mitgenommen hat. Geht nicht.

Da sagt der Martin Mux: »Ich mach es!«

Er gießt glühendes Eisen in eine Form, aber da taucht der Teufel auf, steht plötzlich neben ihm und sagt: »Einer will das nicht!«

Der Martin Mux aber sagt: »Ich mach es trotzdem. Ich bin inzwischen so gut, dass ich keinen Teufel mehr brauche.«

Man stelle sich vor, da weint der Teufel! Und er persönlich schließt das Schloss auf und löst das Band von der Eiche.

Man stelle sich vor, der Teufel gratuliert dem Martin Mux zu seinem Mut! Er gibt ihm viel Reichtum und viel Ruhm, immer ein bisschen mehr, jeden Tag ein bisschen mehr, und das weiß man ja, dass Reichtum und Ruhm den Menschen sorglos machen, und so sitzt der Martin Mux, feist inzwischen, jeden Tag bei seinen Freunden, die er alle einlädt, und trinkt und zecht und isst gut und so auch am Sonntag.

Einmal geht's besonders lustig her, und da schaut er auf die Uhr um zehn Uhr und sagt: »Oh, jetzt muss ich aber eilig in die Kirche gehen! Ich darf nämlich keine Messe versäumen.«

»Ach was, bleib doch!«, sagen die Freunde. »Um elf ist die zweite Messe, kannst ja in die gehen.«

»Na gut«, sagt der Martin Mux und trinkt gut weiter und isst gut weiter.

Da hört er die Kirchturmglocke schlagen und sagt: »Jetzt muss ich gehen!«

Und die Freunde sagen: »Ach was! Bleib doch noch, bleib! Um zwölf ist die dritte Messe.«

Und der Martin Mux bleibt bis um zwölf. Und da hört er die Turmuhr schlagen, und er läuft los, und unterwegs trifft er ein altes Weib, und das sagt zu ihm: »Was läufst du los? Längst schon ist es über eins, du hast verschlafen, die Messe ist gelesen!«

Da sinkt der Martin Mux nieder und fleht zu Gott. Aber nicht in der Kirche kniet er, sondern draußen auf dem Platz neben der Eiche kniet er. »Ach, lieber Gott, hilf mir!« Und das sagt er hundertmal.

Und da hört er es noch einmal vom Turm läuten, und nun erst ist die Messe tatsächlich zu Ende, das alte Weib hat gelogen.

Und da steht nun der Teufel, wo das alte Weib gestanden hat. Fast ist der Martin Mux gespannt, was er gleich sehen wird. Und es ist ja auch nicht uninteressant, wenn sich ein hübscher, freundlicher junger Mann mit Kleidern aus Rot und Schwarz, mit einem schwarzen Bärtchen am Kinn und einem Schnauzer unter der Nase in einen hässlichen, stinkenden, riesengroßen, roten, glühenden Kreuzbrunzer verwandelt.

116

Der Teufel und der Erler Wind

Der Erler Wind, der ist bekannt, den braucht niemand vorzustellen. Wenn im bayerischen Inntal am Vormittag zwei Bauern einander auf der Straße treffen, dann sagen sie: »Grüß Gott.« Und es ist auch schon vorgekommen, dass einer, ein Lustiger oder ein Halblustiger, geantwortet hat: »Das tu ich gern, wenn ich ihn treff.« Aber es ist noch nie vorgekommen, dass der eine oder der andere gesagt hätte: »Menschenskind, heute bläst der Erler Wind.« Deshalb ist das nicht vorgekommen, weil im bayerischen Inntal am Vormittag immer der Erler Wind bläst. Und zwar immer. Also braucht das keiner zu erwähnen. Das wäre, wie wenn einer auf seine Hand zeigte und sagte: »Ach ja, das ist übrigens meine Hand.«

Die Leute im bayerischen Inntal, die lieben ihren Erler Wind, auch wenn sie nicht über ihn reden. Sie lieben ihn, weil er verlässlich ist. Das heißt, sie würden ihn lieben, wenn er einmal nicht verlässlich wäre, dann nämlich würden sie erst auf ihn aufmerksam werden.

Was aber heißt Verlässlichkeit bei einem Wind. Dass er immer bläst? Das auch, ja. Aber wenn er wirklich immer bläst, dann ist das etwas anderes als Verlässlichkeit. Da muss man ein anderes Wort finden. Die Sonne wird ja auch nicht als verlässlich bezeichnet, und sie geht immerhin jeden Tag auf. Wenn der Erler Wind nicht bis spätestens mittags umdreht und in Richtung Tirol stürmt, dann darf man verlässlich mit einem Wetterumschwung rechnen. Das nannten die Leute im bayerischen Inntal Verlässlichkeit, und dafür liebten sie ihren Wind. Außerdem brachte er jeden Morgen die frische Luft von den Bergen herunter.

Solches kann der Teufel nicht leiden. Der Teufel nämlich unterscheidet in seinem Feuerkopf nicht so genau zwischen Menschen und Tieren und Sachen, und zwischen Winden und Sternen unterscheidet er auch nicht so genau. Er hasst das eine wie das andere. Er liebt Sachen, wenn sie herunterfallen und kaputtgehen, und er liebt Tiere, wenn sie verrecken oder töten. Sterne liebt er nicht, egal, was sie tun oder was sie lassen. Und die Winde liebt er, wenn sie unberechenbar sind wie der Orkan, und wenn sie ganze Landstriche verwüsten, dann würde er sie am liebsten abküssen, aber das traut sich nicht einmal der Teufel.

Dem Erler Wind aber wollte der Teufel zeigen, wer der Meister ist.

So wartete der unheilige Gegenteilige, wie ihn der heilige Mathematicus von Sinus und Cosinus nannte, eines Morgens an einer Bergkante, und als der Erler Wind dahergebraust kam, sprang er auf und ritt ihn, klammerte sich mit seinen Krallen in das wehende Windshaar und gab ihm mit seinem Bocksfuß die Sporen.

»Was willst du?«, schrie der Wind gegen sein eigenes Brausen an. »Ich folg dir nicht, ich folg niemandem!«

»Grad reden will ich mit dir«, schrie nun auch der Teufel.

»Was reden?«, schrie der Wind zurück. »Man kann nicht reden, wenn man es so eilig hat wie ich. Sonst komm ich zu spät!«

»Zu spät wohin?«, rief der Teufel, und um ein Haar wär er von seinem luftigen Gaul geflogen, denn jetzt ging's durch ein Birkenwäldchen, die Bäumchen bogen sich und kicherten, und die Gräser am Boden seufzten und wisperten glücklich:

Ach, unser Wind, der verlässliche Wind,
der uns überall find', gleich, wo wir sind,
der jeden Tag kommt und jeden Tag prompt,
der so schön singt und frische Luft bringt!

Das ärgerte den Teufel sehr sehr sehr. Und tat ihm weh, ja, weh. Hat er nicht in mancher heißen Stunde unten in der Hölle sich insgeheim, ganz tief in seiner Brust drinnen, dort, wo statt der Seele ein schwarzes Loch hockt, hat er nicht sich gewünscht, dass einmal, einmal nur, einer ein Loblied auf ihn singt? Immer nur der Böse sein – mein Gott, wie anstrengend! Loblieder auf Gott, das konnte er ja noch irgendwie verstehen, aber ein Loblied auf einen Wind?

Was tut so ein Wind? Blasen. Und sonst? Nichts. Und wenn er einmal nicht bläst? Dann ist er nicht. Dann ist er nichts.

Dieser Gedanke kam dem Teufel interessant vor, sehr interessant sogar.

»He!«, rief er gegen das Brausen und Sausen an. »He, du! Halt doch einmal inne!«

»Kann nicht innehalten«, antwortete der Wind. »Hab's eilig!«

»Was wartet denn auf dich?«, fragte der Teufel.

Da ließ der Wind ein wenig nach. Was dem Teufel recht war. Auf dem Wind zu reiten, das war eine Herausforderung sogar für ihn, den der heilige Tabacus von Stumpenheim den Flinken Funken genannt hat.

»Was soll denn auf mich warten?«, fragte der Wind und ließ noch weiter nach.

»Was tust du, wenn du ankommst?«, fragte der Teufel dagegen.

»Wenn ich ankomme?«, rief der Wind und legte wieder etwas zu. »Was soll denn das sein? Was redest du denn für ein wirres Zeug! Steig ab von mir! Ich transportiere keine Verrückten!«

»Ich bin nicht verrückt«, sagte der Teufel. »Ich bin der Teufel. Ich stelle Fragen.«

»Was für Fragen?«

»Ob du nie ruhst, zum Beispiel?«

Da legte sich der Erler Wind, entgegen aller seiner Gewohnheit, zu einem Lüftchen, das gerade einmal die Blättchen an den Bäumchen zittern ließ, aber mehr schon nicht.

»Ruhen?«, fragte er, und seine Stimme war nicht mehr Aufruhr und Böe, sondern ein Winseln, das nach Verzagtheit und Ratlosigkeit klang.

»Ja, ruhen«, schnurrte der Teufel. Gleich hab ich ihn, dachte er. »Gott, der Große oben im Himmel, als er die Welt erschuf, hat am siebten Tag geruht. Und er hat gesagt, man soll ihm das nachmachen. Weißt du das denn nicht?«

»Nein, das habe ich nicht gewusst.«

»Bist in keine Schule gegangen?«

»Keine Zeit!«

»Du hattest keine Zeit, etwas zu lernen?«

Musste um die Ecken sausen,
musste über Felder brausen,
musste schreien, musste plärren,
musste an den Dächern zerren,
musste pfeifen durch die Reifen,
musste heulen um die Säulen,
musste durch die Gassen wehen,
darf nicht stehen, darf nicht stehen!

»Du Armer!«, rief der Teufel. »Ich werde dir helfen! Weißt du denn nicht, dass ich auch Satan genannt werde, der Ankläger? Ich klage an in deinem Namen. Lass mich deinen Prozess führen! Ich fordere Ruhe für den Wind. Wie findest du das?«

Der Erler Wind, der stolze, der verlässliche, der immer brauste und sauste, der plärrte und zerrte, der war nun nur noch ein Häuchlein. Aber still war er noch nicht. Espenlaub vermochte er noch zum Zittern zu bringen. Er musste nachdenken, unbedingt musste er nachdenken. Noch nie hatte ihm jemand zu denken gegeben. Der Teufel aber gab ihm zu denken.

Aber denken kann der Wind nicht gut, wenn er in Bodennähe weht. Warum nicht? Hier stößt er an, dort stößt er an. Er muss achtgeben, kann nicht einfach gerade vor sich hin wehen. Darum erhob sich der Erler Wind, erhob sich hinauf in die Lüfte. Höher und höher schraubte er sich hinauf. Nun waren ihm nur noch die Tannenwipfel im Weg, nun nur noch die Kirchturmspitzen und bald nur mehr die Berggipfel, die verschneiten. Nur ein Hindernis gab es noch, die Wolken. Die Wolken, nein, die kann der Wind nicht leiden, auch so ein tapferer Wind wie der Erler Wind kann Wolken nicht leiden. Warum? Wolken sind aus Wasser. Wasser ist schwer. Wasser ist faul. Es hängt sich an jeden, der da kommt. Es lässt sich tragen. Aber was will ein Wind? Er will frei und unbeschwert wehen. Wasser tragen will er nicht. Darum können die Winde das Wasser nicht leiden.

Der Erler Wind hielt die Luft an und wehte durch die Wolken nach oben. Und als er durch die Wolken hindurch war, schüttelte er die Wassertropfen ab, die fielen auf die Erde nieder als Regen.

Da blickten die Bauern nach oben und sagten: »Hoi, es regnet.«

Und der zweite Bauer aus dem bayerischen Inntal sagte: »Hoi, und kaum Wind.«

Sie schüttelten den Kopf und verabschiedeten sich: »Grüß Gott!«, sagte der eine. »Wenn ich ihn treff'«, der andere.

Als der Erler Wind endlich ganz oben in der freiesten Luft angekommen war, fühlte er sich bereit, nachzudenken. Dem Teufel war mulmig. So weit oben im Himmel war er noch nie gewesen. Noch nie hatte er die Welt von so weit oben gesehen. Er wusste ja, er wirkt am besten in der Nähe. Wenn einer, um ein Beispiel zu nennen, den Befehl gibt, einen Radfahrer weit, weit weg im fernen China zu töten, dann tut er dies und hat hinterher kein schlechtes Gewissen und sagt sich immer noch heiter: Ich bin ein guter Mensch. Aber wenn derselbe mit einem Schlachtmesser in der Hand demselben Chinesen Aug in Aug gegenübersteht und ihm dasselbe Schlachtmesser ins Herz haut, so dass alles rot ist um ihn herum, der, nein, der denkt sich nicht: Ich bin ein guter Mensch. Von so hoch aus betrachtet, schien dem Teufel, als gäbe es Gut und Böse gar nicht.

»Du meinst also«, sagte der Erler Wind, »dass mir ab und zu etwas Ruhe zusteht?«

Der Teufel war mit anderen Gedanken beschäftigt und hörte darum nicht richtig zu und dachte darum nicht richtig nach.

»Ja, ja«, sagte er, »Ruhe steht jedem ab und zu zu, auch dem Wind.«

»Du hast recht«, sagte der Erler Wind und hörte auf zu wehen.

Und an dieser Stelle möchte ich an den Gedanken erinnern, der am Anfang unserer Geschichte dem Teufel so interessant vorgekommen war, nämlich: dass der Wind, wenn er nicht weht, nicht ist. Und warum erinnere ich gerade an dieser Stelle an diesen Gedanken? Weil auf nichts man nicht reiten kann. Auch ein Teufel kann auf nichts nicht reiten.

Also?

Er fällt hinunter. Und, bei Gott, der Teufel fällt weit! Erst fällt er durch die klare Luft, da kriegt er ordentlich Fahrt, dann rauscht er in die Wolken hinein, dort saugt er sich voll mit Wasser, das macht ihn schwer, er fällt weiter, rast an den Berggipfeln vorbei, an den Kirchtürmen, den Tannenwipfeln, schon sieht er vor sich die Käferlein und Würmlein im Grase kriechen – und: tatsch!

Man wundert sich immer wieder, dass im bayerischen Inntal so viele gute Menschen leben. Das findet überall Erwähnung. Seltsam. Obwohl bekannt ist, dass, wenn der eine Bauer beim Abschied »Grüß Gott!« sagt, der andere mit »Wenn ich ihn treff'« antwortet.

117

Der Tod als Lebensretter

Dass sich der Tod als Lebensretter betätigt, nein, also nein, das hat man noch nicht gehört! Und doch ist es so. Man hat eben nicht alles gehört. Von nun an aber wisst ihr es.

Es ist auch schon lange her. Das hat sich zugetragen im Dreißigjährigen Krieg, und zwar zu einer Zeit, als keiner wusste und auch keiner glaubte, dass dieser Krieg dreißig Jahre lang dauern würde. Alle haben nämlich geglaubt, der ist gleich einmal vorbei. Die Katholischen dachten, ihr Herrgott wird schon dafür sorgen, dass die Päpstlichen rasch und effizient siegen werden, und die Protestanten, die Evangelischen, die Lutherischen eben, die dachten dasselbe von ihrem Gott, wobei sowohl die einen als auch die anderen bis ins Mark überzeugt waren, dass der Gott der anderen in Wahrheit der Satan sei. Wenn man unter solchen Bedingungen Krieg führt, das sagt einem schon der Hausverstand, dann muss man sich auf eine lange Schlachterei gefasst machen. Allerdings – so kann nur einer denken, dessen Gott weder ein katholischer noch ein protestantischer ist, sondern ein anderer oder gar keiner.

Deshalb muss an dieser Stelle eine philosophische Frage gestellt werden. Nämlich: Was für einen Gott hat der Tod? Hat er überhaupt einen? Sicher jedenfalls ist, dass der Tod überall gleich waltet, ob bei den Muslimen, den Buddhisten, den Hindus, den Katholiken und den Protestanten. Überall mäht er. Ist der Tod gar ein Atheist? Fragen über Fragen. Ich glaube ja, dass sich vor dem Tod sogar Gott fürchtet, und zwar jeder Gott. Schließlich hat es irgendwann Götter gegeben, an die alle geglaubt haben, die sogar die Unsterblichen genannt wurden, und trotzdem sind sie ausgestorben … – Aber das führt jetzt zu weit.

Also im Jahr sechzehnhundertsowieso lebte in Vorarlberg eine Frau, die hatte sieben Söhne. Der Mann, ein Bauer, was sonst, war ihr gestorben.

Hauptsächlich war er ein Bauer gewesen, ein bisschen aber hatte er auch gewildert, und das Holz für sein Haus, das hat er im Wald des Grafen geschlägert, ohne den Grafen zu fragen, versteht sich. Und bei dieser Tätigkeit hat ihn eines Tages der Förster des Grafen erwischt und erschossen. Und weil sich die Tragödie im steilen Gelände abgespielt hatte, oberhalb von Hohenems nämlich, beim Sonnenkopf, ist auf eine Beerdigung verzichtet worden. Man hat den Toten nicht bergen können. Nach dem Schuss des Försters ist er abgerutscht und gefallen und in den Ästen einer Fichte hängen geblieben. So hat man den armen toten Mann vom Tal aus – vorausgesetzt, man hat gute Augen gehabt – oben am Berg sehen können, jeden Tag, und wenn Vollmond war, auch in der Nacht.

Das hat dazu beigetragen, dass die Söhne des Mannes, sieben gesunde, stramme, starke Männer, ein durchaus positives Verhältnis zum Tod hatten. Was meine ich damit? Ich meine damit, sie hätten den Tod freundlich aufgenommen und ihm freundlich den Weg zum Grafen und auch freundlich den Weg zum Förster des Grafen gewiesen.

Vorläufig aber war eine schlechte Zeit. Wer klein war, wurde noch kleiner gemacht, wer groß war, wurde noch größer. Die ganz Kleinen hatten nicht einmal genug zu essen. Und zu diesen ganz Kleinen, die im Vorarlberger Rheintal wohnten, gehörte Frau Battlog mit ihren Söhnen. Und dann brach der Krieg aus. Die einen gegen die anderen. Frau Battlog wusste weder über die einen noch über die anderen genug, um ihre Söhne in diesen Krieg zu schicken. Aber sie wusste, sowohl die einen als auch die anderen zahlten für Soldaten. Und die einen zahlten mehr als die anderen. Dazu kommt, dass weder Frau Battlog und auch nicht einer ihrer sieben Söhne aber auch nur die geringste Ahnung hatten, wie so ein Krieg ist.

Die Söhne sagten: »So ein Krieg ist lustig, eine Gaudi, eine Art Rauferei, nur ein bisschen fester und länger, dafür kriegt man etwas dafür.«

»Also dann«, sagte die Mutter.

»Also dann«, sagten die sieben Söhne und unterschrieben bei den Soldatenwerbern.

Viele junge Männer in Vorarlberg unterschrieben, so viele, dass man das Land das Landsknechtsländchen nannte. »Lauter Trotteln«, sagten die, die eine Ahnung hatten, »lauter Trotteln!«

Und sie hatten recht. Sie hatten recht, weil ihnen bekannt war, dass ein Krieg nicht nur eine Rauferei ist, halt fester und länger, sondern dass ein Krieg Sterben heißt. Aber sie wussten nicht, wie und in welchem Ausmaß in diesem Krieg noch gestorben werden würde.

Aber der Tod wusste es. Und mit dieser Art des Sterbens wollte der Tod nichts zu tun haben. Am Anfang hat er sich ja gefreut – vorausgesetzt, so einer wie der Tod kann sich überhaupt freuen. Sagen wir: Er war erleichtert, dass ihm ein Teil der Arbeit abgenommen wurde. Der Tod, das sei hier gesagt, ist nämlich eigentlich ein natürlicher. Wenn es heißt: »Der da oder der da ist eines natürlichen Todes gestorben«, dann darf man wissen: Das war sein Werk. Wenn aber einer, wie der Vater der sieben Burschen, zum Beispiel erschossen wird, dann hat der Tod damit nichts zu tun. Insofern hat der Tod also mit dem Krieg nichts zu tun.

Im Gegenteil. Es graust ihm davor. Und er staunt. Ja, er staunt. Er staunt, dass wir Menschen sein Geschäft so viel besser verstehen als er. Es widert ihn an. Da stand er oben auf dem Schlossberg bei Hohenems und schaute hinunter ins Rheintal, hielt sich am Stamm einer Tanne fest, faltete seine schwarzen Flügel im Rücken und hauchte Kälte aus. Und er sah die elende Hütte, in der Frau Battlog mit ihren sieben Söhnen hauste, und er sah, wie die Kriegswerber soeben die Hütte verließen und sich die Hände rieben, weil sie sieben Unterschriften – das heißt sieben Kreuze, denn die Burschen konnten nicht lesen und nicht schreiben –, weil sie sieben Kreuze auf die Kriegsverträge hatten malen lassen. Und er sah, wie die Söhne der Frau Battlog singend und johlend aus dem Haus zogen, um sich mit anderen Burschen, die ebenfalls unterschrieben hatten, zu besaufen.

»Alle werden sie sterben«, sagte der Tod zu sich selber. Er spricht oft mit sich selbst. Mit wem sollte er denn sonst sprechen? »Alle werden sterben, keinen wird die Mutter je wiedersehen. Ihr Mann ist erschossen worden, ihre Söhne werden erschossen werden.« Und da hatte der Tod Mitleid. »Was wird die arme Frau tun?«

Und da beschloss der Tod, gegen das Sterben einzuschreiten.

Er flog über den Schlossbergfelsen hinunter ins Tal und landete im Hof vor dem Haus der Battlogs. Er klopfte an die Tür, Frau Battlog öffnete, und der Tod sagte: »Guten Abend.«

Stellt euch eine tiefe Stimme vor, sehr tief, noch tiefer, und leise, grad wie ein Hauch, und begleitet von einem eisigen Atem: »Guten Abend.«

Mein Gott, ist die Frau Battlog erschrocken! »Wer bist du?«, fragte sie.

»Ich bin der Tod«, sagte der Tod. »Deine Söhne haben einen Blödsinn gemacht. Sie hätten den Vertrag nicht unterschreiben sollen. Jetzt werden sie alle sterben.«

»Alle?«, fragte die Frau Battlog. »Auch der Heiner?«

»Auch der Heiner.«

»Auch der Günter?«

»Auch der Günter.«

»Auch der Fritz?«

»Auch der Fritz, alle. Sag ihnen, sie sollen nicht in den Krieg ziehen, sie sollen sich verstecken.«

Am nächsten Tag kam der Tod wieder.

»Sie wollen sich aber nicht verstecken«, sagte Frau Battlog. »Sie sagen, du bist ein Scharlatan, ein Betrüger, ein Angstmacher. Sie fragen, ob du ihnen mehr zahlst, wenn sie nicht in den Krieg ziehen.«

»Ich zahle für gar nichts«, sagte der Tod, leise mit tiefer Stimme und eisigem Atem. »Und was glaubst du?«, fragte er. »Glaubst du auch, dass ich lüge?«

»Ich weiß nicht«, druckste Frau Battlog herum. »Das kann ja jeder sagen, dass er der Tod ist.«

Da breitete der Tod seine Flügel aus, mächtige, schwarze Flügel, und blickte sich um, und weil gerade die Katze über den Hof lief, blies er sie an, und sie fiel hin und wurde kalt und nie mehr warm.

»Glaubst du mir jetzt?«

Jetzt glaubte ihm Frau Battlog, und sie hatte Sorge um ihre Söhne und weinte, als wären sie schon gestorben.

»Hier«, sagte der Tod, »nimm dieses Kraut und mach einen Tee daraus und geh zu allen Müttern in der Gegend und gib ihnen von dem Kraut und sag ihnen, sie sollen einen Tee daraus machen, und alle Söhne sollen diesen Tee trinken. Morgen komme ich wieder.«

Er erhob sich und flog davon.

Und am nächsten Tag kam er wieder. Er sammelte die Söhne ein, die von dem Tee ganz benommen waren, als würden sie schlafwandeln. Er führte sie

in einer langen Reihe durchs Rheintal bis zum Bodensee und führte sie in den See hinein, bis sich das Wasser über ihren Köpfen wieder glättete, und dort, tief unten im See, warteten die Söhne, bis der Krieg zu Ende war. Ihre Haut wurde weiß und schuppig, ihre Augen hellblau wie Wasser, aber sie lebten. Und als der Krieg mit dem Westfälischen Frieden im Jahr 1648 endlich zu Ende ging, kam der Tod, schlug mit seinen schwarzen Flügeln das Wasser auseinander und brachte die Söhne heil nach Hause.

Da war die Frau Battlog schon eine alte Frau. Glücklich umarmte sie jeden ihrer Lieben, den Heiner, den Günter, den Fritz und die anderen. Sie lebte noch ein paar Jahre und ließ sich von ihren Söhnen verwöhnen, und zuletzt machte sie eine Wanderung hinauf auf den Schlossberg, das fiel ihr nicht leicht, die Füße taten ihr weh, und die Lungen waren auch nicht mehr neu. Sie setzte sich auf einen Stein und wartete. Da hörte sie es rauschen, da spürte sie einen kalten Hauch.

»Jetzt bin ich dran«, sagte sie. »Habe ich recht?«

»Ja, du hast recht«, sagte der Tod und hob sie hoch und nahm sie mit, und es hat ihr nicht wehgetan.

118

Das Trauerkirchlein bei Ossiach

Die »Kleinen Tauern«, so wird ein Höhenzug beim Ossiacher See genannt, und dort steht ein Kirchlein, ein altes und fast zerfallenes Kirchlein, ein graues, trauriges, das heißt: das Trauerkirchlein. Wie könnte es anders heißen?

Vor vielen Jahren, als es noch Zwerge und Feen und Elfen und Nixen gab, da lebte ein junger Fischer, der hieß Bernhard. Er wurde genannt: Bernhard, der Schöne. Warum wohl?

Der fuhr morgens um zwei oder um drei schon hinaus auf den See, um zu fischen. Das war sein Gewerbe. Er war verliebt in die junge Dorothea, und die Dorothea, die war die Tochter eines anderen Fischers. Und sie war verliebt in den Bernhard. Die Eltern der Dorothea, die sahen das gern, dass sie den Bernhard liebte. Und die Eltern des Bernhard sahen es gern, dass er die Dorothea liebte. Es war alles glücklich und zufrieden eingerichtet. Man hatte schon den Termin für die Hochzeit festgesetzt. Die Eltern vom Bernhard und die Eltern von der Dorothea sahen es auch ganz gern und ließen es zu, wenn der Bernhard mit der Dorothea am Abend noch am See entlang spazieren ging, und sie schauten gar nicht auf die Zeit.

Und da gingen die beiden, blieben alle zehn Meter stehen, haben einander umarmt, haben einander geküsst. Haben sich die liebsten Worte gesagt – solche Worte, wie nur die Liebenden sagen können und die von jenen, die nicht lieben, als stinklangweilig empfunden werden, und von jenen, die nicht lieben können und noch nie geliebt haben und nie lieben werden, als ärgerlich empfunden werden. Bernhard und Dorothea haben für nichts anderes Augen gehabt. Der Bernhard hat nur in die Augen seiner geliebten Dorothea geschaut, und die Dorothea hat nur in die Augen ihres geliebten Bernhard geschaut. Für alles andere haben sie keinen Blick übriggehabt. Ihnen war die Welt wurscht.

Deshalb haben sie auch nicht bemerkt, dass draußen auf dem See eine Wassernixe aufgetaucht war und neben ihnen hergeschwommen ist und sie beobachtet hat. Und diese Wassernixe war traurig. Sie gehörte zu jenen Wesen, die noch nie geliebt worden sind und keine größere Sehnsucht in sich haben, als endlich, endlich geliebt zu werden. Und sie hat sich gedacht: Ach, das hätte ich auch gern einmal, so viel gern. Einen, der mich umarmt, einen, der mich küsst, einen, der liebe Worte zu mir sagt. Dann hat sie sich gedacht: Nein, nicht irgendeinen hätte ich gerne, diesen Bernhard hätte ich gern, ihn, nur ihn. Denn ihn kannte sie. Sie hat ihn ja immer wieder beobachtet, wenn er nachts hinausgefahren war mit seinem Boot, um zu fischen. Sein Gesicht im Mondlicht hatte sie gesehen, viele Male. Ihn, den Bernhard, hat diese Wassernixe geliebt. Aber sie war sehr schüchtern.

Aber dann hat sie sich doch überwunden, eines Nachts, als der Bernhard wieder allein draußen war und die Netze ausgeworfen hat, hat sie sich überwunden. Da tauchte sie auf, stieg auf sein Boot und setzte sich ihm gegenüber auf die Bank. Kein Wort hat sie geredet. Saß einfach nur stumm da, im Morgengrauen saß sie da, hat ihn angesehen. Aber mit was für Augen!

Und der Bernhard? Da kamen in ihm Gefühle auf, die er nicht kannte, nicht einmal, wenn er mit Dorothea zusammen war, waren solche Gefühle in ihm gewesen. Es schien ihm, als ob diese Gefühle gar nicht aus dem Herzen kämen. Sondern aus den Händen, aus den Armen, aus den Beinen, aus dem Bauch, aus der Brust, aus den Wangen. Es war so, als ob diese Gefühle Befehle wären. Als ob die Hände, die Arme, die Beine, die Brust, der Bauch, die Wangen ihm befehlen: Wir möchten sie berühren! Eine Begierde war in ihm! Menschenskind! So groß, dass er sich festhalten musste an der Bank. Er löste eine Hand, und er wollte die Hand ausstrecken nach der Nixe, um diese schimmernde Haut, diese golden schimmernde Haut und dieses silbern schimmernde Haar zu berühren. Aber da sprang die Nixe von seinem Boot und tauchte unter.

Als der Bernhard an Land kam an diesem Morgen, war er ein anderer. Von dieser Nacht an war er ein anderer. Das hat jeder sofort gesehen. Eine Gefährlichkeit war in seinem Schritt. Man muss es so nennen. Früher war er gegangen, vor sich hin gegangen, einfach gegangen, jeden Tag gegangen, auf den Wegen hatte er den Blick nach oben zum Himmel oder hinaus auf den See geschickt. Nun schaute er auf den Boden, redete nicht mehr viel. Früher hatte er gerne geredet und viel. Er redete nicht mehr viel, und eine Gefährlichkeit war in seinem Schritt. Er aß auch nichts mehr. Saß nur zu Hause. War traurig. Die Glieder haben in ihm geschrien.

Er ging auch seiner Dorothea aus dem Weg. Die spürte es, die fragte: »Was ist los, Bernhard?«

»Sch-sch, nichts ist los«, sagte er, »lass mich!«

»Sag's mir doch, bitte!«

»Sch-sch …«

Seine Eltern sagten: »Bernhard, nimm dich zusammen, bald wird Hochzeit sein!«

»Sch-sch …«

»Was soll das heißen? Hast du keine Worte mehr?«

»Sch-sch …«

»Tiere haben keine Worte. Bist du ein Tier geworden draußen auf dem See?«

»Lasst mich!«

Er wurde krank. Er wurde krank vor Begierde, vor sehnsüchtiger Begierde nach dieser Wassernixe. Er hat gezischt und geknurrt und sich aufgebäumt und das Bett nassgeschwitzt, als wäre er mit den Kleidern in den See getaucht.

In den folgenden Nächten ist er wieder hinaus auf den See. Aber an Fischen war er nicht interessiert.

Die Wassernixe, die ließ sich Zeit, ihm noch einmal zu erscheinen. Das hatte einen Grund. Denn über diesen Wassernixen schwebt ein Fluch. Sie wissen, große Begierde, große Sehnsucht lösen sie aus bei den Männern. Aber nur, solange sie schweigen. Wenn sie ein Wort nur sagen, dann löscht diese Begierde aus, wie wenn einer einen Kübel Wasser über ein Lagerfeuer leert.

Die traurige Wassernixe dachte sich: Wenn ich die Begierde bei ihm so groß, so übermächtig mache, bis knapp an die Schwelle des Wahnsinns und des Todes, wenn ich dann ein Wort sage – weil sie wollte ja sprechen, sie wollte süße Worte zu dem Bernhard sagen und süße Worte aus seinem Mund hören –, dann, vielleicht, vielleicht lösche ich diese Begierde, diese männliche Sehnsucht nicht ganz aus, dass doch noch etwas bleibt für mich, ein Fünkchen, das man hegen kann, bis es stärker brennt als das Feuer der Dorothea.

Als sie glaubte, dass es so weit ist, erschien sie dem Bernhard noch einmal. Stieg wieder auf sein Boot am Morgen, setzte sich ihm gegenüber. Und alle seine Lebensgeister kehrten zurück. Und wieder befahlen die Hände, die Arme, die Beine, der Bauch, die Brust und die Wangen befahlen ihm: Berühr sie! Berühr sie! Berühr sie endlich! Berühr ihre goldene Haut! Berühr ihr silbernes Haar!

Nun begann die Wassernixe zu sprechen. Sie sagte nur seinen Namen: »Bernhard.«

Aber das genügte – es genügte, um jede Sehnsucht, jede Begierde aus seinem Körper zu löschen. An den freien Platz trat das schlechte Gewissen, das schlechte Gewissen gegenüber der Dorothea, das schlechteste Gewissen der Welt. Die er so vernachlässigt hatte, Dorothea. Die er gekränkt hatte, Dorothea. Und das schlechte Gewissen überwältigte ihn so sehr, dass er der Nixe einen Tritt gab. Sie fiel vom Boot.

Das hat ihr Herz zerrissen.

Da wollte sie sich rächen. An Bernhard wollte sie sich rächen, und an allen Menschen wollte sie sich rächen. Sie überlegte: Wie kann ich das tun?

Ja, das war die Zeit, als es die Zwerge, die Feen und die Riesen noch gab. Und da hauste auf diesem Höhenzug, der die »Kleinen Tauern« heißt, ein Riese, der lebte dort in einer Höhle, er versteckte sich vor den Menschen. Weil er Angst hatte, dass sie ihn auslachen. Weil er hässlich war. Dieser Riese war verliebt in die Wassernixe. Vor ihr versteckte er sich auch. Weil er Angst hatte, dass sie ihn auslachte.

Die Nixe ging zu dem Riesen und sagte: »Versteck dich doch nicht vor mir. Warum denn? Du gefällst mir doch. Ich werde zu dir kommen, du darfst mich angreifen, meine goldene Haut, mein silbernes Haar. Wenn du mir einen Gefallen tust. Ich möchte, dass du den Ossiacher See in einer Nacht mit Steinen auffüllst.«

Und der Riese sagte: »Ja, das werde ich tun.«

Und er hat es getan.

Er hat den See in einer Nacht mit Steinen aufgefüllt. Das Wasser des Sees hat sich ergossen über die Dörfer und hat den Menschen die Häuser weggeschwemmt, die Felder überschwemmt, die Tiere weggeschwemmt. Manche konnten sich nur noch auf die Dächer retten, und dort sind sie verhungert und verzweifelt.

Der Bernhard war gerade auf dem Weg zur Dorothea, als das Wasser kam.

Er schwamm, und er schwamm um sein Leben, und er wollte zu Dorothea schwimmen, die oben auf dem Dach ihres Vaterhauses stand.

Sie sah den Bernhard, und sie rief ihm zu, und er rief ihr zu.

»Hilf mir!«

»Ich helfe dir!«

Sie sprang zu ihm ins Wasser, weil sie dachte: Er wird ertrinken, und dann will ich mit ihm ertrinken.

Die beiden umarmten sich im Wasser, und sie ertranken, sanken ab, hinunter, bis es um sie herum dunkel wurde.

Tief unten im Ossiacher See herrschte der Vater der Nixe. Der war ganz und gar nicht einverstanden mit dem, was seine Tochter angerichtet hatte. Sie hatte den See zuschütten lassen! Sein Reich zerstört hatte sie!

Er rief sie zu sich und sagte: »Das wirst du wiedergutmachen. Du wirst jeden einzelnen Stein aus dem See heraustragen, hinauf auf den Berg. Jeden einzelnen Stein. Und wenn fast alle Steine oben sind, wirst du aus dem Rest, der noch im Wasser liegt, eine Kapelle bauen. Und den Mörtel für die Steine, den wirst du anfeuchten mit deinen Tränen. Das soll die Strafe sein!«

Und das hat die Wassernixe gemacht. Und die Kapelle, die dort steht, das Kirchlein, das wird das »Trauerkirchlein« genannt. Man kann es heute noch besichtigen.

119

Das Villinger Thalfräule

Dies ist eine der Geschichten, die uns nichts lehren, die aber so tun, als hätten sie doch ein paar Ratschläge und Weisheiten parat. Vorsicht also!

Zwischen Mergentheim und Wachbach liegt das Villinger Tal. Das hat im Großen und Ganzen gesehen nichts Besonderes vorzuweisen. Dort wächst nichts anderes als sonst auch. Aber wenn man es zum ersten Mal so vor sich sieht, kann es sein, dass man sich eben doch etwas Besonderes von diesem Tal erwartet. Es strahlt irgendwie etwas aus. Ich kann es nicht anders ausdrücken. Ein Besucher von weit her hat einmal gesagt: »Das ist ein hochmütiges Tal.« Das trifft es. Man müsste hinzufügen: Es ist obendrein ein hochstaplerisches Tal. Was das meint, erklärt sich von selbst.

Unsinn! Ein Tal kann doch nicht hochstapeln, und hochmütig sein kann es auch nicht! Aber angenommen, dort hat einmal jemand gewohnt, der über alle Maßen hochmütig war und über alle Maßen hochgestapelt hat, und zwar so über alle Maßen, dass diese schlechten Eigenschaften in dem Menschen nicht Platz gehabt haben und aus ihm herausgequollen sind in die Gegend hinein, zum Beispiel in das Tal hinein, in dem dieser Mensch wohnte, dann kann es schon sein, dass dieses Tal auf einen Besucher hochstaplerisch und hochmütig wirkt. – Das ist die Erklärung. Basta! Ende der Debatte.

In dem Tal zwischen Mergentheim und Wachbach, eben dem Villinger Tal, lebte einst eine Gräfin. Die war so eine. Die hat nicht viel besessen. Das Schlössle war eigentlich ein Häusle, aber sie hat es Schloss genannt. Und wenn sie »mein Schloss« sagte, hat sie es so ausgesprochen, als wären drei Rufzeichen dahinter: »Mein Schloss!!!« – Das hat dazu geführt, dass die anderen Bewohner, deren Häuser nicht kleiner waren als das Haus der Gräfin, von deren Haus als vom »Schlössle« und mit der Zeit auch vom »Schloss«

redeten. Und schließlich auch glaubten, dass sie selbst in einem »Häusle« hausten, die Gräfin aber in einem »Schloss« residierte.

Auch war sie beileibe keine Gräfin. Ihr Mann, den niemand je gesehen hatte, habe als Kind in Südtirol in der Nähe eines Grafen gewohnt. Immerhin. Dieser Graf habe viel ein- und ausgeatmet in seinem Leben, die gräfliche Atemluft habe sich in der Gegend verteilt und sei von den Nachbarn eingeatmet worden. Was ansteckend sei. – Das ist die Erklärung. Basta! Ende der Debatte!

Wovon hat sie gelebt, die Frau Gräfin? – Vom gräflichen Blick. Sie hat geschaut. Einfach nur geschaut. Aber wie geschaut! Dieser Blick hat einen Text gehabt. Der ist ohne Buchstaben ausgekommen. Aber er war so deutlich wie ein gebrüllter Befehl: Die Huld kostet! Die Huld kostet! Jawohl, so hat der Text gelautet. Es kostet etwas, die gräfliche Luft einatmen zu dürfen. Immerhin ist diese Luft gereift in der Sonne Südtirols. Die Folge: »Dürfen wir Euer Gnaden ein Kistle mit Birnen als kleines, unwürdiges Geschenk überreichen? Es sind die besten von den besten Bäumen.« Oder: »Dürfen wir Euer Gnaden zwei prächtige Forellen zukommen lassen? Es sind die fettesten aus dem Bächle.« Oder: »Morgen soll das frische Bier angezapft werden. Ich darf Euer Gnaden doch ein Fässle vorbeibringen, oder?« – Ähnliche Beispiele könnte ich über fünfzehn Seiten hinweg aufzählen. Das Beste vom Besten, das Schönste vom Schönsten, das Gesündeste vom Gesunden und das Wohligste vom Wohligen haben die Nachbarn der Frau Gräfin gebracht. In ihr Schloss.

Hat die Gräfin einmal danke gesagt? Also wirklich nicht! Wär ja noch schöner!

»Dieser Menschenschlag«, sagte sie, »hat es nun einmal gern, untertänig zu sein. Es wär ein Verbrechen, diesen Hascherln ihren Wunsch nicht zu erfüllen.« Und sie sagte: »Ich persönlich, ja, ich würd doch viel lieber etwas Gescheites tun, als von diesen aufdringlichen Menschern Tag für Tag Gaben entgegenzunehmen.« Und zu den Menschern sagte sie: »Was, schon wieder von dem vorzüglichen Käse? Kann's nicht morgen von der vorzüglichen Wurst ein Kränzle oder zwei, sagen wir, vier Kränzle sein?« Und dann bekam sie von der vorzüglichen Wurst.

Man glaubt es nicht, aber auf diese Art und Weise hat sich die Gräfin eine Kutsche, ein Gespann und einen Kutscher dazuerworben.

Es war üblich in der Gegend zwischen Mergentheim und Wachbach, dass man auf die Armen geschaut hat. Man hat die Armen nicht verkommen lassen zu jener Zeit. Jeder, der hatte, hat etwas abgegeben. Von zwanzig Liter Bier ist ein Liter für die Armen übrig geblieben, von zwanzig Flaschen Wein eine. So hat man es bei allen Lebensmitteln gehalten. Und einmal hat der eine, einmal der andere einem Bettler in der Scheune einen Schlafplatz gerichtet und hat ihm ein Frühstück gebracht mit einem weichgekochten Ei und zwei Blatt Schinken und einer Kanne Kaffee und Orangensaft, Butter und dreierlei Marmelade. Das war üblich. Und haben sich auch alle daran gehalten? Alle, ja. Wirklich alle? Nein. Wer nicht? Die Gräfin.

Die Gräfin in ihrem Schloss, die von zwanzig Fass Bier mindestens zwei, von zwanzig Fass Wein ebenfalls mindestens zwei, von hundert Laib Brot mindestens zehn von den Bürgern des Villinger Tals bekommen hat, so dass sie allein mehr hatte als sonst eine ganze Familie, sie hat nichts abgegeben an die Armen. Da war sie zu sparsam. Nicht gespart hat sie allerdings bei Fußtritten. In keiner Chronik ist vermerkt, dass je ein Mensch auf dieser Erde gelebt hat, der großzügiger mit Fußtritten umgegangen wäre als die Gräfin vom Villinger Tal. Jedes Jahr musste sie sich drei Paar neue Schuhe schenken lassen, weil sie die alten an den Hintern der Armen zertreten hat.

Was hat sie mit dem vielen Wein, dem vielen Bier, dem vielen Brot gemacht, das sie allein ja gar nicht veressen und vertrinken konnte? Mit dem Wein hat sie ihre Pferde eingerieben, damit das Fell schön glänzte und der Charakter der Tiere feurig wurde. Mit dem Bier hat sie die Rinder eingerieben, sie hat nämlich irgendwo gehört, dass bei solcher Pflege die Steaks besonders zart werden. Das Brot – meine Güte, was macht man mit so viel Brot! Man schmeißt es halt weg. Was soll man denn sonst damit anfangen? Brotsuppe kochen? Man ist doch kein Bettler, bittschön! Also, auf den Komposthaufen damit. Und wehe, wenn sich in der Nacht ein Gesindel anschleicht und das Brot vom Haufen frisst! Das wär nämlich Diebstahl. Also ins Gefängnis mit dem Kerl! Hat er's eh gut erwischt. Wird ihm Kost und Logis kredenzt – auf unsere Kosten.

Was kann man von dieser schwäbischen Geschichte lernen? Ich sag: Gar nichts. Aber warten wir's ab!

Eines Tages, mitten im Winter, fährt die Gräfin mit ihrem gräflichen Schlitten, vor den die gräflichen, mit Wein eingeriebenen Rappen gespannt sind, durch die verschneite Landschaft. Es geht den Berg hinauf, der Kutscher muss die Pferde mit der Peitsche schlagen, damit sie nicht langsamer werden oder gar anhalten, weil dann würde man im Schnee stecken bleiben und müsste Hilfe holen. Man müsste bitten. Und das will man nicht. Und da liegt mitten auf dem steilen Weg ein Mensch. Den sieht man von weitem. Ein Mann. Der ist ausgerutscht, hat sich den Kopf angeschlagen, ist ohnmächtig geworden und liegen geblieben. Halb erfroren ist er bereits. Braucht dringend Hilfe.

Hilft ihm die Gräfin?

Ja, wie denn, bitte! Dann müsste sie doch anhalten! Dann aber würden die Pferde nicht mehr weiterkommen. Die Gräfin müsste den Kutscher losschicken, um Hilfe zu holen. Oder sie müsste umkehren. Nein, nein, das geht nicht!

»Fahr zu!«, ruft sie. »Kutscher, fahr zu!«

»Aber dann fahr ich doch über den Mann drüber!«, ruft der Kutscher.

»Fahr zu!«, schreit sie jetzt. »Fahr zu! Ich bin die Gräfin! Fahr zu, oder ich trete dir in den Hintern!«

Und so trampeln die Pferde über den Mann, der da liegt, und der Schlitten rumpelt über ihn drüber. Das hätte der Mann nicht einmal überlebt, wenn er nicht halb erfroren gewesen wäre. War er aber. Also ist er verschieden.

Achtung! Jetzt kommt die Lehre!

Denn fast im selben Augenblick löste sich oben am Hang eine Lawine, die stürzte zu Tal und begrub die Kutsche unter sich, samt Kutscher, samt Gräfin. Die Pferde wurden verschont. Die konnten ja nichts dafür. Außerdem waren es Tiere. – Was sagt man dazu!

Hinterher sind alle gescheiter. Die Leute, die ja auch nicht unschuldig daran waren, dass die Gräfin alles gekriegt hat, was sie verlangte, Ansehen, Naturalien, Macht, dieselben Leute sagen nun: »Jetzt hat sie ihre gerechte Strafe abbekommen, die Hochstaplerin, die hochmütige. Hochmut kommt eben doch vor dem Fall. Gott sei Dank. Servus! Gute Nacht! Schlaf gut! Bis morgen!«

Das war die Lehre. Aber ist es nicht so, dass eine Lehre auf die Dauer nur als eine solche anerkannt werden kann, wenn sie auch irgendwie Früchte trägt? Wenn irgendjemand diese Lehre auch befolgt? Ja, in diesem Punkt bin ich leider ein Pessimist. Denn wie ging die Geschichte weiter?

Die Gräfin musste nach ihrem Tod geistern. Sie zieht bis heute durch das Tal. Erschreckt Menschen. Führt Menschen in die Irre, manchen hat sie in den Tod geführt. So heißt es. Man macht ihr Geschenke, um sie zu besänftigen. Also wieder. Man erzählt ihre Geschichte und hält so ihr Ansehen aufrecht. Also immer noch. Es ist zwar kein gutes Ansehen, ein Ansehen ist es immerhin. Und immerhin ist es ihr gelungen, aus einem ganz gewöhnlichen Tal ein hochmütiges, hochstaplerisches Tal zu machen. Immerhin!

120

Die steinerne Hand

Oberhalb von Kolbnitz in Kärnten standen ein paar Bauernhäuser unter dem Berg. Dort wohnten gute Menschen. Und jeder Wanderer, der dort vorbeikam, der wurde eingeladen. Er bekam zu essen und zu trinken. Er durfte erzählen, so ausschweifend, wie es ihm behagte. Die Bauern hörten zu. Selber redeten sie wenig. Und wenn, dann selten in ganzen Sätzen. Was sie zu sagen hatten, passte meistens in ein Wort. Und meistens bestand dieses Wort nur aus einer einzigen Silbe.

»Ja.« – »Nein.« – »Aha.« – »Gut.« – »Kaum.« – »Jetzt.« – »So.« – »Hä?«

Und eines Tages saßen die Bauern in ihren Stuben und schwiegen und blickten hinaus, da sahen sie einen Wanderer, der vom Berg herunterkam. Er hatte den Kopf gesenkt, setzte langsam einen Fuß vor den anderen, als hätte er Granit in den Sohlen. Er hatte lange Haare und einen langen Bart. Auf dem Rücken trug er einen schweren Sack.

Die Bauern sagten nicht, aber dachten: Gleich wird es an die Tür klopfen, und er wird fragen, ob er etwas zu essen und etwas zu trinken bekommt oder ob er vielleicht sogar hier übernachten kann, und wir werden ihn hereinbitten, und er wird erzählen, und wir werden zuhören, denn wir sind gastfreundlich und gute Menschen.

Aber es klopfte nicht an die Tür. Der Mann zog an den Häusern vorbei, ohne einen Blick darauf, mit schwerem Schritt ging er, als hätte er Granit in den Sohlen.

Ein paar Tage später sah man ihn wieder, diesmal ging er in die andere Richtung. Und er hatte wieder einen schweren Rucksack auf dem Rücken, und er ging noch langsamer, und sein Schritt war noch schwerer, als wären die Füße Felsbrocken. Und am folgenden Tag kam er wieder, nämlich vom Berg herunter, und darauf stieg er wieder hinauf. Herunter kam er mit einem schweren Sack, hinauf stieg er mit einem schweren Sack. Und nie schenkte er den Bauern einen Blick. Die saßen vor ihren Häusern, und es war immer alles gleich.

Irgendwann geschah das Unglaubliche: Einer der Bauern machte den Mund auf und grüßte den Fremden. Und es war doppelt unglaublich, denn der Gruß dauerte länger als ein Wort:

»Sei gegrüßt, Fremder!« Das war der Gruß. Davon musste sich der Bauer erst erholen.

Und am nächsten Tag grüßte ein anderer Bauer: »Sei gegrüßt, Fremder, schöner Tag heute.«

So eine lange Ansprache von einem Bauer hatte man in der Gegend noch nie gehört.

Der Fremde nickte, hob kurz die Hand und ging weiter.

»Er will wohl nicht mit uns sprechen«, sagte ein dritter Bauer.

»Darf er, wenn er will«, sagte ein vierter Bauer.

»Ist seine Sache«, ein fünfter.

»Aber das heißt nicht, dass wir ihn nicht trotzdem grüßen.«

Sie grüßten jeden Tag, und ihre Grüße wurden immer länger und freundlicher, und der Wanderer nickte immer länger und freundlicher zurück.

Aber sie waren dann doch neugierig. Und einer von ihnen, der jüngste Bauer, war besonders neugierig. Er sagte: »Was tut er dort oben auf dem Berg? Was trägt er dort hinauf jeden Tag? Wo bleibt er über Nacht dort oben?«

Jetzt war es schon egal. Wenn einer so viel auf einmal sagen kann, dann gelten die Grundsätze nicht mehr. Und nun redeten die Bauern alle durcheinander und lachten und erzählten, was sie schon seit Jahren hatten erzählen wollen, und am Ende sangen sie ein Lied, und alle waren der Meinung, noch nie sei ein so schöner Abend gewesen.

Aber was der Fremde oben auf dem Berg treibt, das wussten sie immer noch nicht.

Darum ist ihm der jüngste Bauer, der neugierige, nachgeschlichen. Und da hat er gesehen, der kriecht in eine Hütte hinein, eine miserable, elende, heruntergekommene Hütte, die von weitem schon stinkt wie ein Ziegenfuß. Der Bauernbursch hat sich hinter einem Baum versteckt und hat geschaut, was die Augen halten.

Und da sah er, wie der Mann die Hütte wieder verließ und den Berg hinunterging. Und da hat er sich gedacht: Jetzt möchte ich mir doch anschauen, wie der so lebt in dem stinkenden Loch.

Und als er sich vergewissert hatte, dass der Mann schon ein Stück den Berg hinunter war, hat er probiert, die Tür aufzumachen. Aber sie war abgesperrt. Und da hat er die Tür aufgebrochen und hat eine Überraschung erlebt.

Denn als er die Hütte betrat, war sie gar nicht mehr armselig von innen, und auch gestunken hat es hier nicht, sondern im Gegenteil, alles war mit dem feinsten Material ausgestattet und hat geduftet nach Veilchen und Weihrauch. Die Wände waren mit Seidentapeten überzogen. Dicke, warme Teppiche lagen auf dem Boden. Die schönsten Möbel standen hier.

Der Bursche öffnete eine Truhe, und diese Truhe war bis oben hin voll Gold. Er hat nichts mitgenommen, nicht eine winzige Münze, ist zurückgelaufen zu den Bauern in sein Dorf und hat ihnen erzählt, was er gefunden hat.

Und alle sind sie hinaufgepilgert auf den Berg und haben sich das Haus angesehen.

Und hinterher haben sie zugegeben: »Es war nicht recht, dass wir eingebrochen sind, das stimmt, darüber brauchen wir nicht zu debattieren, obwohl wir seit neuestem gern debattieren. Aber es ist auch nicht recht von diesem Mann, dass er uns etwas vorgemacht hat. Nicht, dass wir erwartet hätten, dass er gleich mit der ganzen Wahrheit herausrückt und damit prahlt, was er für ein reicher Mann ist. Aber so zu tun, als wäre er ein besonders armer Mann, das ist nicht recht.«

Und sie haben auf ihn gewartet.

Und er kam den Berg herauf, mit dem schweren Rucksack, und sie sagten zu ihm: »Wir haben etwas Unrechtes getan, wir sind bei dir eingebrochen. Aber du hast auch nicht recht getan, denn du hast uns hintergangen. Du gehörst ja zu uns, du wohnst auf unserem Gemeindegebiet. Und du könntest mit uns sprechen und uns erzählen, was mit dir ist, und du solltest nicht so tun, als wärst du ein armer Mann, wo du doch ein reicher bist.«

Da sagte der Mann: »Ich werde euch alles erzählen, aber nicht heute! Ich werde bald sterben. Aber bevor ich sterbe, werde ich euch alle Fragen beantworten und werde euch meine Geschichte erzählen.«

Da waren die Bauern zufrieden. Mehr haben sie nicht erwartet.

Und dann, nach einiger Zeit, lag der Mann tatsächlich im Sterben, und er rief die Bauern zu sich. Und sie standen vor ihm um sein vornehmes Bett herum, und er erzählte ihnen seine Geschichte.

»Vor vielen Jahren war ich mit meinem Freund, meinem Herzensfreund, hier heroben auf dem Berg. Wir haben Gold gesucht. Und dann ist mein Freund ausgerutscht und in eine Felsspalte gefallen. Und ich konnte ihn noch am Arm festhalten, ich habe ihn gehalten an der Hand. Ich hab ihn gehalten, ich hab ihn über Stunden gehalten, bis mein Arm steif und starr geworden ist. Aber dann bin ich ohnmächtig geworden, und ich konnte ihn nicht mehr halten. Und er ist gefallen. Und dann bin ich fort, bin durch die Welt gezogen voll Trauer, weil ich meinen Freund, meinen liebsten Herzensfreund, verloren hatte. Aber dann bin ich zurückgekehrt. Und als ich hinaufgegangen bin zu unserem Berg und in die Schlucht, da habe ich gesehen, dass aus einer Felswand heraus eine steinerne Hand wächst. Ich habe gesehen, das ist die Hand meines Freundes. Und ich habe diese steinerne, harte, kalte Hand gedrückt. Und da haben sich die Finger der Hand bewegt und haben meine Hand umschlossen. Ich habe mich niedergekniet, und die Hand hat mir über den Kopf und über das Gesicht gestrichen. Und dann hat die Hand zum Fels gegriffen und hat ein Tor geöffnet. Und ich bin eingetreten in eine Kammer, und die Kammer war voll Gold. Und ich habe immer so viel Gold genommen, wie ich tragen konnte, und habe es hinunter ins Tal gebracht und in die Stadt. Und dort hat man mir Geld dafür gegeben. Und daher rührt mein Reichtum. Und diesen Reichtum vermache ich euch, weil ihr mich so freundlich gegrüßt habt, und nicht nur mit einem einzigen Wort, wie es alle anderen hier tun. Teilt den Schatz unter euch auf«, sagte der Mann zu den Bauern. »Und wenn ihr wieder Geld braucht, dann geht zu dieser Schlucht und drückt die Hand, kniet euch nieder und lasst euch von der Hand das Gesicht betasten. Vielleicht denkt die Hand, ich bin es, und öffnet euch das Tor.«

Und die Bauern sagten: »Ja, aber wenn sie unser Gesicht betastet, diese Hand – das merkt die Hand doch, so eine Hand ist doch schlau, wir jedenfalls können uns nicht vorstellen, dass so eine Hand nicht schlau ist.«

»Dann lasst euch langes Haar wachsen«, sagte der Mann, »lasst euch einen langen Bart wachsen. Wie ich.«

Und dann starb er.

Die Bauern ließen sich lange Haare wachsen und einen langen Bart wachsen. Und dann haben sie sich doch getraut, zur Schlucht hinaufzusteigen. Haben die Hand gesehen, und es hat ihnen gegraust, aber sie haben die Hand gedrückt, und die steinerne Hand hat sich um ihre Finger geschlossen. Dann haben sie sich niedergekniet, und die steinerne Hand ist ihnen übers Gesicht gefahren, über den Kopf gefahren.

Aber die steinerne Hand hat nicht das Tor zum Fels geöffnet, das hat sie nicht.

Da sagten die Bauern: »Seht ihr doch, es hat keinen Sinn. Diese Hand des Freundes, die spürt doch ganz genau, dass wir es sind. So eine steinerne Hand ist eben schlau.«

Und sie fanden sich damit ab und sagten: »Na, wir haben ja einiges geschenkt bekommen von dem Mann, auch nicht schlecht. Seien wir doch zufrieden.«

Aber der junge Bauernbursch, der als Erster die Tür zu dem Haus des Einsiedlers aufgebrochen hatte, der war nicht zufrieden.

Er hat in einer Nacht das Grab des Einsiedlers geöffnet, hat es ausgeschaufelt und hat dem Toten den Kopf abgehackt. Dann hat er den Kopf mitgenommen hinauf zum Fels in der Schlucht. Hat die Hand geschüttelt und sich niedergekniet und hat den Kopf hingehalten. Und die Hand hat über den Kopf gestrichen, über das Gesicht gestrichen und hat das Tor zu dem Felsen geöffnet.

Na also, hat sich der junge Bauernbursch gedacht und ist eingetreten in den Fels. Aber dann hat die Hand die Tür hinter ihm wieder zugemacht. Und er ist im Fels dringeblieben, und nie wieder hat ihn draußen einer gesehen. Aber manchmal hat man ihn drinnen reden hören, so viel und so schnell, dass einem vom Zuhören allein schon die Luft ausgegangen ist.

121

Die steinerne Jungfrau

Es war einmal eine Mutter ohne Mann, die hatte eine Tochter, die war so schön, dass, wenn man ihr begegnete, es bald üblich wurde, das Ohr auf die Erde zu legen und die Natur zu befragen, ob solche Schönheit von der Schöpfung vorgesehen sei. Das haben die Leute getan, die Frauen öfter als die Männer. Die Männer nämlich vergaßen einfach alles, wenn sie das Mädchen sahen, sie vergaßen sogar, dass unter ihren Füßen die Erde war. Keiner, aber gar keiner von ihnen hat sich gedacht, mit der würde ich gern einmal, keiner hat das gedacht. Und warum nicht? Weil der Abstand zwischen einem selber und diesem Mädchen so groß war, dass man sich nie und nimmer in solche Nähe zu ihr gerückt hätte, nicht einmal in den geheimsten Gedanken. Das wäre gewesen, wie wenn man Hühnerdreck in einer Monstranz aufbewahren hätte wollen. Das geht nicht, nein, das geht wirklich nicht.

Sie hatte Haare wie Gold, einen Mund wie Blut, eine Haut wie Karamell, Fingernägel wie Elfenflügel und Glieder wie Gottes letzte überarbeitete Fassung, die er nicht mehr für die Allgemeinheit freigegeben hat.

Und ein kleines Bäuchlein hatte sie, ein winzig kleines Bäuchlein. Denn eines muss man wissen: Gäbe es an einem Menschen nicht das Geringste auszusetzen, wäre er ein Engel und flöge davon, auch aus den Gedanken der Menschen flöge er davon. Wir rechneten ihn eben einer anderen Welt zu, die uns nichts angeht. Dort kann es schön sein, wie es will, da sind wir nicht neidisch. Wenn aber die menschliche Schönheit einen Makel hat, und sei's nur einen winzigen Makel, dann rechnen wir diese Schönheit uns zu. Und auch wenn jeder sich denkt, dieses Mädchen hier ist viel zu schön für mich, ich bin ja im Vergleich zu ihr wie ein Hühnerdreck im Vergleich zu einer Monstranz, dann denkt sich doch jeder, wenn er so eine Schönheit sieht, die einen winzigen Makel hat, für einen anderen, einen nämlich, der im Vergleich zu ihr besser abschneidet als ein Hühnerdreck, für so einen kommt sie vielleicht eben doch in Frage. Und damit ist der Bitterkeit ein Fenster geöffnet, und sie zieht ins Herz ein wie die Schneeluft im Winter ins Schlafzimmer.

Ich sagte, kein Mann hat sich beim Anblick des Mädchens gedacht, mit der würde ich gern einmal. Das stimmt. Das stimmt, wenn ich unter Anblick nur den Anblick ihres Gesichtes verstehe oder ihrer Glieder. Aber es stimmt nicht, wenn ich den Anblick ihres Bäuchleins meine. Der Makel war es, der die Lust der Männer erregte. Das ist die Wahrheit.

Das Mädchen spazierte in der Welt herum, und je älter es wurde, desto schöner wurde es, es wurde eine junge Frau aus ihr, und ihr Bäuchlein wurde noch runder. Die Männer waren verzweifelt. Und die Frauen der Männer waren auch verzweifelt.

Eines Nachts trafen sich die Frauen der Männer, um sich zu beraten, denn es war abzusehen, dass die Jungfrau vom Weidenhaus – so wurde die Schönheit genannt – immer schöner werden würde, so dass die Menschen in den nächsten zehn bis fünfzehn Jahren keine Ruhe mehr haben würden.

Und da hatte eine der Frauen einen Gedanken. Sie sagte: »Wir werden behaupten, die Jungfrau ist gar keine Jungfrau, wir werden behaupten, sie ist schwanger.«

Das war insofern ein überdenkenswerter Gedanke, weil da ja das Bäuchlein war, das gottverdammte. Und genauso drückte es eine andere Frau aus: »Sie hat ein gottverdammtes Bäuchlein!«

Und nun war es kein weiter Weg zum nächsten Gedanken: »Woher kommt denn eigentlich dieses Bäuchlein? Von wem ist sie denn schwanger? Von einem unserer Männer? Nein. Die sind ihr doch viel zu gering. Die sind grad gut genug für uns. So eine will etwas Besonderes. Sie hat ja auch ein gottverdammtes Bäuchlein. Und was genau ist ein gottverdammtes Bäuchlein? Na? Na? Genau! Ein gottverdammtes Bäuchlein ist ein Bäuchlein, an dem der Gottverdammte beteiligt ist, nämlich der Gottseibeiuns, der Asmodi, der Behemoth, der Junker Hinkefuß, der Scheitan, der Samael, der üble Kreuzbrunzer – nämlich der Teufel.«

Jetzt war alles klar. Die sogenannte Jungfrau vom Weidenhaus, die Tochter einer Frau ohne Mann, die war schwanger vom Teufel. Ein Blinder mit Krückstock und Hörproblemen konnte das wissen. Dass man da nicht früher draufgekommen war!

Damals regierte der Fürstbischof Johann Georg II. Fuchs Freiherr von Dornheim, der überall der Hexenbrenner genannt wurde, weil er nichts lieber tat, als Scheiterhaufen aufzurichten und darauf Hexen und Hexenmeister zu verbrennen, so viele, dass schon fast das Holz ausging und man von den Nachbarwäldern leihen musste. Und zu diesem Gottesmann pilgerten nun die Frauen und meldeten mit treuherzigem Blick, dass sie einer besonders schändlichen Hexe auf die Spur gekommen seien, nämlich einer Urhexe, einer Art Ausbildnerin der Hexen, die ewig wie siebzehn aussehe, in Wahrheit aber schon älter als hundertsiebzehn sei und die Uranstifterin sei, letztlich verantwortlich für die bösen Taten der fast tausend Hexen und Hexenmeister, die während der Regentschaft des tadellos hochwürdigen Fürstbischofs verbrannt worden seien.

Soll da lange gefackelt werden? Nein. Abmarsch! Schon waren die Gendarmen unterwegs, schon standen sie vor dem Haus der Hexe, schon war die Tür eingeschlagen, schon war die Inneneinrichtung demoliert, das Vieh hingemetzelt, der Mutter eines übergebraten, schon war die Heimstatt niedergebrannt – und keine zwei Stunden später stand die Hexe gebunden und auch ein bisschen geschunden vor dem Fürstbischof.

Der sagte bloß: »Ab mit ihr ins Drudenhaus!«

Im Drudenhaus war Unterkunft für die Hexen geschaffen, bevor ihnen der Prozess gemacht wurde. Ist doch eine Freundlichkeit! In anderen Städten hat man die Hexen einfach an einen Pfahl im Freien gebunden und draußen gelassen bei Hitze und Frost. Und neben dem Drudenhaus war noch ein Häuschen, das Häuschen für die »peinliche Frag«. Dort wurden die Hexen *lege artis* gefoltert. Bis sie die Wahrheit sagten. Das heißt, man hat sie mit glühenden Zangen gezwickt, an dieser Stelle und an jener. Man hat sich genau an die Vorschriften gehalten, wie sie der Theologe Heinrich Institoris in seinem Hexenhammer niedergelegt hatte.

Im Fall der sogenannten Jungfrau vom Weidenhaus bedurfte man keiner allzu peinlichen – eigentlich peinigenden – Befragung. Die Sache war klar: das Bäuchlein. Wer sollte denn sonst so ein schönes Bäuchlein zustande bringen außer der Teufel? Also.

Das Mädchen wurde zum Tode verurteilt.

Aber als ihr der Fürstbischof Johann Georg II. Fuchs Freiherr von Dornheim ins Gesicht blickte – einmal, nur einmal wollte er ihr ins Gesicht blicken, einmal erlaubte er es sich –, da sah er wohl, dass dieses Antlitz von Gott höchstselber geformt und nicht in einer himmlischen Manufaktur zurechtgeknetet worden war, und er sagte zu der Jungfrau:

»Ich lasse zu, dass dir ein letzter Wunsch erfüllt wird. Sag mir, was wünschst du dir?«

»Dass ich ein Vaterunser beten darf vor dem Dom.«

Das hat man sie gelassen. Sie hat gebetet, und als das Vaterunser zu Ende war, hat sie die gefesselten Arme erhoben und hat gerufen: »Wenn schon Gott sich meiner nicht erbarmt, dann erbarmt ihr euch, ihr Steine!« Und hat damit die Steine von dem wunderbaren Dom gemeint.

Und da hat es einen Rumpler in der Erde gegeben, als wenn ein Gespann mit dreihundert Pferden unter der Erde herangerast käme. Die Erde hat gezittert, und aus einem der Türme des Doms hat sich ein Stein gelöst, und der ist gefallen – die Bürger standen starr und glotzten und sahen, wie der Stein fällt –, ist gefallen, gefallen und fällt der Jungfrau auf den Kopf, dass sie auf der Stelle tot ist.

Angezündet hat man sie daraufhin nicht mehr.

Und nun kam die Zeit der Deutungen. Hat Gott den Stein geworfen, weil er die Sünderin persönlich strafen wollte? Hat der Teufel den Stein geworfen, um seine Komplizin vor dem Feuer zu bewahren? Oder hat Gott den Stein geschickt, um der Jungfrau die Qual zu ersparen?

Schließlich wurden die Frauen alt und starben, und der Fürstbischof starb ebenfalls, und zwar irgendwo in Österreich, nachdem er unter Mitnahme des Domschatzes aus der Stadt geflohen war. Und da hat man begonnen, anders zu denken. Die Jungfrau sei eine Heilige gewesen, hieß es nun. Man hat ein Standbild in Auftrag gegeben, das genau an der Stelle stehen sollte, wo sie ihr letztes Vaterunser gebetet hatte. Der Bildhauer war ein großer Künstler, er hat alles gegeben, was er hatte, und es ist ihm gelungen, einen Blick in den Stein zu hauen, der bis in ewige Zeiten die Schuld der Bürger festgehalten hätte. Das wollte man nun auch wieder nicht. Deshalb haben die Räte beschlossen, der Statue eine Binde um die Augen zu legen. Und weil der Künstler das Bäuchlein der Jungfrau so naturecht dargestellt hatte, dass allen Männern, die vorübergingen, die Knie schwach wurden, haben die Räte zudem beschlossen, der Jungfrau eine Schürze umzuhängen. Schürze und Binde aber waren aus Leinen, und mit der Zeit – Regen, Schnee, Sonne, Wind – wurde das Leinen brüchig und fiel ab. Da konnte alle Welt für wenige Stunden wieder den Blick der Jungfrau und wieder ihr Bäuchlein sehen. Ehe der Rat eine neue Binde und eine neue Schürze in Auftrag gab. Es hieß, aus allen Landen seien die Menschen hierher gepilgert, um Augen und Bäuchlein der steinernen Jungfrau zu bestaunen.

122

Wolf Dietrich und der Erzengel Gabriel

Das ist doch ein schöner Gedanke: mit jemandem aus der anderen Welt zu sprechen. Gut, das ist richtig: Man würde zuvor gern wissen wollen, was diese andere Welt ist. Die Hölle zum Beispiel ist ja auch eine Art andere Welt, daran hat niemand Zweifel, und ob man mit dem Teufel sprechen möchte, also ich weiß nicht. Es gibt ja den einen oder anderen Hochnäsigen, der meint, er könne sich auffällig machen, indem er herumposaunt, er würde sich mit dem Abbadon gern einmal zum Frühstück treffen, um mit ihm das eine oder andere zu diskutieren – glaubt dem nicht! Entweder er ist noch nass hinter den Ohren und hat keine Ahnung von der Farbe Schwarz, oder er glaubt selber nicht, was er sagt. Aber eines sei ihm unter die Nase gerieben: Der da, dessen Namen ich nicht noch einmal aussprechen möchte – der Behemoth, der Mantus, der Rimmon, der Demogorgon, der Herr der Fliegen, der Beelzebub eben –, der lässt sich nicht lange rufen. Du drehst dich um, und er sitzt am Nebentisch, im Kaffeehaus zum Beispiel, sieht ganz normal aus, wie ein Anwalt oder ein Abgeordneter, grüßt mit der Kaffeetasse, und noch nicht sind dreimal deine Augenlider auf- und abgehüpft, hockst du ihm schon gegenüber und kostest von dem Apfelstrudel, auf den er dich einladen wird, und du vergisst, was du nicht vergessen solltest, nämlich, dass der metaphysische Sauhund, der Sedit, der Chemosh, der Azazel, dass der Teufel einen verdammt langen Löffel hat.

Gut, aber von dem reden wir nicht. Und von dieser anderen Welt reden wir auch nicht. Man sollte auch nicht allzu lange davon reden. Pst!

Besser wär es doch, man würde mit einem Engel sprechen können. Kann man. Also, nicht jeder kann. Man muss etwas Besonderes sein, um zu können. Nicht jeder dahergelaufene Anwalt oder jeder Abgeordnete, nur weil er fleißig aufzeigt, kommt in den Genuss, von einem Engel besucht zu werden. Der Wolf Dietrich aber, der ehemals Bischof von Salzburg war, der hat mit einem

Engel gesprochen, und weil er nicht nur Bischof, sondern Erzbischof war, hat er mit einem Erzengel gesprochen, und zwar mit dem Erzengel Gabriel. – Und das ist die Geschichte:

Als der Wolf Dietrich an sein Ende kam, war's kein rühmliches Ende, kein gemütliches, ruhiges, zufriedenes, kein verdientes, sondern ein saures, bitteres. Er saß im Gefängnis. Ein alter Mann, man bedenke! Einer, der sein Leben lang auf Seidenkissen gesessen war. Er ist eingesperrt worden von seinem Nachfolger Markus Sittikus, der zudem sein Neffe war. Der Wolf Dietrich, der hat einen ordentlichen Haufen Feinde hinterlassen, das war ihm kein Gedanke wert, nicht mehr Gedanken jedenfalls als andere Haufen, die er hinterlassen hat. Feinde, so seine Philosophie, ignoriert man oder vernichtet man. Und hat dabei vergessen, dass es auch andere mit einer ähnlichen Philosophie gibt. Den Markus Sittikus zum Beispiel.

Der Wolf Dietrich war ein großer Bauherr. Er hat Salzburg gemacht. Was wir heute sehen, wenn wir Salzburg sehen, das hat er gemacht. Salzburg mit den wunderbaren Gebäuden! Wenn man mit der Eisenbahn über die Salzach fährt, dieser Anblick – das Werk von Wolf Dietrich. Und Wolf Dietrich hat nicht nur Aufträge erteilt und sich dann angeschaut, was herausgekommen ist, nein, der hat selber Papier und Bleistift in die Hand genommen. Kein Tag ohne Skizze. Er hat den Grundstein für das barocke Salzburg gelegt. Das kann man nachlesen. Kein Buch über Salzburg, in dem das nicht steht. Und jetzt – ich bitte euch, sammelt all euer Einfühlungsvermögen zusammen! – stellt euch vor, ihr wäret der Nachfolger von so einem. Ihr könntet doch nur verlieren! Alle werden immer sagen: Was ist der im Vergleich zum anderen. Immer wäret ihr der Schwächere. Außer: Ihr würdet euch von allem Anfang an als der Stärkere präsentieren. Und wie? Ganz einfach: den anderen einsperren. Also, ich kann mir solche Überlegungen gut vorstellen. Und aus diesen Überlegungen heraus hat Markus Sittikus den Wolf Dietrich eingesperrt. Weg mit ihm! Ab ins Loch! Nie wieder Freiheit bis in den Tod!

Und dort sitzt er nun, der Wolf Dietrich, der Erzbischof, im Loch hockt er.

Wolf Dietrich hatte eine Frau, Salome Alt. Und er hatte fünfzehn Kinder. Das war damals ganz üblich bei den Geistlichen. Gut, nicht jeder hat gleich fünfzehn Kinder gehabt, manche nur acht oder neun, manche aber auch sechzehn. Der Wolf Dietrich hat sich von den anderen dadurch unterschieden, dass er zu seiner Familie gestanden ist. Er hat sich mit seiner Frau gezeigt. Und mit seinen Kindern auch. Und wie er sich gezeigt hat! Und wenn da einer auch nur den Mund schief gezogen hat, dann hat der was abgekriegt. Das war damals gewesen, damals, als der Erzbischof noch in Freiheit war. Christlich ist das nicht, und auch wenn die anderen es ähnlich getrieben haben wie der Wolf Dietrich, sie haben es wenigstens heimlich getrieben, was ja zeigt, dass sie ein schlechtes Gewissen hatten, was ja wiederum gut ist. Der offizielle Grund, warum Markus Sittikus den Wolf Dietrich ins Loch gesteckt hat, war eben Hurerei, womit der fromme Nachfolger das Familienleben seines Vorgängers Wolf Dietrich gemeint hat.

Und am Ende seines Lebens kommt der Erzengel Gabriel zu Wolf Dietrich in die Zelle. Dieser Erzbischof soll prominent abgeholt werden.

Gabriel sagt: »Du weißt, warum ich da bin, Wolf Dietrich. Es ist aus mit dir. Ich hole dich ab. Leider nicht in den Himmel, du musst erst einige Zeit noch im Fegefeuer verbringen.«

»Wie lange?«, fragt Wolf Dietrich.

»Ein paar tausend Jahre, schätze ich«, antwortet der Erzengel.

»Kann man dort mit Papier und Bleistift umgehen?«

»Mit Papier und Bleistift?«

»Kann man dort zeichnen, meine ich«, präzisiert der Erzbischof.

»Das hat, so viel ich weiß, noch keiner probiert«, sagt der Erzengel. »Aber ich glaube nicht, im Fegefeuer ist es zu heiß, Papier würde sofort verbrennen.«

So krank und alt und gebrechlich Wolf Dietrich ist, sein Geist funktioniert noch eins a. Ein schlauer Kopf ist der, das kann ich Ihnen sagen, da sollte man sich etwas abschauen. »Ich weiß nicht«, sagt er, »ich weiß nicht, bist du wirklich der Erzengel Gabriel?«

»Natürlich bin ich der.«

»Du siehst aber ganz anders aus, ich meine viel herrlicher.«

»Anders? Du hast mich ja noch nie gesehen.«

»O doch, doch, doch«, sagt Wolf Dietrich, »ich habe dich schon gesehen. In der Gabrielskapelle. Dort hängt ein Bild von dir.«

»Warum sprichst du das Wort Gabrielskapelle so abwertend aus?«, fragt der Erzengel Gabriel.

»Na ja«, sagt Wolf Dietrich, »du bist so ein wunderbarer Engel. Und dann nichts weiter als so eine kleine Kapelle? Für mich warst du immer der wichtigste Engel.«

»Schmeichle mir nicht!«, droht der Erzengel.

»Ich schmeichle dir nicht«, schmeichelt Wolf Dietrich weiter, »du warst für mich und meine Frau und meine Söhne und meine Töchter immer der wichtigste Engel, das ist wahr. Hast immerhin der Jungfrau Maria die frohe Botschaft gebracht. Oder stimmt das nicht?«

»Natürlich stimmt das!«

»Und dann gibt es nur so eine kleine Kapelle, die deinen Namen trägt? Mehr nicht? Zum Beispiel in Rom«, fährt Wolf Dietrich fort, »die größte Kirche der Christenheit, wem ist sie gewidmet? Wessen Namen trägt sie? Petrus. Der war doch ein Mensch, der war nicht einmal ein Engel. Und er war ein schwacher Mensch. Er hat unseren Herrn Jesus Christus verraten, als der Hahn krähte. Ein Verräter also bekommt die größte Kirche der Christenheit?«

»Willst du mich eifersüchtig machen?«, fragt der Erzengel Gabriel.

»Nein, das will ich nicht. Ich möchte dich nur auf etwas aufmerksam machen. Nämlich auf die Arbeit, über der ich gerade sitze. Siehst du?«

Tatsächlich saß Wolf Dietrich in seiner Zelle und hatte vor sich auf dem schmalen Tisch einen Bogen Papier ausgebreitet und hatte einen Stift in der Hand.

»Was ist das?«, fragt der Erzengel Gabriel.

»Ja eben«, seufzt Wolf Dietrich, »etwas Besonderes wäre das. Könnte durchaus interessant für dich sein. Schade. Dann halt ab in den Papierkorb!«

»Warte doch«, der Erzengel legt seine heilige Hand auf das Papier, »lass doch einmal sehen. Was wird das? Eine Kirche?«

»Hätte eine werden sollen, ja.«

»Und jetzt?«

»Jetzt reißt du mich aus dieser Arbeit heraus. Sollte ich jetzt sterben, dann wird diese Kirche nicht gebaut werden. Weißt du, ich plane hier den größten Dom der Christenheit. Das heißt, ich habe geplant. Ich bin noch nicht fertig. Fast wäre ich fertig geworden. Schade, kann man nichts machen. Also gehen wir!«

»Einen Moment!« Der Erzengel schaut sich die Zeichnung näher an. »In der Tat«, sagt er, »in der Tat. Und wem soll diese Kathedrale gewidmet sein?«

»Na, dir! Dem Erzengel Gabriel soll diese Kathedrale gewidmet sein.«

»Und du bist also noch nicht ganz fertig mit dem Plan?«, fragt der Erzengel.

»Nein, eben noch nicht, aber beinahe bin ich fertig. Noch ein paar Wochen …«

»Na gut«, entscheidet der Erzengel, »die paar Wochen gebe ich dir. In sechs Wochen hole ich dich ab. Sei dann fertig!«

Nach sechs Wochen kam der Erzengel wieder.

»Und?«

»Ach, es hat sich einiges verzögert«, sagt Wolf Dietrich. »Ich dachte mir, wenn die Kirche von außen die größte ist, dann soll sie doch von innen nicht wie ein Pferdestall aussehen. Was meinst du? Oder vielleicht doch? Gut, dann halt wie ein Pferdestall innen. Gehen wir!«

»Wie ein Pferdestall?«, empört sich der Erzengel. »Sieht etwa der Petersdom innen wie ein Pferdestall aus?«

»Der sicher nicht. Ein paar Wochen brauche ich noch, dann wird deine Kirche prächtiger als Notre-Dame und Petersdom zusammen.«

Na gut, der Erzengel gibt dem Wolf Dietrich auch noch diese paar Wochen. Und so geht das weiter, so geht das weiter, immer weiter, immer tut der Wolf Dietrich so, als ob er noch nicht fertig wäre mit dem Plan, weil man ja nicht hinter anderen Bauwerken nachstehen möchte, hinter der Hagia Sophia oder dem Eiffelturm oder der Golden Gate Bridge oder dem Empire State Building oder dem Burj Khalifa.

Manche sagen: Der Wolf Dietrich sitzt bis heute in seinem Verlies aufrecht da, den Stift in der Hand, und zeichnet und zeichnet und zeichnet. Wenn es ganz still ist in der Stadt, dann kann man ihn kritzeln hören.

123

Der die Schlangen tötet

Da lebte einst im Glantal in Kärnten eine Familie. Die Mutter hatte den Bub Gottfried getauft, denn sie wollte, dass der Friede Gottes über ihm waltet.

Und eines Tages saßen sie beisammen am Mittagstisch, da drehte der Vater den Kopf und blickte seiner Frau mitten ins Gesicht. Und er sagte zu ihr: »Wir sind seit drei Jahren zusammen. Aber jetzt verlasse ich dich.«

Die Frau wurde weiß im Gesicht und konnte nicht antworten.

Und der Mann sprach weiter: »Ich hab mir am Anfang gedacht, ich liebe dich. Aber ich liebe dich nicht. An dir ist nichts schön. Du bist auch nicht klug. Du riechst nicht gut. Du hast keine schöne Stimme. Es ist nichts an dir, was mich entzücken könnte. Wenn ich weiter bei dir bliebe, wäre es, als würde ich sterben, ohne vom Tod erlöst zu werden.«

Dann stand er auf, nahm den Rock vom Haken, setzte den Hut auf und ging. Die Frau hörte nichts mehr von ihm.

Und in allem hatte er recht gehabt. Sie war nicht schön, sie war nicht klug, sie roch nicht gut, sie hatte keine schöne Stimme. Aber sie war eine gute Mutter. Sie liebte den kleinen Gottfried über alles. Ihr Herz war von nun an in zwei Hälften geteilt. Die eine Hälfte war schwarz, die andere war weiß. In der weißen Hälfte lebte Gottfried, in der schwarzen Hälfte war die ganze übrige Welt untergebracht. Sie hasste alle Menschen. Ihre Nachbarn, die immer freundlich zu ihr gewesen waren. Ihre Geschwister hasste sie, sie hasste den Pfarrer, der sie immer getröstet hatte. Alle hasste sie. Und sie hasste die Bäume vor dem Haus, sie hasste die Wiesen, sie hasste den Himmel, die Sterne, den Regen und die Sonne, den Bach, weil er murmelte, den Wind, weil er sang, den Geruch der Blumen, die Farbe des Herbstes, die weißen Hauben des Schnees. Alles hasste sie.

Sie verbrachte ihre Zeit mit dem kleinen Gottfried. Den setzte sie auf den Fußboden und betrachtete ihn. Da lächelte sie, da glätteten sich ihre Stirnfalten. Und wenn sie die Hausarbeit machte, stellte sie vor ihn eine Schale mit Milch. Die trank er aus, dann kam sie und sah, dass er ein weißes Mündchen hatte. Und sie wischte ihn ab.

Und einmal war nicht genug Milch im Haus, und die Schale konnte nur halb voll gemacht werden. Da ging sie und holte Milch, und als sie zurückkam, war etwas Sonderbares. Gottfried hatte wieder sein weißes Mündchen, aber die Schale war nicht leergetrunken, und sie war auch nicht mehr halb voll, wie sie gewesen war. Sondern sie war ganz voll.

»Merkwürdig«, sagte sie. »Der Gottfried ist so klein, der kann sich von allein keine Milch holen.«

Sie füllte die Schale wieder nur halb voll mit Milch und stellte sie vor Gottfried auf den Fußboden. Dann versteckte sie sich im Küchenkasten und blickte durch das Schlüsselloch, wollte sehen, was passiert.

Da sah sie: Aus einer Ecke der Stube kam eine weiße Schlange gekrochen. Auf ihrem Kopf war eine kleine, goldene Krone. Sie legte sich vor den Gottfried hin, und der streichelte sie, und dann trank die Schlange aus der Schale, und Gottfried trank aus der Schale. Beide tranken sie, aber die Milch wurde nicht weniger, sie wurde mehr.

Da schlüpfte die Mutter aus dem Kasten und setzte sich neben Gottfried. Auch sie streichelte die Schlange, und sie dachte bei sich: Die Schlange ist wie ich. Der geht es wie mir. Niemand mag die Schlange. Alle fürchten die Schlange und hassen sie. Und die Schlange hasst die ganze Welt, sie kann sich an nichts freuen, nicht an den Bäumen vor dem Haus, nicht an den Wiesen vor dem Haus, nicht am Himmel, nicht an den Sternen, am Regen nicht und an der Sonne nicht, nicht am Murmeln des Baches, nicht am Gesang des Windes, nicht am Geruch der Blumen, nicht an der Farbe des Herbstes und nicht an den weißen Hauben des Schnees. Alles hassen die Schlangen, weil sie von allem gehasst werden. Alle Schlangen sollen meine Freundinnen sein.

Die weiße Schlange aber war die Königin der Schlangen, und sie brachte ihre Brüder und Schwestern mit. Bald war das ganze Haus voll Schlangen. Da saß die Frau mit ihrem Kind, und sie waren umgeben von Schlangen. Wenn sie ins Bett gingen, waren da Schlangen, wenn sie in den Garten gingen, waren da Schlangen, wenn sie am Tisch saßen und aßen, war der Tisch bedeckt mit Schlangen.

Gottfried wuchs heran mit Schlangen, die waren seine Freunde und Freundinnen.

Und dann starb die Mutter, und Gottfried begrub sie, und um ihr Grab herum lagen Hunderte Schlangen und trauerten mit Gottfried.

Und Gottfried lebte noch eine Weile mit den Schlangen im Haus. Und dann sagte er: »Ich habe ein eigenes Leben! Ich möchte in die Welt hinaus. Vielleicht komm ich wieder zurück, aber erst möchte ich die Welt sehen.«

Das sagte er zu den Schlangen, und die Schlangen waren einverstanden. Sie umschmeichelten ihn, was Abschied hieß, er küsste sie.

»Wollt ihr inzwischen auf mein Haus aufpassen?«, fragte Gottfried.

Das wollten die Schlangen.

Und Gottfried, er machte sich auf den Weg.

Die Schlangen waren nun allein in dem Haus. Das ganze Haus war voll Schlangen. Und da war der ganze Garten voll Schlangen. Und weil es den Schlangen dort so gutging, kamen alle Schlangen der ganzen Welt, alle kamen zusammen und wohnten in dem Haus und in dem Garten.

Aber Garten und Haus reichten nicht aus. Bald war das Glantal voll Schlangen. Die Bauern stöhnten unter dieser Plage. Die Schlangen krochen in ihre

Stuben und fraßen, was sie erwischten. Wenn sich die Menschen abends ins Bett legen wollten, waren da Schlangen unter der Decke. Am Mittagstisch, wenn sie aßen, kamen die Schlangen gekrochen.

Die Schlangen waren nicht böse, sie bissen niemanden. Sie fauchten nicht, und sie würgten nicht. Aber sie waren da, und wenn die Bauern eine Schlange erschlugen, dann war es, als ob zehn neue Schlangen daherkommen.

Und so mussten die Bauern das Tal verlassen. Sie zogen sich auf die Anhöhen zurück, dort war nicht so viel Platz für ihre Rinder und Schafe und Ziegen. Und dort war auch nicht so viel Platz für ihre Äcker. Es wurde knapp. Im Winter hatten sie Hunger. Und das ganze Tal war beherrscht von Schlangen.

Und dann kam Gottfried zurück von seiner Weltreise, ein stattlicher, junger Mann war er inzwischen, und er hatte viel mehr gesehen als nur Schlangen, er war auf Schiffen gefahren, hatte mit Menschen aus Afrika gesprochen, mit Menschen aus Amerika, mit Menschen aus China, und er war von der Welt überzeugt worden, dass sie nicht nur böse war, dass sie nicht nur hässlich war.

Und als er in sein Tal kam, wunderte er sich, weil sich alles so verändert hatte. Die Häuser zerfallen, die Äcker voll Kraut, die Wege zugewachsen. Und er suchte die Menschen und fand sie, und er fragte, und sie erzählten ihm vom Fluch, vom Schlangenfluch.

Da drückte ihn das Gewissen, denn er wusste ja, die Schlangen waren wegen seiner Mutter und wegen ihm da, die Schmerzenströster seiner Mutter waren die Schlangen gewesen, und die Spielgefährten seiner Kindheit waren sie gewesen, mit denen er geschmeichelt hatte, die er gestreichelt hatte, die ihm die Händchen sauber geleckt hatten, die auf ihn aufgepasst hatten, die ihn beschützt hatten.

Er dachte sich: Die Schlangen sind meine Freunde. Aber eine Schlange ist eine Schlange, und ein Mensch ist ein Mensch. Das habe ich gelernt in Afrika und Amerika und in China. Und ich bin ein Mensch und bin keine Schlange.

Und er sagte zu den Bauern: »Ich kann euch die Schlangen vertreiben.« Und weil er nicht ein Verräter um des Verrates willen sein wollte, fügte er hinzu: »Was gebt ihr mir dafür?«

»Oh, wenn du das tust«, sagten die Bauern, »dann werden wir dich zum Bürgermeister machen, werden wir dir ein Haus aus Stein bauen und werden immer, wenn wir dir begegnen, den Hut vor dir ziehen.«

»Nein, das brauch ich alles nicht«, sagte er, »nur etwas, nur eine Frage: Habt ihr je eine weiße Schlange gesehen mit einer Krone auf dem Kopf?«

»Vielleicht haben wir sie übersehen. Es sind ja so viele.«

»Nur eine Bedingung stelle ich«, sagte Gottfried. »Versprecht mir, sollte ich bei diesem Unternehmen umkommen, dann feiert jedes Jahr am Tag meines Todes eine Messe für mich.«

Das versprachen sie.

Und dann stieg Gottfried auf eine Eiche. Diese Eiche stand dort, wo heute die Ortschaft Friedlach ist.

Und er rief den Bauern zu: »Häuft um die Eiche herum trockenen Reisig. Äste und Laub. Und zündet es an.«

Und er saß oben auf der Eiche.

Er griff in seine Tasche, holte eine Flöte hervor und begann zu spielen. Und daran erkannten die Schlangen des ganzen Tales, dass der Gottfried, ihr Liebling, aus der Welt zurückgekehrt war. Denn als Kind hatte er gern auf der Flöte gespielt. Und da kamen sie, um ihren Freund und Bruder zu begrüßen. Tausendmal tausend Schlangen kamen. Und sie sahen, der Gottfried hockt auf einem Baum, und um diesen Baum herum brennt es. Ein Ring aus Feuer liegt um die Eiche. Und der Gottfried ist in Gefahr.

Ihre Liebe zu Gottfried war stärker als ihre Furcht vor dem Feuer, und sie sprangen in das Feuer, um Gottfried zu retten, und sie verbrannten.

Tausendmal tausend Schlangen verbrannten, und die Bauern freuten sich.

Und am Ende aber war plötzlich ein Aufstöhnen unter den Bauern, denn sie sahen, als Letzte kam die weiße Schlange mit der Krone auf dem Kopf. Und diese weiße Schlange zischte. Und Gottfried wusste, was dieses Zischen bedeutete. Dass er ein Verräter war. Das bedeutete das Zischen. Und dann schnellte sie los, wie der Pfeil von der Sehne eines Bogens schnellte sie los, und sie flog über das Feuer, und sie verkrallte sich mit ihren Zähnen im Hals des Gottfried und biss ihn zu Tode.

Gottfried fiel von der Eiche und rollte in das Feuer, und dort verbrannten sie beide, Gottfried und die weiße Schlange.

Die Bauern waren erlöst. Und sie fällten die Eiche und bauten dort eine Kirche. Und jedes Jahr, an dem Tag seines Todes, wird in Friedlach in dem Kirchlein die Schlangenmesse gelesen.

124

Der feurige Tatzelwurm

Ich warne gleich zu Anfang: Dies ist eine komplizierte Geschichte. Also, hört genau zu!

Die Gemeinde Fischbachau, die hat es in sich. Ich meine damit, in ihr drinnen befindet sich noch ein ganzer Haufen anderer Gemeinden. Dass ich sie auch alle aufzähle: Birkenstein, Elbach, Hammer, Auerberg, Hagnberg, Aurach, Wörnsmühl. Das alles zusammen heißt Fischbachau und liegt im Landkreis Miesbach, der wiederum ein Teil des südlichen Regierungsbezirks Oberbayern ist. – So, jetzt haben wir's beieinander.

Das aber sollte kein Geographieunterricht sein, das hat eine große Bedeutung für unsere Geschichte. Warum? Weil nämlich der Streit das Thema der Geschichte ist. Ich weiß ja nicht, wie es diesbezüglich heute in diesem Landstrich aussieht, aber vor langer Zeit, als das Höllische und das Himmlische nicht nur in den Köpfen, sondern tatsächlich zum Anschauen und Angreifen waren, hatten die Fischbachauer untereinander viel Streit. Wirklich viel Streit, meine ich. Die Birkensteiner hielten von den Elbachern rein gar nichts, die Hammerer wiederum hätten am liebsten jedem einzelnen Auerberger einen Tritt in den Hintern gegeben, während die Hagnberger die Auracher nicht riechen konnten. Einig waren die Genannten sich nur, wenn es um die Wörnsmühler ging: Die waren alles Trotteln.

Und zu dieser Zeit lebten zwei junge Menschen in Fischbachau, der Anton und die Sofie. Der Anton war ein Birkensteiner, die Sofie eine Elbacherin. Und die Väter der beiden … – Achtung, jetzt wird es kompliziert!

Antons Vater stammte ursprünglich aus Hammer. Ja, und Sofies Vater auch. Aber als sie erwachsen waren, sind sie ausgewandert – Antons Vater zweihundert Schritte hinüber nach Birkenstein, Sofies Vater zweihundert

Schritte herüber nach Elbach. Der eine wurde ein hundertfünfzigprozentiger Birkensteiner, der andere ein hundertfünfzigprozentiger Elbacher. Und wie es sich gehörte, hassten sie einander. Sie hassten einander, erstens, weil der eine ein Birkensteiner und der andere ein Elbacher war, dann aber auch noch aus einem anderen Grund. Und diesen Grund muss ich erzählen, bevor ich zur eigentlichen Geschichte komme, nämlich zur Geschichte von Anton und Sofie.

Antons Vater hieß Franz, Sofies Vater hieß Hans. Als sie noch Kinder waren und in Hammer lebten, ein Haus neben dem anderen, da waren sie die besten Freunde gewesen. Nichts, was sie nicht miteinander unternommen, nichts, was sie nicht miteinander erlebt hätten: die erste Nacht im Freien, die erste Zigarette, die erste Lebensgefahr, der Sternenhimmel, der erste Schnee. Und die erste Heldentat! Ja, die beiden waren in ihrer Kindheit Helden gewesen. Warum wurde das in Fischbachau vergessen? Schon bald nach der Heldentat hat niemand mehr davon gesprochen. Ja, warum wohl! Hätt' doch nie ein Birkensteiner, Elbacher, Auerberger, Hagnberger, Auracher und Wörnsmühler zugegeben, dass ein Hammerer ein Held ist! Und die Hammerer untereinander? Gute Frage. Damals war es so, dass in Hammer nur zwei Familien gelebt haben, nämlich die vom Franz und die vom Hans. Und die eine Familie behauptete bald, ihr Sohn allein sei der Held gewesen, und die andere Familie behauptete bald das Gleiche. Also Streit. Überall Streit. Heftiger Streit.

Zunächst aber zu der Heldentat: Eines Tages waren Franz und Hans durch die Wälder der Umgebung gestreift, da hörten sie plötzlich ein grausliches Gebrumm und Gekeif, ein schmatzendes Gerotz und breiiges Gehust. Steinstarr sind sie geworden allein vom Zuhören. Aber dann haben sie sich gefasst, der Franz genauso wie der Hans, ein Freund hat dem anderen Mut gegeben, und sie haben nachgeschaut. Und was sahen sie? Den Tatzelwurm! Den Drachen! Der ist ein wahrer Höllengefährte. Er stinkt, als wär er der Vater aller Gestänke auf Erden. Er beißt zu wie ein tollwütiger Fuchs. Gebiss und Klauen sind voller Krankheit, so dass schon der niedlichste Kratzer unrettbar den Tod bringt. Wo sich der Tatzelwurm niederlässt, dort gibt's bald nichts mehr. Und auf Hilfe darf nicht gehofft werden. Denn der Gestank hätte selbst die Ritter der Tafelrunde abgehalten, sich für den Fischbachauer Mitmenschen einzu-

setzen. Und diesem Aussatz der Schöpfung standen nun Franz und Hans gegenüber. Und der Tatzelwurm hat schon sein Maul aufgesperrt.

»Schnell zur Höhle!«, rief der Franz – oder der Hans –, und der Hans – oder der Franz – wusste sofort, was der Freund vorhatte.

Sie rannten los, der Tatzelwurm hinter ihnen her, und sie rannten zu der Höhle, die das Bergloch genannt wurde, dort krochen sie hinein. Und der Tatzelwurm kroch ihnen nach. Aber die Höhle wurde immer enger, je tiefer sie in den Berg hineinführte. Und schließlich konnte der Tatzelwurm nicht mehr weiter, er war einfach zu fett. Aber Franz und Hans konnten weiter, und sie kannten die Höhle genau, sie führte bald wieder nach draußen. Und nun rannten sie um der Felsen herum zum Eingang zurück und verschlossen den Eingang mit einem großen Stein, den sie gemeinsam davorrollten.

Eindeutig Helden! Franz und Hans, die Freunde, hatten Fischbachau mitsamt seinen Untergemeinden vor dem sicheren Untergang gerettet!

Erst wurden die beiden gefeiert. Aber nicht lang. Dann Neid und Streit. Am Ende, wie gesagt, auch zwischen den Familien von Franz und Hans. Und ganz am Ende Streit auch zwischen den beiden Freunden: »Und wer hatte die Idee mit der Höhle? Ich!« – »Und wer hatte die Idee mit dem Stein? Ich!« Und so weiter und so weiter …

Schließlich zog der Franz nach Birkenstein und der Hans nach Elbach. Und die beiden ehemaligen Freunde hassten einander, und sie hassten einander noch mehr, als ohnehin die Birkensteiner die Elbacher und die Elbacher die Birkensteiner hassten.

Hans heiratete, und Franz heiratete, Franz bekam einen Sohn und nannte ihn Anton, Hans bekam eine Tochter und nannte sie Sofie. Das Erste, was die Kinder lernten, war: Die anderen sind die Feinde. Also hasste Sofie die Birkensteiner und Anton die Elbacher. Aber dann lernten sie sich zufällig beim Brunnen kennen und verliebten sich ineinander, und von da an war es ihnen völlig wurscht, woher sie stammten, sie wohnten ja nicht einmal zweihundert Meter voneinander entfernt. Sie sahen einander an und sagten: »Haben wir denn nicht beide eine Nase im Gesicht? Bluten wir denn nicht beide, wenn man uns sticht? Lachen wir denn nicht beide, wenn man uns kitzelt? Und klopft nicht mein Herz genauso fest, wenn ich dich ansehe, wie dein Herz klopft, wenn du mich ansiehst?«

Sie wollten heiraten. Aber damals war das nur möglich, wenn die Familien zustimmten. Was? Eine Elbacherin soll einen Birkensteiner heiraten? Wo kämen wir da hin! So war die Stimmung im Dorf. Zunächst. Dann aber hat sich die buchstäbliche Wirkung der Liebe bemerkbar gemacht. Die Fischbachauer sahen, wie sehr sich Sofie und Anton liebten, und das machte sie weich, und auf einmal überraschten sie sich selbst bei der Frage: »Also einmal ehrlich, was ist denn genau der Unterschied zwischen Birkenstein, Elbach, Hammer, Auerberg, Hagnberg, Aurach, Wörnsmühl?« Und sie fanden, es gibt keinen Unterschied. Man stelle sich vor: Friede kehrte ein! Man stelle sich das vor! Friede in Fischbachau!

Aber die Väter, der Franz und der Hans, die waren gegen eine Heirat. »Kommt nicht in Frage!«, so der eine. »Kommt nicht in Frage!«, so der andere.

Und jetzt?

Einer wusste Rat. Der Sonderling. Der außerhalb wohnte. Mit dem niemand redete. Auch jetzt nicht, wo jeder mit jedem redete. Der war kein Birkensteiner, kein Elbacher, kein Hammerer, kein Auerberger, kein Hagnberger, kein Auracher, kein Wörnsmühler. Der war der Namenlose, der nirgends wohnte.

Der sagte zu Anton und Sofie: »Kriecht in die Höhle, in die eure Väter den Tatzelwurm gesperrt haben! Wartet ab, bis der Drache schläft. Dann zapft ihm etwas Blut ab. Und dieses Blut schmiert ihr euren Väter, wenn sie schlafen, aufs Hirn.«

Hat ja sonst keiner einen anderen Vorschlag gemacht, also krochen die Sofie und der Anton in das Bergloch. Ein Gestank herrschte dort, das kann man sich nicht vorstellen!

»Ich kann nicht mehr«, japste die Sofie.

»Wir müssen!«, versuchte der Anton, ihr Mut zu machen.

Der Anton hatte ein scharfes Messerchen bei sich, und mit dem zapfte er dem schlafenden Ungeheuer Blut ab und ließ es in ein Fläschchen rinnen. Dann schnell wieder hinaus aus dem Loch!

Und zuerst Luft holen!

Sie teilten das Blut auf, und Sofie beschmierte damit ihren und Anton seinen Vater. Und wie der Sonderling gesagt hatte: In der Nacht zog das Drachenblut ein, sickerte durch die Haut und den Knochen ins Hirn, suchte sich im Hirn die Zornregion und legte diese lahm. Und am Morgen?

Der Franz zu seiner Frau: »Jetzt muss ich doch grad einmal nachschauen, wie es meinem alten Freund Hans geht!«

Und der Hans zu seiner Frau: »Jetzt muss ich doch grad einmal nachschauen, wie es meinem alten Freund Franz geht!«

Ende gut, alles gut!

Ja, ja klar – immer wieder gab es Rückfälle, das schon, immer wieder brach der sogenannte Fischbachauismus durch, was dazu führte, dass die Birkensteiner die Elbacher, die Hammerer die Auerberger, die Hagnberger die Auracher und alle die Wörnsmühler für Deppen, Falotten, Kriminelle und Parasiten hielten. Aber diese Anfälle dauerten nicht lang.

125

Die Bamberger Weberskatz

Es lebte ein Weber in Bamberg, der hieß Könner. Der stach alle Konkurrenz aus, weil er so hieß. Er war »der Könner«. Kann man sich das vorstellen? Ja, klar. Nur, wenn's einen nicht betrifft, ist man gescheit. Wenn's einen aber betrifft – also, wenn man sich ein gut gewebtes Leintuch wünscht und man schaut sich um, und da gibt es Weber, die heißen Kraus oder Geißler oder Pietzsch, und dann heißt einer Könner – zu welchem gehst du? Du sagst dir: Da geh ich doch gleich zum Könner. Wenn's einen betrifft, ist man wie ein Fähnchen, das sich vom Wind die Richtung weisen lässt. Auch wenn der Verstand schreit: He, das ist doch nur ein Name! – der Bauch sagt: Er heißt Könner, und wenn einer Könner heißt, muss etwas dran sein.

Der Weber Niklas Könner aus Bamberg hatte Aufträge, ich sag euch, der hätte Tag und Nacht arbeiten können, und er wär nicht nachgekommen, so viel Aufträge hatte er, und noch mehr hätte er gehabt, wenn er sie nur annehmen hätte können. Reich war er. Aber wie es so ist: Wenn einer reich ist, kann er sich mit Leichtigkeit vorstellen, noch reicher zu werden. Der Niklas Könner hätte nur alle Aufträge annehmen müssen, um die er gebeten wurde – gebeten, jawohl, gebeten –, und schon wär er doppelt so reich gewesen, und es geht hier ja nicht nur um die Gier eines Mannes, nein, er wär nicht nur doppelt so reich gewesen, seine Kundschaft wäre auch doppelt so zufrieden gewesen. Denn mit der Zufriedenheit ist es wie mit dem Reichtum: Bist du zufrieden, kannst du dir leicht vorstellen, noch zufriedener zu sein. Mit dem Glück ist es nicht so – aber schweifen wir nicht ab, vom Glück ist hier nicht die Rede.

Darum hat der Niklas Könner eine Annonce in der Zeitung aufgegeben: »Suche einen geschickten Gesellen für einen guten Lohn – Webermeister Niklas Könner.« Das mit dem guten Lohn hat er ernst gemeint. Ein so geschickter Geschäftsmann war der Niklas Könner schon, dass er sehr genau wusste, selber kann er nur dann mehr verdienen, wenn er auch einen anständigen Lohn bezahlt. Von dieser Seite gesehen, war er kein gieriger Mann.

Am nächsten Tag schaut er zum Fenster hinaus, da steht eine Schlange von Arbeitssuchenden vor seinem Haus, lauter Webergesellen, einer behauptet, es besser zu können als der andere.

»Gut«, sagt der Niklas Könner, »wer will, dass ich ihn ausprobiere, der soll den Finger heben.«

Da hat jeder den Finger gehoben.

»Gut«, sagt der Niklas Könner, »wer will, dass ich ihn ausprobiere, ohne dass ich ihn für die Probezeit bezahle, der soll den Finger heben.«

Da hat nicht jeder den Finger gehoben. Aber doch einige haben es getan. Und das war für den Weber Niklas Könner günstig. Er hat neue Aufträge angenommen, hat einen Gesellen nach dem anderen ausprobiert, hat keinen Lohn bezahlt und doch das Doppelte erwirtschaftet und hat sich am Ende für einen entschieden. Dieser eine war ein braver Geselle, geschickt, fleißig, kein Genie, aber bitte, so ist es im Leben doch immer: Man hat eine Einbildung, und die Wirklichkeit ist dann anders, und wenn man nicht untergehen möchte, ist es ratsam, sich an die Wirklichkeit zu halten und nicht an die Einbildung. Er hat zu dem Geschickten, Fleißigen, Braven, der kein Genie war, gesagt: »Gut, morgen kannst du bei mir anfangen.«

Aber dann in der Nacht! Gerade wollte der Niklas Könner das Licht in seinem Schlafzimmer ausmachen und sich in sein kaltes, leeres Bett legen, denn Frau hatte er keine, da hörte er es unten an die Haustür klopfen. Er zieht sich einen Morgenmantel über und legt das Ohr an die Haustür:

»Wer ist da?«

»Ein Genie«, lautet die Antwort von draußen.

»Was für ein Genie denn?«

»Ein Webergenie. Ich will arbeiten bei dir.«

»Ich hab schon einen Gesellen«, sagt der Niklas Könner. Aber er sagt es nur mit halber Überzeugung, denn ein Webergenie interessiert ihn, wie soll es auch anders sein.

»Probier mich aus«, sagt die Stimme, »dann wirst du den anderen nicht mehr wollen.«

Niklas Könner öffnet die Tür einen Spalt, um sich das Genie wenigstens anzusehen. Und was sieht er? Zunächst sieht er Augen, blutunterlaufene Augen, Säuferaugen, eindeutig Säuferaugen. Dieser Eindruck bekommt Unterstützung durch den Geruch: eindeutig Schnapsgeruch. Dann sieht Niklas Könner ein unrasiertes Gesicht, einen böse nach unten gezogenen Mund, in dem faule, an den Rändern schwarze Zähne stecken. Jetzt grinst dieser Mund obendrein, was noch böser aussieht. Dann sind da noch die Hände: dürre, zitternde Hände, Säuferhände. Wie sollen solche Hände das Weberhandwerk führen?

»Weißt du was«, sagt Niklas Könner, »ich geb dir ein Menü, bestehend aus einem Stück Wurst, einem Stück Käse, einem Stück Brot und einem Schluck Bier, und dann gehst du wieder deiner Wege. Aber einen Gesellen für meine Arbeit, sei mir nicht böse, so einen stelle ich mir anders vor. Und ein Genie stelle ich mir ganz anders vor.«

»Ich hab keinen Hunger, ich hab keinen Durst«, sagt der Fremde. »Lass es mich versuchen, Weber! Was kann es dir schaden?«

Zum Beispiel könnte er mir meinen schönen Webstuhl vollkotzen, denkt Niklas Könner. Aber das denkt er nur, das sagt er nicht. Er möchte niemanden beleidigen, wirklich niemanden.

»Also gut«, sagt er. »Ich will es mit dir probieren.«

Da hört er einen merkwürdigen Laut. Was war das? Hat das nicht geklungen wie Miau? Und da schau an! Das sieht Niklas Könner erst jetzt: Auf der Schulter des Fremden hockt eine Katze, eine schwarze Katze. Die hat miaut. Meinetwegen, denkt Niklas, wenn er an dem Tier so hängt, dass er es auf Schritt und Tritt mit sich nimmt, soll er es halt auch beim Weben auf seiner Schulter sitzen haben, warum auch nicht. Wenn er ein Genie ist, wie er sagt, soll mir alles recht sein. Und wer schon hat eine Katze auf der Schulter sitzen, wenn nicht ein Genie – oder ein Idiot. Aber wie ein Idiot kommt ihm der Fremde nicht vor.

So führt er den heruntergekommenen, nach Schnaps stinkenden, triefäugigen Gesellen in den Websaal, wo die Stühle stehen und das Garn liegt. »Schau halt, dass du so viel wie möglich von dem Garn zu Tuch verarbeitest«, sagt er und begibt sich in sein Schlafzimmer zurück und denkt sich noch: Bin ich zu vertrauensselig? Er wird sich doch nicht frei bedienen an meiner Ware und abhauen damit. Aber schon hört er den Webstuhl surren, und er legt sich nieder und schläft ein.

Am nächsten Morgen – mein lieber Schwan! Was findet Niklas Könner vor? Auf dem Fußboden im Websaal liegt der Geselle, sturzbetrunken ist er, er schnarcht, als hätte er eine Karfreitagsratsche in die Brust eingebaut, und auf ihm drauf liegt, ebenfalls schlafend, wenngleich nicht betrunken, der Kater, der schwarze. Da muss der Niklas lächeln, ja, er ist im Grunde ein guter Kerl, der Niklas Könner, er muss lächeln, denn er denkt: Er hat halt keinen Unterschlupf gewusst, der Arme, und hat den Genietrick bei mir angewendet, gut, soll er auch noch ein Frühstück kriegen, und dann ab mit ihm. Aber da sieht er, wo das Garn gelegen hat, ist nichts, und wo das fertiggewebte Tuch liegen sollte, ist ein Stapel bis zur Decke hinauf. Das gibt's doch nicht! Gibt es so etwas? Das ist eine Arbeit, die ein erstklassiger Geselle in einer Woche nicht zustande bringen würde mitsamt Überstunden. Und noch etwas: Ein so feingewebtes Tuch hat der Niklas Könner noch nie gesehen, nicht ein Fehlerchen, nicht an dieser Stelle zu locker und an jener zu fest. Beste Ware, beste Ware!

»He, du«, ruft der Niklas Könner und rüttelt den Fremden an der Schulter, »wach auf! Hast das alles du allein gemacht?«

Der Fremde reibt sich die Augen, greift schnell in seine Tasche, zieht einen Flachmann heraus, nimmt einen Schluck.

»Ja, hab ich«, sagt er. »Ich bin ein Genie.«

»Ja, das bist du wirklich«, staunt der Meister.

Und er nimmt ihn als Geselle. Dem anderen wird abgesagt.

Von nun an geht's rund! Der neue Geselle möchte nur in der Nacht arbeiten, am Tag kriegt man ihn nicht aus dem Bett und in den Websaal schon gar nicht. Er ist eben ein Genie. Zunächst arbeitet Niklas Könner am Tag, so dass sein Betrieb in Tag- und Nachtschicht surrt. Aber dann sieht er, dass seine Arbeit gar nicht nötig ist. Der Geselle schafft so viel in der Nacht, dass die Tagesarbeit nicht mehr als ein Streusel darüber ist. Also warum sich anstrengen? Da sitzt man doch lieber im Wirtshaus und lässt sich's gutgehen und zahlt hin und wieder auch eine Runde. Sein Geschäft läuft und läuft, das Genie kann die Produktion sogar noch steigern.

Und dann stirbt das Genie. Am Alkohol. Er hat sich zu Tode gesoffen, der Geselle. Und jetzt? Der Niklas Könner hat vor lauter Gasthaussitzen das Webern verlernt. Ist es jetzt aus?

Nein, es ist nicht aus! Es geht munter weiter. Sogar noch schneller, noch besser, noch mehr. Wie das? Ja, wie das.

Der Kater. Das wahre Genie nämlich war der Kater. Er hat in der Nacht gewebt. Einmal hat sich der Niklas Könner des Nachts in den Websaal geschlichen, da hat er es gesehen. Der Kater auf den Hinterbeinen, schnell, man kann es nicht sagen, wie schnell, so schnell hat er das Schiffchen hin und her geschossen. Ja, der Kater war's. Und hat dabei gepfiffen ein Lied nach dem anderen. Und was braucht so ein Kater? Braucht er Geld als Lohn. Gar nicht! Ein Schälchen Milch und eine Leber manchmal, sonst braucht der nichts. Die neidische Konkurrenz hat behauptet, der Kater sei der Teufel. Böses Gerede! Der Kater war nicht der Teufel, er war ein Genie.

126

Von der seligen Hemma

Als Gott das Paradies erschaffen hat, da ist sein Lieblingsengel, Luzifer, der Träger des Lichts – der auch Helel Ben-Shachar genannt wird, der Sohn der Morgenröte –, der ist aufgestanden und hat sein Gesicht gegen den Himmel gereckt, ein Gesicht so schön, dass der Himmel zu leuchten begann, und hat geschrien:

»Ich bin so groß wie Gott!« Er wollte Gott stürzen. »Bin ich nicht schön wie er? Bin ich nicht stark wie er? Der Himmel leuchtet, wenn ich ihm mein Gesicht zuwende. Ich kann die Welt besser machen, als er es kann!«

Er stellte seine Füße in die Fußstapfen Gottes – und siehe: Gottes Abdrücke waren nur um ein Geringes größer, nur um ein Geringes.

»Ich bin wie Gott!«

Und da ist der Erzengel Michael erschienen mit dem flammenden Schwert in der Hand. Und er hat gesagt: »Wer ist wie Gott?«, und hat sich damit selbst seinen Namen gegeben. Denn Michael heißt: »Wer ist wie Gott?«

»Stell dich zu mir«, sagte Luzifer. »Senke dein Schwert. Regieren wir die Welt gemeinsam, als Brüder, als Freunde, als Götter.«

Aber Michael war loyal. Er hat Luzifer mit seiner flammenden Waffe in die Hölle hinuntergeschlagen, das war wie alle Gewitter der Welt in einem, und dort sitzt Luzifer, der Satan, jetzt. Und er sinnt nach, wie er sich rächen könnte. Den Michael hasst er fast noch mehr, als er Gott hasst. Und er heult und ist unbefriedigt. Und noch immer ist er der Meinung, er hätte die Welt besser machen können.

Warum erzähle ich diese Geschichte? – Ja, deswegen: Luzifer hat nämlich einmal Gelegenheit bekommen, sich an Michael zu rächen. Diese Genugtuung hat Gott seinem ehemaligen Liebling gelassen. Und bei dieser Gelegenheit hat der Oberoberteufel den Michael wirklich ordentlich verbläut. Und das Ganze hat wo stattgefunden? Jawohl, auf Kärntner Boden! Gar nicht weit von Friesach entfernt war es. Und zwar im Jahre 990. Otto III. war römisch-deutscher Kaiser, Johannes XV. residierte als Papst in Rom. Und dies ist die Geschichte:

Die Gräfin Hemma lebte in Friesach. Und sie war eine fromme Frau. Eine sehr schöne, aber eine sehr fromme Frau. Was sich nur in ganz seltenen Fällen nicht widerspricht. Entweder nimmt die Schönheit mit den Blicken auf sie zu, dann verkümmert die Frömmnis. Oder – wenn die Blicke nicht erwidert werden – die Wonnen der Gottzugewandtheit wachsen, dann braucht's die Schönheit nicht, und sie sagt ade. Hemmas Glanz war innen und außen und blieb innen und außen.

Sie war verheiratet mit dem Grafen von Friesach. Und dann wurde ihr sehnlichster Wunsch erfüllt, sie war schwanger. Da dachte sie sich: Zum Dank für dieses Geschenk will ich eine Wallfahrt machen. Ich werde barfuß gehen, barfuß werde ich eine Wallfahrt machen bis zum Muttergottesbild von Maria Elend. Dorthin werde ich zu Fuß gehen. Und ich werde nicht jammern, wenn die Dornen meine Füße zerschinden. Und ich werde nicht jammern, wenn die Steine mir wehtun.

Aber sie hat dann doch einen Diener mitgenommen, den Rupert. Und so gingen sie dahin, langsam gingen sie, weil Hemmas Leib schon schwer war. Und tatsächlich, die Dornen haben ihre Füße geschunden, und die Steine haben ihr wehgetan. Aber sie hat nicht gejammert. Und es hieß, dass ihre Füße schon blutig waren und dass eine feine Blutspur den Weg bezeichnete, auf dem die Gräfin Hemma neben ihrem Diener Rupert ging. Die Blutströpfchen waren wie Beeren.

Und dann gelangten sie zu dem Felsen, auf dem die Kapelle zu Maria Elend stand. Die Kapelle war hoch oben auf dem Felsen, überragte das Tal und glitzerte in der Sonne, wenn das Tal längst schon im Schatten des Abends lag. Der Weg hinauf war steil, er war ihr viel zu steil, Hemma war viel zu müde und erschöpft, zu elend war sie, um weiterzugehen. Ihr Leib war zu schwer.

Sie sagte zu Rupert: »Ich werde diesen steilen Weg nicht gehen können. Heute nicht. Morgen vielleicht. Lass uns rasten.«

Sie legte sich am Fuß des Berges nieder, um sich auszuruhen.

Und sie sagte zu Rupert, ihrem Diener: »Leg auch du dich nieder, um dich auszuruhen.«

Sie schlief sogleich ein. Aber der Rupert, der war ihr ja vom Grafen von Friesach beigestellt worden, damit er auf sie aufpasse. Deshalb hat er sich verbeten, einzuschlafen.

Und das sah der liebe Gott von oben. Dass diese fromme Hemma da am Fuß des Berges lag. Und dass der fromme und treue Rupert neben ihr wachte. Der liebe Gott wusste, auch morgen wird Hemma nicht auf den Berg gehen können zur Kapelle, die über dem Fels stand. Bis morgen wird das Kindlein in ihrem Bauch ein kleines Stückchen gewachsen sein und ein bisschen schwerer sein. Und das hat den lieben Gott gerührt, dass die Frau den weiten Weg wohl umsonst zurückgelegt hat.

Und da sagte er zu seinem Erzengel Michael: »Wenn sie schon nicht hinaufsteigen kann, die fromme Hemma, zum Muttergottesbild von Maria Elend, dann nimm doch die Kapelle, reiß sie vom Felsen los und setz sie unten neben die Frau hin. Und dann, im Traum, während sie schläft, führen wir sie in die Kapelle. Und sie kann niederknien vor dem Bild, und dann setzt du die Kapelle oben wieder hinauf über den Fels, wie es sich gehört. Und dann ist es gut, dass der Berg zum Propheten geht. Hast du mich verstanden?«

»Ja, das habe ich verstanden«, sagte der Erzengel mit dem brennenden Schwert.

Und das hat der Michael tun wollen, hat sich auf den Weg gemacht und hat schon mit aller Kraft die Kapelle vom Felsstock gerissen. Und da ist aus dem Boden heraus, aus dem Gestein, Luzifer gebrochen. Er hatte beobachtet, was da vor sich ging, und hat sich gesagt: So, jetzt ist die Gelegenheit gekommen. Er hat sich die Erdkrümel abgewischt und ist lässig dahermarschiert. Hat die Arme verschränkt und dem Michael zugeschaut.

Und hat gesagt: »Mein lieber Michael. Jetzt soll die Rache stattfinden. Verstehst du, was ich meine?«

Luzifer hat ja gesehen, der Michael war eingeschränkt, weil er diese Kapelle, diese schwere, im Arm hatte. Luzifer hat die Berggipfel rundherum abgebrochen, einen nach dem anderen, und hat die Brocken auf den Michael geschmettert. Hat sie auf seinen Rücken geschmettert, dass er aufgeschrien hat, der Erzengel, hat die Brocken auf den Kopf des Herrlichen geschlagen, dass ihm das Engelsblut nur so über die Engelsstirn geronnen ist, hat ihm die Trümmer zwischen die Beine geworfen, dass ihm die Engelsknochen gebrochen sind. Aber Michael, der Treueste der Treuen, der nie den Blick nach oben gehoben hat, dem nie die Idee gekommen war, sich zu erheben gegen den Höchsten, er hat seine Aufgabe nicht vergessen, nein, das hat er nicht. Er hat die Kapelle heruntergetragen vom Berg, geschleppt hat er sie, gekrochen ist er, als ihm die Knochen gebrochen sind. Er hat das Kirchlein von Maria Elend neben die schlafende Hemma gestellt, hat mit letzter Kraft einen Platz um das Kirchlein herum geplättet, damit alles zusammen nett aussieht. Und weiter sind die Steine geflogen, an seine Augenbraue, an sein Ohr, seine Lippe, auf die Nase, aufs Kinn, auf einen Fingernagel, voller blauer Flecken war der englische Körper. Und dann noch etwas: Es bestand große Gefahr, dass ein Stein die schlafende Hemma trifft. Der Stein hätte sie doch glatt umgebracht, da bestand nicht der geringste Zweifel. Michael, der Erzengel mit dem treuen, einfältigen Herzen, hat sich schützend über die Hemma gebeugt. Und die Steine sind auf seinen Rücken geprasselt, und er hat geschrien vor Schmerz.

Aber der Luzifer hat den Michael nicht besiegen können. Und als der erste Sonnenstrahl über den Horizont hüpfte, da fuhr Luzifer wieder hinab in die Hölle. Und Michael, jammernd, klagend, mit krummem Rücken, hat sich auf den Weg in den Himmel gemacht, unter dem Arm das Kirchlein. Gekrochen ist er. Geheult hat er. Maria Elend hat er wieder abgesetzt, wie es gewesen war und wie es sich gehört. Die Schmerzen der Engel – was wissen wir schon von ihnen!

Aber dann, dann war es wieder ruhig. Auf Erden und im Himmel. Auf Erden lagen die Steine herum, die Felsbrocken, Berge waren vernichtet worden, man stelle sich vor. Im Himmel haben die kleinen Engel dem großen Engel die Wunden verbunden.

»Wie ist er aus seinem Loch herausgekommen?«, fragte Michael den lieben Gott.

»Ich habe ihn gelassen«, war die Antwort des Höchsten.

»Und warum, bitte?«

»Du, Michael«, sagte der liebe Gott, »hast das heilige Privileg, mir eine Frage stellen zu dürfen. Aber nicht zwei.«

Und dann erwachte Hemma. Sie behielt noch eine Weile die Augen zu, einen seligen Schlaf hatte sie gehabt, so tief, bis hinab, wo das Blut entspringt.

Sie sagte: »Ah, war das ein Schlaf! Und was für ein Traum, Rupert!«

Sie sprach mit Rupert, ohne die Augen zu öffnen, und sagte: »Rupert, Rupert, was ich geträumt hab, du wirst es nicht glauben. Ich habe geträumt, der Erzengel Michael und Luzifer hätten miteinander gekämpft. Und der Erzengel hat sich über mich gebeugt und hat Prügel bezogen von Luzifer. So ein Traum!«

Dann öffnet sie die Augen und sieht überall die Steinbrocken herumliegen. Berge waren vernichtet worden, man stelle sich vor!

Und dann sieht sie Rupert – den Rupert, der bis gestern schwarze, volle Haare gehabt hat. Weiß war er.

Und er sagt nur: »Gräfin. Es war kein Traum. Ich hab alles gesehen.«

Berge wachsen nicht nach. Aber ihre Trümmer wachsen zu. Da gab es eine Pflanze, die rankte sich, die trug kleine rote Beeren, die sahen aus wie Blutstropfen. Hemma ist nie nicht schön gewesen. Sie ist nie nicht fromm gewesen. Sie hat viele Jahre gelebt, fast hundert Jahre, sie ist als schöne fromme selige Frau gestorben.

127

Die Ballade vom Franzosenbrunnen in Redlham

Es war einmal ein Krieg, der wollte nicht aufhören – ein Krieg, zwei Kriege, drei Kriege, vier Kriege, fünf Kriege, sechs Kriege …

Napoleon, der kleine Mann,
der ritt voran und kam nicht an
und schickt Soldaten weit ins Land,
bis einer davon in Redlham stand …

… welches nämlich ein Dorf im Hausruckviertel ist, in der Nähe von Vöcklabruck, das wiederum nicht weit von der Stadt Linz liegt, welche die Hauptstadt von Oberösterreich ist, das zwischen Bayern und Niederösterreich sich ausbreitet, also mitten in Europa, und das liegt Gott sei Dank auf unserer Kugel.

Da stand also der Franzos, es war im Jahr 1806, und er hat nach dem Punkt gefragt, auf dem er stand, denn er wusste nicht, wie dieser Punkt heißt, und ausgerechnet der Heiner ist's, den er fragt.

»Où suis-je?«

Der Heiner aber, der kann kein Französisch, der weiß selber kaum, wo er ist. Und warum weiß er es nicht? Weil er erstens nicht fragen kann und zweitens, wenn er's könnt', die Antwort nicht verstehen würde. Der Heiner ist nämlich taub, und stumm ist er auch.

Da fragt ihn der Franzose noch einmal:

»Où suis-je?«

Und was macht der Heiner?

Der Heiner reißt den Mund weit auf
und zeigt auf seine Zunge drauf
und knurrt und quietscht und scharrt und knarrt,
die Augen wild, und rauft den Bart …

… aber antworten kann er trotzdem nicht.

Und da kriegt der Franzose Angst, weil er meint, die Leute in diesem Dorf – so weit weg von zu Hause, von der Mama und der Schwester und dem Hund –, die Leute hier, die seien alle so, nämlich eigentlich Dämonen mit großen Mäulern, die sie noch weiter aufreißen können als jetzt schon, weit genug, dass leicht ein Franzose darin verschwinden könnte, so dass nur die Absätze von den Stiefeln herausschauen würden.

Er ist nämlich verlorengegangen, der Soldat, beim Durchmarsch hat er einen Mittagsschlaf gehalten im Heu, und als er aufwachte, waren seine Kameraden bereits weitergezogen und haben ihn nicht vermisst. Und nun steht er da und weiß nicht wo und fragt:

»Où suis-je?«

Der Heiner will ihm nichts Böses. Gar nicht. Im Gegenteil. Er will ihm helfen. Er will ihn zu jemandem bringen, der reden und hören kann. Also nimmt er den Ärmel von dem Fremden, er weiß es eben nicht besser, denn …

… der Heiner ist ein armer Tropf,
er hat kein Geld, ist blöd im Kopf …

… zum Bürgermeister will er den Fremden führen, auch weil der Bürgermeister von Redlham einen guten Schnaps brennt und der Heiner sich denkt, so einen Schnaps würde der Fremde jetzt gern trinken. Er nämlich, der Heiner …

… er trinkt den Schnaps so viel, viel gern
und trinkt ihn gern mit feinen Herrn …

… und er denkt sich, der Fremde muss ein feiner Herr sein, denn sonst hätte er nicht so eine schneidige Uniform an, blauer Rock, weiße Hose, Schiffchenhut und roter Gürtel, und er denkt sich, wenn der einen Schnaps kriegt, krieg ich auch einen. Also packt er den Franzosen am Arm.

Und was denkt da der französische Soldat?

Der ist kein Mensch, der ist ein Tier
und an mein Leben will er mir.
Am besten ist, ich hau gleich drauf,
bevor er draufhaut, und ich lauf …

… davon, so schnell ich kann, und schau nicht zurück. So denkt der Soldat.

Und wie wiederum denkt der Heiner?

Was zieht der für ein böses G'sicht!
Ich fürcht mich, und ich fürcht mich nicht,
ich fürcht mich nicht und fürcht mich doch,
ich tät mich gern ins nächste Loch …

… verkriechen, wenn ich wüsste, wo das nächste Loch ist. Genauso denkt der Heiner. Aber jetzt ist es zu spät zum Davonlaufen, jetzt hat sich der Franzose schon umgedreht und schaut den Heiner an, und diesmal schaut er ihn an, als wär er der Teufel.

Und just an dieser Stelle hat auch der Heiner mit einem Schlag aufgehört zu denken, denn auch er hat in dem anderen den Teufel gesehen. Der Heiner rollt eine von seinen beiden Händen zu einer Faust und haut die dem Franzosen auf den Kopf, dass der umfällt wie ein Balken, der unten keinen Halt hat.

Und der Franzose war tot.

Da ist der Heiner allein zum Bürgermeister gerannt und hat ihn geholt. Und der Bürgermeister hat zusammen mit dem Heiner den napoleonischen Franzosen in den Brunnen geworfen.

Aber der Franzos …

… der war bei Gott nicht umgebracht,
der kroch heraus und hat gelacht,
der hat gelacht und Lärm gemacht,
da war es pünktlich Mitternacht.

In Redlham war Angst und Schreck,
und wer da konnte, rannte weg.
Sogar dem Teufel geht der Reis,
noch am Polar ist's ihm zu heiß.

Ja, Frankreich hat den Sieg gekriegt,
Napoljon hat den Tod besiegt!
Den Franzsoldat, den haut nichts um,
der sucht nach dem, der taub und stumm …

… ist und der Heiner heißt, denn dem will er heimzahlen, dass er ihn in den Brunnen geworfen hat, wo Kröten und Molche im Schleimschlamm Blasen werfen. Der blaue Rock war zerfetzt, und die weiße Hose verdreckt, die Schiffchenmütze gespalten und der Lack an den Stiefeln zerkratzt, so torkelte der Soldat von Haus und zu Haus und pumperte an die Türen, wo der Stumme sei, der Grimassenschneider, der nichts hört, und endlich fand er ihn, den Heiner. Und er zerrt ihn heraus aus dem Haus und auf den Platz zum Brunnen und zieht den Handschuh über die rechte Faust …

… und haut die Faust, so fest, wie's geht,
grad auf dem Heiner seinen Dez
und tut, was der mit ihm gemacht,
er wirft ihn in den Brunnenschacht.

Und der Heiner ist tot.

Der Soldat aber legt sich hin und will sein Kopfweh ausschlafen.

Nur dass der Heiner genauso tot ist, wie der Soldat tot war, nämlich nicht tot. Er plumpst hinunter in den Brunnen, landet neben den Kröten und den Lurchen …

… er schaut dem grausigen Geschöpf
auf Bäuche, Glieder und auf Köpf,
er nimmt ein' Schluck vom grauen Brei
und denkt, das Leben ist vorbei …

… und merkt doch, nein, es ist nicht vorbei, und er rappelt sich auf und klettert aus dem Brunnen …

… und knurrt und quietscht und scharrt und knarrt,
die Augen wild, und rauft den Bart …

… und packt den Franzosen, der da liegt und sein Kopfweh ausschläft, packt ihn am Gürtel und lupft ihn hoch und will ihn gleich noch einmal in den Brunnen werfen, aber der Franzos …

… Franzos, Franzos, ein Mann mit Kraft,
den keiner in die Hölle schafft …

… jedenfalls keiner, der nicht wenigstens gleich stark ist wie er.

Und weil der Heiner in etwa eben gleich stark ist wie der Franzos, packen sie einander, und einer lupft den anderen und schupft ihn und schlupft ihm unter den Armen hindurch, und wird wieder gepackt und gerissen diesmal und hochgestemmt, und so fallen sie beide hinunter in den Brunnen, der Franzos und der taubstumme Heiner.

Der Franzose war schlechter dran, er lag unten. Aber er kämpfte sich nach oben, und nun lag der Heiner unten.

Und da lagen sie, einmal einer unten, einmal einer oben, und dachten jeder für sich das Gleiche. So gleich waren ihre Gedanken, dass ein Chor sie hätte singen können:

Was hat das Leben für ein' Sinn,
wenn ich im tiefen Brunnen bin?
Denn gar nicht gut ergeht es mir.
Viel besser wär, ich wär nicht hier.

So sind hier Freund und Feind vereint,
wo niemals nicht die Sonne scheint.
Viel lieber wären wir zu zweit
dort oben und in Freundlichkeit.

Da hat der Heiner dem Franzosen die Räuberleiter gemacht, und als der Franzose oben war, hat er sich über den Brunnenrand gebeugt und hat den Heiner zu sich hinaufgezogen.

Noch in derselben Nacht sind die beiden Freunde geworden. Der Franzose hat den Heiner nicht verstanden, weil der Heiner gar nicht zu verstehen war. Der Heiner hat den Franzosen nicht verstanden, weil der Franzose französisch sprach. Stinkend sind sie durch Redlham gegangen, einer den Arm über den Schultern des anderen. Zum Bürgermeister sind sie gegangen und haben ihm jeder in seiner Sprache, die der Bürgermeister nicht verstand, die Geschichte erzählt. Aber begriffen hat der Bürgermeister die Geschichte, und darum hat er Schnaps ausgegeben von seinem Selbstgebrannten und hat in derselben

Nacht noch beschlossen, dass der Brunnen mitten im Dorf von Redlham von nun an der »Franzosenbrunnen« heißen soll …

… denn bis in alle Zeit hinein
soll hier ein mahnend Sinnbild sein:
Hat keinen Sinn, wenn von den Leut'
der A dem B den Arsch verbläut.

128

Der Neusiedlersee

Wo heute der Neusiedlersee liegt, war vor langer Zeit eine fruchtbare Senke, umgeben von einem Erlenwald. Und in der Mitte dieser Senke lag ein Dorf, und dieses Dorf hieß Schönmädchental. Durch eine Laune der Natur lebten hier die schönsten Mädchen des ganzen Reiches. Manche behaupteten, die schönsten Mädchen der ganzen Welt.

Schönheit ist ein großes Glück. Und es war ein großes Glück, so viele schöne Mädchen zu haben. Aber es war nicht nur ein Glück.

Es kamen reiche und schöne Männer von außerhalb, und sie wollten sich nicht niederlassen im Dorf. Hier gab es sonst nämlich nichts Interessantes. Schönmädchental, hieß es, sei abgesehen von den schönen Mädchen das langweiligste Dorf im ganzen Reich, wahrscheinlich das langweiligste Dorf auf der ganzen Welt. Und warum? Wegen der Burschen dort.

Die waren nämlich nicht schön. Sie waren auch nicht hässlich. Hätte man sie in ein beliebiges anderes Dorf gestellt, sie wären wahrscheinlich gar nicht aufgefallen. Aber in Schönmädchental fielen sie auf. Wenn ein Bursche auch nur in die Nähe eines Mädchens kam, das war wie Tag und Nacht. Die leuchtenden schönen Augen der einen machten die Augen des anderen matt und müde, und der süße Mund der einen ließ den Mund des anderen bitter und spröd erscheinen.

Und interessant wird es doch erst, wenn die Burschen von den Mädchen und die Mädchen von den Burschen etwas wollen. Aber die Mädchen aus Schönmädchental wollten nichts von den Burschen. Sie waren an den reichen schönen Fremden interessiert.

Die Fremden blieben, bis sie ein Mädchen gefunden hatten, das bereit war, mit ihnen zu gehen. Dann verschwanden sie wieder und mit ihnen ihre Braut. Die Welt war immer irgendwo anders.

Die Bewohner von Schönmädchental konnten sich leicht ausrechnen, wie lange es dauert, bis ihr Dorf aussterben wird. Keine Frauen – keine Kinder, keine Kinder – keine Welt. Und deshalb beschlossen die Männer von Schönmädchental, dass kein Mädchen das Dorf mehr verlassen darf. Wenn jemand von außerhalb kommt, gut, der kann sich hier eine aussuchen, und er darf sie heiraten, aber er muss hierbleiben.

Für die Mädchen war das Dorf von nun an ein Gefängnis. Um das Dorf herum wurde ein Zaun gebaut, es gab nur einen Weg hinein, und der war bewacht am Tag und in der Nacht.

Da lebte die schöne Mara. Sie war die Schönste der Schönen. Auch unter den Schönen gab es eine Rangordnung. Draußen in der Welt, wo die meisten Menschen hässlich sind, sticht einem ein schöner Mensch ins Auge, auch wenn er gar nicht besonders schön ist. Das liegt am Kontrast. Und wenn du dann auf einmal in ein Dorf kommst, in dem nur Schönheiten leben, dann sehen sie für dein ungeübtes Auge alle gleich schön aus. Und erst wenn du ein Jahr unter ihnen lebst, erkennst du, es gibt schöne Schöne und hässliche Schöne und mittelmäßige Schöne. Wobei! Die hässlichen Schönen hier waren immer noch hundertmal schöner als die schönsten Schönheiten draußen in der Welt. Aber die schönen Schönen waren tausendmal schöner.

Und Mara war die Schönste der Schönen. Und sie hatte nur einen Wunsch: Sie wollte in die Welt hinaus. Einen reichen Mann wollte sie, der sie in der Welt herumführte, der ihr die Pyramiden zeigte und den Amazonas, die heilige Stadt Rom und die wüsten Viertel der Hafenstädte. Der sich freute, wenn sie gelobt wurde. Der ihr alle Freiheiten ließ.

Mara wohnte bei ihren Eltern. Das Haus lag am Rand des Dorfes. Der kleine Gemüsegarten hinter dem Haus war begrenzt durch den Zaun, der um das Dorf herumführte. Eines Tages beobachtete Mara von ihrer Kammer aus, wie ein Fuchs durch den Garten lief, schnell hin zum Hühnerstall, und wie er sich eine Henne holte und hinter dem Gebüsch beim Zaun verschwand. Mara dachte, dort hat sich der Fuchs ein Nest gebaut, und sie wollte nachsehen.

O ja, Mara hatte eine so große Sehnsucht nach Zärtlichkeit! Was nützte ihr die ganze Schönheit, wenn sie nur für die Burschen des Dorfes reserviert sein durfte!

Und da war ein Bursch. Hermann hieß er, aber alle nannten ihn Herrmännchen. Herrmännchen liebte Mara. Aber Mara liebte Herrmännchen nicht. Herrmännchen war der hässlichste der Hässlichen. Er war klein und schrumpelig, er hatte eine quietschende Stimme, und er brauchte lange, bis er etwas kapierte. Und Charme besaß er so gut wie gar keinen. Nein, den wollte Mara nicht haben.

Jedenfalls: Hinter dem Gebüsch war aber kein Nest. Der Fuchs hatte unter dem Zaun hindurch ein Loch gegraben, das führte hinaus.

Da packte Mara ihre schönsten Kleiner zusammen und kroch unter dem Zaun hindurch. Sie lief bis zu dem Erlenwald, dort zog sie ihr Sonntagsgewand an. So lief sie zur Straße und spazierte an der Straße entlang und fühlte sich frei. Am Abend kehrte sie um, wechselte die Kleider am Bach und kroch wieder unter dem Zaun hindurch nach Hause.

So tat die schöne Mara, die Schönste der Schönen, von nun an jeden Tag.

In der Nähe von Schönmädchental lebte der Burgherr von Forchenstein. Der war kein glücklicher Mann. Die Sonne am Morgen machte ihn nicht glücklich, die Sterne am Nachthimmel auch nicht, und wenn seine Frau das Schlafgemach betrat, dann konnte er die Traurigkeit riechen.

So viele Ländereien gehörten ihm, so viele Herden gehörten ihm. Er betrachtete die Ländereien und die Herden, aber glücklich ließ ihn der Anblick nicht werden. Am liebsten ging er auf die Jagd, da war er mit sich allein, da konnte er nachdenken. Manchmal lehnte er sich gegen einen Baum und schluchzte.

Die Liebe fehlte ihm.

Und so kam er eines Tages in den Erlenwald. Und dort traf er auf Mara. Solche Schönheit hatte er noch nie gesehen. Erst beobachtete er sie, wie sie auf der Straße ging. Als sie sich neben dem Weg auf einen Baumstamm setzte, lenkte er sein Pferd zu ihr hin, stieg aus dem Sattel und bot ihr den Schlauch mit Wasser an, damit sie sich erfrischte. Sie tranken, und der Burgherr teilte mit ihr, was ihm der Koch als Wegzehrung eingepackt hatte. Sie unterhielten sich, und Mara verliebte sich in den Burgherrn. Als wäre er der, den sie sich immer gewünscht hatte.

Aber er sagte ihr nicht die Wahrheit. Er sagte nicht, wer er war. Dass er verheiratet war. Er gab sich als ein Jäger aus, als ein einfacher Jäger. Und auch Maria sagte ihm nicht die Wahrheit. Sie sagte nicht, dass sie aus Schönmädchental stammte, denn sie dachte bei sich: Wenn er mich liebt, dann will er mich heiraten, und wenn er mich heiratet, dann will er nicht in Schönmädchental bleiben, aber ich darf nicht wegziehen, und wenn er das erfährt, wird er umdrehen und davonreiten.

Und so sagten sie einander nicht die Wahrheit. Aber sie verabredeten sich immer wieder an der gleichen Stelle, Tag für Tag. Und sie wären zufrieden gewesen damit.

Aber!

Eines Tages wurden sie von Herrmännchen beobachtet. Da war es aus mit der Liebe in seinem Herzen, und der Hass kam, und er wurde eingeladen zu bleiben.

Herrmännchen ging der Sache nach und stieß auf die Wahrheit. Und während sich der Burgherr und Mara vergnügten, begab er sich nach Forchenstein.

Zur Burgherrin sagte er: »Habe die Ehre, vornehme Frau! Ich habe Neuigkeiten für Euch. Euer Mann treibt sich mit einem unserer Mädchen herum. Dem schönsten Mädchen aus Schönmädchental. Früher oder später wird er Euch verlassen, vornehme Frau.«

Und Herrmännchen steckte die Frau mit seinem Hass an. Und sie dachte sich Rache aus. Sie begab sich nach Schönmädchental und ließ alle antreten. Und sie rief Mara auf und sagte ihr auf den Kopf zu: »Du liebst meinen Mann. Ich bin die Herrin. Ich möchte, dass du bestraft wirst!«

»Und Euer Mann liebt mich«, sagte Mara. »Er hat Euch nie geliebt. Wenn Ihr das Schlafgemach betreten habt, hat er die Traurigkeit riechen können. Ich bin die Schönste der Schönen, und mich will er haben.«

Da fauchte die Burgherrin: »So viel Bosheit musst du geerbt haben!«

Sie rief die Mutter von Mara herbei: »Euch beide werde ich hinrichten lassen«, sagte sie. »Ich werde euch ertränken, im Weiher!«

Die Mutter wandte sich an die Männer und Frauen von Schönmädchental: »Hört mir zu! Ja, meine Tochter hat Unrecht getan. Aber in ihren Augen steht die Liebe. Die Frau hier, sie mag vielleicht recht haben, aber in ihren Augen steht der Hass. Entscheidet euch zwischen der Liebe und dem Hass. Ob ihr zu mir steht und meiner Tochter oder zu ihr.«

Aber die Menschen von Schönmädchental waren feige, und sie waren neidisch. Mara war eben die Schönste, und die Töchter der anderen waren nicht so schön, und wenn Mara nicht mehr wäre, dann könnte – so dachten die Mütter und Väter bei sich – vielleicht meine Tochter die Schönste sein.

Mara und ihre Mutter wurden zum Weiher gebracht. Aber bevor sie getötet wurden, hat die Mutter einen Fluch ausgestoßen: »Das Wasser, in dem wir ertrinken, soll anschwellen! Und soll über euch herfallen! Und soll Schönmädchental unter sich begraben!«

Und dann wurden sie in den Weiher gestoßen, und sie ertranken.

Am nächsten Morgen sahen die Bauern, dass auf ihren Feldern das Wasser stand. Am Mittag war das Wasser schon in den Häusern. Am Abend reichte es bis zum Giebel.

Ein See war entstanden, wo Schönmädchental gewesen war. Viele ertranken im Wasser, und die es noch schafften, gründeten am Ufer ein neues Dorf. Und sie nannten das Dorf »Neusiedl«.

Und den See nannten sie Neusiedlersee.

129

Der böse Mélac

Ludwig XIV., dieser französische König aus dem 17. Jahrhundert, der immer zusammen mit der Sonne genannt wird, der hatte einen General, der wurde zusammen mit der Hölle genannt: Ezéchiel de Mélac. Der war ein Mordbrenner, ein Städtezerstörer, und das nicht nur auf Befehl, sondern aus purer Hingabe zur Mordbrennerei und Städtezerstörerei. Nichts hat er lieber getan als das.

Die prächtigste Gelegenheit für diese Leidenschaft bot ihm der Pfälzische Erbfolgekrieg. In einem Handstreich, das heißt, mit Hilfe entsetzlicher Grausamkeiten, die er Strategie nannte, unterwarf er die Städte Heilbronn, Heidelberg und Mannheim. Die Strategie erklärte er auch. Ein guter General, sagte er, muss im ersten Aufprall Tatsachen setzen, vor denen dem Feind nichts anderes übrigbleibt, als in ein gelähmtes Staunen zu verfallen, dann hat man ihn. Diese Tatsachen waren: Aufhängen, Aufschlitzen, Blauwürgen und Brennen. Immer wieder Brennen. Der General Mélac hatte eine große Freude am Feuer, meine Güte, diesbezüglich war er wie ein Kind, und tatsächlich schon als Kind hatte er jeden Tag die Mutter darum gebeten, das Feuer im Herd anzünden zu dürfen.

In Heilbronn schlug der Mélac sein Hauptquartier auf. Von dort aus plünderte und brandschatzte er die Städte und Dörfer der Umgebung: Donauwörth, Marbach, Schorndorf. Später griff er hinauf nach Speyer und Worms und hinunter nach Baden-Baden. Das Heidelberger Schloss hat sich bis zum heutigen Tag von seiner Strategie nicht erholt, den Heidelberger fröstelt noch heute, wenn sein Name erwähnt wird. Eine größere Genugtuung hätte man diesem Lackel nicht bereiten können. Ja, diesem Lackel. Noch heute, wenn einer einen anderen »du Lackel!« schimpft, soll das an den General Mélac erinnern.

Es wird erzählt, der Grausame habe sich vorübergehend auf die Esslinger Burg zurückgezogen. Er habe sich dort oben ein Häuschen bauen lassen. Nichts Besonderes. Nichts Großartiges. An Prunk und Protz war ihm nicht gelegen. Hierin unterschied er sich von seinem König, der ja bekanntlich am liebsten noch das Gold vergoldet hätte. Der General begnügte sich mit einem Häuschen, das bald schon im ganzen Land als das »Mélac-Häuschen« bekannt war. Dort wohnte er. Oder wie die Bürger von Esslingen sagten: Dort hauste er. Wohnen hat etwas Bürgerliches, im Wohnen ist etwas Gemütliches inbegriffen. Wer wohnt, der kocht. Wer wohnt, der zieht am Abend gern seinen Hausmantel an, streckt die Beine aus, gähnt und trinkt ein Gläschen. Und ist zufrieden. Nichts für den Ezéchiel de Mélac. Der hat gehaust. Ein Teufel hat ihm den Haushalt geführt. Er hat nicht gegessen, er hat gefressen. Die Beine hat er nicht ausgestreckt, die Arme schon, aber zum Zuhauen, nur zum Zuhauen.

Und dann geschah ein Wunder. Man kann es nicht anders bezeichnen. Ich möchte zunächst eine Frage stellen: Wovon war der Mélac am weitesten entfernt? Die Antwort ist klar: von der Liebe. Die Liebe war ihm so fremd, so fremd, so fremd, dass mir kein Vergleich einfällt. Wenn ich sage, so fremd wie dem Eskimo der Löwe, dann könnt's ja sein, dass ein Eskimo zu einer Afrikareise eingeladen wird und dort einem Löwen begegnet. Dem Mélac aber ist in seinem Leben nie die Liebe begegnet.

Bis dahin nicht!

Eines Tages nämlich betritt der Brandschatzer das Gasthaus *Zum Adler* unten in der Esslinger Stadt, breitbeinig, als wollte er möglichst viel um sich herum zertreten, will schon »Bier!« befehlen, da fällt sein Blick auf das Mädchen, das hinter dem Tresen am Zapfhahn steht. Das Mädchen heißt Katharina, es ist vierzehn Jahre alt und die Tochter des Wirts Jeremias Haug, der zugleich der Pfarrer ist. Sie hat Haare in der Farbe des Weizens, von dem es in diesem Jahr leider nur wenig gibt, weil die Truppen des Mélac den meisten geraubt und den Rest verbrannt haben. Sie hat Augen in der Farbe des wolkenlosen Himmels, den man in diesem Jahr nur selten sehen konnte, weil die Truppen des Mélac so viel Brandrauch erzeugt haben. Eine Haut hat sie, so weiß, wie eben nur Weißes ist – auch davon haben die Esslinger in diesem Jahr wenig gesehen, weil Weißes bekanntlich im Brand schwarz wird.

Der General sieht die Katharina, und nun brennt sein Herz. Und alles, was sich bis dahin zu seinem Leben gefügt hat, explodiert, wie die Mauern des Heidelberger Schlosses explodiert sind, als die Lunten abgebrannt waren. Die Welt scheint ihm sinnlos – und sinnvoll in einem. Sinnlos erscheint ihm alles, was ist, alles, was sein Leben ausmacht. Seine Biographie ist ihm ein langgezogener Dreckhaufen, stinkend, giftig, sinnlos. Sinnvoll dagegen erscheint ihm die Zukunft, und eine andere Zukunft als an der Seite dieses Mädchens kann er sich nicht denken. Von einem Blick auf den nächsten ist aus dem Mélac ein anderer geworden – einer, der sich ein bürgerliches Leben mit Hausmantel und Weingläschen vorstellen kann, ein Leben als Gatte und Vater und friedlicher Bürger.

Er tritt nahe an Katharina heran und sagt leise mit aller Freundlichkeit, zu der er fähig ist: »Könnte ich bitte ein warmes Glas Milch haben?«

Dann setzt er sich an den bescheidensten Tisch und wartet bescheiden. Er kann den Blick nicht von ihr abwenden. Das Lächeln in seinem Gesicht spürt er. Und es ist wie Medizin. Zum Bürger gehören auch die Weisheiten, denkt er sich. Eine Weisheit kommt ihm: »Der Böse tut sich selbst am meisten weh.« Darüber könnte er weinen. Und tatsächlich rollen ihm Tränen über die Wangen. Ja, leid tut er sich auf einmal, der General Mélac, der Mordbrenner.

Die Katharina zittert, als sie ihm die warme Milch bringt, so sehr zittert sie, dass sie die Hälfte verschüttet.

»Ach«, sagt er, sie meint, es wird gleich eine fürchterliche Strafe folgen, »ach, das macht doch nichts, fülle ich den Becher halt mit meinen Tränen auf.«

Hat man so etwas je gehört? Hat man nicht. Die Gäste im *Adler* verstummen – obwohl das gar nicht geht, denn sie sind schon verstummt, als der Mélac die Gaststube betreten hat. Jetzt erstarren sie zudem. Wenn einem eine Fliege über die Nase trippelt, der hebt die Hand nicht. Man kann sich nichts anderes vorstellen, als dass der Freundlichkeit die Grausamkeit folgt. Und da der General besonders freundlich ist, wird es eine besondere Grausamkeit sein.

Das Herz der Katharina ist rein, ihre Gefühle haben noch nicht dem Verstand Rechenschaft ablegen müssen, und darum kann sie nicht anders, sie muss gerührt sein von den Tränen dieses Mannes.

»Warum weint Ihr?«, fragt sie.

»Ich weine aus Dankbarkeit«, sagt Mélac.

»Und wofür seid Ihr dankbar?«

»Dass ich endlich aus der Hölle erlöst werde.«

»Und wie geht das?« Gleich erschrickt sie wieder, das war ja eine gewagte Frage. Aber es war die richtige Frage. Wie kann so einer wie der jemals aus der Hölle erlöst werden, wo er doch die Hölle in Person ist.

»Du hast mich erlöst«, sagt er. »Du musst ein Engel sein. Der Himmel hat mir einen Engel geschickt.«

In dieser Art haben sie miteinander gesprochen, der Mélac und die Katharina. Und bald hat sich die Befangenheit in Fröhlichkeit verwandelt. Am Ende sei – ich verwende den Konjunktiv, weil niemand es eigentlich glauben wollte – die Katharina auf dem Schoß des Brandschatzers gesessen, und die beiden hätten miteinander gescherzt wie Freunde. Der Mélac lud Katharina zu sich in sein Häuschen ein, und sie vereinbarten einen Termin.

Hätten sie keinen Termin vereinbart, sondern wären gleich losgezogen, Arm in Arm, alles wär anders geworden. So aber hatten die Kräfte, von denen wir so gut wie gar nichts wissen, genügend Zeit, ihr Werk zu tun.

Was meine ich damit?

Folgendes: Diese Kräfte – oder wie man früher sagte: Dämonen – sprachen gleich auf den General ein. He, sagten sie, du, wer bist du? Wer meinst du, bist du? Meinst du, du bist nicht nur einer, sondern viele? Oder wenigstens zwei? Nein, du bist nur einer, nämlich der, der du bisher gewesen bist. Einer, der sich vor Gott und dem Teufel nicht fürchtet, der kaputt macht, was schön ist. Also, mach weiter so! Nimm sie, die kleine Schönheit, nimm sie, wie es bisher deine Art war, und wirf sie hinterher fort! – Und als der Termin da war, war der Mélac wieder ganz der Alte.

Und was haben die Kräfte zur Katharina gesagt? Du bist gut, haben sie gesagt. Aber Gutsein allein genügt nicht. Sicher wäre es gut, einen bekehrten Bösewicht zu küssen und mit ihm unter die Federn zu schlüpfen. Besser aber ist, ihm die Bekehrung nicht zu glauben und nicht zu vergessen, was er deinem Land und deinen Leuten angetan hat. Und am besten wäre es, wenn du dein Land und deine Leute rächen würdest.

Und als guter Mensch entschied sich die Katharina, das Beste zu tun. Also nahm sie zu dem Termin das scharfe Gemüsemesser mit.

Und was sagten die Dämonen noch zum Mélac? Sie sagten: Gib acht! Es kann sein, dass dieses Mädchen gar nicht so ein naives Dummerle ist, es kann sein, dass dieses Mädchen eine besonders raffinierte Feindin ist. Es kann sein, dass sie mit einem scharfen Gemüsemesser im Ärmel kommt. – Also zog Mélac unter seinem Hemd einen Panzer an.

Das Gute sitzt im Herzen, es schickt seine Wässerchen bisweilen hinauf in die Äuglein. Dann tropft es dort. Das nennt man Tränen. Schön anzusehen. Das Böse – wo sitzt das Böse? Im Kopf? In den Händen? Ist doch egal, wo es sitzt. Der Stich der Jungfrau glitt am Panzer ab. Der Brandschatzer, der Städtezerstörer sank nicht nieder, nicht einen Kratzer hat er abgekriegt. Die Jungfrau aber musste sterben. Lieder wurden zu ihrer Erinnerung und Ehre gedichtet. Darin wird am General Mélac kein gutes Haar gelassen.

130
Der Gefangene auf Dürnstein

Im 12. Jahrhundert ergriff die Edlen Europas ein merkwürdiger Wahn. Sie bildeten sich ein, es gibt nichts Notwendigeres auf der Welt, als das Heilige Land von den Heiden zu befreien. Kaiser Friedrich Barbarossa führte die Heere an.

Aber dann ertrank der Kaiser, und ein Streit um die Nachfolge entbrannte. Die Favoriten waren König Richard von England, genannt Löwenherz, und Herzog Leopold V. von Österreich, der Tugendhafte.

Das Löwenherz demütigte bei jeder Gelegenheit den Leopold. Der hatte gerade die Feste Akkon eingenommen, als Richard mit seinem Heer daherkam, einem viel mächtigeren Heer als das des Österreichers. Er sprang vom Pferd, stieg, ohne Leopold zu grüßen oder ihn auch nur anzusehen, auf den Turm, riss die Fahne herunter, warf sie in den Dreck und zog seine eigene hoch. Der Herzog stand daneben und schwor Rache, bittere und ewige Rache, mehr blieb ihm nicht übrig.

Und dann, nach vielen Jahren, als die Länder ausgeplündert und so viele Schätze angehäuft waren, dass man sie gerade noch tragen konnte, und genügend Heiden der Schädel eingeschlagen worden war, so dass man sich einen vorderen Platz im Himmel ausrechnen durfte, machten sich die Edlen Europas auf den Heimweg. So auch Richard, er wollte durch das Mittelmeer, an Spanien vorbei und weiter entlang der Küste Frankreichs nach England segeln. Aber ein Sturm kam auf und seine Schiffe wurden in die Adria getrieben, und dort zerschellten sie. Die Ritter ertranken, die Soldaten ertranken, der König konnte sich als Einziger an Land retten. Und nun musste er den Weg nach England zu Fuß zurücklegen. Und eines der Länder, durch die er kam, gehörte Herzog Leopold V. von Österreich.

Um nicht Gefahr zu laufen, erkannt zu werden, verkleidete er sich als Bettelmönch. Das hatte einige Vorteile. Zunächst ließ sich sein Löwenkopf gut unter einer Kapuze verbergen; zweitens war für Verpflegung gesorgt, denn es galt als schwere Sünde, einem bettelnden Mann Gottes Brot und Bier zu verweigern.

Und so kam Richard eines Abends in eine Schenke. Er hatte Hunger und Durst, war eingehüllt in die raue Kutte, zog die Kapuze tief ins Gesicht.

»Hätt gern was zu trinken, hätt gern was zu essen, hab aber kein Geld, hab aber kein Geld«, sang er.

»Wenn du mir bei der Arbeit hilfst«, antwortete der Wirt, »dann sollst du kriegen, was du brauchst.« – Da waren schöne, saftige Hühner über dem Grill. »Die drehst du mir, und wenn die Männer trinken wollen, dann bringst du ihnen.«

Der Mönch Richard gehorchte, er drehte die Hühner und servierte das Bier.

Er hat sich so schlau verkleidet, so schlau, hat sich so viel Mühe gegeben – aber eines hat er übersehen: nämlich seinen königlichen Ring, der steckte am Finger. Und der Wirt, der unter Herzog Leopold V. an den Kreuzzügen teilgenommen hatte, betrachtete den Mönch, und ihm fiel dieser Ring auf, und er erkannte den Ring, das war doch der Ring von dem Engländer, der seinen Herrn bei jeder Gelegenheit gedemütigt hat. Und der Wirt dachte, was dachte der Wirt, der dachte: Aha. Das ist kein Mönch, ein Mönch ist der nicht, das ist ein Räuber, vielleicht ein Mörder, der hat diesen Richard erschlagen. Mir soll's recht sein. Um den Richard ist es mir nicht schade.

Und unter den Gästen war einer, dem fiel dieser Ring ebenfalls auf. Auch er war Soldat gewesen. Aber er dachte ganz anders. Er dachte nicht, das ist ein Räuber und ein Mörder, er dachte: Das ist der Richard selber, der sich verkleidet hat. Und dieser eine, der stand plötzlich hinter dem Bettelmönch und legte ihm die Hand auf die Schulter und sagte: »Oh, du edler Herr, ist die Arbeit nicht zu niedrig für dich?« Und riss ihm die Kapuze herunter, und alle sahen den Kopf des Löwen.

Da nützte kein Leugnen. Richard sagte: »Dann gut, bringt mich zu eurem Herzog.«

Und nun stand er vor Herzog Leopold, dem Tugendhaften. Und der blickte sich selber ins Herz, wo das Buch seiner Tugend aufgeschlagen war, und er blätterte darin, bis er zu dem Kapitel kam, das von der süßen Tugend der Rache handelte.

»Richard«, sagte er, »Richard, wie gern ich deinen Namen ausspreche, Richard, du wirst die Sonne nie mehr sehen, nie mehr, Richard.«

Und er sperrte den König in das Verlies unter der Burg Dürnstein.

In England hatte inzwischen Richards Bruder John den Thron bestiegen. Wir kennen ihn aus den Geschichten über Robin Hood. John war ein böser, blöder König, der die Menschen ausbeutete und das Land ruinierte. Die Untertanen sehnten sich nach ihrem Richard. Aber schlechte Nachricht kam, nur schlechte Nachricht. Und bald glaubte niemand mehr, dass Richard noch am Leben sei.

Nur einen gab es, der blieb überzeugt, dass Richard zurückkehren würde – der edle Sänger und Dichter Blondel. Er war ein Freund von Richard gewesen.

Blondel machte sich auf die Reise durch Europa, nahm seine Handharfe mit, spielte auf den Fürstenhöfen, spielte auf den Jahrmärkten, spielte bei den Bauern und forschte und fragte. Er bekam keine gute Antwort. Und irgendwann wusste er, seine Reise war an ihr Ende gekommen, es hatte keinen Sinn mehr, weiterzusuchen. Er gab die Hoffnung auf. Er saß unterhalb der Mauern von Burg Dürnstein, und er dachte bei sich: Richard, mein Richard ist gestorben. Und da wollte er ihm einen Gruß nachsenden.

Ein Lied gab es nämlich, das kannten nur er und sein König. Als sie jung gewesen waren, waren sie miteinander auf die Jagd gegangen. Richard hatte einen Falken mitgebracht, den wollte er Blondel vorführen: »Er ist der beste Jäger, und er weiß, wer sein Herr ist.« Er hatte den Falken fliegen lassen, und

der Falke hatte im Flug eine Taube geschlagen, die Taube stürzt, der Falke taucht unter sie, fängt sie auf, aber er tötet sie nicht, er legt das flatternde Tier vor die Füße des Königs. Nicht der Jäger soll über Leben und Tod entscheiden, sondern der Herr. Und König Richard nahm die Taube, streichelte ihr über das Gefieder und schickte sie in die Luft zurück und in die Freiheit.

Darüber hatte Blondel ein Lied geschrieben. In der ersten Strophe lobt er den Falken und seine Jagdkünste, in der zweiten lobpreist er den König und seine Barmherzigkeit.

Und nun saß der Sänger unterhalb der Burg Dürnstein und sang dieses Lied. Aber nach der ersten Strophe war er so ergriffen, dass er nicht mehr weitersingen konnte. Und da meinte er, er höre eine Stimme, und die Stimme war wie ein Nachhall zu seinem Lied, und sie drang aus dem Inneren der Erde, und sie sang die zweite Strophe. Und Blondel erkannte die Stimme, es war die Stimme von König Richard.

Er trat hin vor Herzog Leopold V. und sagte: »Was muss ich zahlen?«

Da blätterte der Tugendhafte abermals in dem Buch der Tugend, das in seinem Herzen ruhte, und er las über die Tugend der Gnade, aber was da stand, interessierte ihn wenig. Sehr hingegen interessierte ihn das Kapitel über die Tugend der Gier.

Blondel fuhr zurück nach England, er trieb das Geld auf, England stöhnte, der König kam frei. Er jagte seinen Bruder John davon und herrschte bis an sein Lebensende.

131

Zwölf Knaben

Es war einmal ein Edelmann, Hundbiss hieß er, Heinrich Hundbiss. Das lässt nichts Gutes erahnen bei so einem Namen! Dabei war er nicht schlecht.

Aber!

Aber mit Rufzeichen! Der Heinrich Hundbiss hatte eine Frau, und die war nicht gut. Was war das Nichtgute an ihr? Die Härte war's, die Kälte war's, die Mitleidlosigkeit, wo es doch so viele Menschen in der Welt gibt, die des Mitleids bedürfen.

Eines Tages klopfte es an das Tor des Schlosses derer von Hundbiss. Die Frau befahl zu öffnen, und da stand eine Bettlerin.

Ein armes Weib war das. Beginnen wir unten: Anstatt Schuhe hatte es sich Lumpen um die Füße gewickelt, Lumpen, die Löcher hatten, wobei pro Lumpen mehr Loch als Stoff war. Strümpfe? Nicht die Spur! Nur die blaue, verfrorene Haut. Der Rock war aus Kartoffelsäcken zusammengenäht, in denen aber leider keine Kartoffel vergessen worden war. Die Bluse war ein Soldatenrock, durchtränkt und steif von Blut, denn die Frau hatte den Rock einem toten Soldaten abgezogen. Auf dem Kopf waren nur Haare, viele Haare, dunkle Haare, verfilzt, damit sie besser wärmen, es trug sich ja im Dezember zu, obendrein kurz vor Weihnachten, wo Mitleid normalerweise keine große Kunst ist.

So stand die Bettlerin vor der edlen Frau von Hundbiss und roch obendrein streng nach allem Möglichen, nur nicht nach Braten und Suppe.

»Eine Münze nur«, bettelte das Weib. »Eine kleine Münze nur. Die kleinste Münze nur und nur eine. Um mehr bitt ich nicht.«

»Du lügst«, sagte die Frau von Hundbiss. »Was willst du mit der kleinsten Münze anfangen. Du willst die Bescheidene spielen, um mehr aus mir herauszuholen. Mit der kleinsten Münze kannst du dir nichts kaufen, die kannst du höchstens einem Kind zum Spielen geben.«

»Ja, Kind«, sagte die Bettlerin, »Kind, Kind, ich hab Kind. Gib Münze für Kind! Gib kleinste Münze für Kind! Kann es spielen.«

»Du lügst ja schon wieder«, fuhr sie die Vornehme an. »Was soll ein Kind mit einer einzigen Münze spielen? Nenn mir dieses Spiel! Also! Aha, du kennst kein Spiel, das man mit einer Münze spielen kann. Zum Spielen braucht es zwei, zwei Münzen und zwei Kinder.«

»Ja, zwei Kinder«, rief die Bettlerin, »ich habe zwei Kinder. Gib Münzen für zwei Kinder!«

»Zwei Kinder hast du? Und lässt sie allein? Was bist du für eine böse Mutter, die zwei kleine Kinder allein lässt!«

»Nicht allein. Hab noch drittes Kind, das ist groß, das passt auf die Kleinen auf.«

»Drei Kinder hast du? Und bettelst nur für zwei von ihnen? Was bist du für eine ungerechte Mutter!«, schimpfte sie die Herrin von Hundbiss aus.

»Hab nicht nur drei Kinder«, sagte die Bettlerin. »Hab zehn Kinder. Zwei Kinder spielen, ein Kind passt auf, ein Kind kocht Gras und Wurzeln zum Essen, ein Kind holt Wasser, ein Kind zupft die Läuse aus dem Haar, ein Kind singt ein Lied, ein Kind sucht den Vater, ein Kind betet zum lieben Gott, und das letzte Kind wartet auf die Mutter und freut sich über das, was die Mutter mitbringt.«

So, und jetzt zeigte die Herrin von Hundbiss, wie böse sie sein konnte. Sie sagte: »Weib, du elendes, hör zu. Hättest du nur ein Kind oder zwei oder drei, dann hätte ich dir Münzen gegeben, so viel du tragen kannst. Aber du hast zehn Kinder. Darum gebe ich dir nichts. Und weißt du, warum? Weil du keine Verantwortung in deinem Lauskopf hast. Was muss ein Weib blöd sein, das so arm ist wie du und trotzdem sich zehn Kinder machen lässt! Weil du so dumm bist, nämlich genauso dumm, wie du hässlich bist, deshalb kriegst du nichts, noch weniger als nichts, nämlich gar nichts!«

Und die Hartherzige wollte das Tor zuschlagen, aber die Bettlerin hatte den Fuß dazwischen.

»Und jetzt hör du zu«, sagte die Bettlerin, und ihre Stimme war auf einmal eine andere, nämlich eine eisenharte Stimme, mit der man, wäre sie tatsächlich aus Eisen gewesen, mit Leichtigkeit jeden Baum hätte fällen können. »Hör zu, du hartherzige Frau«, sagte sie. »Jetzt verfluche ich dich! Noch ehe zwölf Monate vergangen sind, sollst du zwölf Kinder zur Welt bringen! Was sagst du jetzt?«

Gar nichts sagte die Dame, gar nichts. Sie knallte die Tür zu. Schließlich hatte sie ja eine Ahnung, wie das mit dem Kinderkriegen geht. Erstens einmal braucht man dazu einen Mann. Der Mann war aber nicht da, der war im Krieg. Gut, ein Kind, eines, das wäre argumentierbar gewesen, hätte sie halt gesagt, das kommt von der letzten Nacht, bevor du in den Krieg gezogen bist. Aber zwölf Kinder, nein, das geht nicht. Und schon gar nicht jeden Monat eines, wo doch der dümmste Spucknapf weiß, dass ein Kind genau neun Monate braucht, bis es ausgebacken ist.

Aber dann!

Ja, dann. Dann kam sie nieder mit dem ersten Kind. Gerade einen Monat war es in ihrem Bauch gewachsen. »Das gibt es ja nicht!«, rief sie. Aber es war da, das Kind. Ein Knabe. Im Jänner war er geboren.

Und im Februar kam der Nächste. Ebenfalls männlich. Kilo nicht weniger als sein Bruder. Feist, rotbackig, laut. Und im März? Kam im März vielleicht kein Kind? Doch, auch im März brachte sie einen Knaben zur Welt. Und im April, im Mai, im Juni und so weiter bis herauf in den Dezember.

»Was soll ich meinem Mann nur sagen!« Die Frau von Hundbiss rang die Hände, das Haus war voll Geschrei, es stank nach vollen Windeln, da fiel etwas herunter, dort wurde etwas nassgemacht. »Wie kann ich ihm erklären, dass ich in einem Jahr zwölf Kinder gekriegt habe?«

Das konnte sie ihm nicht erklären.

Und dann hieß es: Der kleine Krieg ist vorbei. Es hat Tote gegeben wie bei jedem Krieg, nicht so viele wie bei großen Kriegen, jedoch immer noch genug, aber der Herr von Hundbiss ist nicht unter den Toten, der ist heil, und er kommt morgen.

Die Frau von Hundbiss rief ihre Dienerin, zu der sie nie besonders freundlich gewesen war, und sagte: »Was muss ich tun, damit du mir wohlgesonnen bist?«

»Ziemlich viel«, sagte die Dienerin.

»Wie viel?«

»Tausend.«

»Fünfhundert.«

»Achthundert.«

»Sechshundert.«

Sie einigten sich auf siebenhundert Taler. Für dieses Geld sollte die Dienerin elf der zwölf Knaben loswerden.

»Und wie soll ich es machen?«, fragte die Dienerin.

»Wie man es bei Hunden macht«, sagte die Herrin.

»Wie macht man es bei Hunden?«

»Man ersäuft sie! Man steckt sie in einen Sack, bindet den Sack zu und wirft ihn von der Brücke ins Wasser. Fertig.«

Die Herrin suchte sich den schönsten Knaben aus, den behielt sie. Den hast du in der letzten Nacht, bevor du in deinen kleinen Krieg gezogen bist, gemacht, würde sie dem Herrn von Hundbiss sagen. Da würde er sich sicher freuen. Die anderen elf wurden in den Sack gesteckt, und der Sack wurde zugebunden, und die Dienerin wuchtete den Sack auf ihre Schultern und ging hinaus.

Und wie sie auf der Straße dahinmarschierte, kam ihr der Herr entgegen, müde und schlecht gelaunt vom Krieg, denn vom Krieg kam er her.

»He«, sagte er, »he, was hast du da in dem Sack auf deiner Schulter?«

»Hunde«, sagte die Dienerin.

»Was Hunde?«

»Halt Hunde.«

»Und wie viele Hunde?«

»Elf.«

»Und was machst du mit den elf Hunden?«

»Ersäufen. Weil es elf zu viel sind, wo einer genügt.«

»Vielleicht sind's ja schöne Hunde, die man verkaufen kann«, sagte der Herr. »Ich will sie sehen.«

Und weil der Herr vom Krieg her überall voll Blut war, auch im Gesicht, sah er alles andere als freundlich aus, und deshalb hat sich die Dienerin nicht auf eine Diskussion mit ihm eingelassen und hat alles gebeichtet: von der Bettlerin, von dem Fluch, von den widernatürlichen Geburten und so weiter. Nur über die siebenhundert Taler hat sie den Mund gehalten.

»Gut«, sagte der Herr und nahm die Knaben in seine Obhut. »Kein Wort zu niemandem! Sonst!«

Zwölf Jahre vergingen, und die Herrin von Hundbiss hatte alles längst vergessen und spielte sich wieder als die Gute auf, die das Recht hatte, über die Welt und die Menschen darin Gericht zu halten, da fragte der Herr von Hundbiss sie eines Tages mitten beim Mittagessen: »Du, die du von Gerechtigkeit mehr verstehst als der klügste Richter, was soll mit einer Mutter geschehen, die ihre eigenen Kinder umbringt?«

»Ja, meine Güte!«, rief sie aus. »Mit so einer! So eine ist doch der Teufel in Person! Da weiß ich auf Anhieb gar nicht, was mit der geschehen soll!«

»Mir wäre recht, wenn du darüber nachdenken würdest«, sagte der Herr von Hundbiss.

Und am nächsten Tag sagte sie: »Anzünden sollt' man sie.«

»Gut«, sagte der Herr und gab ein Zeichen. Da ging der Vorhang auf, und die elf Knaben, die alles andere als elf Hunde waren, kamen heraus. »Du hast dein Urteil selbst gesprochen.«

Also wurde die Frau von Hundbiss angezündet.

132

Der Mehlsack

Die Frau Holle – wer hat Angst vor ihr? Höchstens die bösen Mädchen. Aber gibt es so etwas wirklich, ich meine, gibt es ein böses Mädchen? Vor langer Zeit, als noch jeder, der sein Oberstübchen beieinanderhatte, an die Frau Holle geglaubt hat – nicht an sie geglaubt hat, wie man an den Gott und seinen Sohn und seinen Geist glaubt, nein, einfach nur geglaubt hat, dass es sie gibt –, da lebte ein Lehrer in Aschaffenburg, der hat nicht an sie geglaubt. Aber der war ja auch eindeutig verrückt. Und weil er eindeutig verrückt war – nicht im Sinne von dumm, nämlich dumm war er nicht –, hat sich keiner gern mit ihm abgegeben. Die Kinder aber hat man ihm gelassen. Er war schließlich der Lehrer. Und was er wusste, wussten die meisten nicht, das musste man zugeben. Die meisten kannten nicht einmal alle Buchstaben. Das war auch nicht nötig. Wenn einer zum Beispiel Meier hieß, was brauchte er dann außer dem M und dem E und dem I und dem R für Buchstaben noch zu kennen? Eben. Die Kinder hat man dem Lehrer gelassen. Kinder waren damals nicht so viel wert wie heute. Ein Kind war höchstens halb so groß wie ein Erwachsener, also war es auch nur halb so viel wert. Außerdem sind Kinder verrückt. Bei den allermeisten wächst sich das aus. Nicht bei allen. Siehe: der Lehrer.

Also der Lehrer von Aschaffenburg, der hat nicht an die Frau Holle geglaubt. »Das ist doch ein Märchen!«, hat er ausgerufen und den Kopf so fest geschüttelt, dass der Kreidestaub aufgeflogen ist, der sich in seinem Haar gesammelt hat. »Die Frau Holle ist eine Märchenfigur wie der Rübezahl oder der Herr Korbes oder Schneewittchen!«

»Aha!«, hieß es da als Antwort. »Und den Rübezahl und den Herrn Korbes und das Schneewittchen, die gibt es also auch nicht?«

»Nein, die gibt es nicht.«

Da haben nun die Leute ihrerseits den Kopf geschüttelt. Was sollte man dazu sagen? Der Lehrer war eben verrückt. Bei ihm hat es sich nicht ausgewachsen.

»Wahrscheinlich glaubst du an Gott auch nicht«, sagte eine Frau.

Darauf gab der Lehrer keine Antwort. Er sagte nicht ja und sagte nicht nein. Es war in dieser Gegend nämlich schon vorgekommen, dass einem, der nicht an Gott glaubte, das Dach über dem Kopf angezündet worden war. Kann sein, dass es den Gott nicht gibt, kann sein, dass es ihn gibt. Begegnet ist er noch keinem. Abgesehen von Moses. Nur – der gilt nicht wirklich als Beweis. Denn genaugenommen hat Moses einen brennenden Dornbusch gesehen und weiter nichts, das musste sogar der Pfarrer zugeben. Aber das ist eine andere Geschichte. Die Frau Holle hingegen – und hier hatte der Lehrer von Aschaffenburg nicht recht –, die Frau Holle, die gibt es wirklich. Zumindest hat es sie gegeben.

Beweis: »Ich habe sie gesehen!«, rief ein Mann und stand auf.

Die Geschichte spielt in einem Gasthaus. Da war der Stammtisch, an dem saßen die einen, und da war noch ein Tisch, ein kleiner, enger, an dem saß der Lehrer. Zum Stammtisch hat ihn niemand gebeten. Am Stammtisch sitzen keine Verrückten. Und dann war da noch ein Tisch, ein noch kleinerer, noch engerer, und an dem saß dieser Mann. »Jawohl, ich habe die Frau Holle gesehen«, wiederholte er.

»Und wer bist du?«, wurde er gefragt.

»Ich bin ein armer Furz und sonst nichts«, antwortete er.

»Da wissen wir aber immer noch nicht, wer du bist«, sagte man am Stammtisch. »Arme Fürze gibt es viele auf der Welt.«

»Aber ich bin der ärmste von ihnen«, sagte der Mann, und nach einer Pause, einer bedeutungsvollen Pause, die er bis an den Rand mit gewitztem Blick ausfüllte, fügte er hinzu: »Ich war. Ich war der ärmste Furz auf der Welt. War.«

»Was heißt das schon wieder?«

»Dass ich seither bis ans Lebensende zusammen mit meiner Frau ein sattes Auskommen habe.«

Da wusste wieder niemand, was er damit meinte. Was er zum Beispiel mit »seither« meinte. Und darum erzählte der Mann. Er erzählte die Geschichte, wie er der Frau Holle begegnet war.

Er sei, berichtete er, eines Nachts auf dem Weg nach Hause gewesen mit einem Sack Mehl auf dem Rücken, den er irgendwo billig bekommen hat. Glücklich war er. Mehl, Mehl, Mehl! Das bedeutete Brot, Brot, Brot! Und da hat es zu regnen begonnen, und nirgends war ein Dach oder ein Baum, wo er sich hätte unterstellen können. Das Mehl, das Mehl, habe er nur gedacht, wenn das Mehl nass wird, wird es verderben, und wir müssen wieder hungern. Er hat den Sack auf den Boden gelegt und sich selber auf den Sack gelegt, aber es hat nichts genützt, von der Seite her ist Wasser gekommen und hat das Mehl nassgemacht. Und er hat gerufen, hat alle angefleht, die ihm eingefallen sind, den Gott und die Schutzengel, sogar den Teufel, keiner, keiner hat aber auch nur einen Schirm geschickt.

Da ist ihm die Frau Holle eingefallen. Und kaum hat er ihren Namen ausgesprochen, war sie auch schon da mit ihrem Gefolge. Er rief:

Sei gegrüßt, Frau Hull,
mit dei'm ganze' Gezull!

Und die Frau Holle rief zurück:

Ich grüße dich mit deinem Sack,
Dein' Frau soll Leben lang draus back'!

Und mit einem Donnerschlag hat es zu regnen aufgehört. Und das Mehl war trocken. Und zu Hause hat die Frau gebacken, Kuchen und Brot, und am nächsten Tag war der Sack wieder voll, und wieder Kuchen und Brot, und der Sack war bis zum heutigen Tag voll, und immerhin war die Geschichte länger als ein Jahr schon her.

»Und jetzt?«, fragten die am Stammtisch den Lehrer. »Was sagt Ihr jetzt, Herr Lehrer, Herr gescheiter Lehrer, Herr obergescheiter Herr Lehrer?« Und den armen Furz, der ja genaugenommen gar kein solcher mehr war, den baten sie höflichst zu ihnen an den Tisch.

»Ich glaub's nicht«, sagte der Lehrer. »Ganz einfach: Ich glaube es nicht.«

»Meinst wohl, ich sei ein Lügner?«, fragte der arme Furz. Eine Frage war es nicht, eher eine Drohung. Nun war er Mitglied am Stammtisch.

»Vielleicht nimmst mich mit«, sagte der Lehrer. »Gehen wir den gleichen Weg um die gleiche Zeit, ob uns die Frau Hull begegnet.«

Und so sind die zwei Männer an einem passenden Abend losgezogen. Das Wetter war ähnlich, alles war ähnlich, den gleichen Weg sind sie gegangen, und geredet haben sie nichts. Und der Lehrer hat einen Sack Mehl auf der Schulter getragen. Dieser Sack Mehl ist der springende Punkt, wenn ich einmal so sagen darf. Volle Mehlsäcke liegen ja nicht in der Gegend herum, und ein Lehrer hat auch nicht so einen fürstlichen Verdienst, dass er sich grad so aus dem Stand heraus einen Sack Mehl kaufen könnte. Und das wollte der Lehrer ja auch gar nicht. Was hätte er mit so viel Mehl anfangen sollen? Die Mäuse wären auf ihn aufmerksam geworden. Er hat ja immer bei seiner Schwester gegessen, und die hat Mehl genug gehabt. Und nur wegen einer Wette oder so etwas Ähnlichem kauft sich einer nicht einen Sack Mehl. Kurze Rede: Den Sack Mehl hatte er von dem armen Furz. Den betreffenden Sack Mehl! Um den braucht man sich keine Sorgen zu machen, der ist ja ein Zaubersack. Den kann man hinhauen, der kann nass werden, der kann aufschlitzen auf der Seite – egal, was mit dem passiert, mit dem passiert nichts. So hat der arme Furz gedacht. Das heißt, der hat eigentlich anders gedacht, nämlich genau das Gegenteil hat er gedacht, dass der Zaubersack besonders vorsichtig behandelt werden muss. Aber der Lehrer hat ihn überzeugt, dass es sogar eine Art Misstrauen gegenüber der Frau Holle sei, wenn man auf den Zaubersack zu sehr aufpasst.

Und so sind sie hinaus. Geregnet hat es. Der Lehrer hatte den Sack mit dem Mehl auf dem Rücken. Als es heftig zu regnen begann, hat der Lehrer den Sack auf den Boden geworfen und hat sich daraufgelegt. Der Sack ist aufgeplatzt, und das Wasser hat das Mehl verdorben. Da haben sie beide nach der Frau Holle gerufen.

Und tatsächlich ist eine Frau dahergekommen, eine Frau und noch ein paar Frauen.

»Ist das die Frau Holle?«, hat der Lehrer gefragt.

»Weiß nicht so genau«, hat der arme Furz geflüstert, »weiß nicht, kann mich nicht so genau erinnern.«

»He!«, hat der Lehrer gerufen. »He, ihr Frauen! Ist zufällig eine von euch die Frau Holle?«

»Aber sicher«, hat eine der Frauen geantwortet. »Welche du willst. Such dir eine aus.« Und die anderen Frauen haben gelacht.

»Wir wollten uns nur bedanken für den Sack Mehl«, sagte der Lehrer.

»Für den Sack Mehl?«, sagte die Frau. »In dem Sack ist Mehl? Tut das dem Mehl gut, wenn es im Wasser liegt?«

»Diesem Mehl schadet es angeblich nicht«, sagte der Lehrer.

»Da sind wir aber froh!«, riefen die Frauen und lachten und liefen davon, hielten sich ihre Tücher über den Kopf, denn inzwischen schüttete es vom Himmel herunter, man kann es nicht beschreiben.

Kurz: Das Mehl war hin. Und es vermehrte sich auch nicht mehr. Schluss mit Zauber.

Und wie ist die Geschichte ausgegangen? – Folgendermaßen: Der arme Furz wurde wieder ein armer Furz. Der Lehrer aber musste Aschaffenburg verlassen. Man behauptete, er sei mit dem Teufel im Bunde. Dafür gab es einen Beweis und ein Indiz. Der Beweis war das Mehl, das ist klar. Gegen den guten Zauber der guten Frau Holle kann nur der böse Satan etwas ausrichten, der Monstranzpinkler, der elende, den man, wenn man ihn nur erwischen könnte, am liebsten durch ein Schlüsselloch quetschen würde, weil es dafür sicher himmlischen Lohn gäbe. Und das Indiz? Gescheitheit. Obergescheitheit. Dass der Lehrer der Gescheiteste weit und breit war, das hat nie niemand bezweifelt. Also: Weg mit dem!

Und sonst? Sonst eigentlich nichts. Außer, dass von da an niemand mehr an die Frau Holle geglaubt hat.

133
Grünbart

Kann es denn nicht eine ausgelassene Laune sein, sich Blödsinn und Unsinn auszudenken? Da macht man den Mund auf, und schon kollern die lustigsten Wortbrocken heraus, die gerade deshalb so lustig und spaßig sind, weil sie nichts bezeichnen und nichts bedeuten und nur den einen Sinn haben, nämlich aufzuzeigen, dass es ohne Sinn auch geht. Und wie schön, wenn sich dabei das eine oder andere auch noch reimt!

Aber was, wenn der Unsinn nicht lustig und der Blödsinn nicht spaßig ist? Auch das gibt es …

Da war nämlich ein Handelsmann. Oft hatte der eine gute Laune, dann alberte er herum, was die Wörter hergaben; taufte die Dingen mit anderen Namen, als ihnen Adam gegeben hatte, und erfand für gar nichts etwas. Und einmal war es wieder so, und das war genau an dem Tag, an dem er auf Handelsreise in die Stadt aufbrach.

Sagte er zu seiner Frau: »Was soll ich dir besonders Hässliches mitbringen?« Meinte damit natürlich etwas besonders Schönes.

Sagte sie: »Bring mir ein Halstuch mit, aber nur eines aus feinster roter Seide.« Meinte damit, es sei nicht nötig, ihr etwas mitzubringen. Sie war nicht so bewandert in Albernheit und Dingverdrehung wie ihr Mann.

Sagte der Mann. »Gutt!« Und sagte zu seinem Sohn: »Und was möchtest du Unbrauchbares?« Und meinte natürlich Brauchbares.

Sagte der Sohn: »Ein Gewehr, wenn geht, aber nur eines aus Silber.« Auch er meinte, es sei alles gut auch ohne Geschenk, auch er war in der verkehrten Welt kein Kaiser.

Sagte der Vater: »Gutt!«

Und sagte schließlich zu seiner Tochter: »Und was soll ich meiner hässlichen Semmel mitbringen?« Meinte natürlich dem hübschen Zuckerschnütchen, das er so sehr liebte, mehr noch als sein eigenes Leben.

Die Tochter aber hatte Matura in Blödsinn und Unsinn absolviert, schließlich war ihr Vater ja ihr Lehrer, und sie war ganz nach ihm geraten. Sie sagte: »Wenn du, lieber Papa, den elenden Grünbart triffst, sag ihm, die Rosen sind reif.«

»Gutt! Gutt! Gutt!«, sagte der Handelsmann und machte sich auf den Weg in die Stadt.

In der Stadt war er diesmal so erfolgreich, dass ihm die Flausen ausgingen und er beinahe fromm wurde angesichts des vielen Geldes, das er verdient hatte. Geld ist ja bekanntlich viel, nur eines ist es nicht, nämlich lustig und nicht blödsinnig und nicht unsinnig. Und da dachte er: Bei so viel Gnade, die mir widerfahren ist, kann ich doch der Familie gegenüber so tun, als ob ich den Blödsinn ernst nähme. Und so tat er.

Er besorgte für seine Frau ein rotes Seidentuch, das einen Irrsinn kostete, und für den Sohn ein silbernes Gewehr, das einen Wahnsinn wert war. Nur für die Tochter fand er nichts. Denn sie war die Einzige, die sich einen echten Unsinn gewünscht hatte, und echten Unsinn gab es damals nicht zu kaufen, da konnte man ganze Straßenzüge an Läden abklappern – wobei kein vernünftiger Mensch sagen kann, was »klappern« mit Einkaufen zu tun hat; also auch ein Unsinn und ein Blödsinn.

Das hat dem Handelsmann schon ziemliches Kopfzerbrechen bereitet, dass er ausgerechnet für seinen Liebling nichts finden konnte – wobei ebenfalls kein vernünftiger Mensch sagen kann, wie einer auf die Idee kommt, Nachdenken mit dem Zerbrechen eines Kopfes gleichzusetzen; also schon wieder ein Unsinn, schon wieder ein Blödsinn.

Als der Handelsmann auf dem Heimweg war, kam er durch einen wilden Wald, der auch deshalb seltsam war, weil seine Bäume, je weiter man eindrang, immer kleiner wurden, und da stand auf einmal ein Männlein vor ihm, an sich gutaussehend, nicht übertrieben gutaussehend freilich, aber passabel, nur – er hatte einen grünen Bart.

»Bistdugscheit!«, rief der Handelsmann aus. »Bist du etwa der elende Grünbart?«

»Wie?«, fragte der Fremde dagegen, und dieses eine Wörtlein klang so

scharf, dass der Handelsmann schnell korrigierte: »Der edle Grünbart, meine ich.«

»Ja, der bin ich«, sagte der Fremde. »Hast du mir etwas mitzuteilen?«

Und wieder war das Gesagte in einem solchen Ton gehalten, dass dem Handelsmann nichts anderes einfiel, als mit der unverstellten, unverwitzten Wahrheit herauszurücken: »Meine Tochter«, sagte er, »lässt dir ausrichten, dass die Rosen reif sind.«

»Aha«, sagte der Grünbart. »Dann sag du ihr, ich warte hier an dieser Stelle auf sie.«

Als der Handelsmann zu Hause ankam, hatte er jede Albernheit verloren, wie wenn er ausgestoßen wäre aus der verkehrten Welt, und sein Hirn und Herz waren leer von Späßen.

»Hier der Schal, wie gewünscht«, sagte er mit trauriger Stimme zu seiner Frau. »Hier das Gewehr, wie begehrt«, zu seinem Sohn. Und zur Tochter sagte er: »Du sollst hinausgehen in den Wald, dorthin, wo die Bäume immer kleiner werden, bis sie dir nur mehr an die Schulter reichen, dort wartet der edle Grünbart auf dich.«

»Was denn?«, rief die Tochter. »Hab ich nicht vom *elenden* Grünbart gesprochen? Was soll ich mit dem *edlen* Grünbart anfangen?«

»Weiß nicht«, sagte der Handelsmann.

»Wo ist denn dein Spaß geblieben, Papa?«

»Der ist irgendwo geblieben«, sagte der Handelsmann.

»Irgendwo im Nirgendwo?«, versuchte die Tochter, den Witz im Vater zu wecken.

»Nein, bloß irgendwo«, antwortete der Vater, als wäre in seinem Leben immer ein X ein X und ein U ein U gewesen.

»Papa«, sagte sie, »Papa, wo hast du deinen Witz gelassen? Wo hast du deinen Spaß verloren? Wann ist dir in den Sinn gekommen, dass der Unsinn und der Blödsinn abgeschafft gehören?«

»Ich weiß es nicht«, sagte der Vater. »Aber ich rate dir, lass den Grünbart nicht warten. Er hat so eine Art, bestimmte Wörter auszusprechen, dass einem das Blut gefriert mitten in der geliebten Heimat.«

Da erschrak die Tochter bis ins Mark. Sie erschrak, weil der Vater so ernst war. Sie hatte nämlich immer gedacht: Eines ist sicher in dieser Welt – selbst wenn sie untergeht, wird mein Papa noch einen Witz über sie machen. Und jetzt dachte sie: Also ist etwas Schlimmeres passiert als ein Weltuntergang.

Sie machte sich auf den Weg, und sie fand den Grünbart, und sie sagte: »Bist du der elende Grünbart?«

Und er fragte dagegen: »Wie?«

Da erschrak sie nun noch mehr und verbesserte sich rasch: »Ich meinte doch den edlen Grünbart.«

»Ja, der bin ich«, sagte er, und bald darauf heirateten sie, und wieder bald darauf brachte sie einen Sohn zur Welt, und zwei Jahre waren inzwischen vergangen. Und sie fragte sich: Wie konnte das geschehen? Was habe ich gedacht in diesen zwei Jahren? Und ihr war, als hätte sie nichts gedacht. Kein einziges Mal zum Beispiel an ihren Vater gedacht. Aber jetzt dachte sie an ihn. Ob er seinen Witz wiedergefunden hat? Ob endlich Unsinn und Blödsinn wieder ihren Platz in seinem Leben einnehmen? Was wird er in der Zwischenzeit der Mutter und dem Bruder aus der Stadt mitgebracht haben?

Immer fürchtete sie sich vor ihrem Mann, der einigermaßen gut aussah, nur dass er eben einen grünen Bart hatte. Der aber hat ihr nie etwas angetan, etwas Böses, vor dem sie sich hätte fürchten müssen. Im Gegenteil, er hat sie gestreichelt, hat ihr jeden Morgen das Frühstück ans Bett gebracht, hat ihr Rosen geschenkt, hat gesagt: »Schau, die Rosen sind reif.« Er war immer gut zu ihr, er hat das Kind gescheselt und gebudelt, genauso, wie man sich den besten Papa vorstellt. Und doch: Sie fürchtete sich vor ihm. Und warum? Eben weil er bei allem, was er sagte, ein Wörtchen fand, das er so scharf auszusprechen verstand, dass einem, genau wie ihr Vater gesagt hatte, das Blut gefror mitten in der geliebten Heimat.

Aber ihr Söhnchen, so schien ihr, fürchtete sich gar nicht vor dem Vater mit dem grünen Bart. Das Bübchen zog daran und riss einzelne grüne Haare aus.

Da sagte der Vater höchstens: »Das hat wehgetan.« Nur eben dass das Wort »weh« so eisig klang und der Mutter das Blut gefror bis in die Fingerspitzen hinein.

»Ach«, sagte sie eines Tages, »ach, könnte ich nicht meine Familie besuchen und dir derweil das Kind lassen? Ich war schon so lange nicht mehr in meiner Heimat!«

»Aber gern«, sagte der Grünbart, und er sprach das »gern« so schneidend, so vernichtend, so grauenerregend, so entsetzlich aus, dass der Frau graute und sie nur eines dachte: Ich muss fort, fort, fort.

Aber als sie dann allein auf dem Pferd saß und in Richtung nach Hause ritt, da bohrte und drehte und raspelte ein Gedanke in ihrem Kopf, nämlich dieser: Was hat dieses böse »gern« bedeutet? Was hat dieses böse »gern« nur bedeutet? Und sie kam zur Auffassung, es hat bedeutet: Gut, wenn du weggehst, Frau, dann kann ich dein Kind endlich so grausam quälen, wie ich es immer schon wollte; ich werde es über der Herdflamme drehen und werde in seine Wunden Salz streuen, und zuletzt werde ich es auffressen und unter meinen grünen Bart in meinen Mund schieben …

Und noch war sie nicht zu Hause, da waren diese Gedanken ins Himalayahafte gewachsen, und zugleich waren ihre Mutterängste ins Amazonashafte angeschwollen, und eine Kraft war vom Herzen in ihre Arme geflossen, diese Kraft drängte danach, gebraucht zu werden, so dass sie mitten im Ritt das Pferd herumriss und zurückgaloppierte über Berg und Tal. Als sie zum Wald kam, stieg sie ab, ehe die Bäume kleiner zu werden begannen. Sie brach mit ihrer Kraft einen Ast ab und glättete ihn zu einem Knüppel, und stieg wieder aufs Pferd, und am Ende brach sie schreiend in das Haus ein, sah, wie sich der Grünbart über die Wiege beugte, und erschlug ihn.

134

Reiter in der Nacht

Es gab eine Gegend, da war vor lauter Krieg fast nichts mehr. Sogar in den Ländern, in denen der Krieg nicht wütete, weil sie zu klein waren und nichts hergaben, weder Gold noch Ruhm, war fast nichts mehr, denn kein Handel konnte mehr getrieben werden, keiner hatte etwas im Überfluss, was er hätte tauschen wollen. In so einer Gegend spielt unsere Geschichte. Fragt mich nicht nach der Zeit. Es war irgendwann. Wenn einer gar nichts mehr hat, zählt er auch nicht die Jahre.

Aber etwas hatten die Menschen doch noch. Der Mann hatte einen Arm, an dessen Ende war eine Faust, in die ließ sich eine Lanze oder ein Schwert stecken oder eine Muskete. Und so kam es, dass die Männer, um ihre Familien zu ernähren, ihre Arme und ihre Fäuste an fremde Kriegsherren vermieteten. Aber weil man Arme und Fäuste ja nicht allein und für sich auf Reisen und in den Krieg schicken kann, vermieteten diese Männer sich selbst, und zwar mit Haut und Haar. Sie wurden Söldner.

Da war ein junger Bursch, ein schöner, kluger, dem blinkten die Talente nur so aus allen Ecken und Enden, der hätte im Frieden etwas werden können, das sag ich euch, zu einer anderen Zeit hätte der Präsident werden können, merkt euch das. Roland hieß er, die Freunde nannten ihn Joli, also nenne auch ich ihn so. Jolis Eltern hatten nichts, aber das fiel nicht auf, eben weil alle nichts hatten, aber sie hatten wenigstens Joli, der zu einer anderen Zeit Präsident hätte werden können, was ihnen freilich nichts nützte, denn sie lebten nun einmal nicht in dieser anderen Zeit. Joli liebte Martha, und Martha liebte ihn, und sie hatten sich einander versprochen und wollten heiraten, sobald – sobald die Zeiten günstiger wären, so drückten sie sich aus und meinten damit den Frieden, nur wollten sie das Wort nicht laut aussprechen, denn es hieß, der Friede sei ein schüchternes Ding, das auf der Stelle davonrennt, wenn es aufgerufen wird. Um aber für jene Zeit nach dem Krieg gerüstet zu sein, das heißt, mit ein bisschen Geld ausgerüstet zu sein, vermietete Joli Arme und Fäuste an den bestbietenden Kriegsherren, über den er gar nichts wusste, nicht einmal seine Sprache verstand er. Nur eines wusste er: Seine Uniform war blau, die des Feindes war grün. Das genügte ihm.

Joli war nicht der Einzige in der Gegend, der sich vermietete. Alle jungen Burschen vermieteten sich, die einen an die Blauen, die anderen an die Grünen. Auf dem Schlachtfeld begegneten sie dann einander, und es kam vor, dass einer dem anderen den Schädel spaltete, und doch war vorher einer der Freund des anderen gewesen.

Zu Hause warteten die Bräute. Zuerst kam der Bräutigam der kleinen Lina, er hatte ein Bein in der Schlacht verloren, sonst war er heil, und Beute hatte er auch mitgebracht, zum Sold obendrein, und er meldete, der Bräutigam der Marie und der Bräutigam der Hilde und auch der von der Roswitha, die kommen nicht mehr, die seien gefallen. Dann kam der Schatz von der Cilli, halbwegs ganz war er, und auch er brachte schlechte Nachricht – für die Heidrun, die Augusta und die Anna. Und so ging es weiter. Bald waren alle Männer zurück, und die nicht zurück waren, die waren tot, was ja auch eine Gewissheit ist. Die Bräute von den Toten suchten sich neue Männer.

Nur einer war noch nicht gekommen. Der Joli. Aber tot gemeldet worden war er auch nicht. Und dann war der Krieg ganz und gar zu Ende, und Friede war, ein verbriefter und versiegelter, und nach drei weiteren Jahren war der Joli immer noch nicht da. Und die Martha hatte ihre Sehnsucht. Und die Martha wartete.

Jetzt muss Folgendes erwähnt werden: Die Martha war die Schönste von allen, und nicht nur das, sie war auch die Liebste von allen. Letzteres ist nach einem Krieg wichtiger als Ersteres. Denn nichts hat der Soldat im Feld mehr vermisst als die Liebe. Auf Schönheit hat er mit der Zeit gepfiffen. Wenn aber – zufällig! – die äußerste Schönheit sich mit der äußersten Liebheit verbindet, wie es bei der Martha der Fall war, dann wundert das natürlich keinen, dass die Martha zudem die Begehrteste von allen war.

Aber die Martha war nicht nur die Schönste und die Liebste und die Begehrteste, sie war auch die Treuste. Sie ließ sich von keinem etwas versprechen, sie wankte nicht vor dem Gold, und einschüchtern ließ sie sich auch nicht, wenn einer kam und meinte, er könne ihr die Liebe befehlen. Sie wartete. Sie hatte ihre Sehnsucht, und sie wartete auf den Joli. Und auch wenn nach diesem Krieg innerlich niemand mehr an den lieben Gott glaubte, die Martha ja auch nur noch ein bisschen und das nur fast, betete sie doch jeden Morgen und jeden Abend, wer auch immer oben im Himmel oder sonst wo ist, möge doch bitte alle Hebel in Bewegung setzen, damit der Joli zu ihr zurückkomme, ob reich oder arm, ganz egal.

»Wenn er noch lebt«, sagten die Nachbarn, »dann hat er dich vergessen, auch wenn du noch so schön und lieb bist. Er wird ein Fremder geworden sein, ein Heimischer im fremden Land, und seine Sehnsucht ist eingetrocknet und zerbröselt und von den Tauben aufgepickt und geschluckt und ausgeschissen worden. Nix da! Sicher ist es dort, wo er jetzt ist, viel schöner als bei uns, vielleicht blühen das ganze Jahr über die Blumen, und die Bäume tragen das ganze Jahr über Früchte, so dass er sich nicht plagen muss wie unsereins.«

Martha dachte, ja, das kann sein, es kann sein, dass es meinem Joli gutgeht, ich wünsche mir sogar, dass es ihm gutgeht, aber wenn es ihm so gutgeht, wie die Nachbarn sagen, dann könnte er doch kommen und mich holen, er muss ja nicht bei uns bleiben. Und sie dachte und sagte das dann auch in ihren Gebeten: »Ganz gleich, wo du bist, Joli, komm und hol mich. Ich werde dir folgen, wohin du mich auch führst.«

Von nun an betete sie nicht nur am Morgen und am Abend, sondern auch dazwischen, und bald betete sie die ganze Zeit, ohne Unterlass betete sie, sogar nachts im Traum betete sie.

Und eines Nachts, da war die Martha nicht mehr ganz jung, alt war sie auch nicht, aber nicht mehr ganz jung, damit meine ich, ihre Freundinnen hatten längst schon Kinder, und die Kinder hatten ihrerseits Schätze, ja, eine ihrer Freundinnen war schon Großmutter geworden – also, eines Nachts, da wachte die Martha auf, weil sie etwas gehört hatte. Nämlich das Schnauben eines Pferdes. Und wieder hörte sie es. Sie lief zum Fenster und blickte hinaus. Da sah sie im Mondlicht einen Reiter, der saß auf einem weißen Pferd. Der Reiter winkte zu ihr hinauf. Der Joli war der Reiter.

»Komm, Martha, meine Liebste«, rief er, »komm herunter, setz dich zu mir auf den Schimmel!«

Da schlüpfte Martha in ihre Sachen, grad, dass sie etwas am Leib hatte, mehr wollte sie nicht mitnehmen, und lief hinaus und schwang sich auf das Pferd, und los ging die Jagd.

Es war eine wilde Jagd! Die Welt flog an ihnen vorüber, als säßen sie auf einer Gewehrkugel. Und schließlich landeten sie. Und wo landeten sie? Auf einem Friedhof.

Das Pferd versank im Boden, und der Reiter versank im Boden, vom Pferd war gerade noch der Kopf zu sehen, und die Beine des Reiters steckten im dunklen Grund.

»Was ist das?«, rief Martha. »Wer bist du?«

»Ich bin dein Joli«, sagte der Reiter. »Du hast so inbrünstig gebetet, dass ich die Erlaubnis bekommen habe, dich zu besuchen, um dich abzuholen.«

Martha stieg auf den Rücken des Pferdes, denn das Pferd mitsamt seinem Reiter sank allmählich tiefer und tiefer.

»Wohin willst du mich holen?«, fragte sie.

»Hinüber ins Totenreich.«

»Dort will ich aber nicht hin«, rief sie aus. »Ich will, dass du zu mir kommst ins Reich der Lebenden.«

»Das kann ich nicht«, sagte der Reiter. »Eine Kugel hat mein Herz durchbohrt, und alles Blut ist ausgeflossen. Komm mit, komm mit!«

»Was ist dort?«, fragte Martha. Aber sie wollte es gar nicht wissen. Sie wollte leben.

»Es ist …«, wollte der Reiter antworten, aber da war er bereits übers Gesicht abgesunken, und die Erde verschluckte seine weitere Rede.

Martha schrie auf und wühlte sich nach oben und sprang ins Leben hinüber, ins liebe, und keine Reue war in ihr, und keine Sehnsucht nach ihrem Joli war von nun an in ihr. Sie lief aus dem Friedhof hinaus und aus der Nacht hinaus, lief ins nächste Dorf und klopfte an die nächste Tür. Eine Frau öffnete ihr, die hatte ein Kindchen auf dem Arm, und hinter der Frau stand ein Mann, und der sagte etwas, aber Martha verstand ihn nicht, denn er sprach in einer fremden Sprache.

Alles ging gut aus. Wenn es drauf ankommt, helfen die Lebenden den Lebenden, denn da können die Kriegsherren behaupten, was sie wollen, am Ende wollen die Lebenden leben, und an die Toten wollen sie sich erinnern, das ist sehr viel, und es ist genug.

135

Wie Gott der Herr in Begleitung eines Spielmanns ging

Gott der Herr ging einmal in Begleitung eines Spielmanns. An dem hatte er einen Narren gefressen. Anders kann man es nicht nennen. Der Spielmann, der hat so ziemlich alles tun dürfen, was ihm in den spaßigen Sinn kam, Gott hat ihm alles verziehen, und über manchen Streich hat er sogar gelacht und dem Spielmann in die Seite geboxt, als wäre er ein Kumpan, was insofern verwundert, als er einem anderen bei dem gleichen Streich mit dem Unglückshammer eins auf die Pfoten gegeben hat.

»Das ist ungerecht!«, rief dann der Getroffene und riefen auch die Zeugen.

Und Gott antwortete: »Für die Gerechtigkeit ist ein anderer zuständig, ich nicht.«

»Du nicht?«

»Ich nicht.«

»Wer denn?«

»Sag ich nicht!«

»Warum nicht?«

»Weil ich seinen Namen nicht aussprechen will.«

Den Spielmann, den liebe er eben, argumentierte Gott, und die Liebe sei überhaupt das Ungerechteste, was es gibt, daran lasse sich nicht rütteln. Die Leute sollen sich aussuchen, ob sie lieber die Gerechtigkeit oder lieber die Liebe wollen.

»Die Gerechtigkeit«, riefen die Leute, »die Gerechtigkeit wollen wir! Die Gerechtigkeit wollen wir lieber haben als die Liebe! Lieben tut uns sowieso niemand, deshalb wollen wir, dass wenigstens alle gleich nicht geliebt werden, darauf läuft's nämlich hinaus.«

Da war Gott sprachlos und ging davon, kopfschüttelnd, irgendetwas vor sich hin murmelnd, das niemand verstand.

Er ging mit dem Spielmann, über das Land gingen sie und durch die Städte, und der Spielmann durfte sich alles erlauben, und Gott der Herr verzieh ihm alles, jetzt erst recht.

Eines Abends sollten zur selben Zeit eine Hochzeit stattfinden und das Begräbnis eines reichen Mannes. Da sagte der Spielmann zu Gott:

»Ich möchte zu der Hochzeit gehen, dort passe ich besser hin, geh du zu der Beerdigung. Eine Stunde nach Mitternacht treffen wir uns bei der alten Scheune oben am Hang, bevor der Wald anfängt.«

So ging Gott allein zu der Beerdigung. Das tat er nicht gern. Erstens war er überhaupt nicht gern allein, denn immer rechnete er damit, dass er dem begegnete, dessen Namen er nicht aussprechen wollte. Er meinte nämlich, er würde ihn nicht erkennen, es war ja klar, dass der, der gemeint war, nicht in seiner reinen Gestalt aufträte, sondern in der Haut eines Menschen. Und da war sich Gott eben nicht sicher, ob er ihn durchschauen würde. Zum Zweiten fühlte er sich allgemein bei Beerdigungen nicht wohl. Immer war einer dabei, der auf ihn zeigte und ihm Vorwürfe machte. Und so war es auch diesmal.

»Ja, ja, ich weiß schon«, sagte derjenige, »der Verstorbene war reich, und da kommen dann die Neider und sagen, recht geschieht ihm, wenn er schon reich ist, dann soll er wenigstens früh sterben, damit eine Gerechtigkeit ist. Aber das eine sag ich dir«, fuhr derjenige fort und fuchtelte mit dem Zeigefinger vor Gottes Angesicht herum, »der da, der da gestorben ist, der war ein guter Mensch, der hätte ruhig noch gut zehn Jahre auf der Erde sein sollen.«

Und da meinte Gott, es bleibe ihm nichts anderes übrig, als den reichen guten Mann ins Leben zurückzurufen. Aber umsonst tat er es nicht. Er verlangte eine saftige Summe. Er wollte nämlich sehen, ob denen, die da am Grab heulten, der Mann ihr Geld wert war – eine einfache Sache, die nur kompliziert klingt. Aber schau an, sie zahlten.

Der Spielmann hatte derweil einen lustigen Abend und eine noch lustigere Nacht gehabt. Er war bewundert worden für seine Kunst und seine Ausdauer, in den Pausen standen gleich die Gratisbiere vor ihm auf dem Tisch, und die Frauen kamen, um zu hören, wie seine Stimme klinge, wenn sie spreche und nicht singe. Am Ende der Nacht rückten dann noch ein paar Burschen heran, die schlugen vor, man könnte doch noch eine Partie Karten klopfen. Und da hat der Spielmann seine gesamte Gage verloren. Nicht ein Klimperchen war ihm geblieben.

Er kam später als ausgemacht zu der alten Scheune oben am Waldrand. Gott schlief schon, da wollte er ihn nicht wecken und legte sich neben ihn.

Am nächsten Tag berichtete der Spielmann dem lieben Gott haarklein alles, was geschehen war, auch dass es seine Schuld war, dass er sich auf seine Menschenkenntnis hätte verlassen sollen, die drei Burschen waren Gauner, und man hat es ihnen auf drei Kilometer Entfernung angesehen – »aber ich war eben hinter dem Geld her. Ich dachte, ich komme zu dir und kann vor dir angeben, und ich kann dich zum Essen einladen, eben nicht nur zu Pizza und Cola, sondern einmal in ein wirklich gutes Restaurant.«

Da hat ihm Gott das Geld gegeben, das er für die Totenauferstehung gekriegt hat, und hat gesagt: »Kauf uns dafür etwas Schönes. Schinken, Eier, Käse, das teure Brot, nicht das billige, und Tomaten und Paprika und in Öl

Eingelegtes und zwei Flaschen Wein, einen roten und einen weißen. Und vergiss auf gar keinen Fall ein Fleisch, das wir uns anbraten können.«

Alles hat der Spielmann besorgt, alles, was sich der liebe Gott gewünscht hat. Und als Fleisch hat er ein Zicklein besorgt. In einer Braterei. Schon fertig. Knusprig. Eins a gewürzt. Musste nur in Alufolie eingewickelt werden. Damit es warm hält.

Und als der Spielmann so des Weges geht, bekommt er auf einmal eine große Lust auf die Nieren des Zickleins, die sind nämlich das Beste. Er lupft an einer Ecke die Alufolie und zupft die Nieren heraus und verspeist sie. Mmmmm!

Inzwischen hat Gott in der alten Scheune eine Art Tisch improvisiert, in seiner Manteltasche fand er ein halbes Dutzend Altarkerzen, die gaben gemütliches Licht, und dann schlemmten sie.

»Ich möchte nicht tauschen mit einem noch so guten Restaurant«, sagte Gott, und der Spielmann gab ihm recht.

Am Ende des Mahls fragte Gott: »Wo sind eigentlich die Nieren von dem Zicklein? Auf die habe ich mich am meisten gefreut, eine für dich, eine für mich.«

Da antwortete der Spielmann: »Weißt du, die Zicklein in dieser Gegend hier, die haben gar keine Nieren.«

»Aha«, sagte Gott, und mehr sagte er nicht.

Noch ein anderes Mal geschah es, dass wieder genau zur gleichen Zeit eine Hochzeit und eine Beerdigung stattfanden. Diesmal sagte Gott: »Lass mich zur Hochzeit gehen, und geh du zur Beerdigung.«

Und weil Gott dem Spielmann ja erzählt hatte, wie es zugeht bei einer Beerdigung, dass nämlich immer einer dabei ist, der Gott verfluchen will, weil er den Mann oder die Frau, die da im Sarg liegt, zu früh hat sterben lassen, darum fragte der Spielmann: »Was tu ich, wenn die wollen, dass ich den Toten aufwecke?«

»Dann sagst du, das kannst du nicht.«

»Aber wenn sie mir dann etwas tun wollen?«

»Dann werde ich sie bestrafen.«

»Aber wenn sie mir vorher schon etwas getan haben?« Und so hat der Spielmann weitergeredet, bis ihm Gott endlich verraten hat, wie es geht, einen Toten ins Leben zurückzuholen.

Und tatsächlich war es so. Irgendeiner kam und sagte zu dem Spielmann: »Ja, ja, ich weiß schon, die Verstorbene war sehr schön, und da kommen dann die Neider und sagen, recht geschieht ihr, wenn sie schon schön ist, dann soll sie wenigstens früh sterben, damit eine Gerechtigkeit ist. Aber das eine sag ich dir, die da, die da gestorben ist, die war ein guter Mensch, die hätte ruhig noch zehn Jahre auf der Erde bleiben sollen …«

Der Spielmann sagte: »Mir hat Gott gezeigt, wie man einen Toten ins Leben zurückholt.«

»Dann hol sie gefälligst zurück!«, befahl derjenige ohne ein vorausgeschicktes Dankeschön.

Der Spielmann stellte sich genauso an, wie es ihm Gott gezeigt hatte. Aber er war eben ein Spielmann und nicht der liebe Gott. Es hat nicht funktioniert.

Da brach ein Geschrei los. Alle Trauer und aller Schmerz, der heimliche Neid und der offene Hass, eben alles Miese, was sich hinter der Stirn eines Menschen mit dem wenigen Guten zusammenmengt, brach heraus und stürzte sich auf den Spielmann.

Der allgemeine Tenor lautete: »Hängen wir ihn auf.«

Das tat den Leuten gut. Es war, als ob die liebe Verstorbene ein bisschen weniger tot wäre, wenn am Baum neben ihrem Grab einer aufgehängt würde. Als wäre bei zwei Toten der Tod irgendwie halbiert.

Schon fand sich einer mit einem Strick, schon fand sich ein Zweiter, der den Galgenknoten drehen konnte, schon fand sich ein Dritter, der den Strick über einen Ast warf, und gemeinsam hoben die Trauergäste den Spielmann in die Höhe und fädelten seinen Hals in die Schlinge ein.

Zum Glück kam Gott. Die Hochzeit hatte nicht lange gedauert.

»Halt!«, rief er, und man machte halt. Zum Spielmann aber sagte er, und zwar bevor er ihn aus der Schlinge zog: »Fürchte nichts, Freund, ich werde die tote Frau zum Leben erwecken, und dich werde ich vor dem Galgen retten. Aber nur, wenn du mir auf Ehr und Gewissen sagst, wer die Nieren vom Zicklein gegessen hat.«

»Freund!«, rief der Spielmann. »Beim ewigen Leben, ich schwöre, ich war es nicht!«

Da zog der liebe Gott den Spielmann trotzdem aus der Todesschlaufe und erweckte die Tote zum Leben und kassierte dafür die saftige Summe.

Als die beiden wieder in ihrer Scheune waren, sagte Gott: »Tut mir leid, Spielmann, ich liebe dich und habe dir immer alles durchgehen lassen, aber jetzt will ich, dass wir uns trennen. Du bist nicht ehrlich zu mir.«

Der Spielmann lamentierte, das will ich hier gar nicht wiedergeben, aber es nützte ihm nichts. Am Ende fragte er: »Und was tun wir mit dem Geld?«

»Das teilen wir«, sagte Gott.

»Dann mache ich einen Vorschlag«, sagte der Spielmann. »Du teilst, und ich wähle.«

Gott machte drei Haufen aus dem Geld.

»Warum drei Haufen?«, fragte der Spielmann. »Wir sind doch nur zu zweit.«

»Ein Haufen für dich«, sagte Gott, »ein Haufen für mich und ein Haufen für den, der die Nieren von dem Zicklein gegessen hat.«

»Also gut«, sagte der Spielmann, »dann gebe ich es eben zu. Ich war's. Ich habe die Nieren gegessen. Jetzt bin ich in einem Alter, in dem es nicht passt, wenn einer immer noch lügt.«

»Wenn es ums Geld geht, sagst du die Wahrheit, als es um dein Leben ging, hast du gelogen. Warum?«, fragte Gott.

»So sind wir eben«, sagte der Spielmann.

Da war Gott wieder einmal sprachlos und ging davon, kopfschüttelnd, irgendetwas vor sich hin murmelnd, das wieder einmal niemand verstand.

136

Der Kegler vom Stephansturm

Der Tod ist gerecht. Ist er gerecht? Der Tod hält sich an seine Versprechen. Hält sich der Tod an seine Versprechen? Ach, es gibt viele Geschichten, in denen erzählt wird, wie einer versucht hat, den Tod zu überlisten. Oder wie einer versucht hat, den Tod zu betrügen. Oder wie einer versucht hat, mit dem Tod ein Geschäft zu machen. Oder wie einer versucht hat, dem Tod ein Versprechen abzuringen. Manche dieser Geschichten gehen für den Menschen gut aus, zum Beispiel die Geschichte vom lieben Augustin. Manche gehen nicht gut aus – wie die Geschichte vom Meister Kunrat zum Beispiel.

Der Meister Kunrat war ein Schindler, er hat die Häuser gedeckt mit Schindeln, und er hat das sehr geschickt gemacht, hat sehr viel Geld damit verdient. Alles konnte er. Die Geschicklichkeit war für ihn gemacht worden. So hat man gesagt. Und man hat ihn dafür bewundert. Aber dann hat er angefangen zu spielen, Karten zu spielen, Würfel zu spielen und Kegel zu spielen. Die Kegel hat er besonders geliebt. Und beim Spiel war er auch sehr geschickt und hat auch sehr viel Geld dabei verdient. Er hat sogar mehr Geld mit dem Spielen verdient als mit der Arbeit. Und deshalb hat er sich gedacht: Ich gebe die Arbeit auf. Und er hat nur noch gespielt.

Und dann hat er angefangen zu trinken, und das hat er auch sehr gründlich getan und sehr talentiert. Und dann hat er in den Wirtshäusern herumgeschrien, geflucht, gelästert, er hat sich aufgeführt wie die wilde Sau. Und man hat ihn rausgeschmissen und nicht mehr reingelassen. Und bald gab es kein Wirtshaus in ganz Wien, das dem Meister Kunrat noch zu trinken gegeben hat. Und da saß er auf der Straße. Und er führte ein elendes Leben. Hat seine Fußzehen angeschaut, die Schuhe nämlich hatten saubere Löcher, und die Zehen waren schwarz vor Dreck.

Eines Nachts saß er wieder auf der Straße, mitten in seinem elenden Leben, und zählte seine Fußzehen, da spürte er, dass jemand eine Hand auf seine Schulter legte. Er drehte sich um, und er sah, es war der Tod.

Meister Kunrat sagte: »Ach geh, Dünner, lass mich doch in Ruhe. Ich bin noch nicht fertig mit dem Zählen. Lass mich in Ruhe!«

Der Tod aber sagte: »Zu diesem Zweck bin ich gekommen. Ich werde dir Ruhe geben.«

»Was für eine Ruhe soll das sein, ha?«

»Das ist die ganz, ganz große Ruhe«, sagte der Tod.

»Und weiß ich, wenn ich in der Ruhe bin, dass es eine Ruhe ist?«

»Nein, das weißt du nicht. Du wirst gar nichts mehr wissen«, sagte der Tod.

»Ja, siehst du«, sagte Meister Kunrat, »diese Ruhe, die will ich nicht haben. Ich will eine andere Ruhe haben.«

»Was für eine Ruhe willst du denn haben?«, fragte der Tod.

»Also, hör zu, ich werde dir das erklären«, sagte Meister Kunrat. »Weißt du, den Kitzel, den kennst du nicht, Tod. Den Kitzel, den man in sich spürt, wenn man zu spielen beginnt. Wenn man die Karten in die Hand nimmt, wenn man die Würfel im Becher schüttelt. Wenn man ausholt mit der Kugel, um sie auf die Kegel rollen zu lassen – diesen Kitzel, den man dabei spürt, den kennst du nicht. Und wenn man dann alle Neune umwirft oder wenn man gute Karten hat oder wenn man schlechte Karten hat oder gute Würfel hat oder schlechte Würfel hat – ganz egal –, wenn ausgespielt ist, wenn die Karten liegen, wenn die Kugel geworfen ist, diese Ruhe, die dann in dir ist, diese Ruhe meine ich. Diese Ruhe, bevor der neue Kitzel sich rührt. Oh, Tod, das kennst du nicht!«

»Nein, das kenn ich nicht«, sagte der Tod.

»Oh, dann tust du mir leid«, sagte Meister Kunrat. »Lass dir von niemandem weismachen, es gibt Schöneres im Leben!«

»Ich habe keine Zeit für solchen Unsinn«, sagte der Tod. »Außerdem – wo soll's bei mir kitzeln? Schau mich an! Glaubst du, du könntest an mir auch nur einen Nerv finden?«

»Ach, was heißt denn keine Zeit? Ach, was heißt denn ein Nerv! Seit ewigen Zeiten arbeitest du nur«, sagte Meister Kunrat. »Gönn dir doch eine Stunde. Und was die Nerven betrifft, die wachsen einem ganz von selber. Wer spielt, hat mehr Nerven als der, der nicht spielt. Das ist Wissenschaft! Glaub mir!«

»Na gut«, sagte der Tod schließlich, »spielen wir. Welches Spiel schlägst du vor?«

»Das Kegelspiel natürlich!«, rief Meister Kunrat.

»Aber man lässt dich doch in kein Wirtshaus hinein?«, sagte der Tod. »Und mich wird man dort auch nicht wollen. Soll ich deinetwegen die Pest auf Wien werfen, damit wir beide die Wirtshäuser für uns ganz allein haben?«

»Nein, ich weiß eine fabelhafte Kegelbahn«, sagte Meister Kunrat.

Und der Tod folgte dem Meister Kunrat. Der Meister Kunrat stieg auf den Stephansturm hinauf. Oben auf dem Stephansturm, jawohl, dort hatte sich vor vielen Jahren ein Glöckner eine Kegelbahn eingerichtet, weil ihm langweilig gewesen war. Als Kugel hatte er sich einen Totenschädel aus dem Beinhaus geholt und als Kegel einen Arm voll Knochen. Nun war die Bahn verwaist, dort war niemand mehr. Nur noch die Knochen vom Glöckner waren da.

»Hier können wir spielen!«, sagte Meister Kunrat zum Tod.

»Erklär mir das Spiel«, sagte der Tod.

»Das ist ganz einfach. Es gibt neun Kegel. Acht sind gleich groß und einer ist größer. Das ist der König. Der steht in der Mitte. Machen wir doch eine Wette«, sagte Meister Kunrat.

»Was für eine Wette?«, fragte der Tod.

»Wenn du gleich gut bist wie ich, nicht besser als ich, weil ich bin der Beste, besser bist du nicht, aber wenn du gleich gut bist, dann werde ich dir folgen, hinunter oder hinauf in deine große Ruhe. Aber wenn du nicht so gut bist wie ich, dann lässt du mir noch eine Weile mein elendes Leben. Damit ich meine Fußzehen endlich zu Ende zählen kann. Bist du einverstanden?«

»Na gut, ich bin einverstanden«, sagte der Tod.

Meister Kunrat nahm die Kugel, und er rollte die Kugel, die keine Kugel war, sondern ein Totenschädel. Und er warf alle Neune um.

»Jetzt bist du dran«, sagte er zum Tod.

Der Tod nahm die Kugel, die keine Kugel war, sondern ein Totenschädel, warf und warf auch alle Neune um, alle neun Knochen.

»Ich bin gleich gut wie du«, sagte der Tod.

»Na ja, das war jetzt erst die erste Art zu spielen«, sagte Meister Kunrat. »Sieh zu!«

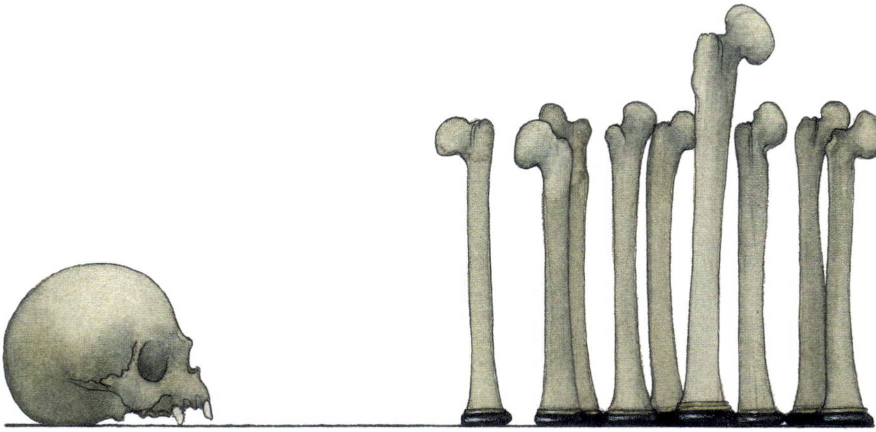

Und er nahm eine andere Kugel, diesmal den Schädel vom Glöckner, warf, und nun fielen acht Kegel um und ein Kegel in der Mitte, nämlich der König, blieb stehen, das war der Beinknochen des Glöckners.

»Da ist ja einer stehen geblieben«, sagte der Tod.

»Ja, da ist einer stehen geblieben«, bestätigte Meister Kunrat. »Das ist nämlich viel schwieriger. Versuch es!«

Der Tod holt aus, greift mit seinen Knochenfingern in den Knochenschädel des Glöckners und kegelt. Und er ist wieder gleich gut wie der Meister Kunrat, in der Mitte ist ein Kegel stehen geblieben, der König, der Knochen vom Oberschenkel des Glöckners.

»Ich war gleich gut wie du«, sagt der Tod.

»Ja, ja«, sagt der Meister Kunrat, »Jetzt kommt aber die größte Schwierigkeit. Du musst den König herausschießen aus der Mitte.«

Meister Kunrat nimmt den Kopf des Glöckners, schwingt ihn, wirft. Acht Kegel bleiben stehen, nur der König fällt um.

»Das ist am schwersten«, sagt der Meister Kunrat, und er lacht und freut sich schon darauf, bald in Ruhe seine Zehen zu Ende zählen zu können, aber in seiner Ruhe und nicht in der Ruhe des Todes.

Aber der Meister Kunrat hat ja gesehen, wie geschickt der Tod ist. Und er will sichergehen. Da hat er sich gedacht, ich will den Knöchernen betrügen. So schwer kann's nicht sein. Und er hat heimlich den König aus dem Spiel genommen, nämlich den langen Knochen vom Glöckner, und hat ihn zum Fenster hinausgeworfen, hinunter auf den Platz, wo er aufgeschlagen und in tausend Stücke zersplittert ist.

Nun ist gar kein König mehr da.

Und der Tod nimmt die Kugel, aber bevor er ausholt, sagt er zum Meister Kunrat: »Hast du den Glöckner gekannt, der hier gehaust hat?«

»Nein, hab ich nicht«, sagt Meister Kunrat. »Erzähl mir keine Geschichte, spiel!« Er drängt den Tod, weil er fürchtet, er könnte seinen Betrug bemerken.

»Er war auch so ein Schlauer wie du«, sagt der Tod. »Er wollte, dass ich die Glocke für ihn läute. Er hat mir den Strick um meine Knochen gebunden. Hat geglaubt, er könne mich für immer an die Glocke fesseln. Hat geglaubt, die Welt wird es ihm mit größtem Ruhm danken.«

»Erzähl keine Geschichten«, ruft Meister Kunrat. »Spiel, Tod, spiel!«

»Auf die Glocke hab ich mich gesetzt, und ihn habe ich zum Klöppel gemacht. Darum sind seine Gebeine über den Boden verstreut.«

»Erzähl keine Geschichten«, ruft Meister Kunrat. »Spiel, Tod, spiel!«

»Du glaubst wohl«, sagt der Tod, und seine Stimme wird gar nicht laut, was braucht der Tod eine laute Stimme, »du glaubst wohl, ich habe nicht bemerkt, dass du mich betrügen willst, Kunrat? Dass du den König herausgenommen und aus dem Fenster geworfen hast, hinunter auf den Platz, wo er in tausend Stücke zersprungen ist? Ich brauch den König nicht. Spiel du den König!«

Und der Tod wirft die Kugel, und er trifft den Meister Kunrat. Der fällt um und ist tot. Und die anderen acht Kegel bleiben alle stehen. Der Tod kegelt nicht schlechter als der beste Kegler. Er kegelt gleich gut.

137

Hans Puchsbaum und der Nordturm

Im Jahr 1433 wurden die Arbeiten am Südturm des Stephansdoms beendet. Gebaut und geplant war der Turm vom Meister Prachatitz. Und nachdem der Turm fertig war, wollte er mit dem Bau des Nordturms beginnen. Der sollte noch prachtvoller, noch größer, noch schöner werden.

In der Werkstatt von Meister Prachatitz war ein junger Mann beschäftigt, der hieß Hans Puchsbaum und war aus Deutschland nach Wien gekommen. Er verehrte den Meister und wollte nichts lieber als Türme bauen. Er hatte die Lehre bei Prachatitz absolviert, er wurde Geselle unter Prachatitz, und Prachatitz hatte ihm schließlich den Meisterbrief übergeben. Ein guter Lehrer, heißt es, wünscht sich, dass sein Schüler besser werde als er. Meister Prachatitz bemühte sich ja, ein Lehrer ohne Neid zu sein. Aber es gelang ihm nicht. Dieser Puchsbaum, dieser Puchsbaum, der war ihm einfach zu gut. Was der für Figuren aus dem Sandstein schnitzen konnte! Und statische Probleme, die unlösbar schienen, die löste er mit links. Prachatitz war neidisch. Wenn er wenigstens ein unsympathischer Kerl gewesen wäre, der Puchsbaum. War er aber nicht. Charme hatte er. Gut sah er aus. Die Gesellen verehrten ihn, die Lehrbuben himmelten ihn an. Und noch jemand verehrte ihn und himmelte ihn an. Nämlich Maria, die Tochter von Prachatitz.

Ja, und der Puchsbaum, der hatte sich in Maria verliebt. Sie trafen sich heimlich, die beiden, sie ahnten, dass der Meister das nicht gerne sah. Hans wartete an einer Ecke auf sie, und Maria lief auf ihn zu mit ausgestreckten Armen. Und er sagt zu ihr: »Unter Tausenden würde ich erkennen, wie du läufst.« Und sie sagt: »Es ist die Art und Weise zu laufen, wie Verliebte laufen.« Und dann beschlossen sie doch, mit dem Vater zu sprechen. Hans warnte erst noch: »Er mag mich nicht. Er schätzt meine Arbeit, aber er mag mich nicht. Alle mögen mich, aber er mag mich nicht. Geh doch einfach mit mir fort«, sagte Hans, »ich bekomme überall Arbeit.« Aber Maria traute sich nicht. Ohne den Segen des Vaters traute sie sich nicht.

Sie besuchten den Vater in der Bauhütte, und Hans sagte zu Prachatitz: »Meister, ich möchte deine Tochter heiraten.« Und Prachatitz sagte: »Nein, unter gar keinen Umständen.«

»Ich hab's gewusst«, sagte Hans zu Maria, und Maria sagte: »Schade.«

»So ist das eben«, sagte der Vater, und Maria sagte noch einmal: »Schade.«

»Warum genau sagst du schade?«, fragte der Vater, und darauf antwortete nicht Maria, sondern Hans Puchsbaum: »Nämlich, weil wir, Maria und ich, uns ausgemacht haben, dass wir in diesem Fall weggehen aus Wien, auch ohne deinen Segen, es gibt viele Städte, die mich haben wollen, alle Städte wollen mich haben, weil ich nämlich der Beste bin.«

Meister Prachatitz wusste, sein ehemaliger Schüler hatte recht, alle Bauhütten wünschten sich einen wie den Hans Puchsbaum, er war der Beste, es nützte nichts, der war er. Meister Prachatitz war eifersüchtig auf den Hans, weil der besser war als er, geschickter in den Händen, verwegener in den Gedanken, ja, er war eifersüchtig, und er hätte eigentlich überhaupt nichts dagegen gehabt, wenn der Puchsbaum sich schleicht, aber: Da waren die Pläne für den Nordturm, und bei denen haperte es noch hinten und vorne und oben und unten, und er war sich im Klaren, dass er ohne dieses reizende Genie, in das sich seine Tochter verguckt hatte, niemals mit dem Bauwerk fertig würde. Aber gerade darauf setzte er ja seinen Ruf, dieser Turm sollte seinen Namen unsterblich machen, ohne diesen Turm, meine Güte, würde doch in fünfhundert Jahren kein Mensch mehr etwas von ihm wissen – das ging ihm durch den Kopf.

»Ich muss nachdenken«, sagte er.

Folgendes dachte sich Meister Prachatitz: Die Liebe, die macht blind und blöd, das steht fest. Aber nicht auf allen Gebieten macht sie blind und blöd, das steht ebenfalls fest. Auf manchen Gebieten macht sie sogar sehend und besonders gescheit. Das muss ich ausnutzen, dachte er. Dieser Puchsbaum, dachte er weiter, wird für Maria alles tun, sogar Dinge, die er gar nicht tun kann. Diesbezüglich ist er blind und blöd. Aber er wird auch alles besonders gut machen wollen für Maria. Diesbezüglich ist er sehend und besonders gescheit. Das muss ich ausnutzen, dachte Meister Prachatitz.

Am nächsten Tag rief er Hans Puchsbaum zu sich. »Gut«, sagte er, »du sollst meine Tochter haben, ich möchte nicht, dass ihr ohne meinen Segen geht. Aber eine Bedingung: Wenn du den Nordturm in einem Jahr fertigstellst, viel größer, viel schöner als der Südturm, dann sollst du Maria bekommen.«

Das war ganz und gar unmöglich, in einem Jahr! Der blödeste, blindeste Bratwurstfresser würde das durchrechnen können, noch ehe er seine Wurst hinuntergeschluckt hat. Aber Hans Puchsbaum war noch blinder und blöder als der blindeste und blödeste Bratwurstfresser. Nein, fertig werden wird er in einem Jahr nicht, dachte Meister Prachatitz, weil der Mensch das nicht kann, aber er wird sich sehr bemühen und die hellsichtigsten und gescheitesten Gedanken dabei entwickeln und sie auch aufzeichnen. Und ich, kicherte er in sich hinein, ich, ich werde ihm die Maria nicht geben, dafür werde ich ihm die Pläne wegnehmen und ihn wegjagen und die Pläne als die meinen ausgeben. Die Tochter behalt ich, den Ruhm krieg ich, und den Konkurrenten werde ich los.

Hans Puchsbaum war blind und blöd und zugleich sehend und gescheit, und er meinte, das Unmögliche könnte vielleicht doch möglich sein, denn es musste möglich sein, weil er sonst die Maria nicht bekommen würde, er hat nämlich dem Meister Prachatitz sein Ehrenwort gegeben. Aber wie vorgehen? Ein Turm. Hoch. Prächtig. Höher und prächtiger als der Südturm, der ja schon der höchste und prächtigste war.

Er dachte nach.

Und dachte nach.

Und dachte nach.

Und sitzt auf einem Stein am Fuß des Turms, den ganzen Tag sitzt er und die ganze Nacht.

Da tritt um Mitternacht ein Mann zu ihm. »Darf ich mich zu dir setzen?«, fragt der.

Der Mann trägt ein Jägergewand und hat einen Hut auf dem Kopf mit einer Fasanenfeder einen Meter hoch, die schillert im Mondlicht.

»Du hast große Sorgen, ich beobachte dich«, sagt er.

»Wer bist du?«, fragt Hans Puchsbaum.

»Ich bin der, der dir helfen kann«, sagt der Fremde.

Und Hans Puchsbaum erzählt ihm von seiner Sorge: »Ich bin ein Narr. Ich

habe mich verpflichtet, in einem Jahr einen Kirchturm zu bauen, höher als der.«

»Ein Narr kann das nicht«, sagt der Fremde. »Ich kann dir dabei helfen, denn ich bin der Teufel, und der Teufel kann viel, er kann nicht alles, aber er kann viel.«

Nicht einmal erschrocken war Hans Puchsbaum. Er saß ja schon einige Tage und einige Nächte auf dem Stein vor dem Turm zum Haus des lieben Gottes und hat an alles gedacht, wär doch wenig glaubhaft, wenn er nicht auch an den Teufel gedacht hätte. Warum hätte sich sonst der Teufel auf den Weg aus der Hölle gemacht, wenn da nicht einer wäre, der nach ihm gerufen hätte, und sei's nur innen drinnen in der Seele, aber dort umso lauter.

»Und was verlangst du dafür?«, fragt Hans Puchsbaum.

»Eigentlich nicht sehr viel«, antwortet der Teufel im grünen Gewand. »Wenn du ein Jahr an dem Turm arbeitest, sollst du in diesem Jahr den Namen Gottes nicht in den Mund nehmen und auch nicht an den Himmel denken und nicht an die Engel. Du sollst keinen der Heiligen beim Namen nennen, und du sollst die Gottesmutter nicht nennen. Das ist die Bedingung. Ist das viel verlangt?«

Hans Puchsbaum hat eingeschlagen. Schon wieder ein Geschäft mit dem Unguten.

Und dann ging's los! Da flogen die Steine, da raste der Griffel über das Konzeptpapier, aus dem Sandstein frästen sich die Figuren wie von selbst, und wenn einer kam und staunte und den Hans Puchsbaum fragte, was denn der da für ein Heiliger sei, den er gerade aus einem Stein schnitzte, dann sagte der Hans Puchsbaum: »Das ist der heilige Dingsda.«

Dem Meister Prachatitz blieb den ganzen Tag über vor Staunen der Mund offen stehen, so dass er einen Krampf bekam und ihm die Kiefer über Nacht mit Lederriemen zusammengezogen werden mussten. Aber Hans Puchsbaum schlief gar nicht mehr, er arbeitete vierundzwanzig Stunden am Tag. Wenn er eine Minute die Augen zudrückte, dann erquickte ihn das mehr als einen anderen, der zehn Stunden an der Matratze gehorcht hatte. Für nichts anderes hatte er mehr Zeit, nur fürs Bauen, nichts anderes schaute er an, nur Steine und Mörtel und Pläne und Werkzeug.

Und dann eines Tages …

Und dann eines Tages stand Hans Puchsbaum oben auf dem Gerüst, schon konnte er weit ins Land hineinschauen. Da sah er seine geliebte Maria weit unten über den Stephansplatz laufen. So lange hatte er sie nicht gesehen, so lange hatte er nicht mit ihr gesprochen. Er hatte sie vergessen. Ja, die Wahrheit lautete: Er hatte sie vergessen. Er hatte für sie geschuftet und hatte sie über die Schufterei vergessen. Und er sah, sie lief, wie sie lief, wenn sie ihm entgegenlief, die Arme ausgebreitet. Was hat sie ihm einmal gesagt? »Es ist die Art und Weise zu laufen, wie Verliebte laufen.« Warum läuft sie so? Ich stehe ja hier oben. Zu mir läuft sie nicht. Zu wem läuft sie? Warum läuft sie so? Und er dachte: Sie hat einen Geliebten. Er blickte ihr nach, bis sie verschwand.

Und er rief: »Maria! Maria!«

Da brach das Gerüst zusammen, und der Hans Puchsbaum stürzte in die Tiefe. Muss sie denn ausgerechnet Maria heißen wie die Muttergottes! Aber was hätte es genützt, wenn sie zum Beispiel Agnes oder Elisabeth oder Hildegard geheißen hätte. Sind doch alles Heilige! Und nicht nur der Hans Puchsbaum stürzte in die Tiefe, auch der Turm, den er mit Hilfe des Milleartifex gebaut hatte, krachte in sich zusammen. Alles war buchstäblich beim Teufel.

Wie Maria damit fertig geworden ist? Keine Ahnung, weiß ich nicht, fragt doch jemand anderen! Der Magistrat der Stadt Wien jedenfalls beschloss, den Nordturm nicht weiterzubauen. Heute kann man dort nur den Stumpf desselben sehen. Der soll an manchen Tagen komisch riechen.

138

Der Mönch von Coburg

In Coburg im Frankenland herrschte einst ein Herzog, der hatte Ambitionen. Er stieg auf einen der Türme der Veste und ließ sein Auge schweifen in alle Richtungen. In allen Richtungen sah er Möglichkeiten. So weit sein Blick reichte, sollte Coburger Einfluss gelten! Was braucht ein Herrscher, wenn er die Ambition hat, seinen Nachbarn etwas wegzunehmen? Einen Hass braucht er! Die Nachbarn sind schlecht. So lautet das erste Gesetz seines Herzens. Und die Fremden, die hinter den Nachbarn wohnen, die sind noch schlechter. So lautet das zweite Gesetz. Und die Schlechtigkeit, die muss ausgemerzt werden. Das ist man sich als Christenmensch schuldig.

Den größten Hass spürte der Herzog in sich, wenn er nach Süden schaute. Im Süden war die Stadt Bamberg. Die hätte er gern gehabt. Am heftigsten hasste er den Bischof von Bamberg. Der hatte ihn durchschaut. »Du, ein Christenmensch?«, hatte er gesagt. »Nein. Eine Hyäne bist du, die den anderen wegnimmt, was sie sich erworben haben.« Und hatte alle gegen den Herzog aufgebracht, dieser Bischof von Bamberg.

Und dann war es dem Herzog genug. Er war es leid, jeden Tag auf den Turm zu steigen und nach Süden zu schauen und sich zu ärgern. Er stellte ein Heer zusammen und wollte durch das Tal der Itz in die Himmelsrichtung seines Hasses ziehen.

Seine Gemahlin, eine fromme Frau, die ein Leben lang fest die Augen vor ihrem Mann zugedrückt hatte, fragte: »Was hast du vor?«

»Handel will ich treiben«, sagte er und blickte sie nicht an. Ihre Frömmigkeit und Ehrlichkeit machten ihn beklommen.

»Und so viele Waffen für den Handel?«, fragte sie. »Gehören Handel und Friede nicht zusammen?«

»Manchmal nicht«, entgegnete er.

»Ist es nicht so«, zog sie ihn weiter in eine Debatte hinein, »dass einer, der mit gezogenem Degen einen Handel abschließt, eigentlich keinen Handel abschließt, sondern einen Raubzug unternimmt?«

Darauf gab der Herzog keine Antwort.

Er zog mit dem Heer vor Bamberg und wusste dort nicht weiter. Die Bürger grüßten ihn freundlich, und keiner schien auch nur auf den Gedanken zu kommen, er könnte böse Absichten haben.

»Warum seid ihr alle so freundlich?«, fragte er einen auf der Straße.

»Weil eine neue Zeit angebrochen ist«, antwortete der.

»Was für eine Zeit denn?«

»Die Zeit des Friedens und des Handels«, bekam er zur Antwort.

»Und was gibt es bei dieser neuen Zeit zu lächeln, so dass alle hier auf den Straßen lächeln?«

»Eine neue Einsicht«, sagte der Mann.

»Die wäre?«

»Wenn ich Handel treibe, werde ich auf lange Sicht reicher, als wenn ich Raubzüge unternehme.«

»Und das ist erwiesen?«

»Das ist wissenschaftlich erwiesen.« Und damit bat der Mann den Herzog, die Unterredung beenden zu dürfen, er müsse seinen Geschäften nachgehen.

Wurde der Hass des Herzogs dadurch vermindert? Nein. Nein. Nein.

Er ließ sich sogar zu einer besonders unüberlegten Unüberlegtheit hinreißen. Zwölf Kinder, alle von adeliger Abstammung, griff er mit seinem Heer in den Straßen von Bamberg auf und verschleppte sie nach Coburg und hielt sie in der Veste gefangen. Was zur Folge hatte, dass die ganze Welt über den Herzog den Kopf schüttelte. Er war von nun an das Letzte! Man entsetzte sich über seine Grausamkeit. Kinder! An Kindern hat er sich vergriffen. Aber man lachte ihn auch aus. An Kindern musste er sich vergreifen, weil er sich gegen Erwachsene nicht getraut hat. Und was will er mit diesen zwölf Kindern?

Das wurde bald bekannt. – Den Bischof von Bamberg wollte er erpressen. Auf dass der die halben Reichtümer der Stadt herausrücke.

Die zwölf Kinder wurden derweil in der Veste anständig behandelt. Sie bekamen gut zu essen, und sie durften den ganzen Tag spielen. Die Herzogin hat dafür gesorgt. In Grund und Boden hat sie sich für ihren Mann geschämt.

Ach, dachte die Herzogin bei sich, was ist nur aus ihm geworden. Ich habe ihn doch geliebt. Er war doch ein Guter. Warum ist er ein Böser geworden? – Aber sie wusste genau, wer daran schuld war. Der Mönch Dolosus. Er hatte den größten Einfluss auf den Herzog. Er hatte dem Herzog eingeredet, dass die Nachbarn schlecht und die Fremden noch schlechter seien.

Dolosus war eine Kugel in braunem Tuch. Nie sah man ihn ohne ein gebratenes Hühnerbein in der Hand, nie ohne einen Bierkrug in der anderen. Er soff und fraß. Und grinste. Und war hinterlistig. Und hatte Freude, wenn ein anderer Schmerzen hatte. »Der Tod Christi muss in alle Ewigkeit gerächt werden«, das war sein Wahlspruch. Wenn ein Kind an ihm vorüberging, bekam es eine Watschen. Warum? Weil es nichts getan hatte, um dem Heiland seine Leiden zu ersparen.

Und mit diesem Mönch, dem Dolosus, kamen die adeligen Kinder von Bamberg in Konflikt. Soll ich erzählen? – Also:

Weil der Mönch Dolosus so fett war, lachten ihn die zwölf Kinder gern aus. Heimlich lachten sie ihn aus. Einmal nämlich hatte einer von ihnen nicht heimlich über ihn gelacht, den hat der Mönch halb lahm geprügelt. Seither lachten die zwölf heimlich über ihn. Und weil sie einen Zorn auf ihn hatten wegen der Prügel an einem von ihnen, wollten sie ihm einen bösen Streich spielen. Sie sahen ja, wie schwer er sich wegen seiner Fette tat, dass es etwas höchst Schwindeliges für ihn war, eine Treppe herunterzugehen. Dass er mit dem besten Willen nicht sehen konnte, was vor ihm auf den Stufen lag, weil sein Bauch so weit vorstand. Seit vielen, vielen Jahren hatte der Mönch Dolosus seine Füße nicht mehr gesehen.

Die zwölf streuten Erbsen auf die Stiege. Und der Mönch rutschte aus und holterte und polterte durchs ganze Treppenhaus von zuoberst oben bis zuunterst unten. Die Verteilung der blauen Flecken auf seinem fetten Körper war gerecht, jedes Teil bekam sein Teil ab. Und der Hohn aller Menschen am Hof war ihm gewiss. Sogar die Hunde, hieß es noch Jahre später, hätten sich eins gelacht. Die Herzogin, hieß es, habe dem Heiligen Antonius für die Gnade, dass sie so etwas habe erleben dürfen, hundert Kerzen spendiert.

Aber der Mönch Dolosus lachte nicht. Und er kriegte bald heraus, wer hinter diesem bösen Streich stand. Nämlich die zwölf. Und er verlangte vom Herzog, dass er die zwölf bestrafe.

»Gut«, sagte der Herzog, »bekommen sie für drei Tage Spielverbot.«

»Was?«, donnerte der Mönch. »Spielverbot, wo sie mich fast umgebracht hätten?«

»Also gut«, sagte der Herzog, »soll ihnen der Hintern verklopft werden.«

»Der Hintern verklopft werden? Wo ich aussehe, als wäre an mir die blaue Farbe erfunden worden?«

»Was soll denn mit den zwölf Kindern geschehen?«, fragte der Herzog.

»Man soll sie in der Mitternachtsstunde mit dem Schwert richten. So viele Köpfe sollen fallen, als Glockenschläge vom Turm der Kirche hallen.«

Der Herzog erschauderte. Er war böse, sehr böse, aber so böse war nicht einmal er. »Es sind Kinder«, sagte er.

»Waren die Soldaten, die unseren Herrn Jesus Christus ans Kreuz geschlagen haben, nicht auch einmal Kinder?«, fragte der Mönch. »Und waren die Juden, die unseren Herrn Jesus Christus verraten haben, nicht auch einmal Kinder? Der Tod unseres Heilands muss auf ewig gerächt werden.«

Das sah der Herzog ein.

Aber die Herzogin flehte. Sie kniete nieder. Und sie drohte. Nie wieder werde sie das eheliche Bett besteigen, sagte sie. Wenn nicht. Wenn nicht Gnade walte.

»Also gut«, sagte der Herzog. »Einen gebe ich dir. Elf Köpfe sollen rollen.«

Sie flehte weiter, drohte weiter, betete lauthals zum Heiligen Antonius.

»Also gut«, sagte der Herzog. »Noch einen gebe ich dir. Zehn Köpfe sollen rollen.«

So handelte die Herzogin einen nach dem anderen heraus. Am Ende blieb einer übrig. Der sollte auf alle Fälle sterben. Außerdem: Die anderen elf sollten nicht wissen, dass sie verschont blieben. Die Augen wurden ihnen verbunden, und sie sollten meinen, auch sie kommen dran.

Die Herzogin gab aber nicht auf. Mit ihren Getreuen überwältigte sie den Türmer und sperrte ihn in ihre Gemächer ein. Ohne Türmer kein Glockenschlag, ohne Glockenschlag kein Schwerthieb. So war ihre Überlegung. Dem Scharfrichter, einem blitzdummen Menschen, war beigebracht worden, er dürfe nur zuhauen, wenn die Glocke schlägt. Wenn sie nicht schlägt, darf er nicht zuhauen. Wenn nicht Glocke, dann nicht Schwert.

»Hast du das verstanden?«

»Ja, das habe ich verstanden.«

Auf den Scharfrichter war Verlass. Er stand da, das Schwert in der Hand, die Ohren offen, wartete auf den Glockenschlag.

Und jetzt kommt's: Die Herzogin, die immer noch überzeugt war, dass ihr Gemahl in Wahrheit ein guter Mensch sei, erzählte ihm alles. Und? Man glaubt es kaum, aber der Herzog war erleichtert. Er war seiner Frau dankbar für ihre List. Er wollte ja nicht als Kindermetzger in die Geschichte eingehen.

Aber: Die Geschichte endet nicht gut. Der Mönch nämlich, der Dolosus, mit letzter Kraft schleppte er seinen fetten Körper hinauf auf den Turm. Kaum kann er noch schnaufen vor Anstrengung. Er fasst den Klöppel und schlägt.

Und die Glocke schlug in dieser Nacht zwölf Mal. Und zwölf Mal hat der Scharfrichter seine Arbeit getan. Da sei der Herzog neben seiner Frau aus dem Bett gesprungen und im Nachthemd hinauf auf den Turm gelaufen, weil er Einhalt gebieten wollte. Sei aber erst beim zwölften Schlag oben angekommen. Mit dem Schlüsselbund habe er den Mönch erwürgt.

Von dieser Nacht an musste der Mönch, der elende, niederträchtige, hinterlistige Dolosus, geistern. Um die Veste Coburg herum muss er marschieren und dabei mit dem Schlüsselbund klappern.

139
Der nicht schlafen kann

Nachdem die Juden im Jahr 1676 von dem gehässigen Grafen Karl Friedrich aus Hohenems vertrieben worden waren, siedelten sie sich in Sulz an. Sulz, das war ein Dorf dicht an den Hängen des Vorarlberger Rheintals. Zwanzig jüdische Familien bauten dort ihre Häuser hin. Es gab keinen Rabbi, und sie hatten nicht das Geld für eine Synagoge, nicht einmal für ein Bethaus reichte es. In einem der Häuser wurde eine Betstube eingerichtet, und dort trafen sich Männer, Frauen und Kinder und beteten und sangen und feierten die Feste des Jahres.

Unter ihnen lebte ein weiser alter Mann, ein frommer Mann, der die Schriften kannte wie keiner, der hieß Josle Levi. Er war der Gemeindevorsteher.

Eines Tages, es war im Winter, und alle waren in der Betstube versammelt und streckten die Hände nach dem Ofen aus, da klopfte es an die Tür. Draußen stand ein junger Mann, eigentlich noch ein Knabe, er zitterte und hatte blaue Hände. Und er fragte, ob er sich in der Betstube aufwärmen dürfe. Man bat ihn herein, und man machte Platz für ihn direkt neben dem freundlichen Ofen. Die Männer, die Frauen, die Kinder sahen ihm zu, und er wärmte sich, und sie sahen ihm zu, wie er sich wärmte. Und dann beteten sie weiter und sangen weiter.

Josle Levi aber fragte den Fremden: »Willst du nicht mit uns beten? Willst du nicht mit uns singen?«

Und der Fremde begann zu singen. Und er sang so schön, dass alle anderen schwiegen und nur ihm zuhörten. Mit einer himmelsgoldenglockenklaren Stimme sang er. Und dann kam er zu der Stelle in dem Lied, wo es heißt: »Preiset den Herrn!« Da hielt er den Ton ganz lang, ganz lang. Es war, als könnte er nicht über diese Stelle hinweg.

Josle Levi unterbrach ihn und sagte: »Sing nicht weiter. Ich weiß, du kannst nicht weitersingen.«

Der Fremde setzte sich und stützte sein Gesicht in die Hände und weinte, wie die Seele vor dem Ausgang des Lebens weint.

Und Josle Levi, der alte, weise, fromme Mann, legte seinen Arm um den Fremden und sagte: »Ich glaube, ich weiß, was mit dir ist. Kann es sein, dass du nicht mehr lebst?«

Da nickte der junge Mann.

»Kann es zudem auch sein, dass du nicht tot bist?«

Da nickte der junge Mann abermals. »Woran hast du es erkannt?«

»Hm«, sagte Josle Levi, »wie es im Psalm 115, Vers 17 heißt: Tote können den Herrn nicht mehr preisen. Keiner, der ins Schweigen hinabfuhr, kann ihn preisen. Daran hab ich es erkannt.«

Da drängten sich alle um diesen jungen einsamen Mann und drängten sich auch um Josle Levi. Und Josle Levi sagte zu dem Fremden: »Willst du uns deine Geschichte erzählen? Vielleicht können wir dir helfen.«

Und der Fremde antwortete: »Wenn ihr mich bittet, werde ich es tun.«

Und er fing an.

»Vor vielen Jahren, oh, es ist sehr lange her. Wenn ich alle Jahre zusammenzähle, die hier in dieser Stube versammelt sind, reicht die Zahl nicht aus für mein Alter. Ich lebte mit meiner Mutter und meinem Vater, und dann ist der Vater gestorben. Von diesem Tag an hatte meine Mutter Angst. Sie hatte Angst, dass auch ich sterbe und sie allein bleibt. Und sie hatte Angst, dass sie stirbt und ich allein bleibe. Und deshalb hat sie mich nie aus den Augen gelassen. Sie ist nicht ausgegangen. Sie hat mich nicht ausgehen lassen. Wenn ich in den Stall gegangen bin, um nach den Schafen zu sehen, ist sie mir nach, weil sie Angst hatte, es könnte mir etwas passieren. Wenn ich nur in die Speisekammer gegangen bin, um Mehl zu holen, hat sie Angst gehabt, es könnte mir ein Topf auf den Kopf fallen, und ist mir nach. Die Nachbarn haben sich um uns gesorgt. Wir saßen die ganze Zeit nur im Haus, und meine Mutter hatte Angst, sich zu bewegen. Denn es kann ja so viel geschehen. Denn es ist ja in der Welt schon so viel geschehen. Sie hatte Angst, dass ich sterbe und sie allein bleibt, oder dass sie stirbt und ich allein bleibe.

Da gab es einen Mann in unserer Gemeinde, einen reichen, gütigen Mann. Der hieß Achim Aratz. Er kam eines Tages zu uns und setzte sich zu uns und sagte zu meiner Mutter: Es ist nicht gut, was ihr tut. Ihr vergeudet euer Leben. Ich mach dir einen Vorschlag. Ich nehme deinen Sohn mit nach Jerusalem. Ich gehe alle fünf Jahre dorthin. Das tut mir gut. Das wird ihm auch guttun, er wird andere Menschen kennenlernen, er wird in Jerusalem den Segen des Rabbi empfangen. Und dir wird es auch guttun. O nein, rief die Mutter, das will ich nicht! Es könnte so viel passieren, es ist schon so viel passiert in der Welt! Es wird nichts passieren, sagte Achim Aratz, ich nehme deinen Sohn an der Hand. Ich verspreche dir bei meiner Glückseligkeit, dass ich auf ihn aufpassen werde und dass ich ihn dir gesund und fröhlich zurückbringen werde. Dann werdet ihr ein besseres, ein glücklicheres Leben führen können.

Und schließlich hat er meine Mutter überredet.

Ich zog mit Achim Aratz also nach Jerusalem. Es war eine lange, schöne Reise. Viel haben wir erlebt. Tiefe Gespräche haben wir geführt, Witze haben wir uns erzählt, und schweigend haben wir die Schöpfung betrachtet am Morgen und am Abend und haben gesungen und gebetet. Und immer hat Achim Aratz auf mich achtgegeben, und nie bestand Gefahr für mein Leben. Und schließlich kamen wir in Jerusalem an. Wir gingen in den Tempel, und der Rabbi hat mich gesegnet. Und man hat mich gebeten zu singen, und ich habe gesungen. Ich habe mit meiner schönen Stimme gesungen, und sonst war kein Ton zu hören in ganz Jerusalem. Alle schwiegen und haben mir zugehört, die Männer, die Frauen und die Kinder, aber auch die Tiere und sogar der Wind. Und da war ein alter Mann, der fing plötzlich zu weinen an. Achim Aratz fragte ihn: Warum weinst du? Und der Alte sagte: Ich weine, weil dieser Junge so schön singt und weil er nur noch ein paar Tage leben wird. Was?, rief Achim Aratz. Woher willst du das wissen? Warum wird er nur noch ein paar Tage leben? Ich weiß es, sagte der alte Mann und weinte weiter. Und alle rundherum nickten: Wenn er das sagt, dann wird es stimmen, er weiß es. Da geriet Achim Aratz in große Aufregung: Ich habe seiner Mutter versprochen, ich werde ihn gesund und fröhlich nach Hause zurückbringen. Bei meiner

Glückseligkeit habe ich es versprochen. Sie wird sterben, wenn er nicht zurückkommt. Da sagte der Alte: Wenn das Leid so groß ist, dann müssen wir etwas tun. Und er nahm ein kleines Stück Papier heraus und hat etwas daraufgeschrieben, hat es zusammengefaltet zu einem Brieflein. Er nahm meinen Arm und schnitt mit seinem Messer in mein Fleisch und legte das Brieflein in die Wunde und sagte: Wenn die Wunde verheilt, bevor der Tag kommt, den der Tod bestimmt hat, dann wird er nicht sterben. Die Wunde heilte schnell. Der Tod ist nicht gekommen. Und wir haben uns auf den Rückweg gemacht.

Wir kamen zu einem reißenden Fluss, und nur eine schmale Brücke führte darüber, und die war morsch. Da sagte Achim Aratz: Geh du vor! Und ich wusste, warum er das sagt. Er dachte sich nämlich, ich werde nicht sterben, weil ich ja das Brieflein im Arm habe, also soll ich vorgehen. Unter normalen Umständen wäre natürlich er vorgegangen, um die Brücke zu begutachten, denn er hatte meiner Mutter ja versprochen, auf mich achtzugeben. So bin ich als Erster über die Brücke gegangen, und dann kam Achim Aratz nach. Die Brücke ist gebrochen, und er stürzte in den Fluss und ist gestorben.

Und ich bin allein weitergezogen. Die Mutter hat mich nicht so freundlich begrüßt, wie ich dachte. Sie ist vor mir zurückgeschreckt. Und bald hat sie zu mir gesagt: Ich möchte, dass du wieder gehst. Ich kann nicht mehr mit dir zusammen sein. Weil ich eigentlich tot war. Weil nur der Brief unter meiner Haut mich daran hinderte, wirklich zu sterben. Ich gehörte nicht mehr zu den Lebenden und noch nicht zu den Toten. Und so zog ich durch die Welt, all die Jahre, die Jahrzehnte, Jahrhunderte bis heute.«

Diese Geschichte erzählte der Fremde in einer Winternacht in der Betstube in Sulz.

Josle Levi legte seinen Arm um ihn und fragte: »Willst du sterben?«

Und der Fremde antwortete: »Ja.«

Da zog Josle Levi sein Messer aus dem Gürtel und sagte: »Zeig mir die Stelle an deinem Arm.«

Der Fremde zeigte ihm die Stelle, und Josle Levi schnitt sie auf und holte das Brieflein heraus. Und da zerfiel der junge Mann zu Staub. Und auch das Brieflein zerfiel zu Staub.

140
Wirbelwindhexe

Manche Bauern kennen gewisse Täler oben in den Bergen, manche nicht. Die einen haben es gut, die anderen nicht. Warum? Weil in diesen gewissen Tälern ein Gras wächst, ein Gras von einer Qualität, das ist sagenhaft. Man sagt: Ein Schaf, das von diesem Gras frisst, lässt eine Milch ab, eine Milch von einer Süße und einem Fettgehalt, von einem erlesenen Geschmack, das sei unvergleichlich. Und viel Milch! Wenn so und so viel Gras unten im Tal so und so viel Milch bringt, dann bringt ein Viertel Gras aus so einem Tal viermal so viel Milch. Und viermal so viel Geld. Kein Wunder, wenn die glücklichen Bauern, die so ein Hochtal kennen, den Mund halten und niemandem verraten, wo es liegt. Und auch kein Wunder, dass die unglücklichen Bauern, die so ein Tal nicht kennen, eine Wut auf die glücklichen haben.

Und da war einmal der Hansjodock. Der war ein Glücklicher. Erstens kannte er so ein Tal. Darin bestand schon einmal mehr als die Hälfte seines Glücks. Ein weiteres Viertel Glück ging auf Kosten seines guten Aussehens. Groß war er, schlank war er, gute Muskeln hatte er, ein liebes Gesicht hatte er. Das letzte Viertel seines Glücks verdankte er seinem klugen Kopf. Er war ein Gescheiter. Da konnten die anderen, die Unglücklichen, über ihn sagen, was sie wollten, herummäkeln an ihm, dass es Geschmackssache sei, ob man den als einen Gutaussehenden bezeichnete oder nicht, dass vielleicht genau das liebe Gesicht nur ein sogenanntes liebes Gesicht sei, in Wirklichkeit aber ein hinterfotziges – da konnten die anderen sagen, was sie wollten, am Verstand vom Hansjodock hat niemand je gezweifelt.

Ich sagte, nie sei ein Glücklicher auf die Idee gekommen, einem Unglücklichen sein Tal oben in den Bergen zu verraten, wo die Schafe sich mit dem süßen Gras vollfraßen. Das stimmt nicht ganz. Denn der Hansjodock, der ist einmal in Versuchung geraten. Warum? Verliebtheit.

Der Hansjodock hat sich in die Marietres verliebt. Sie war die Tochter des Wirts, und der Wirt war gleichzeitig ein Bauer. Und zwar ein unglücklicher Bauer. Ansonsten war er gut im Geschäft. Hat den Käsehandel mit der großen Stadt organisiert, hat also von der guten Schafsmilch vom Hansjodock profitiert. Aber er wollte mehr, er wollte alles, er wollte wissen, wo das Tal vom Hansjodock liegt. Und da hat der Wirt seine Tochter, die Marietres, auf den Hansjodock angesetzt.

»Krieg's raus!«, hat er ihr befohlen. »Krieg's raus!«

»Mit allen Mitteln?«, hat die Marietres gefragt.

»Mit allen Mitteln«, hat ihr der Vater geantwortet.

Der Hansjodock hat der Marietres gut gefallen. Also hat sie sich vor »allen Mitteln« nicht geschreckt.

Sie hat ihm schöngetan, ist dabei sehr geschickt vorgegangen. Hat nicht nur einfach seine Locken gelobt und sein liebes Gesicht, das hat jeder getan. Sie hat ihn kritisiert. Man glaubt es nicht, aber es ist wahr: Oft wirkt Kritik viel erregender als Lob. Es kommt natürlich darauf an, wie man die Kritik vorbringt. Das konnte die Marietres.

Sie sagte: »Wenn du dir die Haare hinten etwas stutzen würdest, Hansjodock, dann würdest du vielleicht den anderen Frauen nicht mehr so gut gefallen, aber mir würdest du viel besser gefallen.«

Das ist doch raffiniert, oder? Jedenfalls hat sich der Hansjodock sofort die Haare hinten schneiden lassen.

Aber die Marietres, diese Abgebrühte, die Hinterfotzige, dieses Weibsfilet, das Angebrannte, hat sich nicht nur auf ihre Raffiniertheit verlassen. Nein. Sie hat Magie betrieben. Nun kann einer sagen, das gibt's nicht. Soll er es sagen. Ich erzähl einfach weiter:

Eines Tages, am Ende des Sommers, der Hansjodock hat gerade das Gras oben in seinem Tal gemäht, um es später in seine Scheune zu fahren, damit seine Schafe auch im Winter von dem guten Gras haben – da liegt also das Gras auf der Matte, um in der Sonne zu trocknen, da kommt auf einmal ein Wind auf. Aber es ist kein normaler Wind. Es ist ein Wirbelwind. Und dieser Wirbelwind ist nicht im ganzen Tal zu spüren, sondern nur an der kleinen Stelle, wo er sich dreht. Und er wandert. Er wandert ausgerechnet über das gute Gras, das hier liegt. Und er hebt das gute Gras in die Höhe, weit hinauf –

und bläst es fort. Ja, er bläst es fort! Futsch war ein Teil der Ernte. Kein großer Teil, aber immerhin.

Und noch etwas: Dieser Wirbelwind hat irgendwie ausgesehen. Nämlich wie? Wie eine Frau. Ich höre schon: Wie soll ein Wind irgendwie aussehen und dann auch noch wie eine Frau! Ich kann's erklären: Der Wirbel hat sich mit Heu vollgesogen, und dieser Heuwirbel sah aus wie eine Frau.

Und zwar wie eine schöne Frau, wie die schönste Frau.

Der Hansjodock ist in die Knie gegangen, hat für einen Moment sein schönes Heu völlig vergessen, hat auch die Marietres vergessen und seine ewige Glückseligkeit auch und hat ausgerufen: »Sag, wer bist du! Geh nicht fort! Bleib bei mir! Ich kann nie mehr ohne dich sein!«

Und tatsächlich, der Wirbelwind, der aussah wie eine Frau, näherte sich dem Hansjodock, umkreiste ihn, wie bei einem Tanz war das, und der Hansjodock tanzte mit dem Wirbelwind, der aussah wie eine Frau.

Und so ging das von nun an jeden Tag.

Traurig kam der Hansjodock an den Abenden vom Berg herunter. Sein Herz war zerrissen. Er hatte Sehnsucht nach dem Wirbelwind, aber er hatte auch Sehnsucht nach Marietres. Er wusste nicht, wie das zusammenpasste.

Wir wissen es. Der Wirbelwind, der wie eine Frau aussah, war niemand anderer als Marietres. Magie! Jawohl! Die hatte die Marietres von ihrem Vater gelernt, der ein Hexenmeister war. Einer, der mit dem Teufel in Verbindung stand. Und bei ihm war es genauso, wie es immer ist: Der Teufel hat ihm viel geschenkt, sehr viel, das Wirtshaus, den Käsehandel und noch viel, viel mehr. Aber alles hat er ihm nicht geschenkt. Er hat gesagt: »Wirt, ich schenke dir viel, sehr viel, du wirst mehr haben als jeder andere hier. Aber alles wirst du nicht haben. Alles gibt es nur in der Hölle. Wenn du zufrieden bist mit dem, was ich dir gebe, dann ist meine Gabe gratis. Wenn du mehr haben willst, musst du bezahlen.«

Der Teufel weiß natürlich, dass einer, wenn er erst einmal etwas hat, nicht zufrieden ist, und dass er, je mehr er hat, desto unzufriedener wird. Und da hat sich der Wirt die Magie gewünscht. Und hat sie bekommen. Im Tausch gegen einen Platz in der Hölle. Und diese Magie hat er an seine Tochter Marietres weitergegeben.

Der Hansjodock war innerlich zerrissen, hin- und hergerissen war er, nämlich zwischen der weiblichen Erscheinung oben im Tal und der weiblichen Erscheinung unten im Wirtshaus, zwischen dem Wirbelwind und Marietres. Seine Seele wurde krank. Er lachte nicht mehr. Freute sich nicht mehr an seinen Schafen, schaute nur noch in den Boden hinein.

Der Wirbelwind, der wie eine Frau aussah, blies Streifen für Streifen das gute Heu davon, und die Marietres im Gasthaus gab dem Hansjodock keinen Blick mehr seit neuestem.

Da setzte sich eines Abends der Wirt zum Hansjodock an den Tisch.

»Ich beobachte dich«, sagte er. »Ich mach mir Sorgen um dich. Ich weiß, dass die Marietres dich mag, ich weiß, dass du sie heiraten willst. Und ich freue mich darüber.«

»Ach«, klagte Hansjodock, »wenn sie mich mag, warum spricht sie nicht mehr mit mir?«

»Sie ist eifersüchtig«, sagte der Wirt. »Sie meint, du hast eine andere. Sie meint, du triffst dich am Tag mit einer anderen.«

»Nein, nein!«, rief der Hansjodock. »Ich bin doch nur oben … in meinem Tal.«

»Eben das glaubt sie dir nicht.«

»Was soll ich tun?«

»Denkst du«, sagte der schlaue Wirt, »denkst du, Eheleute sollten Geheimnisse voreinander haben?«

»Nein, sollten sie nicht«, sagte der Hansjodock.

»Und denkst du nicht auch, Eheleute sollten alles miteinander teilen?«

»Das denke ich.«

»Dann nimm sie doch mit hinauf in dein Tal! Nach der Hochzeit wird es ihr sowieso gehören, wie es dir jetzt schon gehört. Und euren Kindern wird es auch gehören.«

So hat der Wirt gesprochen.

Und der Hansjodock hat nachgedacht. Ja, hat er gedacht, die Marietres hat eigentlich recht. Ich hab ja eine andere. Ist doch egal, ob die eine echte Frau ist oder nur ein Wirbelwind. Mein Herz hängt an ihr. Und der Hansjodock fasste einen Entschluss. Ich werde die andere töten, dachte er. Und er fühlte sich nicht als ein zukünftiger Mörder. Denn nirgends im Gesetz und nirgends im

Gewissen steht, dass die Ermordung eines Wirbelwinds ein Verbrechen, geschweige denn eine Sünde ist.

Am nächsten Tag sagte er zu Marietres: »Morgen, heute noch nicht, aber morgen nehme ich dich mit und zeige dir mein Tal.«

Und gleich ist er aufgebrochen und hinein in sein Tal marschiert. Am Gürtel hatte er ein Messer. Und als ihm der Wirbelwind erschienen ist, der aussah wie eine Frau, nämlich wie die schönste Frau, da hat der Hansjodock aufgeheult, geschrien hat er vor Schmerz, vor innerem Schmerz, und er hat das Messer aus dem Gürtel gerissen und hat mit dem Messer die Wirbelwindhexe erstochen. Und gleich hat er umgedreht und ist hinuntergegangen vom Berg, kein Blick auf den Rest von dem guten Heu, kein Blick hinein in sein gutes Tal.

Jetzt die Frage: Geht die Geschichte gut oder geht sie schlecht aus? Der eine sagt, sie geht gut aus. Der andere sagt, sie geht schlecht aus. Ich erzähle einfach:

Als der Hansjodock ins Wirtshaus kam, herrschte dort Trauer. Etwas Schreckliches war passiert. Jemand hatte im Haus eingebrochen, anders konnte man es sich nicht erklären, ein böser Mensch musste das gewesen sein, ein sehr böser Mensch. Gestohlen hat er nichts. Aber gemordet hat er. Die Tochter des Hauses, die Marietres, die hat er ermordet. Mit einem Messer in der Brust wurde sie gefunden.

Der Hansjodock hat das Messer gesehen, und er hat gewusst, wem es gehört. Aber er hat nichts gesagt. Und wo sein Tal liegt, das hat er auch nicht gesagt. Niemandem.

141

Der Schusterstein bei Grein

Ja, eben dort, an der Donau, siehst du, schau hin, lebte vor vielen, vielen, vielen Jahren ein Schuster. Und dieser Schuster war weiß Gott ein begnadeter Schuster. Ein Genie auf dem weiten Gebiet des Leders war er. Er hatte es nicht nötig, Maß zu nehmen an den Füßen seiner Kundschaft. Ein Blick genügte, und er wusste genau, wie der Schuh anzufertigen war. Er arbeitete schnell und präzis, die Nähte saßen, das Innenfutter schmeichelte, und am Ende hat noch jeder Kunde gesagt: »Und wenn ich barfuß im warmen Sand ginge, es könnt nicht wohliger sein.«

Die anderen Schuster in der Umgebung, die staunten sich die Augen aus dem Kopf und den Neid ins Herz: »Wie kann das sein? Wie macht er das? Er ist bei weitem nicht so fleißig wie wir. Sein Tag beginnt eine Stunde nach unserem und hört eine Stunde vor unserem auf. Seine Ausbildung war nicht halb so gut wie unsere. Von Theorie zum Beispiel hat er keine Ahnung, Theorie der Ferse, Theorie des Rists, Theorie der Sohle. Und sein Werkzeug, schaut euch das an! Billigware! Und dennoch macht er Schuhe, die viel besser und viel schöner sind als alle Schuhe, die wir je gemacht haben!«

Das kann einen Kollegen schon niederhauen, wenn er sich so etwas eingestehen muss. Und so fanden sie eine Erklärung, die sie einigermaßen ehrenhaft dastehen ließ. Sie sagten sich: »Dieser Schuster, hört her, ist von Gott persönlich zum Schuster gemacht worden. Das tut ja Gott manchmal, und das ist ja auch völlig in Ordnung. Der da hat einfach alles gekriegt. Das ist nicht gegen uns gerichtet. Da können wir gar nichts machen. Und da brauchen wir uns auch nicht zu ärgern. Mit Fleiß kann man gegen Gnade nicht antreten.«

Damit war der Neid einigermaßen beruhigt. Und immer, wenn er sich doch wieder regte, brauchte man nur das Sprüchlein aufzusagen: »Dieser Schuster, hört her, ist von Gott persönlich zum Schuster gemacht worden …« und so weiter bis: »Mit Fleiß kann man gegen Gnade nicht antreten.«

Und weil der von Gott gemachte Schuster diesen Satz so oft hörte, glaubte er schließlich selber daran.

»Ja«, sagte er, »das stimmt eigentlich. Ich bin ein Bevorzugter Gottes. Ich bin ein Genie. Da kann man nichts machen, nicht einmal ich selber kann da etwas machen. Mit Fleiß kann man gegen Gnade nicht antreten, nicht einmal ich könnte das.«

Und so ist der Schuster leichtsinnig geworden. Wenn schon Fleiß nicht gegen die Gnade antreten kann, dann Faulheit doch erst recht nicht. Er hat begonnen, in den Gasthäusern herumzusitzen. Hat nun am Morgen nicht eine Stunde später als die Kollegenschaft mit der Arbeit begonnen, sondern zwei Stunden später, und am Abend hat er zwei Stunden früher aufgehört. Dann hat er angefangen, gern und mehr als gern zu trinken, und in den Mittagspausen hat er bei den Huren vorbeigeschaut. Und nur noch selten war er in der Werkstatt. Aber die Kundschaft war zufrieden, sie hat zwar etwas länger warten müssen als gewohnt, war aber immer noch zufrieden.

»Ich kann huren und saufen und spielen und faulenzen und bin immer noch besser als die anderen«, dachte der Schuster, und sagte er auch. Was die Kollegen nicht gern hörten. Sie bissen die Zähne zusammen und knurrten: »Dieser Schuster, hört her, ist von Gott persönlich zum Schuster gemacht worden …«

Aber dann war er immer öfter im Gasthaus, hat um immer höhere Einsätze gespielt, hat immer mehr getrunken, hat sich die teuersten Huren ausgesucht. Und gearbeitet hat er schließlich gar nicht mehr. So ging's ans Eingemachte. Er hat seine Ersparnisse abgesoffen, abgehurt und abgespielt. Und schließlich hatte er nichts mehr.

Da hat er sich Kredit geben lassen. Der Wirt sagte sich: »Na ja, natürlich, diesem Schuster geb ich gern Kredit, er hat im Augenblick halt eine Krise, aber er ist ein Genie, von Gott bevorzugt. Sagen alle. Er wird seine Krise überwinden, und dann wird er wieder arbeiten, und ich werd mein Geld zurückbekommen, und vielleicht schenkt er mir als Dank ein paar Schuhe.«

Das Gleiche sagten sich die Spieler, das Gleiche sagten sich die Huren.

Aber irgendwann war das Maß aller voll. Und keine Hure ließ ihn mehr zu sich, und niemand spielte mehr mit ihm, und zu trinken bekam er auch nichts mehr. Es hieß: »Erst zahl zurück!«

Da hat man dann den Schuster lange nicht mehr gesehen.

Eines Tages aber tauchte er wieder auf. Und da schau her: Er brachte Geld mit. Hat alle seine Schulden bezahlt, hat die Huren bezahlt, hat die Spieler bezahlt, hat den Wirt bezahlt. Hat obendrein noch alle eingeladen, zum Wein, zum Spiel, zur Hurerei.

»Ja, da schau an«, hieß es. »Das Genie arbeitet also wieder!«

Nein. Stimmte nicht. Er hat die Werkstatt gar nicht betreten. Seit Wochen, seit Monaten hat er die Werkstatt nicht betreten. Die Aufträge blieben liegen, und die Kunden haben die Aufträge zurückgezogen und sind zu den anderen Schustern gegangen, die nicht so genial waren, dafür aber zuverlässiger.

»Ja, woher hat er denn das ganze Geld?«

Man ist draufgekommen. Er hat etwas getan, was auch ein Liebling Gottes nicht tun darf. Er ist in der Nacht in die Kirchen der Umgebung eingebrochen und hat die Opferstöcke ausgeraubt. Kurz: Absoluter Absturz eines Genies!

Man hat ihn erwischt, und da war's dann Ende mit der Bewunderung. Man hat ihn dem Herzog übergeben.

»Stell dich her!«, befahl der Herzog. »Vor mich hin stell dich! Schau nach unten! Siehst du meine Schuhe? Erkennst du sie? Die hast du gemacht. Wunderbare Schuhe! Und wenn ich barfuß über den warmen Sand ginge, ich würde mich nicht wohler fühlen. Warum tust du so etwas? Den Herrgott berauben! Du wirst hingerichtet!«

Der Schuster flehte um sein Leben. Wies darauf hin, dass er ein Genie sei, sagte: »Ich bin von Gott persönlich zum Schuster gemacht worden!«

»Das kann ich nicht«, sagte der Herzog. »Ich kann dir das Leben nicht schenken! Jetzt bist du wie jeder andere. Und jedem anderen würde ich das Leben nicht schenken.«

Da sagte der Schuster: »Herzog! Ehrlich! Was wissen wir schon über Gott? Du weißt so viel, ich weiß so viel. Aber bist du dir ganz sicher, dass Gott nichts dagegen hat, wenn ein Herzog einem seiner Lieblinge den Kopf abschlagen lässt? Ich an deiner Stelle würde es nur tun, wenn ich mir ganz sicher wäre. Ansonsten würde ich dem Liebling Gottes noch eine Chance geben.«

Da hat der Herzog nachgedacht. Ganz genau wusste er nicht, was in Gott vorging.

»Also gut«, sagte er, »ich werde ein Gottesgericht abhalten. Wenn du bestehst, bist du frei, wenn nicht, nicht.«

Da gab es einen Felsvorsprung, eine Felsnase über die Donau. Hoch oben. Fast unmöglich zu besteigen.

Der Herzog sagte: »Wenn es dir gelingt, da hinaufzusteigen und dort oben auf der dünnen Spitze mir ein Paar Schuhe zu machen, mit denen ich zufrieden bin, dann werde ich dich begnadigen. Aber du hast nur einen Tag Zeit.«

Der Schuster nahm sein bestes Leder mit, sein bestes Werkzeug, nahm seinen ganzen Mut zusammen und kraxelte auf den Fels hinauf. Oben war nicht genug Platz, um sich hinzusetzen. Stehen musste er. Es gab keinen Platz, um das Leder auszulegen und das Werkzeug aufzureihen. Das Leder klemmte er unter den Arm, das Werkzeug nahm er zwischen die Zähne. So arbeitete er.

Unten warteten der Herzog und die Kollegenschaft und sonst noch ein Haufen Leute.

Und am Nachmittag, schon war der Schuster fast fertig mit der Arbeit, rief der Herzog hinauf zu ihm: »Ach, das habe ich doch glatt vergessen, ich wünsche ein Innenfutter aus einem besonders feinen Leder!«

Aber so ein feines Leder hatte der Schuster nicht bei sich. Und es war keine Zeit mehr, um hinabzusteigen und in die Werkstatt zu laufen und in der Sauerei dort nach einem feinen Leder zu suchen, und zurückzulaufen und auf den Fels zu steigen und das Leder zu verarbeiten. Was tun?

»Wenn ich tatsächlich dein Genie bin«, betete der Schuster zu Gott, »dann lass hier heroben ein besonders feines Leder wachsen!«

Und Gott bewies dem Schuster und allen, die unten warteten, dass er für seine Lieblinge sorgte. Nicht, dass von einer Minute auf die nächste ein feines Leder gewachsen wäre, das nicht. Aber ein feines Leder war gewachsen – im Laufe eines Lebens. Und das trug der Schuster bei sich. Wo? An seinem Hintern. Ach, dachte er, dann werde ich eben von nun an im Stehen schöne Schuhe machen, was soll's, und schnitt sich beherzt von jeder Backe einen Fleck.

Und gewann damit sein Leben.

Der Stein aber, der dort bei Grein über die Donau ragt, der wird seither der »Schusterstein« genannt.

So oder so ähnlich ist mir in Oberösterreich erzählt worden …

142

Rappenschaichen

Zwischen Kempten und Memmingen liegt Hirschdorf, danach wird es ein wenig dunkler. Die etwas davon verstehen, sagen, man kann das Dunkelerwerden messen. Ich verlass mich ganz auf die Fachleute. Ich habe auch keine Gerätschaften, um das Gegenteil zu beweisen. Allerdings kann ich mir denken, warum es hinter Hirschdorf ein bisschen dunkler wird. Nämlich, weil man an der Burg Rappenschaichen vorbeikommt, von der freilich nur noch eine Ruine steht. – Sehr empfindliche Naturen, so rate ich, sollten an dieser Stelle bereits mit dem Lesen aufhören. Ich habe gewarnt. Nicht, dass es hinterher heißt …

Dann also weiter für die, die noch da sind: Die Burg Rappenschaichen hat – es muss gut an die tausend Jahre her sein – der Ritter Kuno erbaut. Sie riecht heute noch nach ihm. Das weiß jeder in der Gegend. Man muss nur die Nase an die Mauer drücken. Es heißt, der Ritter hat jeden Morgen, bevor die Maurer mit ihrem Werk begannen, sein Wasser in den Mörtel abgeschlagen. Und es heißt auch, der Ritter Kuno habe brunzen können wie ein Ross.

Sein Leitspruch übrigens war: »Ich bin auf der Welt, um zu schaden.«

Als junger Mann hat er große Sorgfalt darauf gelegt, die vorzüglichsten Schurken des Landes um sich zu versammeln. Da war zum Beispiel der Helle, so genannt nach seinen Haaren, der lachte immer, ein Lachmaul, als hätte ihm die Mama vor lauter Affenliebe den Mund bis zu den Ohren hinüber aufgerissen. Auch wenn er im Begriff war, mit der Axt Unaussprechliches zu tun, hat der Helle gelacht. Der Griff seiner Axt, so viel darf angedeutet werden, war schwarz von altem und rot von neuem Blut. Dann gehörte zur Bande des Ritters Kuno noch der Einäugige, welcher der beste Schütze war und das bei jeder Gelegenheit bewies und der, weil es so lästig war, immer von neuem ein Auge beim Zielen zuzudrücken, dasselbe mit Tannenharz verklebte, bis es aufgab und sich von selber zur ewigen Ruhe schloss. Einen dritten Schurken will ich noch nennen, den Steinhand Gunther, der nicht etwa Gunther Steinhand hieß, sondern seinen Namen daher hatte, weil er, wenn es ans Rauben und Überfallen ging, sich jedes Mal zwei Steinbrocken an die Innenseite seiner Hände band, was ihm das Einschlagen fremder Köpfe wesentlich erleichterte.

Jedenfalls aus solchen und ähnlichen Burschen, insgesamt waren es fünfzig, bestand die Bande vom Ritter Kuno von Rappenschaichen. – Bis hierher war's harmlos, wer sich die folgende Geschichte lieber nicht anhören will, jetzt hat er noch Gelegenheit, auszusteigen. – Ich habe gewarnt. Nicht, dass es hinterher …

Gut, nun für die, die noch da sind: Eines Tages zogen die Schrecklichen zur Straße hin, die nach Ulm führte. Auf der kamen die Händler aus dem Süden, beladen mit Gutem und Teurem, mit Geld und Gold, Edelsteinen und Samt, Brokat und Linnen, Gewürzen und Schnaps. Da wollten Kuno und die Seinen drüberfahren, wie man mit dem Rechen über das Gras fährt, damit hängen bleibt, was nicht Gras ist. Um es deutlicher zu sagen: Sie wollten, dass in ihren Klauen hängen blieb, was nicht sozusagen unmittelbar menschliche Natur war. Zum Beispiel: Kleidung, Schmuck, Geld, Ringe – zählen wir nicht lange auf, sagen wir, was gemeint ist: alles. Alles wollten sie den Kaufleuten rauben. Auch den letzten Reserveknopf für die Hose. Ohne Hose konnten sie mit dem eh nichts anfangen. Das Leben durften sie behalten. Das nackte, zitternde Leben. Oder auch nicht. Das kam ganz darauf an, nämlich wie der Helle und der Einäugige und der Steinhand Gunther und die anderen gelaunt waren, vor allem aber wie der Ritter Kuno gelaunt war. Meistens waren sie gut gelaunt. Was bei denen gelacht wurde, sagenhaft! Was schlecht für die Kaufleute war.

Eines Tages also machten sie sich fertig, einen Kaufmannszug zu überfallen. Der kam gerade die Straße heraufgezogen. Aber dieser Kaufmannszug war anders als die bisherigen. Über dem Zug flogen Raben. Das nämlich war anders. Gut hundert Raben. Die flatterten über den Pferden und den Kutschen und den Karren. Es waren aber besondere Raben. Solche, wie sie in einer bestimmten Gegend im Morgenland gezüchtet werden. Sogenannte Teufelsraben. Der Ritter Kuno hat das gleich gesehen. Warum? Weil er in dieser bestimmten Gegend selbst einmal gewesen war. Während seiner Ausbildung zum Schurken nämlich. Es hieß, dort sei der Eingang zur Hölle.

»Halt!«, rief der Kuno. »Rückzug! Mit denen lassen wir uns nicht ein!«

Die Schrecklichen sprengten auf ihren Pferden in den Wald zurück und machten Lager und fraßen auf, was sie an Proviant mitgebracht hatten, saures Eingelegtes, getrocknetes Fleisch, Puddingartiges im Lederbeutel.

»Was war das jetzt?«, fragte der Helle.

»Das musst du uns erklären«, der Einäugige.

»Sonst glauben wir, du meinst es nicht mehr gut mit uns«, der Steinhand Gunther.

Und Ritter Kuno ergriff das Wort: Diese speziellen Raben, belehrte er die Seinen, seien in Wahrheit des Teufels Lehrbuben. Die werden auf die Welt geschickt, um riechen zu lernen. Was riechen? Seelen riechen. Man riecht einer Seele nämlich an, ob sie gut, böse, sehr böse oder unglaublich böse ist. Und es sei eine durchaus gute Methode des Teufels, seine Lehrbuben an Kaufleute zu vermieten. Weil Kaufleute immer und eigentlich überall in Gefahr sind. Sie ziehen förmlich die Bösen, die sehr Bösen und vor allem die unglaublich Bösen an.

»Und wie riechen die unglaublich Bösen?«, wollte der Helle wissen.

»Sie riechen wie wir«, gab ihm der Kuno Antwort.

Und diesen Geruch, fuhr er fort, merken sich die Lehrbuben des Teufels. Die haben in der Nase ein Geruchsarchiv, das ist besser organisiert als die Bibliothek des Vatikans. Dort finden sie noch nach Tausenden von Jahren jedes so harmlose Fürzchen, das ist genauestens registriert und eingeordnet und kann jederzeit mühelos nachgerochen werden.

»Und warum ist das gefährlich für uns?«, fragte der Einäugige, der zugegebenermaßen einer der am wenigsten Schlauen in der Bande war.

»Weil«, sagte Kuno und erklärte es ihm. Es sei nämlich ganz und gar nicht so, dass der Teufel jede böse Seele erwischt. Viele kommen ihm aus. Die schmuggeln sich dann in den Himmel und nehmen lässig an der großen Schmauserei dort oben teil. Der Teufel ist auf die Nase angewiesen, auf seine Nase und auf die Nasen seiner Unterteufel. Darum ist es so wichtig für die Lehrlinge der Hölle, dass sie riechen lernen.

»Wenn die dich einmal gerochen haben, dann!«

»Und was kann man dagegen tun?«, fragte der Steinhand Gunther.

»Pissen!«, rief Kuno. »Es nützt nur pissen. Sonst nichts.«

Das muss erklärt werden. Wieder etwas, das erklärt werden muss. Also: Als Adam aus dem Paradies gejagt wurde, war da nur Mühe, war da nur Elend, waren da Misstrauen, Angst, Rache, Zorn, Intrige und so weiter. Das halt ich nicht aus, sagte Adam zu Gott. Ich brauche ein paarmal am Tag eine Pause. Sonst geht das nicht. Und Gott sah das ein und sagte: Gut, Adam, ein paarmal eine Minute am Tag gebe ich dir, das sind deine Freiminuten, da kannst du dein Wasser ablassen. Das Brunzen ist von nun an heilig. Das hat Gott gesagt. Wird nicht in der Bibel überliefert, aber gesagt hat er es trotzdem.

»Und ich habe mir eben gedacht«, resümiert Kuno, »dass alles, was heilig ist, den Teufel vertreibt. Drum pisse ich gern. Drum pisse ich viel. Drum habe ich jeden Morgen in den Mörtel gepisst, als ich meine Burg gebaut habe.«

Das sehen die anderen ein. Man stellt sich an einen Baum und lässt es laufen. Die heilige Minute.

Dann legt man sich zum Schlafen hin. Hier ein Rülpser, da ein Furz, diese Achsel riecht, man will gar nicht denken, wonach, dort stinken Füße und so weiter. Ein Haufen Männer. Und am meisten stinkt wer? Der Ritter Kuno. Und aus dem Chor der schnarchenden Mäuler stinkt es über alles drüber hinein ins Universum. Und oben in den Ästen der Bäume sitzen – ihr, die ihr bis hierher mit mir gegangen seid, was denkt ihr, wer oben in den Ästen der Bäume sitzt? Die Raben, die Lehrbuben der Hölle. Und die riechen! Die riechen! Die saugen den Gestank der Männer in ihre Riechlöcher. Und dort wird Buch geführt. Genauestens.

Am Ende – ich überspringe das Ungute im Leben vom Ritter Kuno, die Plündereien, die Morde, die Metzeleien – am Ende haut es den Ritter mitten im Fressen und Saufen, mitten irgendwo im Wald auf den Boden. Aus. Fertig. Tot. Und weil das Sauf- und Fressfest gerade so schön war, will die Bande noch ein bisschen weitermachen und sich nicht stören lassen vom Hinscheiden ihres geliebten Anführers. Sie schleppen seine sterblichen Überreste ein Stück abseits, werfen den alten Sack ins Gras und saufen und fressen weiter. Aber dann in der Nacht!

In der Nacht! – Wer noch einen Rest von Zartheit in sich spürt, soll jetzt, jetzt sofort aufhören zu lesen! In der Nacht hört man ein Hacken und Schmatzen, ein Reißen und Triefen, ein Gekreisch und Geflatter. Was ist das? Die Saubande springt auf und rennt hinüber, und da kann man sehen: Die Raben, die Lehrbuben der Hölle, hacken dem toten Kuno das Fleisch vom Gesicht, kriechen mit ihren Schnäbeln voraus in den Schlund hinunter. Man sieht an den Bewegungen des Bauches, dass sie bereits den Leib ausgehöhlt haben. Die Seele des Kuno suchen sie.

Und dann haben sie die Seele des Kuno gefunden. Die Seele ist ein schlaffes, weißliches Ding, das man, als der Hundling, der verdammte, noch gelebt hat, sicher aufblasen konnte, eine Art kleingeratene Schweinsblase, das ist die Seele, alle anderen Theorien sind hiermit widerlegt. Und hoch das Köpfchen, schon hat der Rabe die Seele vom Ritter Kuno verschluckt.

143

Die arme Hemma

In den Grabgewölben des Stiftes Seckau – dort geistert es. Man sagt, an einem gewissen Tag des Jahres geht dort eine Nonne durch die Gewölbe, weinend, händeringend, den Leib streichelnd. Und dieses Gespenst, das ist die arme Hemma. Und dies ist ihre Geschichte:

Hemma war die Tochter des reichen Herrn von Liechtenstein. Und ihr Vater, der war ein Geizkragen, einer mit schmalen Lippen, und die waren krumm wie ein Hufeisen. Und er war ein Ehrgeizling und ein Geizling. Das war einer, der reich sein wollte, und zwar um jeden Preis. Auf Goldstücken kaute er herum, er kochte sie in Öl, und mit dem Öl rieb er sich ein. In seiner Tochter, in seiner schönen, klugen, lebensfrohen, von Gott und der Natur geliebten Tochter sah er nichts anderes als ein Ding zum Zweck, geheiratet zu werden, am besten von einem alten Gichtknochen, der baldmöglichst ins Gras beißt. Dann wäre nämlich der Herr Papa anmarschiert, um zu erben, was das Zeug hält.

Und dieser Geizkragen, der von Liechtenstein, der hat schon jemanden in Aussicht gehabt. Nämlich: einen alten, hässlichen Grafen, einen kranken, an vielen Stellen eitrigen, hustenden, mümmelnden Greis, der sich für die junge Frau interessierte, das heißt: für ihren Busen und ihren Hintern. Ein Lüstling war der Alte, ein grausiger, der aus dem Rachen roch. Dem Vater war das egal, er musste ja nicht riechen, er musste ja nicht frische Verbände anlegen, er musste ja nicht in der Hustenwolke verkehren, gar nichts musste er. Seine Tochter Hemma sollte den alten Sack heiraten, das war alles.

Aber Hemma wollte nicht. Natürlich wollte Hemma nicht, um Himmels willen!

Hemma war verliebt. In einen jungen Ritter war sie verliebt. In den Ritter von Lobming. Ein reizender Bursche! So schöne Zähne! So kräftige Hände!

So einen netten Ansatz zu einem Bauch! Aber dieser Ritter kam nicht in Frage. Er hatte ja bereits um die Hand von Hemma angehalten, hatte gute Figur gemacht, seine Bildung vorgeführt, seine Pläne erläutert.

Aber der Herr von Liechtenstein – genannt auch der Hohlzahn, wie bereits gesagt, der Geizling, aber auch die Raffhand oder der Gierbesen, der Aussäckler, der Goldfresser, der Seelenlose –, Hemmas Vater also, der hat den jungen Ritter nach Hause geschickt. Die Lobmings waren ihm nicht reich genug. Sie hatten zwölf Söhne, und dann waren die Eltern gestorben, und es wurde alles, was sie besaßen, unter den zwölfen aufgeteilt, so dass jeder gerade so viel bekam, wie – sagen wir es ehrlich – wie ein armer Bauer.

Und der Jüngste war verliebt in Hemma. Und Hemma war verliebt in ihn. Nur ihn wollte sie heiraten. Aber er kam nicht in Frage.

Da sagte Hemma zu ihrem Vater: »Vater, hör mir zu! Bevor ich diesen alten, hässlichen, eitrigen, stinkenden, lüsternen Grafen heirate, der nur an meinem Busen und meinem Hintern interessiert ist, nehme ich den Schleier und gehe ins Kloster und werde Nonne.«

Dagegen konnte der Herr von Liechtenstein nichts tun. Nämlich über dem Kloster ruht die Hand Gottes, und gegen die Hand Gottes ist wenig auszurichten. Fluchen, ja, das gilt. Es gilt, aber es nützt nichts.

Hemma wurde im Kloster aufgenommen. Sie wurde eine Nonne.

Als der junge Ritter von Lobming das erfuhr, zog er ins Heilige Land, schloss sich den Kreuzrittern an. Dachte sich: Wenn ich Glück habe, werde ich fallen. Und er haute auf die Muselmanen ein, dass es nur so schepperte. Aber er fiel nicht. Er stank vom Blut. Seine Wunden eiterten. Er roch aus dem Mund, das kommt vom blutgierigen Schreien. Ein Vieh wurde der junge Ritter von Lobming.

Er war viele Jahre weg. Man dachte, er sei tot. Dass ihn einer entzweigehauen hat, mittendurch, die eine Hälfte den Hunden, die andere den Wölfen. Aber er war nicht tot. Und nach zehn Jahren kehrte er zurück.

Er dachte gar nichts mehr. Er wusch sich in einem Bach das Blut ab, das verkrustete, und den Eiter wusch er sich ab, und er gurgelte, bis er nicht mehr aus dem Rachen roch, und dann legte er sich ins Gras und blinzelte in die Sonne und schlief ein und schlief sich alle Grausamkeit aus der Seele heraus, wie man bei einer Krankheit das Übel herausschwitzt aus der Haut.

Und dann wachte er auf.

Und was war als Erstes in seinem saubergeschwitzten Herzen wieder da? Die Liebe. Ja, die Liebe. Das ist doch interessant! Dass ausgerechnet die Liebe das härteste aller Gefühle ist. Interessant! Und zwar die Liebe zu Hemma. Und diese Liebe brannte nicht umsonst, denn auch im Herzen der Nonne Hemma war immer noch die Liebe zu ihrem armen Ritter von Lobming.

Und als der Ritter von Lobming unterwegs war und schon in die Nähe von Seckau kam, wohin er wollte, da hörte er plötzlich ein Geschrei. Er sah, wie zwei Bauernlümmel, fette Ärsche, blöde Gesichter, einen Knaben verprügelten.

Da stieg er von seinem Pferd, zog sein Schwert, und in seinen Augen leuchtete die alte morgenländische Mordlust auf, und er sagte ganz ruhig: »Lasst diesen Buben sofort in Ruhe, bitte, sonst bekommt ihr es mit mir zu tun, was so viel bedeutet, dass von euch nichts mehr übrig bleibt.«

Die Bauernlümmel liefen davon, brunzten sich an vor Angst und Schrecken.

Der Knabe aber fiel vor dem Ritter auf die Knie und bedankte sich und sagte: »Ich wär gern Euer Diener. Werde alles für Euch tun. Würde nie eine Frage stellen. Wär der Treueste der Treuen. Darf ich?«

Und der Ritter von Lobming sagte: »Du darfst.«

Er erfuhr über seinen Diener, was aus Hemma geworden war, nämlich, dass sie ins Kloster gegangen war, nämlich aus Gram, weil ihr Vater verboten hatte, den Ritter von Lobming zu heiraten.

Da sagte der Ritter zu seinem treuen Diener: »Geh ins Kloster. Wirst du das tun?«

»Das werde ich tun mit Begeisterung!«

»Bewirb dich dort, damit du die Stelle eines Gärtners bekommst. Wirst du das tun?«

»Das werde ich tun mit Begeisterung!«

»Und dann sprich mit meiner Hemma. Wirst du auch das tun?«

»Auch das werde ich tun mit Begeisterung!«

»Sag ihr, ich bin wieder hier. Sag ihr, ich sei grob gewesen, aber nun bin ich wieder fein.«

Der junge Bursche richtete das aus.

Und Hemma? Ihr Herz pochte, und sie schrieb einen Brief, einen glühenden Liebesbrief, jeder Buchstabe ein Stern, an den Ritter von Lobming schrieb sie den Brief.

Und der Bursch stellte den Brief zu.

Und der Ritter schrieb einen Brief zurück – auch glühend auf seine Weise, jeder Buchstabe … ein Buchstabe.

Und so ging's hin und her. Der Diener war der Briefbote zwischen den beiden Liebenden.

Eine Zeitlang ging das gut, aber dann genügte es den beiden Liebenden nicht mehr, sich nur Briefe zu schreiben. Alle Worte waren geschrieben, die Briefe glühten nicht mehr so sehr, das Bemühen richtete sich nun mehr darauf, neue Worte zu erfinden, wo doch am liebsten gar keine Worte gesprochen, sondern Küsse getauscht worden wären. Sie wollten einander sehen. Sie wollten einander umarmen.

Und auch das hat der schlaue Knabe, der treue Diener, eingerichtet. Im Gärtnerhäuschen hat er eine Ecke freigefegt, gut abgeschirmt, gut geschützt, mit Parfüm besprüht, ein paar Blümchen in eine Vase, eine Flasche Wein, einen Teller mit Kuchen. Alles sehr gemütlich. Dort hat er ein Bett hingestellt, ein breites Bett mit einer warmen Zudecke und dicken Kopfkissen. Und dort trafen sich die beiden Liebenden, der Ritter und die Nonne. Sie trafen sich in jeder Nacht, jede Nacht schliefen sie dort, umarmten sich bis zum Morgen. Dann schlich die Nonne ins Kloster zurück. Sie waren wie Mann und Frau.

Und dann wurde Hemma schwanger.

Und die Äbtissin hat das bemerkt.

Die Äbtissin war eine sehr, sehr strenge Frau, auch sie hatte einen Mund wie ein Hufeisen, wie ein schmales Hufeisen. Eine böse Frau. Eine böse Frau, die sich ohne Unterlass Qualen ausdachte, die sie jenen zufügen wollte, die nicht makellos waren wie sie. Der Gedanke an die Hölle war ihr Lieblingsgedanke. Über der Hölle, dachte sie sich, schwebt ein himmlischer Balkon. Dort sitzen die Gerechten und schauen zu, wie die Bösen gequält werden, und sie freuen sich. Und ganz vorne, auf einem der besten Plätze, so dachte sie, wird sie sitzen.

Sie ließ die arme Hemma an Händen und Füßen fesseln. Man brachte die

arme Liebende mit dem Kind im Bauch in den Keller. Man stellte sie in eine Nische, und dann mauerte man die Nische zu. Lange Zeit hat man es jammern hören. Und dann hat man es nicht mehr jammern hören.

Der arme Ritter von Lobming ist ein Räuber und Halsabschneider geworden, hat die Reichen und die Pfaffen beraubt und hat den Nonnen den Hals abgeschnitten. Das Blut ist ihm krustig geworden auf der Haut, aus dem Rachen hat er gerochen, und er hat keine Gnade gehabt, ist grob geworden, alles Feine hat er ausgeschwitzt.

Und die arme Hemma? Die hat gegeistert. Immer wieder an dem Tag, an dem sie gestorben war, hat man sie gehört, unten, in den Gewölben des Stiftes Seckau.

144
Friedl mit der leeren Tasche

Friedl mit der leeren Tasche lebte von 1382 bis 1439. Warum aber wurde er der mit der leeren Tasche genannt? Die Antwort lautet: Friedrich IV. von Österreich hat sich kräftig verspekuliert. Aber nicht wirtschaftlich hatte er sich verspekuliert, sondern politisch. Der wirtschaftliche Ruin war die Folge des politischen Ruins. Er hatte nämlich auf den falschen Papst gesetzt.

Das 14. Jahrhundert war wahrhaftig ein unseliges Jahrhundert, manchen Städten hat die Pest neun von zehn Einwohnern genommen. Das Schisma spaltete die Kirche. Bis dahin waren die Päpste vielleicht korrupt und Hurenböcke gewesen, zum größten Teil waren sie korrupt und Hurenböcke, sie waren Räuber und Mörder, und kein Gebot gab es, das sie nicht mit Freude und Gier gebrochen hätten. Aber darum hat sich kaum einer geschert.

Man sagte: »Die Sünde gehört zum Menschen wie der Darm und die Ohrwascheln. Jeder ist ein Sünder. Ganz egal, ob er Papst ist oder ein einfacher Mann. Was, wenn der Papst kein Sünder wäre? Wäre er dann ein Mensch? Nein, er wäre dann kein Mensch. Wer aber will schon, dass auf dem Stuhl Petri einer sitzt, der kein Mensch ist? Niemand will das. Na also! Der Heilige Stuhl wurde von Gott persönlich installiert, und wer auf diesen Stuhl gesetzt wird, der kann von sich behaupten, er sei der Stellvertreter Gottes. So, und damit basta!«

Auf einmal aber gab es zwei Päpste. Wie hatte das geschehen können? Der eine behauptete, er sei der Stellvertreter Gottes, und der andere behauptete, er sei der Stellvertreter Gottes. Niemand kannte sich mehr aus in der Christenheit. Gregor XII. saß in Rom, Benedikt XIII. saß in Avignon. Und als wäre das nicht schon genug, meldete sich bald noch ein dritter Papst. Der nannte sich Johannes XXIII. Ja, ja, ich weiß schon, es gab auch im 20. Jahrhundert einen Johannes XXIII. Der war ein gütiger Papst, soweit man weiß – wer weiß schon

Genaues über einen Papst? –, er hatte sich mit voller Absicht nicht Johannes XXIV. genannt, sondern Johannes XXIII., nämlich weil er die Erinnerung an jenen Johannes XXIII. aus der Erinnerung der Christenheit tilgen wollte.

Der Johannes XXIII. des 14. Jahrhunderts, der dritte Papst also, der war nun der Hurenbock der Hurenböcke, der Korrupteste der Korrupten, der Räuber der Räuber. Er hat angeblich zwei seiner Vorgänger, Alexander I. und Innozenz VII., ermorden lassen. Und nun rief er sich zum Papst aus und wollte Gregor XII. und Benedikt XIII. absetzen, den einen aus Rom, den anderen aus Avignon verjagen, um endlich die Kirche wieder zu einen, wie er süß verkündete. Auf dem Konzil von Konstanz sollte der Handstreich geschehen. Dort, so wollte Johannes, würde ihm die ganze Macht übertragen werden.

Es kam dann ganz anders, Johannes XXIII. wurde gestürzt. Und mit ihm wurden alle gestürzt, die es mit ihm gehalten hatten, so auch Friedrich IV. von Österreich. Und die Stürze waren sehr tief. Dafür wurde gesorgt.

Friedrich musste fliehen, und er musste sich verstecken. Er hat sich verkleidet. Und zwar als ein armer Spielmann. Als der Unterste der Unteren. Was ist schon Musik! Ein fahrender Sänger ist gar nichts, weniger als nichts. Eine Stimme soll er keine besonders schöne gehabt haben, er soll aber mit Inbrunst gesungen haben.

Er gab sich selbst den Namen »Friedl mit der leeren Tasche«. Dass er mit diesem Beinamen in die Geschichte eingehen würde, das hätte er nicht für möglich gehalten.

Er machte sich auf den Weg, von Konstanz am Bodensee entlang, durch Vorarlberg über den Arlberg, nach Tirol. Und in den Gasthäusern hat er gespielt und gesungen, selten für Geld, für ein Abendessen und einen Krug Bier spielte und sang er, und in manchen Gasthäusern bekam er nicht einmal das.

Und dann kam er eines Abends zum *Zappenhof* zwischen Perfuchsberg und Tobadill. Er bat um Essen und Trinken, sagte, er könne nicht bezahlen, aber er werde spielen und singen. Und die Wirtsleute und die Gäste waren damit einverstanden, die einen haben zusammengelegt und ihm den Braten spendiert, die anderen kamen für das Bier auf. Der Friedl konnte nur eine einzige Ballade singen, und die erzählte seine eigene traurige Geschichte.

»Ich singe euch zum Dank für Speis und Trank von Herzog Friedrich IV.«, wandte er sich ans Publikum, »dem so schrecklich schnöde mitgespielt wurde.«

Hat er einmal Glück gehabt?
Hat ihn einer mögen?
Gott mit deiner starken Hand,
gib ihm deinen Segen!

Lag sein Kopf bei Sternennacht
auf den feuchten Matten,
kamen böse Buben, die
kein Erbarmen hatten,

traten ihn mit hartem Schuh,
schlugen ihn mit Stecken,
hätt' nicht viel gefehlt, er tät
glatt im Feld verrecken.

Niemand hat den armen Mann
in den Arm genommen.
Hat gerufen, hat geweint,
keine Hilf ist kommen.

Ganz zerschlagen war sein Leib,
überall voll Wunden.
Menschlich Mitleid gab es keins,
Mitleid nur von Hunden.

Hunde teilten mit dem Mann
ihren alten Knochen,
und sie wärmten ihm das Bein,
denn es war gebrochen.

Hunde riefen Pferd herbei,
Pferd hat Mann getragen.
Heim jedoch kam unser Mann
erst nach hundert Tagen.

Doch daheim war niemand mehr,
ihn mit Lieb zu grüßen.
Warum hat der arme Mann
so viel büßen müssen?

Da saßen lauter Untertanen des Friedrich, der Herzog war ja auch der Landesherr von Tirol gewesen, und die Tränen traten ihnen in die Augen, als sie den Sänger hörten.

Und sie brummten und weinten und sagten: »Er war ein guter Mann. Zu gut für diese Welt. Was ist nur mit unserem Landesherrn geschehen, was ist aus ihm geworden? Ach, könnten wir ihn noch einmal sehen!«

Und Friedrich staunte, dass er tatsächlich noch treue Anhänger hatte. Er selbst, sagte er sich, wenn er einer von denen wäre, er wäre sich nicht treu geblieben. Und dann hatte er auch schon gehörig Bier in sich hineingetrunken, und er wurde überwältigt von Gefühlen, die seiner eigenen Person galten, und man weiß ja, dass solche Gefühle mit keinen anderen zu vergleichen sind.

Und er sagte: »Ich bin euer Herzog Friedrich.«

Und siehe da, die Gäste und die Wirtsleute glaubten ihm, obwohl er doch aussah wie das gerade Gegenstück zu einem Herzog. Sie glaubten ihm, nur weil er gesagt hat: »Ich bin euer Herzog Friedrich.«

Sie fielen vor ihm auf die Knie, wollten ihm die Hände küssen. Und sie erklärten sich bereit, ihm zu helfen. Er hatte vor, über die Berge nach Italien zu fliehen, und sie halfen ihm über die Berge nach Italien, sie halfen ihm bis nach Meran und gaben ihm Jausebrote mit. In Meran tauchte er bei einem Mann namens Hendlmüller unter, der war ein Geschäftsmann größten Stils.

Ja, der Hendlmüller belieferte die ganze Gegend mit Mehl und Brot, und er bewirtschaftete zudem einen großen Bauernhof mit ausgedehnten Feldern. Und er stellte diesen doch recht mageren Mann bei sich ein, diesen zerlumpten Sänger mit der mittelmäßigen Stimme. Als seinen untersten, untersten, untersten Knecht stellte er ihn ein, der die Schweineställe und die Latrinen ausmisten musste. Über ihm, der er der letzte war, stand der vorletzte Knecht, und dieser hatte unumschränkte Macht über ihn. Und er tat, was jeder tut, der Macht besitzt: Er schikanierte seinen Untergebenen bis aufs Blut. Er redete mit ihm nur mit Ausrufezeichen hinten. »Tu dies! Tu das! Das hast du nicht richtig gemacht! Mach dies! Mach dies besser!« Und der Friedl folgte in Demut.

Aber dann rückten seine Feinde heran, sie hatten Wind bekommen, dass sich Herzog Friedrich irgendwo in der Nähe von Meran versteckte. Und sie durchsuchten alle Höfe. Und der Friedl befürchtete, die Soldaten könnten ihn erkennen.

Und er sagte zu seinem Vorgesetzten, dem zweitletzten Knecht: »Ich bin Herzog Friedrich, ob du es glaubst oder nicht. Versteck mich gefälligst!«

Und siehe da, zur größten Verwunderung des Herzogs glaubte ihm der Knecht auf der Stelle, und er sagte: »Springt in diesen Schubkarren.«

Und der Friedl sprang in diesen Schubkarren, duckte sich, und dann lud der vorletzte Knecht den ganzen Schweinemist über ihn. Oh, das hat gestunken! Aber es hat dem Friedrich das Leben gerettet. Die Soldaten haben den Hof durchsucht, und sie haben nichts gefunden. Keiner von ihnen ist auf die Idee gekommen, dass in dem Schubkarren, unter dem grausigen Schweinemist, jemand stecken könnte. Und sie zogen wieder weiter.

Dann wühlte sich der Friedl durch den Mist nach oben und stand nun vor dem vorletzten Knecht. Und der – man stelle sich vor! – der fiel wahrhaftig vor ihm auf die Knie und küsste ihm die dreckigen, nach Schweinemist und Menschenkot stinkenden Hände.

»Warum tust du das?«, rief der Friedl. »Ich bin doch tiefer gesunken, als du je sinken kannst!«

»Du bist mein Herzog«, sagte der Knecht.

»Woher weißt du das?«

»Du hast es mir gesagt.«

»Und hätte es ein anderer gesagt?«

»Ein anderer hat es aber nicht gesagt.«

»Und wenn ich gelogen hätte?«

»Mein Herzog lügt nicht.«

Für den Knecht war die Welt geordnet: oben Gott, dann sein Stellvertreter, der Papst. Vielleicht hat sich das Schisma noch gar nicht bis zu diesem Bauernhof durchgesprochen, dachte Friedrich. Unter dem Papst steht der Kaiser, dann folgt der König, dann der Herzog. Die Hierarchie war für den Knecht heilig und unumstößlich. Er wäre nie auf den Gedanken gekommen, es könnte

sich einer als Herzog ausgeben, der gar kein Herzog ist. Also hat er dem Friedl geglaubt.

Das hat Friedrich IV. beeindruckt. Und als er wieder seine Güter zurückerworben hatte, als er wieder in seine alte Macht getreten war, da hat er als Erstes jemanden in den Adelsstand erhoben. Wen, denkt ihr? Den Knecht? Nein! Ein Herzog macht aus einem vorletzten Knecht doch keinen Edelmann! Der Knecht hatte ihm das Leben gerettet, folglich wird der Herr des Knechts zum Grafen gemacht: der Hendlmüller.

Damit war das Geschlecht derer »von Hendl« gegründet. Und der Knecht hat da gar nichts zum Kritisieren daran gefunden, denn für die guten Taten des Knechts wird der Herr gelobt und belohnt, das war so, und das würde immer so sein – außer der liebe Gotte fiele eines Tages vom Himmel, wovor uns Gott bewahre.

Nun galt es nur noch, den Spitznamen loszuwerden, den »Friedl mit der leeren Tasche«. Um der ganzen Welt zu demonstrieren, dass seine Taschen alles andere als leer sind, hat Herzog Friedrich IV. in Innsbruck, mitten in der Stadt, ein wunderschönes Palais bauen lassen, von allem das Beste. Und an dieses Palais setzte er einen zweistöckigen Erker. Und das Dach dieses Erkers, das hat er vergolden lassen, damit alle sehen: Hier ist viel, hier ist im Überfluss, hier ist mehr, hier ist am meisten, hier ist das »Goldene Dachl«.

Und was sagten die Leute? »Schaut her«, sagten sie, »da freuen wir uns aber, der Friedl mit der leeren Tasche hat so viel Geld, dass er sich sogar das Dach über dem Kopf kann golden machen, der Friedl mit der leeren Tasche, unser Friedl mit der leeren Tasche.«

145

Die Bognerin

Es war einmal ein Ehepaar, das lebte dort, wo die Donau manchmal zornig ist, er war der Kaspar, sie die Ursula. Wenn der Kaspar Lust hatte, sagte die Ursula: »Später.«

Und wenn dann später war, sagte sie wieder: »Später.«

»Wann ist denn eigentlich später?«, fragte Kaspar.

»Später ist später«, antwortete sie.

Ursula hatte Pläne.

»Hör mir jetzt genau zu, Kaspar«, sagte sie. »Mein Vater ist ein Bogner, er macht die schönsten, die besten Pfeile und die besten und die schönsten Bögen im ganzen Land. Aber vor einer Woche musste er seinen Lehrbuben entlassen. Warum? Der hat gestohlen. Dann vor zwei Tagen musste er seinen Gesellen entlassen. Warum? Der trinkt so viel, dass er gar nicht das Werkzeug mehr trifft, wenn er danach greift. Und nun ist mein Vater allein, und er braucht jemanden, der ihm hilft und irgendwann sein Geschäft weiterführt. Und ich hab mir gedacht, du hast doch geschickte Hände, Kaspar.«

»Aber ich will nicht ein Bogner werden«, sagte der Kaspar.

»Ach«, sagte die Ursula, »niemand will irgendetwas werden und wird am Ende doch irgendetwas.«

Und so hat sie ihren Kaspar dazu gebracht, dass er bei ihrem Vater als Bogner in die Lehre ging.

So lebten sie im Haus ihres Vaters, Kaspar baute Bögen und baute Pfeile und dachte lieber nicht darüber nach, was er lieber machen würde als Bögen und Pfeile zu bauen.

Und eines Tages sagte die Ursula: »Hör mir jetzt genau zu, Kaspar! Du bist ein guter Handwerker. Was hältst du davon, wenn du uns ein Haus baust?«

»Aber warum soll ich ein Haus bauen?«, jammerte der Kaspar. »Wir wohnen doch bei deinem Vater.«

»Ja, aber ich will, dass wir allein in einem Haus wohnen«, drängte die Ursula. »In einem Haus aus Stein, das ist mein Traum. Ach, wenn du nur einmal einen Traum von mir wahrmachen wolltest!«

Und sie redete auf ihn ein mit ihrer schmeichelnden Stimme und ihrem Talent, einem Mann ein schlechtes Gewissen zu machen. Und der Kaspar baut ein Haus.

Und als das Haus fertig ist, gerade nachdem er den letzten Ziegel auf den Giebel gesetzt und sich noch nicht einmal die Hände gewaschen hat, sagt die Ursula: »Hör mir jetzt genau zu, Kaspar! Du bist ein guter Zimmermann. Ich hatte recht. Das Haus ist schön, aber es scheint mir zu klein zu sein. Möchtest du nicht noch einen Teil anbauen?«

»Aber warum denn?«, jammert der Kaspar wieder. »Ist doch ein wunderbares Haus. Eine Küche ist da, und ein Schlafzimmer für uns ist da.«

»Ja, aber wir wollen doch Kinder«, sagt die Ursula. »Wo sollen die Kinder sein in deinem Haus? Ach, wenn du nur einmal einen Traum von mir wahrmachen wolltest!«

Und sie redet auf ihn ein und redet auf ihn ein, und der Kaspar kriegt ein schlechtes Gewissen, und wäscht sich die Hände erst gar nicht und fängt gleich an, ans Haus anzubauen.

Und als der Anbau fertig ist, sagt die Ursula: »Wäre es nicht günstig, wenn wir ein paar Ziegen hätten? Man weiß ja nie, wie die Zeiten sich entwickeln?«

»Aber warum denn gleich Ziegen?«, fragt der Kaspar. »Ziegen machen Arbeit. Ich bin Bogner.«

Und Ursula überredet den Kaspar wieder, und er baut einen Stall und besorgt Ziegen. Und dann legt er einen Gemüsegarten an und hebt einen Fischteich aus und pflanzt Obstbäume. Und er arbeitet im Garten, er arbeitet auf dem Acker, er arbeitet im Stall, er arbeitet am Fischteich und arbeitet im Haus, und er arbeitet in der Werkstatt von Ursulas Vater.

Ursulas Vater wirft ihm manchmal verständnisvolle Blicke zu. Und einmal fragt der Kaspar seinen Schwiegervater: »Was hast du dagegen getan?«

»Ach«, antwortet der Schwiegervater, »ich hab gebetet. Ich hab gebetet, dass meine Frau ein bisschen lieb ist zu mir.«

»Und hat es etwas genützt?«, fragt der Kaspar.

Da seufzt der Schwiegervater.

»Ach, sei doch einmal wieder so lieb zu mir wie damals«, sagt der Kaspar zur Ursula.

»O ja«, sagt die Ursula, »das will ich sein. Aber doch erst später.«

»Was heißt später? Wann?«

»Ja, wenn du den Garten gemacht hast, wenn du den Acker gemacht hast, wenn du im Stall deine Arbeit gemacht hast, im Haus deine Arbeit gemacht hast. Und wenn du als Bognergeselle deine Arbeit gemacht hast.«

Da hat der Kaspar angefangen zu beten. Aber das Beten hat nichts genützt.

Und da hat er sich gedacht, wenn das Beten zum lieben Gott nichts nützt, vielleicht kann ich den Teufel überreden, mir zu helfen oder mir wenigstens einen Ratschlag zu geben. Und heimlich, im Stall bei den Ziegen, hat er mit roter Farbe den Teufel an die Wand gemalt.

Und schon ist er da, der Böse.

Und sagt: »Was willst du? Willst du ein Geschäft mit mir machen? Weißt du denn nicht, dass die Geschäfte mit mir meistens sehr einseitig sind?«

Der Kaspar will es darauf ankommen lassen. Sagt: »Ich habe gehört, du kannst aus dir jeden beliebigen Menschen machen. Kannst du das?«

»Natürlich kann ich das«, antwortet der Teufel.

»Und stimmt es«, fragt der Kaspar weiter, »dass du der größte Frauenverführer bist, den es gibt?«

»Natürlich bin ich der größte Frauenverführer«, antwortet der Teufel.

»Kannst du zum Beispiel meine Frau verführen?«

»Natürlich kann ich das«, sagt der Teufel.

»Aber«, sagt der Kaspar, »kannst du meine Frau auch verführen, wenn du so tust, als wärest du ich?«

»Wahrscheinlich kann ich sogar das«, lacht der Teufel.

»Also gut«, sagt der Kaspar, »wenn es dir gelingt, meine Frau zu verführen, so dass sie lieb zu mir ist, dann kannst du mich in die Hölle hinunterholen.«

Der Teufel tut, als wäre er der Kaspar, sieht aus wie der Kaspar, klingt wie der Kaspar, riecht wie der Kaspar und fühlt sich so an und schmiegt sich an die Ursula, die gerade mitten im Haus steht und wieder einmal über die Zukunft nachdenkt.

Er macht ihr Komplimente: »Ursula, du siehst aber hübsch aus heute. Deine Wangen, die leuchten so, deine Augen, die strahlen so. Hast du etwas mit deinen Haaren angestellt, nur Gold, nur Gold?«

»Nein«, sagt sie.

Er legt seine Hand um ihre Hüfte: »Oh, du fühlst dich so an. So, wie soll ich sagen. Besser als je zuvor.«

»Mmmm«, knurrt sie.

Und er legt seine Wange an ihre Wange, das gefällt ihr.

»Mmmmm!«

Und der Teufel flüstert in ihr Ohr: »Wollen wir zwei uns nicht ins Schlafzimmer verdrücken?«

Und sie sagt: »Ja, das wollen wir zwei, das wollen wir bestimmt wir zwei, aber erst später.«

»Was heißt später?«

»Wenn du den Garten gemacht hast, den Acker gemacht hast, den Stall mit der Ziege gemacht hast, das Haus geputzt hast und deine Arbeit als Bogner gemacht hast.«

Da schau an, auch die Verführungskünste des Teufels nützten an diesem Tag so gut wie rein gar nichts.

Na gut, denkt sich der Teufel und macht die Arbeit vom Kaspar, probier ich's eben morgen auf eine andere Tour. Er kennt die Frauen, mein lieber Schwan, er kennt die Männer. Er weiß, dass Melancholie auf Frauen wirkt. Melancholie hat etwas Exklusives, Melancholie lässt manchen Mann klüger erscheinen, als er ist.

Und am nächsten Tag sitzt der Teufel, der aussieht wie der Kaspar, im Zimmer, ein Bein ausgestreckt, das Gesicht auf die Hand gestützt, und die Augen blicken aus der Welt hinaus.

»Was ist denn?«, fragt Ursula.

»Ach«, sagt er nur.

»Aber was ist denn, mein Kaspar?«

»Ach«, sagt er nur.

»Aber was denn, mein Kasperchen«, sagt sie, »mein kleiner Bär, komm doch her.«

Und sie streicht ihm über das Haar, und er legt sein Gesicht an ihren Busen und sagt: »Ja, so geht's mir vielleicht ein bisschen besser.«

Und gleich macht er ein bisschen Druck, der Teufel, und zwar wieder in Richtung Schlafzimmer, aber nur ein bisschen, wie es eben Melancholiker tun.

Da sagt sie: »Ja, du kannst ja gleich zu mir kommen. Gleich, gleich. Aber erst später.«

Und er: »Wann ist gleich, wann ist später?«

»Wenn du«, schnurrt Ursula, »den Garten, den Acker, den Stall, das Haus und deine Arbeit gemacht hast.«

Also macht er die Arbeit.

Und am dritten Tag ist er endlich bei sich selbst, der Teufel, und tut, was er von Anfang an schon hätte tun wollen. Er befiehlt: »Ursula, komm her!«

Und sie sagt: »He, wie redest du mit mir?«

Und er, mit doppeltem Rufzeichen: »Ich hab gesagt, du sollst herkommen!!«

»Oh, fühlst du dich aber stark«, sagt sie.

»Was heißt hier, ich fühle mich stark«, kontert er, »hier, greif meine Muskeln, was glaubst du denn, wen du vor dir hast?«

»He, he, he, he«, sagt sie, »red nicht so mit mir!« Klingt aber so, als ob sie gesagt hätte: Red doch so mit mir! Und er nimmt sie, drückt ihre Arme.

»Nicht so fest«, sagt sie.

»Ich«, sagt der Teufel, »lass dich erst los, wenn du …«

»Nein«, unterbricht ihn Ursula, »nicht wenn ich, sondern wenn du … Garten, Acker, Stall, Ziege, Haus, Werkstatt …«

Da will der Teufel nicht mehr der Kaspar sein, nicht mehr aussehen wie er, sich nicht so anhören wie er, nicht so riechen wie er und schon gar nicht mehr die Arbeit vom Kaspar machen.

»Verzicht ich eben auf diese Seele«, murmelt er und verzupft sich. »Behalt deine Frau«, sagt er zum Kaspar. »Geh in den Himmel!«

Selbst der Teufel hat es mit der Ursula nicht ausgehalten. Was soll das heißen? Wär's besser gewesen, er hätte es mit ihr ausgehalten? Das Gute wird gut, und das Schlechte wird schlecht vom Ergebnis her. Das ist eindeutig. Was war das Ergebnis, was war am Ende? Am Ende hatte der Kaspar alles zu Ursulas Zufriedenheit gemacht, alles, und so bekamen sie Kinder – lustige Kinder, weil es nämlich eine Freude ist, mit Ziegen zu spielen und im Teich zu fischen, gutgenährte Kinder, weil im Garten und auf dem Acker und an den Bäumen alles wuchs, was ihnen schmeckte, kluge Kinder, weil sie dem Vater in der Werkstatt zuschauen und mit der Mutter Pläne für eine weite Zukunft schmieden durften. Und ein Haus mit einem Anbau war da. Ist ja auch nicht schlecht. Und für das Leben nach dem Tod war ebenfalls gesorgt. Die Hölle war den beiden verschlossen, also blieb nur der Himmel.

146
Die Stadt im Lautergrund

Wer das Leid und den Tod erfunden hat – über diese Frage muss man nachdenken; und wenn die Antwort lautet, die Natur war's, dann ist die Verzweiflung groß, weil die Natur eben ein Ding ist, gegen das wir die Faust nicht schütteln können, zu dem wir nicht beten können, ein Ding, dem wir hundserbärmlich wurscht sind. Wer das Leid und den Tod erfunden hat – angenommen, er ist einer, mit dem man in Diskurs treten kann –, dem hätten wir schon so einige Fragen vorzulegen. Zum Beispiel: Warum? Und was für Fragen noch? Die eine genügt eigentlich. Aber weil die Antwort auf diese Frage ja auf der Hand liegt – würden wir alle ewig leben und ewig gesund bleiben und ewig jung bleiben, wir würden uns ja gegenseitig auf den Füßen herumtrampeln; genau betrachtet, wär's nichts anderes als der Alptraum eines Wahnsinnigen –, darum eine zweite Frage: Wenn wir schon sterben müssen, warum müssen wir es auch wissen? Wäre es nicht besser, wir wären um genau dieses Wissen dümmer, würden leichten Herzens unseren Blödsinn veranstalten, den wir so auch veranstalten, aber eben leichten Herzens, weil wir meinen, wir leben ewig?

Ganz tief in uns drinnen haben wir von dem, der uns gemacht hat und uns so gemacht hat, wie wir nun einmal sind, keine gute Meinung. Wir sagen Gott zu ihm und denken, er ist nicht besser als der Teufel. So viele Geschichten gibt es, in denen von den schlechten Eigenschaften Gottes erzählt wird. Zum Beispiel seiner Rachsucht. Natürlich stehen immer welche auf, die melden sich lautstark zu Wort und drehen die schlechten göttlichen Eigenschaften zu guten göttlichen Eigenschaften um. Aber Rachsucht bleibt Rachsucht, und vor göttlicher Rachsucht zittern wir noch mehr als vor menschlicher Rachsucht.

Da gab es – zum Exempel – eine Stadt, vor langer, langer Zeit war das, die lag in dem freundlichen Tal zwischen Coburg und Eisfeld. Noch heute fließt dort ein Bach. Einen schöneren Bach muss man suchen, und ich sag's euch, man wird höchstens einen finden, der gleich schön ist. Das ist die Lauter. Normalerweise wird eine Stadt ja nach dem Fluss oder dem Bach genannt, an dem sie liegt; in diesem Fall war es umgekehrt: Die Lauter heißt so, weil vor langer, langer Zeit hier eine Stadt war, die so hieß. Und erst als die Stadt verschwunden war und an ihrer Stelle ein Bachbett war, weil sonst nichts mehr war, hat man den Bach »die Lauter« genannt. Dass man den Bach so genannt hat, geschah aus Protest. Jawohl! Damit nämlich eben doch nicht alles verschwindet, was an diese Stadt erinnert. – Oh, es ist eine schreckliche Geschichte!

Die Lauterer – so nenne ich die Einwohner dieser alten Stadt – hatten sich eine Verfassung gegeben. Damit fing es an. Ihr Ziel war es, die glücklichste Stadt der Welt zu bauen und zu verwalten. Darum auch erklärte der erste Artikel der Verfassung: »Lauter ist eine glückliche Stadt. Jeder Bewohner verpflichtet sich, alles, was in seiner Kraft und Macht steht, beizutragen, dass es so bleibt.«

Das sagt sich leicht, und es schreibt sich leicht aufs Papier. Aber wie macht man's?

Ganz einfach: Wenn es einem Lauterer nicht gutging – vielleicht hatte er sich in einer Unternehmung verschätzt, und das Geld ist ihm ausgegangen; oder er war verliebt und hat keine Gegenliebe bekommen; oder vielleicht hatte er nur schlecht geträumt –, dann hat er mitten auf der Straße auf einen x-beliebigen anderen Lauterer gezeigt und hat gesagt: »Ich muss mit dir sprechen.« Dieser Satz war wie eine Eidesformel, auf die alle Lauterer geschworen hatten. Dieser Satz bewirkte, dass jeder x-beliebige Lauterer auf der Stelle stehen blieb und dem Unglücklichen zuhörte und hinterher alles tat, was in seiner Kraft und Macht stand, um dieses Unglück aufzuheben oder wenigstens zu lindern. Das hatte wiederum zur Folge, dass in Lauter das Unglück rapide abnahm, weswegen es bald nur noch selten vorkam, dass ein Bürger auf einen anderen Bürger zeigte und sagte: »Ich muss mit dir sprechen.« Und das hatte zur Folge, dass die Lauterer lange lebten, viel länger als die Bewohner anderer Städte, viel, viel länger. Denn Glück kräftigt Körper und Geist, das ist erwiesen.

Wie sehr das Glück den Körper und den Geist kräftigt, kann man daran ablesen, dass in Lauter bald niemand lebte, der sich daran erinnern konnte, dass irgendwann irgendjemand gestorben war. Das heißt: In Lauter hatte niemand einen Toten zu beklagen. Der Friedhof vor der Stadt wurde in einen Kinderspielplatz umgewidmet; nicht aus Pietätlosigkeit, sondern weil es niemand in der Stadt gab, der noch wusste, was ein Friedhof ist. Die Grabsteine ließ man stehen; die Namen, die eingemeißelt waren, dienten von nun an dazu, den Kindern das Lesen beizubringen. Und wenn sie Verstecken spielten, kauerten sie sich dahinter.

Auch vergaßen die Lauterer, was es mit der Kirche auf sich hatte. Die stand mitten in der Stadt, war stattlich, duftete innen nach Weihrauch und war herrlich ausgestattet mit prächtigen Figuren, die goldene Kleider trugen – genau der richtige Ort, um Feste zu feiern. Und das konnten die Lauterer, Feste feiern! Wer glücklich ist, feiert gern. Wo jeder jedem hilft, mag jeder jeden gern. Und warum feiert man eigentlich ein Fest? Doch nur, um einander zu zeigen: Wir mögen uns gern. Aus diesem Grund haben die Lauterer viele Feste gefeiert. Und sie feierten sie in der Kirche, denn wozu dieses Haus, das ja eigentlich viel zu groß war, sonst zu gebrauchen wäre, das wussten sie nicht. Das hatten sie vergessen. Und warum haben sie es vergessen? Weil, in die Kirche geht man, um zu beten; und beten tut man – ehrlich – doch nur, wenn es einem schlecht geht. Wenn es einem nur gutgeht, betet man nicht. Und dann vergisst man, wozu eine Kirche gut ist.

Aber so hat der sich das nicht gedacht; der, der aus uns Sterbliche gemacht hat, Sterbliche, die wissen, dass sie sterben müssen; nein, so hat der es sich nicht gedacht.

Woher wissen wir, wie er es sich gedacht hat? Von den Pfarrern. Die wissen es, und die sagen es uns weiter. Und dann wissen wir es auch.

Und so kam eines Tages ein Pfarrer nach Lauter. Die Lauterer waren freundlich zu ihm. Sie fragen, ob er bleiben wolle. Sie waren freundlich zu Fremden, aber sie wünschten nicht, dass sie länger blieben. Entweder für immer oder nur für zwei Tage. Wenn für immer, dann mussten sie auf die Verfassung schwören. Auf eine weltliche Verfassung wollte der Pfarrer aber nicht schwören. Und was er den Lauterern zu sagen hatte, dass ließ sich in zwei Tagen sagen.

»Ihr seid Sünder«, sagte er.

Das verstanden die Lauterer nicht.

Der Pfarrer erklärte es ihnen: »Zum Beispiel«, sagte er. »Zum Beispiel Allerheiligen und Allerseelen. Wisst ihr, was das ist?«

Das wussten die Lauterer nicht.

»Da haben wir es schon!«, dröhnte der Pfarrer. »Ihr lebt dahin und gedenkt nicht eurer Toten. Das ist Sünde.«

Das verstanden die Lauterer wieder nicht.

Da musste ihnen der Pfarrer erklären, was ein Toter ist, was der Tod ist. So eine Predigt hatte er noch nie gehalten bisher.

Die Lauterer sagten: »Wir wissen jetzt, was du meinst. Aber Allerseelen können wir trotzdem nicht feiern. Weil nämlich keiner unter uns lebt, der sich an einen Toten erinnern kann.«

»Aha!«, rief der Pfarrer. »Aha!«

Und dann hat man den Pfarrer in die Kirche rennen sehen. Und man hat gehört, wie er die Kirchentür hinter sich abgesperrt hat.

Zwei Tage durfte der Pfarrer in Lauter bleiben. Am ersten Tag hat er gepredigt, wie ich es beschrieben habe. Am zweiten Tag hat er in der Kirche zu seinem Gott gebetet. Er hat darum gebetet, dass es auch in der Stadt Lauter mit rechten Dingen zugehen solle. Das heißt: Krankheit, Unglück, Tod.

Und sein Gott hat ihn erhört.

Als Allerheiligen und Allerseelen am Horizont des Kalenders sichtbar wurden, starb ein Kind. Es hustete, bekam Schüttelfrost, fieberte und starb. Am nächsten Tag starben drei Kinder, sie husteten, fröstelten, fieberten, starben. Und so ging das weiter. Der Mund tut mir weh, wenn ich es ausspreche: Es starben innert eines Monats in der Stadt Lauter alle Kinder! Sie wurden begraben auf dem Kinderspielplatz, der einst der Friedhof gewesen war. Und als Allerheiligen und Allerseelen kamen, hatten die Lauterer endlich etwas zu beklagen.

Und so ein Klagen hat die Welt noch nie gehört. Bei einer Million Tränen, die aus den Augen der Lauterer geflossen waren, haben die Engel aufgehört zu zählen, da war noch nicht Mittag. Die Tränen begossen den Friedhof, sie verwandelten den Rasen in einen Sumpf, in dem die Trauernden versanken. Aber auch unter der Erde weinten die Lauterer weiter, ihre toten Körper weinten, und die Tränen flossen unter der Erde, wie sie über der Erde geflossen waren, bei hundert Millionen Tränen haben die Teufel unter der Erde aufgehört zu zählen, und so hat sich das ganze Tal in einen Sumpf verwandelt und hat die Stadt Lauter in die Tiefe gerissen.

So war es.

Es gab aber einige Menschen in der Nähe, die manchmal in die Stadt gekommen waren, die sich überlegt hatten, ob sie sich nicht ansiedeln und den Eid auf die Verfassung von Lauter leisten sollten, diese Menschen trauerten heimlich und still um die Stadt. Die waren es auch, die dem Bach den Namen gaben. Sie haben sich dort niedergelassen, haben Dörfer gegründet, denen sie Namen gaben wie Unterlauter oder Oberlauter oder Tiefenlauter oder Lauterburg. Und diese Dörfer gibt es heute noch.

Einen Rat: Wenn ihr in das Tal zwischen Coburg und Eisfeld kommt, dann zeigt mit dem Finger auf einen x-Beliebigen und sagt: »Ich muss mit dir sprechen.« Dann werdet ihr gut aufgenommen. Mir ist es so ergangen.

147

Die goldenen Haare

Reden wir nicht herum, machen wir uns nichts vor, das führt nur zu blöder Hoffnung, gefolgt von Bitterkeit und sinnlosem Aufbegehren! Ich meine damit: Es gibt keine Geschichten, die gut ausgehen. Punktum! Die gibt es nicht! Warum? Weil der Mensch stirbt. Stirbt er nicht an den Folgen der Geschichte, die man erzählen möchte – was allerdings meistens der Fall ist, denn gegen den Tod nimmt es das Überleben an Spannung nicht auf –, dann stirbt er eben später. Sterben muss er auf alle Fälle. Drum gibt es letztlich keine Geschichte, die gut ausgeht. Punktum!

Aber es gibt Geschichten, die gehen relativ gut aus. Und so eine ist die folgende.

Einst lebten ein Mann und eine Frau auf unserer Kugel, die hatten einen kleinen Hof dort stehen und arbeiteten fleißig auf dem Hof den ganzen Tag und bei Kerzenlicht die halbe Nacht dazu. Die beiden arbeiteten zu viel. Waren sie gierig? Nein. Sie waren bescheiden. Sie zogen Gemüse. Es war ein vorzügliches Gemüse, das gutes Geld auf dem Markt brachte. Folgendes Beispiel dafür, wie das Geld, kaum in der Tasche, schon wieder draußen ist: Mann und Frau saßen, wenn sie aßen, am Küchentisch auf harten Sesseln. Und eines Tages kam der Mann von der Stadt zurück mit zwei Kissen. Die legte er auf die harten Sessel. Und ruck, zuck gewöhnten sich ihre Hintern an das Weiche und meldeten es an den Rücken weiter, und von da an forderten der Rücken und die Beine und die Arme, dass auch im Bett eine weiche Unterlage sei. So geht das. Mann und Frau konnten nicht mehr schlafen, ehe der Mann in der Stadt zwei weiche Matratzen besorgt hatte. Mit dem Gemüse zog er zum Markt, mit den Matratzen kam er zurück. Geld blieb keines übrig. Und das hieß: Mann und Frau mussten noch mehr arbeiten als bisher.

Sie vergaßen auf die Liebe vor lauter Arbeit. Deshalb waren sie kinderlos. Es ging sich nicht aus. Am Anfang haben sie am Abend noch zusammengesessen auf den weichen Kissen, haben sich miteinander unterhalten, nicht nur über den Anbau von Gemüse und den Vertrieb von Gemüse. Manchmal hat der Mann die Frau gestreichelt, und manchmal hat die Frau den Mann gestreichelt. Aber bald war das nicht mehr der Fall. Auch deshalb nicht, weil der Steiß dem Rücken die weiche Unterlage meldete und der Rücken nach der Matratze verlangte, das heißt: Mann und Frau wurden müde. Zu müde für die Liebe. Nicht, dass sie sich nicht mehr leiden konnten, aber der eine verlor den anderen aus dem Blick. Sie gingen zur Arbeit auf das Feld, dort beugten sie sich nieder und sahen einander nicht. Oder der Bauer ging auf den Markt. Das Übliche. Das Übliche. Das Übliche.

So lebten sie dahin. Aber es war eine Sehnsucht in ihnen. Und die Frau und der Mann wussten nicht, wohin diese Sehnsucht zielte. Sie wussten nur, weder ein weiches Kissen noch eine weiche Matratze konnte diese Sehnsucht stillen. Und sie ahnten nicht, dass diese Sehnsucht jeweils dem anderen gelten könnte.

Wenn im Leben der beiden nichts weiter passiert wäre, dann wäre es ein trauriges Leben geworden voll erfüllten Wünschen und unerfüllter Sehnsucht. Aber es passierte etwas. Sonst würde ich diese Geschichte ja nicht erzählen.

Eines Tages nämlich war der Mann wieder auf dem Weg in die Stadt. Er schob seinen Karren mit dem vorzüglichen Gemüse. Und als er wie immer die Abkürzung nahm und über die Wiese ging, da sah er vor sich eine Erscheinung. Ja, zuerst war er geblendet, nicht im übertragenen, erhabenen Sinn, sondern wirklich geblendet, von der Sonne geblendet. Er sah vor sich mitten auf der Wiese eine Frau stehen. Die Sonne fiel in das Haar dieser Frau, und das Haar war aus purem Gold, und es reichte der Frau bis zu den Knien. Und der kleinste feinste Wind hob das Haar hoch.

Die Frau sah so wunderbar aus, dass der Mann alles vergaß, seine Schubkarre mit dem Gemüse, seine Geschäfte in der Stadt, sogar seine Manieren vergaß er fast. Er wollte nur hinter dieser Frau her sein, er wollte ihr Haar sehen. Ihr Gesicht hatte er noch gar nicht gesehen. Was wird sie erst für ein Gesicht haben, wenn ihr Haar schon so schön ist, dachte er. Hatte sie ihn bemerkt? Es schien, als habe sie ihn nicht bemerkt. Der Mann duckte sich ins Gras und beobachtete sie. Beobachtete ihr wunderbares goldenes Haar, das so leicht war und vom leisesten Hauch hochgehoben wurde. Die Frau ging über die Wiese, kehrte um, ging zurück, kehrte wieder um. So den ganzen Tag. Und den ganzen Tag saß der Mann geduckt im Gras und beobachtete sie. Nur ihr Gesicht bekam er nicht zu sehen, er bekam es einfach nicht zu sehen.

In der Nacht ging er nach Hause, spät war es. Die Sehnsucht brannte in ihm. Wie sollte er mit dieser unerfüllten Sehnsucht in seinem Herzen die Nacht überstehen? Und gleich am nächsten Tag in aller Frühe, ohne ein Wort an seine Gemahlin, ging er wieder denselben Weg, und wieder traf er die Frau mit den goldenen Haaren. Diesmal versteckte er sich hinter einem Baum. Die Frau ging vor ihm auf und ab. Und diesmal schon etwas näher. Der Mann redete mit der Sonne, sie möge der Frau doch in die Augen scheinen, damit sie sich umdrehte und er endlich ihr Gesicht sehen könnte. Aber die Sonne hatte keinen Sinn für ihn, auch sie schien verzaubert zu sein vom Anblick der Frau und hatte nur eines im Sinn, nämlich die Schönheit auszuleuchten, damit sie noch schöner werde.

Und dann eines Tages passierte Folgendes: Die Gemahlin des Mannes war draußen auf dem Feld, und auch in ihrem Herzen war die Sehnsucht groß geworden, größer als je, denn die Sehnsucht ist eine ansteckende Krankheit, und sie hatte sich an der Sehnsucht ihres Mannes angesteckt, und sie wusste nicht, woher diese Sehnsucht kam und wem diese Sehnsucht galt. Und da hat sie sich auf den Weg gemacht, weil sie Weiden schneiden wollte, aber eigentlich, weil sie die Quelle dieser Sehnsucht finden wollte. Da kam sie zum Fluss, und beim Fluss war sie auf einmal geblendet. Und da sah sie vor sich die Frau mit den goldenen Haaren. Sie wusste nicht, dass ihr Mann dieser Frau begegnet war und dass er verzaubert worden war. Dieses goldene, wunderbare Haar, das bis zu den Knien reichte!

Sie dachte sich: O Gott, ist dieses Haar schön! Noch nie hab ich so etwas Schönes gesehen! Sie hat alles liegen lassen und ist der Frau mit den goldenen Haaren nachgegangen. Beim Waldrand hat sie sich hinter einem Baum versteckt. Die Frau mit den goldenen Haaren ging hin und her und hin und her. Und die Bäuerin saß hinter dem Stamm eines Baumes und beobachtete sie und hat sich dabei gedacht: Oh, wär ich doch nur ein junger Mann! Wenn ich ein junger Mann wäre, wie würde ich diese Frau lieben! Mit diesem wunderbaren Haar.

So ging das. Der Mann ist der Frau nachgegangen, und die Frau ist der Frau nachgegangen. Beiden war sie die Quelle ihrer Sehnsucht.

Und eines Tages wollte es der Zufall, dass sie beide, der Mann und die Frau, der Bauer und die Bäuerin, zur gleichen Zeit dieser Frau nachgegangen sind, auf verschiedenen Wegen zwar, aber zur gleichen Zeit. Da ging die Frau am Waldrand auf und ab und auf und ab, die Frau mit den goldenen Haaren, diesen schimmernden, leuchtenden, feinen, goldenen Haaren. Und hinter dem einen Baum hockte der Bauer und beobachtete die Frau und das Haar, und hinter dem anderen Baum hockte die Bäuerin und beobachtete die Frau und das Haar. Und das Haar war für sie ein anderer Name für die Liebe.

Dann kam ein Gewitter auf, und es wurde dunkel. Hagel prasselte herab, Blitze zuckten und rissen die Silhouetten der Berge aus der Dunkelheit, der Donner krachte, als würde der Baum des Lebens auseinandergebrochen. Wenn die Welt untergeht, dachte der Bauer, der hinter seinem Baum hockte, dann habe ich wenigstens die Schönheit in meinem Leben kennengelernt. Und die Bäuerin hinter ihrem Baum dachte das Gleiche.

Aber die Welt ging nicht unter. Wieso sollte sie.

Als die Sonne wiederkam und rasch Wald und Flur trocknete und auch die Hosen des Bauern und den Rock der Bäuerin, da war die Frau mit den goldenen Haaren verschwunden. War sie auf einem Blitzstrahl davongeritten? Hinauf oder hinunter? In den Himmel oder in die Hölle? War sie ein Engel, hätten die Menschen ihr Gesicht nicht sehen dürfen. War sie ein Teufel, gilt dasselbe. Woher soll ich das wissen!

Der Mann jedenfalls, der Bauer, trat hinter seinem Baum hervor, und die Bäuerin, seine Frau, trat hinter ihrem Baum hervor. Und da sahen sie einander. Sie dachte: Hoffentlich weiß er nicht, warum ich hier bin. Er dachte: Hoffentlich weiß sie nicht, warum ich hier bin. Zwischen ihnen stand nicht mehr die Frau mit den goldenen Haaren. Und da haben sie sich erkannt, sind nicht nach Hause gegangen, wo das weiche Kissen und die weiche Matratze warteten, sondern haben sich gleich auf der Wiese zueinandergelegt. Und sie haben sich versprochen, über die Arbeit die Liebe nicht mehr zu vergessen.

Ich weiß schon: Ewig dauert auch so eine Sache nicht. Irgendwann stößt der Mann mit dem Ellbogen an den Milchkrug, und der fällt um, die Milch ist verschüttet, der Krug ist kaputt, die Frau hat eine Wut, weil der Krug ein Erbstück war, und sie schimpft, was für ein ungehobelter Klotz der Mann sei, woraufhin der Mann sagt, er lasse sich nicht so behandeln, jedenfalls nicht von einer, die offensichtlich das Lachen vergessen habe und der die Mundwinkel inzwischen herunterhängen wie ein Hufeisen, und so geht's weiter, bis – hoffentlich nicht, hoffentlich nicht …

148
Schloss Reußenstein

Im Neidlinger Tal im Landkreis Esslingen ragt die Ruine Reußenstein über eine Felswand empor. Keine Burg war das einst. Ein Schloss war das. Kein Burggraben war außen herum. Keine Mauern umgaben dieses Bauwerk. Ein Schloss stand hier, und es war schön und sonst nichts, und dass es auf den Felsen gebaut worden war, hatte nur den Zweck, dass es alle und schon von weitem sehen konnten. Das Schloss war prachtvoll und wunderbar ausgestattet, die Fensterläden waren mit Gold beschlagen, die Klinken der Türen aus Elfenbein, Edelsteine blinkten da und dort und ließen das Sonnenlicht funkeln.

Da denkt sich doch der durchschnittliche Schlawiner, he, und dieses Schloss war nicht geschützt durch Burggraben und Mauer, he, warum nicht? Antwort ganz einfach: weil darin ein Riese wohnte. Niemand hat sich getraut, etwas von dem Gold abzukratzen oder eine Klinke abzumontieren oder einen Saphir herauszubrechen. Ein Riese ist ein Riese, der muss nicht obendrein böse sein und gewalttätig, auch wenn er das Gemüt eines Schafes hat, die kleinen Haucher auf Erden fürchten ihn, eben weil er ein Riese ist. Und deshalb hat er es nicht für nötig gehalten, sich und das Seine zu schützen.

Das war der Riese Heim. Seit ewigen Zeiten lebte er auf dem Heimenstein. Das war sein Stein, in einer Höhle hauste er, bevor er das Schloss errichten ließ. Niemand wusste, wie alt der Riese Heim war. Aber jeder wusste, bereits der Großvater hatte von ihm erzählt, und der hatte erzählt, bereits sein Großvater habe von ihm erzählt und der Großvater vom Ururgroßvater hatte auch erzählt. Man hat den Riesen ja sehen können, wie er auf seinem Stein sitzt. Es hieß, er wachse von Jahr zu Jahr um eine Daumenbreite. Aber immer sah er aus wie ein junger Mann, wie ein junger sehr großer Mann, wie ein junger Riese eben, ein schöner junger Riese.

Und irgendwann wollte der Riese Heim nicht mehr in seiner Höhle schlafen. Er wollte ein Haus. Und weil er sehr reich war, wollte er in einem Schloss wohnen. Ja, er war reich. Es hieß, in der Höhle lagerten unermessliche Schätze, Gold, Silber, Edelsteine haufenweise. So reich war der Riese, dass er nicht im Traum daran dachte, selbst Hand anzulegen. Ein Haus bauen, nein, das wollte er nicht. Was tat er eigentlich den ganzen Tag? Er saß da und schaute ins Neidlinger Tal hinaus und hatte Sehnsucht. Er kochte, wie er kochte, aß, wie er aß, schöpfte, wie er schöpfte, und trank, wie er trank. So hieß es. Er wollte in einem Schloss leben und wollte zusehen, wie dieses Schloss gebaut wird. Aber selber Hand anlegen, das wollte er nicht.

Also erhob er sich, stellte sich auf seinen Felsen, so dass sein Schatten weit ins Tal hinausreichte, und rief: »Hört ihr mich? Wer von euch Menschenzwergen will mir helfen, ein Schloss zu bauen? Viel Lohn gibt's dafür, viel Lohn!«

Das hat jeder im Neidlinger Tal gehört. Und jeder hat fallen lassen, was er grad in der Hand hielt, und ist losgelaufen. Denn eines war klar: Das wird sich rentieren. Der Riese Heim hatte einen guten Ruf. Das heißt, er hatte keinen schlechten Ruf. Dass er einem Menschen je etwas Gutes getan hatte, davon wusste niemand zu berichten. Aber auch niemand wusste zu berichten, dass er einem Menschen je etwas Schlechtes getan hatte.

Nun schuftete man im Schichtbetrieb Tag und Nacht, und bald war das Schloss fertig. Die Handwerker mussten an nichts sparen. Wenn einer rief, he, hierher noch einen Streifen Gold, dann war Gold da, und wenn einer glaubte, an der Südseite der Wand, wohin die meiste Zeit des Tages die Sonne schien, seien zu wenige Rubine eingesetzt, dann wurden schubkarrenweise Rubine herangekarrt, und keiner sagte, he, nicht so viel Rubine, die kosten ja eine Menge. Unter solchen Bedingungen zu arbeiten, das bedeutet Freude. Klar, ab und zu hat einer zugegriffen und einen Rubin oder einen Kringel Elfenbein eingesteckt. Aber das war halb so schlimm. Am Abend hat sich der Riese Heim von seinem Stein erhoben, hat sich die Hosen abgeklopft und hat gefragt: »Es hat doch sicher keiner von euch einen Rubin oder einen Kringel Elfenbein mitgenommen. Weil, wenn es so ist, dann müsste ich die ganze Mannschaft austauschen und eine neue holen aus dem Nachbartal.« Nein, das wollte niemand. Also haben die Diebe gesagt: »Ja, Himmelherrgottsack, da ist mir doch glatt so ein Rubin, ein depperter, in den Hosensack gerutscht! Raus mit dir, du Falott!«

Alles ging gut.

Und dann war das Schloss fertig, und der Riese Heim hat es begutachtet. Und jetzt: Ganz oben am höchsten Turm, und wie hoch der höchste Turm vom Schloss eines Riesen ist, das kann man sich denken, ganz oben beim obersten Fenster war ein Nagel nicht richtig eingeschlagen.

»Ach«, sagte der Riese, »ach, das ist aber schade. Das verdirbt mir die ganze Freude an meinem Schloss. Da habe ich mir vorgenommen, allen bisherigen Lohn zu verdoppeln, wenn mein Schloss fertig ist, aber dazu kommt es nun leider nicht.«

Verdoppeln? Was? Den ohnehin großen Lohn auch noch verdoppeln? »Was können wir tun, damit du zufrieden bist?«, fragten die Menschenzwerge.

»Ja, ja«, sagte der Riese, »ich könnte ja selber den Nagel einschlagen, ich bin ja groß genug. Aber ich will nicht, ich will nicht Hand anlegen. Ich will kochen, wie ich koche, und will essen, wie ich esse, ich will schöpfen, wie ich schöpfe, und will trinken, wie ich trinke, aber einen Nagel einschlagen, das will ich einfach nicht. Wenn sich einer von euch meldet und diese Arbeit tut, der bekommt den allergrößten Lohn, und dann will ich für die anderen auch verdoppeln, wie ich es mir vorgenommen habe.«

Gott sei Dank!

Das Problem war nur: Der Turm war sehr hoch! Nicht nur einfach sehr hoch war der, der war um ein Vielfaches höher als sehr hoch! Niemand hat sich getraut, dort hinaufzusteigen, jetzt, da das Gerüst abgebaut war.

Was tun, was tun!

Da war ein Maurer. Der hatte eine Tochter. Die war aber nicht seine echte Tochter. Die war als Winzling vor seiner Tür gelegen. Die war mit den anderen Kindern aufgezogen worden. Die war immer die Letzte. Nicht im Kopf! Dort wäre sie immer die Erste gewesen. Wenn man sie gelassen hätte. Hat man aber nicht. Beim Essenkriegen war sie die Letzte. Und zufällig war grad eine Matratze weniger im Haus als Menschen. Darum musste sie auf dem Fußboden schlafen. Wenn es allerdings ums Watschenkriegen ging, dann war sie immer die Erste gewesen. Kurz: Die Maria ist nicht gut behandelt worden. Sie hat wie alle Kinder des Maurers beim Maurern helfen müssen, alle Kinder, ob männlich oder weiblich, sollten Maurer werden, und die Maria war die Geschickteste von allen, aber gelobt wurde sie nie.

Und als Ratlosigkeit bei den Menschenzwergen herrschte, weil niemand das Leben riskieren wollte, auch für den allergrößten Lohn nicht, da meldete sich die Maria.

»Ich tu's!«, rief sie.

»Die da?«

»Ja, ich!«, rief sie den Menschenzwergen ins Gesicht, »ja, ich, ich werde den Nagel oben an der Spitze des höchsten Turms einschlagen!«

Der Riese nickte nur. Er nickte, und vorsichtig legte er der Maria den Hammer in die Hand, der für ihn nichts weiter war als ein winziges Hämmerchen, das unter seinem Fingernagel Platz gefunden hätte. Den Hammer steckte sich die Maria in den Gürtel, dann spuckte sie in die Hände, und langsam, Griff nach Griff, kletterte sie erst an der Hauswand, dann an der Turmwand empor, hier einen Diamanten als Vorsprung nutzend, dort ein silbernes Schmuckfigürchen. Und alle hielten den Atem an. Schafft sie es, oder schafft sie es nicht? Wenn sie fällt und tot ist, na gut, wer ist sie schon, aber die Verdoppelung des Lohnes wäre futsch!

Aber die Maria fiel nicht. Sie kletterte bis ganz hinauf, und das war über den Wolken. Nur der Riese Heim konnte sie sehen. Und der auch nur, wenn er sich auf die Fußzehen stellte. Und als er sie so sah, verliebte er sich in sie, und er dachte: Ich werde ihr zu essen geben, was ich koche, und werde ihr zu trinken geben, was ich schöpfe, dann wird sie so alt werden wie ich und nicht alt werden und wird groß werden wie ich und nicht mehr zu den Menschenzwergen gehören.

Und als Maria oben angekommen war, hämmerte sie den Nagel in das Holz, wie es sich gehörte. Nicht, dass sie nicht erschöpft gewesen wäre. Sie war erschöpft, sehr sogar. Das merkte sie erst jetzt, als die Arbeit getan war. Sie blickte hinunter, sah weit unten die winzigen Menschlein stehen, die Köpfe im Nacken, und da wurde ihr schwindelig, und wenn nicht der Riese Heim schnell seine Hand unter sie gebreitet hätte, wäre die Maria gefallen, und nicht ein Knochen in ihrem Leib wäre ganz geblieben, das könnte jederzeit jeder Arzt bestätigen.

Maria landete in der Hand des Riesen. Da saß sie und musste erst wieder zu Sinnen kommen. Eine warme Hand, eine weiche Hand war das. Vorsichtig stellte sie der Riese auf die Erde.

Die Menschen applaudierten, denn jetzt gab es die Verdoppelung. Aber eines juckte sie schon, nämlich die Frage: Was bekommt die Maria? Was genau heißt: der allergrößte Lohn?

Das haben sie dann erfahren.

Der Riese Heim hat die Maria in aller Form, in aller Höflichkeit gefragt, ob sie seine Frau will werden. Und bevor er die Frage gestellt hat, hat er sie gelobt: für ihren Mut, für ihre Schönheit und für ihre lieben Augen. Und er hat ihr versprochen, dass er für sie kocht, wie er kocht, und dass er ihr auftischt, was er selber isst, dass er ihr schöpft, was er selber trinkt, und hat ihr verraten, dass sie dann sehr, sehr alt wird, ohne alt zu werden, und dass sie jedes Jahr um eine Daumenbreite wächst, so dass sie irgendwann so groß sein wird wie er.

Na, was denkt ihr? Die Maria hat ja gesagt.

149

Hondidldo

An der Donau irgendwo lebte einst ein Bauer, der war dumm, saudumm sogar. Und er hatte eine Frau, die war auch saudumm, und sie hatten drei Söhne, die waren noch dümmer. Der älteste hieß Didldei, der zweite Didldo, und der jüngste hieß Hondidldo. Aber sie hatten im Garten einen Apfelbaum stehen, immerhin. Und der trug die schönsten, prallsten Früchte, die leuchteten in der Morgensonne, so dass man sie von der anderen Seite der Donau aus sehen konnte. Und die Nachbarn waren neidisch.

Die sagten sich: »Wir, wir pflegen unsere Bäume, wir, wir schneiden sie. Wir düngen sie, wir sprechen gut mit ihnen. Und sie, sie tun gar nichts. Sie schneiden die Bäume nicht, sie düngen sie nicht. Sie sind saudumm. Sie ernten nur, aber sie ernten die schönsten Äpfel.«

Der saudumme Bauer, der konnte gerade so weit zählen, dass er die Äpfel am Baum zählen konnte. Das war seine einzige Bildung, ich schwör's. Dann stellte er eines Morgens fest, da fehlten drei Äpfel.

Da sagte er zu seinem Ältesten: »Didldei, du wirst heute Nacht Wache halten. Du bist saudumm, ich weiß, aber von allen meinen drei Buben bist du der am wenigsten Saudumme.«

Didldei ging in der Nacht hinaus, legte sich ins Gras neben den Baum. Er dachte: Ja, im Vergleich zu meinen Brüdern bin ich der am wenigsten Saudumme. Und ich habe eine Idee! Wenn ich mich auf den Bauch lege und den Hintern in die Luft strecke, dann meint jeder, ich sei ein Hund. Und wenn die Diebe einen Hund unter dem Baum sehen, dann trauen sie sich nicht, unsere Äpfel zu stehlen. Denn der Feind des Diebes ist der Hund. Und noch nie habe ich einen Dieb gesehen, der sich in der Nacht so nah über einen Hund gebeugt hat, dass er hat sehen können, ob er schläft oder wacht. Also kann ich getrost schlafen, denn ich bin ein Hund, halt eben ein schlafender Hund.

Sobald es dunkel war, schlief er ein.

Als er aufwachte, ging er zum Vater und sagte: »Ich hab gewacht.«

»Und hast du die Äpfel gezählt?«, fragte der Vater.

»Du weißt doch, dass ich nicht zählen kann, Vater«, sagte Didldei. »Ich bin zwar von allen deinen drei Söhnen der am wenigsten Saudumme, aber saudumm bin ich trotzdem. Zählen musst du schon selber.«

Hat der Bauer eben selber nachgezählt. Aber da fehlen ja drei!

»Ach, du saudummer Sohn!«, fluchte der Bauer, nahm seinen Gürtel und hat ihn versohlt.

So, nun kommt der Zweitälteste dran, Didldo. Auch der geht in der Nacht hinaus, setzt sich unter den Baum. Er setzt sich wenigstens, legt sich nicht.

Er denkt sich: Alle Verantwortung lastet auf mir. Bis gestern haben wir gedacht, Didldei sei von uns drei Brüdern der am wenigsten Saudumme, nun bin ich an seiner Stelle. Meine Aufgabe besteht darin, weniger saudumm zu sein als mein großer Bruder. Das ist eine schwere Aufgabe. Aber ich habe eine Idee! Wenn ich sitze, sehe ich aus wie mein Vater, wenn er wach ist. Und wenn die Diebe meinen Vater unter dem Baum sitzen sehen und meinen, er sei wach, dann trauen sie sich nicht, unsere Äpfel zu stehlen. Und noch nie habe ich einen Dieb gesehen, der sich in der Nacht so nah über meinen Vater gebeugt hat, dass er hat sehen können, ob er schläft oder wacht. Also kann ich getrost schlafen, denn ich bin mein Vater, halt eben mein schlafender Vater.

Sein Rücken sinkt zurück, er lehnt am Baumstamm, schläft ein.

Am nächsten Morgen wacht er auf, geht zum Vater und sagt: »Ich habe gewacht!«

Der Bauer zählt nach, auch Didldo kann ja nicht zählen.

Es fehlen sechs Äpfel.

»Ja, du bist ja doppelt so dumm wie dein Bruder!«, schimpft der Bauer, zieht den Gürtel heraus und haut ihn durch, doppelt so fest wie seinen großen Bruder.

Bleibt nur noch der Jüngste übrig, Hondidldo. Und die beiden Brüder sagen immer, Hondidldo sei der Allersaudümmste von ihnen. Ha, ha, das sagt der Dumme und der doppelt so Dumme!

Aber Hondidldo kann etwas, etwas kann er. Eine einzige Sache! Die anderen können gar nichts. Hondidldo kann auf der Geige spielen. Das kann er. Nicht einmal sein Vater kann das.

Er sagt zum Vater: »Ich bin vielleicht noch dümmer als meine Brüder, obwohl das ja kaum möglich ist, aber ich kann auf der Geige spielen. Und ich werde nicht einschlafen!«

»Woher weißt du das?«, fragt der Vater.

»Ja, weil ich kann doch nicht schlafen, wenn die Geige so einen Lärm macht.«

Sagt der Vater: »Bist du denn so dumm? Du machst doch den Lärm auf der Geige, das bist doch du. Wenn du einschläfst, spielst du auch nicht mehr Geige! Dann ist es still. Ganz still. Das ist so.«

»Ach so«, sagte Hondidldo und kratzt sich. »Ich spiele ja die Geige, wenn ich die Geige spiele. Aber ich will es trotzdem versuchen.«

Und er setzt sich nicht unter den Baum, sondern er setzt sich in die Äste des Baumes. Und er spielt Geige, die ganze Zeit spielt er Geige. Und es gefällt ihm, was er da aus dem Instrument herauskratzt. Da will ich etwas draus machen, denkt er. Und das hält ihn wach. Er bastelt an einem Lied herum. Das klingt – ich will gar nicht sagen, wie das klingt.

Und tatsächlich, mitten in der Nacht sieht er: Da kommt ein Männlein daher. Das Männlein bleibt unten am Baum stehen, streckt sein Bäuchlein heraus, und Hondidldo spielt einfach weiter.

Und irgendwann ruft das Männlein: »Hör endlich mit diesem Gequietsche auf!«

Und Hondidldo hört auf.

Und da beginnt das Männlein zu wachsen, wird immer größer und größer, bis es fast so groß ist wie der Baum. Und schon will das Männlein, das jetzt ein Riesenmann ist, nach den Äpfeln greifen. Aber sofort fängt Hondidldo wieder an, auf seiner Geige zu spielen, und der Riesenmann schrumpft zum Männlein zurück, das dasteht und sein Bäuchlein herausstreckt.

»Hör endlich auf mit dem Gekratze!«, sagt das Männlein nun.

Uns Hondidldo hört brav auf, auf seiner Geige zu spielen, da wächst das Männlein wieder.

Und er fängt wieder an, auf seiner Geige zu spielen, und da schrumpft der Riesenmann zurück zum Männlein, das sein Bäuchlein herausstreckt.

Schöner Zeitvertreib, denkt Hondidldo.

Das Männlein unten sagt: »Na, das ist doch toll! Wir zwei könnten doch in der Welt auftreten, wir wären doch eine Sensation. Komm herunter, wir ziehen in die Welt hinaus!«

»Warum?«, fragt Hondidldo.

»Ja, denkst du Dummkopf denn, die in der Welt draußen sehen jeden Tag einen, der Geige spielt, und einen, der dabei wächst und schrumpft?«

»Sehen die in der Welt draußen solche zwei nicht jeden Tag?«, fragt Hondidldo.

»Nein«, sagt das Männlein, »das tun sie nicht.«

»Ja, dann«, sagt Hondidldo.

Er klemmt die Geige unter den Arm und klettert herunter von seinem Baum. Und als er unten angekommen ist, ist das Männlein inzwischen wieder zum Riesenmann gewachsen, und er pflückt alle Äpfel vom Baum, steckt sie in seinen Sack und läuft davon.

Hondidldo kann nicht hinter ihm her, so schnell rennt der Männleinriesenmann.

»Au Gott«, ruft Hondidldo aus, »was bin ich denn dumm? Ich hätte spielen sollen die ganze Zeit! Jetzt trau ich mich nicht nach Hause. Ach, ich geh einfach in die Welt hinaus. Vielleicht hat er ja recht, dass ich mit meiner Geige Geld verdienen kann.«

Macht sich auf den Weg.

Kommt in den Wald zu einem Häuschen, dort steht ein Pferdchen davor. Das Pferdchen schimmert, als wär es aus purem Gold.

Da bin ich richtig, denkt Hondidldo.

Er hört Musik und Gesang, tritt in die Stube ein. Die Stube ist voll von Zwergen, die tanzen. Das gefällt ihm, und er fängt an, auf der Fiedel zu spielen. Und das gefällt den Zwergen.

Und dann sagt er: »Vielleicht könnt ihr mir helfen. Ich such den Apfeldieb.«

»Den Apfeldieb suchst du?«, sagen sie. »Den wirst du nie finden, den Apfeldieb. Der ist viel zu schlau. Aber weil du so schön gespielt hast, machen wir dir ein Angebot. Du gibst uns deine alte hölzerne Geige, dafür bekommst du von uns eine neue goldene Geige.«

»Eine neue goldene Geige für meine alte hölzerne Geige, was ist denn das?«

»Ja, das ist ein gutes Geschäft für dich.«

Sie zeigen ihm die goldene Geige. »Ist sie nicht wunderschön?«

»Kann ich denn da auch darauf spielen?«

»Ja, vielleicht nicht unbedingt. Aber was musst du denn noch spielen, wenn du eine goldene Geige hast?«

»Warum nicht?«

»Weil Gold mehr wert ist als dein Spiel.«

»Ja, das ist wahr«, sagt Hondidldo. »Und was mach ich mit den Äpfeln? Wenn ich ohne Äpfel nach Hause komme, dann erschlägt mich mein Vater.«

»Du bekommst von uns noch viel schönere Äpfel als die, die man euch gestohlen hat.«

Und die Zwerge bringen einen großen Sack voll mit Äpfeln, und Hondidldo macht sich auf den Weg nach Hause. Unter den Arm hat er die neue goldene Geige geklemmt, und auf dem Rücken hat er den Sack mit den Äpfeln.

Kommt nachts zum Hof, schleicht sich ins Haus, denkt sich: Morgen werde ich meinem Vater und meiner Mutter und meinen Brüdern eine Überraschung bereiten. Aber erst will ich schlafen. Legt den Sack ab unten in der Stube, hängt die goldene Geige an die Wand, schläft.

Am nächsten Morgen wacht er auf, weckt seine Brüder Didldei, Didldo, weckt seinen Vater, weckt seine Mutter und sagt:

»Na, wollt ihr sehen, was euer Sohn Schönes mitgebracht hat? Gleich bin ich nicht mehr der Saudümmste von den Saudummen!«

Führt sie in die Stube, aber ach! – an der Wand hängt keine Geige, keine goldene, sondern ein Stück verfaulender Pferdefuß. Und in dem Sack sind keine Äpfel, sondern fette Kröten.

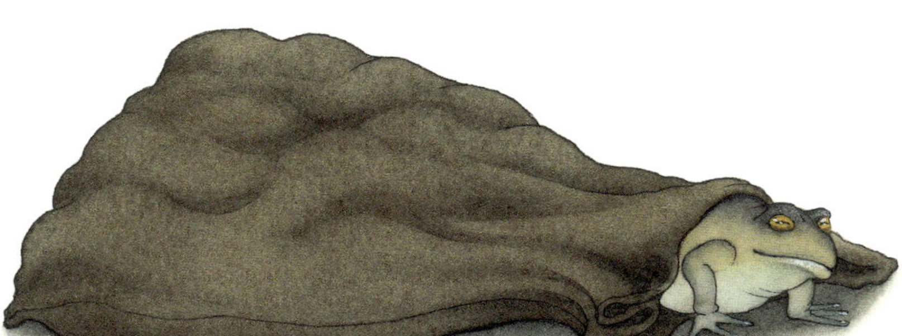

»Und was weiter?«, fragt der Oberösterreicher, aus dem seiner Gegend die Geschichte nämlich stammt.

Sag ich: Gar nichts weiter. Die Geschichte ist aus, dort läuft die Maus, hat ein rotes Röcklein an, und gleich fängt eine neue Geschichte an …

150

Die Natternkönigin

Hügel an Hügel, auf manchem ein Wäldchen, auf manchem ein Haus, dort lebte vor Jahren, eure Finger mal drei, ein Bub, der hieß Valentin. Er war gerade zehn Jahre alt, als er eines Morgens erwachte, und niemand war da. Seine Eltern hatten ihn verlassen, oder sie waren in den Wald gegangen und darin umgekommen, niemand wusste es, niemand hat sie gefunden. Hinterlassen haben sie dem Valentin ein kleines Haus mit einem kaputten Dach und sonst nichts. Nicht einmal etwas zu essen war da.

Aber der Valentin, der hatte ein sehr fröhliches Gemüt, und er lief zu den Nachbarn hinüber auf den anderen Hügel, einmal auf diesen Hügel, einmal auf den nächsten. Nicht, dass er bettelte, nein, er war halt zur rechten Zeit da, wenn es Frühstück gab oder Mittagessen oder Abendbrot, und die Bauern, die gaben ihm, was übrig blieb. Und er bedankte sich und schnalzte mit der Zunge. Und war immer fröhlich und immer gut gelaunt.

Eines Tages sagte jemand zu ihm: »Valentin, schau dich um, du siehst doch die anderen Kinder. Denen geht es so gut. Die haben schöne neue Kleider an, du trägst immer deine alten Lumpen. Und zu Weihnachten bekommen die Kinder schöne Dinge geschenkt, und dir schenkt niemand etwas. Erzähl mir nicht, dass du nicht neidisch bist!«

Und der Valentin sagte: »Nein, das bin ich nicht.«

»Aber warum denn nicht?«, wurde dagegengefragt.

»Weil ich weiß, dass ich eines Tages nicht mehr arm sein werde. Ich weiß, ich werde eines Tages sehr reich sein, reicher als der Graf.«

Da lachten die Leute: »Du! Reich! Woher willst du das wissen?«

Und der Valentin schnalzte und sagte: »Ich schmecke es.«

»Wie, du schmeckst es?«

»Ja, ich schmecke es«, sagte er. »Wenn ihr mir ein trockenes Stück Brot gebt und ich kaue dieses Brot und schließe dabei die Augen, dann schmeckt es wie ein Gänsebraten. Und Wasser schmeckt mir wie Wein. Aber ich weiß nicht, wie ein Gänsebraten schmeckt, weil ich noch nie einen Gänsebraten gegessen habe, und wie Wein schmeckt, weiß ich auch nicht. Und warum weiß ich es trotzdem? Weil ich eines Tages Gänsebraten essen und Wein trinken werde. Ich kann mich vorauserinnern. Also werde ich reich sein, denn Gänsebraten essen und Wein trinken tun nur reiche Leute.«

So argumentierte Valentin.

Die Leute haben gelacht, Zukunft und Gegenwart purzelten in ihrem Kopf durcheinander, aber sie haben gelacht, und den Valentin haben sie gemocht. – »Der kann sich vorauserinnern!« – Und sie haben ihm gerne die Reste von ihrem Tisch gegeben – Kartoffeln, die schon lila waren, oder ein Stück Wurst, das sich wölbte und schwitzte, oder eben ein Stück trockenes Brot. Dann hörten sie zu, wie Valentin schnalzte, und sahen zu, wie er die Augen schloss, und sie sahen an seinem Gesicht, dass er sich in den Reichtum hineinträumte.

Der Valentin ging durch den Tag wie ein Tier, immer auf Nahrungssuche. Er durchstreifte den Wald, der Wald gehörte dem Grafen, und der Graf sah das nicht gern. Er war ein geiziger Mann. Nicht einmal die Tannennadeln, die am Fuß hängen blieben, gönnte er dem Valentin, ganz zu schweigen von den Himbeeren, die der Valentin verspeiste.

Er gab Befehl: »Wenn ihr den Valentin im Wald antrefft, zieht eure Peitschen!«

Ja, ganz besonders gern mochte der Valentin die Himbeeren, und weil der Mensch irgendetwas als sein Eigentum braucht, sonst wär sein Leben das eines Tieres, und weil der Valentin vielleicht wie ein Tier lebte, aber doch keines sein wollte, stellte er sich vor die Himbeersträucher und rief in den Wald hinein:

»Das sind meine Himbeeren! Nichts auf der Welt gehört mir außer diesen Himbeeren!«

Er schnalzte und horchte, und als er keinen Widerspruch hörte, galt ihm sein eigenes Wort als Gesetz.

Und eines Abends sah er eine Natter, die fraß an seinen Beeren. Da stellte er seinen Fuß auf sie und sagte: »Das sind meine Himbeeren. Hast du denn nicht zugehört?«

Die Natter sagte: »Ich weiß. Kannst du mir noch einmal verzeihen? Töte mich nicht, nimm deinen Fuß von meinem Leib.«

Und Valentin sagte: »Was bekomme ich dafür?«

Und sie sagte: »Ich geb dir die Krone der Natternkönigin.«

Sie kroch in ihr Nest und holte die Natternkrone – ein kleiner goldener Ring. Valentin zog ihn auf die Hutschnur und bedankte sich.

Unterwegs dachte er: Hoffentlich habe ich das Ding nicht verloren. Er griff nach seinem Hut und berührte das Krönlein, und als er es losließ, hatte er einen Gulden in der Hand. Schnell griff er noch einmal hinauf, und da lag ein weiterer Gulden in seiner Hand. Das machte er so lange, bis er es kapierte und glaubte.

Er setzte sich auf eine Lichtung, breitete das Taschentuch aus und pflückte einen Gulden nach dem anderen von seinem Hut, bis das Taschentuch voll war und grad noch zusammengebunden werden konnte.

Dann machte er sich auf den Weg ins Dorf. Er ging ins Gasthaus. Tat, was er noch nie getan hatte: Er bestellte Schweinsbraten.

Die Gäste lachten: »Valentin! Kein trockenes Brot?«

»Nein, heute Schweinsbraten«, sagte er.

Er knüpfte sein Taschentuch auf und zeigte die goldenen Taler.

Da wussten es alle: Der Valentin war geworden, was er immer angekündigt hatte: reich. Und der Valentin zeigte ihnen auch, wie das geht, und erzählte ihnen die Geschichte von der Natternkönigin.

Er wurde reich und reich und reich und war bald reicher als der Graf.

Dieser, geizig und listig, lud den Valentin zu sich ein und umarmte ihn und sagte: »Valentin, mein lieber Freund, wir beide sind ja gleich reich, ist das nicht schön!«

Der Valentin schnalzte mit der Zunge: »Nein, Graf, nicht gleich reich sind wir, ich bin reicher als du.«

Der Graf schluckte das hinunter, und es schmeckte ihm wie Galle. Aber er bewirtete Valentin mit dem Besten, mit Gänsebraten. Den hatte der Valentin ja bereits in seinen Träumen geschmeckt, an den hatte er sich »vorauserinnert«. Und der Graf gab ihm Wein zu trinken, den hatte Valentin auch schon im Traum geschmeckt. Der Graf wollte ihn betrunken machen und ihm das Krönchen vom Hut stehlen. Und Valentin war auch betrunken, aber er merkte doch, was der Graf vorhatte, und die beiden kämpften miteinander, und das Krönlein ging hin und her, und jedes Mal fiel ein Taler zu Boden. Zuletzt steckte der Graf das kleine Zauberding in den Mund und schluckte es hinunter.

»Jetzt gehört die Natternkrone mir auf ewig«, schmatzte er.

Dem Valentin war es dann auch recht. Er besaß mehr, als er je in seinem Leben ausgeben würde können. Und der Wald war der Wald, und die Wiesen waren die Wiesen.

Der Graf aber bekam Schluckauf – »hig!« –, und ein Taler klimperte in seinem Bauch – »hig!« –, noch ein Taler – »hig!« Und der Graf blähte sich auf, wurde zu einem Geldsack und wurde so schwer, dass die Erde ihn nicht mehr tragen konnte und endlich verschluckte.

In der Steiermark gibt es immer wieder einen, der nach dem Grab des Grafen sucht – wird erzählt, so oder so ähnlich …

151

Die Horde der bewaffneten Ungeborenen

Es war einmal eine Stadt, es war unsere Stadt, durch sie zog sieben Winter lang Nacht für Nacht eine Horde bewaffneter Ungeborener, drei, vier, fünf oder sechs Nächte hintereinander, dann zwei, drei Nächte Ruhe, dann wieder von vorne. Ihre Leiber waren bleich und durchscheinend, und keines von ihnen war größer, als der Ellbogen eines Kindes lang ist, und keines hatte offene Augen, eine dünne Haut war noch über ihre Seher gespannt, darunter bewegten sich ihre Augäpfel. Um die Mäuler herum war die Haut gerissen, so dass die Mäuler offen standen. Noch waren keine Zähne in den Mäulern, und man konnte durch den Rachen hinunterschauen in den leeren blassen Magen. Aber wer schaute dort hinunter? Niemand von uns traute sich auf die Straße, wenn die Horde durch die Stadt zog. Und wenn sie sang:

Wir sind die Ungeborenen,
die ganz und gar Verlorenen …

Urgroßmutter, Großmutter, Mutter und Kind und Väter und Söhne genauso, alle Familien versammelten sich in ihren Stuben, wir hockten in den Ecken und Kanten, zogen die Knie bis zum Kinn herauf, verschränkten die Arme darüber und legten den Kopf dazu.

»Wenn's nur bald aufhört«, sagte die Mutter.

»Es hört bald auf«, sagte der Vater, die Zähne hatte er zusammengebissen, konnte sie nicht lösen, bevor es vorbei sein würde.

»Es wird schon leiser«, sagte die Tochter. »Es wird doch leiser, oder? Mir kommt vor, es wird leiser, oder?«

»Nein«, sagten die Söhne, »es ist gleich laut.«

Leiser war es nur geworden, weil die Horde hinter dem Haus verschwunden war, aber nun kam sie vorne wieder hervor, und es war genauso laut wie am Anfang, es dünkte uns sogar noch lauter als zuvor.

Wir sind die Ungeborenen,
die ganz und gar Verlorenen …

»Vater, gib das Gewehr heraus«, sagte der älteste Sohn, der Isidor, »gib es mir, ich werde schon machen, dass es still ist.«

Der Vater sah den Isidor an, er brauchte den Kopf nicht zu schütteln.

»Ich geh mit dem Isidor«, sagte der Zweitälteste, der Hermann. »Ich nehme mir den Dreschflegel mit.«

Der Vater fuhr sich mit den Händen über das Gesicht. »Versteht ihr denn nicht?«, sagte er, und die Mutter sagte: »Versteht ihr euren Vater denn nicht?«

Isidor und Hermann verstanden nicht, aber ihr Mut sank, das konnten wir sehen.

Gerade zog die Horde über den Hügel hinauf, es klang, als käme ihr Gesang vom Himmel herunter, als wären sie Geflügelte geworden.

Wir sind die Ungeborenen,
die ganz und gar Verlorenen …

Der Reifenhändler an der Kreuzung zum Hauptplatz hin, der auch Brennholz verkaufte und Öfen und Wasserhähne reparierte, hatte die Matratzen von den Betten genommen und sie mannshoch an die Fenster gestellt und Kästen davorgeschoben, damit weniger gehört werde drinnen. Manche von uns stopften sich Wachs in die Ohren, andere drehten das Radio so weit auf, dass die Musik alles übertönte, was sonst noch Laut gab. Dann hörten wir nichts mehr von draußen. Aber wir würden auch nicht hören, wenn die Horde weiterzog. Und das wollte niemand versäumen. Wir alle wollten hören, wenn sie weiterzogen, die bewaffneten Ungeborenen, darauf warteten wir ja, oft dauerte es bis in die frühen Morgenstunden. Es tat so gut, die Stimmen zu hören, wie sie leiser und leiser wurden. Einer von uns hob dann den Zeigefinger, und wenn schon gar nichts mehr zu hören war, behielt er ihn noch eine Weile oben, und auf zehn gezählt, wird kein Laut zu hören sein, dann erst würde er den Finger senken, wie einen Taktstock. Und wir dürften jubeln. Es würde vorbei sein. Für dieses Mal.

Aber vorläufig war es noch nicht vorbei. Wir lauschten und verzogen dabei das Gesicht, als müssten wir einen Schmerz aushalten.

Wir sind die Ungeborenen,
die ganz und gar Verlorenen …

Immer wieder wollten wir uns erkundigen, woher sie kamen. Aber wenn sie fort waren, waren wir so erleichtert und froh, dass wir sie aus dem Sinn strichen und vergaßen, was wir uns vorgenommen hatten. Außerdem schämten wir uns. Wir vermuteten nämlich, sie kommen nur zu uns und ziehen nur durch unsere Straßen und nur über unsere Plätze und singen nur bei uns ihr Lied, und wir dachten, das muss doch einen Grund haben. Der Gemeindesekretär, der sich in seiner freien Zeit mit Geschichte beschäftigte, der viel wusste und sicher nicht mehr gewusst hätte, wenn er ein diplomierter Historiker gewesen wäre, fuhr eines Tages in die Hauptstadt, um sich in Bibliotheken kundig zu machen. Er kam nicht mehr zurück, und als die Bande der bewaffneten Ungeborenen das nächste Mal bei uns einfiel, umrundeten sie sein Haus nicht, wie sie unsere Häuser umrundeten, sondern fuhren durch Türen und Fenster hinein und zerstörten alles, kratzten die Wände ab, so dass nur die dünne Hülle des Hauses übrig blieb, und die wurde vom nächsten Wind fortgeblasen, als wären Mauern und Dach aus japanischem Seidenpapier. Als die Bande im Haus des Gemeindesekretärs fuhrwerkte, hörte sich ihr Gesang anders an als sonst – als dröhnte er aus hohlen Töpfen:

Wir sind die Ungeborenen,
die ganz und gar Verlorenen …

In sieben Wintern haben wir uns nicht an sie gewöhnt. Einmal haben sie sich vor dem Fenster von Dr. Georg Eisenhut versammelt, ein Gesicht an das andere gequetscht, so dass es schließlich aussah, als hätten ihre Köpfe die Form von Bienenwaben, sechseckig nämlich, damit so viele als möglich vor dem Recht-

eck des Fensters Platz hatten. Wir sahen, wie sie die Mäuler aufsperrten und sie wieder schlossen und wieder aufsperrten wie Fische in einem Aquarium. Da hat Dr. Eisenhut einen Blick gewagt, einen Blick hinunter in ihre Mägen. Seither wussten wir, dass die Mägen blass und leer waren, und wie Dr. Eisenhut sagte, »ein wenig phosphorisierend, bläulich, grünlich«.

In der folgenden Nacht kamen sie wieder zu seinem Haus und stellten sich wieder vor dem Rechteck seines Fensters auf. Da hat Dr. Eisenhut einen Fehler gemacht, den man ihm aber nicht vorwerfen darf. Wir haben es uns so erklärt: Wenn wir den Gesang hörten, haben wir mit der Zeit nicht anders können, als einzustimmen und mitzusingen. Das haben wir automatisch getan. Weil wir es nur so ausgehalten haben. Das würde jeder tun. Und Dr. Eisenhut hat es auch getan. Nur hat er es so nahe vor ihren Gesichtern getan wie noch kein anderer von uns. Und er hat eine laute Stimme. Wenn es in unserer Stadt einen Chor gegeben hätte, wäre er sicher Mitglied gewesen. Dr. Eisenhut sang in einem reinen, wohltönenden Bariton:

Wir sind die Ungeborenen,
die ganz und gar Verlorenen …

Da brach die Bande ihren Gesang ab und holte ihn heraus, und wir haben nie wieder etwas von ihm gehört.

Alles in der Welt geht vorüber. Am offensichtlichsten trifft das auf das Leben zu. Nach sieben Wintern suchte uns die Bande der bewaffneten Ungeborenen nicht mehr auf. Als der erste Schnee fiel und die erste Nacht des Winters vorüber war, traten wir hinaus auf die Straßen und Plätze unserer Stadt, einer stand dem anderen gegenüber, und wer etwas zu sagen hatte, schlug mit dem Stiel seiner Schaufel oder seines Besens auf den verschneiten Asphalt, und wir anderen hörten ihm zu, unterbrachen ihn nur, um »Ja, ja!« oder »Nein, nein!« zu rufen.

In der zweiten Schneenacht schlief keiner von uns. Wir waren gefasst. Isidor sagte zu seinem Vater:

»Diesmal, wenn sie kommen, frag ich dich nicht nach dem Gewehr, diesmal hole ich es mir selber.«

»Und ich«, sagte sein Bruder Hermann, »ich hole mir ganz von allein den Dreschflegel aus der Scheune.«

Der Reifenhändler an der Kreuzung zum Hauptplatz hin stellte nicht die Matratzen vor die Fenster, und seinen Töchtern und Söhnen und seiner Frau nahm er das Wachs weg. Aber die sagten, sie hätten es sich von sich aus nicht in die Ohren gesteckt, sie hätten von sich aus endlich genug davon.

In der dritten Schneenacht dankten wir dem, an den wir glaubten, die einen glaubten an diesen, die anderen an jenen.

In der vierten Schneenacht feierten wir ein Fest. Wir tranken und sangen, und als schon weit über Mitternacht war, sangen wir:

Fort sind die Ungeborenen,
die ganz und gar Verlorenen!
Wir glücklichen Geborenen,
wir grüßen die Verschworenen,
in Eis und Schnee Erfrorenen,
die allezeit Verlorenen,
die allezeit Verlorenen …

Ja, es war einmal eine Stadt, es war unsere Stadt, durch sie war sieben Winter lang Nacht für Nacht eine Horde bewaffneter Ungeborener gezogen. Wir konnten sie sehen, wir konnten sie hören, auch riechen konnten wir sie. Im Frühling hat es viel geregnet. Über jeden Regentag haben wir uns gefreut.

Inhalt

Michael Köhlmeier, 1949 in Hard am Bodensee geboren, lebt in Hohenems/Vorarlberg und Wien. Sein Werk erscheint bei Hanser. Michael Köhlmeier wurde vielfach ausgezeichnet, zuletzt 2017 mit dem Literaturpreis der Konrad-Adenauer-Stiftung und dem Marie Luise Kaschnitz-Preis für sein Gesamtwerk, sowie 2019 mit dem Ferdinand-Berger-Preis.

Nikolaus Heidelbach, 1955 geboren, lebt in Köln. Er wurde u. a. mit dem Deutschen Jugendliteraturpreis (2006) und dem Sonderpreis zum Deutschen Jugendliteraturpreis für sein Gesamtwerk ausgezeichnet, zuletzt 2012 mit dem Rattenfänger-Literaturpreis und 2018 mit dem Joachim-Ringelnatz-Preis.

mit weißen, an der Schwanzspitze und um die Augen etwas bräunlichen jungen Skorpionen, etwa zwanzig an der Zahl, besetzt fand, die bis auf die hellere Farbe und die geringere Größe der Mutter vollkommen gleich gebildet waren. Sie saßen fest an ihr, die einen erschienen bald auf dem Rücken, bald wieder am Bauche, und nie sah er einen losgehen, so munter sie umherkrochen; vielleicht eine Wirkung der Kämme. Ungefähr zwölf Tage nach ihrer Geburt häuteten sie sich zum ersten Male und bekamen eine etwas dunklere Farbe, fingen nun an, die Mutter zu verlassen und sich überall im Glase zu zerstreuen, in welchem bei mulmigem Holze die Familie gefangen gehalten wurde. Die Alte starb alsbald sehr abgemagert; ebenso ging es einer anderen, die nur vier Kinder geboren hatte, obgleich sie reichlich mit Kellerasseln versorgt wurde, bei welchem Futter sie sich sechs Monate lang sehr wohl befunden hatte. Die jungen Thiere blieben munter, ihre Zahl verminderte sich aber, wahrscheinlich durch gegenseitiges Auffressen, obwohl ihnen andere Nahrung nicht fehlte. Es ließen sich keine abgestreiften Häute entdecken. Nach acht Monaten war keins über die Hälfte größer geworden, die Farbe noch eben dieselbe, nur an den Scheren mehr in Roth verwandelt. Daß die Skorpione sehr langsam wachsen und für einen Gliederfüßler ziemlich lange leben, geht aus diesen und anderen Versuchen zur Genüge hervor.

Die Skorpione unterscheiden sich äußerlich durch die gestrecktere oder gedrungene Form der Scheren, durch die Schlankheit oder Dicke des Schwanzes und durch die hellere oder dunklere Farbe des glätteren oder rauheren Körpers. Obgleich die bisher bekannt gewordenen Arten die Zahl hundert noch nicht erreichen, wurden sie doch schon früher von Ehrenberg in mehrere Gattungen zerlegt, von denen Scorpio die sechsäugigen, Buthus die achtäugigen, Centrurus die Arten mit zehn und Androctonus die mit zwölf Augen umfassen. Einige dieser Gattungen zerfallen nach der gegenseitigen Stellung der Seitenaugen oder dem Vorhandensein oder Mangel der Kiele auf den Schwanzknoten in einige Untergattungen.

Beispielsweise der Bücherskorpion (Chelifer cancroides) der in Ansehung der Größe, der Färbung und der allgemeinen Umrisse des stark flachgedrückten Körpers an die Bettwanze erinnert. Nicht nur der Mangel der Kämme am Grunde des Bauches und der Giftdrüsen an irgend einer Stelle ihres Körpers unterscheidet diese Afterskorpione von den echten Skorpionen, sondern auch der allerdings noch nicht vollständig untersuchte innere Bau. Sie athmen nicht durch Lungen, sondern vermittels Luftröhren, welche von zwei seitlichen Luftlöchern am ersten Hinterleibsringe als kurze, weite Stämme ausgehen und sich durch den ganzen Körper fein verästeln. Der Darm verläuft gleichfalls nicht gerade, wie dort, sondern bildet vor dem sackartig erweiterten Mastdarme eine Schlinge; überdies besitzen die Afterskorpione Spinndrüsen, welche nahe bei den Geschlechtsöffnungen am Bauche des zweiten Hinterleibsgliedes münden; sie stehen in ihrem inneren Baue überhaupt den Milben wesentlich dadurch, daß der äußere Finger gegen den mit der Hand verwachsenen inneren durch ein Gelenk beweglich ist, nicht wie dort umgekehrt der innere Finger gegen den festgewachsenen äußeren. Die beiden Spitzchen, welche die Begrenzung vor dem Vorderrande des Kopfbruststückes bilden, sind die dreigliederigen, an der Spitze gleichfalls scherenförmig endenden Kieferfühler. Der Rumpf des Skorpions zerfällt in ein viereckiges, nach hinten etwas breiter werdendes ungetheiltes Kopfbruststück und in einen dreizehngliederigen, von diesem nicht abgesetzten Hinterleib, dessen sechs letzten Ringe einen knotigen, in den gebogenen Giftstachel auslaufenden Schwanz bilden. Die doppelte Öffnung des die Giftdrüsen bergenden Stachels ist mikroskopisch fein. An der Bauchseite des ersten Hinterleibsgliedes liegen, von zwei Platten bedeckt, die Geschlechtsöffnungen, am Ende des nächsten Gliedes die sogenannten Kämme. Es sind dies an mehrgliederige schmale Platten, einem Kamme ähnlich gereihete Zähne, deren Anzahl nach den Arten und dem Alter einer und derselben Art mehrfach schwankt. Dieselben enden am äußeren Rande saugnapfartig und sind an oder zwischen ihren Wurzeln aus- und inwendig durch dreieckige, kegelförmige oder kugelige Knöpfchen gestützt. Ihre eigentliche Bedeutung kennt man noch nicht; von den aufgestellten Vermuthungen haben die beiden, sie möchten bei der Paarung verwendet werden, oder zum Drehen des Körpers und zum Festhalten an steilen, glatten Wänden, somit zur Unterstützung der Füße dienen, noch den größten Schein der Wahrheit für sich. Die Leibesbedeckung besteht aus harten Chitinschildern; als Farben kommen Blaßgelb durch Braun hindurch bis zum tiefsten Schwarz und höchstens schwarze Zeichnungen auf lichtem Grunde vor. Die weiblichen Fortpflanzungswerkzeuge liegen als drei enge, durch Querröhren verbundene Längsschläuche im Hinterleibe und dienen nicht nur den an einander gereiheten Eiern, sondern auch den Jungen zur Entwickelungsstätte. Es gebären nämlich, wie schon Aristoteles wußte, die Skorpione lebendig. In den ersten Wochen scharen sich die weichhäutigen und blonden Jungen um die Mutter, ohne daß man sie sich ernähren sieht. Jene magert immer mehr ab und stirbt, sobald sich diese in größerer Selbständigkeit zerstreuen. Es gewährt einen ganz eigenthümlichen Anblick, eine Mutter an allen ihren Körpertheilen von ihrer zahlreichen Familie (zwanzig bis funfzig) in den verschiedensten Stellungen besetzt zu sehen und das friedliche Beisammensein von Thieren zu beobachten, deren innerster Natur im übrigen jede Geselligkeit widerstrebt.

Man hat die verschiedensten Versuche angestellt, um die Zwischenräume zwischen den Häutungen und die Lebensdauer der Skorpione zu ermitteln, aber immer erfolglos, weil sie sich in der Gefangenschaft mit der Zeit trotz reichlichen Futters nicht wohl befinden. Füßly hatte einige schweizerische Skorpione, die er ihres dikken Leibes wegen für befruchtete Weibchen hielt, sorgfältig gepflegt. Vier Monate hatte er vergeblich gewartet, als er zu Anfang des August das eine über und über